그런 여자

필자의 만년 모습.

①|②
③

1. 제자 최인호와 함께 연세대 문과대학 정문 앞에서. 1972년.
2. 연세대학교 본관 2층 문과대 학장실에서 1975년 여름.
3. 전라도 백양사에서. 서정주, 전광용, 백철, 조경희,
   모소희 등과 함께. 1972년 4월.

①
②
③
④

1. 영문학자 이군철(연세대)교수와(오른쪽끝). 1971년 여름.
2. 덕소에 있는 연세대 수양관에서. 시인 박두진씨와 함께.
   1971년 9월 19일.
3. 대한민국 제1호 은관문화훈장 수상을 기뻐하며 학교에서 축하
   자리를 만들었다. 왼쪽에서 세 번째 이우주 총장. 필자. 1975년 초.
4. 연세대 국문과 후배, 동문들과 함께.
   앞줄 왼쪽부터 노대규, 전규태, 필자, 박창해, 문효근, 최기호.
   뒷줄 왼쪽부터 성낙주, 마광수, 김하수, 정현기, 여찬영 등.

①｜②
③

1. 필자의 마지막 사진. 1976년 초겨울.
2. 연세대 교정에서 거행된 영결식. 1976년 7월 16일.
3. 운구하는 제자들과 유가족.

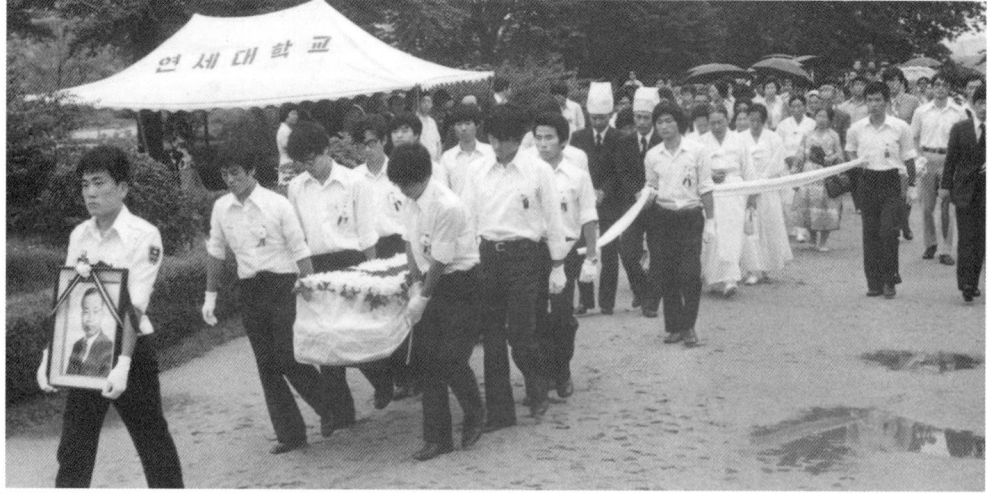

만우 박영준 선생 10주기추모의모임
1986.7.12

① ② ③ ④

1. 필자 사후에 연세대학교에서 부인 정숙용 여사에게 공로패를 전달했다. 1976년 9월.
2. 추모회에 모인 문인들. 조경희, 황순원, 김동리, 장남 승렬.
3. 10주기 추모회 광경.
4. 25주기를 맞아 만우전집 발간을 준비하며 제자들이 만우 묘소를 찾았다. 2000년 7월 23일.

만우 **박영준** 전집 **❻**/단편

그런 여자

박영준 지음

동연

『박영준 전집』을 내며

만우(晚牛) 박영준(朴榮濬) 선생이 가신 지 25년이 지났다. 선생이 돌아간 동안(1976~2001), 그처럼 지식인들이 두려워 떨던, 군사독재 정권도 무너졌고, 민간인 정권도 두 번째나 돌아와 있다. 우리는 선생의 생애가 일제의 가열한 민족 침탈기로부터 시작되었음을 기억하고 있다. 일제의 폭력이 혹독했던 1930년대에 문필 활동을 시작하여, 가장 민감했던 청년 시절에 글쓰기의 어려운 현실적 상황이 어떤 것인지를 몸소 체험하였다.

1934년 연희대학교 문과를 졸업하던 해에 《조선일보》 신춘문예에 「모범경작생」(模範耕作生)이, 같은 해 《신동아》에 장편소설 『일년』(一年)과 꽁트 「새우젓」이 동시에 당선되어 일약 문단의 화제를 일으켰던 만우 박영준은 평생을 작품 쓰기와 모교 연세대학교에서 문학 가르치는 가운데 생애를 마감하였다. 1911년 3월 2일에 태어나 1976년 7월 14일 돌아가기까지, 66년 세월을 산 그는 일제 식민체험은 물론이고 해방정국에서의 좌우익 대립의 스산한 처신, 6·25 전쟁, 군사독재의 심란한 정국 등 소용돌이치는 역사의 현장에 놓여 있었다.

66년 그 생애의 시간 도막 위에는 지울 수 없는 국내외적 회오리바람들이 있었다. 유아기로부터 소년기에 이르는 기간은 일제 폭력의 억압 속에 있었고, 광복이 된 청년기에는 6·25 동족 전쟁이 그를 괴롭혔다. 전쟁이 끝나고 난 해로부터 모교인 연세대학교에서 후진들을 기르며 작품활동을 하던 시기가 그에게는 황금기였다. 글쓰고 가르치는 동안 틈틈이 등산과 낚시 운동경기 관람 등으로 비교적 여유 있는 생활을 누리던 시기에 그는 갔다. 그는 일생 동안 자신의 작품 속에서 인간의 윤리적 관계 거리 조절에 관한 긴장의 눈길을 멈추지 않았다. 제자들에게도 그는 엄격한 윤리적 규범을 글쓰기의 핵심이라고 가르쳐 왔다. 그러한 그의 원칙은 여러 편으로 남긴 작품 속에 고스란히 살아 있다.

문학 교육에 관한 한 엄격하고도 자상한 스승으로서, 때로는 어버이 같은 자애로움으로 그는 제자들을 가르쳐 왔다. 이제 그가 남긴 필생의 문학작품을 모아 뒤늦게나마 전집으로 묶어 후생들에게 보이고자 하는 뜻은 그의 문학적 발자취와 함께, 우리에게 보인 그의 사람에 대한 치열한 애정을 드러내 보여주고자 함에 있다. 살아 있는 것에 대한 치열한 애정 없이는 문학 할 생각을 말라고 가르쳤던 분이신 박영준 선생께 우리 제자들은 그 동안 전집 발간에 관한 마음의 짐을 지고 살아왔다.

마침 선생과 너무도 닮은 모습으로 살아가시는 선배이며 만우 선생의 큰 자제인 승렬 형이 우리에게 마음의 짐을 탕감할 방도를 알려주며 격려함으로써 이 전집 간행을 보게 되어 기쁘기 한량없다. 그의 재정적인 뒷받침이 없었다면 아직도 우리는 그 많은 분량의 전집 간행을 꿈도 못 꾸었을 것이다. 이것은 또한 우리의 부끄러움이기도 하다.

출판사정이 여러 면에서 어려운 시기에 근 2년 여의 과정을 거치면서, 각 선집이나 잡지에 실린 글들은 물론이고 신문에 실려 있어 읽기가 여간 어렵지 않았던 글들을 꼼꼼히 읽고 잘못 인쇄된 철자법을 바로잡고 인멸될 처지에 있던 작품들을 찾아내어 깨끗한 인쇄에 붙이도록 만들어 준 동연출판사 백규서 사장도 우리에게는 여러 면에서 여간 고마운 게 아니다. 이 자리를 빌어 깊은 고마움의 뜻을 표하는 바이다.

2001년 12월 5일
『박영준 전집』 편집위원 일동

차례

제6권 그런 여자 외 21편

일러두기

1. 『박영준 전집』은 박영준이 발표한 모든 작품을 대상으로 하여 <단편소설> 6권, <중·장편소설> 6권, 그리고 '박영준 문학연구'에 꽁트, 산문, 1차분 발간 후 찾은 단편소설을 한데 묶은 1권을 더해 총 13권으로 기획하였다.

2. 『박영준 전집』 1차분은 박영준 선생의 단편소설을 수집 망라하여 일반 독자에게 소개하는 것은 물론 문학사적인 연구·정리에 목표를 둔 것이지만 단편소설 가운데 찾지 못한 일부 작품과 기존에 단편소설로 분류되었으나 꽁트로 재분류한 작품은 제외하였다.

3. 『박영준 전집』에 수록된 작품의 배열 순서는 창작 연대나 발표 순서에 따랐다.

4. 각 작품이 처음 발표된 원발표지, 그리고 본 전집에서 정본으로 삼은 판본의 출전은 각각 (원), (출)로 표시하여 각 작품의 마지막 쪽에 발표년월과 함께 밝혔다. 그리고 현재 발표년도와 출전이 분명하지 않은 몇 작품은 비슷한 시기에 해당하는 권의 말미에 수록했다.

5. 『박영준 전집』에 수록한 모든 작품은 발표 당시 신문·잡지의 원문을 그대로 옮긴다는 원칙에 따랐으나, 단 작가가 직접 퇴고하여 단행본으로 간행하였을 경우에는 개작본을 정본으로 삼았다.

6. 맞춤법과 띄어쓰기는 현행 규정에 맞게 고쳤으나 대화에 나오는 구어체와 사투리는 그대로 살렸다.

7. 현대 독자가 이해하기 힘든 낱말은 편집자 주(*)로 설명하였다.

8. 외래어는 현재의 외래어 표기법에 맞도록 고쳤으며, 과도하게 쓰인 생략부호(……)나 장음 표시(──)는 읽기 편하도록 조절하였다.

9. 부호는 아래와 같이 사용했다.

대화	" "	인용과 강조	' '
단편 작품	「 」	책명(단행본)과 장편	『 』
신문, 잡지	《 》	영화, 노래제목	< >

저회(低徊)

　나의 취직이 그렇게 영광스러운 것은 아니었다. 그런데 동기생인 찬교는 나의 취직을 축하한다면서 술을 산다고 했다. 취직 턱이라면 응당 내가 내야 할 일이지만 탐탁스런 취직이 되지 못해 나는 찬교에게 취직되었다는 사실을 감추고 있던 터였다. 매일처럼 만나던 그를 내 취직 때문에 며칠 동안 만날 수 없게 되자 내 집으로 와서 내 직장을 알아 낸 그가 자기 일처럼 반가워하며 술을 산다고 할 때 나는 약간 난처해졌다. 취직을 축하한다는 친구의 호의를 물리칠 수가 없는 동시 축하술을 얻어먹는다는 것이 체면 없는 일로 느껴졌기 때문이었다. 학생 때부터 대학을 졸업하고 놀고 있는 몇 달 동안까지 나는 찬교의 신세만 지며 살아 왔다. 그는 재벌의 아들, 나는 말단 사원의 아들이니 그래도 무방했던 것이다. 그러나 이제 나는 월급을 받게 된 몸이다. 월급을 받으면서까지 그에게 거지 행세는 할 수가 없다. 월급쟁이가 된 지 얼마도 안 되었지만 월급쟁이로서의 자존심이 발동했던 것이다. 그래서,

　"첫월급을 타는 날 내가 낼게."
하고 사양을 했지만 찬교는 그때는 그때고 우선 기쁘니 한 잔 해야 하지 않겠느냐고 나를 끌었다.

　밤낮 얻어먹기만 하던 나로서 끝까지 사양할 필요가 없었지만 나는 한 번 더 사양했다.

"그까짓 뭐 대단한 취직이라구."

그러나 영광스럽지 못한 취직이란 말만은 못했다.

"짜아식, 대단한 취직이 따루 있니?"

찬교가 내 마음 속을 알 리 만무했다. 사실 취직이란 한 달 얼마에 몸이 팔린다는 것 이외에 아무런 의미가 없는 것으로 되어 있다. 어떤 방법으로 취직이 되었느냐는 것은 문제가 아니다. 몸값이 비싸냐 싸냐 하는 것만이 문제될 것이다. 그러나 초급이 비싸면 얼마나 비싸겠는가? 그저 그러그러하다. 내가 취직된 회사는 그래도 우리 나라에서 손꼽을 만큼 큰 회사다. 대우도 별로 낮은 편은 아니다.

나는 내 비밀을 털어놓지 못하는 한 찬교의 말을 반박할 건덕지가 없었다. 그래서 할 수 없다는 태도로 그에게 끌려갔다.

그가 데리고 간 곳은 내가 한 번도 구경하지 못한 고급 요정이었다. 밤낮 대폿집에만 다닌 것은 아니지만 고작해야 바나 살롱 정도였다. 찬교가 비록 재벌의 아들이라 해도 자기가 돈을 버는 것이 아닌 만큼 그리고 대학생의 생활 테두리를 벗어날 수가 없었던 만큼 고급 요정 같은 것은 생각도 못해 온 터였다.

그런데 이 날 찬교가 고급 요정으로 나를 끌고 간 것은 그새 그가 그런 곳에 출입한 경험을 가졌기 때문이라고 생각되었다. 돈도 학생 때보다 더 자유스럽게 쓰게 된 것 같았다.

생전 처음인 고급 요정이라 나는 약간 불안했다. 내가 돈을 내는 것은 아니지만 그래도 생소하기만 한 곳이라 몸자세도 부자유스러웠고 옆에 앉아 있는 색시(여급이라고 부르는지 기생이라고 부르는지도 모르는)에 대한 태도도 어색하기 짝이 없었다. 촌놈 티를 내지 않으려고 또 부자연스럽지 않게 행동을 하려고 노력했지만 촌놈은 할 수 없었다.

찬교가 색시들에게(색시라야 두 명뿐이었지만) 나를 소개했다. 그리고 ××회사에 취직이 되어 취직 축하로 왔으니 특별히 서비스를 잘하라고 내 옆에 앉아 있는 색시에게 당부할 때 나는 얼굴이 붉어지기까지 했다. 나는 더 어색해졌지만 그 어색을 보이지 않게 하려고 내 옆엣 여자에게 말을 붙였다.

"이름이 뭐지?"

"권인주(仁珠)예요."

"여기 나온 지 얼마나 됐지?"

"며칠 안 돼요."

인주는 스무 살이 되었을까 말까 해 보였다. 경험이 많은 것 같지도 않았다. 애교 있게 말할 줄도 몰랐다. 묻는 말에 억지로 대답만 하는 그미를 보자 나는 촌놈 노릇을 했다는 생각을 했다. 술집 여자에게 그런 것부터 물어 보는 것이 촌놈이 아니고 무엇이겠는가?

그러나 그미에게는 촌놈 티가 나는 내가 불쾌한 인상을 주지 않는 모양 같았다. 말수가 많지는 않으면서도 나를 무시하는 태도가 아니었다. 돈을 울궈 내려는 꾸밈 아양 같은 것을 보이지 않았다. 그러한 그미에게 호감을 느끼게 될 때 그는 그미의 신상에 대한 것이 알고 싶어졌다. 학교는 어느 정도 다녔으며 이런 곳에 나온 이유는 무엇인가에 대한 것 등. 그러나 그런 것을 묻는 것이 또 촌놈 티를 내는 일 같아 그냥 묻어 두고 말았다. 그런데 인주가 말문이 막힌 나에게,

"취직시험이 굉장히 힘들다던데요?"

하고 그 힘든 취직시험에 통과한 나를 마치 천재군요? 하는 눈으로 바라보았다. 물론 나를 칭찬하는 말이었고 나를 부러워하는 태도였지만 나는 그 말을 고맙게만 받아들일 수가 없었다. 정상적인 방법으로 취직하지 못한 나의 열등의식이 고개를 들었기 때문이었다.

"신통치 않게 생겼는데 취직은 잘했다는 건가?"

그미가 내 취직의 경위를 알 까닭이 없는데도 말을 비뚤어지게 한 나였다.

"오해하기를 좋아하시는군요?"

인주는 자기가 오해받는 것이 불쾌했을 것이다. 그러나 나는 그미를 선의로 해석할 힘을 이미 상실하고 있었다. 내 머릿속에는 신통치 않게 성취된 내 취직에 대한 불쾌감이 가득 차 있었기 때문이었다.

나는 내 실력으로 취직할 수가 없었다. 몇 군데나 입사시험을 치렀지만

번번이 불합격이었다. 회사, 은행, 학교, 언론기관 할 것 없이 떨어지기만 했다. 나는 내가 실력이 있는 사람이라고는 생각지 않는다. 그리고 학생 시절에 남보다 열심히 공부한 축이라고 자부하지도 않는다. 그러나 졸업반에 올라가자 그래도 취직을 생각하여 취직시험 준비만은 하느라고 했다. 그런데도 끝까지 합격이 안 될 때 나는 내 실력이 부족하다는 것을 느끼지 않을 수 없었다. 그러면서도 시험 운이 나쁜 놈이란 생각도 했다. 실력이 있어도 운이 없으면 떨어지게 마련이다. 운이 나쁜 놈은 취직할 생각도 말아야 한다는 생각을 하며 실의에 찬 나날을 보내고 있었다. 기회가 나면 찬교의 술이나 얻어먹으며 소외감을 달래곤 했다. 취직시험에 합격한 사람이 불합격자의 몇십 분의 일, 몇백 분의 일밖에 안 될 것이다. 나처럼 실의에 살고 있는 사람이 쥐꼬리만하나마 월급을 받으며 사는 사람보다 몇십 배 많은 것을 생각할 때 내 가슴 속은 암담했다. 그러나 암담한들 어떻게 하겠는가? 시간을 메꾸지 못해 몸을 비비틀며 하품만 하는 생활을 했다. 식구들도 보기가 딱했을 것이다. 식구들에게 딱하게 보이지 않으려고 노력할 만한 마음의 여유도 없었다. 아무 쓸모가 없는 돼지도 배가 고프면 꿀꿀거리며 소리를 지르건만 나는 배가 고파도 소리지를 체면이 없었다.

그러한 나를 두고 식구들이 여러 가지 의논을 했을 것이다. 바로 며칠 전 아버지가 나더러 자기가 다니고 있는 회사로 출근을 하라고 했다. 나는 우선 시험을 치지 않고도 입사할 수가 있느냐고 물었다. 그랬더니 아버지가 자기 이야기로 취직이 결정되었다고 말했다.

"부자가 한 회사에서 일할 수 있을까요?"

나는 아버지와 같은 회사에서 일하기가 거북할 것을 걱정했다.

"나는 그만두기로 했다."

아버지는 담담하게 대답했지만 나는 아버지가 노나 내가 노나 한 사람이 놀기는 매일반이란 생각을 했다. 한 사람의 월급으로 온 식구가 살기 힘든 것은 마찬가지다. 노경에 접어든 아버지가 쉬고 내가 일하는 것은 좋을 일인지 모르나 아버지가 쉬어야 할 만큼 노쇠해 있지는 않다. 쉰다면 그 정도는 다르다 해도 아버지가 나와 비슷한 실의를 느끼며 살 것이 아니겠는가?

또한 아버지에게 실의를 주었다는 자책감으로 괴로울 것이다.

"그러실 필요는 없습니다. 또 입사시험을 보지요."

나는 다시 취직시험에 응해 볼 의사를 밝혔다. 사실 나는 그 동안 한 달 이상이나 취직시험을 포기하고 있었다. 그새도 신문에는 사원모집 광고가 몇 번 있었지만 나는 본 척도 안 하고 있었다. 마치 나와는 관계가 없는 일처럼.

아버지에게 안심을 시키기 위해 취직시험을 다시 치러 보겠다고는 했지만 아버지는 이미 결정된 일이니까 하라는 대로만 하라고 했다. 기실 아버지는 정년퇴직을 이 년 앞두고 있었다. 어차피 머지않아 그만둬야 할 입장이라면 퇴직금을 미리 받아 사업을 시작하는 것도 좋지 않겠느냐는 것이다. 그리고 아버지가 불명예스럽지 않은 퇴직을 할 때는 한 가정의 경제면을 고려해서 그의 아들 한 명을 대신 취직시켜 주기로 된 회사의 내규가 있으니 아버지 대신 내가 취직할 권리가 있다는 것이었다.

"저를 취직시키기 위해 아버지가 퇴직하시는 거군요?"

나는 아버지를 희생시켜야만 되는 취직이라면 사양하고 싶었다. 아버지는 굶고 아버지 대신 내가 밥을 먹는 기분이었기 때문이었다.

"그런 게 아냐. 퇴직금으로 사업을 해 보려는 거지. 늙도록 월급쟁이 노릇만 할 수 있니? 작구 크구 간에 내 힘으로 사업을 해 봐야지."

"퇴직금이 얼마나 되는데요?"

"근 백만 원 될 거다. 그걸루 변두리에다 상점 하나를 전세 얻기루 했다. 내 아는 사람 가운데 알미늄 도매하는 이가 있는데 그 사람한테서 외상으로 물건을 얻기루 약속두 하구."

아버지의 생각은 건실한 것이라 말할 수 있다. 또 잘만 하면 아버지의 수입이 월급보다 많을지 모른다. 그러나 나는 죽지도 않은 아버지의 유산을 받은 기분이었다. 누구에게도 떳떳이 말할 수 없는 취직이라고 생각했다.

"그래두 아버지 대신 취직하기는 싫은데요."

싫다고 말은 했지만 끝까지 거절하지는 못했다. 그런 조건으로 이미 사표를 냈다고 하니 내가 출근을 안 하면 손해보는 것은 우리 집안뿐이다. 아버지를 팔아 먹는 결과라고 해도 할 수 없는 일이었다. 할 수 없이 출근을 했다. 출근을 하고 있지만 나는 아직도 꺼림칙하다. 내 실력으로 입사한 것이 아니라 아버지 대신 겨우 한 자리를 얻었다는 열등의식 때문이었다. 그래서 나는 찬교에게도 입사했다는 것을 정식으로 알리지 않았고 오늘 취직 축하를 한다는데도 마음이 내키지 않았던 것이다. 그런데다가 인주가 그러한 내 열등의식을 자극시켰다.

"그렇다. 나는 오해하기를 잘하는 촌놈이다."

왜 이렇게 화까지 냈는지 나도 모를 일이었다.

"참 이상하셔. 화내실 것 없을 것 같은데……."

사실 인주의 말이 옳았다. 화낼 아무 이유도 없었던 것이다. 그런데도 나는 미안하다든가 잘못했다든가 그런 말을 안 했다. 그런 말은 안 했지만 내가 너무 했다는 생각은 들었다. 그래도 잘했다는 듯 얼굴이 부어 있을 때,

"술이나 드세요."

인주가 술주전자를 들고 술을 부으려 했다. 나는 술잔을 비우고 술을 받으면서도,

"술루 나를 어떻게 해 보려는 거야?"

또 엉뚱한 말을 했다. 정말 나는 촌놈이었다. 그런 데 있는 여자는 손님에게 술을 권하는 것이 직업 아닌가? 술 권하는 것까지 따리를 부릴 필요가 무엇이겠는가?

"어떡허긴요? 술 먹어 남 주나요?"

인주는 활짝 핀 얼굴로 웃었다. 나를 어린애처럼 취급하는 것 같았다. 나는 얼핏 미혜를 생각했다. 학생 때 조금 좋아하던 여자였다. 나를 좋아하면서도 딴 남자를 만나고 있음을 알았을 때 내가 야단을 친 일이 있었다. 그때 미혜는 활짝 핀 얼굴로 웃어 가며,

"아는 사람하구 이야기두 못하나? 형우는 그래 아는 여자를 만났을 때 인사두 안 해?"

마치 내가 어린애라는 듯 말했었다. 그러던 미혜가 사랑이 굳기도 전에 딴 남자에게로 가 버렸지만 여자들이란 속과 아주 다른 자기를 보이려 할

때 남자를 경멸하는 태도를 취한다. 경멸하는 태도를 웃음으로 얼버무린다.

나는 활짝 웃는 인주에게 불쾌감을 느꼈다. 많은 남자를 구워삶아 먹은 솜씨라고 생각되었기 때문이었다.

"웃음의 효과에 대해 많은 연구를 했군……."

나는 인주에게 경멸하는 태도를 보였다. 그래도 상관없다는 생각이 들었던 것이다. 속으로야 어떻게 생각하든 손님 앞에서 제가 어떻게 할 것인가?

"아직 연구과정까지는 들어가지 못했어요."

그미는 내가 예상했던 대로 화를 내지 못했다. 그 대신,

"마음이 고르지 못하신 것 같네요. 많은 곡절을 겪으며 사셨나 부지요?"

하고 제법 나를 비판하려 들었다. 남의 속을 조금쯤 들여다볼 줄 아는 여자란 생각이 들었지만,

"아는 척 말어."

그미를 억눌렀다. 왜 그런지 몰랐다. 사실 어떤 편인가 하면 그래도 귀여운 점이 있는 여자였다. 그런 데 있는 여자치고는 그래도 교활한 물이 덜 든 편이었다. 그런데도 나는 그녀를 무시하거나 억누르려고만 했다.

"어서 드세요."

하고 술을 따르려 할 때도,

"저 친구한테두 좀 권해."

나는 화난 사람처럼 무뚝뚝하게 말했다. 그미는 그래도 내 말에 복종했다.

"한 잔 드세요."

인주가 자기에게 주전자를 내밀었을 때 찬교가 얼른 자기 잔을 비우고 술을 받았다. 그리고는 홀짝 마신 뒤,

"왜들 으르렁거리지? 수캐하구 암캐는 싸우지 않는 법인데……."

하며 술잔을 내게 주고 인주에게 술을 따르게 했다. 내가 술잔을 비우자 이번에는 그것을 인주에게 주며,

"잘 서비스하라구 하잖았어?"

술을 따랐다. 그리고는 인주의 빰을 꼭 찔렀다. 그러자 인주는 술을 홀짝 마시고 그 잔을 내게 주며,

"골보!"

하고 눈을 흘겼다. 귀여운 태도였다. 나는 술잔을 비우고 그 잔을 그미에게 돌려 주며 술 공세를 취하기 시작했다.

"술을 아직 배우지 못했어요."

그미가 술잔을 받지 않았다.

"왜 이러는 거야? 내가 권하는 술은 맛이 없나?"

나는 그미가 술을 못 마시리라고 생각지 않았다. 그러나 그미는 정말 술을 배우지 못했는지 끝까지 거절했다.

"이제부터 배우면 되지 않아? 어서 받어."

"급히 배우지 않아두 저절루 배우게 될 거예요."

"좋은 일은 급히 배워야지."

"거 뭐 좋은 일이라구요?"

"좋지 않으면 이런 데 나올 필요가 없잖아?"

"꼭 좋아서만 나오는 곳인 줄 아세요?"

나는 대답이 궁했다. 그러나 그미의 말을 수긍하는 태도는 보일 수가 없었다.

"잔소리 말구 마시기나 해."

나는 술이 들어 있는 잔을 그미의 입에 대고 강제로 먹이려 했다. 나는 엔간히 취해 가고 있는 모양이었다. 인주는 할 수 없다는 듯이,

"마실게요."

하며 술잔을 받아 마셨다. 정말 술맛이 쓰다는 표정이었다. 그래도 나는 그것이 연극이라고만 생각했다. 두어 잔을 더 강제로 먹였다. 그러자 얼굴이 빨개가지고 숨을 할딱이며,

"제발."

살려 달라는 시늉을 했다. 나는 그때야 그미를 내버려 뒀다. 이제 헤어지면 생전 다시 보지 못하게 될지도 모르는 여자다. 홍미도 관심도 가질 필요가 없다고 생각했다.

열한 시가 거의 되었을 때 나는 취할 만큼 취해 있었다. 찬교가 그만 가

자고 하기에 자리에서 일어나 인주의 볼기를 한 대 쳤다. 잘 있으라는 인사였다.

그런데 요정을 나와 자동차에 올랐을 때 어떻게 된 일인지 인주와 찬교 옆에 있던 여자가 이미 자동차 안에 있는 것을 보았다. 찬교가 친절을 베풀어 그녀들을 집까지 바래다 주는 것이려니만 생각하고 나는 같이 가는 이유를 묻지도 않았다. 그러나 자동차가 멎은 곳은 아무의 집도 아닌 어떤 호텔 앞이었다. 나는 짐작이 갔지만 모르는 척하고 그냥 앉아 있었다.

"임마, 내려."

이미 세 사람은 차에서 내렸고 찬교는 나를 독촉하며 내리라 했다.

"난 집에 간다."

나는 확실히 취해 있으면서도 말은 똑똑히 했다. 정신 한 구석은 아직 똑똑한 채였던 모양이었다.

"자아식. 잔말 말구 내려."

찬교가 나를 잡아끌었다. 나는 끌려 내리는 수밖에 없었다. 그러나 홍 하고 혼자 코웃음을 쳤다. 가기는 간다. 그러나 내 동정은 뺏기지 않는다는 내 마음 속에서 우러나오는 고고한 소리였다.

나는 내 동정을 값있는 것으로 생각해 본 일은 없다. 그러나 내 동정을 숫처녀가 아닌 여자에게 바칠 생각은 없었다. 더구나 술집 같은 데 있으면서 몇 남자와 관계했을지 그 숫자조차 헤아리지 못할 여자에게 내 동정을 바친다는 것은 자위 행동을 하는 것보다 더 무의미한 일이다. 정조를 지킨 여자라야 한다는 법은 없다. 정조를 지킨 여자라고 보장할 여자를 내가 어떻게 식별할 수 있을 것인가? 어쨌든 술집 같은 데 있는 헌 여자만은 싫었다.

방으로 들어가 인주와 단 둘이 있을 때도 나는 그미를 거들떠보려 하지 않았다. 그런데 옷을 벗고 침대 안에 들어가 보니 그미가 옷을 입은 채 의자에 앉아 고개를 떨구고 있었다. 그러다가 잠이 오면 자리에 들어 자겠지 하고 려 두었으나 오뚝이처럼 앉아 있는 그미가 마음에 걸렸다. 술에 취해 있으니 잠이 안 올 걱정이 없을 텐데도 마음에 걸리는 것이 있어서 그런지 그미를 그냥 두고는 잠이 안 올 것만 같은 생각이 들었다.

"왜 안 자는 거야?"

나는 퉁명스럽게 말했다. 대답이 없는 그미에게 나는 또,

"나두 자야 할 거 아냐?"

그미를 책하듯 말했다. 그런데도 인주는 대답을 안 했다. 꼼짝도 않고 앉은 채였다. 나는 화가 났다. 사람의 말을 무엇으로 여긴단 말인가? 나는 침대에서 내려가 그미의 손을 잡아끌었다. 그미는 그런 대로 침대까지 끌려왔다. 그리고 빨리 자라면서 침대에 밀어 쓰러뜨리자 그미는 또 그대로 누워버렸다. 옷을 입은 채였다. 내가 마음먹은 바가 있으니 옷을 벗었거나 입었거나 참견할 것이 못 되었다.

잠이 올 것 같아 불을 끄고 눈을 감았다. 그런데 내 몸에 닿는 인주의 옷이 내 신경을 건드렸다. 이왕 남자 옆에서 잘 바에야 옷을 벗어야 하지 않겠는가? 옷을 벗어도 나는 건드리지 않을 텐데……. 그런데도 옷을 벗지 않는다는 것은 수줍은 척하고 나더러 옷을 벗겨 달라는 것이 아닐까? 나는 건드리지도 않을 여자 옷을 벗길 흥미가 없었다.

모른 척하고 한참 동안을 내버려 두었지만 신경이 자꾸만 곤두서서 견딜수 없었다.

"옷을 입은 채 잘 거야?"

옷을 입은 채 자는 사람이 어디 있느냐는 듯 물었다. 그런데도 그미는 여전히 벙어리였다. 나는 화를 내고야 말았다.

"처녀 척하느라구 그러는 거야?"

"………"

"연극 그만둬."

"………"

잡아 잡수세요 하는 것인지 그냥 말이 없을 때 나는 그미의 옷을 벗기고야 말았다. 그런데도 그미는 별 반응이 없었다. 얄미웠다. 그냥 둘 수가 없었다. 나는 그미를 내 온몸으로 눌렀다. 압박감을 주어 괴롭히고는 그만둘 작정이었다. 한 번 눌러 주고 다시 내 자리에 누웠을 때 그때야 인주가 겨우,

"맘대루 하세요."

26

한 마디를 했다.

그 말을 듣고도 나는 못 들은 척했다. 처음부터의 내 의지를 살리기 위함이었다. 그미를 무시하기 위해 몸을 돌리고 잠들려고 할 때였다. 꼼짝도 않고 있던 인주가 몇 번 훌쩍이더니 침대에서 일어나 의자 있는 대로 내려갔다.

나는 내가 잔인했다고 생각했다. 여자로서 이런 때 요구하는 것이 무엇일까? 그러는 것이 당연하지 않을까? 나 자신에게도 잔인했지만 인주에게 더 잔인했다는 생각을 했다. 센티멘털인지 모른다. 어쨌든 나는 내가 뭔데 남에게 잔인할 수가 있을까, 하는 생각을 했다. 나는 그미에게로 가서 그미의 손을 잡아끌고 침대로 와서,

"그러지 말구 자."

달랬다. 인주에게 잔인했던 것을 느끼고 그미를 달래기 시작했다는 것은 그미에 대한 나의 의지에 금이 갔다는 것을 뜻한다. 의지에 금이 가자 나는 내 욕정을 막을 능력을 상실했다. 내 동정이 헌 여자에게 바쳐진다는 억울한 생각도 가질 여유가 없었다.

억울하다는 마음이 든 것은 일이 다 끝난 뒤였다. 그러나 인주를 탓할 수는 없었다. 내 의지를 스스로 포기한 나에 대해 환멸을 느낄 뿐이었다. 자신에 대한 환멸 때문에 그미에게 등을 돌리고 잠을 자려 했다. 그런데 그미가 또 훌쩍거리는 것이었다.

나는 기분이 나빴다. 울어야 할 사람은 난데 제가 왜 울고 있다는 말인가?

"왜? 후회되나?"

그미의 대답 여하로나는 그미를 갈겨 줄 기세였다.

"아니요."

이번에는 묵비권을 쓰지 않고 대답을 했다.

"그럼 왜 우는 거야?"

"공연히요."

"공연히란 말이 어디 있어? 사랑하는 남자에게 미안해서 그러는 거야?"

"그런 거 없어요."

"거짓말은 안 해두 좋아. 다시 만날 것두 아니잖아."

"너무 나쁘게만 보지 마세요."

"나쁘게 보구 말구 할 것 있어? 그런 직업을 가진 여잔데……."

"직업이라구요? 전 아르바이트를 할 뿐에요."

"또 거짓말."

"다시 만날지 못 만날지 모르면서 왜 거짓말을 해요."

"본직업은 뭔데?"

"학생예요. 아르바이트 시작한 지 며칠두 안 됐어요."

"듣기 싫어. 챔피언급 거짓말쟁이……."

나는 그녀의 말을 곧이 들으려 하지 않았다. 곧이 들어서는 또 무엇하겠는가.

"잠이나 자자구."

그리고는 더 긴 이야기를 않고 잠들어 버렸다.

다음 날 아침, 눈을 떴을 때 인주가 옷을 입고 의자에 앉아 있었다.

"왜 먼저 가지 않구……."

나는 가는데 무슨 인사가 필요하냐는 식으로 말했다. 그랬더니,

"이십 원만 주세요."

한다. 그미가 팁을 요구하는 것이라 생각하고 불쾌감을 느꼈지만 요구하는 것이 또한 당연한 일이라 생각하고 주머니를 털었다. 삼백 몇십 원이 나왔다.

"이것밖에 없어서 미안해."

그 돈 전부를 주었다. 그랬더니 십 원짜리 두 장만 집어 들고,

"이거믄 집에까지 갈 수 있어요."

하고 그냥 나가 버렸다. 돈이 원체 적으니까 그런 제스처를 쓰는 것이라고 생각했지만 어쩐지 찜찜한 것이 가슴을 멍멍하게 했다.

서울역 근처에 있는 어떤 곰탕집까지 가서 곰탕을 먹은 뒤 퇴계로를 천천히 걸어 사무실로 돌아오고 있을 때였다. 인도로 오고 있는 리어카와 마주치게 되어 그것을 피하기 위해 한 발짝 옆으로 비키다가 나는 아버지와 시

선을 부딪쳤다. 짐을 가득 싣고 리어카를 끌고 있는 아버지는 그야말로 노동자의 모습 그대로였다. 허름한 작업복 바지에 다 해진 티셔츠를 입고 있었다. 검은빛의 티셔츠는 분명 내가 입다가 버린 것이었다.

나는 아버지와 시선이 부딪치지만 않았다면 그냥 지나쳐 버렸을지 모른다. 그런 아버지와 이야기하는 것을 아는 사람이 보면 그때 내 얼굴은 얼마나 붉어질 것인가? 그러나 시선이 부딪쳤으니 피할 도리가 없었다.

"아버지가 직접 운반까지 하셔야 하나요?"

그렇게까지 해서 돈을 벌어야 하느냐는 뜻으로 물었다.

"돈을 벌려면 쓰질 않아야 하잖니?"

아버지는 마치 이해해 달라는 투로 말했다. 나는 리어카를 붙잡고 있는 아버지와 긴 이야기를 할 수가 없었다. 잘한다고도 할 수 없고 제발 그런 일만은 그만두어 달랄 수도 없는 노릇이 아니겠는가? 그저 한시바삐 그 자리를 피하고 싶었다.

"제가 좀 끌까요?"

나는 이 말이 아버지에게 어떤 반응을 일으키리라는 것을 짐작하며 말했다. 과연 아버지는 손을 내저으며 나를 접근하지 못하게 했다. 동시에,

"어서 가 일이나 봐라."

하며 리어카를 끌기 시작했다.

나는 사무실로 돌아왔지만 겹친 우울 때문에 일이 손에 잡히지 않았다. 리어카를 끌고 도심 지대를 왕래하는 아버지의 모습도 나를 우울하게 했지만 그보다 앞서서 나는 또 하나의 우울을 짓씹고 있었던 것이다. 그것은 이 날 아침 처음으로, 내 월급이 나와 거의 비슷하게 입사한 사람보다 한 급 낮다는 것을 알았기 때문이었다. 시험을 치고 정식으로 입사한 사람과 나처럼 특채로 입사한 사람의 대우가 달라야 하는 것은 당연한 일이다. 그러나 아버지가 나 때문에 희생을 했는데 나는 남과 같은 대우도 못 받는다는 사실에 난 우울하지 않을 수 없었다. 누구 한 사람 내 면전에서 특채로 입사한 놈이라고 나에게 경멸의 말을 하지는 못할 것이다. 그러나 누구나 속으로 특채로 입사했기 때문에 봉급이 다르고 또 승진도 늦는다고 비웃을 것이 사

실이다. 그래서 점심도 혼자서 먹으러 갔던 것이지만 돌아오는 길에 하필 그런 아버지의 모습을 봐야 했는가?

멍하니 앉아 있는데 계장 책상 위에 있는 전화벨이 울렸고 계장이 내 이름을 불렀다. 수화기를 귀에 댔을 때 뜻밖에도 여자 목소리임에 나는 얼굴을 붉혔다. 일을 하지 않고 있던 것이 마치 그 전화를 기다리고 있었기 때문이었다고 오해받을 만했다. 더구나 목소리의 주인공은 인주였다. 그런데다 대답하기 힘든 말을 해 오는 것이 아닌가? 한 번 만나고 싶다는 것이었다. 계장 이하 직원들이 모두 듣고 있는데 나는 무엇이라 대답할 수 있겠는가?

"좀 바쁜데……."

그것으로 만날 수 없다는 말을 전했다.

"언제쯤 시간 내실 수 있겠어요?"

"글쎄……."

내가 대답에 궁해 있음을 눈치챘는지 다시 또 전화를 걸까요? 하고 물어왔다. 나는 그러라고 대답하고 전화를 끊으려 했다. 그런데 인주가,

"보구 싶어요."

한 마디를 덧붙이고 전화를 끊었다. 말꼬리를 잡힐까 해서 도망치며 내던지듯이 한 그 말 한 마디가 가슴을 찡 울렸다. 가슴을 찡 울리고는 번져 나가는 그 여운이 나도 너를 보고 싶어했는데 하는 혼잣소리를 중얼거리게 했다. 사실은 내게 그녀가 보고 싶은 마음이 있었기 때문에 그미의 보고 싶어요 한 마디 말이 내 가슴을 두들겼던 것이다.

그 날이 있은 뒤 나는 가끔 인주를 생각했다. 술집 여자란 것을 강조하면서도 생각나는 것만은 사실이었다. 침대에서 있었던 여러 가지 일들이 꾸며진 연극이라 생각하면서도 그미의 얼굴을 눈앞에 그려 보는 것이 그리 불쾌하지가 않았다. 그러나 그것을 그리움이라고는 생각지 않았다. 내 동정을 바친 여자니까 그만큼 인상적이어서 생각이 나는 것이라고만 여겼다. 사실 그이상 아무런 감정이 없었다. 슬그머니 한 번만 보았으면 하는 마음이 드는 때도 없지는 않았으나 그런 때는 보고 싶을 만한 가치가 있는 여자가 아니란 경멸감으로 그녀를 무시해 버렸다.

무시를 하면서도 가끔 생각했던 것만은 틀림없는 사실이었다. 그렇기 때문에 그미의 보고 싶어요라는 말이 오래도록 가슴 속에 남아 있었다.

다음 날부터 나는 그미에게서 전화가 오지 않나 하고 기다렸다. 꼭 올 것 같은 마음이 들기도 했다. 그러면서도 전화가 오면 무엇 하느냐고 그것을 기다리는 나를 자조했다. 만나야 소용이 있는가? 그런 곳에 있는 여자와 결혼할 것도 아닌데. 그냥 연애만을 한다 해도 우선 돈이 들 것이다. 그 돈을 감당해 낼 도리가 없다.

만날 필요가 없다고 생각하면서도 돌아갈 때 이십 원만 가지고 가던 인주 그리고 학생으로 며칠 전부터 아르바이트로 나오는 풋내기라던 인주의 얼굴이 눈앞에서 맴돌았다. 그미의 말대로 아르바이트하는 학생일지 모른다. 절대로 직업적인 여자가 아니다. 나는 그미를 두둔해 주고 싶기도 했다.

우리가 서로 사랑을 한다면 그미는 그곳에서 돈을 벌어서 나를 위해 기쁘게 쓰겠지. 그렇게 되면 결혼을 해도 무방할 것이다.

나는 이런 생각까지 해 보았지만 결국은 그런 나를 경멸해 버렸다. 남자치고 그 이상 더 시시한 남자가 어디 있겠는가? 여자를 술집에 내보내어 그 덕을 보겠다는 촌놈. 나는 인주의 연극에 말려들어서는 안 된다고 마음을 굳게 먹었다. 학생이라는 것도 거짓말이다. 침대에서 훌쩍이던 것도 처녀인 체하려는 연극이었다. 이십 원만 가지고 갔다는 것도 결백성을 보이기 위한 연극이다. 내가 대학을 갓 졸업한 풋내긴 줄 알고 한 연극일 것이다. 돈을 위해서 아르바이트하는 여대생이라고 하자. 돈을 벌기 위해 돈 많은 남자 사이를 헤매고 있을 것이 뻔한 일이다. 그러면서도 돈 없는 나를 좋아하는 척하며 자기 자존심을 살리려 하는 자위 행동이 곧 나와 접근해 보려는 의도가 아니겠는가?

사흘째 되는 날 다시 전화가 왔을 때 그때는 계장이 자리에 없기도 하였지만 나는 냉정한 태도를 노골적으로 보였다.

"바쁜 사람에게 왜 전화를 자꾸 걸지?"

겨우 두 번째로 전화 거는 그미에게 이런 식으로 구박을 주었다.

"한 번만 만나구 싶어요."

"그럴 시간이 없다니까."

"제가 뭐 잘못한 게 있나요?"

"잘잘못이 있어? 타인들인데……."

이렇게 해서 전화를 끊도록 했지만 전화를 끊은 뒤 나는 나에게 상을 주고 싶을 만큼 내가 잘했다고 생각했다. 깊은 관계를 맺지 못할 여자라면 일찌감치 끊어 버리는 것이 상수가 아니겠는가?

그러한 나를 후회하지는 않았다. 그렇지만 인주의 얼굴이 눈앞에 떠오르고 그미의 진실이 가슴을 파고드는 것만은 막을 길이 없었다. 정말 진실 같았다. 진실이 아니고서는 한 여자의 마음이 한 남자의 마음을 파고들 수가 없다. 나를 좋아하는 그미의 마음이 나에게 진실로 느껴졌지만 그래도 할 수 없는 일이라고 고집부리는 내 마음이었다.

그런데 사흘쯤 뒤 찬교가 사무실로 찾아왔다. 찾아오자 대뜸 오늘 밤 일전에 갔던 그 요정엘 가자고 했다.

"요정엔…… 대폿집에나 가자."

나는 문득 인주를 생각했지만 찬교의 지나친 출혈을 걱정하며 말했다.

"자아식. 그런 게 아냐. 너를 위해서 가는 거야."

찬교가 의미 있는 웃음을 웃었다.

"나두 나를 위해서 대폿집으루 가자는 거다."

내가 네 마음 속을 환히 알고 있다는 태도로 대답했다. 그러자 찬교가

"사실은 인주의 부탁을 받았다. 사내자식으루 그런 부탁두 못 들어 주겠달 수 있니? 어서 가자."

하고 실토를 했다. 그러니 나도 어물어물할 수가 없었다.

"그런 줄 알았다. 그래서 안 가겠다는 거야. 나 인주가 싫으니까……."

"싫을 건 뭐냐? 그런 데 있는 여자야 그저 데리구 놀다 버리면 되는 건데……."

"싫을 것도 좋을 것두 없는데 말야. 그 애가 날 좋아할려는 것이 싫다는 거지."

"그러니까 안성마춤이 아닌가? 네가 좋아서 빠진다면 걱정이지만……."

"그래두 싫어."

나는 나도 그미를 조금쯤 좋아한다는 말을 못했다. 내가 그미를 조금도 좋아하지를 않는다면 찬교 말처럼 데리고 놀다가 버리면 된다. 그러나 조금쯤은 좋아하기 때문에 그럴 수가 없는 것이었다.

"학사 기생이라더라. 너한테 첫정을 준 모양인데 그걸 왜 마다하니? 반편 같은 새끼야."

정말 내가 반편이란 생각이 들었다. 그런 데 있는 여자를 가지고 이것저것 생각할 필요가 무엇인가? 할 수 있는 한 향락을 하다가 끊어 버리면 그뿐이 아닌가? 그런데도 나는,

"나두 반편이지만 그 애두 눈이 뺐지. 나 같은 걸 보구 좋아하니?"

하고 회의적인 태도를 취했다.

"글쎄 나두 알 수 없는 일야. 네까짓 게 뭐 좋아서……."

그런데 어쩐 일인지 그 뒤부터는 찬교가 적극적으로 나를 끌지 않았다. 그 대신 인주 칭찬을 시작했다. 교육을 받은 여자가 되어서 그런지 손님을 대하는 품이 다르다면서 남자들 유혹을 물리치는 데도 품위 있게 하더라는 말을 했다.

"결심을 크게 하구 나온 모양이지만 조금 아깝던데……."

그는 동정심까지 표했다. 그러나 나는,

"그런 데 나오는 여자들이라구 처음부터 타락하는 건 아냐. 너무 과대평가 말어."

하고 찬교의 태도에 불복했다. 그것은 찬교가 계속해서 인주 칭찬을 해 주었으면 하는 바람을 가졌기 때문이기도 했다. 그런 내 마음을 알 리 없는 찬교는 금시 내 말에 동의했다.

"사실 그렇지. 얼마 안 가서 꺾어지구 말 거야. 또 그런 데 나온 여자니까 복잡한 과거가 있을지두 모르구……."

나는 찬교의 말에 말리어 그냥 동조했다.

"소질이 있으니까 나온 거야. 소질이 없어 봐라. 돈이 아무리 필요해두 보통 여자가 그런 데 나올 것 같으니……."

그러면서도 나는 인주를 그런 여자로 단정하는 데 마음 한 구석이 언짢음을 느꼈다. 찬교가,

"어쨌든 너는 그 애가 싫다는 거지?"

하고 물을 때

"싫으니까 어쩌겠다는 거냐?"

반문했다. 그렇게 반문하는 나의 마음 속에서는 찬교에 대한 증오감이 솟아오르고 있었다.

"네가 싫다면 내가 건드려 볼까?"

"마음대로 하렴. 내가 알 게 뭐냐?"

이러면서도 나는 찬교를 마음 속으로 경멸했다.

찬교가 그 요정으로 가잔 말을 않고 어떤 대폿집으로 끌고 갈 때 그가 인주에 대해 딴 마음이 있다는 것을 확실히 알 수 있었기 때문에 나는 술맛도 모를 정도였다.

사무실 이 구석 저 구석에서 공장 노무자들의 임금에 대한 이야기가 오갔다. 시외에 위치하고 있는 제재 공장 노무자들이 임금인상 문제를 가지고 구체적 행동을 개시하기 시작했다는 정보가 들어왔기 때문이었다.

서무를 맡고 있는 우리 서무계 직원들도 현재의 노무자 임금이 적다느니 적지 않다느니 해서 의견대립을 보였다.

"아무리 여자들이래두 기술자는 기술자 아냐. 한 달에 만 원 내지 만 오천 원이 뭐야?"

노무자의 근 반이나 차지하고 있는 여자 노무자를 두둔하는 말이었다.

"우리 월급을 생각해 봐. 대학 출신의 초급이 이만 원 미만이거든. 그런데 여자들 수입으루 그만하면 됐지 뭐야."

사무 계통의 본사 직원들과 비교해서 하는 말이었다.

"임금이 비싸 봐. 우리 나라 산업이 지탱해 나갈 수 있어. 외국 원료를 들여다가 싼 임금으로 제품을 만들어 팔아 먹는 것이 우리 산업인데……."

이것은 우리 나라 산업에 대한 일반론이었다. 그러자 어떤 사람이,

"우리 나라엔 어째서 재목이 될 만한 나무가 자라지 못할까? 산이 가장 많은 나란데두 재목으루 쓸 나무는 전부 외국에서 수입을 해야 하니……."

"참 이상한 일이야. 필리핀 같은 나라에서는 이십 년만 자라면 아름드리 나무가 된다는데 한국 산에서는 오십 년 자란 소나무두 목재루 쓸 수가 없으니까. 국가의 운명이랄까?"

"나무뿐인가? 모든 면이 다 그렇지. 보세 가공밖에 못하는 형편이 아닌가 말야!"

나는 입사한 지 얼마도 안 된 터라 아는 척하고 나설 수가 없었지만 듣기만 하는데도 우울했다. 제 나라 원료가 없어서 외국 원료를 수입해다가 보세 가공이나 해서 사는 처지에 그래도 남보다 잘 사는 척 고층건물과 고급 주택을 짓고 있는 우리 나라 사람들의 속없는 허영이 눈앞에 보였기 때문이었다.

이만 원 정도의 월급을 받고 있는 나도 그렇다. 대학을 졸업했으니 취직을 해야 했다. 취직을 하면 그것으로 먹고 살지 못한다 해도 그래도 사회의 일원이 된다는 자존심으로 만족한다. 내가 결혼을 안 했고 그나마 부모 밑에서 살기 때문에 월급이 생명선은 아니다. 그런데도 나는 취직만이 절대적인 것으로 알고 취직시험을 몇 번이나 쳤던가? 앞으로 나는 월부로나마 양복을 사 입어야 하고 구두니 내복이니 갖출 것을 갖춰야 한다. 점심시간이 되면 밖에 나가 음식을 사 먹고 친구들과 커피니 대포니 마셔야 한다. 그리고 무슨 남는 돈이 있어서 대학을 졸업시켜 준 부모에게 월급을 탔다고 돈을 내놓을 수 있을까?

나는 우울해서 남들은 아직 이야기들을 계속하고 있었지만 변소엘 가는 척하고 자리에서 일어섰다. 들어야 더 우울해질 것만 같았기 때문이었다. 변소로 가려고 할 때였다. 사환애가 와서 과장님이 부른다는 전갈을 했다. 이상한 일이었다. 나 같은 풋내기 사원에게 과장이 직접 해야 할 이야기가 무엇일까? 그러나 부른다니 안 갈 수 없었다. 넥타이를 만져 본 뒤, 머리를 손으로 쓸어 올리고 과장실로 들어갔다. 그런데 과장은 그새 일을 좀 배웠나, 일이 고되지는 않은가 하며 뜻밖에도 친절한 태도를 보였다. 그리고는,

"자네 어른께선 모범사원이었네. 아버지 뒤를 잘 잇게."

한 뒤 회사에는 사원들의 월급이 적기 때문에 출장 명목으로 여비를 주는 일이 있다는 이야기를 했다. 나는 공짜 돈이 생기는 것이라 생각하고 좋아서 과장이 내미는 출장명령서에 도장을 찍었다. 그러자 과장은 봉투에 든 돈을 주면서,

"그럼 일 주일 동안 집에서 잘 쉬게."

하는 것이었다. 돈을 받고 집에서 놀기나 하라는 말이 지나치게 고마운 일 같아 어리둥절해 있을 때 과장이,

"여비의 전액이 아니지만 회사의 관례니까 할 수 없네. 상납은 해야 하니까."

하고 너무 좋아할 것이 없다는 듯 말했다.

나는 과장에게 인사를 하고 나왔지만 그 특혜가 내게만 베풀어진 것 같아 돈봉투를 주머니 속 깊숙이 넣고 남들에게는 아무 일도 없었다는 듯이 내 자리에 앉았다.

취직을 한 뒤 처음으로 만져 보는 돈이라 신기한 생각이 들었지만 우선 봉투 속에 들어 있는 돈이 얼마나 되는지 그것이 궁금했다. 나는 변소로 갔다. 변소에 들어가 문을 안으로 잠그고 봉투를 꺼내 보았다. 오천 원이었다. 적지 않는 돈이었다. 얼마 동안 쓸 수 있을 것 같았다. 나는 바지 혁대도 풀어 보지 않고 그대로 변소를 나와 내 자리로 갔다. 돈이 들어 있는 주머니로 자꾸만 손이 갔다. 인주를 만날까? 점심도 사 줄 수 있고 극장 구경도 갈 수 있다. 두 번쯤은 만날 수 있을 것 같았다. 그러나 겨우 두 번 만날 자금밖에 못 된다는 생각을 할 때 일 주일 동안의 출장 여비가 너무나 적다는 것을 느꼈다. 왕복 기차비, 숙박비 등 합치면 실비로 따져도 만여 원이 훨씬 넘어야 할 것이다. 그렇다면 간부들은 말단 직원을 출장 보낸다는 명목으로 여비의 반 이상을 착복한단 말인가?

나는 오천 원이라도 공짜 돈인 만큼 고맙게 생각해야 할 일이지만 그렇게 되어 있는 사회구조가 어쩐지 구역질이 났다. 그런 구조 속에 들어오지 못해 시험을 몇 번이나 쳤고 또 아버지는 아들인 나를 그런 구조 속에 넣기

위하여 자진 사퇴까지 했다.

그런데 십 분도 안 가서 경리계 직원 한 사람이 가까이 와서 오늘 받은 돈 가운데서 삼천 원을 내놓으라고 했다. 나는 불복인 듯 그 사람을 빤히 쳐다봤다.

"아직 모를 거요. 그 돈에서 일부를 떼 두었다가 다음 사원 간친회에 쓰기루 되어 있소."

어처구니가 없는 일이었다. 나는 세상에 공짜 돈이 어디 있으랴 생각하고 달라는 대로 내놓았다. 그때 옆자리에 앉아 있던 동료 한 사람이,

"나머지 돈이나 잘 저금해 두시오. 앞으로 크리스마스니 또 생일이니 해서 높은 사람들에게 바쳐야 할 게 얼마든지 있으니까……."

하고 나를 위로하듯 말했다.

나는 남은 돈 이천 원을 가루로 만들어 물에 타서 꼴깍 삼켜 버리고 싶었다. 그렇게 해서 그 돈에 대한 것을 잊어버리고 싶었다.

수없이 많은 박테리아가 붙어 있을 그 지폐가 더럽게 생각도 되었다. 현미경을 끼지 않고도 보일 듯한 그 박테리아들이 지전에서 내 몸뚱이로 옮아 기어들고 있는 것 같기도 했다. 몸이 가려운 것 같고 그래서 어디로 탈출이라도 하고 싶을 때 전화벨이 울렸고 수화기를 들었던 계장이 나를 부르며 수화기를 내밀었다.

인주의 목소리를 듣자, 나는 전처럼 위축감을 느끼지 않으며,

"나야, 나아."

하고 큰 소리로 대답했다. 누구에게서 전화가 와도 무방하고 또 전화 내용에 대해서 신경을 쓸 필요가 없었던 것이다. 여자에게서 전화가 왔다고 나를 백안시할 사람이 누군가? 백안시하면 또 어떤가? 말하자면 모두가 죄인들인데 죄인들 앞에서 부끄러워할 것이 없다는 배짱이었다.

"오늘은 바쁘지 않으세요?"

인주의 물음에 나는,

"바쁘기는? 아무때라두 만날 수 있어."

하고 호기 있게 대답했다.

근무시간 중이지만 나는 그미를 회사 근처 다방으로 불러 냈다. 그리고 나는 오늘 그미에게 조금쯤 친절하리라 생각했다. 그것은 내 마음 속에 그미를 그리워하는 마음도 있었지만 찬교 때문이기도 했다. 내가 붙들어 놓지 않으면 찬교가 그미를 건드릴지 모른다. 그것은 싫다. 내 동정을 깨뜨려 준 여자, 그리고 나를 좋아한다는 여자를 특히 친한 친구에게 맡기기는 싫었다. 만약 과거가 있는 여자라든가 또는 현재가 복잡한 생활 속에 있다는 흐린 이미지지만을 주지 않는다면 내가 그미를 진심으로 사랑할지도 모른다. 설사 흐린 이미지를 준다고 해도 그미가 현재 대학생이고 직장에 물이 들지 않은 햇병아리라는 그미의 말을 액면대로 믿고 사랑할 수도 있지 않겠는가.

"왜 그렇게 만나기가 힘들지요?"

만나자마자 나를 원망하듯이 말하는 인주의 태도가 나를 오래 전부터 사랑하고 있는 여자란 인상을 주었다.

"미안해."

나는 솔직히 사과를 했다. 그것이 내가 대단치도 않으면서 그미의 속을 태워 주었다는 나의 진실된 감정이었다.

"그런 말을 듣잔 건 아녜요."

그래도 나는 다시 미안하다는 말을 했다. 그것은 그 날 밤 일에 대해 그미가 조금도 후회하지 않고 있다는 데 대한 일종의 감사였다. 동정을 뺏긴 것은 나다. 그것만은 확실하다. 그미가 내게 처음으로 정조를 바쳤는지 그것은 내가 모를 일이다. 그렇다면 내가 미안하다고 말할 이유는 없을 것이다. 그러나 나는 내 동정이 아무것도 아니란 생각을 했고 그미의 정조는 첫번째가 아니라 해도 소중한 것처럼 생각했던 것이다.

"시시하게 자꾸만……."

그미는 사과하는 나를 못마땅히 여겼다. 그런데도 나는,

"후회하지는 않았어?"

하고 물었다. 역시 여자의 육체는 소중한 것이라는 마음에서였을 것이다.

"어린앤 줄 아시나 봐?"

후회하지 않는다는 뜻이었다. 나는 그 자리에서 그미를 포옹하고 싶은 충

동을 느꼈다. 그만큼 나를 사랑한다는 여자를 처음 보았기 때문이었다.

나는 문득 내가 사랑할 뻔한 미혜를 생각했다. 그미와 육체관계를 한 뒤 후회하지 않느냐고 물으면 그미도 후회한다는 말을 하지 않았을 것이다. 그 것은 그미가 순전히 피동적은 아니었을 테니까. 그러나 후회는 안 한다 해도 그것을 행복의 기억으로 생각지는 않을 것이다.

그런데 인주는 후회 안 할 뿐 아니라 그것을 행복의 추억으로 삼고 있는 듯한 표정이었다. 그러한 그미를 보자 나는 아무것도 생각할 필요가 없었다. 적극적인 애정을 퍼붓고 싶을 뿐이었다. 진심으로 나를 아낌없이 사랑해 주는 사람을 눈앞에서 본다는 것보다 더 행복한 일이 어디 있겠는가? 삶을 가치 있게 느끼게 하는 그 이상의 것이 또 어디 있겠는가?

"인주. 거길 그만둘 생각은 없어?"

나는 내가 그미를 오래 사랑할 수 있는 방법을 생각하며 말했다. 그 요정만 그만둔다면, 즉 남자들 틈바구니에서 사는 생활만 중지해 준다면 나는 그미에 대한 흐린 이미지를 씻어 내리고 그미를 사랑할 수 있을 것 같았다. 그런데 이상스러웠다. 그미는 내 진심을 이해하려 하지도 않았다.

"왜 그만둬요? 난 안 그만둬요."

그미는 자기의 의사대로 살 권리가 있다는 듯 대답했다.

"그런 데 있으면 아무래두 물들게 되는 거야. 두 끼 먹을 거 한 끼 먹으면 어때?"

"날 믿지 못하겠다는 거죠? 난 절대 자신이 있으니까 걱정 말아요."

두 번씩이나 자기 의사를 고집할 때 나는 이 여자가 그런 데서 살 소질이 있는 여자란 생각을 했다. 동시에 과거가 반드시 있을 것이고 현재도 복잡한 남자관계를 맺고 있는 것이라 생각했다.

"좋두룩 해."

하고 난 뒤부터 나는 그미와 일체의 타협을 거부했다. 그미가 남자들의 유혹쯤 절대 자신이 있다고 자기 변명을 했지만 나는 속으로 그미는 그런 세계에 흥미를 가진 여자로 단정했다.

명목상의 출장으로 출근을 안 하고 집에 있었다. 언제까지라도 출근을 안 하고 월급을 탈 수 있다면 얼마나 편할까. 정말 출근하기도 싫었다. 그리고 거리에 나다니기도 싫었다.

나는 아버지를 부럽게 생각했다. 비록 리어카를 끈다 해도 자기 힘으로 돈을 번다는 의욕적인 아버지였다. 가게가 있는 신림동까지 버스로도 근 한 시간이 걸린다. 그래서 아버지는 고등학교를 졸업하고 놀고 있는 누이동생을 데려다가 그곳서 숙식을 하며 장사를 하고 있었다. 수입이 괜찮은지 걱정이 되어 찾아가는 어머니에게 몇 해만 고생하면 가게도 늘이고 재산이 될 만한 땅도 살 수 있을 것이라는 말을 했다.

그렇다면 나도 월급쟁이 노릇을 할 필요가 없다고 생각했다. 아버지를 도우며 장사를 하면 그만큼 돈벌이가 클 것이 아니겠는가? 차라리 부정이 합법화되어 있는 회사 구조 속에서 숨쉬는 것보다는 마음 편할 것 같았다. 그래서 아버지에게 가서 아버지 대신 리어카를 끌고 물건을 운반해 보았다. 아버지가 극구 반대했지만 나는 나를 시험해 보기 위해 리어카를 끌어 봤다. 그러나 한 번 운반하고는 그냥 집으로 돌아오고 말았다. 다시 그 일할 생각을 완전히 포기하고서 말이다.

빈 리어카를 끌 때 힘이 든다고 말할 수 없었다. 그러나 나는 사람을 만날 것 같은 마음이 불안해 견딜 수가 없었다. 꼭 죄를 지은 마음이었다. 남대문 시장까지 가는 동안 나는 머리를 쳐들지 못했다. 물건을 싣고 돌아올 때 이마에서 흐른 땀이 한 되는 되었을 것이다. 무거워 힘이 들기도 했지만 뒤에서 누가 내 이름을 부르는 것만 같았던 것이다. 노동이 신성하다는 말을 한 사람이 누굴까? 직업에 귀천이 없다고 말한 사람은 누굴까? 나는 그런 말을 한 사람을 내 앞에 끌어다가 그 얼굴을 보고 싶어졌다.

나는 또 오겠다는 말도 못하고 아버지 가게에서 돌아와 아버지를 존경하는 마음으로 떠올렸다. 아버지는 오랜 동안, 퇴직할 나이가 거의 될 때까지 봉급생활을 해 왔다. 그런데도 창피를 모르고 리어카를 끌고 있다. 그렇게 해서 돈버는 일에 즐거움을 느끼고 있다. 그것도 자기의 부귀영화를 위한 것이 아니다. 다 늙은 자기 자신보다도 젊은 아들딸들을 위하는 의지의 소산이다.

나는 다음 날부터 아버지에게 갈 생각을 못하고 집에서 하는 일 없이 시간을 보냈다. 지루했다. 몸서리가 날 만큼 지루했다. 지루하다고 느껴지자 살고 싶은 의욕이 봄눈처럼 녹아 없어지고 말았다. 생각하기도 싫고 움직이기도 싫고 또 내일에 대한 것을 걱정하기도 싫었다.

내가 시간 속에서 사는지 시간이 내 속에서 사는지도 모르며 출장기간을 거의 다 보냈다. 내일부터 다시 출근해야 하는 날 저녁 찬교가 집으로 찾아왔다. 정말 집으로 찾아와 본 일이 별반 없는 찬교였다.

"웬일이냐?"

반드시 용건이 있을 것 같아 찾아온 목적을 물었을 때,

"너 학교 교사 노릇 안 하겠니?"

하고 찬교가 물었다.

"글쎄에."

나는 현재의 직장보다는 학교가 나을 것 같은 생각에 어정쩡하게 대답했다.

"내가 이번 ××학원 이사가 됐다. 너두 알겠지만 우리 재단 밑에 ××대학과 ××중고등학교가 있잖니? 앞으루 그 중고등학교를 너한테 맡기구 싶어서 그러는 거다."

교사 경력도 없는 내가 한 학교를 맡는다는 것은 꿈과 같은 일이다. 그보다도 새파랗게 젊은 애가 이사장인 아버지의 그늘 밑에서 학원 재단의 이사가 됐다는 사실에 나는 얼굴을 찡그렸다. 아무리 그 재단의 이사가 이사장의 부인 친척들로 구성되어 있다 해도 이제 대학을 갓 졸업한 풋내기 찬교가 이 자리에 앉아 학원 인사에 손을 대려는 것은 아니꼬운 일이 아닐 수 없다. 아무리 세상이 그렇게 되어 있다 한들 친구가 이사인 학교에서 교사 노릇 하기는 싫었다. 내 일생을 어찌 찬교의 손 안에 맡길 수 있으며 찬교 일가의 번영을 위하여 내 일생을 바칠 수 있겠는가.

"난 교육자 타입이 아냐."

"자아식. 타입이 어디 있노? 뜯어 맞추면 새 타입이 되는 거지."

"그래두 취미를 느끼는 거라야지."

"취미 좋아한다. 살아가는 데 취미가 뭐 말라 빠진 거냐?"

"아무리 직업이래두 취미 없는 거야 어떻게 하니?"

"그럼 지금 직업이 네 취미에 맞는 거냐?"

그 말에 나는 대답할 수가 없었다. 사실 취직을 희망할 때 취미에 맞는 것을 선택하려고 한 일이 없었으니까. 내가 대답 못하는 것을 보자 찬교가

"두구 생각해 봐라. 너한테 절대 해로운 일이 아닐 테니까……."

생각할 여유를 주고는 곧 화제를 돌렸다.

"참 인주가 그 집 그만뒀더라. 너한테 무슨 연락 있었니?"

나는 우선 놀랐다. 내가 그런 직업을 버리라고 했을 때 인주는 절대로 그만두지 않겠다는 말을 했다. 그런데도 그 집을 그만두었다는 것은 다른 요정으로 옮겼음을 뜻한다. 무엇 때문에 딴 데로 옮겼을까? 혹시 찬교 때문이나 아닐까?

"네가 건드린 건 아니냐?"

"자아식. 건드릴 새가 있니. 엊그제 갔더니 벌써 그만뒀던데."

"딴 데루 간 건 아닐까."

"그런 것 같지는 않더라."

그렇다면 이야기가 다르다. 내가 그만두라고 했을 때 허세를 부리긴 했지만 역시 내 말에 영향을 받아 그만둔 것이나 아닐까? 만약 그렇다면 그미는 나를 진정으로 사랑하고 있는 것이 틀림없다. 그만두기 직전 내게 연락을 했을 것이다. 그러나 내가 출근하지 않고 있는 때라 나를 만날 수 없었겠지.

"너 그치 주소를 알려 줄 수 없니?"

나는 그미를 집으로라도 찾아가야 한다고 생각했다.

"너두 무척 좋아하는가 보구나?"

"사실은 조금 좋아했다. 그 말을 들으니 더 좋아지는데…… 만나구 싶다."

"아서, 이 자식아. 그런 여자와 결혼하면 출세 못해."

"나 같은 게 출세할 까닭두 없지만 출세가 중요한 것두 아냐."

나는 그미를 만나고 싶은 일념뿐이었다. 출세니 미래니 생각할 여유가 없을 만큼 내 마음은 그미로 가득 찼다.

"너두 미칠 소질이 있구나."

"나라구 미치지 말라는 법 있니? 그러지 말구 주소 좀 알아다오."

"그까짓 것 힘든 일 아니지. 그 요정에 물어 보면 간단하게 알 수 있으니까. 학교루 가서 주소를 물어두 알 수 있구."

참 나는 맹꽁이다. 그미가 다니고 있다는 ×여자대학으로 찾아가면 손쉽게 알 수가 있다. 거기로 찾아가는 것은 찬교에게 부탁할 필요도 없는 일이다.

그러나 부탁해 놓은 일이니 찬교의 성의에 기대하는 수밖에 없었다.

"꼭 부탁한다."

"걱정 말어. 그 대신 너두 학교 문제 잘 생각해야 한다."

이런 식으로 찬교와 약속한 것이니까 나는 찬교에게서 소식이 있을 때까지 기다려도 좋았다. 그러나 다음 날 아침 나는 출근 대신 인주가 다니는 학교로 갔다. 찬교가 알려 줄 때까지 기다리고 있을 수가 없었기 때문이었다. 게다가 회사에 나가는 것이 쓴 약을 먹는 것처럼 싫었다. 아무리 공공연한 부정이요 타의에 의한 부정이라 해도 집에서 놀기만 하다가 출장서 돌아온 것처럼 출근하기가 뻔뻔스럽게 생각되었던 것이다. 부정에 이용당한 사람이니 하루쯤 결근을 해도 탓할 사람이 없으리란 생각도 들었다.

나는 만약 그미를 그미의 학교에서 만난다면 남들이 보는 데서라도 그미의 등을 쓸어 주며 잘했다고 또 고맙다고 칭찬과 감사의 뜻을 아낌없이 표하리란 생각을 했다. 그리고 다음부터는 그미를 만나는 일을 내 생활에서 가장 중요한 일로 삼겠다고 약속을 굳게 굳게 하리라 마음먹었다.

어차피 세상에서는 내가 납득하고 또 만족할 수 있는 생활이 불가능하다. 납득되지 않는 그리고 만족할 수 없는 생활에서 그것들을 망각하며 사는 것밖에 생활을 유지하는 방법이 없다. 그것들의 망각에는 애정에의 도취만이 명약이 될 수 있다. 인주에게 도취하자.

그러나 모두가 허사였다. 교학처로 가서 인주가 다니고 있는 학과(學科)

를 알아보았다. 그런데 도대체 인주라는 이름이 없었다. 있기는•하나 있었으나 1학년 학생이었다. 인주가 1학년 학생일 수는 없었다. 나는 그미가 요정에서 쓰는 이름이 본명이 아닐지도 모른다는 생각을 했다. 그 본명을 알 도리가 없었다. 그런 것을 미리 알아 두지 못한 나를 맹충이라고 생각했지만할 수 없는 일이었다. 학교 어떤 교실에서 공부하고 있을 그미를 찾아 내지못하는 안타까움을 느끼며 나는 찬교를 찾아갔다. 이런 때 막힌 구멍을 뚫어 줄 사람은 찬교밖에 없었기 때문이었다.

찬교를 만나자마자,

"인주 주소를 알아봤니?"

하고 물었다.

"자아식. 바쁘기두……."

그는 빙그레 웃을 뿐 대답을 안 했다.

"궁금한 걸 어떡하니?"

나는 학교로 찾아갔던 일을 숨기고 그의 대답만을 요구했다.

"알아봤는데 딴 요리집으루 갔더라. 내 그 집으루 한 번 안내하마."

찬교의 대답에 나는 우선 실망했다. 역시 그미는 그런 직업을 버릴 수 없는 여자란 생각이 들었기 때문이었다.

"어떤 집인데?"

나는 실망한 척하는 태도를 보이지 않고 물었다.

"우이동에 있는 아주 일류 요정이야."

이 말에 나는 더 실망을 느꼈다. 고급손님을 상대할 만큼 얼굴이 알려졌다는 것이 아니겠는가? 그런데도,

"본명이 뭔지 그건 모르지?"

하고 인주의 본명을 알려 했다.

"그건 알아서 뭣 하게?"

찬교는 말을 이어,

"너 학교루 찾아갈 모양이구나?"

하고 물었다.

"그렇다."

나는 그래도 학교에 갔다 오는 길이란 말을 못했다.

"그만둬라. 학생이라는 것두 거짓말이더라."

"정말?"

나는 놀랐다.

"자아식. 여자 말을 곧이 듣구 있었구나."

인주의 말을 믿고 있었던 나를 비웃는 찬교였다.

나는 찬교에게 수고했다는 말만 하고 그의 집을 나와 버렸다.

이렇게 허것할 수가 있을까?

취직시험을 치르고 난 뒤 낙방통지서를 받았을 때보다 몇 배 더 침통한 허것함이었다. 반항하고 싶은 절망감이라고나 할까? 저주하고 싶은 조소랄까?

나는 다음 날 아침 출근을 했다. 그곳밖에 내가 갈 곳이 없다는 생각보다도 습관화된 행동처럼 무비판 상태에서 출근을 했던 것이다.

'대우 25% 인상!'

회사 이 구석 저 구석에 붙어 있는 쪽지였다. 나는 내 월급이 얼마나 오르는가를 먼저 계산해 보았다. 구두 한 켤레 값이었다. 매달 구두 한 켤레를 사 신을 수 있다는 생각을 했다. 어째서 월급이 올랐을까 하는 그 이유는 알려고 하지 않았다.

구멍이 송송 뚫린 여름 구두를 사야겠다. 생전 처음 신는 구두가 아니냐.

나는 이런 생각을 하며 사무실로 걷고 있었다.

(원) 《현대문학 187》 1970. 7, (출) 『슬픈 행복』 세종출판공사, 1971.

마음의 보도

여섯 명 손님 사이에 끼여 술을 붓고 있을 때 안주접시를 가지고 들어온 웨이터가 완주(婉周)에게 잠깐 면회라는 말을 했다. 완주는 알았다고 고개만 끄떡하고는 자리를 뜨지 않은 채 앉아 있는데 옆에 앉아 있던 손님이 그녀의 손을 잡고 나가지 못하게 했다. 가서 인사만 하고 온다는데도 손님은 거짓말 말라면서 놓아 주지를 않았다. 짓궂은 손님이었다. 그러나 악의가 있는 짓궂음은 아니었다. 완주는 즐거운 비명을 올릴 때의 심정 같은 마음으로 미소를 지으며 정말 금시 돌아온다는 말을 하고 손님의 양해를 구했다.

손님도 남의 영업을 방해할 수는 없다는 듯이 꼭 와야 해 하며 그미의 손을 놓아 주었다.

요정에 있는 여자로 즐거운 일이란 손님들이 자기를 잊지 않고 불러 주는 것이다. 그만큼 인기가 있다는 것으로 그 인기란 수입과 직결되어 있기도 하다. 자기가 좋아서 붙잡고 놓아 주지 않는 손님의 짓궂음이 불쾌할 까닭이 없다. 더구나 한편에서는 자기를 불러 주는 새 손님이 있고. 완주는 웨이터가 가르쳐 주는 방으로 가면서 어떤 손님이 자기를 부를까 생각했다. 그러나 깊이 생각할 필요는 없었다. 어떤 손님이건 그는 자기에게 팁을 주는 남자요 그 이상일 수 없기 때문이었다.

그미는 방문을 살그머니 열고 방 안을 둘러보며 고개를 숙였다. 어떤 손님들이건 우선 인사를 해야 했기 때문이었다. 그런데 인사를 하고 고개를 숙인 그미의 얼굴에 약간 열이 올랐다. 이런 직업을 가진 지 근 일 년이 되면서 처음 있는 일이었다. 그러나 그 열이 얼굴색을 변색케 하기 전에 그녀는 고개를 들고 석희(石姬) 옆으로 가 앉았다. 분명 손님은 두 명이고 한 명 옆에는 자리가 비어 있었다. 자기가 앉게 비어 놓고 있는 자리를 보면서도 그녀는 혼자인 손님 옆으로 가지 못하고 동료인 석희 옆으로 가 앉았다. 그래서는 안 된다. 그냥 놔 두지도 않을 것이다. 그런 줄 알면서도 석희 옆에서 허리를 꾸부리고 고개를 숙여 두 번씩 인사를 하고 있는데 석희 옆에 앉아 있는 상우(祥雨)가,

"거기 앉는 법이 어딨어?"

마치 자기가 무시를 당한 것처럼 신경질적으로 말했다. 그러자 석희도 빨리 저리로 가 앉으라면서 그미의 어깨를 밀었다. 어쩔 수 없이 완주는 몸을 일으켜 학제(學濟) 옆으로 가 앉았다. 그리고는 학제에게,

"안녕하세요?"

새삼스런 인사를 했다.

"오래간만입니다."

학제는 깍듯이 경어를 쓰며 자기대로의 인사를 했다. 두 번째 보는 남자가 가깝지 않은 사이니까 경어를 쓰는 것도 있음직한 일이지만 완주는 그 깍듯한 경어가 그에게 가까이 할 수 없는 두터운 밧줄처럼 생각되었다. 대개의 손님은 처음 인사를 하자마자 반말을 쓴다. 그것을 남자의 위신으로 생각한다. 여자들은 그 위신을 살려 주는 것을 예의로 알고 있다. 습관이 되어서 그런지 위신을 지키지 않는 손님을 존경보다도 약간의 경멸로 대하는 것이 그녀들의 어쩔 수 없는 심정이다. 그런데 학제의 깍듯한 경어는 존경이나 경멸과 아무 관계없이 완주의 가슴을 두근거리게 했다. 서먹서먹한 듯한 느낌이 도리어 진득진 의미를 불러일으켰기 때문이었다. 이상한 일이었다. 한 번밖에 와 본 일이 없는 학제다. 말수가 적은 학제이기 때문에 한 번 만난 자리에서도 이렇다할 대화를 나누지도 못했다. 그런데도 그에 대한 인상이 그렇게도 강렬하게 머리에 남아 있음은 무엇 때문일까? 완주는 그가 처음 왔다 간 뒤부터 오늘까지 한 주일 동안 몇 번이나 그를 생각해 보았는

지 모른다. 길에서 인상 깊은 남자를 한 번 보고 지나친 뒤 그 남자의 눈동자가 예기치도 않은 때 눈앞에 나타났다가 사라지는 그런 현상이었다. 수많은 손님을 대해 왔지만 그런 일이 별반 없었다. 완주는 그러한 무의식적 의식을 다시 계속 못하도록 스스로 다짐했던 것이지만 그 의식적 노력이 도리어 그를 하루에 한 번쯤은 눈앞에 떠올리게 하는 것을 어쩔 수 없었다. 돈 없는 남자니 다시 올 리가 만무하다는 생각을 하면 마음이 편해지기도 했지만 이러다가 꿈에까지 나타나면 어떻게 하나 하고 겁을 먹고 있던 완주였다.

"이 자식아! 말 좀 해 봐라, 보구 싶어 죽겠다던 사람이 옆에 와 있는데 왜 말을 못하니?"

뚱하고 말이 없는 학제에게 상우가 하는 말이었다.

"자아식. 생뚱 같은 말을 함부루 꾸미지 마."

학제가 처음으로 입을 열었다. 인격이 손상되는 듯 참을 수가 없는 모양이었다.

"그래, 완주가 보고 싶단 말 안 했단 말야?"

"자아식, 또 거짓말한다."

"쟤가 사람 잡겠다. 내가 그래 없는 말 꾸며 댔단 말이냐?"

"이왕 술 먹으러 갈 바엔 이리루 오자구 했지 언제 완주 완주 하든?"

"그랬던가? 어쨌든 완주하고 좀 놀아라. 나 연애 좀 하게."

상우가 너털웃음을 웃고는 옆에 있는 석희의 허리를 껴안았다. 그리고는 무엇이라 귓속말처럼 둘이서 소근거리기 시작했다. 완주는 학제가 자기를 어떻게 생각하든 무관하다고 마음 속으로 계산했다. 그가 자기를 나쁘게 생각지 않는 것만은 틀림없었다. 그러나 그것보다도 그의 옆에 앉아 있으면 마음이 자꾸만 그에게로 기울어질 자기가 문제였다. 상우의 말에 과장이 있다고 해도 그것을 인격 손상처럼 생각하며 또는 부끄럼을 느끼듯 말을 조심스럽게 하는 학제가 어루만져 주고 싶게 좋아지는 그녀였다.

"좀 가 봐야겠어요."

완주는 먼저 온 손님들 방으로 가려 했다. 어차피 가기는 가야 할 것이지만 이렇게 빨리 가게 될 줄은 자기도 몰랐던 일이다.

"그래요?"

학제가 할 수 없다는 듯이 말했다. 그러나 상우는,

"안 된다. 가기는 어딜 가? 내가 두 몫 팁을 줄 테니 앉아 있어."

신경질적으로 명령했다.

"좀 앉아 있거라. 오자마자 가는 법이 있니?"

한 여자가 두 방의 당번을 동시에 맡을 수 있다는 요정의 습관을 잘 알고 있는 석회였다. 석회가 상우의 편이 되어 붙잡는 것이 그녀로서 뿌리치기 가장 힘든 일이었다. 석회를 납득시키기가 힘들었지만,

"그래두 가 봐야 해."

고집처럼 말했다.

"가 보세요. 기다리는 분들이 있을 테니까."

학제가 너그러운 태도로 완주의 편이 되어 주었다.

"미안해요."

완주는 일어서고야 말았다. 그리고는 방을 나서려 할 때 상우가 뒤쫓아와 서 손목을 잡고,

"못 간다면 못 가는 줄 알어."

하며 끌어 앉히려 했다. 완주는 정말 가 봐야 한다면서 애걸을 하고 겨우 빠 져나와 자기의 당번인 방으로 들어갔지만 마음은 불안했다. 학제 옆을 떠난 것은 잘한 일이다. 그렇지만 그뿐만도 아니었다. 학제가 자기를 매정한 여자 라고 생각할 것이 가슴을 켕기게 했다. 내가 과연 매정한 여잔가. 자기가 매 정한 여자는 아니라고 생각했다. 그런데도 자기는 매정한 여자가 되지 않을 수 없다는 것을 생각했다. 학제 아니라 어떤 남자에게도 다정스럽게 대해서 는 안 된다. 아니 자기가 다정 속에 빠져서는 안 된다. 그런데 학제에게서 자기가 다정 속에 빠질 가능성을 발견하고 있다. 하필 학제 같은 남자에게 서 그런 위험성을 느끼는지는 그녀도 알 수 없었다. 어쨌든 감정 세계로 발 을 옮겨 놓아서는 안 되는 일이었다. 요정으로 몸을 던진 자기의 결심이 무 너지고 만다는 생각 때문이었다.

"이 집엔 피아노 없나?"

어떤 손님이 불쑥 한 말이었다.

"글쎄 나두 한 번 들어 봤으면 하는데?"

다른 손님이 한몫 끼었다.

"요정에 무슨 피아노가 있나?"

또 다른 손님이 부질없는 소리들 말라는 투로 말했다. 모두가 자기를 두고 하는 말인 줄 알기 때문에 완주는 아픈 데를 찔리운 듯한 느낌이었다. 일부러 발설하려고 해서 그런 것은 아닌데 어느새 요정 안에서 자기의 과거와 또 요정에 나온 목적을 다 알게 되었다. 동시에 단골손님으로 몇 번만 온 손님들은 거의 다가 알고 있다. 그녀의 과거를 아는 손님은 반드시 가장 큰 관심사처럼 그것을 캐묻기도 했다.

완주는 정말 그런 이야기를 그만두어 주었으면 하고 바랄 뿐이었다. 그런데 옆에 앉아 있던 손님이,

"그래 아직 피아노 한 대를 못 샀어?"

하고 직접 질문을 했다.

"아직 못 샀어요."

이왕 화적(花籍)에 오를 바에야 상대 안 해 줄 수 없는 일이었다.

"수완이 부족하구만……."

"돈 있는 사람을 하나 물 것이지……."

"좀 잘못된 데가 있는 게 아냐?"

"이분하구 친해, 그까짓 게 문제야?"

충곤지 경멸인지 그렇지 않으면 장난인지 알 수 없는 말을 서로 주고받을 때 완주는 얼굴이 확 달아옴을 느꼈다.

나는 왜 나를 까놓았던가? 요정 주인아주머니에게 내 개인의 이야기를 할 필요가 무엇이었던가? 완주는 노리개처럼 된 자기에 대해 자기 혐오를 느낄 뿐이었다.

"완주, 나하구 연애 한 번 안 해 볼래?"

옆의 손님이 슬그머니 허리를 안으려 접근해 왔다. 얼굴을 맞부비기도 했

다. 다른 때와 달리 참을 수 없으리 만큼 불쾌했다. 그러나 불쾌한 표정도 지을 수 없는 것은 직업의식 때문이다.

"좋두룩 하세요."

그녀는 웃음까지 보였다.

열 시가 채 못 되었을 때였다. 먼저 온 손님들이 아직 돌아갈 생각을 않고 있는데 상우와 학제가 돌아간다는 전갈이 웨이터를 통해 알려졌다. 그새도 몇 번이나 면회를 청했지만 한 번 잠깐 가서 상대를 해 주었을 뿐인 그들에게 잘 가라는 인사도 할 수가 없었다.

"왜들 벌써 가지요?"

방 안에 들어서면서 한 마디를 했을 때,

"네가 그렇게 쌀쌀맞게 그러는데 누가 오래 있니?"

석희가 나서며 말했다.

"그렇잖구, 기분 나빠서 간다."

상우가 벌떡 일어났다. 학제도 따라 일어섰지만 그이만은,

"그래서 가는 건 아닙니다. 늦지 않았어요?"

시계를 보며 변명하듯 말했다. 완주 때문에 술을 안 마시고 갈 그런 시시한 사람이 아니라는 자존심의 은밀한 과시 같기도 했다.

어쨌든 완주로서는 미안하다는 말을 안 할 수 없었다. 그런데도 상우는,

"기분 나빠서 가지는 않는다."

큰소리를 하며 양복 안주머니에서 빳빳한 오백 원짜리를 뭉치로 꺼냈다. 그리고는 석희에게 주며 서서 회계를 하라고 했다. 그런데 석희가,

"기분 나빠서 세지 않을래요."

하며 돈쥔 상우의 손을 밀어 버렸다.

"뭐가 또 기분 나쁜고?"

"그래 오 사장두 완주 때문에 이 집에 왔었나요?"

"아…… 아, 그랬던가? 물론 그건 아니지."

"그럼 왜 다시는 안 온다구 그래요?"

"거야 학제를 위해서 한 말이지. 그것두 몰라."

"알기는 하지만……."

어린애처럼 아양을 떨며 석희가 상우의 팔을 잡고 몸 전체를 기댔다.

석희가 계산서를 보며 돈을 센 뒤 나머지를 상우에게 돌려 주자 상우가 돌려 받은 돈을 두 몫으로 나누어 석희와 완주에게 주었다. 사오천 원은 됨 직해 보였다. 팁으로 절대 적은 돈이 아니었다.

"고맙습니다."

완주가 인사를 하자,

"너무 비싸게 굴지 마."

상우가 웃지도 않으며 훈계하듯 말했다. 완주는 미안했다. 절대로 비싸게 군 것이 아니다. 특히 학제에게는 오해가 없도록 한 마디라도 해 주고 싶었지만 어떻게 자기 마음을 털어놓을 수가 있겠는가? 오해를 받아야만 살아갈 수 있는 몸이니 오해하는 사람에게는 오해를 하랄 수밖에 없었다.

열두 시가 거의 다 되어 집으로 돌아갔다. 언제나 그렇듯 그때까지 잠을 자지 않고 기다리고 있던 어머니가 큰길까지 마중 나왔다. 큰길에서 얼마를 기다렸는지 완주로서는 알 바 아니었다. 매일 그러는 것이니까 그저 그런 것이라고만 생각했다. 그런데 대문 안에 들어섰을 때 웬일인지 애기의 울음 소리가 들렸다. 보통 울음소리가 아니라 악에 바친 울음소리였다. 완주는 허겁지겁 뛰어들어갔다. 방 맨 윗구석에 혼자 달랑 앉아 목이 터져라 울며 있는 애기를 들어 안고는 눈물에 젖어 있는 애기의 얼굴을 자기 얼굴로 마구 부볐다.

"왜 울지? 불쌍해라. 어디가 아프니? 응?"

그래도 애기는 내친 울음이라 그치질 못하고 그냥 울었다.

"응! 머리가 아픈 거야? 말을 해야 알지 않아? 어서 그쳐."

애기의 울음을 달래고 있을 때 어머니가,

"내가 나갈 때두 잠을 잘 자구 있었는데, 아프기는 갑자기……."

하며 공연히 깨서 우는 애기가 얄밉다는 듯 말했다.

"아프지두 않은데 공연히 울라구요?"

완주는 어머니에게 신경질을 부렸다.

"꿈을 꾸다가 깨 보니 아무두 없어서 운 거겠지."

"그러니까 제 마중 나오지 말란 말예요. 누가 마중 나오랬어요?"

완주는 자기가 너무 하다는 생각도 못했다. 혼자서 울고 있던 애기가 불쌍하다는 마음뿐이었다.

어머니는 일찍 과부가 되었다. 혼자서 고생을 하며 완주를 길러 대학까지 졸업시켰다. 졸업을 하자 학생 시절부터 연애하던 사람과 결혼을 하고 삼 년 동안 살았다. 그 동안 어머니를 모셔 왔다. 올데갈데없는 어머니기 때문이었다. 애기가 만 두 살일 때 남자가 이혼을 하자고 했다. 성격이 맞지 않는다는 것이 이유였다. 완주도 그런 생각을 하고 있었기 때문에 동의를 해 버렸다. 그때 어머니는 자기 때문이라고 말했다. 단 둘이서 재미있게 살았다면 이혼까지 안 해도 좋을 것인데 자기가 눈에 가시 같아 그것이 화근으로 남자가 완주를 싫어하게 되었을 것이라는 것이었다. 완주는 그것을 극력 부인했다. 돌아다니며 술 마시고 계집질하는 남편과 그것을 묵인하지 않고 번번이 바가지를 긁어 싫증을 일으킨 자기 탓이라고 설명했다. 사실 그랬다. 바람을 피우면서도 그것을 들춰 내는 자기만이 잘못이라는 사나이였다. 함부로 욕설을 퍼부었고 게다가 습관처럼 때렸다. 반성이라는 것을 모르는 남자였다. 자기의 친어머니가 아니니 장모에게 친어머니 같은 부양의 의무를 느끼지는 않았을 것이다. 그러나 눈에 가시가 될 만큼 거추장스런 어머니는 아니었다. 어디까지나 사위의 편을 들어 주는 어머니였고 집안 살림을 도맡아 준 어머니였다.

지금도 그 남자와 이혼한 것을 후회하지는 않고 있으나 어머니가 너무나 자주 자기 때문이란 말을 해서 완주도 따라 어머니가 없었다면 어떻게 되었을까 하는 생각을 해 볼 때가 있다. 어머니가 없었다면 어머니만을 믿지 않고 자기가 좀더 잘해 주었을지도 모른다. 어머니가 없었다면 두 사람의 애정표현이 좀더 자유스러웠을지도 모른다. 그러나 그렇다고 해서 이혼을 후회하지 않듯 어머니를 탓하지는 않고 있다. 동시에 이혼을 한 뒤 재혼할 생각을 않고 혼자 사는 것을 조금도 강요된 의무감으로 여기지 않는 완주였다. 어머니를 모시고 살기 위해 재혼을 안 한다는 말을 할 수 있으리 만큼 그녀는 어머니를 사랑하고 있다. 물론 애기를 생각하는 마음이 어머니와 연결되어 있기 때문에 그런 말을 해도 자신이 부끄럽지 않은 것이기는 하지만.

그런 만큼 어머니를 지극히 사랑한다고 말한다고 해도 부끄럼이 없지만 애기와 어머니를 비교할 때 어머니에 대한 애정은 애기에 대한 것보다 십분의 일도 안 될 것이다. 그러면서도 그녀는 어머니를 사랑한다고 생각한다. 애기와 그 본질이 다른 사랑이기 때문에 표현방법이 다를 뿐이라고.

"걱정이 커서 나두 모르게 마중을 나가게 된다."

딸에게 꾸중 같은 말을 듣고 신세를 한탄하듯이 하는 어머니의 말이었다.

"애기를 혼자 놔 두구는 아무데두 나가지 마세요."

"그러마."

그러는 사이에 애기는 어느덧 울음을 그쳤다. 완주는 애기를 자리에 눕히고 화장을 지우기 시작했다. 어머니가 앉은 채 그미를 지켜보고 있었지만 먼저 자란 말도 않고 내버려 두었다. 딸에 대한 성의가 도리어 딸의 노여움을 사게 된 데 대해 착잡한 감정을 품고 있을 어머니를 볼 때 완주로서 마음이 편할 리 없었다. 그러나 어머니보다도 긴 울음 다음에 오는 딸꾹질을 하며 잠을 청하는 귀여운 애기에 마음이 더 끌리는 그미이다. 무엇인가를 생각키우는 순간이었다. 이 년 뒤면 서른 살이 되지만 그미는 서른 고개 마흔 고개를 혼자서 산다는 서글픈 생각을 안 가지기로 하고 있다. 애기를 위해서 산다는 마음뿐이었다. 결국 불행해지고 말 결혼은 생각해 볼 가치도 없었다. 자기가 못한 음악을 애기에게 가르친다. 그래서 세계적으로 유명한 음악가가 되게 한다. 어머니의 노력으로 자신이 세계적 음악가가 된 사람들이 적지 않게 있음을 알고 있다. 그러기 위해서 그녀는 피아노를 사서 집에서 피아노 교사 노릇을 하려고 하고 있다. 돈을 벌면서 애기에게 음악을 가르친다. 죽을 때까지 가질 수 있는 직업이요, 또 애기의 장래와 밀접한 관계가 있는 직업이다. 빨리 피아노 살 돈과 조금 더 큰 집 살 돈을 벌어야 한다.

그미가 화장을 다 지웠을 때 애기는 다시 잠들었다. 잠옷을 입고 자리에 누우려고 했다. 그때까지 앉아서 그미를 지켜보고 있던 어머니가 이제쯤 이야기를 해도 괜찮을 것이란 생각이 들었는지 입을 열었다.

"오늘 애기 아빠가 왔다 갔다."

완주로서는 놀라운 일이 아닐 수 없었다.

"뭐요?"

"애기 아빠가 와서 저녁까지 먹구 갔다."

완주는 저녁은 왜 해 먹였느냐고 신경질을 부리고 싶었지만 참았다. 조금도 반가운 사람이 아니었다. 그러나 어머니에게는 미련이 있는 사위다. 이혼한 지 일 년만에 처음으로 찾아온 사람을 어머니로서 다짐해 보내고 싶었을 것은 당연한 일이었다.

"뭣 하러 왔대요?"

"다시 같이 살구 싶다더라."

"미쳤나?"

그새 딴 여자와 결혼하고 산다는 말을 듣고 있다. 그런데 어떻게 그런 말을 감히 한담.

"네 생각 때문에 지금 여자가 싫어졌다더라. 아직 호적에두 올리지 않았으니까 헤어지기두 힘들지 않다면서."

"듣기 싫어요."

완주는 남편에 대한 감정을 어머니에게 퍼부었다.

"사내란 본처에게루 돌아오게 마련이다. 그 사람이 나쁜 사람은 아니잖니?"

"듣기 싫대두요."

완주로서 그 사람과 다시 산다는 것은 생각도 할 수 없는 일이었다. 그 사람뿐이 아니었다. 어떤 사람이건 싫었다. 남자에 데었다고나 할까? 남자에게 애정을 주고받으려는 마음을 치사스런 것으로 생각했다. 치사스럽게 애정에 기대를 걸고 하찮은 일에 울고 웃고 하는, 다시 회상하기도 싫은 생활보다 아기를 위하여 깨끗한 정성을 쏟는 것이 몇 배 가치 있고 몇 배 아름다운 생활일 것이라 생각했다.

그래서 오직 여자라는 것만을 밑천으로 하는 직업을 정하고 요정으로 나간 지 일 년이 거의 되면서도 남자들에게서 정을 느끼지 않고 또 정을 주려고 하지 않으며 살고 있다.

"너 아직 젊어서 그렇다. 좀더 나이가 들어 봐라. 여자가 혼자서 산다는 게 얼마나 힘든지 아니?"

딸의 완강한 태도에도 불구하고 어머니는 딸을 설득시키려는 진심을 안타까이 표명했다.

"엄만 왜 혼자 늙으셨죠? 그렇게 힘든 걸……."

"엄마하구 너하구 세상이 같으니?"

"좌우간 엄만 혼자 사신 걸 지금 후회하구 계시나요?"

"난 후회 안 한다만 너는 후회할 것 같아서 그런다."

"엄마 때나 지금이나 여자는 마찬가지예요. 여자는 여자니까요."

"다시 같이 살면 애기를 기르는 데두 힘이 덜 들 거 아니니?"

"난 엄마가 혼자서 나를 길러 준 데 더 고마움을 느껴요. 지저분하게 사는 것보다 혼자 깨끗이 살며 애기를 기르는 게 더 값어치 있을 거예요."

"다른 사람이라면 권하지두 않겠다. 이왕 결혼해 살던 사람이 아니니?"

"한 번 싫어진 사람이니까 더 싫어요. 차라리 전혀 모르는 사람이라면 몰라두……."

"정이 들었던 사람이 돼서 그런지 난 그 사람이 괜찮더라."

"잠이나 자요."

완주는 불을 껐다. 밝음이 어둠으로 변함과 동시 그미의 머리에는 화제에 올랐던 전남편 대신 학제의 환상이 떠올랐다. 대학을 졸업하고 군대에 갔다와서 취직한 곳이 겨우 동사무소였다는 그. 짓눌려 일그러진 바가지처럼 침울한 감정의 소유자. 학교 동창이라 같이 어울려 다니기는 하면서도 돈을 물쓰듯하는 상우에게 열등의식을 감추지 못하는 학제. 완주는 사회에 소외당하고 있는 듯한 그에게 마음이 끌리는 이유를 알 수 없었다. 전남편과 대조적인 성격 탓인지 그렇지 않으면 요정을 찾아오는 모든 남자 가운데서 가장 인상적인 남자이기 때문인지 알지 못했다. 연민인지 동정인지도 몰랐다.

학제가 하나의 남성으로 육박해 오고 있음을 어쩔 수 없었다.

부질없는 생각이라고 자기의 상념을 깨 버리려 했지만 고독한 학제의 영혼이 자꾸만 손짓하는 것 같아 견딜 수가 없었다.

'고독한 사람이면 나와 무슨 상관이람──.'

완주는 몇 시간 전 학제가 있는 방에 오래 머물러 앉지 않았던 일을 회상했다. 당연한 처사였다. 학제도 남자다. 남자여서 직업의식을 떠난 개인적 감정을 가진다는 것은 위험한 일이다. 그미는 학제 생각을 하지 않기 위하여 애기 편으로 몸을 돌리고 콜콜 잠자고 있는 애기의 어깨를 다독거렸다. 애기를 두들기며 자기가 잠을 청하려는 마음이었다.

"너처럼 시시한 애도 없을 거야. 뭣 땜에 남자를 피하는 거냐 말이다."

다음 날 오전 요정으로 나가 석희를 만났을 때 석희가 완주에게 맨 처음 한 말이었다. 완주는 그 말의 뜻을 어렴풋이 짐작했지만,

"무슨 소릴 할려구 그러는 거니?"

하고 물었다.

"넌 왜 남자를 경계하지? 난 그걸 모르겠단 말야. 속으로는 경계해도 좋다. 그렇지만 그걸 겉으로 나타낼 필요가 뭐니?"

"경계심을 겉으루 나타내두 달라붙는데 그래두 아양을 떨라는 거니?"

"그래. 속은 절대 줄 필요가 없어. 그렇지만 겉으루는 어름어름 해 두는 거야."

"너 그 학제라는 사람을 두구 하는 말이지? 뭐 볼 데가 있다구 내가 그런 남자에게까지 양면 작전을 쓰니?"

완주는 학제 이야기가 더 나오지 못하도록 방비망을 쳤다.

"볼 것 없지. 바랄 것두 없는 남자야. 그렇지만 순진한 점으룬 일류지. 이런 데서 그런 남자를 만날 수 있을 것 같으니?"

"만날 수 없는 남자라구 올가미에 집어 넣을 필요는 뭐니? 순진 가지구 밥 먹나?"

"참 모르는 소리다. 순진한 남자는 순진한 맛에 굴복시킬 가치가 있잖니?"

"난 그런 취미 없다."

"나 어젯밤 상우 씨하구 호텔에 갔었다. 잘난 척하구 돈 있는 척하는 남자를 굴복시키는 맛으루 말야. 그래 넌 어린애를 끼구 누워서 무슨 맛을 봤니?"

"남자를 마음껏 굴복시키며 살아라."

완주는 언제나 듣는 석희의 남자 굴복설이 다시 또 나오는데 염증을 느끼고 방을 나갔다. 일본요리집이라 낮에는 점심을 먹으러 손님들이 온다. 그 손님도 대접을 해 줘야 하기 때문에 여자들은 낮에도 나와야 하는 것이지만 완주는 손님을 기다리는 척하며 현관 안에까지 나가 서성거렸다.

아직 점심때가 안 되어 그런지 현관 안으로 들어오는 손님이 없었다. 있다고 해도 손님을 기다리고 있는 듯한 천한 모습을 보이기가 싫어 빈 객실로 들어갔다.

'세상의 모든 남자가 다 내 것이지. 어떤 남자건 굴복시킬 자신이 있으니까 말야. 가장 강한 척하지만 여자에게 약하지 않은 남자가 있어?'

대하고 앉으면 자랑스런 철학처럼 이야기하는 석희의 말이 머리에 떠올랐다.

'큰소리를 치며 여자를 굴복시키는 것처럼 말하는 남자들을 보면 메스꺼워 살 수가 없단 말야. 난 내 능력이 있을 때까지 그런 남자를 굴복시키며 살래.'

석희는 또 이런 말도 하곤 했다.

'나는 딸을 한 백 명 낳아서 모두 나 같은 여잘 만들구 싶어. 그렇지만 그럴 틈이 없어. 애를 낳으면 내가 할 일을 못하니까.'

완주는 석희가 왜 그런 생각을 가지고 있는지 알지 못했다. 결혼에 실패를 한 것은 사실이나 그래서 남자들에게 복수하겠다는 마음을 가진 것 같지는 않았다. 그저 그러고 싶어서 그러는 것이라고 생각할 수밖에 없지만 그러는 것을 굳이 마다하고 싶지도 않았다. 제멋대로 사는 것을 누가 말릴 것인가? 다만 자기까지를 끌어들이려는 것이 싫을 뿐이었다.

"넌 대학을 나온 여자야. 더구나 음악과를 나왔다구 해서 남자들이 침을 겔겔 홀리구 있는데 왜 그런 남자들을 내버려 두느냐 말야. 돈 있는 남자에게 돈을 뽑아 내거나 남자를 굴복시키거나 두 가지 중 하나는 해야 할 거 아냐? 한 남자만 잘 굴리면 며칠 새에 피아노 몇 대 값이 나올 텐데…….일 년이 되도록 피아노 한 대 살 돈두 못 벌구 그게 뭐냐 말이다."

석희는 확실히 완주의 의지를 과소평가하고 있다. 팁에만 의존해서 살고 있는 생활태도를 경멸하고 있다.

"나두 돈을 바라구 남자를 상대하는 건 아냐. 그렇지만 너보다는 돈을 조금 봤어. 땅두 좀 사 놨구. 우리 집엘 와 봐. 네가 네 남편에게서 물려받았다는 그 열한 칸짜리 집보다는 좀 큰 집을 쓰구 산다."

완주를 경멸하는 동시에 자기 자랑을 하는 석희였다.

몇 달 전 완주는 어떤 회사의 상무라는 사람의 꼬임을 받았다. 그 날 밤에는 비가 와서 손님들이 일찍들 돌아갔다. 별로 취하지도 않은 그 사람이 맨 나중까지 남아 있다가 자동차로 집까지 바래다 준다고 했다. 밤이 그리 깊지도 않았고 술이 취하지 않았다는데 안심을 한 그미는 그냥 그 남자를 뒤따랐다. 집까지 가는 도중 그 남자는 어떤 고급 호텔 앞에서 차를 세우고 커피나 한 잔 하자고 하며 먼저 차에서 내렸다. 그미는 망설였지만 커피를 마시자는데 망설이는 것이 도리어 약점을 보이는 일 같아 따라 내렸다. 커피홀에 들어가자 그 남자는 커피 마시면 잠이 안 올 테니까 콜라가 어떻느냐고 물었다. 좋다고 대답했다. 콜라를 주문한 뒤 화장실에 갔다 왔을 때는 콜라가 글라스에 부어져 있었다. 무심코 마셨다. 그런데 얼마도 안 되어 몸이 이상하게 흥분해 옴을 느꼈다. 남자와 거리를 두고 마주 앉아 있는데도 남자의 손길이 온몸을 애무해 주는 것 같아 전신이 비꼬였다. 이상한 일이었다. 남편과 이혼을 한 뒤 남자를 육체로 그리워해 본 일이 어찌 한두 번이었겠는가? 그러나 이렇게 전신이 비비꼬이는 일은 처음이었다. 콜라에 그런 성분이 있을 까닭이 없다. 완주는 말로만 들은 요힘빈이란 약을 생각했다. 저 남자가 콜라에 그 약을 넣은 것인가. 남자가 미워졌다. 그런데도 혼자 집으로 돌아갈 용기가 없어졌다. 남자의 품에 안겨 봐야 살 것 같았다.

그런 눈치를 챘는지 남자가 바로 가서 맥주를 마시지 않겠느냐고 넌지시 물었다. 그미는 모른 척하고 따라가 맥주를 마시고 취한 척 남자에게 몸을 맡기고 싶었다. 두 번째 유혹을 할 때 그미는 뒤따라나섰다. 그러나 바로 가는 도중 남자에 대한 증오심을 느꼈다. 치사스럽게 약물을 써서 유혹하려는 점잖은 척하면서도 비열한 사나이. 죽어도 그런 남자에게 넘어갈 수는 없다고 생각했다. 그미는 따라가는 척하다가 복도를 뛰쳐나와 비 오는 거리를 걸었다. 흥분되고 있는 육체가 비에 젖을 때 전신주라도 쓸어안고 싶을 만큼 몸이 떨려 왔다. 집으로 돌아와 아기 옆에 누웠을 때 남자란 여자를 유혹하기 위해서 수단방법을 가리지 않는다는 사실을 하나의 교훈처럼 마음 속 깊이 새겼다.

다음 날 그 이야기를 석희에게 이야기했을 때 석희가 손뼉을 치며 웃었다.

"참 잘했다. 그런 때 몸을 허락하는 건 네가 정복당하는 일야. 다음에 그 사람이 오거든 그땐 네가 그 남자를 끌구 호텔엘 가라. 알겠니? 여자가 왜 유혹을 당하니? 유혹을 해야지?"

완주는 생각했다. 유혹을 하는 것과 유혹을 당하는 것, 그리고 굴복시키는 것과 굴복당하는 것과의 차이가 어떻게 다를까 하고. 결국 그런 상황 속에 빠지는 것은 매한가지다. 다만 그 쾌미가 다르다고나 할까? 그 정신적에서 오는 육체적 쾌미가 여자만을 어두운 곳으로 끌고 가는 결말을 석희는 왜 모를까? 굴복당했건 어쨌건 남자들은 여자를 정복했다고 그것을 도리어 자랑스럽게 이야기한다. 생활에 아무런 지장을 받지 않는다. 그 대신 여자는 아무리 남자를 굴복시켰다고 해도 그것을 자랑스럽게 이야기할 수가 없다. 그런 면에서도 손해를 보는 것은 여자뿐이다.

'몇 달만 더 참자. 그땐 월부로라도 피아노를 한 대 사자. 그래서 애들 개인지도를 해서 돈을 벌며 남자와는 얼굴도 대하지 말자.'

완주가 또 한 번 자기의 의지를 다짐할 때,

"미스 변!"

그미를 부르는 웨이터의 목소리가 복도를 울렸다. 손님이 온 모양이었다.

오후 서너 시가 가장 한가한 때였다. 점심손님이 발을 끊자 완주는 이 한

가한 시간에 명동으로 나섰다. 아기의 옷을 한 벌 사려함이었다. 명동 입구에서 어린애 복장 전문점 쇼윈도를 기웃거리며 걷고 있을 때였다.

"어딜 가십니까?"

누가 말을 거는 바람에 뒤를 돌아보니 뜻하지 않은 학제였다.

"웬일이세요?"

완주가 놀란 것은 우연 때문이었다. 바라지도 않았던 우연이었다. 반가웠다. 요정으로 찾아오는 손님을 요리집 아닌 곳에서 만나는 것은 무조건 반가운 법이다. 그러나 완주는 무조건의 반가움 때문만은 아니었다.

"구청에 볼일이 있어서 나왔다가 친구를 만날까 하구 가던 길입니다."

학제도 무던히 반가운 모양이었다.

"난 애기 옷을 한 벌 살까 하구요."

"그럼 차 한 잔 하실 시간이 있겠군요."

완주는 좋아하는 표정도 싫어하는 표정도 짓지 못하고 학제를 따라 다방으로 들어갔다. 커피를 주문하자 학제가,

"존경합니다."

불쑥 듣기 거북한 말을 꺼냈다. 무슨 뜻으로 하는 말인지를 모르지만 완주는,

"남자의 위신을 위해서 말씀을 삼가세요."

하고 웃음으로 그의 말을 막으려 했다.

"나는 위신을 지키며 사는 인간이 못 됩니다. 잘 아시잖아요? 전부는 모르지만 완주 씨가 애기를 위해 진실을 다하고 있는 사실에 존경을 표하고 싶습니다. 그게 잘못일까요?"

"존경받을 일두 못 되잖아요? 어머니로서 할 일을 하는 것뿐인데……."

"할 일을 다하는 것이 그리 쉬운 일입니까?"

"어쨌든 당연한 일을 하는데 존경까지는 필요 없다구 생각해요."

"나는 세상을 그리 많이 못 살았지만 제가 할 일을 진심으로 충실하게 하는 사람은 얼마 못 봤습니다."

"어머니란 전부가 그런 거예요. 학제 씨 어머니두 그러실 거구요."

"어머니가 일찍 돌아가셨기 때문에 그런 걸 보지 못했습니다."

"학제 씨 부인될 분두 그럴 거구요."

"글쎄요."

커피를 한 모금 마신 뒤 학제가 완주를 쳐다봤다. 뜨거운 눈길이었다. 완주는 시선을 피하고 커피잔을 들었다. 얼마 동안 말이 없었다. 말이 없는 가운데 작별하는 것이다 생각하고 있는데 학제가,

"언제까지 그 요정에 계실 겁니까?"

하고 물었다.

"길어서 일 년이겠죠. 그새라도 피아노를 사게 되면 그만두겠어요."

학제는 무엇인가 더 묻고 싶은 모양이었지만 입을 다물고 말았다.

완주는 더 할 이야기가 없으리라고 생각했다. 더 묻는다고 해도 그 이상 대답을 안 할 생각이기도 했다.

"바쁘실 텐데 가 보셔야지요?"

오래 앉아 있을 필요를 느끼지 않았던 것이다. 이야기를 더 하면 무엇할 것인가? 모두가 필요 없는 일이었다.

"가야지요."

완주의 말에 동의를 하면서도 학제는 일어서지를 않았다. 한참 뒤,

"앞으룬 다시 뵙기가 힘들 것 같습니다."

하고야 허리를 펴고 일어섰다. 완주도 따라 일어서며,

"왜요?"

가볍게 물었다.

"상우에게 덧붙어서 술 얻어먹으러 다니기가 싫어졌습니다."

완주는 잘 생각했다는 말을 해 주고 그 대신 다방에서라도 만나자는 말을 하고 싶었지만 아무 대꾸도 안 했다. 아무 말 없이 헤어지고 만 것이다. 완주는 차라리 잘 됐다고 생각했다. 막연하게나마 언제든 만나리라는 기대를 갖는 것보다는 만날 수 없는 사람이라고 단념해 버리는 것이 좋을 것 같았다. 만나서는 무엇할 것인가? 사실은 만나서 안 될 사람이다.

그러면서도 완주의 가슴은 텅 빈 것처럼 허전했다. 어쩐지 소망을 잃은

듯한 느낌이기도 했다. 애기의 옷도 사지 않은 채 요정으로 돌아왔다.

"얘. 이리 와 구경을 해."

석희가 전화 수화기를 들고 색시들 대기실로 들어가며 완주를 끌었다. 무슨 구경인지도 모르고 따라가자 석희가 전화줄을 소켙에 꽂고는 다이얼을 돌리기 시작했다.

"여보세요."

수신기 드는 소리를 들었는지 통화를 시작하며 석희가 손짓을 해서 완주를 가까이 앉게 했다.

"상우 씨 계신가요?"

석희가 살짝 웃어 보이며 말을 계속했다.

"내가 누구냐구요? 나요? 상우 씨 첩입니다. 놀라실 거 없어요. 벌써 몇 해째 된 일입니다. 믿지 못하시겠지요. 상우 씨가 그런 말을 했을 리 없으니까요. 어젯밤에두 만났는데 오늘 꼭 들르겠다던 분이 아직 안 오셨군요. 혹시 편찮으시지나 않나 해서 전활 건 거예요. 앞으루 한 번 찾아가겠습니다. 아무리 안 된 일이라두 서루 모르구 지낼 수 있겠어요? 자주 만나게 되면 서루 이해하게두 될 거예요. 여자의 사정은 여자가 이해하게 되는 법 아네요. 그럼 실례했어요. 안녕히 계세요. 뭐라구요? 내 이름을 묻는 거죠? 거야 알아서 뭣합니까? 다음에 만나게 되면 직접 얼굴을 볼 텐데……. 그럼 안녕히 계세요."

석희는 여유 있게 수화기를 놓았다. 그리고는 완주에게,

"한 번 장난해 본 거야. 그 작자가 걸핏하면 마누라 자랑을 하거든. 그게 보기 싫어서 말야."

하면서 통쾌한 웃음을 지었다.

"얘두. 넌줄 알게 되면 어떡하니?"

완주는 어처구니가 없었지만 석희를 걱정하며 물었다.

"난 줄 알 까닭이 없지. 그치한텐 나 말구두 여자가 수두룩하니까 말야, 얘."

"그래두……."

"나한테 물어두 그런 일 없다 시침을 떼면 그뿐 아니니. 그런 걱정은 마. 가끔씩 전활 걸어 골려 줄 테니 넌 구경이나 하구 있어."

모든 남자와의 교섭을 장난으로 하고 있는 석희가 좋아하는 것도 미워하는 것도 장난이다. 완주는 그런 석희가 차라리 마음 편하지 않을까 하고 생각했다.

아침 신문을 보았을 때 완주는 놀랐다. 시(市)에서 지은 아파트가 무너졌다는 보도였다. 수많은 예산을 들여 몇십 채의 아파트를 지었는데 그 중 한 채가 자재 부실로 완전 붕괴되어 주민 수백 명이 사망 또는 중경상을 입었다니 세상에 이런 일이 있을 수 있겠는가? 세상이 아무리 험하다고 한들 관청에서 시민을 위해 하는 사업까지 흑책질을 해서 개인의 이익만 추구한 업자들이었다. 수많은 시민들이 들어가 살도록 만든 아파트를 부실하게 만들어 인명의 손상을 보게 했다는 것은 도둑 이상으로 증오스런 행동이다.

'이게 한국이란 거 아닐까?'

완주는 의분을 느꼈다. 조국을 근대화시키려는 노력의 일환이다. 근대화를 좀먹게 하면서도 개인의 이익만 추구하면 된다는 위인들……. 기사 내용을 읽어 가던 중 완주는 또 한 번 놀랐다. 부상자 명단 가운데서 학제 이름을 발견했기 때문이었다. 반 이상 묻혔다가 구명되어 현재 S병원에 입원해 있다는 기사까지 읽자 완주는 한숨을 내쉬었다. 죽지 않은 것이 얼마나 다행한 일인가? 그러나 중상자의 명단 속에 있으니 위독 상태에 있을지도 모를 일이다.

그미는 채 화장도 하지 못하고 S병원으로 달려갔다. 어머니도 없는 사람이니 간호해 줄 사람도 없으리라 걱정을 하면서. 그러나 병원이 가까워 올 때 그미는 결혼은 안 했다 해도 혹시 애인이 있지 않을까 하는 생각을 했다. 애인이 벌써 와 있다면 자기는……. 그미로서 처음 생각해 보는 일이었다. 차라리 안 가는 일만 못하지 않을까 생각하면서도 병원까지 가고야 말았다.

병실에 들어섰을 때 그미는 세 명의 환자 가운데서 학제를 쉽게 찾을 수 있었다. 어떻게 다쳤는지 모르지만 요를 덮고 누워 있는 학제의 얼굴에 아무 이상도 없었기 때문이었다. 옆으로 갔으나 학제는 눈을 감은 채였다. 기침을 해 보았지만 그는 눈을 뜨지 않았다. 혹시 죽은 것이나 아닌가 하고 요속으로 손을 디밀어 그의 손을 만져 보았다. 그때야 학제가 눈을 뜨고 완주를 쳐다보았다.

"많이 다치셨어요?"

그는 완주의 물음에 대답을 안 했다. 손으로 아랫도리를 가리킬 뿐이었다. 완주는 요를 들치고 아랫도리를 보았다. 두 다리가 모두 붕대로 감겨 있었다.

"어떻게 됐는데요?"

"나두 모르겠습니다."

완주는 무엇이라 위로의 말을 해야겠는데 그 말을 찾아 내지 못했다.

"근대화에 희생되셨군요?"

"그런 것 같습니다. 지은 지 일 년도 못 된 집이 무너졌으니까요."

"그런 놈들은 종로 네거리에서 사형을 시켜야 할 거예요."

완주는 자기 말이 지나쳤다고 생각했지만 국가에서 역사상 처음되는 일을 하는데 그걸 좀먹는 극악분자에게 극형을 하는 것은 당연한 일이라 생각했다.

"모두들 나라와 자기와의 관계를 조금쯤 생각하며 살았으면 하는데 그렇지가 못하니 걱정이죠."

학제가 눈을 감으며 말했다. 말할 기운이 없는 것 같았다.

"많이 아프셔요?"

완주가 그의 손을 꼭 잡으며 말했다.

"모르겠습니다."

마취제를 놓았는지 그는 통증이 오는 것을 모르고 있었다.

"간호해 줄 분이 없나요?"

"동생두 부상을 당했다니까요."

완주는 간호실로 달려가 간호원에게 그의 부상에 대한 것을 물었다. 앞으로 엑스레이를 찍어 봐야 알겠지만 두 다리가 다 부러지지 않았는지 모르겠다는 대답을 듣자 그미는 다시 학제에게로 와서,

"상당히 오래 입원하구 계셔야 할 것 같은데요."

하고 말했다. 이 말을 하며 그미는 어떤 안도감을 느꼈다. 오랫동안이지만 그 동안 자기가 마음놓고 다니며 그를 간호해 줄 수 있다는 안도감이었다. 그런 안도감 때문인지,

"또 올게요."

하고 돌아갈 차비를 했다. 학제는 눈을 뜨고 그미를 쳐다볼 뿐 말이 없었다.

"또 올게요."

그미는 학제의 말을 듣고야 떠날 듯이 같은 말을 되풀이했다.

"바쁘실 텐데……."

학제가 힘들게 말했다.

"제 걱정은 마셔요."

완주는 시민의 한 사람으로 그를 사랑해 줘야 할 의무를 느꼈다. 그리고는 거리로 나가 백화점에서 고급품으로 잠옷 한 벌을 샀다. 식료품점에서 과일통조림과 과자를 샀다.

물건들을 든 채 요정으로 갔다. 점심시간이 지나면 직접 병원으로 갈 마음이었다. 석희가 무엇을 그렇게 많이 샀느냐고 물었다. 완주는 숨길까도 생각했지만 숨길 일이 따로 있다고 생각했다.

"너 신문두 못 봤니?"

"뭐가 있는데?"

"와우아파트 사건 말야."

"봤다. 참 너무 했어. 그런 법이 어디 있니? 그런데 아는 사람이 어떻게 됐니?"

"애두 소식이 깡통이구나. 학제 씨 이름 못 봤니?"

"그래? 그이가 어떻게 됐니?"

"부상해서 S병원에 입원하구 있어."

"그래? 그이 줄 거니?"

"응!"

"무척 가깝게 지냈구나?"

"가깝지는 않아. 그렇지만 안 봐 줄 수가 없어."

"너두 할 수 없구나?"

"뭐라구?"

완주는 화난 척했다. 겉으로만 화난 척 말했을 때

"여자는 별 수 없는 거야."

석희가 자기의 말이 틀림없다는 것을 확인하듯 말했다.

"난 너하구 달라."

완주는 석희와 같을 수 없다는 자존심을 내세웠다.

"다를 것 없어. 나라구 그저 그런 여자라구만 생각하면 오산야."

그때였다. 웨이터가 와서 석희에게 손님이 왔다는 말을 했다.

석희는 반가운 손님이라도 온 줄 알고 바삐 뛰어나갔다. 그러나 얼마 안
되어 돌아온 석희가 해쓱해진 얼굴로,

"좀 갔다 올게."

하며 핸드백을 들었다.

"어딜 가니?"

"몰라두 좋은 일야."

가슴이 뭉클해 왔다. 더 물을 수가 없었다.

낯선 남자와 함께 나간 뒤 웨이터에게서 그 남자가 형사라는 말을 들었
다. 무슨 일이냐고 물었지만 요정에서는 그 내막을 아는 사람이 한 명도 없
었다. 알 수 없는 일을 알려고 할 필요가 없어 궁금한 채 점심시간을 보내고
병원으로 갔다. 학제는 병실에 없었다. 간호원에게 물으니 수술 중이라고 했
다. 두 다리가 다 부러졌다는 것이었다. 그러나 수술하고 나면 불구는 안 될
것이라고 말했다.

완주는 모두가 다행한 일이라고 생각했다. 희망이 살아 있다는 것을 느꼈
다. 그미는 곧 입원수속하는 곳으로 갔다. 학제가 혼자 있을 수 있는 일등
병실로 옮기기 위함이었다. 자기 개인 돈으로 비용을 내는 것이 아니기 때
문에 마음대로 병실을 옮길 수 없다고 했지만 그미는 초과액은 자기가 부담
한다는 것을 조건부로 옮겨 주기를 고집부렸다.

세 사람이나 같이 있는 병실에는 자유스럽게 출입할 수가 없었다. 자기의 자유스런 출입도 출입이지만 학제를 위하여 그래야만 할 것 같은 일념이었다.

병실을 옮기고 삼십 분 쯤 기다렸을 때 학제가 침대에 누운 채 돌아왔다. 아직 마취에서 완전히 깨지 못한 모양이었다.

"경과는 어떤가요?"

그미가 간호원에게 물었다.

"좋은 편입니다. 한 달쯤 지나면 걸을 수 있습니다."

완주는 그 자리에서 춤이라도 추고 싶은 심정이었다.

학제가 정신이 들어 눈을 떴을 때 그미는,

"조금두 걱정 마세요. 휴양하는 셈치구 한 달 동안 누워 있는 거예요."

하고 말했다.

"한 달요?"

"네. 그때는 다시 걸을 수 있대요."

학제가 한숨을 쉬며 눈을 감았다.

"왜 눈을 감으세요? 나를 좀 봐요, 나를."

학제가 눈을 떴다. 그미를 쳐다보는 눈에 그래도 광채가 있었다.

다음 날 아침 신문을 보다가 완주는,

"깜찍한 계집애!"

하며 혼자 웃었다.

석희에 대한 기사가 나 있었던 것이다. 어떤 영화제작자였다. 그 제작자의 내연의 여인으로 돼 있는 석희가 그 제작자에게 돈을 대 주고 있었다. 석희 이름으로 거래하던 수표가 부도나 그것 때문에 구속되었다는 기사였다.

남자들을 굴복시키는 재미로 산다더니 결국 자기가 굴복당하고 만 것이 아닌가?

"엄마, 맘마!"

애기가 뒤뚱거리며 옆으로 왔다. 완주는 애기를 얼싸안았다.

"웅! 맘마 먹자."

애기를 안은 완주는,

'너를 불행하게는 만들지 않을게. 학제 씨두 너를 행복하게 해 주는 사람
이 될거야.'

혼자 중얼거렸다.

(원)《월간 중앙 29》 1970. 8.

한 꺼풀 벗기고

여자가 술 권하는 것을 마다할 사람이 어디 있겠는가? 동구제약회사 사장 조택호도 여자가 술을 권하고 따라 주는 것을 절대로 싫어하지 않는 사람이다. 싫어하는 정도가 아니다. 권커니 잣커니 하다가 눈이 맞기만 하면 그 날 밤을 그냥 넘기지 않는 호색한이기도 하다.

그런데 이 날만은 웬일인지 몰랐다. 약 도매상을 하는 몇몇 사람을 자기가 초청한 자리다. 그리고 아직 취기도 돌지 않았는데 기생 희라가 눈꼴사나워 견딜 수가 없었다. 건장해 보이는 손님들이라 조그만 잔으로 정종을 마시는 것이 성차지 않게 보였던지 맥주 글라스를 가지고 와서 그것으로 술을 마시라는 것이었다. 그것이 못마땅해서 소리라도 지르고 싶을 만큼 신경이 곤두섰다. 그러나 손님을 청한 주인으로 좌석의 분위기를 침울하게 만들 수가 없어서 참고 있는 중이었다. 그런데 딴 손님에게 권하고 난 글라스를 그에게 내민 희라가,

"돌아가는 잔예요."

하며 마시지 않으면 안 된다는 듯이 말했다. 택호는 더 참을 수가 없었다. 그렇게 해서 술을 많이 팔아야 자기 성적이 오르는지는 모르지만 술을 강요하는 작부의 상투 수단이라고 단정하지 않을 수 없었다.

그러나 술을 따르는 대로 받았다. 그리고는 가득 부어진 글라스를 들자 입으로 가져가는 대신 희라의 치마에 쏟아 버렸다. 만들어서 처음 입고 나

온 듯한 정갈한 치마가 술에 흥건히 젖었다. 속치마도 젖었을 것이요 그 부분의 피부까지 척척해졌을 것이다.

택호는 그런 야만적 행동을 하고도 그녀를 쳐다보지 않았다. 잘못했다고 미안하게 생각하는 것을 보인다면 그것은 자기가 약점을 보이는 것이나 마찬가지기 때문에 아무 일도 없었던 듯 안주를 집으려 할 때였다. 희라가 손수건을 꺼내 들고 술방울이 떨어지지도 않은 택호의 바지를 문지르기 시작했다.

"많이 젖지 않았어요?"

택호는 그녀의 손을 물리치며,

"괜찮아 —— ."

하고 다시 안주를 집으려 했다. 약간 미안했던 것이다. 흥건히 젖은 자기 치마는 그냥 내버려 두고 택호의 바지에 술이 떨어졌을까 하여 손수건으로 닦고 있는 희라가 무척 어질게 보였던 것이다.

그러나 희라는 그냥 앉아 있지를 않고 조금만 나갔다가 오겠다는 말을 한 뒤 밖으로 나갔다. 택호는 그녀가 참고 있었지만 끝까지 참을 수가 없어서 나가는 것이라 생각했다. 나서서 한바탕 울고 올 지도 모른다. 그렇지 않으면 화가 나서 딴 손님들이 있는 방으로 가고 자기에게 다시 오지 않을 것이다.

택호는 할 수 없는 일이라 생각했다. 언젠가 한 번은 같이 놀러 가자고 했었다. 그때 희라는 어린애 학교를 핑계삼아 보기 좋게 거절했다. 내 청을 거절했던 여자. 한 번뿐이 아니었다. 친절한 체하면서도 자기 청에는 미꾸라지처럼 피하기만 하던 그미였다. 그런 여자에게 술을 좀 뿌려 줬기로 어떠랴. 슬퍼하거나 화를 내거나 내 알 바 무엇인가?

그런데 오 분도 안 되어 그녀가 다시 들어와 택호 옆에 앉았다. 새 옷을 갈아 입고서 그리고 천연스럽게 술을 따랐다.

택호는 연극이 아닌가 생각했다. 속으로는 화가 털끝까지 치밀 것이다. 그러나 장사하는 것을 잊지 않고 아무렇지도 않은 태도를 취하고 있다. 연극 가운데서는 고급연극이다. 연극을 해야 한다고 생각하면서도 그런 연극은 하기 힘든 연극이다.

다른 술집에서였다. 술을 마시다가 옆에 앉아 있는 색시에게 뽀뽀를 한 번 하자고 했다. 망칙하다고 하며 색시가 그의 팔을 꼬집었다. 망칙하기는 뭐가 망칙하냐고 또 한 번 청구했으나 색시는 자기 옆을 떠나 딴 자리로 가 버렸다. 한참 동안 내버려 뒀다가 이번에는 자기가 그 색시 옆으로 가서 또 한 번 그래 보았다.

그런 데서 그런 거 하는 것쯤 보통이다. 그것도 첫번 보는 손님이라면 몰라도 단골손님이 아닌가? 택호는 그 색시가 자기 청을 안 들어 줄 수 없으리라고 생각했다. 안 들어 주면 결국 손해는 누가 볼 것인가? 자신이었다. 그런데도,

"그러지 말구 한 번만……."

애걸하듯 말했다. 그러는데도 색시는,

"남들이 보잖아요?"

재미있다는 듯이 헤헤거리며 삐죽 내민 그의 입술을 손으로 눌렀다. 신경질을 내지 않는 것만은 기특한 일이지만 끝내 거절하는 것은 불쾌한 일이었다.

택호는 참을 수가 없었다. 피고 있던 담뱃불을 그미의 치맛자락에다 부볐다. 눈 깜박할 사이에 치마 한가운데가 타 버렸다. 색시는 깜짝 놀라 일어나며 불길이 타오르기나 하듯 치마를 탁탁 털었다.

"뭐예요?"

하고 택호를 노려봤다. 증오의 불길이 타오르는 눈길로.

"맛이 어때?"

택호는 색시에게 약을 올렸다.

"사람을 뭘루 보지요?"

색시가 참을 수 없다는 듯 덤벼들었다.

"뭘루 보긴? 뽀뽀하고 싶은 미인으루 보지."

"이런 데 있다구 너무 깔보는 게 아네요?"

색시는 화가 나서 부들부들 떨고 있었다. 그래도 택호는 유들유들,

"거 다 귀여워서 그러는 거야."

하며 웃어 버렸다. 색시는 좌석에서 나갔고 일은 그것으로 그쳤다.

그런데 희라는 비록 연극이라고 해도 차원이 높은 연극을 하고 있다. 더 골려 주고 싶은 생각을 할 수가 없을 정도다. 도리어 머리가 수그러지는 것이었다.

"미안한데……."

택호는 형식적으로라도 미안한 뜻을 표하지 않을 수 없었다. 일찍이 남에게 형식적으로나마 미안하다는 말을 해 본 일이 없는 그였다.

"그런 말씀 마세요. 그러시면 제가 되려 미안하지 않아요."

희라는 정말 택호가 미안한 마음을 갖지 않도록 말했다. 그리고는 다시 그런 말을 못하도록 술잔에 술을 부어 주면서,

"마시구 저두 한 잔 주세요."

했다.

택호는 하라는 대로 했다. 술잔을 주고 술을 따르면서,

"세탁값은 내가 내지."

한 마디를 더 하고야 말았다.

"그까짓 거 가지구 뭘 그러세요? 사내답지 못하게."

희라는 술을 마시고 빈 잔을 넘기며 택호의 팔을 꼬집었다.

그 날 밤 택호는 희라에게 팁을 두둑이 주고 돌아왔지만 집에 와서도 희라 생각을 계속했다. 수없이 술집을 순례했고 수없이 많은 색시를 대해 왔지만 희라와 같은 여자가 하나도 없었기 때문이었다. 세상에 그런 여자도 있을까? 그 전에는 어째서 미꾸라지처럼 그랬을까? 그런 여자가 어째서 결혼생활에 실패를 하고 그런 데 나와 있을까? 택호는 그미가 남편과 헤어지고 아들 하나를 기르며 혼자 살고 있다는 사실을 알고 있다. 그런 여자를 싫다고 내버리고 간 남자는 어떤 남잘까?

택호는 그 날 밤 아내에게 희라 이야기를 했다. 아내 앞에서 딴 여자 이야기를 하는 것이 안 된 일인 줄 알면서도 자기가 세상에서 처음 만난 훌륭한 여자 같은 생각에 말하지 않고 배길 수가 없었던 것이다.

"참 좋은 여자군요."

아내는 질투를 하는 것 같으면서 희라 칭찬을 했다.

"직업이니까 연극이라구는 생각하지만 아주 힘든 연극 같애."

"그런 걸 어떻게 연극으루 해요, 본성이 그런 여자니까 그렇겠지요."

"좌우간 훌륭한 여자야."

"여자에게 콧김이 센 당신두 완전 KO 당했군요."

"그런 셈이야."

"그 여자에게 지구 가만 있을 순 없잖아요?"

"가만 안 있으면 어떡허나?"

"치맛감을 떠 보내세요, 그럼 당신이 판정승은 될 거예요."

"그럴까?"

택호는 아내의 아이디어를 고맙게 생각했다. 그것은 희라에게 판정승을 해야겠다는 마음에서가 아니라 그래야만 자기가 떳떳해질 것 같기 때문이었다.

다음 날 아침 회사로 나가자 그는 서무직원 한 명을 불러 고급 치마저고리 한 감을 사 오게 했다. 옷감 상자 속에 자기 명함 한 장을 넣고는 선전부에 있는 최 군을 불러 희라가 일하고 있는 요정에 갖다 주고 오라 했다.

택호가 그런 심부름을 시키는데 최 군으로 정한 데는 택호대로의 이유가 있었다. 그것은 그의 눈에서 이미 벗어난 최 군이니 만큼 사무(社務)가 아닌 일에 사용(私用)해도 무방하다는 마음이었다. 어차피 내보내야 할 사람이다. 내보낼 사람이 불쾌해한들 어떠랴?

그런데 전날에 기운이 없어 보이던 최 군이,

"오늘은 조금 일찍 나가 봐야겠는데요."

하고 그가 시키는 심부름을 하려 하지 않았다. 택호는 화가 났다.

"개인의 심부름이라구 싫어하는 건가?"

"그런 게 아니라 저 개인 사정 때문입니다."

"어떤 개인 사정인데?"

그 말에는 최 군이 대답을 안 했다. 몇 번 더 물었지만 그는 끝까지 대답을 안 했다. 택호로서 불쾌하지 않을 수 없었다.

"내게는 대답두 하기 싫단 말인가?"

"천만의 말씀입니다. 그런 말씀은 하시지두 마십시오."

"그럼 왜 말을 안 하나?"

"다음에 말씀드리겠습니다."

택호는 며칠 전의 최 군을 생각했다. 몇 해 전부터 만들어 팔고 있는 간장약을 새로운 수법으로 선전하기 위해 최 군에게 광고 문안을 작성하라고 명령했다. 명령을 한 지 사흘 만에 써 가지고 온 문안이 걸작이었다.

'햇님이 주신 간장약 ×××.'

'믿을 수 있는 메이커의 간장약 ×××.'

모두가 남의 상품 광고문을 그대로 모방한 것들이었다. 택호는 어이가 없어 웃었다. 웃으면서 저런 것에게 월급을 주고 있나 하는 생각을 했다.

"대학을 졸업한 머리루 사흘 동안 연구한 게 겨우 이건가?"

그는 혹심한 말을 가리지 않았다. 내보내야겠다는 생각이 들었기 때문이었다.

"네. 더 생각이 나지 않습니다."

"자네 직책이 뭔지 알구 있겠지?"

최군의 주요 업무는 라디오나 텔레비전의 스폰서 역할을 하는 일이다. 그 일만은 곧잘 하고 있다. 그러나 선전부에 있으려면 최소한도 광고 문안도 조금은 작성할 줄 알아야 한다.

"잘 알구 있습니다."

"그런데 광고 문안이 이 꼴이니 어떡허지?"

택호는 파면시킬 의사를 표시했다. 그러나 다른 일에는 능력을 보여 주고 있는 사람이기 때문에 한 가지 이유만으로 파면을 시킬 수가 없어서 그런 정도로 해 두고 다음 기회를 보기로 했던 것이다.

그런데 최 군이,

"앞으루두 그런 일을 해야 하나요?"

하고 물었다.

"물론이지."

"그렇다면 사표를 내야겠습니다."

이 말에 택호는 조금 찔끔했다. 직원의 목을 자르는 데 누구보다도 과감한 그였다. 근무 성적이 나쁘다든가 능률이 오르지 않는 직원은 가차없이 파면을 시켰다. 파면감이 채 되지 않는 직원에게는,

"그렇게 일하기가 싫으면 그만두란 말야."

하고 협박을 한다. 그래서 직원 전체가 그를 두려워하고 있다. 파면당하지 않으려고 최선을 다해야 된다. 그런데 최 군은 그만두란 말을 하지도 않았는데 자기가 먼저 사표를 내겠다는 말을 했다.

그랬던 최 군이 오늘은 자기 심부름을 거절했다. 거절하는 이유를 물어도 그것을 밝히려 하지 않고 있다. 이것은 곧 그가 회사를 그만둘 의사임이 분명했다. 기분 나쁜 일이었다. 자기에게 불만을 품고 있는 친구.

"좌우간 갔다 와. 이, 삼십 분이면 다녀올 수 있으니까."

택호는 최 군을 누르고 싶었다. 어떤 일이 있어도 자기 명령에 복종하도록 하고 싶었다. 최 군은 할 수가 없는지,

"알겠습니다."

하며 옷감이 든 케이스를 집었다. 그리고는,

"거기 갔다가 바루 조퇴하게 해 주십시오."

하고 간청했다.

택호는 사장의 위신을 생각하며 마음대로 하라고 아량을 보였다. 그러나 곧 선전부장을 불렀다.

"최 군이 사무 능력두 대단찮은데 근무 성적두 좋지 않으니 파면시키도록 하시오."

책임자에게 처리를 명령했다. 책임자 되는 이가 입장이 곤란하다고 할 때 직접 자기가 처단을 내리는 것이 택호의 습관이었다.

"알겠습니다."

선전부장은 우선 택호의 명령에 복종하는 수밖에 없었다. 다음에 최 군을 위해 변명해 줄 때가 있다고 해도 우선은 명령에 거역할 수 없었던 것이다.

택호는 최 군의 일은 그것으로 끝낸 것이라 생각했다. 더 생각할 필요도 없는 일이었기 때문이었다.

서류결재를 하랴 손님 대접을 하랴 바쁜 시간을 보내고 있을 때 희라에게서 전화가 왔다. 시계를 보니 오전 열한 시 반이었다. 택호는 치맛감을 받고 전화를 거는 것이라 생각하며,

"물건이 맘에 안 들었나?"

하고 물었다. 그런데 희라는 뜻밖에도,

"아직 뜯어 보지두 않았어요."

하고 대답했다.

"부정한 물건이란 말인가?"

"그런 게 아니라 받아서 좋을지를 몰라 그러는 거예요. 미안해서요. 그냥 돌려 보내구 싶었지만 그러면 제가 사장님을 무시하는 것 같을 거구. 그래서 어떡헐지 몰라 망설이구 있는 거예요."

"조금두 망설일 것 없어. 내 진심이니까 받아야 할 거 아닌가?"

"그래두……."

"그래두가 아냐. 다음에 내가 나갈 땐 그걸 입구 나와."

"그럼 사장님이 오실 때까지 상자를 열지 않구 기다리겠어요."

"그럼 날더러 빨리 거기 오라는 거 아냐?"

"그럼 안 될까요?"

"일간 가기는 하겠지만 곧 옷을 해 입어!"

이런 대화를 주고받은 지 사흘째 되는 날이었다. 다른 일로 사장실에 들어온 선전부장에게,

"최 군 일은 결정졌는가?"

택호가 물었다.

"………"

선전부장은 고개를 숙이며 대답을 못했다.

"아직 통고를 못했나?"

그래도 선전부장은 대답을 못했다. 머리만 긁으면서,

"왜 그렇게 흐릿해. 빨리 오늘 안으루 해결하시오. 요새 보이지두 않기에 난 처결된 줄만 알았는데……."

그때야 선전부장이 입을 열었다.

"요새 근무 성적이 나쁜 것은 그의 어머니 병환 때문입니다. 그새 어머니가 돌아갔습니다. 오늘이 장례랍니다."

"그래?"

택호는 태도를 누그러뜨리고 잘 알았다는 표정을 지었다. 그뿐이었다. 파면을 더 추궁하지 않고 이야기를 중단시킴으로 사장으로서의 아량을 보인 것이라 생각했다. 선전부장이,

"회사 이름으로 부의금을 좀 보냈으면 하는데요……."

하고 처음으로 사장을 올려보며 물었다.

"부의를 장례식하는 날에야 보내는 법이 있나?"

"돌아가신 것두 오늘에야 알았습니다."

"그샌 뭘 하구 있었지?"

"그새두 하루 한 번씩은 나왔습니다. 그러다가 오늘 아침에야 전화루 그런 말을 하여 하루 결근하겠다구 했으니 알 도리가 있습니까?"

"그럼 회사 규칙이 있잖아? 그대루 보내."

"네, 알겠습니다."

이렇게 해서 선전부장을 내보냈지만 택호는 어머니가 급환으로 앓고 있는 동안에도 회사에 알리지 않고 하루 한 번씩 나왔었다는 최군을 이상스럽게 생각했다. 조금 핀트가 맞지 않는 친구다. 약간 머리가 돌지 않았나 하고까지 생각했다. 그러나 그 이상은 더 생각지 않았다. 만약 선전부장이 그를 파면시키는 데 주저한다면 그때 조금 시기를 두었다가 단행하라고 약간의 아량을 보일 수 있다는 생각은 했지만.

그 대신 오늘 희라를 만날 수 있게 되었다는 생각이 그를 조금쯤 들뜨게 했다. 옷감을 보낸 뒤 며칠 동안 잊고 있었지만 오늘 경상남도 판매소장이 올라와 한 잔 같이 해야 하게 되어 희라가 있는 요정에 좌석을 예약해 놓았던 것이다. 별다른 기대가 있는 것은 아니었지만 그저 보고 싶었다. 그저 보

고 싶다는 마음만으로도 가슴을 들뜨게 할 수 있는 모양이었다.

　퇴근 후 그 집을 찾아갔을 때 희라가 반갑게 맞이해 주었다. 그리고는 택호를 끌고 여급들의 휴게실로 가서 택호가 보내 준 옷상자를 꺼냈다. 정말 한 번도 뜯어 보지 않은 채였다.

　"보구 싶은 걸 참느라구 혼났어요."

하며 희라가 포장지를 뜯었다. 그리고 상자 속에 든 옷감을 꺼내 들고는,

　"아이 좋아라. 색깔두 잘 골르셨어!"

하며 좋아했다. 택호는,

　"왜 아직 뜯지두 않았어?"

하고 대단한 일이 아니라는 듯 그 방을 나와 버렸다. 뒤따라 희라도 객실로 왔지만 희라는 정말 들뜬 기분이었다.

　요리를 주문하고 기다리는 시간을 어쩌지 못해하며 화투를 하자고 했다.

　"무슨 내기를 할까?"

　택호는 호기심 있는 듯 물었다.

　"마음대루요."

　"옷 벗기기? 손목 때리기?"

　그리고 택호는 그런 장난에 별 홍미를 느끼지 못해 화투짝을 한편 구석으로 밀어 버렸다. 그랬더니 희라가 화투를 가지고 재수를 보기 시작했다. 재수를 보던 희라가,

　"매조가 떨어졌어!"

하며 좋아했다.

　"매조가 뭔데?"

　"좋은 사람이라나요?"

　"오늘 좋은 사람이 찾아오는 모양이로군!"

　"여기 와 있잖아요?"

　이 말을 하며 희라가 택호를 살짝 쳐다봤다. 반짝이는 까만 눈동자 그것은 확실히 희열에 차 있었다.

　이때 당황한 사람은 택호였다. 싫어서가 아니라 부하격인 판매소장 앞에

서 자기 몸가짐을 어떻게 가져야 할지 몰랐기 때문이었다. 그래서,

"이게."

하고는 그저 농담으로 넘겨 버리고 말았다.

술을 끝내고 계산서를 가져오게 한 뒤 돈을 꺼내려고 할 때 판매소장이 먼저 방을 나갔다. 눈치껏 하는 행동이겠지만 지나치게 센스가 빠르다고 생각했다. 회계를 하고 팁까지 주었을 때 돈을 받아 쥔 희라가 택호를 빤히 쳐다봤다. 또 다른 것을 요구하는 태도 같았다. 택호는 순간적인 흥분을 참지 못했다. 그냥 손이 하는 대로 맡길 수밖에 없었다. 포옹을 했다. 그리고 키스도.

그리고는 방을 나와 현관 안에서 신을 신었다.

"언제 오시겠어요?"

다시 오라는 막연한 인삿말이 아니었다. 그런데도 택호는,

"또 올게!"

하고만 대답한 뒤 집으로 돌아왔다. 이 날 밤 택호는 희라의 체온이 자기 몸에 배어 있음을 느꼈다. 그러기 때문에 아내에게 희라의 이야기를 꺼내고야 말았다. 아내가 오해하지 않을 정도로 희라 이야기를 하여 희라를 생각하고 싶었던 것이다.

"그 여자 정말 좋은 것 같아. 옷감을 아직 뜯어 보지도 않고 그냥 가지구 있잖아?"

"당신 앞에서 뜯어 볼려구요?"

"그런 게 아니라 받기가 미안해서……."

"여자란 난폭하다가두 친절미가 있는 남자를 좋아하니까……."

"그렇지는 않아. 좋아하면 어떡헐 테야?"

"어떡헐 걸 생각해서 좋아하나요?"

"벌써 질투야. 아직 그까지는 멀었어."

택호는 태연하게 대답했지만 속으로는 아내의 말이 모두 옳다고 생각했다. 자기가 희라를 포옹하고 키스까지 할 때 장차 어떻게 하겠다는 것을 생각하려 하지 않았다. 좋으니까 그랬을 뿐이었다.

그러나 회라를 떠나 아내 옆에 있으면서 생각을 하자니 잘못하다가는 큰 코를 다칠 것 같은 위구심이 들기도 했다. 그런 데 있는 여자는 순정을 바칠 경우 목숨을 내걸고 남자를 독점하려 한다. 독점은 안 한다 해도 아주 뺏기지는 않으려 한다. 그럴 때 나는 어떻게 할 것인가? 처자가 있다. 사장이라는 사회적 위치가 있다. 조심해야지. 조심하는 수밖에 없다고 생각했다.

절대로 빠지는 일은 안 한다고 생각하면서 그는 자기가 어느 정도 들떠 있는 것을 느꼈다. 전에 느끼지 못한 것을 느끼는 것 같고 동시에 여태까지 자기와 다른 자기로 변모해 가고 있는 것을 느꼈다. 어딘가 인생이 조금쯤 즐거운 것 같기도 했다.

다음 날 아침 출근을 했을 때는 최 군이 벌써 나와 있었다. 사무실 안에 들어섰을 때 사원 전체가 기립하고 인사하는 그 속에서 최 군의 얼굴을 보았던 것이다.

택호는 사장실로 들어가자마자 최 군을 불렀다. 머리를 숙이고 들어오는 최 군을 보자 그는,

"어머니가 돌아가셨다면서? 왜 일찍 알리지 않았지?"

"그저……."

어려서 그랬을 것이라 생각한 택호는,

"어머니가 돌아가셨는데도 출근하는 사람이 어디 있어? 그래 장지는 어딘가?"

택호는 도리어 인정면에서 최 군을 탓하는 것이었다.

"화장을 했습니다."

"건 또 왜?"

"………."

화장한 이유도 알 수 있었다. 매장을 하려면 경비가 많이 든다. 수속도 복잡하고 앞으로 관리하기도 힘이 든다. 그래서 화장했을 것을 짐작하면서 그 이유를 묻는 것은 묻는 사람의 마음 속에 인정이란 것이 들어 있기 때문이리라.

최 군이 대답을 못할 때 그는,

"아버지가 안 계신가?"

하고 물었다. 아버지가 계시다면 화장을 허락지 않았을 것 같기 때문이었다.

"벌써 돌아가셨습니다."

"그럼 지금 남은 식구는?"

"사내동생하구 단 둘뿐입니다."

"식사는 누가 하지?"

"저희들이 해 먹습니다."

"낮에 집 볼 사람이 없겠구만……."

"그게 걱정입니다."

택호는 필요 이상의 일까지 물어 본 자기를 이상하게 생각했다. 사장으로 사원의 생활에 일일이 관여할 필요가 무엇인가? 이상하게 생각하면서도 그렇게 된 자기가 잘못되어 가는 것이라고 여기지는 않았다.

작년 경리 보는 사람이 십여만 원이나 유용한 것을 알았다. 아내의 자궁암 수술 때문에 어쩔 수 없어 유용했다는 것이었다. 그때 택호는 당장에 파면을 시키는 동시 유용금 반납을 명령했다. 사원은 집안 사정을 참작해 달라고 애원했다. 아내는 완전히 쾌차하지 못한 데다가 어린애가 네 명이나 되니 파면당하면 여섯 식구가 당장 죽게 된다고 했다. 좌우간 유용금을 반납하라, 그러면 파면 문제는 그때 고려하겠다고 한 뒤 십만 원을 반납했을 때는 그 날로 파면시키고 말았다. 그것이 자기로서 당연히 해야 할 일이라 생각했고 추호의 후회도 안 했었다.

그런데 최 군에 대해서는 걱정할 필요 없는 일까지 물었다.

그때는 그때고 지금은 지금이 아닌가? 그는 자기를 이렇게 합리화시켰다.

며칠 뒤 그가 희라와 약속을 하고 어떤 다방에서 만났다. 그때 희라가 뚱딴지 같은 말을 했다.

"공포증에서 떨지 않아도 좋아요."

"공포증은?"

"좀 만나자는데 그렇게 망설일 거 없잖아요? 제가 사장님을 어떻게 할 것 같은가요?"

"별소릴 다하는군."

"저도 세상을 좀 알구 있어요, 절대루 무리한 행동은 안 합니다."

"무슨 뜻이지?"

"전 제가 생활 능력이 있을 때까지만 사장님을 만날래요. 그 동안두 사장님 가정에 풍파가 일지 않도록 하구요. 저는 아무것도 요구하지 않습니다. 제게 사랑하는 사람이 있다는 생각만 갖게 해 주세요. 그 이상 더 요구하지 않을게요. 부담 없이 그렇게 해 주실 수 없어요?"

"쉬운 일인 것 같으면서도 힘든 일인데……."

"그렇게 도망가실 필요는 없어요."

"도망을……."

"마음의 남자가 되어 달라는 것도 못해 주시겠어요?"

희라가 싫지 않으면서도 책임지지 않아도 좋을 그 한 마디가 시원스럽게 나오지 않았다. 책임지지 않을 말이라면 못할 말이 없을 텐데도 그는 빙그레 웃기만 했다. 빙그레 웃음으로 자기도 싫어하지 않는다는 것을 밝힌 뒤 다방을 나왔지만 다방 앞에서 헤어질 때,

"언제 만날까?"

다시 만날 약속을 하는 택호였다.

그 날 저녁 그는 오래간만에 바나나 한 관을 사 가지고 집으로 돌아왔다. 그런 것을 사 들고 다닐 줄 모르는 그였다. 그런데 이 날은 아내를 비롯해서 애들까지 기쁘게 해 주고 싶었다. 더 맛이 있는 것이 있다면 그 이상의 것이라도 사고 싶은 심정이었다.

다음 날 회사에 나갔을 때는 선전부장을 불렀다. 가까이 오지도 못하고 멀찌감치 차렷 자세로 서서 분부가 내리기를 기다리고 있는 선전부장에게,

"최 군이 자취를 하고 있을 텐데 그래서야 근무 성적이 오를 리 있어? 식모를 하나 얻어 주도록 하시오."

하고 명령했다. 누구의 명령이라고 거역할 수 있을 것인가?

"네. 집안 사람하구 의논해서 하겠습니다."

선전부장이 허리를 굽혀 인사를 하고 나가려 할 때 택호는 잠깐만 하고

다시 그를 불러,

"한옥에서 사는 모양이던데 그걸 팔아서 아파트를 얻으라구 그래. 그래야 집을 비어 놓구두 신경 안 쓰구 일할 수 있을 거야."

"네. 알겠습니다."

택호는 마음이 풍요해지는 것을 느꼈다. 광활해서 마음이 트여 오는 것을 느끼기도 했다. 인색함 없이 있는 것을 다 주어도 가슴 속에는 무엇인가 또 홍건히 남아 있을 것 같은 느낌이었다.

택호는 제약공장으로 갔다. 이런 날 공장에 가서 연구원들과 이야기를 하면 잘 팔릴 새로운 약에 대한 아이디어가 머리에 떠오를 것만 같았던 것이다.

속으로는 희라와 만나기로 약속할 날을 꼽아 보면서.

(원)《예술계》1970. 8.

장님

마흔 살이 되면 누구나 나이에 대한 새로운 생각을 갖게 된다. 늙는다는 생각과 아울러 앞으로 살 수 있는 기간이 멀지 않다는 허무감이다. 삼십대에도 그런 생각을 전혀 안 가지는 것은 아니지만 가장 실감 있게 느끼게 되는 것이 사십대다. 재오(載五)도 그랬다. 사십에 불혹(四十不惑)이라고도 하지만 사십이 되는 해의 정월 초하룻날 그는 자기 인생에 대해 가장 흔들림을 느꼈다.

한 달쯤 지났을까. 같은 학교의 영어 선생 N씨가 반 강제로 자기 친구의 누이동생이라는 여자와 맞선을 보게 주선해 주었을 때 재오는 자기가 인생의 반을 훨씬 더 살았다는 것을 절감했다. N씨가 당신이 금년에 결혼해서 곧 애를 낳는다 해도 환갑 때 그 애가 겨우 대학에 입학하게 될 것입니다, 하던 말도 충격을 안 준 것은 아니지만 오래 살아서 칠십을 잡는다 해도 앞으로 삼십 년밖에 안 남은 자기 앞날이 빤히 내다뵈는 것 같았던 것이다.

작년까지만 해도 아름다운 여자가 옆에서 꼬리를 흔들어도 거들떠보지 않던 그였다. 중매를 선다는 사람이 나설 때는 혼자서 조소를 하던 그였다. 그러나 N씨가 불구자가 아니면 결혼을 하십시오, 노후를 생각해야 할 게 아닙니까, 하며 독신생활의 고독과 불편을 구체적으로 말할 때 그는 N씨를 조소하지 못했다. 그의 말을 거절하지 못하고 맞선까지 봤다.

맞선을 보는 순간 그는 다시 결혼을 않고 혼자 살리라 마음먹었지만 그것은 인숙(仁淑) 때문이 아니었다. 인숙의 이미지가 결혼을 부정하게 만든 것이 아니라 맞선 본 여자가 너무나 못생기고 또 나이가 많았기 때문이었다. 자기보다 두 살 아래라고 했지만 눈 가장자리에 생긴 주름과 윤기 없는 피부가 호호 할머니처럼 보였다. 자기도 그렇게 늙어 보이리라 생각도 들기는 했지만 첫장가 드는 자기가 그런 늙은이와 결혼할 수 있는가 생각했다. 또 못생기기까지 했다. 보기 흉한 홈이 있는 것은 아니지만 두꺼운 입술과 웃을 때 드러나는 뻘건 잇몸이 징그러울 정도였다.

여자가 없어서 독신을 지키는 것이 아니었다는 생각을 할 때 자존심이 깎이는 것 같아 맞선 보는 자리에 오래 머물러 있을 수가 없었다.

"아무래도 혼자서 늙겠습니다."

결혼에 대해 홍미를 느낄 수 없다는 말로 N씨에게 거절의 뜻을 표했지만 재오는 그 여자가 조금만 젊고 또 조금만 예뻤다면 결혼을 승낙했을지도 모른다고 생각했다.

맞선을 볼 때 그의 눈앞에 인숙의 얼굴이 떠오르지 않은 것은 이상한 일이었다. 작년까지만 해도 여자를 대할 때는 으레 인숙의 얼굴이 눈앞에 보이곤 했다. 인숙의 얼굴만 보이면 결혼이라는 것을 송두리째 부인하곤 했었다. 결혼을 전제로 하고 만나는 여자가 아닐 때도 마찬가지였다. 그런데 결혼을 전제로 하고 맞선을 볼 때 어째서 인숙의 얼굴이 떠오르지 않았을까?

결국 나이 탓이라고 생각했다. 나이가 그를 결혼에 대해 초조하게 했다. 그 초조함이 인숙을 잊게 한 것이다. 맞선을 본 뒤부터라고 생각되지만 그는 길에서도 젊은 여자들을 눈여겨보는 버릇이 생겼다. 길에서 마주치는 여자를 볼 때마다 자기의 아내감이 될 수 있을까 없을까를 생각하기도 했다.

나 재오는 스물일곱 나던 그해 삼 월에 복교했다. 삼 년 육 개월의 군복무를 마치고 난 뒤 곧 복교를 하려고도 했으나 어쩐지 마음이 내키지도 않아 빈둥빈둥하다가 가족들의 강권에 못 이겨 복교를 하고 나니 예감대로 어른이 유치원에 들어간 듯한 느낌이었다. 사 년쯤 차이나는 것을 가지고 뭐 그러느냐? 졸업장이 무엇보다 필요하지 않느냐고 가족들이 권유할 때 또 친구들이 재학생들과 어울릴 필요가 뭐냐? 복교생끼리 놀다가 졸업하면 그뿐일 텐데 하며 말할 때 나는 눈을 감고 공부나 하리란 마음으로 복교 수속을 했었다.

복교를 하고 보니 이와 같은 복교생이 두어 명 있어서 주로 그들하고만 이야기를 하며 지냈지만 대다수를 점하는 재학생들이 비위를 건드려 학교 다닐 맛을 느끼지 못했다. 사 년 아래인 그들이 어째서 그렇게 어려 보이는지 몰랐다. 철부지 어린애들처럼만 보였다. 적의를 느낄 정도까지는 아니었지만 어쨌든 물과 기름처럼 어울리지 않는 것이 사실이었다.

그것은 내 마음 속에 자리를 잡고 있는 열등의식 때문인지도 몰랐다. 사 년을 쉬다가 복교를 하니 교수들의 강의가 소원하게 들렸다. 귀담아 들어도 머리에 잘 들어오지가 않았으며 또 사 년 동안 공백 기간에 머리까지 공백 상태로 되어 버렸는지 강의내용을 이해할 수가 없었다. 부지런히 책을 뒤적이며 공부를 하려 했으나 포기와 망각 상태에 있던 학문생활이 용이하지가 않았다. 적응이 잘 되지 않는 정신 상태로 새로운 생활에 젖어들기가 힘들었던 모양이었다.

그 날도 나는 수업시간을 끝내고 씁쓸한 입맛을 다시며 교문을 나오고 있었다. 교문을 나서 학교 우측과 좌측으로 뻗은 길에 다다랐다. 나는 오가는 버스들을 피하며 버스정류장으로 걷고 있었다. 그런데 얼마도 안 가 나는 내 앞을 걸어가고 있는 어떤 사람의 팔을 잡아당기지 않을 수 없었다. 책가방을 든 것으로 보아 분명 학생이었다. 안경까지 끼고 천천히 걷는 것으로 보아 무척 침착한 학생일 것이라고 생각되었는데 어쩐 일인지 그 학생이 앞에서 오는 버스를 피하는 눈치도 안 보이고 그냥 그냥 걸어가는 것이었다. 버스가 거의 다 왔는데도 놀람도 없이 비키지 않는 그를 보자 나는 그가 교통사고를 일으킬 것만 같아 그의 팔을 잡아끌었던 것이다. 그때야 그 학생은 놀랐는지 인도 쪽으로 몸을 기울이고 튕겨나듯 발걸음을 옮겼다. 동시에 버스 운전수로부터 '개새끼야'라는 소리가 날아왔다.

나는 반사적으로 그 운전수를 노려보았으나 버스는 정거하지 않은 채 달아나 버렸다. 나는 일이 그것으로 끝난 것이라 생각하고 그 학생에게 조심하라는 말 한 마디를 하고는 그냥 지나쳐 버리려고 그의 얼굴을 쳐다봤다. 색안경을 쓰고 있는 장님이었다. 장님이니까 앞이 보이지 않아 겁없이 길 복판으로 나가던 것이라 생각하며 그냥 걸어가려 할 때 그 학생이 내 팔목을 붙잡으며 고맙다는 인사를 했다. 그리고는 별로 그런 일이 없었는데 오늘은 어째서 그런 실수를 했는지 모르겠다고 독백처럼 중얼거리고는 나더러 무슨 과(科) 학생이냐고 물었다. 내가 국문과 학생이라고 대답하자 그는 버스정류장까지 같이 가 달라고 했다. 얼마 멀지도 않은 곳이라 나는 그의 팔을 잡아 길 안내를 하며 걸었다. 가는 방향도 같고 해서 버스에도 같이 올랐다. 버스에서 자리를 잡고 앉자 그는 얼굴을 앞으로 향한 채,

"정말 고맙습니다."

인사를 다시 했다. 인삿말을 하고도 그는 여전히 얼굴을 정면으로 향한 채였다. 자동차에 치일 뻔했던 순간을 회상하고 있는 모양이었다. 나는 아무 대답도 안 했다. 만약 그가 나를 바라보며 그런 인삿말을 했다면 무슨 말로든 대답할 의무를 느꼈을 것이다. 그러나 정면을 바라볼 뿐 나에게서 외면한 채 너무나 무표정한 얼굴로 말하는 그 인사가 나와 상관없는 것처럼 느껴졌다. 나는 이야기를 하며 상대방을 본다는 것이 그 이야기에 커다란 작용을 준다는 것이라고 생각했다. 보지 않으며 말만 할 때 그 말은 독백으로 들릴 뿐 듣는 사람에게 책임감을 느끼게 하지 못한다.

내가 대답을 안 하자 그는,

"나는 음악과 삼 학년 고정흡(正浩)니다. 형의 이름은?"

하고 이번에는 대답 안 할 수 없는 말을 물었다.

"국문과 삼 학년 김재웁니다."

자동차에 치일 뻔했던 그 순간이 아직도 울렁거리는 여운으로 가슴 속에 남아 있을 것이라는 것을 짐작하면서도 나는 그의 감정에 조화를 보이지 못하며 사무적인 태도로 대답했다.

"몇 살이신데요?"

"스물일곱입니다."

"그렇겠지요. 목소리가 나이 들어 뵈였습니다. 군대에 갔다 오셨군요?"

"그렇습니다."

학년이 같아도 나이에 차이가 있을 땐 경어를 안 쓰는 법이지만 나는 그에게 친근감을 느끼지 못한 모양이었다.

광화문에서 그는 자기는 맹아학교에 있다면서 먼저 내렸다. 그때 그는 다시 정말 고맙다고 간곡한 감사의 말을 했지만 나는 그냥 잘 가라는 말만을 했다.

조금이라도 감격하면 우리는 손을 잡고 체온을 나누며 이야기를 한다. 그러나 내 손의 위치를 모르기 때문인지 내 손을 잡으려고 하지도 않고 시선을 딴 데 둔 채 고맙단 말만 하는 것은 어쩐지 나와 상관없는 사람이라고 느꼈기 때문이었으리라.

그러나 그런 태도로 그를 보내고 난 나는 금시 내 자신을 후회했다. 그가 외면을 했다든가 손을 잡지 못한 것은 결코 나와 친밀감을 느끼지 못해서가 아니라는 것을 깨달았기 때문이었다. 감정표현의 방법이 제한되어 있는 그들이다. 그리고 움푹 패인 눈이 색안경으로 가려져 있으나 그것이 들여다보일 것 같은 공포심에서 정면으로 얼굴을 돌리지 못하는 그. 언제나 열등의식을 가지고 사는 그들이 이쪽에서 청하지 않는 악수를 하자고 선뜻 손을 내밀 수는 없다.

이런 생각을 하자 나는 그에게 죄의식 같은 것을 느꼈다. 친밀을 느끼고 싶은 사람에게서 소외를 당한 야릇한 심정으로 그는 지금 얼마만큼 실망에 빠져 있을까? 보람을 느끼고 삶을 긍정하려고 음악공부를 하고 있을 것이지만 대인관계에서 조그만 실망을 느껴도 그는 삶을 부정하고 싶어질 것이다. 나면서부터 장님이었다면 그는 세상에 태어난 사실에 대해 반항적인 울분마저 느낄 것이다.

며칠 뒤 그가 자기 동급반 학생의 안내를 받아 내가 강의받고 있는 교실로 찾아왔다. 내가 죄의식을 느끼면서 그를 찾아가지 못했던 것은 시간이 흐름에 따라 피차가 망각 속에서 서로 모르는 사람처럼 지낼 수 있을 것이란 가장 무성의한 심리 때문이었다. 그렇게 될 것이라 생각했고 그렇게 되기를 바랐던 것이다. 공연히 순탄치 못한 삶을 살 사람과 관계를 맺어 쓸데

없는 부담감을 느끼며 살고 싶지가 않았기 때문이었다.

그런 만큼 정호의 방문은 나를 죄책감 속으로 몰아 넣었다. 내가 인간관계에서 너무나 무성의한 태도를 취하고 있었다는 사실을 반성하게 해 주기도 했다.

군대에 있던 때의 일이 생각났다. 저녁을 먹은 뒤 부대 바로 뒤에 있는 냇가로 가서 각자의 식기를 씻고 있을 때였다. 나는 대충 씻은 그릇을 풀섶 위에 놓고 그 옆에서 담배를 피우고 있었다. 어떤 군인은 물 속에 들어가 그릇을 씻으며 다른 친구와 한담을 하고 있었다. 어떤 군인은 씻은 그릇을 나처럼 풀섶에 놓고 시냇물 속에 들어가 세수도 하고 발도 씻고 있었다. 그런데 어떤 다른 소대 졸병 하나가 휘파람을 불며 내 옆을 지나다가 한 곳에서 숟가락 하나를 슬쩍 집어 주머니에 넣고는 그냥 지나가 버렸다.

그것을 나는 확실히 보았다. 그러나 나는 소리를 치지도 않았고 뒤따라가서 빼앗지도 않았다. 가져다가 팔아 먹으려는 악질적인 도적 행위는 아니다. 자기 것을 잃어버렸으니 그렇게 해서라도 밥을 먹으려는, 군대에서 얼마든지 있는 일이다. 얼마든지 있는 일이라고 해서 목격을 하고도 모른 척해서 좋은 일이냐 하면 그렇지는 않았다. 나와 같이 기거하는 내무반 친구 하나가 내일 아침부터 손가락으로 밥을 먹거나 나무꼬챙이로 젓가락을 만들어 밥을 먹어야 한다. 엄연히 피해자가 생기는 것이다. 그리고 밥 먹을 때 불편해서 쩔쩔매는 꼴을 내 눈으로 봐야 한다. 그것을 봐야 하는 내 마음이 또 편할 리 없다. 그런데도 나는 도둑질 행위를 한 낯선 군인을 못 본 척해 버렸다. 그것은 남의 일이란 생각 때문이었다. 남의 일에 내가 개입할 필요가 없다. 남의 일에 개입해서 유쾌한 결과를 가져오는 예가 없기 때문이었다. 내가 붙잡지를 않는다 해도 소리만 지르면 그 군인은 잡히고 만다. 잡힌 사람은 뭇매를 맞게 된다. 나아가서는 그가 소속해 있는 소대 간부에게 알려져 거기서까지 기합을 받게 될지 모른다. 내가 무엇 때문에 그런 일을 만들 것인가?

얼마 안 있어 숟가락 잃어버린 군인이 소동을 부렸다. 다음 날 아침에는 나무막대기 같은 젓가락으로 성급하게 밥을 떠먹었다. 나는 그를 바라보며 미안하게 생각하기보다는 저 작자도 남의 숟가락을 훔쳐 내고야 말겠지, 하는 생각을 하며 속으로 웃었다.

"웬일입니까?"

내가 반가워하는 목소리로 묻자 정호는 나의 내면적인 움직임 같은 것을 무시한 사람처럼,

"부탁이 있습니다."

단도직입적으로 용건을 꺼냈다.

무슨 일이냐고 물으니까 자기가 있는 맹아학교 학생에게 국어 과외지도를 맡아 달라며,

"내년에 대학입시 준비하는 애입니다. 꼭 부탁드립니다."

간곡한 부탁을 했다.

나는 약간 얼굴이 붉어졌다. 삼 년 동안 군대에서 책하고는 거리가 먼 생활을 해 왔기 때문에 남을 가르칠 자신이 없었던 것이다. 나는 내 머릿속이 텅 비었다고 자인했고 그래서 새로 계속하는 학교생활에 공포심 같은 것을 갖고 있었다. 나는 사양할 수밖에 없었다. 그랬더니 정호가 달리 부탁할 데가 없다면서 꼭 맡아 달라고 애걸했다. 나는 내가 맡을 수 없는 이유를 설명하고 다른 학생 하나를 물색해서 소개해 주겠다고 말했다. 그랬더니 정호는 그렇게라도 해 달라고 했다.

나는 그 날로 내 반 학생들에게 뜻있는 학생이 없느냐고 물었다. 그러나 몇 학생을 가르치느냐? 보수는 얼마나 되느냐고 호기심 있게 물어 보는 학생은 있어도 선뜻 나서는 학생은 한 명도 없었다. 무엇보다도 돈이 문제인 모양이었다. 나는 그것도 알아보지 않은 내 불찰을 깨닫고 다음 날 정호를 찾아 사무적인 것들을 물었다.

배우는 학생은 두 명이고 하루 걸러쯤 하루에 한 시간씩만 수고해 주면 한 달에 팔천 원 주겠다는 말을 듣자 나는 그만하면 괜찮은 보수라 생각했다. 그래서 그 말을 내 반 학생들에게 전해 주었더니 가르치기 힘든 장님들을 가르치는데 팔천 원은 너무 적다고들 했다. 나는 보수보다도 불쌍한 학생들을 위해 봉사한다는 생각으로 맡아 주기를 부탁했다. 그러나 봉사라는

말에 동의해 주는 학생은 한 명도 없었다. 도리어 그런 말을 하는 나를 조소하는 태도였다. 나는 난처했다. 정호에게 학생들의 태도를 그대로 전할 수가 없었던 것이다. 불구자에게 인간에 대한 불신(不信)을 줄 수가 없었던 것이다. 나는 생각 끝에 정호를 찾아가 실력이 없지만 내가 공부를 하면서 그 학생들을 지도하겠다고 말했다. 소외당한 내 학생생활을 조금이라도 충실한 것으로 만들어 볼 기회라고도 생각했던 것이다. 그래서 정말 열심히 공부를 해 가며 학생들을 가르쳤고 지도받는 학생 두 명은 모두 여학생이었다. 눈을 보지 못할 뿐 두 명 다 예쁘장한 얼굴이었다. 귀머거리나 벙어리가 아닌 것이 다행으로 생각될 만큼 그들의 대화는 자유스러웠다. 대화가 자유로웠기 때문인지 그들을 대하는 시간 동안 나는 그들이 장님만 아니라면 얼마나 행복할까 하고 생각했다. 평생 행복이라는 것과 외면하고 살아야 할 그미들이 그래도 어떤 희망을 갖고 살기 위해 대학교에 입학하겠다는 노력이 눈물겹도록 연민의 정을 자아내기도 했다.

그들의 감정 세계를 될 수 있는 한 건드리지 않고 학과에 대한 이야기만 해 주기를 두 달 계속했다.

그 날은 가르침이 없는 날이라 맹아학교엘 가지 않았는데 웬일인지 맹아학교에서 집으로 전화가 왔다. 별 생각 없이 수화기를 들자 내게 국어지도를 받고 있는 유인숙이 병원에 있으니까 빨리 병원으로 가 보라는 정호의 황급한 말이 내 귀청을 울렸다. 왜 입원했느냐고 물었지만 그는 빨리 가 보란 말만 하고 전화를 끊었다. 나는 그미가 교통사고로 입원한 것이라고 단정했다. 어제까지도 아무 일 없이 내게 국어지도를 받았으니까. 나는 병원으로 가는 도중 장님이 뭣 때문에 거리에 나가 다닐까 하고 불평스런 생각을 했다. 보행에 부자유를 느끼지 않는 사람들도 교통사고로 죽는 사람이 부지기수다. 앞을 못 보면서도 창피해서 지팡이마저 짚고 다니기를 꺼리는 장님들은 자기를 죽여 달라고 소리치며 나다니는 것이나 마찬가지 일이다. 목숨이 아깝지도 않은가?

그런데 병원에 이르렀을 때 나는 그미가 교통사고가 아니라 음독자살로 혼수상태에 빠져 있음을 알았다. 절망 상태는 아니라고 해서 안심은 했지만 나는 불구자와 교제를 하다가는 이런 꼴을 흔히 보게 될 것이란 생각을 했다. 자살의 이유가 뻔한 것 같아 나는 그것을 물어 볼 생각도 안 했다. 다만 인숙이가 자살하려다가 입원을 했는데 정호가 왜 나를 이리로 보냈을까 하는 것이 의심스러웠을 뿐이었다. 나는 그미에게 국어공부를 지도해 준 것 이외에 그미와의 별다른 관계를 조금도 맺고 있지 않았다. 불행한 사람에게는 말 한 마디도 함부로 할 수 없다는 조심성 때문에 그미의 개인생활에 대해서는 건드리지 않았다. 부모가 다 계시느냐? 언제부터 앞을 못 보느냐 등, 개인에 대한 일체를 물어 보지 않았다. 경제적으로 어느 정도 여유 있는 집 안의 딸이라는 것을 몸차림으로 짐작은 했지만…….

개인 교섭이 전혀 없는 나를 병원으로 불러 낸 이유가 궁금스러웠지만 나는 담백한 마음으로 그미가 의식회복하기를 기다렸다. 얼마 안 있어 그미는 신음소리를 냈다. 그리고는 몸을 조금 움직였다. 나는 얼른 그미의 손을 잡고 그미의 이름을 불렀다. 그 순간 그미는 깜짝 놀랐다. 그미의 어머니라고 생각되는 여자가 그미를 어루만지며 그미의 이름을 부르면서 빨리 정신차리기를 독촉했다. 그래도 그미는 입을 열지 않았다.

나는 그미가 죽지 않았다는 것을 확인한 이상 더 오래 있을 필요가 없다고 생각한 뒤,

"빨리 퇴원을 해야지."

하고 손을 잡아 흔들었다. 순간 그미가 눈물을 흘리기 시작했다. 그리고,

"선생님. 선생님을 존경해요. 세상에서 단 한 사람 선생님을요."

눈을 감은 채 말했다.

그미의 어머니가 있는 자리에서 표정을 흩뜨릴 수가 없어서,

"고마워!"

천연스럽게 대답하고는 빨리 퇴원하도록 하기나 하라는 말을 거듭했다. 나이가 근 십 년이나 위고 또 내가 그미를 가르치고 있었던 것이 사실인 만큼 존경한다는 말을 사제지간의 것으로 해석할 수도 있었다. 그러나 나는 그미의 자살기도가 나와 직접 관련된 것이라는 생각을 갖지 않을 수 없었다. 정호가 나를 불러 낸 이유도 짐작이 갔다.

그 뒤 나는 정호를 통해 인숙의 소식을 계속 들었지만 국어지도를 중단했다. 계속 그미를 만났다가는 또다시 자살 소동이 일어나고야 말 것 같았기 때문이었다. 장님과는 결혼할 수 없다는 고정관념을 움직일 수가 없었던 것이다. 차라리 만나지 않음으로 감정의 교류를 중단하는 것만 같지 못했다.

그미는 건강을 회복했고 입시준비를 계속하고 있었다. 그러나 대학에 입학하지는 못했다.

그 뒤부터는 그미의 소식을 알려고 하지 않았다. 정호를 만나도 그미에 대한 이야기는 서로 입 밖에 꺼내지 않게 되었다.

그 대신 나의 가슴 속에는 인숙의 환영이 더욱 더 굳게 조각되어 갔다. 끝이 가늘수록 돌 위의 글자는 더 굵고 깊어지듯 그미의 영상은 내 가슴 속에서 깊어 가고 있었다.

내가 대학을 졸업하고 고등학교 교사로 취직되어 사십이 되는 작년까지의 나의 생활은 내 가슴 속을 채우고 있는 인숙의 영상에 지배받아 왔던 것이다.

제오의 담임반 학생 손명기가 이틀째 결석하고 있었다. 보통 때도 지각과 결석이 많은 학생이지만 계속 이틀씩이나 결석하는 일은 별반 없었다. 그래서 반 학생들에게 결석한 이유를 물어 봤지만 확실히 알고 있는 학생이 한 명도 없었다.

재오는 또 장님을 생각했다. 물론 명기가 장님이어서는 아니었다. 장님 대신 명기는 절름발이였다. 소아마비에 걸렸었는지 목발을 짚고 다니는 절름거리는 학생이었다. 그런데도 재오에겐 장님으로 생각되었던 것이다. 인숙의 자살 소동이 있은 이후 그는 불구자가 아니라고 해도 모든 학생을 장님처럼 생각하는 때가 있었다. 앞을 보지 못하기 때문에 실수할 가능성이 있고 실수할 가능성이 있기 때문에 안정된 정신 상태를 갖지 못하고 있는 존재들처럼.

명기가 이틀씩 결석하는 것도 앞을 보지 못하는 데서 어떤 실수를 저지른 때문이라 생각한 재오는 일과가 끝나기가 무섭게 명기의 집을 찾아갔다.

그의 집에 전화가 있다는 사실을 알고 있기 때문에 전화를 걸고 결석 이유를 물어 보아도 충분하다. 사실 담임반 학생이 이틀쯤 결석했다고 해서 전화로나마 결석 이유를 알아보는 것만도 교사로서 성의를 보여 주는 일이 된다. 그만한 성의를 보이는 교사도 그리 많지가 않다. 그런데도 전화 걸 생각을 않고 직접 찾아간다는 것은 명기가 앞 못 보는 장님처럼 느껴졌기 때문이었다.

명기는 앞을 못 보고 있다. 절름발이란 생각만 하면 아버지도 보이지 않고 어머니도 보이지 않을 것이다. 누가 걱정할 것도 생각지 못하고 마음 내키는 대로만 하고 싶을 것이다. 물이 깊은지 얕은지 물이 뜨거운지 찬지도 분간 못하고 불 속에 뛰어들 것이다. 신호등이 파란 것이든 빨간 것이든 그것을 보려고도 하지 않고 차도로 뛰어들 것이다. 위험하기 짝이 없는 애였다. 그런 애가 계속 결석을 하고 있는데 전화나 걸어 교사의 책임이나 면하려는 생각을 가질 수는 없었다.

으리으리한 대문에서 명기의 담임교사라는 것을 알리자 안으로 들어갔던 식모가 한 젊은 여인을 데리고 나왔다.

"일부러 와 주셨군요. 어서 들어오십시오."

스물 대여섯쯤 보이는 여자는 보기에 조금 민망스런 곱추였다. 명기의 누나뻘 되는 여잔지 명기에 대해 어떤 죄책감 같은 것을 보여 주었다.

"명기는 없습니까?"

"네."

여자는 명기가 집에 없는 것을 긍정하는 정도로 대답하고 난 뒤,

"좀 들어오셔요."

부디 좀 들어와 달라는 애조가 섞인 말을 했다.

"그 애가 며칠째 학교엘 나오지 않아서 찾아왔습니다."

"알구 있습니다. 좌우간 들어오셔서 말씀하세요."

나는 안 들어갈 수가 없었다. 여자의 친절을 거절할 수가 없어서가 아니라 명기에 대해 들어야 할 이야기가 있는 것 같았기 때문이었다.

호화로운 응접실이었다. 학생의 가정방문을 자주 하고 있지만 그렇게 호

화스런 응접실은 별로 구경한 기억이 없을 만큼 대단한 것이었다.

재오는 응접실의 호화로움에 놀란 것만이 아니었다. 그렇게까지 잘 사는 집에 어째서 불구자가 두 명씩이나 생겼을까 하는 데 또 놀랐다. 돈으로도 불구를 퇴치시킬 수 없는가 하는 극히 소박하면서도 기구한 인간상에 회의감 같은 것을 느끼기도 했다.

이야기 도중 그 여자가 명기의 누나라는 것을 확인했을 때 나는 곱추도 소아마비 현상이냐고 묻고 싶었다. 얼굴도 예쁜 편이었다. 교양도 있어 보였다. 그런데 키가 유난히 작고 등에 삼태기 같은 것이 있을 뿐 아니라 목은 어째서 그렇게까지 짧은 것일까?

그미는 차를 가져오게 한다, 과일을 가져오게 한다, 한참 동안 재오 접대에만 열중하다가,

"선생님에게까지 걱정을 끼쳐 드려 죄송합니다."

자기 동생 명기에 대한 이야기를 꺼냈다. 명기는 학교엘 다니려 하지 않는다는 것이었다. 결국 사람 접촉하기를 싫어하는 것인데 그래 가지고서는 세상을 살아갈 수가 없다고 부모들이 극력 권유했지만 듣지를 않는다는 것이었다.

"저두 이런 꼴을 하구 대학까지 졸업했는데 사내가 왜 그렇게 내성적인지 모르겠어요."

명기 누나는 재오에게 이해를 구하는 태도로 열심히 이야기했다.

"그렇습니까?"

재오는 잘 알았다는 태도를 보였다.

"얼마 동안 더 권해 보다가 정 듣지 않으면 정식으로 퇴학원서를 내겠습니다. 어떻게도 할 수 없는 일이니까 달리 생각지 마시구 처리해 주시면 고맙겠어요. 정말 면목이 없습니다만……."

재오는 명기를 만나 직접 이야기해 보고 싶기도 했지만 자기 이야기에 효과가 있으리라고는 생각할 수 없는 일이었다.

"부모님 말씀두 안 듣는다니 내 말이라고 듣겠습니까? 잘 타일러 다시 학교에 나오도록 해 주십시오."

"모처럼 오셨으니까 만나서 말씀을 해 주시면 좋겠는데……."

명기 누나도 큰 기대는 걸지 않는 모양이었다. 그런데 이상한 것은 집에 없다고 한 명기가 집에 있는 듯한 느낌을 주는 것이었다. 그래서 명기가 지금 집에 있느냐고 물었다. 그러자 그미는 그 애가 있기는 하지만 그 애가 재오를 만나지 않을 것이라고 대답했다.

재오는 부모의 말보다도 스승의 말이 효과 있을 것 같기도 했다.

"그럼 명기를 불러 주십시오."

나는 명기 누나에게 자진 부탁을 했다. 명기 누나는 자기가 데려올 테니 잘 말해서 학교에 꼭 나가도록 해 달라고 부탁을 한 뒤 명기에게로 갔다.

재오는 그 동안 명기에게 들려 줄 말을 생각했다. '헬렌 켈러' '에디슨' 같이 명기보다 더 심한 불구자들의 이름을 들고 그런 사람들도 의지의 힘으로 세계의 위인이 되었다는 것을 말해 주자. 그러면 명기의 마음이 조금쯤 돌려지지 않을까? 이런 생각을 하고 있을 때 명기 누나가 돌아왔다.

"애가 참 못됐어요. 글세 선생님을 죽어두 만나지 않겠다지 않아요."

여러 말로 타일러 보았지만 끝내 듣지 않는다는 것이었다.

재오는 명기의 마음을 이해할 수 있었다. 학교가 싫어졌는데 학교 선생을 만나고 싶을 까닭이 없다. 그러나 나는 명기가 장님처럼 생각이 되어 교사 이상의 어떤 사명감을 가지고 온 것이다. 명기가 만나지도 않겠다는데 어떤 반항감 같은 것을 느꼈다.

"그럼 내가 그 애 방으루 가지요."

그는 찾아가서라도 만나고 싶었다. 만나서 명기가 채 깨우치지 못한 것에 대해 이야기를 해 줘야 한다고 생각했다. 그런데 명기 누나가

"그까짓 거 내버려 두세요."

동생에 대해 환멸을 느낀 듯 말했다.

나는 명기 누나에게도 반항감을 느꼈다.

"아닙니다. 꼭 만나야 합니다. 방을 안내해 주십시오."

나는 자리에서 일어나 명기 누나의 안내를 요청했다. 명기 누나는 그렇게까지 할 필요가 없다고 듣기 좋게 거절했으나 재오가 그미를 강제로 끌고라

도 명기 방에까지 갈 기세를 보이자,

"글쎄 내버려 두시라니까요."

신경질적으로 변했다.

"내버려 둘 일이 따로 있죠. 나는 그 애의 파멸을 보구 있을 순 없습니다."

"파멸이래두 그 애의 파멸이니까 상관 마세요. 그 앤 지금 아무에게도 침입당하구 싶어하지 않습니다."

명기 누나가 이번에는 명기의 편이 되어 재오를 간섭 못하게 했다. 불쾌했다. 만약 재오가 명기 방을 안다고 하면 명기 누나를 무시하고 직접 찾아갔을 것이다. 그러나 방을 알 수 없다. 그 넓은 집에서 명기의 방을 혼자 알아 낸다는 것도 불가능한 일이었다. 나는 복도에 나가 명기를 소리쳐 부르기라도 하고 싶었지만 차마 그러지는 못했다.

다음 날 재오는 명기가 자살했다는 소식을 들었다. 결국 명기는 파멸하고야 만 것이었다. 재오는 그 파멸을 자기가 재촉한 것이나 아닌가 하고 생각했다. 파멸의 가능성을 충분히 가지고 있던 애다. 그러나 어제 자기가 찾아갔고 그는 자기의 면회를 거절했다. 그것이 파멸을 구체화시킨 것이다.

나는 명기의 집으로 찾아갔다. 침울의 바다, 그 바다의 밑바닥 같은 분위기 속에서 그래도 친지처럼 대해 주는 명기 누나에게 명기가 자살까지 하게 된 동기를 물었다.

"학생들이 그 애의 목발을 가지구 장난을 했나 봐요. 저희들끼리 돌려가며 그걸 겨드랑이에 끼구 쩔룩쩔룩 걸으면서 목발을 돌려 주지 않았대요. 짓궂은 장난이지만 애들에게는 있을 수도 있는 장난이었겠지요. 그런데 그 애는 그 장난이 참을 수 없었던 모양이에요."

명기 누나는 명기의 죽음을 이미 단념한 듯 말했다. 그리고 나서는,

"어제는 제가 잘못했어요. 제가 그런 말씀을 미리 드리구 그 애를 강제로라도 만나게 해 드렸다면 그 애가 죽지 않았을지두 모를 것을……."

역시 명기 죽음에 미련이 남아 있는 듯 말했다.

"내가 이야기를 했다구 맘이 변하기야 했겠습니까?"

"변하지는 않았을 거예요. 그렇지만 그 애를 위한 선생님의 뜻을 꺾어 드린 것이 마음에 걸려 못견디겠어요."

"그런 건 문제 안 됩니다. 죽은 명기가 불쌍할 뿐이죠."

"어제 일 용서해 주십시오. 정말 잘못했어요."

"자꾸 그러시면 제가 도리어……."

재오는 명기가 결국 장님처럼 자기 앞을 보지 못했기 때문에 자살한 것이란 생각만을 했다. 동시에 인숙을 생각했다. 인숙이도 자살을 했을 것이라고. 그런데 그녀는 언제 어디서 자살을 했을까? 십여 년 동안 소식을 듣지 못한 그녀가 갑자기 보고 싶었다. 왜 나는 그녀의 소식을 들으려 하지도 않았을까? 그녀를 잊고 있었던 것은 아니다. 그녀의 환영을 안고 십여 년이나 살아 오면서 어째서 생사에 대한 소식도 알려고 하지 않았을까? 그녀의 죽음을 두려워했기 때문일까? 죽음에 대한 책임감을 느낄 것이 두렵기 때문이었을까? 내일이라도 맹아학교로 정호를 찾아가자. 정호는 그녀의 소식을 알고 있을 것이다.

그렇게 마음을 먹었지만 명기의 장례식 때문에 이삼 일 동안은 틈을 낼 수 없었다.

장례식 날에는 수업을 전폐하고 무덤에까지 갔다. 어느 친척 못지않게 슬픈 마음으로!

재오는 명기의 죽음도 슬펐지만 가족 가운데서 가장 애통해하는 명기 누나를 보기가 가슴 아팠다. 명기와 달리 자기 자신을 현실적으로 보고 있는 여자다. 명기와 같은 파멸을 자초하지 않을지 모르나 언젠가는 비슷하게 될 것이 아닌가, 하는 생각이 들었기 때문이었다. 좀더 냉철한 눈을 가지고 현명한 태도로 살고 있다 해도 갑자기 눈이 어두워질 수 있는 가능성을 가진 여자다.

매장을 다 끝내고 산에서 내려오려고 할 때 명기 누나가,

"선생님, 정말 감사합니다."

하고 진심으로 감사의 뜻을 표했다.

그리고 다음에 한 번 찾아보겠다는 말을 했다.

재오는 그저 인사치레로 하는 말이려니만 생각했는데 다음 날 그녀는 정말 전화를 걸고 만나 달라고 했다. 그는 만나야 결국 고맙다는 인사를 되풀이할 것이라 생각하고,

"다음에 만나지요."

이유 없는 거절을 했다. 그런데 그녀는 꼭 하고 싶은 말이 있다면서 만나 달라고 졸랐다. 꼭 할 이야기가 있을 리 없지만 그렇게까지 조르는데 거절할 수가 없어서 퇴근하는 대로 나가기로 했다.

재오는 다방을 그리 좋아하지 않는다. 자기가 데이트를 못해 보아서 그런지 아베크족들의 소굴이란 인상을 주는 다방에 호감을 느끼지 못하기 때문이었다. 그 아베크족들이 와글거리는 다방의 그 혼탁한 공기도 싫었다. 그러나 그 외에 달리 만날 곳도 없으니 할 수 없었다. 그는 다방에 들어설 때부터 얼굴을 찡그렸다. 빈 자리를 찾아 헤매야 하는 것부터가 짜증스러웠다. 화제가 진했는지 고개를 들고 지나다니는 사람을 멍하니 쳐다보는 젊은 사람들의 시선도 싫었다. 그런데 자기보다 조금 뒤늦게 들어온 명기 누나는 자기를 찾는 데만 신경을 쓰고 있기 때문인지 쳐다보는 시선을 피하려는 눈치도 보이지 않았다. 그가 손을 들고 흔들자 곧 알아보고 걸어올 때도 그녀는 침착하고 여유 있는 태도로 걸어왔다. 그미를 쳐다보는 시선이란 곱추라는 데 경멸 섞인 호기심에 찬 것이련만 그미는 그런 것을 전혀 개의하지 않는 것 같았다. 그런 여자일수록 대담성이 필요하기는 할 것이라 생각하며 한편 존경심이 들기도 했다. 레지에게 차를 주문하는 태도도 어색하지가 않았다. 특별한 이야기는 아니라 해도 지루함을 느끼지 않도록 화제도 잘 이어갔다. 도리어 재오가 곱추와 앉아 있는 자기에게 쏠리는 시선에 머리를 들지 못했다.

다방에서 나올 때까지 계속해서 이야기를 했지만 특별한 것은 없었다. 있을 것이 없었다. 그런데 다방에서 나오자 그미는 저녁을 산다고 했다. 같이 다니면서 남의 시선만 끌 필요가 없다는 생각에 그는 저녁을 거절했지만 그녀는 그의 팔을 잡아끌었다. 손만은 대지 말아 주었으면 좋겠는데 그가 거절할수록 그미는 몸에 달라붙을 기색이었다. 정말 물리칠 수가 없어서 그미

가 타고 온 자가용차로 어떤 양식집까지 끌려갔다. 한 시간쯤 이야기를 해서 친숙한 사이가 되었다고 생각했는지 그미는,

"아직 결혼 안 하셨다지요?"

재오의 사생활을 화제로 꺼냈다.

그렇다고 대답하자 그미는 독신주의를 지키고 있느냐, 그렇지 않으면 마음에 드는 여자가 없기 때문이냐고 질문했다.

"나두 모르는 새 늙어졌습니다."

그는 자기 이야기를 화제에 올리지 않고 싶을 뿐이었다. 그런데도 혼자가 얼마나 불편하냐? 얼마나 외로우냐, 하며 그 화제를 연장시키려 했다. 그런가 하면 너무 고르면 정말 결혼하기가 힘들 테니 웬만하다고 생각될 때는 눈감고 결혼해 버리라는 충고까지 했다.

재오는 속으로 남의 결혼에 관심을 가질 필요가 무엇이냐고 생각하며 적당히 대답했다.

그런데 저녁을 먹고 나자 그미가 입을 꽉 다물어 버렸다. 화제가 완전히 끝난 사람 같았다. 오랜 동안은 아니지만 분위기가 아주 달라졌다고 느낄 정도로 말을 안 했다. 음식값을 지불하고 자동차가 있는 데까지 갔을 때에야 겨우,

"댁까지 모셔다 드리겠어요."

하고 입을 열었다. 버스를 타고 가느니 자가용차를 타고 가는 것이 해롭지가 않을 것 같아 그는 자동차에 올랐다. 차에 올라서도 입이 무겁던 그미가 한참 뒤,

"저 중매 하나 해 주세요."

하며 그를 빤히 쳐다보았다. 재오가 어안이 벙벙해서 대답을 못하고 있을 때 그미가,

"나 같은 여자를 데려갈 남자가 없겠지요."

자탄하듯 말했다.

재오는 가만 있을 수가 없었다.

"무슨 말씀을 그렇게 하십니까? 그렇게 보지 않았더니 자기 비하(卑下)를

많이 하구 계시는군요."

"사실이 그러니까 하는 말이요. 김 선생님부터가 그러실 게 아녜요?"

"사람을 어떻게 보구 하는 말씀이십니까?"

"거짓말 마세요. 누군 그런 것두 모를 줄 아세요?"

"사람을 볼 줄 모르시는군요."

재오는 그렇게 말하지 않을 수가 없었다. 그런데 그미는 그 뒤부터 다시 활기를 띠고 이야기를 이어 나갔다. 만약 그가 차에서 내려야 할 곳에 이르지 않았다면 이야기가 어떻게 비약했을지 모를 일이었다. 그가 차에서 내리려 할 때,

"종종 전화 걸어 주세요. 저두 걸겠지만요."

하며 자기 집 전화번호를 가르쳐 주었다.

재오는 그미의 마음을 직감할 수 있었다. 쓴웃음을 웃지 않을 수 없었다. 불구자라는 것 말고는 탓할 데가 하나도 없는 여자다. 나도 여자의 외모를 결혼 상대의 절대적 조건으로 삼고 있지는 않다. 그러나 학교 동료가 소개한 여자에게 흥미를 전혀 느끼지 못한 것을 부정할 수가 없다. 하물며 불구자와 결혼을 하다니…….

이런 생각을 하면서도 재오는 하나의 고민거리가 새로 생겼다는 것을 스스로 인정했다. 그것은 언제건 명기 누나가 자기에게 청혼해 올 때가 있을 것 같은 예감이 들었기 때문이었다. 그때 자기는 어떤 방법으로 거절할 것인가, 잘못 거절을 하면 그녀를 파멸의 길로 몰아 넣게 될 것이다. 파멸하지 않도록 거절하는 방법이 무엇일까? 참으로 힘든 일인 것 같았다.

그는 거의 잊어버리다시피 하고 있던 강미화를 생각했다.

오 년 전, 그러니까 내가 어떤 여자고등학교 교사로 있을 때였다. 내가 담임하고 있는 반 학생으로 공부도 잘하지 않을 뿐 아니라 출석률이 좋지 않은 문제아에 대해 골치를 앓기 시작했다. 몇 번이나 불러다가 주의시켰지만 통 말을 들어 주지 않았다. 교무실의 다른 선생들이 그런 애는 내버려 두는 수밖에 없으니까 공연히 신경을 쓰지 말라고 충고해 주었다. 특히 작년에

그 애를 담임했던 선생이 강력하게 충고했다.

그런 충고에 반발을 느꼈기 때문인지 나는 그 애를 방임할 수 없다는 생각을 굳혔다. 부닥쳐 보자. 진실을 가지고 부닥치면 변할 날이 있을 것이란 신념도 들었다. 요는 진실이다. 학생을 교육시키고 지도하고 있는 교사로서 진실 전부를 털어놓고 학생과 대하는 이가 몇 명이나 있는가, 학생 지도의 실패는 모두가 진실성의 결핍 때문이다.

나는 사오 년 동안 교편을 잡으며 문제아까지는 아니라 해도 학업에 충실하지 않고 놀기만 좋아하는 학생을 여러 명 감화시킨 일이 있었다. 나는 그런 학생들을 앞을 잘 못 보는 준장님이라고 생각했다. 그냥 내버려 두면 완전한 장님이 된다. 완전한 장님이 되기 전에 눈을 바로 뜨게 해야 한다. 그런 신념과 진실을 가지고 대한 결과 그 학생들의 대부분이 내 감화를 받았던 것이다.

여학교에 온 지 얼마 안 되는 만큼 여학생을 다루는 것은 처음이지만 여학생이라고 다를 것이 있으리라고는 생각되지 않았다.

나는 그 여학생의 신원을 조사했다. 우선 가정 조사표를 살펴보았으나 별이상이 없었다. 부모가 모두 생존해 있고 아버지의 직업도 관리(官吏)로 되어 있는 정상적인 가정이었다. 결국 좋지 않은 친구를 가졌거나 또는 좋지 않은 취미에 쏠리고 있는 것이라 생각지 않을 수 없었다. 그런 애라면 교정 (矯正)될 가능성이 충분하다고 생각했다.

나는 그 애를 방과후에 교무실로 오도록 명령했다. 그 애는 담임선생의 명령을 거역하지 못했다. 그 애가 교무실에 들어서자 모든 선생들의 시선이 그 애에게로 집중되었다. 좋은 일이 아니라고 생각했다. 나는 곧 책상을 정리하고 그 애와 함께 교무실을 나섰다.

지도를 하기 전에 개인적 친밀감을 느껴야 한다고 생각했기 때문에 그 애를 데리고 어떤 다과점으로 갔다. 거기서 나는 사이다와 고급 과자를 샀다. 그리고 한 첫마디 말이,

"너 나하고 친하게 지내자."

는 것이었다. 그 애는 대답 대신 나를 빤히 쳐다봤다.

"친할 생각 없니?"

그래도 대답이 없어서

"넌 선생들하구 너무 친하지 않은 것 같더라. 선생하구 친하지 않으니까 선생의 말이 듣기 싫어지는 거야. 너 나하구 친해서 내 말 좀 들어 주지 않을래?"

조금 긴 설명을 했더니 그때야,

"저두 선생님하구는 친하구 싶었어요."

하고 입을 열었다.

나는 그 학교에 부임한 지 얼마 안 됐지만 여학생 사이에 인기가 나쁘지 않다는 것을 알고 있었다. 잘생겼다든가 또 잘 가르친다는 이유가 있는 것은 아니다. 서른다섯이지만 아직 총각이라는 것이 여학생들의 예민한 신경을 건드렸던 것이다. 여학교에서는 총각 선생이 무조건 인기다. 그런 만큼 그 애가 나와 친하고 싶었다고 하는 말은 거짓일 수는 없었다.

그 애와 나는 친해질 가능성이 있었다. 그래서 나는 그 애를 나쁜 애로 취급하지 않고 친구처럼 대하는 데 노력했다. 어떤 때는 극장에도 같이 갔다. 어떤 때는 남산으로 같이 산책도 했다. 그러면서 학교에 충실히 나올 것, 공부를 착실하게 할 것 등을 진심으로 당부했다. 열흘도 못 가 그 애의 성적이 올랐다. 출석률도 좋아졌다. 나는 나의 노력에 보람을 느꼈다. 동시에 진실은 통한다는 신념이 더 굳어졌다.

한 달쯤 지났을 때 나는 그 애가 마음을 완전히 바로잡았으려니 생각하고 지도를 조금 게을리했다. 남들의 눈을 삼가기 위해서라도 자주 만나서는 안 된다고 생각했던 것이다. 그런데 그 애는 다시 결석을 하기 시작했다. 시험 성적도 떨어졌다. 곤란했다. 그러나 곤란하다는 내색을 보이지 않고 다시 접근했다. 다시 접근하면서 공부가 하기 싫은 이유가 뭐냐고 따져 물었다. 그때 그 애는 서슴지 않고 대답했다. 어머니가 계모라는 것이었다. 집에 들어가기가 죽기보다도 싫다면서 공부는 해서 무엇 하느냐고 했다. 공부를 해도 계모 같은 여자가 될 바에야 공부할 필요가 없다는 것이었다.

나는 그 애의 심정을 이해할 수 있었다. 그리고 잠시나마 고삐를 놓으면 위험하다는 것을 느꼈다. 그 애의 파멸을 막아 줄 사람은 오직 나뿐이란 생각까지 들었다. 다시 고삐를 잡고 끌기를 한 달쯤 했을까? 내가 학교에서 숙직을 하던 날이었다. 남선생 둘이서 숙직을 하고 있는데 밤 열 시쯤 그 애에게서 전화가 왔다. 남대문 옆에 있으니까 빨리 나와 달라는 것이었다. 무슨 일이냐고 물어도 그 애는 급한 일이란 말만 했다. 밤 열 시에 급한 일이 생겼다니 심상치 않은 일 같아 나는 학교를 나왔다. 만나서 웬일이냐고 다급하게 물었지만 그 애는 생글생글 웃으며 뜻밖의 말을 했다.

"보구 싶었어요."

나는 그 애의 볼따귀를 꼬집어 주었다. 귀여워서가 아니라 어처구니가 없어서였다. 고등학교 2학년, 나이로 치자면 열여덟 살밖에 안 되었을 소녀가 근 이십 년이나 위인 나보고 보고 싶었다는 말을 천연스럽게 할 수 있다니…….

나는 그 애를 빵집에 데리고 가서 빵을 사 먹였다. 그리고는 밤도 늦고 했으니 일찌감치 집으로 돌아가라고 했다. 그런데 그 애는 집에 들어가기가 싫다고 했다. 집엘 안 가면 어떻게 하겠느냐고 물었더니 여관에서 자고 가겠다는 것이었다. 나는 여러 가지 말로 타일렀으나 들으려 하지 않았다. 계모와 싸운 것이라 생각했지만 나는 어떻게 할 방법을 몰랐다.

어느새 열한 시가 지나고 있었다. 어차피 나는 학교로 돌아가야 한다. 그 애를 데리고 빵집을 나와 내 말을 듣던 안 듣던 집으로 가란 말을 다시 하고 학교로 가려 했다. 그런데 그 애가,

"선생님이 여관에 같이 안 가시면 저는 아무하구나 여관으로 가겠어요." 하는 것이 아닌가?

장난이 아닌가도 생각했지만 장난으로 취급하기에는 그 애 태도가 너무나 심각했다. 철없는 소리로 취급하고 타이르는 수밖에 없었다. 그래서 나는 숙직이 돼서 안 갈 수가 없다는 사정을 이야기하고 놔 주기를 빌었다. 그러나 그 애는 옹고집이었다. 어떤 말도 들으려 하지 않았다. 그리고 만약 내가 말을 안 들으면 아무나 끌고 가겠다는 말을 되풀이했다.

집에 들어갈 수 없는 사정을 똑바로 말하지 않고 여관으로 가잔 말만 하

니 이 애가 섹스에 눈을 떴다는 것일까? 그리고 내가 자기의 말을 들어 주지 않을 때는 타락해 버리겠다고 하니 그것은 나의 애정을 갈망한다는 협박적 수단이란 말인가?

나는 그 애 말을 들어 주어서는 안 된다고 생각하면서도 그 애가 타락을 한다면 어떻게 하나, 하는 걱정도 했다. 장님인 인숙이가 음독했던 일이 또 머리에 떠올랐다. 그녀는 애정을 요구해 보지도 못했다. 혼자서 생각만 하다가 뜻이 이루어질 수 없을 것 같을 때 음독을 했다. 이 애는 인숙과 달리 애정을 직접적으로 요구하고 있다. 내가 거절할 때 이 애는 음독을 하지는 않을 것이다. 음독을 하지 않는 대신 타락을 한다. 곧 파멸이다. 파멸을 눈으로 보고 내버려 둬야 하나. 내 마음이 약해졌을 때 그 애는 젖 달라는 어린애처럼 체면 없이 보챘다. 어쩔 수 없었다. 가까운 곳에 있는 여관으로 갔다.

여관으로 가자 학교로 전화를 걸고 급한 일로 못 들어간다는 말을 하고는 그 애의 거동을 살폈다. 어떤 일이 있어도 나는 그 애를 건드리지 않는다는 생각을 속으로 다짐하면서.

그러나 그 경계심이란 하잘것 없는 것이었다. 여자를 모르고 지내 온 삼십 세의 사나이가 물이 오르기 시작한 처녀의 육체가 육박해 올 때 경계심이 무슨 소용 있겠는가? 얼굴이 상기가 되고 온몸이 떨려 올 때 나는 부끄럼도 몰랐다. 공부 잘하는 착실한 학생으로 지도하려던 제자를 범하고야 말았다.

강미화. 너는 참으로 아름다운 처녀로구나…… 이런 탄성을 울리면서.

그러나 다음 날 새벽 나는 내가 죽이고 싶도록 미웠다. 그때만큼 나를 미워해 본 일이 없었을 것이다. 장차도 그만큼 나를 미워할 일이 없을 것 같았다. 알몸뚱이인 채 종로 네거리에서 내 몸이 갈기갈기 찢기워지기를 스스로 바라는 심정이었다.

그토록 그 일을 후회했지만 미화는 그렇지가 않았다. 학교 밖에서 전화를 걸어 나를 불러 냈다. 안 나갈 수가 없었다. 냉정하게 대하면 반발적으로 비밀을 발설할지도 모른다는 의구심 때문이었다. 정말 미화는 그럴 수 있는 애 같았다.

나는 끌려 다니며 그미가 하자는 대로 했다. 그러면서도 학교에나 잘 나오고 공부에 열심이기를 바랐다. 그러나 그 뒤부터 미화는 내 말을 듣지 않았다. 제멋대로 결석을 했고 성적은 점점 떨어졌다. 나는 그 애가 싫어지기 시작했다. 싫어지면서도 끌려 다닐 때 나는 그 중 가까운 어떤 선생과 의논을 했다. 사표를 내고 종적을 감춰 버려야 할 것 같았기 때문이었다. 정말 괴로웠다. 동료 선생들은 둘째로 미화 또래의 학생들을 대할 수가 없었던 것이다. 내 이야기를 들은 친구가,

"사표를 낼 것은 없습니다. 그 애가 결혼까지 바라는 것은 아닐 테니까 그새 흐지부지될 겁니다. 신세대의 반모럴에 구세대의 모럴이 패배당했다고만 생각하면 되겠지요."

대단치 않은 사건으로 취급해 주었다.

"내가 죄의식을 느껴 견딜 수가 없군요."

"그런 일이 비일비재할 겁니다. 요즘 애들 참 맹랑하니까요."

나는 죄의식을 느끼면서도 당장의 생활 문제 때문에 차일피일하고 있을 때 미화가 계속 결석하고 있음을 알았다. 학생들 말에 의하면 다방 레지로 나갔다고도 했다.

미화는 본시 타락할 소질이 있는 애라고 생각되었다. 나와 그러기 전에도 어떤 과거를 가지고 있는지 모를 일이었다. 그러나 나는 끝내 죄의식을 어떻게 할 수 없었다. 지금 있는 학교에 자리를 구해 놓고 그 학교를 그만두고야 말았다. 눈을 뜨게 해 주려다가 도리어 내가 장님이 되어 버린 셈이다.

재오는 정호를 만나기 위해 맹아학교로 갔다. 그 동안 정호의 소식도 모르고 지냈지만 어쩐지 그가 거기 그대로 있을 것 같은 생각이었다. 만약 정호가 없다고 해도 거기 있는 아무에게나 인숙의 소식을 물어 볼 작정이었다.

예상대로 정호는 아직 거기서 음악지도를 맡고 있었다. 그새 십여 년이 지났는데 아직 직장을 바꾸지 않고 있다는 사실 앞에 재오는 사람이 사는 것이란 다 그런 것이라 느꼈다.

반가운 인사를 나눈 뒤 각기 살아 온 이야기를 서로 간단히 주고받았다.

정호는 그새 결혼을 해서 애가 셋이라고 했다. 학교에 다니는 애가 둘이나 있다고 자랑삼아 말했다. 아버지는 장님이지만 애들은 장님이 아닌 모양이었다.

재오는 병신도 아닌 자기가 아직도 결혼을 못했다는 말을 하기가 약간 주춤해졌다.

"애를 셋쯤 손해봤지요."

웃음섞인 말로 넘겨 버렸지만 어쩐지 석연치 못했다.

정호가 결혼 안 한 이유를 물을 때 재오는 농담 비슷하게 대답해 버렸지만 자기의 결함 같은 것을 뼛속 깊이 느꼈다.

이유야 어쨌든 결과적으로는 결혼을 못했고 정상적인 생활을 멀리했던 것이 사실이다. 그런데 인숙의 이야기를 듣자 재오는 더욱 자기가 결함 있는 인간이었다는 것을 느꼈다.

자연스럽게 인숙의 이야기가 화제에 올랐을 때 정호가,

"그 뒤 결혼을 해서 애를 둘이나 낳구 행복하게 삽니다. 가끔 여기두 나오는데요."

하며 장님이라고 불행하란 법이 있느냐는 듯 말했다.

"그래요?"

재오는 놀랐다. 그새 죽었으리라고 생각했던 인숙이다. 지금 정호를 찾아온 것도 죽었다는 사실을 확인하기 위해서였다.

자살하려고 음독을 했던 그미. 의식을 회복했을 때는 재오에게 선생님을 존경했어요, 하고 절망 섞인 말을 한 그미. 그미는 불행의 극치 속에 살고 있거나 불행을 청산하기 위해 죽었어야 했다. 그랬으리라고만 생각하고 있었다. 그래서 사십이 넘도록 결혼도 못하고 그미의 환상만 쫓으며 살아 오지 않았는가?

애를 셋씩이나 낳았다는 정호나 결혼해서 행복하게 산다는 인숙이 모두 장님이지만 앞못보는 장님은 아니었다는 생각과 동시에 장님 같은 학생들의 눈을 뜨게 해 주려고 살아 온 자기가 도리어 장님이 되고 있음을 느꼈다.

남이 행복하게 잘산다는 말이 어째서 그의 마음을 허전하게 하는 것일까?

솔직히 말해서 그는 인숙이 행복하다는 말은 안 들은 것만 같지 못했다.

다음 날 명기 누나에게서 전화가 왔다. 만나고 싶다는 것이었다. 재오는 그럴 시간이 없다고 대답했다. 그랬더니 내일은 어떠냐고 물어 왔다. 내일도 틈이 없다고 대답했다. 그러면 자기를 만나고 싶지 않은 것이냐고 물었다. 재오는 그렇다고 딱 잘라 말했다.

"알았어요."

하는 명기 누나의 말이 긴 여운을 남겼지만 재오는 할 수 없다고 생각했다.

명기 누나는 또 자기대로 행복하게 살 길이 있을 것이다. 절대로 파멸하지는 않을 것이다. 공연히 파멸할 것이라 걱정하고 자기를 희생시킬 필요가 없다고 생각했기 때문이었다.

재오는 만나는 동료들에게마다 중매를 서라고 졸랐다. 결혼이나 해서 남들처럼 자식 낳고 재미있게 살고 싶었다. 이제 결혼을 해서 곧 애를 낳아도 환갑 때 그 애가 겨우 대학에 입학하게 된다.

결혼을 서둘지 않을 수 없었다.

그런데 평소 장가를 들라고 결혼을 권하던 친구들이지만 막상 중매를 서라고 할 땐 중매서려고 하는 사람이 별로 없었다. 수학선생 한 사람이 나선 것은 며칠도 지난 뒤였다.

선을 보는 날 재오는 이발을 하고 새 넥타이를 맨 뒤 그릴로 갔다. 신부의 양친과 재오의 친척들이 모인 가운데 맞선을 보았다. 중학교 교사라는 신부가 첫눈에 마음에 들었다. 미인이랄 수는 없는 얼굴이었지만 얌전해 보였다. 집안도 좋다고 했다. 더 사귈 필요도 없어 곧 약혼식을 거행하고 결혼식도 빨리 해치우리라 생각하며 신부감의 얼굴을 보고 또 보았다.

저 수줍어하는 처녀가 결혼만 하면 내 아내가 되겠지, 그때는 흉허물할 것이 없게 된다. 옷을 벗으라면 수줍음 없이 옷을 벗고 밥을 지으라면 불복함이 없이 밥을 짓겠지. 왜 나는 일찍 결혼을 안 했을까?

신부될 여자가 옆자리에 앉아 있다면 이야기를 마구 하고 싶었다. 그러면 금시 친숙해질 것이요, 따라서 애정이 솟아오를 것이었다. 그러나 그미는 맞은편 자리에 앉아 있다. 식탁을 사이에 두고 바라보는 수밖에 없었다.

그런데 음식이 들어오기 시작할 때 신부감이 자리를 떴다. 화장실에 가는 것이라고만 생각했는데 얼마가 지나도 돌아오지 않았다. 스프 그릇을 앞에 놓고 식사를 시작하려는데 신부감이 없으니 식사를 시작할 수가 없었다. 신부의 어머니가 찾으러 나갔다 한참 뒤 돌아온 어머니가,

"어디 갔는지를 모르겠는데."

하며 얼굴이 질려 가지고 돌아왔다.

모두가 이상스런 일이라고 놀란 표정들을 지었지만 끝내 신부는 나타나지 않았다. 신부의 부모들이 낭패한 얼굴로 찾아봐야 한다면서 나갔다.

"정신이상이 있는 여자가 아닌가?"

남아 있는 재오 친척들이 어처구니없어했다.

"정말 모를 일인데……."

중매 선 친구는 어떻게 해야 할지를 몰라 쩔쩔맸다.

조금 뒤 중매 선 친구에게서 전화가 왔다. 수화기 있는 데까지 가서 전화를 받고 돌아온 그가 미안해서 견딜 수 없어하며 전화 내용을 설명했다.

"신부 아버지한테서 온 전환데 신부가 집에 가 있답니다. 신랑을 보자 나이가 너무 많다는 데 실망을 느낀 모양이지요.. 내가 소개할 때 김 선생 나이를 속이지 않았는데 그때는 아무 말도 없다가 이제 와서 이런 짓을 하니 내 체면은 뭐가 되지요? 참 뭐라 드릴 말씀이 없습니다."

결국 신부가 경솔하다고 할 수밖에 없었다. 경솔하다고 나무란들 무슨 소용이 있겠는가?

재오는 자기가 나이 먹은 죄 때문이라고 생각했다. 나이 먹은 사람이 젊은 처녀와 결혼을 하려고 했던 것이 부끄러웠다.

집으로 돌아오며 재오는 진심으로 걱정했다.

나는 정말 결혼도 할 수 없게 되었나 보다. 장님은 결국 내가 아니었던가.

(원) 《월간문학 24》 1970. 10, (출) 『슬픈 행복』 세종출판공사, 1971.

육성

친구들과 만나기로 약속한 시간이 아직 한 시간이나 거의 남아 있었다. 그러나 남들이 퇴근하고 나간 빈 청사에 혼자 앉아 있기가 싫어 그는 약속 장소인 D다방으로 직행했다.

D다방은 그가 실직하고 있던 일 년 전까지의 단골다방이었다. 일이 없으니까 매일처럼 종일 살다시피 했었다. 그러나 일 년 전 그가 지금 근무하고 있는 ××청에 취직이 된 뒤로부터는 일 주일에 한 번이나 들를까 말까 면(免) 단골의 다방이 되어 버렸다. 그것은 근무처와 거리가 멀어졌다는 이유와 자주 다방 출입할 시간이 없어졌다는 이유 때문이었다.

거의 한 주일만에 들렀지만 그렇게 생소하지는 않았다. 얼굴을 아는 레지들과 눈웃음을 교환한다는 것부터가 그랬다. 차를 마신 뒤 엽차는 몇 번이건 달랠 수가 있다. 그래도 저편에서 짜증을 내지 않는다. 커피를 마시고 엽차를 두 잔째 청했다. 그런데도 아직 삼십 분이 남아 있었다.

'은행에두 퇴근시간이 없다니……'

조금씩 지루하기 시작했다. 그래서 석간신문을 하나 사서 그것을 읽기 시작할 때였다.

"역시 있었군요?"

말소리와 함께 옆자리에 털썩 앉는 여자가 있었다. 자기를 만나러 D다방으로 찾아온 여자였다.

111

"웬일이야?"

그는 놀라지 않을 수 없었다. 일 년 동안 한 번도 만난 일이 없는 말희(末姬)였다. 일 년 전 딴 남자와 결혼을 한 뒤 그야말로 소식 한 번 듣지 못하고 있었다.

"보구 싶었어."

그미는 결혼하기 전이나 다름이 없었다. 다른 남자와 결혼해서 행복하게 살 것이다. 그런데도 옛날에 좋아하던 사람이라고 해서 만나자마자 보고 싶었다는 말을 거침도 없이 할 수 있다니……

"농담 말어."

그는 그미의 말을 농담으로 돌릴 수밖에 없었다. 설사 진심에서 우러나온 말이라고 해도 농담으로 받아들이지 않을 수가 없었다.

"죽기 전에 꼭 보고 싶었어."

말희는 좀더 심한 농담을 했다.

"정신 상태가 좀 이상한 거 아냐?"

명지는 어이가 없어서 그미의 무릎을 한 대 쳤다.

"왜 남의 말을 정직하게 들으려 하지 않지?"

"들을 말이 따루 있잖아?"

그런데 말희는 자기 말이 정말이라는 것을 설명하려 하는 대신,

"뭘 주구 싶은데 뭐가 갖구 싶어?"

하고 딴 이야기를 꺼냈다.

"뭐든지 줘."

명지는 농담을 농담으로 받는다는 기분이었다.

"한 가지만 말해. 뭐든지."

"내가 갖구 싶은 게 뭐가 있는지 알아야 말하지 않아?"

"그럼 이거 가져."

말희는 핸드백에서 조그만한 물건을 꺼냈다. 학생들 지우개 고무보다도 작은 라이터와 매미 모양으로 생긴 손톱깎기가 달려 있는 마스코트 같은 물건이었다.

"일본 갔다 온 친구가 선사한 거야."

명지는 주는 대로 받고는,

"고마워."

하고 그미를 쳐다봤다. 뭔가 이상한 것처럼 보였다. 그래서 무엇인가 이야기를 해야 한다고 생각했다.

그때 말희는,

"그만 가야겠어. 잘 있어."

하며 일어섰다. 명지가 이야기를 꺼낼 여유가 없었다. 그저 멍하니 그미를 바라보고 있을 때 그미는 다시 한 번,

"잘 있어."

하고는 나가 버렸다.

명지는 어디까지가 진담이고 어디까지가 농담인지 분간할 수 없어서 얼떨떨했다.

'그렇게 변할 수가 있을까?'

어딘가 잘못된 듯 어딘가 변한 듯 통 종잡을 수가 없었다.

그는 레지를 불러 엽차를 한 잔 달라고 했다. 시원한 엽차 한 잔을 다 마셨는데도 머리는 그대로 띵하기만 했다.

그때 약속했던 친구 Y와 M이 들어왔다. 서로 인삿말도 채 다하기 전에 명지가,

"조금 일찍 오지. 재미있는 걸 볼 수 있었는데……."

라고 두 친구에게 말했다.

"뭔데?"

두 친구가 눈을 크게 뜨고 호기심에 찬 질문을 했다.

"어떤 여자가 죽기 전에 선물을 준다면서 이걸 주구 갔어."

그는 말희에게서 받은 물건을 Y의 손에 쥐어 주었다.

"하필 왜 이것을 주었을까?"

"그것밖에 줄 것이 없었겠지."

명지는 웃으며 대답했지만 속으로까지 웃지는 못했다.

"어떤 여잔데?"

M이 물었다.

"일 년 전에 결혼한 말희야."

"너하구 연애하던?"

"마 그렇지."

"그런데 왜 죽는다던?"

"그걸 모르겠어. 농담으로만 들었으니까 물어 보지두 않았지."

"결혼한 지 일 년밖에 안 됐으니까 지금 한참 행복할 땐데⋯⋯."

"그걸 누가 아니? 결혼하는 날부터 불행해질 수는 없나?"

명지는 어쩐지 말희의 결혼생활이 행복하지 않을 것 같은 마음이었다. 그것은 질투일지 모른다. 자기와 좋아하던 여자가 자기 아닌 다른 남자와 결혼했을 때 오는 질투 같은 감정.

"그럴 수두 있기는 하지."

M이 명지의 말에 동의했을 때 명지는 말희의 말들이 진담같이 생각되었다. 농담을 그렇게 할 수는 없다.

"정말 죽었나 한 번 가 볼까?"

명지는 말희의 말이 진담인가 농담인가를 확인해 보고 싶었다. 확인해 보기 위해서는 말희네 집으로 가 봐야겠는데 혼자서는 차마 갈 수가 없었다.

"심심한데 가 볼까?"

Y가 선뜻 대답했다.

"그래 심심한데 자살한 여자 구경이나 가자."

M도 동조했다.

다방을 나와 택시를 잡아탔을 때 Y가 물었다.

"어디루 가는 거니?"

"아는 데는 말희의 친정밖에 없으니까 그리루 가는 거야."

이렇게 대답은 했지만 과연 말희가 자기 친정에서 죽었을지 확신할 수는 없었다.

"죽는다면 그 이유가 남편에게 있을 것이니까 시집에서는 죽지 않을 거야.”

M이 명지의 말에 따를 수밖에 없다는 이유를 설명했기 때문에 명지는 망설이지 않고 자동차를 말희의 친정으로 몰았다.

차가 달리는 동안 명지는 말희가 정말 자살을 기도하고 있음이 틀림없다는 생각을 했다. 그러면서도 농담이라는 생각을 아주 없앨 수도 없었다.

“정말 나하구 결혼 못하겠어?”

마지막으로 말희와 만나던 날이었다. 최후로 다짐하듯 말희가 물었다.

“자신이 없어.”

명지는 언제나처럼 부정적인 태도였다. 자기가 실직 상태에 있다는 것이 표면적 이유였다. 설사 취직이 되어도 가정생활을 유지할 만한 수입이 있을 것 같지 않다는 것이었다. 그러나 사실은 말희와 결혼 안 하고는 못 살 것 같은 절실감이 없었던 것이다. 그만큼 그미를 뜨겁게 사랑하지 못했다고 할 수 있었다.

“남자가 뭐 그래?”

말희가 조소하듯 말했다.

“못났으니까 할 수 없잖아?”

“할 수 없죠 뭐. 딴 데 시집가 살지. 살다가 싫으면 그만둘 셈치구…….”

말희는 별 미련 없이 단념했다. 한숨지으며 눈물 흘리는 그런 따위의 여자와는 거리가 멀다는 듯 명지에게 잘 있으라는 최후의 인사까지 잊지 않았다.

그때 명지는 잘 됐다는 마음에서 시집갈 곳이 있느냐는 말도 묻지 않았다. 그 뒤 한 달도 안 되어 그미의 결혼 청첩장이 날아왔던 것이지만 싫으면 돌아올 것까지 생각하며 결혼했던 여자가 어째서 자살을 생각하는 것인가?

농담일 것이다. 자기를 한 번 놀려 주려는 장난일 것이다.

이런 생각을 하면서도 말희의 친정집이 가까움에 따라 명지의 가슴은 고동치기 시작했다.

정말 그새 죽었다면……. 정말 죽었을 경우 어떻게 해야 할 것인가는 생각나지 않았다. 그저 가슴이 뛸 뿐이었다.

대문 앞에 이르렀을 때는 행동을 망설일 만큼 생각의 안정을 잃었다. 우선 누구의 이름을 부르고 대문을 열어 달라고 할까가 걱정이었다. 만약 말희의 이름을 불렀다가 말희가 없을 경우에는 무엇 때문에 말희를 찾아왔다고 할까?

이렇게 망설이고 있을 때 M이 대문을 살짝 밀어 보고는,

"대문이 잠기지 않았다 야."

하고 말했다. 그렇다면 말희를 부를 것도 없이 그냥 들어갈까. 그냥 들어갔다가 방 안에서 알지 못하는 사람이 나오면 그때는 어떻게 할까. 명지는 차라리 그냥 돌아가는 것이 좋지 않을까 생각했다. 그미가 죽었다고 해도 자기가 책임질 일이 아니다. 책임질 일도 아니면서 시체를 구경하러 들어간다는 것은 악취미 이외에 아무것도 아니다.

명지가 망설이고 있을 때 M이,

"뭘 하구 있는 거야?"

하며 대문을 삐꺽 밀었다. 대문을 열고는 명지를 안으로 밀어 버렸다. 남의 대문 안에 들어섰으니 뭐라고 인기척을 안 할 수 없었다.

"말희 씨!"

역시 말희를 부르고야 말았다. 그러나 아무 대답이 없었다. 한 번 부른 김이니 두 번 부르지 않을 수 없었다. 그런데도 대답이 없었다. 대문을 열어 놓은 채 집이 비어 있을 리가 없었다. 누가 물건을 사러 가까운 상점에 간 것이나 아닐까. 그런데 M이,

"뭘 하는 거니? 들어가 보지 않구?"

하고 명지를 독촉했다. 말희가 약을 먹고 쓰러져 있을지도 모른다는 생각이 들었다. M의 말대로 지체하고 있을 때가 아니다.

그는 마루로 올라가 안방문을 살며시 열었다. 첫눈에 말희가 보였다. 아랫목에 누워 있었다. 빈 집에 도둑질하러 들어왔다고 오해받지 않게 되어 일단 안심이었다.

그러나 말희 이름을 불렀을 때도 대답 않은 그미를 볼 때 명지는 다시 가슴 뛰는 것을 느꼈다. 정말 약을 먹고 정신을 잃은 것 같았기 때문이었다.

문틈으로 안을 들여다보던 Y와 M이 명지를 떠밀었다. 명지는 할 수 없이 방으로 들어가 말희의 몸을 흔들었다. 아무 반응이 없었다. 틀림없이 약을 먹었다고 생각했다. 그는 엉겁결에 말희의 이마에 손을 대 봤다. 뜨거웠다. 피가 아직 식지 않은 모양이었다. 조금 안심이 되었다. 맥박을 짚어 봤다. 역시 맥박도 움직였다. 죽지는 않은 것이다.

"말희!"

얼굴을 흔들었다. 그래도 반응이 없을 때,

"비켜 봐."

M이 앞으로 나섰다. 그가 말희의 뺨을 가볍게 두들겼다. 몇 번이나 계속했지만 역시 반응이 없었다. 그러자 M이 말희의 상반신을 안아 일으켰다. 허리가 뻣뻣했다.

"틀렸다."

M이 말희를 다시 눕히며 말했다.

"그럼 병원으루 데리고 가야지?"

Y의 얼굴이 약간 질려 있었다.

심심해서 죽은 사람 구경이나 하자고 몰려 왔던 것이 후회되었다. 명지는 후회를 하면서도 그런 생각에만 잠겨 있을 수 없었다. 아직 체온이 있으니 빨리 가면 살릴 수 있다. 우선 살려 놔야 한다.

"가자!"

명지가 병원에 갈 것을 결심하자 M이 Y에게,

"임마, 빨리 업어라."

하고 명령했다. 세 사람 가운데 Y가 그 중 가장 몸집이 컸기 때문이리라. Y는 아무 대꾸도 않고 복종했다. 등을 내민 것이다. 명지와 M이 부축해서 말희를 Y의 등에 엎었다.

가까운 병원에 이르렀을 때 의사와 간호원이 말희의 위장을 열심히 세척했다. 세척해 낸 물을 토하게 했다. 한편 강심제 주사도 놓았다.

"빨리 발견했기 때문에 생명은 구할 수 있겠지만 약을 원체 많이 먹었군요."

의사가 명지를 말희의 남편이라고 생각했는지 명지에게 안심하라는 듯 말했다.

"살려만 주십시오."

명지는 자기가 남편인 것처럼 초조한 태도로 말했다.

"걱정 마십시오. 그렇지만 이걸 좀 보십시오."

의사는 양동이에 반 이상 담겨져 있는 구정물을 가리켰다. 채 녹지 못한 빨간 알약이 여러 개 떠 있었다. 명지는 양동이에 눈을 오래 머물러 둘 수가 없었다. 이렇게 많은 약을 먹도록 당신은 이 여자를 학대했군요 하고 의사가 비난하는 것 같았기 때문이었다. 양동이에서 외면하는 순간 명지는 말희의 남편을 생각했다. 어떻게 생긴 자식인데 말희를 죽지 않으면 안 되게 했단 말인가. 당장에 그 남자를 불러다가 말희가 정신 잃고 있는 모습과 알약이 떠 있는 양동이를 보여 주고 싶었다. 그러나 이름도 기억 못한다. 어디로 연락할 수 있겠는가?

"아무한테라두 친척에게 알려야 하지 않니?"

Y가 걱정을 하며 명지에게 말했다.

"알려야 하지만 누구에게 알리니?"

말희의 친척에 대해 아는 것이 없기로는 Y나 명지나 마찬가지였다.

"약 먹은 집에는 누가 사니?"

"어머니가 살구 있지."

명지는 말희와 교제할 때 그 집으로 몇 번 놀러 갔던 일이 있다. 가족이라고 한 분뿐인 말희 어머니와는 잘 알고 있는 처지지만 그 어머니마저 지금 집을 비우고 있지 않은가. 한심하기만 했다. 그때 M이,

"내가 가 보구 올게. 혹시 그새 어머니가 왔을지 아니?"

하고는 병원을 나갔다. 고마웠다. 심심해서 구경삼아 왔던 그들이 어쩌면 그렇게 열심히 돌봐 주는 것일까?

나간 지 얼마 안 되어 M이 말희 어머니와 함께 돌아왔다. 시체처럼 누워 있는 말희 옆으로 오자 말희 어머니는 말희의 목을 쓸어안고 소리내어 울기를 시작했다. 슬플 것이다. 하나밖에 없는 자식이 약을 먹고 죽으려 했으니

딸의 인생이 얼마나 슬프게 생각될 것인가?

그저 슬프기만 해서 우는 어머니의 움직이는 어깨가 명지의 마음을 또한 슬프게 했다. 슬프다는 감정이 처음으로 솟아오르는 모양이었다.

말회를 위해 울어 주어야겠다는 마음이 들기도 했다. 마음으로 울어 주다가 말회가 아주 죽은 것은 아니란 생각을 하고 말회 어머니에게로 가서

"조금 있으면 깨어날 겁니다. 너무 걱정 마십시오."

울음을 거두도록 위로했다. 그래도 울음이 그칠 것 같지가 않았다.

"남편 되는 사람에게 알려야 하지 않겠습니까?"

슬픔을 딴 데로 돌리려 했다. 그러자 말회 어머니는 정신이 드는 듯,

"그깐 놈에게 알려서는 뭣해?"

하며 목전에 있으면 어떻게라도 할 것처럼 앙칼진 목소리로 말했다.

"그래두요."

"알려두 올 놈이 아니야."

얼마나 악한 놈이면 장모 되는 여자가 그렇게까지 증오하는 것일까? 그러나 명지가 개입할 일은 아니었다. 그가 말회를 때려 죽였다고 해도 명지는 말 한 마디 못할 처지였다.

명지는 좀더 기다리고 있다가 말회가 정신차리는 것을 보고 싶었다. 그리고 바보처럼 약은 왜 먹어 하고 한 마디쯤 빈정거려 주고 싶었다. 그러나 그것도 부질없는 생각이었다. 자기와 전혀 관계없는 일이다. 그미가 약을 먹은 데는 자기와 털끝만한 관계도 없다.

"그럼 우린 가 보지."

M이 할 일을 다 하지 않았느냐는 태도로 명지의 동의를 구했다.

"가자."

명지도 더 할 일이 없다고 생각했다. 말회 어머니에게 안심하라는 말을 하고 병원을 나섰다.

"심심해서 구경 왔다가 사람 하나 살렸군!"

병원을 나서며 하는 Y의 말이었지만, M도 심심해서 구경하러 왔다가 고생만 했다는 말을 인 했다.

대폿집으로 가서 막걸리를 나누면서도 그들의 화제는 역시 말희의 음독 사건과 관련된 것이었다.

"우리가 심심할 때두 세상 구석구석에서는 숨막히는 비극이 일어나구 있지?"

Y가 감개무량하게 말했다.

"남자가 악종인 모양이지? 악종이면 어때? 이혼해 버림 그만이지. 죽을 게 뭐냔 말야."

M은 말희를 비판하려 들었다.

"짜아식, 남의 일은 말하기 쉬운 거야. 당해 보지 않구 네가 뭘 안다구 까불어?"

명지는 자기만이 말희를 이해할 수 있는 기분이었다. 그때 Y가,

"애. 최후의 선물 한 번 더 구경하자."

하고 말했다.

"그건 봐서 뭣 하니?"

그러자 M이,

"혹시 너 땜에 죽으려구 한 건 아니니?"

명지를 보며 넌지시 웃었다.

"이 새끼, 아가리를 벌리면 다 수작인 줄 아니?"

명지가 화를 내고 덤벼들 것처럼 윽박질렀다. 그런데도 M은,

"두구 보자. 결혼을 하나 안 하나……."

두려운 것 없이 명지와 말희의 장래까지 예언하는 것이었다.

"야. 글쎄 그거나 좀 보여 줘."

Y가 두 사람 사이에 언쟁이 일어날 것이라 생각했던지 말을 막으며 손을 명지 턱 앞에 내밀고 휘휘 저었다. 명지는 Y의 속을 들여다보면서도,

"그건 봐서 뭐 하니?"

어쩔 수 없다는 듯 말희에게서 받은 물건을 꺼내 놓았다. 그것을 쥐고 이리저리 살피던 Y가,

"이 물건에 무슨 의미가 있을까? 라이터지…… 라이터니까 불이 일어나

는 것이 분명한데 그럼 두 사람의 사랑이 다시 일어나기를 바란다는 건가…….”

하고 말했다.

“의민 무슨 의미냐? 죽기를 결심한 뒤에 준 것인데 사랑이 일어나기는? 천당에서 말이냐?”

명지가 자신 있게 말했다.

“그럼 무엇 때문에 일부러 찾아와서 이런 걸 주니?”

그때 M이 한 마디 했다.

“본인이 살았으니까 직접 물어 보면 될 거 아냐? 별걸 다 가지구 떠들구들 있어…….”

그렇기도 했다. 아무래도 한 번 찾아가야 할 것이니까 그때 직접 물어 보자. Y의 말마따나 일부러 찾아와서 준 물건이니 의미가 있을지도 모른다.

쉴 틈이 없을 만큼 일이 많은데도 명지는 지루함을 느꼈다. 지방에서 올라온 서류를 가지고 통계표를 내는 일이었다. 그 숫자가 전부 다른 것은 다행이지만 숫자를 가지고 통계표를 낸다는 일은 꼭 같다.

꼭 같은 일을 되풀이한다는 것이 얼마나 지루한 일인가. 하나의 통계표를 만들어 놓으면 또 새로운 통계표 만드는 일을 시작해야 한다.

그는 하나의 일을 끝내기까지는 담배도 피울 수 없다는 것을 생각한다. 숫자를 골라 주판을 놓아 가다가 중간에 손을 쉬면 하던 일이 허탕이 되고 만다. 처음부터 다시 시작하지 않으면 안 된다.

‘제길, 담배두 피울 수 없다니…….’

주판알을 놀리면서도 불평이었다. 불평이 터지기 시작하면 담배는 더욱 피우고 싶어진다. 나를 좋아하고 있는 사람이 기다리고 있는데 내가 틈이 없어 상대도 못해 주는 불안감 같은 것이 가미된다.

‘에라, 모르겠다.’

그는 주판을 밀어 놓았다. 그리고는 태워 주기를 고대하고 있는 담배를 뽑아 물었다.

유연히, 조금도 서두는 일 없이 공중으로 퍼져 나가는 연기를 바라보며 그는 생각했다.

일이 극도로 세분되어 있는 세상이니까 어떤 사람이나 맡고 있는 일이 극히 제한되어 있을 것이다. 말하자면 누구나 자기처럼 꼭 같은 일만 되풀이하고 있을 것이다. 얼마나 지루한 인생들인가. 어제와 오늘을 다르게 사는 사람도 별반 없을 것이다. 살다가 죽고 살다가 죽는 것 모두가 꼭 같은 일이다.

담배를 피우면서 그는 시계를 보았다. 아직 퇴근시간은 까마득했다. 빨리 말희를 찾아가봐야겠는데 시간은 어째서 이렇게도 만보를 하는 것일까?

오늘은 정신을 차리고 마음이라도 먹었겠지. 죽음 일보 직전에서 살아난 자기 생명을 아슬아슬하게 생각하고 있을 것이다.

'고마워하겠지.'

아직 기운 없이 누워 있을 그미가 고맙다는 말을 입으로는 말할 수 없을 것이다. 눈으로 고마운 뜻을 보이겠지. 그미의 손을 꼬옥 쥐어 주자.

담뱃불을 끄고 다시 주판알을 굴렸다. 통계표 하나를 채 끝내기도 전에 그는 또 지루함을 느낀다. 또 담배를 피운다. 또 시계를 본다. 골인할 종점은 눈에 보이지도 않는 것 같았다. 얼마나 더 달려야 하나?

담배 연기와 함께 말희의 얼굴이 공중에 퍼져 올랐다.

"명진 머슴애가 좋아, 계집애가 좋아?"

고궁에서 산책을 하며 불쑥 그미가 말했다.

"글쎄"

"말해 봐. 명지가 좋아하는 걸 낳아 줄게."

"신보다도 더 위대하구나?"

"아니, 입때 그것두 몰랐어?"

"그렇게 위대한 걸 미처 몰랐는데……."

그때 명지는 말희의 위대함에 놀란 것이 아니라, 그 위대함에 짓눌려 버렸다. 진짜 위대함이 아니라 해도 그 자신만만함에 중압감을 느꼈던 것이다. 으슥한 나무 밑에 이르렀을 때 그미가 나무에 기대서서 무엇인가를 기대했다. 말뚱말뚱 하고 쳐다보는 눈에서 그는 뜨거운 욕정과 아울러 중압감을 느꼈다.

무엇을 기대하고 있는 줄 뻔히 알면서도 슬그머니 피해 큰길로 나섰다.

"명지. 왜 도망가는 거야?"

그미가 뛰어서 쫓아왔다. 그리고는 또 다른 나무 밑으로 가서 조금 전과 같은 포즈를 취했다. 명지는 키스를 해 주려다 말고,

"사람이 오네."

뒤를 돌아보며 주춤했다. 정말 어떤 사람들이 옆으로 지나가고 있었다. 명지는 다시 담배연기를 빨아들였다가 내뿜었다.

'겁쟁이……'

지난날의 자기는 확실히 겁쟁이였다. 앞으로는 그런 겁쟁이를 경멸할 수 있을 것 같았다.

지루한 시간을 메꾸고 있을 때 Y에게서 전화가 왔다. 말희에게 가 보았냐는 것이었다. 퇴근 후에야 갈 수 있지 않느냐고 하자 Y가,

"자아식. 그래 궁금하지두 않니?"

"근무시간에 어떻게 가니?"

"겁쟁이 같으니라구. 잠깐 못 다녀올 게 뭐가 있어?"

할 때 그는 지금도 자기가 겁쟁이라는 것을 새삼스럽게 느꼈다. 겁쟁이. 인생을 겁으로야 어떻게 살아가나…….

퇴근하자마자 명지는 말희의 집으로 갔다. 먼저 말희 어머니가 반가워했다. 딸을 살려 준 은인으로 대해 주는 것이었다. 조금 곤란하기는 했지만 마음이 흐뭇했다.

"조금 전에 미음을 먹었어. 이삼 일만 지나면 나다닐 수 있을 거야."

자기가 좋아하는 사람에게는 무어나 보고하고 싶은 그런 마음으로 딸의 경과를 이야기해 줄 때 명지는 약간 미안한 것을 느끼기도 했다. 살려 주려고 왔다가 살려 준 것이 아니란 생각이 들었기 때문이었다.

"어서 들어가!"

말희 어머니는 그를 그야말로 사위나 대하듯 했다. 말희와 연애를 할 때 몇 번 찾아온 일이 있었지만 그때는 어느 편이냐 하면 아무래도 쓴 오이 보는 그런 편이었다. 그러던 여자가 지금은 자기의 딸과 무한정 가까워지기를

바라는 그런 태도였다.

방 안에 들어섰을 때 그는 말희가 단정하게 누워 있는 것을 보았다. 눈도 곱게 감고 있었다. 조심스럽게 옆으로 가 앉았다. 잠들어 있는지를 몰라 말도 꺼내지 못하고 있을 때 그미 어머니가,

"얘! 반가운 손님이 왔다"

눈을 떠 보라는 듯이 말했다.

그래도 그미는 눈을 뜨지 않았다.

"말희야. 손님이 왔다니까……."

어머니가 그미의 몸을 가볍게 흔들 때야 말희는 눈을 떴다. 싫은 것을 억지로 뜨는 태도였다.

"좀 괜찮아?"

명지가 말을 걸었지만 그미는,

"네!"

할 뿐 다시 눈을 감았다. 그때,

"참 애두……."

어머니가 혀를 찼다. 손님에게 불친절한 태도가 못마땅한 모양이었다.

명지는 그미가 아직 악몽에서 완전히 깨어나지 못한 기분이리라 생각했다. 신경을 건드리지 않아야 한다고 생각하며 어머니에게 말희가 깨어날 때까지의 경과를 물었고 또 죽으려 한 동기를 물었다.

어제 명지가 돌아간 지 두어 시간만에 정신을 차렸다고 간단한 설명을 한 뒤 어머니는,

"정말 그때 집에 오지 않았더면 이 앤 죽은 애지요."

명지에게 다시 감사의 뜻을 표했다. 그리고 말희가 죽으려 한 연유를 말하기 시작했다. 죽자고 따라다니던 그 녀석에게 본처가 있는 줄은 아무도 몰랐다. 결혼한 지 반 년이 지나서 본처가 나타났을 때야 알았지만 그래도 그 녀석은 미안한 기색도 보이지 않았다. 도리어 말희를 학대했다. 돈 나갈만한 것은 모조리 꺼내다가 팔아서 술을 마셨고 계집질을 했고 그러면서도 말희를 개 때리듯 때렸다. 말희는 당장 나와 버리겠다고 했지만 말희 어머니가

빈손으로 나와서는 안 된다고 했다. 중간에 선 말희는 더욱 더 괴로웠다.

"그렇지만 난 그놈이 죽을 때까지 따라다니며 못 살게 굴구야 말 거야."

잠든 것처럼 조용히 있던 말희가 그미 어머니의 이 말에,

"그만둬요."

신경질적으로 소리를 질렀다. 그리고는 다시 잠든 사람처럼 얼굴 근육 하나 움직이지 않고 눈을 감았다.

명지는 그미의 신경이 무척 예민해졌다고 생각했다. 아무 말 않고 내버려 두는 것이 좋을 것 같았다. 그러나 그냥 앉아 있는 것이 무료했다. 신경 안 건드릴 이야기는 무방하지 않을까 생각했다.

"말희. 어제 그 선물은 왜 줬지?"

이런 화제라면 그미의 신경을 안정시키는 데 도움이 되지 않을까 생각했다. 역시 그 말에 그미는 신경질을 부리지 않고,

"참, 그걸 도루 주세요."

순순한 태도로 말했다. 선물의 의미를 물었는데 그것을 돌려 달라고 하는 것은 약간 이해할 수 없는 일이었지만…….

"왜?"

"다른 물건하구 바꿔 드릴게요."

그렇다면 이해가 갔다.

"그래두 좋아. 주던 때의 마음이 소중한 거니까."

"싫어요. 빨리 줘요."

이런 때 안 주면 안 줄 수도 있다. 붙잡고 뺏지는 못할 테니까. 그러나 명지는 그것을 돌려 주고 말았다. 그것 대신 다른 것을 주겠다는 말 때문만은 아니었다. 그미의 신경을 건드리지 말아야 한다는 생각 때문이었다. 그미는 그것을 받아 요 밑에 깊숙이 넣었다. 그리고는 다시 잠든 사람처럼 눈을 감았다.

명지는 다른 물건을 왜 안 주느냐고 농담삼아 이야기를 해 보고 싶었지만 건드리기가 힘들어 내버려 두었다. 말도 않고 우두커니 앉아 있으려니 좀 무료해졌다. 죽을 목숨을 살렸다는 기쁨이 자기 인생에 어떤 새로운 계기를

주는 것 같아 가슴이 부풀어 있는 자기다. 말희는 자기보다도 더 부푼 가슴으로 새로 살게 된 생명에 애착을 느끼고 있을 것이다. 그런데도 정말 무감동한 얼굴로 잠자는 시늉만 하고 감격적인 말 한 마디 안 하는 것이 그저 섭섭하게만 생각되어 그만 돌아갈까 하고 있을 때,

"왜 날 살려 놨어요?"

금시 울음이라도 터질 듯한 목소리로 말희가 울부짖었다. 그리고는 담벽을 향해 몸을 돌렸다. 실망을 느꼈다. 고맙다는 말은 못한다 해도 살려 준 자기를 원망하다니······. 그러나 화를 낼 수가 없어서,

"죽지 못한 것이 한스러워?"

하고 나지막하게 물었다.

"앞으루 어떻게 살라구 살려 놓은 거예요?"

그미는 앞으로 살아갈 것이 암담한 모양이었다.

"미안하군······."

살려 준 것을 후회하는 기분으로 비꼬았다. 그리고는,

"나한테 죽는단 말을 안 했다면 찾아오지 않았을 거야. 죽어 가는 사람을 보구야 가만 있을 수 있어? 그렇지만 죽지 못한 것두 운명 아냐? 살아야지. 그냥 사는 거야."

그 나름대로 위로의 말을 했다. 살아가노라면 또 누구를 사랑하게 되고 아픔을 잊을 수도 있지 않느냐는 함축성을 포함한 말이었다.

말희는 그 말의 뜻을 알아들었는지 아무 대꾸도 안 했다. 대꾸를 안 한다는 것은 그의 말을 받아들일 가능성이 있음을 말해 주는 것이다. 죽음에서 깨어난 지 얼마도 안 되었으니까 아직은 죽음 직전의 마음 상태에서 벗어나지 못하고 있을지 모른다. 시간이 지남에 따라 마음이 냉각해지겠지.

그는 말희에게 그런 시간적 여유를 주기 위해서 그쯤 하고 돌아가리라 마음먹었다.

"지나간 일 다 잊구 마음 편히 지내라구. 새 출발이란 말이 있잖아? 새 출발! 얼마나 매력 있는 말이야?"

용기를 주기 위해 이런 말을 하고 자리에서 일어설 때 벽을 향하고 누워

있는 그미 얼굴에서 눈물이 주루룩 흐르는 것이 보였다. 그는 수건을 꺼내 그미의 눈물을 닦아 주며,

"내일 또 올게. 마음 굳게 먹어. 내 말 알았지?"

자기의 말이 절대적인 영향력을 가진 것처럼 말했다.

집에 돌아와서 그는 생각했다. 왜 살렸느냐고 짜증스럽게 말한 것은 그미의 과거가 부끄럽기 때문이었고 용기 주는 말을 할 때 눈물 흘린 것은 그미가 자기를 사랑하기 때문이라고. 너무나 허술한 물건이 되어 미안하니까 돌려 달랬을 것이니까 그것만으로도 그미가 자기를 사랑하는 것이 틀림없다고…….

자기도 그랬다. 다시는 약을 먹는 일이 없도록 그미를 보호해 줘야 한다는 마음이 세상에서 가장 귀중한 일처럼 생각되었다. 다시는 약을 먹지 않게 하기 위해서는 자기가 그미를 사랑해야 한다. 자기가 사랑을 한다면 그미는 불행하지 않을 것이다.

그미가 다른 남자와 결혼하게 한 책임이 자기에게 있다는 생각까지 들었다. 결혼 직전에 자기가 조금만 적극적이었다면 그미는 절대로 딴 남자와 결혼하지 않았을 것이다.

명지는 자기가 삼십이 다 되도록 골똘한 사랑 한 번도 못하며 지루해서 어떻게 살았던가 하고 생각했다. 아무나 다 하는 연애, 아무나 다 하는 결혼을 무엇이 겁나서 못했을까.

지금 말희는 무엇인가를 갈망하고 있을 것이다. 지겹고 분해서 못 살 것 같으면서도 과거를 잊기 위한 새로운 갈망에 잠을 못 이루고 있을 것이다. 그 갈망을 채워 주자. 오직 부드러운 손길만을 필요로 하는 그미의 갈망. 그미의 그런 갈망은 능히 채워 줄 자신이 있는 것 같았다.

다음 날 M에게서 전화가 왔다. 오늘 저녁 말희의 집으로 놀러 가자는 것이었다. 좋다고 대답한 뒤 Y에게 전화를 걸어 그도 같이 가기로 약속했다. 퇴근시간이 늦은 그들은 오늘도 늦게야 나왔다. 그러나 명지는 혼자 기다리는 시간이 그리 지루하지 않았다.

M과 Y가 오자 그들은 미리 약속이나 한 것처럼 명지를 기다리게 하고 둘이서만 밖으로 나갔다. 꽃다발을 사러 간 것이다. 커다란 꽃다발을 안고 온 M이,

"말희 씨가 살아난 것을 축하하는 게 아냐, 임마. 너하구 말희 씨하구의 새로운 출발을 축하하는 꽃다발이다. 알겠니?"

하며 히죽히죽 웃었다.

센스가 부족한 친구들이 아니라는 생각을 하며 명지는 그들의 장난 같은 호의를 무언으로 받아들였다.

그들이 말희의 집에 갔을 때 말희는 혼자 앉아 있었다. 기력이 많이 회복된 모양이었다.

"축하합니다."

M이 꽃다발을 내밀며 히죽히죽 웃었다.

"고맙습니다."

말희가 꽃다발을 받았을 때 Y가,

"뭐가 고맙다는 겁니까?"

하고 물었다.

"꽃다발을 주셔서요."

"꽃다발은 왜 드린 것인지 아세요?"

그러다가는 안 해도 좋을 말이 나올 것 같아 명지가,

"앉아 있어두 괜찮아?"

라고 그들의 말을 중단시키며 말희에게 물었다.

"누워 있기가 오히려 힘들어서요."

"그래두 조심해야지!"

이때 M이 중단되었던 대화를 계속하려고 몸을 움지럭거리며 말희에게,

"꽃다발을 왜 드리는지 알아 내세요."

라고 말했다. 명지는 실없는 농담을 기어이 하고야 말려는 M을 저지시키려고,

"야, 담배나 피워라."

하며 담뱃갑을 내밀었다. 그런데 말희는 명지의 의도는 무시하고,

"나를 살려 준 것이 위대한 일처럼 생각되어 자축하는 뜻으루……."

진지한 태도로 M의 질문에 대답했다.

"그러니까 살려 준 것이 위대한 일이 아니란 뜻인가요?"

M이 사뭇 불만스럽게 물었다.

"좋두룩 생각하세요."

말희의 이 말을 들을 때 불안한 것은 명지였다. 내심으로야 어떻게 생각하든 겉으로만은 M과 Y에게 고맙다는 인사를 해야 할 말희라고 생각했기 때문이었다. 그런데 반발이 있을 줄 알았던 M이,

"사실은 우리두 심심해서 명지를 따라왔다가 조금 거들어 준 것뿐이니까 위대한 일을 했다구는 생각지 않습니다."

심드렁하게 말했다.

"그러시담 조금 안심입니다."

"살려 준 걸 원망스럽게 생각한다면 또 남모르게 약 먹을 기회가 얼마든지 있을 텐데요."

이것은 Y의 말이었다. 모진 데가 없는 Y인데도 이런 말을 하는 것으로 보아 말희가 무척 아니꼬웠던 모양이었다.

"나두 그렇게 생각해 봤지만 약을 한 번 먹었던 사람은 두 번 거듭 먹지 못한다구들 하잖아요? 정말 그런 것 같아요."

"두 번 아니, 백 번은 못 먹어요? 죽구 싶기만 하다면야……."

M이 한술 더 떴다.

"그건 당사자가 아님 모를 거예요. 죽음보다두 그 고통에 대한 공포가 앞서거든요."

이때 명지가,

"돼먹지 않은 수작들 그만두라구."

신경질적으로 그들의 대화를 중지시켰다. 그러자 M이 자기들이 온당하지 않은 말을 하고 있었다고 자각했던지

"꽃다발은 명지와 말희 씨 두 분을 위해 가져온 겁니다."

선량한 웃음을 웃으며 화제를 돌렸다.

"무슨 뜻이죠?"

말희가 명지를 보며 설명을 요구했다.

"나두 잘 모르겠는데……."

명지가 대답을 회피하자 말희는,

"당사자 모르는 축하를 받을 수가 있어요?"

당연한 일인 것처럼 꽃다발을 M에게 돌렸다.

"아무 의미두 없는 것이라 생각하구 받으십시오. 일부러 가져온 것을 돌려 주는 것두 실례에 속하는 일일 겁니다."

M이 꽃다발을 받지 않자,

"무의미한 대루 받아 두겠어요. 그리고 무의미한 대루 고맙다는 말씀을 드리겠습니다."

이야기를 끝내자 Y와 M이 손님 대접을 해야 하지 않느냐면서 술을 사오라고 했다. 말희가 나갈 수 없다고 하자 사 오기는 자기들이 할 테니 돈만이라도 내라고 했다. 말희가 주는 돈으로 소주를 사다가 마시면서 M이 다시 용감스럽게 말을 꺼냈다.

"말희 씨, 산다는 것이 심심하죠?"

"너무 심심하지가 않아서 약을 먹었던 건데요."

"심심치않다는 것두 결국 심심하다는 거나 마찬가집니다. 생활의 의미를 발견하지 못하고 현실에 불안을 느낀다는 점은 꼭 같은 것이니까요."

"무슨 말씀을 하시려는 거지요?"

"심심하니까 결혼이나 하시라는 겁니다."

"결혼했다가 또 심심해지면 어떡허게요?"

"이번에는 심심치않게 될 겁니다."

"만약 심심해지면 그땐 M씨가 약을 사 주시겠어요?"

"약을 살 만한 돈의 여유가 있으면 사 드리죠."

M은 소리를 내어 한바탕 웃은 뒤

"정말입니다. 아무리 기대하던 일도 기회가 안 오면 붙잡을 수가 없는 법 아녜요? 그러니까 이번 기회를 놓치지 마십시오."

하고 말했다. 명지가 그냥 듣고 있을 수가 없어서 M에게,

"싱거운 수작 작작 해라."

더 말을 못하게 했다. 말희도,

"그런 것을 권하기에는 시기가 좀 이른 것 같아요."

하고 M을 쏘아보았다.

"심심해서 두 사람을 결혼이나 시키려 했더니 그것두 틀려 버렸군……."

M이 싱겁게 웃었다.

"심심하면 자기부터 결혼해야 할 것 같은데요?"

말희가 M을 정말 타인처럼 쳐다보며 말했다.

"나는 현실 불만에 불감증이 생길 때나 심심을 면할 것 같습니다. 그 전에는 결혼해두 소용이 없을 것 같아요."

"그래두 심심한 게 그리 싫지는 않은가 보군요?"

"그것밖에 없으니까요."

"죽음……."

"죽구 나면 더 심심하겠죠."

이 말에 좌중은 재미가 있다는 건지 슬퍼진다는 건지 알 수 없는 웃음을 터뜨렸다. 그 중에서도 자기 감정을 수습하지 못해 어리둥절해 있는 사람이 명지 같았다.

죽음을 불러들일 만큼 적막했던 말희에게 연민의 정으로 대하러 왔던 것이지만 장본인인 말희는 그 연민을 귀찮게 생각하고 있다. 애정에 배신을 당하고 죽으려 했던 말희에게 진실된 애정으로 슬픔을 바꿔 주려 했지만 그미는 그런 것을 소망하지도 않고 있다. 가능만 하다면 다시 약을 먹고 싶다는 말희. 자기의 내심을 몰라서 그러는 것인지, 알기 때문에 그러는 것인지를 알 수 없었다. 단 둘이만이라면 자기의 내심을 말해 보고 싶었지만 같이 갔던 친구들을 먼저 보내고 혼자만 남을 수도 없는 일이었다. 결국 친구들과 같이 말희의 집을 나왔지만 그 뒤에도 명지는 말희에 대해 취할 자기 태도를 결정짓지 못한 채 며칠을 보냈다.

말희가 나를 필요로 하지 않는다면 내가 그미에게 애정을 보일 필요가 없다.

말희를 구출할 사람이 나밖에 없다면 그미의 의사를 물을 것도 없이 그미를 구원해야 할 것이다.

말희가 불행해진 데는 나의 책임도 있다. 그 책임을 지기 위해서라도 난 그미를 사랑해야 한다.

그가 자기의 태도를 결정짓지 못하고 있지만 말희에게 쏠리는 마음의 비중이 더 큰 것만은 사실이었다.

그런데 며칠 뒤 말희에게서 전화가 왔다. 도루 받은 선물 대신 무엇인가 주고 싶으니 집에 와서 무엇이나 골라 보라는 것이었다.

"그럴 필요 없어."

그는 첫마디로 거절했다. 그것은 그 물건 대신에 다른 물건을 받는다는 데 아무런 의미가 없다고 생각했기 때문이었다.

"그래두 주구 싶어요. 줘야 할 것 같기두 하구."

"정 주고 싶거든 아무 조건 없이 아무거나 하나 사서 줘."

"그럴까?"

전화를 통해 이야기하는 도중 그는 말희가 보고 싶어졌다. 망설일 것 없이 만나서 이야기를 해 보고 싶었다.

"좌우간 내가 갈게."

그 날 퇴근 뒤 그는 그미의 집으로 직행했다. 선물에 대해 아직 신경을 쓰고 있는 것으로 보아 그미도 자기를 잊지 못하고 있다는 확신이 생겼기 때문이었다. 남들이 있는 자리에서는 무슨 말을 했던 그미도 자기를 생각하고 있는 것이 사실이다. 딴 남자와 한 번 결혼했다는 약점 때문에 나를 생각하고 있는 척하지 못할지도 모른다. 불행해졌다고 해서 그 불행을 미끼로 동정 내지 애정을 구한다는 인상을 주기 싫어하는 것은 그미의 성격으로 능히 있을 수 있는 일이다.

그는 대담하고 적극적인 태도를 보일 작정으로 그미의 집 안에 들어섰다.

"선물에 대해 왜 신경을 쓰지?"

건강 상태를 물은 뒤 곧장 그미의 속마음을 탐색하기 시작했다.

"어린애처럼 줬던 물건을 도루 달라는 법이 있어요?"

"단순히 그런 심정에선가? 또 최후의 선물을 주고 싶어서 그러는 건 아냐?"

"둘다 합친 건지두 몰라요."

"만약 최후의 선물이라면 그만둬. 나는 미련을 간직하구 싶지는 않으니까."

"그럼 그만두지요."

명지는 화가 났다. 참을 수 없는 화였다.

"그래 꼭 죽어야겠어? 내 애정 같은 것은 똥만두 못하다는 거지? 그렇담 빨리 죽어 버려."

"죽구 싶어요. 그렇지만 무서워서 죽을 수가 없어요. 죽기 전까지와 미수로 끝나 살아날 때까지의 고통이……."

"별걸 다 생각하네. 죽는 놈이 그런 것까지 생각해서 뭣해?"

"경험 안 해 본 사람은 몰라요."

"그런 말 말구 내가 말희를 얼마나 사랑하는지 그걸 확실히 몰라서 죽겠다는 말은 할 수 없어?"

"그건 알 것 같아요. 알기 때문에 더욱 죽어야 할 것 같아요."

"개똥 같은 소리 말아. 내가 말희를 사랑하는 줄 아는데 죽어야 할 이유가 뭐야?"

"나는 한 번 속아 본 여자예요. 그렇기 때문에 명지 씨가 나를 사랑하는 줄 알면서도 또 속는 것이 아닌가 하고 고민할 거예요. 그렇담 명지 씨를 불행하게 할 거 아니겠어요."

"농담 아냐?"

"농담하며 살 수 있으면 얼마나 좋겠어요?"

이때 명지는 발작적으로 말희의 손을 잡아끌어다가 엄지손가락을 입에 물었다. 애정의 열이 솟아오를 때 손가락이라도 물어 주고 싶은 뜨거운 마음이었다. 자기에게는 섭섭하지만 그미의 진실이 가슴을 뜨겁게 해 주었던 것이다. 진실을 솔직하게 말해 주는 말희. 그런 말희는 얼마든지 좋다. 손가락을 입에 물고 몇 번이나 빨았다. 그러나 손가락을 빨아도 말희는 역시 죽음만 생각하고 있으리라는 마음이 움직였다. 그 순간 그는 그미의 손가락을 사정없이 깨물어 줬다. 통증이 마음에 변동을 일으키리라는 확신이라도 가진 듯이 그미가 아야 소리를 하며 손을 잡아 뺐다. 엄지손가락에서는 빨간 피가 흐르고 있었다. 그는 다시 그미의 손을 끌어다가 자기 볼에 대고,

"미안해, 미안해."

울부짖었다. 눈에서는 뜨거운 눈물이 흘러내렸다.

"아무것도 생각할 필요 없단 말야. 내 마음만 알아 줘. 응! 그럼 말희는 살 수 있단 말야."

말희도 울고 있었다. 울면서 그미는 명지의 등을 쓸고 있었다.

"고마워요.."

"울지 마. 과거는 다 없어지고 미래만이 있는 거야. 우리만의 미래."

명지가 말희를 포옹하려 했다. 그러나 그미는 명지의 왼손을 꼭 잡고 엄지손가락을 입 속에 넣었다. 포옹을 거부하기 위한 행동이 아니었다. 포옹에 앞서 해야 할 일이 있다고 생각했기 때문이었다. 그미는 조금 전 명지가 한 대로 그의 손가락을 입 안에서 빨았다. 몇 번이나 빨고는 이빨로 지그시 눌렀다. 명지가 자기 손가락에서 피가 나도록 깨문 것처럼 자기도 피를 내려고 했다. 명지의 손가락에서 피가 나오는 것을 보기만 하면 명지에게 마음껏 안길 수 있으리라는 마음에서였다. 그러나 그미는 이빨에 힘을 줄 수가 없었다. 힘이 주어지지 않았다. 몇 번이나 힘을 주어 보았지만 이빨이 피부 속으로 들어가지가 않았다.

"힘껏 깨물어."

명지도 깨물리고 싶은 모양이었다. 힘껏 깨물고 손가락에서 피가 나오기만 하면 정말 안기어도 좋을 것이라 생각되는데 왜 그것이 깨물어지지 않을까?

"안 되요."

그미는 마침내 명지의 손을 내려놓고 말았다. 그래도 명지는 말희를 안으려고 두 손을 내밀었다.

말희는 안길 수가 없었다. 안겨서는 안 될 것 같았다. 그래서 그의 오른

손을 자기 두 손으로 잡고 가슴에 가져다 댔다. 명지의 손을 안아 주는 것이었다. 육체의 일부분만을 안는다는 것은 미흡하기 짝이 없는 일이다. 미흡하기 때문에 가슴은 더 뜨거워졌다. 슬플 정도로 가슴이 미어졌다.

그러나 벌겋게 단 쇠도장으로 내장에다 찍어 놓은 인생의 패배 낙인. 그것이 자기 육체가 썩을 때까지 남아 있을 것을 생각했다. 어찌 과거가 없다는 말을 할 수 있을 것인가. 어찌 명지를 슬프게 할 일이 없다고 말할 수 있을 것인가.

또 명지가 나를 슬프게 안 할 것이라고 말할 수가 있을 것인가. 명지도 사람이다. 사람이란 남을 슬프게 안 하고는 살 수가 없지 않은가.

그미는 명지의 손을 놓아 주었다.

"이제는 가 보세요."

명지도 알 수 있었다. 그미가 자기에게 안기지 못하는 그 마음을.

"그래 갈게."

"참, 뭘 하나 가져가세요. 아무거라두 하나 드리고 싶어요."

"필요 없어."

명지는 벌떡 일어섰다. 그리고는,

"죽지는 말어."

그것이 자기의 마지막 말이라 생각하며 말했다.

"사람은 같은 일을 두 번 되풀이 못한대요."

말희는 고개를 다소곳이 떨구고 그의 뒤를 따랐다.

대문 앞까지 나왔을 때 명지는,

"정말 죽지는 말어."

진담인지 객담인지 자신도 모르는 말을 되풀이했다. 말희의 대답이 중요한 것 같지는 않았다. 대답을 기다리는 대신 자기의 말이 진담인가 객담인가만을 생각하며 그는 대문 밖으로 나와 골목길을 걷기 시작했다.

(원) 《현대문학 191》 1970. 11, (출) 『슬픈 행복』 세종출판공사, 1971.

뛰는 사람

부스럭거리는 소리에 눈을 떴다. 눈을 뜨자 그의 시각(視角)에 맞도록 가슴팍 근처에 앉아 옷을 입고 있는 금희(錦姬)의 모습이 시야를 막고 있었다. 브래지어의 후크를 뒤로 끼고는 내복에 두 팔을 넣고 그것을 머리로 뒤집어 쓰려 하는 순간이었다. 그는 하늘로 뻗치고 있는 그미의 두 팔을 잡아끌어 마지막으로 한 번 더 포옹을 할까 했다. 이 기회를 놓치면 언제나 그미의 육체를 만져 볼 수가 있을까? 그것은 단순한 욕정이 아니었다. 사랑하는 여자에게나 갖는 감미로운 감정이었다.

그러나 그는 그미의 동작을 바라볼 뿐 끌어안지를 않았다. 바라봄으로 그미를 좀더 알고 싶었던 것이다. 현재 여자대학교에 재학중이면서 아르바이트로 요정에 나가고 있다는 사실을 알고 있다. 그것으로 알 것을 다 안 듯한 느낌이지만 달오가 지금 알고 싶다는 것은 그미의 생활 환경이 아니었다.

어젯밤 요정에서 그미를 끌고 이 호텔까지 데리고 와서 잠을 자는 동안 그는 요정에서 들은 지식을 가지고 쑥스런 줄 알면서도 몇 번이나 이런 아르바이트를 해야 학교에 다닐 수 있느냐고 물었을 때 그미는,

"그저 열심히 사는 거예요."

하고 대답했다. 흥미로운 대답이었다. 흥미로운 말이면서도 그의 몸에 찬물을 끼얹는 듯한 말이었다. 솔직히 말한다면 자기의 생활태도 비슷한 점에서 공감을 느꼈다. 공감을 느끼기는 했지만 열심히 산다는 그미의 생활 구조

속에 자기가 말려든 듯한 불쾌감도 느꼈기 때문이었다.

아낌없이 돈을 주고 그미를 정복하기 위해 별별 소리를 다 해 가며 호텔까지 끌고 왔던 것이지만 이것은 자기가 그미를 정복하는 것이 아니라 자기가 그미의 계획에 말려든 느낌이었다. 그래서 밤새 단 한 번 그미를 범했을 뿐이었지만 밤이 다 간 지금 그는 그미가 어떻게 열심히 사는가 그것이 보고 싶었던 것이다.

윗내복을 다 입도록 내버려 두었다가 침대 밖으로 나가 슈미즈를 입으려 할 때야,

"가게?"

하고 물었다.

"가 봐야겠어요."

그미가 간단하게 대답하자 조금 짓궂다고 생각되면서도 이해심을 풍기며,

"학교에 가게?"

하고 다시 물었다.

"그런 거 묻지 마세요."

이제부터는 아르바이트의 세계를 떠나 아무나 침범할 수 없는 자기의 세계로 들어간다는 엄숙한 태도였다.

순간 달오는 그미를 와락 끌어안고 이불 속으로 눕힌 뒤 포옹을 했다. 마치 너의 아르바이트 세계는 아직 끝난 것이 아니라는 듯.

지난 밤에는 그래도 말을 잘 듣던 그미가 가야 한다면서 아둥바둥했다.

"조반이나 먹구 가."

피하기만 하고 있는 그미를 끌어당기며 하는 그의 말이었다.

"가야 한다니까요."

가야 하는 이유를 끝까지 명시하지 않을 태세였다. 그리고 가야 한다는 고집을 버리지도 않을 것 같았다. 그는 그미를 슬그머니 놔 주고는,

"그럼 언제 한 번 만날 수 없을까?"

하고 너그러운 태도로 말했다.

"그리루 나오세요."

그리로라는 것은 그미가 아르바이트하고 있는 요정을 뜻한다.

"언제까지 아르바이트를 하지?"

그는 그미의 마음을 거슬리게 하지 않으려고 일부러 애써 가며 물었다.

"마음이 변할 때까지는 나갈 거예요."

"언제 맘이 변할 건데?"

"그걸 누가 알아요? 그렇지만 당분간은 변하지 않을 거예요."

"알았어."

그는 더 붙잡지도 않고 더 말을 시키지도 않고 내버려 두었다.

그미는 세수도 하지 않고 화장도 하지 않은 채 머리에 빗질만 하고는 다시 침대 옆으로 와서,

"먼저 가 볼게요."

하고 떠나는 인사를 했다. 차릴 예의를 다 차리는 것으로 보아 그미는 뒷일까지 생각하고 있음이 분명했다. 달오가 무관심한 척 누운 채 잘 가라는 말을 하자 이번에는 그의 이마에다 입술을 대고 작별의 인사까지 했다.

달오는 그미가 과연 열심히 살고 있다는 것을 알았다. 완전한 직업여성이라고는 말할 수가 없는 만큼 어딘가 생경한 면이 있음직한데 그미에게는 그런 데가 없다. 책보를 끼고 학교에 갈 생각으로 호텔을 떠나면서도 돈주머니인 손님을 섭섭지 않게 해 주는 데까지 세심할 수 있는 여유를 갖고 있다.

"됐어!"

달오는 금희가 다시는 만날 수 없는 여자라 해도 그런 여자를 발견했다는 데 어쩐지 흐뭇함을 느꼈다. 목적을 위해서는 수단을 가리지 않는 여자. 그런 여자가 가지고 있는 목적이란 아무도 침범할 수 없는 성스럽고 절대적인 것이리라. 침해받을 수 없는 목적을 위해 수단 같은 것을 아무것도 아니라 생각하는 현실주의자.

달오는 문득 자기 아내를 생각했다. 결혼한 지 몇 해도 안 된다. 이제 첫애가 겨우 두 살이다. 그런데도 그미는 멍청하다. 멍청이라고 별명을 지어 주고 싶을 정도다. 벌어다 주는 돈으로 살림을 꾸려 가는 것으로 전부를 삼고 있다. 이렇게 외박을 하고 들어가도 잠시 기분 나쁜 표정을 지을 뿐 바빠

서 어쩌구저쩌구 늘어놓으면 금시 평시로 돌아가는 여자다. 어째서 남편의 애정을 독점하려는 생각도 못하고 있을까? 한 달에 적어도 대여섯 차례는 외박을 하는데 그러는 것을 보고도 의심할 생각도 않고 또 의심을 추궁하려는 생각도 않는 멍청이.

그미에 비해 금희는 얼마나 의욕적이며 얼마나 정열적인가? 인간이란 어떻게 사느냐가 문제 아니다. 의욕을 살리며 정열을 발산하는 데 의의가 있다.

그는 천천히 일어나 목욕을 하고 호텔을 나와 그릴에서 조반을 먹었다. 조반을 먹는 중 그는 약간 고독 같은 것을 느꼈다. 왕성하게 일을 하고 있다. 욕심대로는 아니지만 돈도 엔간히 벌고 있다. 그런데 누구를 위해 일하고 돈을 벌고 있나 하는 회의가 들었기 때문이다. 밤낮 옆에 있어 주고 밤낮 자극이 되어 줄 만한 여자가 있다면, 그런 여자를 사랑한다면 좀더 의욕적으로 일을 할 수 있고 그 일에 대해 의의를 느낄 것 같았다.

사내자식이 그릴에서 혼자 조반을 먹고 있다니……. 자기 자신이 조금 처량하게 보였다. 나이 때문일까? 이때까지 느껴 보지 못하던 고독을 나이 탓으로 돌려 봤다. 그러나 이제 서른다섯. 아직 인생을 절반도 못 산 셈이다. 그런 나이에 벌써 고독을 느끼다니? 그는 고독이 자기에게는 어림도 없는 것이라 생각하면서도 금희가 자꾸 머리에 떠올라 옴을 어쩔 수 없었다.

금희 같은 여자가 옆에 있어 주기만 한다면 나는 좀더 뛸 수 있지 않을까? 이때까지 살아 오는 도중 그는 무척 뛰었다. 조금의 쉴 새도 없이 뛰었다. 그런데도 금희 같은 여자가 옆에 있어 주면 좀더 뛸 수 있을 것 같았다.

금희가 가장 최근에 육체를 허락한 사람은 나다. 입김이 식기 전에 접근을 한다. 내 것이 될 가능성이 있다. 아르바이트를 그만두도록 원조를 해 주며 공부만을 하게 하는 한편 나에게서 조금도 떠나지 않게 한다.

그러나 그는 그런 생각을 털어 버리듯이 식탁을 떠나 카운터로 가서 회계를 한 뒤 그릴을 나섰다. 여자에게 빠져서는 안 된다고 스스로 다짐을 하면서. 그는 돈을 벌기 시작할 때까지 여자를 모르고 지냈다. 여자는 돈을 번 뒤에 알아도 넉넉하다는 생각이었던 것이다. 돈을 벌기 시작한 뒤에 여자를 돈으로 사 본 일은 있어도 빠져 본 일은 없었다. 여자에게 빠지면 돈을 벌수가 없을 뿐 아니라 번 돈까지 전부 없앤다는 신념 같은 생각을 가졌던 것이다.

그는 명동에 있는 사무실로 갔다. 사실은 양장점이지만 사무실이라고 해도 잘못된 말은 아니다. 쎄이느 양장점 2층으로 올라가는 계단 입구에 간판이라기보다 문패만큼 조그마한 목패가 붙어 있다. 그 목패에는 쎄이느 구락부라 씌어 있다. 누가 보아도 양장점이라고 볼 수는 없었다.

그러나 2층에 올라가기만 하면 틀림없는 양장점이다. 비록 두세 개밖에 안 되지만 멋진 양장 스타일의 마네킹이 방 안 중앙을 차지하고 있다. 물론 그것 이외에는 양장점이란 냄새를 풍기는 것이 별반 없다. 벽에 붙어 있는 액자 속의 불란서 미인의 사진이라든가 실내 면적의 각 부분을 차지하고 있는 고급 소파와 응접 테이블 등은 개인집의 화려한 응접실을 연상케 하고 있다.

그 소파 한가운데 자리에 양재기사 베이커가 앉아 있다가 달오를 맞이했다. 앉았던 자리에서 일어나 정중하게 굿모닝 하고 인사까지 했다. 그는 사장의 관록을 과시하며 손을 들어 인사에 답했다. 그러자 한편 구석에 조그만 사무용 테이블을 차지하고 있던 여자 사무원 국희가 사환 일을 보고 있는 소녀와 함께 기립하고 인사를 했다. 그는 받는 둥 마는 둥 하고는 베이커 맞은편 소파에 앉았다.

소녀가 가져온 커피를 마시며 달오는 베이커와 이야기를 시작했다.

"미스 리가 말을 잘 듣습니까?"

양장점이 본업이지만 양장점 분위기를 내지 않기 위해 그들은 우선 양장과 관계없는 이야기를 주고받는다.

"네. 한국 여자 모두 좋습니다."

베이커가 만족한 웃음으로 대답했다.

"특히 미스 리는 영리하고 애교가 있는 좋은 여자지요."

"어젯밤 내 하숙집에 왔었습니다. 아주 사랑했습니다."

"언제쯤 결혼하십니까?"

"미스 리가 승낙했습니다. 참 고마운 일입니다. 곧 결혼하겠습니다."

"빨리 미국으루 데리구 가서 헐리우드의 스타로 만드십시오. 유망한 여잡니다."

"그렇게 하겠습니다. 자신이 있습니다. 한국 사람들이 미스 리의 예쁜 얼굴과 연기를 몰라 주는 것 섭섭합니다."

미스 리란 쎄이느 클럽의 회원이다. 영화가 주변을 돌아다니며 배우 지망을 삼 년 동안이나 해 오고 있지만 가끔 단역(端役)에나 뽑히는 여자다. 그런 여자를 베이커에게 소개시키고 베이커와 결혼해서 미국에 가면 훌륭한 배우가 될 수 있다는 허풍선 같은 소리를 해 주었다. 미스 리의 귀가 솔깃해지지 않을 수 없었다. 베이커도 첫눈에 마음이 들었던지 그미를 좋아하기 시작했고 한국의 영화시장이 좁기 때문에 한국에서는 빛을 보지 못하나 미국 같은 데서는 얼마든지 성공할 수 있다는 달오의 말을 믿고 있는 처지였다.

한국 주둔병으로 나와 있는 동안 기지촌의 양부인을 사랑하다가 임기 만료로 본국에 돌아갔으나 사랑하던 여자가 그리워 다시 한국으로 나왔던 베이커에게는 미스 리가 굉장히 아름답고 지성적인 여자로 생각되었을지 모른다.

"한국에서는 유능한 재원들도 인정을 받지 못해 썩는 사람이 많습니다. 나라가 좁아서 그렇습니다."

"잘 알구 있습니다. 미스 리를 위해 빨리 미국으루 가야겠습니다."

달오는 속으로 비웃었다. 세계를 움직이고 있는 미국에도 이런 어리숙한 사람이 있다는 것을.

달오가 쎄이느 클럽을 만들 때 베이커를 만났고, 그와 만난 뒤 떠오른 아이디어로 시작했던 것이다. 미국에서 양복점에 있었다는 말을 듣고 그것을 이용하여 양장점을 내면 돈벌이가 될 것이란 생각이 떠올랐던 것이다.

그래서 명동에서 양장계의 일류라는 쎄이느 양장점 2층에 방을 빌리고 쎄이느 클럽이란 조그만 간판 아닌 간판을 붙였다. 쎄이느 양장점에 찾아오는 여자들을 끌기 위함이었다. 한편 영화배우, 탤런트, 유행가 가수들에게 안내장을 보냈다. 안내장에는 양장에 대한 것보다도 멋있는 생활을 하기 위한 생활 상담을 하는 구라파식 살롱이라는 것을 선전했다. 그리고 미국의 유명한 디자이너 베이커 씨를 모시고 양장에 대한 상담도 한다는 말을 곁들였다.

베이커 씨도 찬성하지 않을 수 없었다. 사랑하던 여자를 찾아 한국에 왔지만 와서 보니 그 여자는 어디로 종적을 감추고 행방이 묘연했다. 그런 만큼 아름다운 여자를 소개해 준다는 바람에 많지 않은 월급으로도 달오의 협력자 되기를 즐거워했다.

달오는 찾아오기 시작한 여자들 가운데서 미스 리를 골랐다. 배우가 되기 위해서 근 삼 년 동안 영화계의 이름 있는 사람에게는 원하면 몸을 바친 여자다. 그래도 희망을 버리고 있지는 않지만 미국 가서 배우가 돼 보라는 말에 귀가 솔깃하지 않을 수 없었다. 미국 사람과 결혼하고 미국서 배우가 된다면 그것이야말로 꿩 먹고 알 먹기다.

물론 베이커 씨가 좋아서 몰려드는 여자가 수없이 많았다. 미국 가서 배우가 되겠다는 것보다 미국 사람과 결혼해서 미국으로 건너가 살고 싶어 하는 여자들이다. 그런데도 달오가 미스 리를 베이커에게 소개해 준 것은 미스 리의 아버지가 25층짜리 큰 건물의 관리과장이라는 것을 알기 때문이었다.

달오는 서울에서 가장 큰 관광호텔의 청소를 맡고 있었다. 그것만으로도 수입이 적지 않지만 새로운 빌딩의 청소권을 또 하나 가지고 싶었던 것이다. 그래서 미스 리를 통해 그녀의 아버지를 알게 되었고 또 미스 리를 통해 맹렬한 공작을 해서 그 청소권을 거의 얻어 가고 있다.

그런 만큼 달오로서는 계획했던 일이 다 성공된 셈이었다.

미스 리의 이야기를 그 정도로 끝내자 달오는 새로 계획하고 있는 일을 생각했다. 그것은 최근 미국으로 철수한다는 미군 부대의 폐품 매입의 일이었다. 내버리고 가는 물건이기 때문에 헐값으로 살 수 있다. 그러나 그것을 사다가 시중에서 팔면 적어도 몇 배의 이익을 올릴 수 있다.

"재정관인 화이트 하사가 오늘 나옵니까?"

오늘 만나도록 주선하라고 한 어제의 일을 상기하며 달오가 물었다.

"어제 연락을 했는데 오늘은 틀림없이 나온답니다."

베이커 씨는 자기가 신용 없는 사람이 아니라는 것을 과장해 가며 대답했다.

"몇 시 어디서 만나기루 했는데요?"

"한 시 반도호텔 다방에서 만나기루 했습니다."

달오는 시계를 보았다. 열한 시가 조금 지나 있었다.

"그럼 내가 점심을 근사하게 내지요."

달오는 점심을 사는 것으로 베이커에 대한 사례를 대신하려고 생각했다. 상거래인 만큼 커미션을 두둑히 줘야 할 일이지만 베이커 씨는 미스 리 사건으로 자기에게 감사를 하고 있는 형편이라 달리 커미션을 주지 않아도 불평을 말하지 않을 것이다. 더구나 전에 부대에 같이 있던 화이트 하사를 소개하는 정도니까 큰 노력이 드는 일도 아니다.

"감사합니다."

베이커는 정말 점심만이라도 고맙게 여기고 있었다. 한국 사람들보다 순진한 데가 있다고 생각되었다. 아무리 미스 리를 소개해 주었다 해도 이해관계가 있는 일에 끼여들었는데 보수를 조금도 바라지 않을 수가 있겠는가? 달오는 그런 일은 그렇게 넘기는 것이 한국 사회의 습관이란 듯,

"좀 있다 그리루 나가겠습니다."

하고는 자리를 뜨려 했다. 소위 회원들이 모여들 시간이 되었기 때문이었다. 대부분이 무엇인가 되려다 못 된 여자들이다. 배우, 탤런트, 가수 등 인기 직업에 지망하고 있으나 옷의 유행이라든가 또는 머리 스타일 같은 극히 작은 부분이 모자라 등용되지 못하고 있는 줄 알고 있는 여자들인 만큼 모이면 잔소리가 많다. 혹시 사교를 잘못해서 성공을 못하는 것이나 아닌가 하고 그런 걱정도 꺼낸다. 그런 이야기를 하다가는 결국은 옷을 새로 만들까 하는 결론으로 끌고 가는 것이지만 오늘은 그럴 흥미가 별로 일어나지 않았다. 여사무원과 베이커에게 맡겨도 능히 할 수 있는 일이라고 생각했다. 차라리 그들이 옷을 맞추게 하는 결론으로 유도해 나가는 데 더 능숙할지도 모른다고 생각했다.

그는 베이커와 여사무원 국희에게 뒷일을 부탁해 놓고 거리로 나갔다. 어디로든 가서 새 사람을 발굴해 내야 한다는 생각을 하며 거리로 나왔지만 얼핏 머리에 떠오르는 곳이 없었다. 그는 한참 동안 서서 지나가는 사람들의 얼굴을 살펴보았다. 오전 중에 외출한 사람들이어서 그런지 일이 없어서 시간을 보내기가 지루해하는 사람들과 그렇지 않으면 빚에 쪼들려 우왕좌왕하는 그런 사람들같이 보였다. 자기가 알아서 소용이 될 만한 사람은 하나도 없는 것 같았다.

　　내게 소용이 되는 그런 사람들은 어떤 구석에 처박혀 있다. 광맥을 찾아내듯 그런 사람을 찾아 내어야 한다. 그는 관광호텔 총무과장과 만나던 일을 생각했다. 볼링을 하다가 우연히 그를 알아 가지고 호텔의 청소권을 얻게 되었었다. 그는 또 베이커와 알게 된 일을 생각했다.

　　S호텔 지하실 바에서 술을 마시다가 술김에 이야기가 오가던 중 그가 무엇 때문에 한국에 나왔고 어떤 특기를 가지고 있는가를 알게 되었다. 그 날 취중이었지만 그에게 흥미를 가지고 다시 만날 것을 약속해 두었다가 쎄이느 클럽을 만들 계획을 세우고 그를 두 번째 만나는 날 사업에 대한 이야기를 하고 또 합의를 얻었던 것이다.

　　모두가 구석진 곳에서 소용되는 사람을 발굴해 냈다. 어디 구석진 곳이 또 없을까? 얼마든지 있을 것 같았다. 사우나탕, 골프장, 경마장, 카지노장, 살롱 등. 그러나 그의 머리에는 볼링 치는 곳이 유달리 크게 떠올랐다. 몇 달 전 거기서 W관광호텔 총무과장을 만났고 그래서 큰 돈을 잡게 되었다는 인상적인 사건이 친밀감을 주었기 때문이리라.

　　그는 세운상가에 있는 볼링장으로 갔다. 거기서 표를 사고 차례를 기다리고 있는 W호텔의 총무과장 비슷한 사람이 없나 하고 볼링하는 사람들의 얼굴을 유심히 살펴보았다. 그러나 얼굴만 보고 그 사람의 직업을 알아 내기란 쉬운 일이 아니다. 그때도 카운터를 맡고 있는 여자사무원에게 들어 그가 W호텔의 총무과장이라는 것을 알았었다. 달오는 카운터를 사귀어 둘 필요가 있다고 생각했다. 그 카운터를 통해 정보를 수집하는 것이 가장 정확한 자료일 것 같았던 것이다. 그러나 열심히 자기의 일을 하고 있는 여자에게 말을 걸 기회가 별로 없었다. 자기 차례가 와서 볼을 던질 때도 역시 기회는 없었다. 한 마디씩 말을 걸 수는 있었지만 그런 것으로는 자기 얼굴을 기억시키는 데 그친다. 저녁을 먹으러 가자든가 극장구경을 가자든가 해야겠는데 열심히 일하고 있는 여자에게 친하지도 않으면서 어찌 그런 말을 함부로 할 수 있겠는가?

볼링을 두 번이나 하는 동안 그런 기회를 붙잡지 못하자 달오는 한 곳에서 광맥 두 개야 발견할 수 있는가 생각했다. 또 그런 광맥을 찾아 낸다고 해도 W호텔 총무과장처럼 어리숙하게 자기 각본에 말려들 사람이 또 있으리라고도 생각되지 않았다.

생각하면 우스운 일이었다. 볼링을 하고 있는 도중 카운터를 보고 있는 여자가 어떤 남자에게 총무과장님 조금 전에 W호텔에서 전화가 왔었는데요 하고 말하는 소리가 들렸다. 그때 달오는 그 남자를 유심히 살피고 접근하기를 시작했다. 그 사람은 시작한 지가 오래지 않은지 백오십도 치지 못했다. 그는 정신을 차려 만점인 이백 점을 치면서도 그의 폼이 좋다는 둥 그를 칭찬해 주었다. 그리고는 게임이 끝나자 볼링 이야기를 하며 커피라도 마시자면서 다방으로 끌고 가서 인사를 나눴다. 그리고는 다음 날 그가 나오는 시간을 알고 그때쯤 그리로 나가 같이 볼링을 했다. 가끔 이기기도 했지만 대부분 져 주었다. 며칠을 그렇게 지나면서 농담까지 할 사이가 되었다. 그는 그를 알게 될 때부터 W호텔의 청소를 맡을 계획이었던 것이다. 그런 내심을 가지고 의식적으로 접촉했기 때문에 특히 빨리 친해졌을지도 모른다.

하루는 내기 볼링을 하기로 했다. 이기는 사람의 요구를 무엇이나 들어주기로 한 내기였다. 그 사람은 져야 맥주나 사는 것이려니쯤 생각하고 달라붙었을지 모른다.

첫 게임에서 달오는 열 점 차로 이겼다. 그러자 총무과장은 한 번만 더 하자고 했다. 달오는 좋다고 했다. 그리고 두 번째 게임은 아슬아슬하게 져 주었다. 총무과장은 호기를 부리며 남자들이 내기를 건 것이니까 결승을 해서 승부를 내자고 했다. 그는 지는 척하고 승낙했다. 셋째 번 게임에서는 만점을 쳐서 총무과장이 납작해지도록 이겼다.

게임을 끝내자 총무과장이 억울하다는 듯 며칠만 더 연습하면 이길 자신이 있다고 말했다. 그러면서도 진 것은 진 것이니까 요구를 들어 줘야겠다면서 요구가 무엇인가를 물었다. 달오는 좌우간 손이나 씻고 나서 이야기를 하자며 손 씻는 곳으로 가서 손을 씻었다. 그리고 나서는 요구를 말할 테니 우선 가서 맥주나 한 잔 마시자고 빌딩 안에 있는 살롱으로 그를 데리고 갔다. 맥주를 마시면서야 그는 자기의 오랜 숙원이 있다면서 W호텔 청소권을 달라고 졸랐다.

총무과장은 현재 맡고 있는 사람을 뗄 수가 없다느니 하며 여러 가지 이유를 들어 그것만은 할 수 없다고 거절했다. 그러나 달오는 근 한 달을 따라다니며 졸랐다. 마치 조를 권리가 있는 것처럼. 총무과장도 말로는 내기와 그것을 결부시킬 수 없다고는 하면서도 그래도 채무자 같은 의무감을 버릴 수가 없었던지 W호텔의 청소권을 주고야 말았다.

시계를 보니 한 시가 거의 되어 있었다. 빨리 반도호텔로 가야겠다면서 손을 씻으러 가려고 할 때 카운터가 뜻밖에도,

"민 선생님, 요새 W호텔 총무과장 못 만나셨어요?"

하고 말을 걸어 왔다.

"요 며칠 동안은 못 만났는데…… 왜 무슨 일이 있나? 일간 만날 거야."

달오는 절호의 기회라 생각하고 그녀가 다음 말을 할 수 있게끔 고리를 걸었다.

"아녜요."

아니라고 하는 그녀의 얼굴이 빨개졌다. 수상했다. 반드시 흐릿한 비밀이 있는 것이란 육감이 들었다.

'그 녀석!'

우선 총무과장이라는 그 사람의 수단이 용하다고 생각했다. 그런 방면의 직업여성도 아닌 처녀를 따 먹다니.

그것도 감언이설로 따 먹고는 약속을 이행치 않는 심장이 강한 사내라고 생각했다.

달오의 머리에는 문득 하나의 아이디어가 떠올랐다. 섬광처럼 떠오르는

아이디어가 언제나 그를 성공케 했다. 그런 만큼 깊은 연구보다도 그런 식의 아이디어를 그는 더 소중히 여긴다.

돈을 모으기 시작하던 때다. 남대문 시장엘 돌아다니다가 가만 앉아서 물건을 파는 수많은 장사꾼들을 보고 문득 떠오른 아이디어가 있었다. 앉아서 장사하는 사람들에게 물건을 배달해 준다면 장사가 되겠다는 아이디어였다. 그는 메리야스, 털내복, 여자옷들을 제품하는 공장을 수소문했다. 그리고 자기가 물건을 가지고 소매상을 찾아가 주문을 맡아 배달까지 해 줄 테니 정가에서 얼마나 할인해 주겠느냐고 물었다. 도매값에 주겠다는 것을 사정사정해서 도매값보다 일 할을 싸게 사기로 했다. 첫 거래라 외상으로 달랄 수가 없어서 십만 원을 돌려 장사를 시작했다. 자금이 딸리기 때문에 소매업자들에게 외상거래를 할 수 없어서 현금주의를 썼지만 그 대신 도매가격보다 오 부를 싸게 해 주었다. 자기는 결국 오 부의 이익만을 본 셈이다. 그 적은 이익을 위해 그래도 그는 뛰었다. 한 시간도 쉬지 않고 남대문 시장과 동대문 시장의 소매상들과 접촉하며 그들이 편리하고 또 재미볼 수 있는 길을 찾아서 제공해 주었다. 장사가 잘 되어 돈이 돌게 되자 그는 외상거래도 했다. 자전거를 가지고 뛰다가 나중에는 오토바이로 뛰었다. 그렇게 이 년 동안이나 뛰다가 돈이 뭉쳐질 때 자기가 남의 물건을 가지고 장사하는 것보다 직접 제품을 만들어 팔면 이익이 더 많을 것을 생각했다.

어떤 제품 공장에서 물건값을 치르고 있을 때 문득 떠오른 아이디어였다.

그래서 그리 크게 벌리지 않고도 할 수 있는 여자옷을 만들기 시작했다. 몇 명의 기술공을 데려다가 잘 팔릴 옷감을 자기 손으로 골라 사서 옷의 디자인까지 자기 머리로 고안해 만들었다. 만든 물건은 직접 자기가 가지고 다니며 팔았다.

이익이 전보다 많을 수밖에 없었다. 그는 배달 조수를 하나 두고 옷 주문받는 방법과 또 자기의 단골 소매인들을 가르쳐 주었다. 조금씩 뒤로 물러앉을 생각이었다.

그때 그는 당구도 배우고 볼링을 즐기기도 했다. 여자를 사기도 시작했다. 그런데 어떤 날 단골 소매상에서 돈을 좀 빌려 달라는 말을 들었다. 무엇할 돈이냐고 물었을 때 요즘 등산 붐이 일어나고 있으니까 등산용품 전문 상점을 낼 생각이란 말을 했다. 그 말을 듣는 순간 참으로 좋은 아이디어라고 생각했다. 즉시 제품 공장을 처분하고 등산용품 가게를 시작했다. 큰 돈을 모을 수 있는 장사는 아니었지만 앉아서 할 수 있는 장사라 몸이 좀 편했다.

몇 달을 하자 여기저기서 동업자가 생겼다. 또 앉아서 돈 버는 것이 싱거웠다. 그래서 그것도 팔아 치우고 W호텔의 청소를 맡게 되었던 것이지만 어쨌든 그에게 있어서 순간적으로 떠오르는 아이디어가 소중한 것만은 사실이었다.

볼링 카운터의 빨개진 얼굴에서 얻은 아이디어를 어떻게든 살려야겠다는 생각을 하며 반도호텔 다방으로 갔다. 화이트 하사와 베이커는 벌써 와 있었다. 차를 마시며 잡담과 시국담을 나누다가 본론으로 들어갔다. 그런데 본론이 나오자 화이트 하사는 펄쩍 뛰며 그것은 말도 안 되는 소리라고 했다. 쓸만한 것은 가지고 가거나 국군 부대에 인계해 주고 폐품을 전부 불살라 버린다는 것이었다.

불살라 버릴 것들을 불사르지 말고 팔라고 했더니 상부의 명령이라 그럴 수가 없다고 딱 잘라 말했다. 달오는 PX에서 나오는 그 수많은 물건들은 상부의 승낙을 받고 내보내는 것이냐고 묻고 싶었지만 화이트 하사의 긍지를 위해 묻지 않고 말았다. 단념하는 체 그 이야기를 중단해 버리고 반도호텔 그릴로 가 점심을 먹었다. 베이커가 일이 성사도 안 됐는데 점심을 사느냐고 했지만 일이 성공해야만 밥을 먹느냐면서 웃어넘겼다. 그 대신 식사 도중 베이커를 불러 내 미리 준비했던 미화 삼백 달러를 주며 화이트 하사에게 전하라고 했다. 그리고 식사가 끝나자 자기는 바쁜 일이 있다면서 둘만을 남겨 놓고 클럽 사무실로 갔다.

쎄인느 클럽에는 주인도 베이커도 없는데 젊은 여자들이 대여섯 명 앉아서 커피를 마시며 잡담들을 하고 있었다. 모두가 가수 지망생들이었다. 가수가 되고 싶어서 작곡가니 방송국이니 텔레비전 방송국이니 하며 열심히 따라다니나 아직 데뷔를 못하고 있는 풋내기들을 보자 그는 볼링 카운터를 생각했다. 명색이 처녀들이지만 실속은 그렇지도 않을 여자들이다. 볼링 카운터보다 몇 배나 쉽게 떨어질 것이 사실이다. 손을 한 번 뻗쳐 볼까? 그는 그 중 얼굴이 가장 잘생긴 여자를 골라 아래위를 살폈다. 해로울 것이 없을 것 같았다. 어떤 작곡가와 접촉시켜 주는 체만 해도 일은 힘들지 않게 이루어지리란 생각이 들었다.

에이. 금희가 있는데…….

그는 금시 마음을 돌려 버렸다. 요정에 나가고 있기는 하지만 금희가 얼마나 지성적이고 청순한가? 더구나 볼링 카운터에 대한 음모를 꾸미고 있는 중이라 불길한 것 같은 잡념을 버렸다. 그리고는 옷을 만들게 하는 방향으로 그미들의 화제를 리드해 나가기 시작했다.

결국 대여섯 명 가운데서 두 여자가 옷을 맞추고 갔지만 달오는 갑자기 남자가 할 일이 아니라고 생각했다. 비록 사기를 해 먹는다고 해도 뛰어다니며 좀 굵직한 일을 해야겠다는 생각이 들었던 것이다. 젊은 여자를 별별 이야기로 꾀어서 결국 몇천 원밖에 남지 않는 옷을 맞추도록 한다는 일이 치사스런 것 같기도 했다.

W호텔 총무과장에게 공짜 돈을 울궈 낼 계획이 자잘한 일에 싫증을 느끼게 했는지도 몰랐다.

얼마 뒤 베이커가 돌아왔다. 안 받겠다는 것을 억지로 주고 왔다면서 씩 웃었다. 그 웃음이 공모했다는 것을 뜻하는 것 같았지만 그까짓 돈 혼자서 먹으나 둘이서 먹으나 상관할 바 없었다. 그리고 이미 돈을 받았다니 그 뒷일을 물어 볼 필요도 없었다.

"오늘 미스 리 만나기루 했습니까?"

그는 화제를 아주 딴 데로 돌려 버렸다.

"네, 여섯 시에 만나기루 했습니다."

"그럼 그때 모두 같이 만날까요? 잠깐 할 이야기가 있는데…….."

"좋습니다. 아니 기쁘게 생각합니다."

그래서 그는 여섯 시까지 클럽 사무실에 있다가 여섯 시 베이커와 함께 미스 리를 만나러 갔다.

미스 리를 만나자 그는 그녀의 아버지에게서 무슨 말이 없었느냐고 묻고 싶었다. 그것이 미스 리를 만나는 목적이었다. 그러나 베이커 앞에서 그런 말을 꺼내기가 안 되었다. 특히 자기가 독촉하는 태도를 보이기가 싫었다. 아무리 이쪽의 부탁이라고 해도 저쪽에서 찾아와 이야기를 해 주도록 만들어야 한다는 마음이기도 했다.

"둘이서 결혼을 할 생각이라면서?"

뻔히 알고 있는 것을 물었다.

"그럴까 해요."

미스 리가 일부러 부끄러운 체하며 대답했다.

"그럼 양가에서 정식으로 만나 합의를 봐야지 않을까?"

"그럼 더 좋겠지요."

"아버지가 찬성하셔?"

"승낙하셨어요. 미국 가서 스타가 된다는데 반대하실 부모가 어디 계셔요?"

"그럼 날짜를 정해. 베이커 씨측으로는 내가 참석을 하지."

"아버지와 의논하겠어요."

"빨리 그렇게 하는 게 좋을 거야."

"결정하는 대루 알려 드리겠어요."

"그러라구."

달오는 바로 그것이 용건이었다는 듯 이야기를 끝내자 자리를 떴다. 속으로는 그 날 미스 리의 아버지는 호텔 청소건에 대한 결정적인 이야기를 안 할 수 없으리란 생각을 하면서……

이 날 달오는 오래간만에 일찌감치 집으로 들어갔다. 그것은 어젯밤 외박을 했기 때문에 아내에 대해 미안감을 가진 탓은 아니었다. 생각 같아서는 오늘도 금희가 있는 요정으로 가서 금희를 만나고 싶었다. 그러나 너무 열이 오른 것처럼 보이는 것이 역효과를 나타낼 것 같기도 했고 또 어쩐지 몸이 피곤함을 느꼈기 때문이었다.

집에 들어가 아내의 얼굴을 대하자 달오는 우선,

"저 사람들 나가라구 그랬어?"

하고 짜증스런 목소리로 말했다. 그것은 멍청이 같은 아내지만 외박하고 돌아오는 남편을 보고 말 한 마디나마 듣기 싫은 말을 할 수 있다는 마음에서 오는 선수였을 것이다. 무서워서가 아니라 귀찮아서 입을 막기 위한 예비책이라고나 할까? 사실은 그것만도 아니었다. 대문 안에 들어서자 다섯 칸 짜리 딴 채에 들어 있는 식구들 중 고등고시 준비를 한다는 청년이 버러지처럼 생각되었던 것이다. 밖에 나가기만 하면 생각도 나지 않는 사람이지만 집에 들어서는 순간 신경줄을 건드리는 사람이다. 자기를 괴롭히는 일이 전혀 없다. 며칠에 한 번 얼굴을 보나마나한 사람이다. 그래도 그 청년이 저 방에서 골을 싸매고 앉아 공부할 것이란 생각을 하면 온몸이 서물서물해 견딜 수가 없었다.

젊은 나이에 뛰면서 살 생각은 않고 될지 안 될지도 모를 고등고시에 합격하려는 생각만으로 방 안에 처박혀 햇빛도 못 보며 책만 들여다볼 그 따분한 청년——.

고등고시에 합격하면 어쩌겠다는 것인가? 기껏해야 법관이 되겠지. 법관도 월급쟁이에 지나지 않는다. 월급쟁이가 되기 위해 아까운 청춘을 어두운 그늘 속에서 지내고 있다니? 그런 아들의 뒷바라지를 하기 위해 가난을 극복해 나가는 그 부모들도 한심하기 짝이 없었다. 모두가 보기 싫었다. 보기 싫은 사람들을 집 안에 둘 필요가 무엇인가?

그래서 그는 얼마 전부터 그들을 내보내라고 아내에게 말했었다. 나가랄 이유도 없이 잘 있는 사람들을 무슨 말로 내보내겠느냐는 아내의 말에 그 딴 채를 헐고 새로 집을 지을 계획이니까 나가라고 하면 되잖느냐고 핀잔까지 주었던 것이다.

"차마 입이 떨어지지 않아 말을 못했어요."

아내가 명령을 어긴 데 죄스런 생각을 보이며 말했다.

"그래 내 말은 말 같지가 않나?"

달오는 큰 소리로 떠들었다. 큰소리를 쳐야 아내의 기를 죽일 수 있다.

"거짓말을 할 수가 있어야지요."

"왜 거짓말이야. 그 집을 비워만 주면 당장에 새 집을 지을 건데."

"새 집을 지어서는 뭣합니까? 우리 식구에는 이 집도 넓은데."

"모르는 소리 말어. 근사한 홀을 만들어 사교장으루 쓸려는 거야. 잔소리 할 것 없이 당장에 가서 나가라구 그래. 난 그 집 사람들이 보기 싫단 말야."

"밥을 달래나 돈을 달래나 보기 싫을 게 뭐예요?"

"그래 내 말을 못 듣겠다는 거야? 남편이 남편 같지 않단 말이지?"

그가 야단을 치자 아내는 할 수 없다는 듯이 내일은 꼭 말하겠다고 대답했다.

이야기를 일단 끝내자 그는 또 큰 소리로 저녁을 가져오라고 명령했다. 아내는 아무 말도 않고 저녁을 가져왔다. 같이 저녁을 먹으면서도 아내는 아무 말을 못했다.

저녁을 먹자 목욕을 하고는 피곤해서 일찍 자야겠다면서 자기 방으로 갔지만 아내는 그의 방으로 들어올 생각도 못했다.

'멍청이!'

달오는 또 한 번 자기 아내를 멍청이라고 생각했다. 선수를 써서 그미의 입을 막았다고 해도 그만한 일로 입을 막히우는 여자가 어디 있담.

그는 금희를 생각했다. 그미라면 자기의 뒤를 따르지 않는다고 해도 어떤 일을 하고 다니는 것쯤 충분히 짐작할 것이다. 그리고 잘못한 일에 대해서는 추호의 용서도 없이 공격할 것이다. 그 대신 잘못된 일을 못하도록 애정과 기교를 다해서 붙잡아 놓을 것이다. 얼마나 총명하고 얼마나 지혜스런 일인가?

나는 멍청이를 위해 일생을 희생시킬 수는 없다.

그는 자기 아내와 함께 일생을 같이 산다는 것이 불가능한 일이라고 생각했다. 불을 끄고 자리에 들어갈 때까지 자기 방을 찾아오는 일도 없는 그런 멍청이 아내와 어떻게 평생을 같이 산담.

일찍부터 자서 그런지 아침 날이 채 밝기 전에 눈을 떴다. 누워 있기가 지루해서 잠옷을 입은 채 커튼을 들치고 창밖을 내다봤다. 아직 완전히 밝지는 않았지만 물건의 형체를 알아볼 수 있는 정도로 날이 밝아 오고 있었다. 그런데 뜰 가운데서 얼핏 눈에 들어오는 물체가 있었다. 뜰 한모퉁이에 서있는 큰 은행나무 밑에서 조금씩 움직이는 물체 그것은 여자였다. 여자가 꿇어앉아 두 손을 모아 기도를 드리는 것이었다. 그는 그 여자가 자기 아내라는 것을 알았다. 기도를 하다가는 허리를 굽혀 절을 했다. 유심히 보니 그미 앞에는 물그릇이 놓여 있었다.

'멍청이 같으니라구. 정화수를 떠다 놓구 빌면 무슨 소용야?'

달오는 그미가 비는 것은 자기가 돈을 잘 벌게 해 달라는 것이 아니라 자기가 바람을 피우지 않게 해 달라는 것이리라고 생각했다.

정말 멍청이라고 생각했다. 바람피우는 남편에게 말 한 마디도 못하면서 물그릇 앞에서 기도나 드리고 있는 멍청이 —— .

병신 육갑한다더니 그야말로 병신 노릇을 철저하게 하는 여자라고 생각했다.

조소를 금할 길이 없었으나 그는 조반을 먹으며 그미와 얼굴을 마주하고도 은행나무 밑에서 무엇을 했느냐고 묻지를 않았다. 집을 나설 때까지 정말 무료를 느낄 만큼 그들은 말이 없었다. 그는 집을 나설 때 너무 싱거운 것 같아

"오늘은 꼭 말해. 될 수 있는 한 빨리 집을 비워 달라구."

어제 저녁때 한 이야기를 되풀이했다. 그것은 세로 들어 있는 사람들을 내보내야 한다는 마음도 마음이지만 아내에게 명령한다는 권위의식을 세우기 위함이었다.

"그러겠어요."

거역할 수가 없어서 억지로 대답하는 말이었지만 달오는 그런 아내의 태도를 나무라지 않고.

"오늘두 말 안 했다가는 재미없어."

자기 권위만 세우려 했다.

그런데 현관을 나서 대문께로 걸어가고 있을 때 고등고시를 준비하고 있다는 청년과 맞부딪쳤다. 변소엘 가려는 모양이었다. 희멀쑥하게 생긴 얼굴

이었다. 체격도 그만하면 무던한 편이었다.

'뛰면 얼마든지 뛸 수 있는 친군데 왜 죽치구 앉아서 부모들까지 고생시킬까?'

그는 그 청년도 멍청이라 생각했다. 저런 멍청이를 잡아가는 데는 없는가? 그런데 청년이,

"안녕히 주무셨습니까?"

자기에게 주인 대접을 하며 인사를 했다. 제법 인사성이 있는 것 같았다. 그러나 달오는 주제에 인사성은 썩어 빠질 인사성야 하고 생각했다. 인사성만 가지고 밥 먹더냐? 그는 인삿말을 들은 체도 않고 그냥 지나쳐 버렸다. 그런데도 청년은,

"안녕히 다녀오십시오."

하고 또 인사를 했다. 달오는 며칠 새에 쫓겨나갈 것이 빌어먹게 인사성은, 하고 속으로 조소를 했다.

가슴 밑바닥이 메스꺼워졌다. 어쩐지 안 봐도 좋을 것을 본 듯한 느낌이었다. 아침에 까마귀 소리를 들은 것 같은 불안감도 들었다. 더욱이 아내가 기도드리던 모습이 겹쳐서 두 개의 불길한 영상이 불길한 상징처럼 생각되었던 것이다.

그러나 그런 것들이 그의 활동에 영향을 주지는 않았다. 그는 우선 쎄이느 클럽으로 가서 쎄이느 클럽이 번창할 때 그것을 처분해야 한다는 것을 생각했다. 누구나 신기한 아이디어라고 흥미를 느끼고 있을 때 처분을 해야 값이 오른다. 누구에게 팔까? 그는 살 만한 사람을 마음 속으로 손꼽아 보는 것이었다. 돈만 있으면 누구나 침을 삼키리라.

'오늘부터 행동을 개시해야지.'

그러면서 그는 P신문사에 전화를 걸었다. 사회부의 R기자를 불러 차나 마시자고 했다. 전화를 끊고 신문사 근처에 있는 다방으로 갔다. 얼마 동안 잡담을 하다 요새 술을 잘 마시느냐고 물었다. R이 그저 그렇다고 뺑뺑하게 대답하자 술값 벌 생각이 없느냐고 물었다. R은 무슨 일이냐고 물었지만 그는 그의 입맛만 돋구어 놓고,

"오늘 W호텔에 놀러 갑시다. 내가 그 호텔 청소권을 맡구 있는 걸 알지요?"

마치 거기서 한 잔 낼 의사를 보였다. 센스가 빠른 기자는 한턱 내겠다는 이유를 캐묻지 않았다. 모르는 체 주는 술을 얻어먹어야 후환이 없다는 듯

"몇 시에?"

"아무때나. 그렇지만 낮이 좋을 것 같은데."

달오는 밤에 금희를 찾아가야 한다는 것을 예상하며 말했다.

"기사 마감시간이 끝나면 언제든 좋지."

"그럼 한 시에 여기서 만납시다."

이렇게 약속을 한 다음 그는 다시 사무실로 돌아갔다. 그런데 베이커가 그를 보기 무섭게 주머니에서 돈을 꺼내며,

"화이트 하사가 내일 떠난답니다."

하고 그를 빤히 쳐다봤다.

"그래요?"

그는 돈을 받지 않을 수 없었다. 그런데 베이커가 미안하다는 말을 한 마디도 안 했다. 화이트 하사가 급히 떠나게 된 데 대해서도 한 마디의 설명을 안 했다.

그가 도리어 미안하다는 말을 안 할 수 없었다. 미스 리 때문에 언제나 저자세이던 그가 갑자기 고자세로 그를 노려보고 있었기 때문이었다. 베이커의 눈초리에서 그는 자기가 무엇인가 잘못한 것을 느꼈던 것이다.

기분이 나빴다. 그는 베이커와 함께 앉아 있기가 싫어 사무실을 나와 어떤 무역회사에서 한 번 인사한 일이 있는 영화관 주인을 찾아갔다. 쎄인느 클럽을 팔아 버려야 한다는 생각이 들었기 때문이었다. 그럴 때가 온 것이라 직감했던 것이다. 그는 영화관 주인을 만나자 쎄인느 클럽이 특이한 아이디어 밑에서 운영되어 간다는 것을 몇 배나 과장해서 설명한 뒤 또 다른 사업을 하기 위해 그것을 정리해야겠다는 이야기를 했다.

"절대루 팔구 싶지가 않지만 원체 손이 돌아가야지요? 좀 큰 걸 하나 시작하구 있습니다."

"젊은 여자들을 상대하는 장사겠군요?"

달오는 그 사람의 홍미가 어디 있다는 것을 직감했다.

"그럼요. 젊은 여자 가운데서두 인기 장사를 하는 미인들뿐이죠. 한 번 와서 구경하십시오. 매일 미인 콘테스트를 하는 기분입니다."

"언제 한 번 구경 가지요."

그쯤 해 두고 그는 다시 쎄이느 클럽으로 갔다. 연락처로 쓰고 있는 곳인 만큼 그의 마음은 언제나 거기에 있었다.

"저 미스 리가 전화를 걸었던데요. 들어오시는 대루 전화를 걸어 달랬어 요."

여사무원 국회의 전갈을 받자 그는 곧 전화 다이얼을 돌렸다.

"아버지가 좀 만나시겠다는데 오늘 시간이 있으세요?"

미스 리의 사무적인 대답이었다. 달오는 자기의 계획이 맞아들어간다고 생각하며

"누구의 일인데 안 만나? 지금 당장 만나지."

그는 R기자와 만나기로 한 한 시 전에 일을 끝내리라 마음먹었다.

"어디서 만나실까요?"

달오는 잠깐 망설였다. 그런 일을 다방에서 처리할 수는 없다. 점심을 먹으며 이야기를 해야겠는데 점심시간에는 R과 만나기로 약속했다.

"아무데서나."

그는 미스 리의 의견에 따르겠다고 대답했다.

"아버지가 그러시는데 다방이 어떨까요?"

"좋지. 아무데서면 어때?"

"그럼 충무로에 있는 ××다방으루 나와 주시겠어요?"

그는 차라리 잘 되었다 생각했다.

"미스 리두 나오는 건가?"

그렇다면 자기는 베이커를 데리고 가야 할 것이라 생각했다.

"아버지가 오늘은 두 분만이 만나시겠다는데요."

그는 사업관계에 대한 이야기를 하기 위해 일부러 그러는 것이라 생각

했다.

"알았어. 지금 곧 갈게."

지체할 일이 아니었다. 미스 리와 베이커의 혼담보다도 자기의 사업이 더 중요했으니까. 그러면서도 베이커가 자리를 비우고 있는 것이 눈에 걸렸다. 그래서 국희에게 물었더니 조금 전 그가 말없이 나갔다고 했다. 좀 불길한 생각이 들었지만 그대로 사무실을 나섰다. 그런데 다방에서 만난 미스 리의 아버지가 부드러운 대신 굳어진 얼굴로 그를 대해 주었다.

"우리 애를 위해 애 많이 쓰셨습니다."

고맙다는 말을 하면서도 음성이 딱딱하게 나왔다. 이상하다고 생각했지만 예의적인 대답만 하고 있을 때 그가 이상한 말을 물었다.

"그런 결혼두 정식 절차를 밟아야 할까요?"

그런 결혼이라니? 참 알 수 없는 말이었다. 그러나 따질 수가 없어서

"그래야 하지 않겠습니까?"

"난 그 애가 조르는 바람에 승낙을 안 할 수가 없었습니다. 요즘 세상에 애비가 애비 노릇을 할 수 있습니까? 그래서 남모르게 결혼을 시켜 가지구 미국에 보낼까 생각합니다."

뜻밖의 말이었다. 그리고 미스 리의 말과도 너무나 거리가 먼 이야기였다.

"무슨 말씀을 그렇게 하십니까? 좋은 신랑을 만나 미국에 가서 출세하려는 따님이신데……."

"형씨는 그렇게 생각할지 몰라두 나는 내 자식이 튀기 어미가 되는 걸 바라지 않소."

"그러심 아예 승낙을 말으셔야 할 것 아니겠습니까?"

"아까 말한 것처럼 애비가 애비 구실 못하는 때 아뇨? 승낙 안 하면 죽는다니 어쩌겠소? 더구나 당신 같은 고마운 사람이 뒤에서 부채질을 하구 있으니……."

달오는 정말 의외였다. 고맙단 말을 백 번이라도 할 줄 알았었다. 호텔의 청소권도 기쁘게 승낙해 주는 것이라 생각했었다. 그런데 이건 반대였다. 자기를 못마땅하게 비꼬고 있다.

"그럼 저는 그 혼사에 손을 떼겠습니다."

"다 만들어 놓고 손을 떼면 무슨 소용 있소? 그러지 말구 한국 처녀 외국에 수출하는 회사나 만드시우."

더 들을 필요가 없었다.

"남의 호의를 그렇게 말씀하시는 법이 어디 있습니까?"

한 마디만 하고 다방을 뛰쳐나왔다. 억울했다. 억울했지만 싸울 수도 없는 일이었다.

불쾌한 기분이 가라앉기도 전에 그는 R기자를 만나 W호텔로 총무과장을 찾아갔다. 호의에 보답하기 위해 점심이나 사겠다면서 식당으로 데리고 가 R기자와 인사를 시켰다.

"P신문사 기잔데 여길 오다가 우연히 만나서 구경삼아 같이 왔습니다."

두 사람이 명함 교환을 하고 점심을 시켜 먹을 때까지 달오는 이렇다 할 이야기를 꺼내지 않았다. 식사가 거의 끝나갈 때쯤 해서야,

"과장님, 재미 많이 보시던데요."

하고 이야기의 실마리를 꺼냈다.

"이 양반이 또 무슨 소릴 할려구 이러지?"

과장은 농담이려니 생각하고 웃으면서 넘겨 버렸다.

"생선처럼 싱싱한 처녀를…… 수완두 좋으시던데요."

그때야 과장이 조금 긴장되었다.

"거 무슨 말이죠?"

"왜 이러십니까? 내가 말이라도 퍼뜨릴까 그러시는 모양이지만 안심하십쇼."

"점점 이상한 말을 하시는데."

"여기 미스터 R까지는 알구 있지만 그 이상 알 사람은 없을 겁니다."

"이거 정말 사람 잡을 소린데."

"그러시지 마십쇼. 그리구 앞으룬 볼링 하시러 좀 나가십시오. 내가 중간에서 잘 무마해 드리겠습니다. 이래 뵈두 그런 수완쯤 있습니다.

"볼링하구 나하구 무슨 관계란 말요?"

"참, 너무 하시는데요. 어제두 그 볼링 카운터를 만났는데 울면서 자살을 한다구 그럽디다. 그래서 오늘 찾아온 게 아닙니까?"

"그 애가 자살요? 그 애가 나하구 무슨 상관이죠?"

"참 과장님두. 무마조루 몇 푼 내놓으시면 저와 이 미스터 R이 잘 처리해 드릴 텐데 뭘 그러십니까?"

그때 총무과장이 화를 버럭 냈다.

"생사람을 잡으러 다니누만? 어서들 가요. 악질들인데."

이렇게까지 나오는데야 참을 수가 없다는 듯,

"처녀를 따 먹구 약속을 안 지키는 사람은 선질이군요? 나는 여러 가지를 생각해서 호의를 베풀려구 그랬는데 어디 두구 봅시다."

총무과장 이상으로 흥분을 했다.

"이놈아. 나는 그 애 취직 부탁을 받구 그걸 이행 못해 줬을 뿐 그 애한 테 죄진 건 손톱만큼도 없다."

"글쎄 마음대루 하라니까요. 나두 인간입니다. 호의가 짓밟혔을 때 가만 있을 수 없는 인간이란 말예요."

"마음대루 해라."

총무과장은 카운터로 뛰어갔다. 그리고는 수화기를 들고 경호계를 불렀다.

"공갈패들이 와 있으니까 몇 명 보내시오."

달오와 R기자는 경비계원이 오기 전에 W호텔을 뛰쳐나올 수밖에 없었 다. 어떻게 빠져나와 봉변은 겨우 면했지만 달오는 R기자에게까지 공격을 받았다.

"여보슈. 알지도 못하는 일에 사람을 끌구 다니는 법이 어디 있수?"

그는 R에게 잘못 걸리면 걷잡을 수 없는 사태가 벌어질 것을 생각하며,

"R형을 생각하느라구 한 일이 그렇게 됐습니다. 그저 한 번만 봐 주십 쇼."

하고 사정사정했다.

"사건의 진상이나 파악을 하구 덤벼야 하지 않소?"

R기자는 다행히도 더 이상 추궁하지 않았다. 고마웠다.

'에익, 빌어먹을'

달오는 혼자 투덜거렸다. 아침에 있었던 일이 머리에 떠올랐다. 아내와 그 청년. 그것들이 그를 재수없게 한 것이라 생각했다.

제기럴.

재수가 없는데 금희나 만나야지. 이럴 때 금희를 만나면 만사를 잊고 청춘을 즐길 수 있을 것 같았다. 재수 옴붙게 은행나무 밑에서 정화수를 떠 놓고 손을 부비고 있던 아내의 영상이 자기와 아무 상관이 없는 아주 남처럼 생각되는 것이었다.

대학생답지 않게 저고리에 긴 치마를 입은 금희를 보았을 때 그는 그녀를 가장 친근한, 말하자면 남이 아니라는 생각을 했다. 그는 오늘과 같은 불의의 봉변을 다시 당한다 해도 금희를 바라보며 산다면 그냥 웃으며 살아갈 것 같기도 했다. 지난번에는 여러 사람이 함께 왔다가 남들 모르게 공작을 해서 호텔까지 끌고 갔던 것이지만 오늘은 좀 쑥스러운 채 혼자서 이 요정을 찾아왔다. 단 둘이서 성숙된 이야기를 펼쳐 매듭을 짓고 싶었기 때문이었다. 그미도 벌써 눈치를 챘는지 방 안에 손님이라고 하나밖에 없는 달오에게 바싹 다가앉아 그의 무릎 위에 손을 얹어 놓으며 다정하게 인사를 했다.

"혼자 오셨어요?"

"그래."

"잘 하셨어요. 술을 조금만 하시구 이야기나 해요."

달오는 여유 있게 손을 돌려 그미를 안고 키스를 했다. 얌전하게 키스를 받은 뒤 그미가 조금 떨어져 앉으며 손뼉을 쳤다. 사환을 불러 안주 몇 접시와 술을 주문한 다음,

"오늘은 춤이나 실컷 추었으면 좋겠다."

혼잣말처럼 말했다.

"시간 전에는 나갈 수 없잖아?"

"그럼요."

"그럼 여기서 출까?"

"음악도 없구. 또 단 둘이서야 신이 나나요."

달오는 쇠뿔은 단김에 뽑아야 한다고 생각했다.

"쫓겨날 셈치구 일찍 나가지."

"그래두 괜찮기는 하지만."

"뒷일은 내가 책임지지."

"책임을 지시다뇨?"

"이런 데 꼭 있어야 할 필요가 없잖아? 학비를 내가 책임지면 될 테니까."

"그러실 필요 없어요."

"학비 때문에 이런 데 나온 거 아냐?"

"그렇진 않아요. 어머니의 재산이 얼마나 되는데요?"

"그럼 왜 이런 델 나왔지?"

"그저 심심해서요. 심심해서 견딜 수가 없었어요."

"무슨 소린지 잘 모르겠는데?"

"알지 않아두 좋아요."

"말좀 해 줄 수 없어?"

"나두 잘 모르는 걸요. 어쨌든 돈 때문이 아니란 것만은 틀림없어요."

"금희."

달오는 그미의 이름을 불러 놓고 그녀의 얼굴을 찬찬히 보며

"난 금희가 좋아졌어. 집 한 채를 따루 사 줄게, 나하구 같이 살어."

하고 은근하게 말했다. 그럴 때 안주와 술이 들어왔다. 그미는 술을 따르며

"술이나 마시세요."

하고 달오의 이야기에 흥미를 못 느끼는 듯 말했다. 그는 따라 주는 술을 마시며,

"내 말에 대답을 해 줘야 할 거 아냐?"

하고 대답을 독촉했다.

"그런 이야기는 그만두세요. 나를 자살시키려 하지 말구요."

"자살?"

"자살이지 뭐예요. 좀 열심히 살아 보려는데 왜 꼭 잡아 놓으시려구 하

지?"

"그래?"

그미의 말을 수긍한다는 듯이 그는 누그러진 태도로 술만 마셨다. 한참 동안 술을 마시다가 그는 갑자기 그미를 끌어안고 키스를 하며,

"난 금희 없이 못 살 것 같아."

하고 열을 올렸다.

"그런 말은 한 시간도 못 되어 잊어버릴 수 있을 테니까 걱정 마세요."

"그렇잖아. 나는 돈을 벌어두 아무 즐거움이 없단 말야."

"돈 번다는 것이 즐거움 아녜요?"

"그렇지 않아. 돈을 뭣 땜에 버는지 의심날 때가 많거든."

"어린애두 없으세요?"

"하나 있긴 있어."

"어린애 사랑 안 하세요? 또 찌개를 끓여 놓구 기다리는 부인은?"

"그런 거 생각해 본 일 별루 없어."

"그럼 나를 좋아하다가두 또 그렇게 될 거 아녜요?"

"그렇지 않지. 절대루. 그들은 처음부터 사랑하질 않았으니까."

금희는 잠시 말을 끊었다가

"선생님은 열심히 살구 계시는 줄 알았는데. 그냥 열심히 사세요. 그게 제일 중요하지 않아요?"

"금희를 좋아하는 것두 열심히 살려구 하기 때문야."

"열심히 사는데 대상의 선택이 무슨 필요 있어요. 대상이 있기만 하면 되는 거예요. 선생님에게 나만이 꼭 필요하다는 법이 어디 있어요?"

"치마만 두르면 다 여자구 여자믄 다 좋다는 건가? 그건 말두 안 될 소리야."

"사실이 그런 걸요."

"그러지 말구 내 말을 들어 줘. 나 금희를 행복하게 해 줄 수 있어."

"자살을 하두룩 행복하게요?"

"왜 재수없게 자살소리는 자꾸 해?"

그때 금희는 달오의 턱을 쓸며 자진해서 키스를 했다.

"그저 그렇게 사는 게 좋잖아요?"

그는 여러 가지로 오랫동안 설득을 했지만 그미가 끝내 말을 들어 주지 않았다. 호텔 가는 것만은 승낙했지만.

그는 호텔에서 피곤이 풀릴 새 없이 그미를 괴롭혔다. 그미를 괴롭히는 즐거움을 맛보기 위함이었다. 정말 괴롭혀 주고 싶은 마음이었다. 그 심리를 자신도 알 수 없었다. 그미를 괴롭히며 그는 은행나무 밑에서 빌고 있던 아내의 영상을 용암(溶暗)되어 가는 화면처럼 희미하게 눈앞에 떠올렸다. 그런데 어쩐 일인지 그 영상에게 멍청이라는 말이 나오지 않았다.

금희를 계속 괴롭히고 있을 때 그미가 웃음을 지으며,

"좀 아끼세요. 부인을 위해."

할 때도 그는 그미의 턱을 가볍게 쳤지만 그 말이 그렇게 불쾌하게 들리지 않았다. 그리고 사실 그렇게 해야 할 것처럼 생각하기도 했다.

다음 날 아침 곤히 잠들어 있는데 금희가 흔들어 깨웠다. 빨리 일어나라고 독촉하는 것이었다.

"먼저 가."

그는 혼자서 잠을 더 자다가 갈 생각이었다. 그런데 그미가 웬일인지,

"같이 가요."

하며 못 살게 굴었다. 할 수 없이 옷을 입고 호텔을 나섰을 때 그미가,

"댁에까지 바래다 드리겠어요."

하고 말했다.

"웬일야?"

"그저 그러구 싶어요."

"그럴 필요 없어."

그는 그미와 같이 가는 것이 부담처럼 느꼈다. 그러나 그미는 택시를 잡고 그를 태운 뒤 자기도 올라탔다.

"이왕 가정을 가졌으면 가족들을 사랑하세요. 그것두 열심히 사는 거 아니겠어요?"

"그런 설교 듣구 싶지 않아."

"설교가 아녜요. 그저 하구 싶던 말이라 해 본 거예요."

그미는 그의 집 앞에서 그를 내려놓은 뒤 그냥 가 버렸다.

그는 어쩐지 생소한 곳에 내던져진 듯한 기분이었다. 뜰 안에 들어서자 매일 보던 뜰이건만 남의 집처럼 생소하게 보였다. 그런데 눈길이 은행나무에 이르자 갑자기 자기 집이 틀림없다는 생각을 했다. 현관 안에 들어서자,

"여보!"

하고 아내를 불렀다. 아내가 불안한 태도로 나와 이제 오시느냐고 그의 눈치를 살필 때 그는 전에 없이,

"미안해."

하고 그미의 등을 두들겨 주었다. 그리고는 그미 등에서 잠들어 있는 애기를 보고,

"자는 애를 왜 업구 있어?"

아기를 끌어내리려 했다.

"깨면 칭얼거려요."

아내는 애기를 내려놓으려 하지 않았다. 그는 웬일인지 잠자는 애를 강제로 끌어내려 가슴에 안았다. 젖냄새가 아기 몸에서 풍겼다.

"앞채 사람들이 갑자기는 나갈 수 없대요."

아내가 불안한 얼굴로 바라보며 말했다. 그는 그 말에 대답을 않고

"당신 오늘 새벽에두 은행나무 밑에서 기도를 했수? 도대체 무슨 기도야? 말 좀 해봐."

절대로 신경질이 아닌 말로 물었다. 아내가 대답을 못하고 고개만 숙이자

"당신 기도 틀렸어. 어제 난 사업에 실패했단 말야."

무뚝뚝하기는 했으나 절대로 그미를 비난하는 말투가 아니었다. 그래도 또 대답이 없을 때 그는,

"당신이 멍청이지? 안 그래?"

하고 한 손으로 그미의 어깨를 툭 쳤다.

그러고 난 뒤 자기 방으로 들어가 애기를 눕혔지만 그래도 뒤따라올 생각

164

을 못하는 아내에게,

"멍청이는 멍청이야."

혼자 웃으며 중얼거렸다.

(원)《현대문학》 1971. 3, (출)『신한국문학전집 13, 박영준 선집』 어문각, 1972.

마지막 만난 사람

나는 죽기로 했습니다. 더 오래 살 수도 없는 형편입니다만 죽을 때까지 살겠다고 바둥바둥 하기가 싫기 때문입니다. 편히 쉬면서 병원에서 주는 약을 부지런히 먹으면 좀더 살 수 있으리라고 생각합니다. 그러나 그러기가 싫습니다. 살아야 한다는 이유를 발견할 수 없을 뿐더러 이때까지 산 것만도 많이 살았다는 느낌이니까요. 병과 싸워 이기는 쾌감을 느낄지는 모르지만 그것이 무어 쾌감이랄 수가 있겠습니까? 아무때라도 병에게 패해 죽고 말 것인데 말입니다.

한 열흘 전에 나는 변소에서 졸도를 한 일이 있습니다. 변소에 들어가 앉을 때까지의 기억은 있는데 그 뒤는 어떻게 되었는지 전혀 알지를 못합니다. 얼마가 지났는지도 모릅니다. 눈을 떠 보니 변소 한모퉁이에 내가 쓰러져 있었습니다. 틀림없이 변소였습니다. 왜 변소에 쓰러져 있을까 하고 생각해 보았지만 그 원인을 알 수가 없었습니다. 나는 평소에 혈압이 높습니다. 그래서 혈압관계라고 단정을 하고 일어섰습니다만 나는 변소 속에 빠지지 않은 것을 다행으로 여겼습니다. 생각해 보십시요. 정신을 잃은 채 변소 속에 빠졌다면 거기서 죽었을 것이 분명하지 않겠습니까? 가족이라곤 한 명도 없는 집안이니 건져 줄 사람도 없습니다. 얼마가 지난 뒤 변소 소제부가 왔을 때 내 시체가 처음으로 발견될 것입니다.

관청에 폐를 끼치지 않는다 해도 나를 아는 사람이나 교회의 신자들이 와

166

서 장례를 치러 주겠지요. 그렇지만 그 냄새나는 시체에 손을 대고 싶어할 사람이 누구겠습니까? 죽고 난 뒤까지 남들에게 지저분한 인상을 줄 것이라 생각하니 몸에 소름이 끼쳤습니다.

고혈압 환자는 언제 어디서 쓰러질지 모른다고들 합니다. 행려병자처럼 길에서 쓰러질지도 모릅니다. 길에서 쓰러지면 지나가던 사람들이 구경거리가 생긴 것처럼 들여다들 볼 것입니다. 여자가 치맛자락을 올리고 길가에 쓰러져 사람들의 구경거리가 되어 있는 것을 상상해 보십시오. 죽어서나마 여자가 추한 꼴을 남에게 보일 수가 있겠습니까?

게다가 나는 간장병에도 걸려 있습니다. 몸이 조금만 피곤하면 온몸이 붓습니다. 숨이 가빠 제대로 숨을 쉬지 못합니다. 말하자면 오래 살 수 없는 몸입니다. 그래서 변소에 쓰러진 지 일 주일쯤 지난 뒤 그러니까 사흘 전이지요. 나는 사흘 전부터 음식을 전폐하고 누워 있습니다. 굶어서 죽으려는 것이지요. 어차피 죽을 것을 지저분하지도 않고 남에게 창피한 꼴도 보이지 않게 죽자는 것입니다. 사흘을 굶고 나니 몸이 나른해지면서 어찔어찔합니다. 부엌으로 뛰어나가 물을 떠서 목이라도 축이고 싶습니다. 물이나 마셔가지고야 죽음에 영향이 있겠습니까만 그래도 다만 며칠이나마 연장될지도 모르는 일이라 나는 물도 안 마실 작정입니다.

삼사 일 동안만 참으면 나는 죽을 것입니다. 그새 고통이 없지는 않겠지만 참기 힘든 고통이 없으면 하고 바랄 뿐입니다. 그래서 마음의 혼들림이 없는 가운데서 곱게 죽을 수 있었으면 합니다.

나는 죽음을 앞두고 마음의 혼들림을 별로 받지 않고 있습니다. 보고 싶은 아들과 딸을 불러다가 손목이라도 잡아 보고 싶을 것이라고 남들은 생각할지 모릅니다. 그러나 나는 아들과 딸을 못견디게 보고 싶어하지 않습니다. 확실히 이상한 일입니다. 아무리 생각하지 않으려 한다 해도 그 애들만은 보고 싶어질 것이 아니겠습니까? 내가 낳고 내 젖을 물려 기른 애들입니다. 더구나 그 애들 애비가 내가 싫다고 나간 뒤 오륙 년 동안 나 혼자서 기른 애들입니다. 철이 들어 자기들 애비를 찾아간 뒤부터 근 이십 년 동안 한 번도 만나 본 일이 없기 때문이겠지요. 나는 그렇게 생각합니다. 거리가 멀면 애정도 멀어진다지 않습니까?

그 애들은 근 이십 년 동안 내게 편지 한 장 안 주었습니다. 아마 그 애들 아버지가 못하게 한 것이겠지요. 또 모릅니다. 그 애들까지도 아버지의 말에 교화되어 나를 세상의 악녀라고 생각을 하고 있는지도. 이혼을 한 것도 순전히 내게 책임이 있는 것이라고 그 애들 아버지가 설명했을 것입니다.

설사 내가 세상에 둘도 없는 악녀라고 합시다. 그렇지만 애들에게 나쁘게 해 준 일은 없습니다. 내가 직장에 나가면서 애들을 기를 때 고생이 어떠했겠습니까? 그래도 나는 나중에라도 애들에게 원망을 듣지 않도록 내 있는 힘과 정성을 다해서 길렀던 것입니다. 그런 만큼 설사 내가 그들 아버지에게는 악녀였다 해도 그 애들까지 나를 악녀라고 할 까닭이 없습니다. 그리고 사람이란 어머니에 대한 무조건의 향수가 있는 것이 아닙니까? 속으로는 나를 그리워하고들 있겠지요. 다만 거리가 먼 저 미국에서 살고 있으니, 설사 보고 싶다고 해도 거리감으로 그 그리움이 희박해진 가운데서 살고 있겠지요.

아버지가 나올 생각을 안 하고 있으면 자연 애들도 나올 생각을 못하겠지요. 말하자면 나를 죽을 때까지 만나 볼 수 없는 것이라 생각하고 있을 겁니다. 그러니 그리운 정도 희박해질 것이 사실입니다. 그리고 들으니 그 애들이 모두 미국 사람들과 결혼해서 산답니다. 결혼을 해서 산다면 멀리 있는 에미까지 생각할 틈도 없겠지요.

그렇게 생각되어 그런지 나는 그 애들이 잘 살기만 바랄 뿐 보고 싶어 안달하지를 않습니다. 내게 유산이라도 있다면 그것을 그 애들에게 물려 주고 싶어 유서 같은 편지라도 보낼 것이지만 내게는 내가 살고 있는 조그마한 집 한 채밖에 남길 것이 없습니다. 그것을 처리하기 위해 미국서 온다면 그까짓 거 노비도 안 될 것입니다. 차라리 그것을 내가 다니고 있는 양자 소개소(혼혈아들을 미국에 양자 양녀로 보내는 곳)에 기탁하겠습니다. 아버지가 누군지 어머니가 누군지도 모르는 혼혈아들을 생각해 보십시오. 어머니가 누군지는 몰라도 한국 여자라는 것만은 틀림없는 사실입니다. 한국 여자가 아닌 여자를 어머니로 가진 혼혈아는 우리 나라에선 한 명도 없습니다. 양자로 보내야 할 불우한 애들 가운데 말입니다. 이것은 정말 민족의 비극입니다. 같은 사생아라고 해도 아버지를 한국 사람으로 가지고 태어났다면 그래도 한국을 자기 조국이라 생각하며 살 것입니다. 그러나 가난한 한국의 여자를 어머니로 해서 태어났기 때문에 그들은 자기들 아버지의 나라로 가야 합니다. 아버지의 나라일 뿐 친아버지의 이름도 얼굴도 모르고 살아야 합니다. 그러니 그 애들이 미국엘 간들 미국이 자기들 조국이라 절감할 수가 있겠습니까?

나는 그 애들을 대할 때마다 부모도 조국도 없는 바다의 물고기처럼 생각합니다. 물고기는 의식이 없으니까 불행을 느끼지 않을 터이지만 그 애들은 평생 불행을 느끼며 살 것입니다. 마치 불행을 느끼며 살기 위해 태어났다고나 할까요?

핏덩어리 같은 갓난애들을 데려다가 제 손으로 밥을 먹을 수 있을 때까지 그리고 양부모가 나설 때까지 기르는 것이 우리들의 일입니다. 말도 못하는 어린 것들에게 먹을 것을 주고 기저귀를 갈아 줄 때 나는 그 애들의 육체가 특별하게 조직되어 있는 듯 여간 조심스러워지는 것이 아닙니다. 잘못 다루면 내 손가락이 애들 살 속으로 들어갈 것 같기도 하고 뼈가 문질문질 물러날 것 같기도 한 것입니다. 그래도 방긋방긋 웃는 것을 보면 아무것도 모를 때가 얼마나 행복한 것인가 하는 생각에 눈물이 날 지경입니다. 그런 애들이 임시로 머물러 있는 곳이 양자 소개소지만 그런 애들을 보호하고 기르는 데 내 재산을 바치는 것이 얼마나 보람 있는 일이겠습니까? 보람 있는 일이라 해도 내가 죽은 뒤에까지 그 소개소가 잘 되어 나갈 것인가 하고 걱정할 필요는 없습니다. 물론 잘못되어 나가는 것보다는 잘 되어 나가는 것이 좋겠지만 그 걱정 때문에 더 오래 살아야겠다는 마음까지는 가질 필요가 없습니다.

누구든 그 일을 맡아 할 것이니까요.

그러니까 나는 죽는다고 해도 마음에 걸릴 것이 하나도 없습니다. 나 하나가 죽어 없어지면 그만이라는 생각뿐입니다. 내가 죽어도 세상은 털끝만큼의 변화도 없을 것입니다. 안타까이 슬퍼할 사람도 없습니다. 결국 미련

없이 죽을 수 있다는 것입니다.

그렇다고 해서 마음에 걸리는 것이 하나도 없다고는 할 수 없습니다. 단식을 시작한 다음 날 내가 며칠 뒤에는 틀림없이 죽는다고 생각할 때 문득 슬픔처럼 마음에 걸리는 것이 있었습니다. 그것은 우창표 씨였습니다. 나는 세상 누구에게도 악하게 대하지 않았지만 그에게는 너무나 모질었다는 자책이 들었던 것입니다.

그 사람도 나중에는 딴 여자와 결혼을 해서 아들딸을 낳고 산다는 말을 들었습니다. 그리고 결혼한 뒤 사오 년도 안 되어 가정이 파탄되기 시작한 나인 만큼 그가 나보다는 행복한 생활을 하고 있을 것이라는 생각에 그 동안 그에 대한 죄책감이 나의 가슴을 그렇게 무겁게 해 주지 않았던 것이 사실입니다.

그런데 죽음을 내다보기 시작했을 때 죽었던 그 죄책감이 다시 살아나는 것은 무엇 때문이었을까요? 인간은 후회 없는 마음으로 죽을 수가 없기 때문일까요? 죽음 앞에서는 죄의식이 특히 강해지기 때문일까요? 나는 단식하기 시작한 다음 날부터 계속 그에 대한 생각에 눈을 편히 감고 죽을 것 같지 않은 예감을 느끼고 있습니다.

우창표 씨는 나를 좋아했습니다. 나도 그가 싫지 않았으니까 자주 만났던 것이겠지요. 그는 내가 근무하고 있던 잡지사 기자로 있었습니다. 시를 쓰는 유망주였어요. 그가 있었기 때문에 나의 기자생활이 즐거웠던 것이라 생각했습니다. 사무실 안에서 그를 대하는 것도 즐거웠지만 우리는 퇴근 후에도 다방에서 차를 나누며 긴 이야기를 했던 것입니다.

그러나 어머니로부터 결혼 권유가 있을 때 나는 어머니에게 우창표 씨를 내세우지 못했습니다. 그것은 잡지기자 생활을 하는 동안 문학이라든가 문화계에 종사하는 남자들이 대부분 생활에 등한하다는 것을 알았기 때문이었습니다. 게다가 생활에는 무능하다는 것도 알았습니다. 그런 무능한 남자와 결혼한다는 것이 절대로 현명하지 않은 일이라 생각했기 때문에 나는 어머니가 권유하는 남자와 결혼할 것을 승낙했습니다. 그리고 우창표 씨에게 지나가는 말처럼 그 이야기를 했습니다.

나는 내 말에 대한 그의 반응이 그러리라고는 정말 생각 못했습니다. 조금 좋아하기는 했지만 내가 그런 말을 했을 때, 그래요? 축하합니다, 하고 아무런 충격도 보이지 않고 그냥 넘겨 버릴 줄만 알았던 것이지요. 그러기에 나도 가벼운 마음으로 남의 이야기처럼 말했던 것이 아니겠어요?

그런데 그는 그 말을 듣자 사람이 많은 다방인데도 눈물을 뚝뚝 흘렸습니다. 나는 이야기한 것을 후회했습니다. 또 그의 눈물이 남보기에 창피스럽기도 했습니다. 저런 남자가 다 있담? 하고 혼자 불만스럽게도 생각했습니다.

그러나 내게 약점이 있었기 때문에,

"뭘 그러세요? 아무것도 아닌 사이였는데……."

도리어 내가 의외라는 듯 말하며 내 약점을 감추려 했습니다.

그때 그는 나를 쳐다보지도 못하면서 물었습니다.

"이미 언약이 됐습니까?"

"네."

"언약을 하기 전에 나와 왜 한 마디의 의논도 없었나요?"

"의논할 의무가 어디 있어요?"

나는 끝까지 냉정을 가장했습니다. 그랬더니 그는 알았다는 말 한 마디도 않고 다방을 나가 버렸습니다.

나는 조금 미안했습니다. 우리는 사랑한다는 말을 한 번도 입 밖에 내 본 일이 없었습니다. 그리고 손을 잡아 본 일도 없었습니다. 그렇지만 서로가 친했던 것만은 사실이었습니다. 친하다는 것보다 한 걸음 나아간 감정 속에서 좋아한 것도 사실이었습니다.

어느 해 크리스마스였습니다. 크리스마스니까 같이 즐기자는 약속은 없었지만 우리는 이름 있는 날 만난다는 어떤 의미를 속으로 음미하며 만났던 것입니다. 그 날 밤 나는 그에게 선물을 사 가지고 가서 주었습니다. 가죽혁대였습니다. 가죽혁대는 오래오래 쓸 것이다, 그 혁대를 쓰는 동안 그는 나를 생각할 것이다, 이런 계산을 하며 혁대를 골랐던 것입니다. 그도 나에게 선물을 주었습니다. 그것은 빨간색의 외국제 만년필이었습니다. 그이도 나와 같은 계산을 하며 만년필을 샀을 것이라 생각했습니다. 그러나 우리는 다같이 선물의 의미에 대해 한 마디도 말하지 않았습니다.

만약 그가 적극적이고 또 춤 같은 것을 출 줄 아는 사람이었다면 우리는 그 날 밤 카바레 같은 데 가서 춤을 추었을 것이고 좋아하던 감정이 사랑으로 돌입했을 것입니다. 그러나 그는 어느 편이냐 하면 내성적인데다가 도락에 빠질 수 없는 성격의 소유자였습니다. 혁대를 받고 고맙다는 말은 했지만 그 이상 고마운 마음을 표현하지도 못했으니까요. 사무실에서 혁대에 손을 대고 일부러 포즈를 지어 내게 보여 준 때가 있지만 그러면서도 혁대를 오래오래 쓰겠다는 말을 해 본 일이 없었습니다.

한 번은 사무실로 어떤 여자가 그이를 찾아왔습니다. 처음 나는 가슴이 내려앉는 듯한 느낌이었습니다. 그러나 자기 책상 옆에 의자를 갖다 놓고 거기 그 여자를 앉힌 뒤 서로 주고받는 이야기로 그들이 친척관계라는 것을 알게 했습니다. 그 여자를 다방 같은 데 데리고 가지 않고 내 맞은편 자리에 앉힌 것부터가 자기들의 관계를 나에게 자연스럽게 알리려 한 의도라는 것이 짐작되었습니다. 그러나 그 날 오후 나는 그에게,

"오늘 왔던 여자 아름답던데요."

하고 질투가 섞인 어조로 말했습니다.

"내 이종사촌입니다."

그는 의심받을 아무것도 없다는 듯 담담하게 대답했지만

"어쨌든 어울려 보이던데요."

나는 그래도 질투의 감정이 팽팽한 것처럼 보였습니다. 그것은 그의 말을 믿지 못해서가 아니라 평소 소극적이기만 한 그의 성격에 도전해 보는 태도였습니다. 그러자 그는 그 여자의 집안사정을 설명하며 이종사촌이 틀림없다는 것을 열심히 보여 주었습니다. 그때 나는 이종사촌이면 어때요? 친사촌끼리도 사랑하려면 할 텐데 하고 억지의 말이 하고 싶었지만 참았습니다. 도리어 내 인격이 의심될 것 같았기 때문이었습니다. 그래서,

"너무 예뻐서 한 번 그래 본 거예요. 언제 한 번 소개해 주세요."

하고 정말 아무렇게도 생각지 않는 것처럼 말했습니다.

그 뒤 그는 정말 그 여자를 내게 소개해 주었습니다. 아무것도 아닌 것을

진지하게 생각하여 내가 무책임하게 한 말까지 잊지 않고 있는 그가 우스울 정도였습니다. 내가 그 여자에게 무슨 흥미가 있었겠습니까? 소개를 받았을 뿐 그 뒤로는 한 번도 만난 일이 없었습니다.

이런 일들이 생각나서 나는 내가 나쁜 여자가 아닌가 하는 반성까지 해 보았습니다. 그가 눈물을 흘리던 것으로 보아 두고두고 괴로워할 것이 분명 했습니다. 내가 그 사람의 괴로움을 만들어 주었다는 죄책감을 느끼지 않을 수 없었습니다.

그러나 어떻게 하겠습니까? 나는 어머니에게 승낙을 했고 어머니는 내 남편이 될 그 사람 집안에 통고한 때였으니까요. 좀더 양심적으로 말한다면 언약을 깨뜨릴 수 없다는 내 인격과 의리를 핑계로 해서 우창표 씨를 잊으려 했던 것입니다.

그 뒤 나는 어머니가 소개한 남자와 교제를 시작했습니다. 역시 우창표 씨보다는 남편으로 적당한 사람이라 생각했습니다. 그러고 있을 때 하루는 우창표 씨가 만나자고 했습니다. 나는 만날 필요가 없다고 생각했지만 만나도 무방하다는 생각에 만났습니다. 사실은 그를 만난다고 해서 내가 어떤 충격도 받지 않으리란 자신이 있었습니다. 그만큼 그를 깔보았던 것입니다.

그는 나를 만나자 이제라도 그쪽을 버리고 자기와 결혼해 줄 수 없느냐고 물었습니다.

"그런 말을 할 수 있는 용기가 어디서 생겼지요?"

왜 좀더 일찍 그런 용기를 발휘하지 못했느냐는 불평이었습니다. 그는 내 말에는 대답을 않고 딴 이야기를 했습니다.

"말라 죽을 것 같습니다. 피가 마르는 소리가 귀에 들리는 것 같습니다."

이 말이 내 마음을 아프게 했습니다. 그러나 아파하는 표정도 보일 수가 없었습니다.

"그런 말을 오랫동안 기다렸습니다. 그렇지만 지금은 때가 늦었습니다. 늦은 것을 어떡합니까?"

"아직 결혼식은 안 했으니까 순화 씨 마음에 달린 일이 아닙니까?"

"내 마음으로도 어떻게 할 수가 없게 됐어요. 서로 잊는 것밖에 딴 도리가 없을 거예요."

그 뒤부터 그는 말을 잊은 사람처럼 묵묵히 있었습니다. 나도 그 이상 더 할 말이 없어서 돌아오고 말았지요.

며칠이 지난 뒤 그가 풀칠을 단단히 한 봉투를 내 책상 위에 놔 두었습니다. 그 속에는 최후로 자기를 사랑했다는 말을 한 마디만 해 달라는 편지가 들어 있었습니다. 나는 그 말 한 마디를 써서 그에게 회답을 하려고 생각했습니다. 그러나 그 말 한 마디를 써서 봉투에까지 넣었지만 끝내 전하지를 못했습니다. 이미 딴 남자와 결혼하기로 한 내가 어찌 그런 일을 할 수 있겠습니까? 물적 증거로 남을 그 편지가 후에 어떤 화를 일으키리라는 생각보다도 내 마음이 허락지 않았던 것입니다. 남편 될 사람에 대한 의리감 때문이었습니다. 그 봉투를 핸드백 속에 넣고 다니다가 그만 찢어 버리고 말았습니다. 우창표 씨는 초조한 태도를 보였습니다. 일을 하다가 좀 물어 볼 일이 있어서 그를 부른 일이 있었습니다. 그때 그가 놀란 표정으로 무엇인가를 기대하는 듯한 눈초리로 나를 볼 때 나는 아무 일도 아니란 듯 고개를 숙여 버렸습니다.

내가 약혼이 결정된 뒤 곧 사표를 제출한 것은 사무실에서 그와 얼굴을 대하기가 곤란했기 때문이었습니다. 그 뒤 우리는 한 번도 만나 이야기한 일이 없습니다. 내 결혼식 때 그가 식장에 온 것을 보았고 내가 첫애를 낳은 지 일 년 뒤인 어떤 날 거리에서 우연히 만난 것이 전부였으니까요.

그것뿐이었습니다. 그런데 나는 그에게 악녀였다는 마음에서 괴로워하고 있습니다. 내 남편이 나보고 악녀라 했지만 나는 내 남편에게 악녀 노릇을 한 기억은 없습니다. 다만 우창표 씨에게는 내가 악녀였다고 스스로 인정하고 싶은 마음입니다. 사랑했다는 말 한 마디를 해 달라고 한 그에게 그 말 한 마디를 못해 줄 것이 무엇이었겠습니까? 나중에 들으니 그는 어떤 대학의 교수가 되어 작품도 쓰고 강의도 하면서 학교와 문단에 지반을 잡고 있다고 했습니다. 늦게나마 결혼도 해서 다복하게 산다고 합니다.

그가 나보다 두 살 위였으니까 지금 쉰일곱이겠군요. 손자를 볼 나이가 되었으니 젊었을 때의 일에 아직 미련을 가지고 있지는 않을 것입니다. 그런데도 나는 아직 그의 첫 시집 서시(序詩)의 첫 구절을 잊지 못하고 있습니다.

'K야, 너는 갔지
나에게 슬픈 시를 잉태하게 하고……'

나는 그가 최근에 쓴 시를 읽지 못했습니다만 그의 시 전부가 슬픔의 시가 아닐까 생각합니다.

조금 전 내가 다니고 있는 교회에서 전도부인과 권사 몇 명이 방문해 왔습니다. 그들은 내게 무슨 병이냐, 병원에 갔었느냐는 등 여러 가지를 물었습니다. 나는 적당히 대답을 했으며 며칠 안 있어 일어날 테니 걱정들 말라고 안심시켰습니다. 내가 죽으려고 단식하고 있다는 것을 상상이라도 하는 이는 한 사람도 없었습니다.

"빨리 나으셔야겠는데요."

돌봐 주는 사람도 없는 나를 불쌍히 여겨서 하는 말이었겠지요. 어떤 여자는 눈물을 글썽이기까지 했습니다. 사실 불쌍하게 보일 것입니다. 걱정해 주는 사람 그리고 돌봐 주는 사람 하나 없는 환자니까요. 그러나 나는 내가 불쌍하다고는 생각지 않습니다. 넓은 바다에 혼자 떠내려가는 나뭇잎 같은 존재라 해도 불쌍할 것이 없다고 생각했습니다. 여자로서 맛볼 것을 다 맛보았고 겪을 것을 다 겪었으며 살 만한 나이까지 산 것이 아니겠습니까? 미흡한 것도 한되는 일도 그리고 미련이 남는 일도 없습니다.

한되는 일이 있다면 죽을 때까지 남편의 사랑을 받지 못했다는 것과 자식들을 거느리고 살지 못했다는 것뿐일 것입니다. 여자로서 그보다 더한 한이 있겠습니까만 나는 그것을 한으로 생각하기에는 너무나 긴 공백 기간을 가졌던 것입니다. 그리고 한이란 것이 자기의 힘과 정성이 받아들여지지 않을 때 느끼는 감정이라면 나는 한을 느낄 이유조차 갖고 있지 않은 여자입니다. 나는 내 정성과 힘을 다 바쳤지만 내 남편이 그것을 받아들일 사람이 아니라고 생각하니까요. 막연한 생각이 아니었습니다. 미련을 가진 단념도 아니었습니다. 그 사람에 대해 전지자 같은 통찰력으로 그가 다시 돌아오지 않을 사람임을 확신했던 것입니다.

그 사람이 나를 싫어한 것은 오직 여자 문제 때문이었습니다. 그는 나와 결혼하기 전부터 엽색(獵色) 행각을 했습니다. 그것을 전혀 모르고 결혼했던 내가 잘못이었겠지요. 어쨌든 결혼한 지 며칠도 안 되어 그는 엽색 행각을 다시 시작했습니다. 그것을 알자 나는 기를 써서 그것을 막으려 했습니다. 그것만이 나의 절대적인 의무라고 생각했으니까요. 그의 뒤를 붙어 따라다니는 방법도 썼고 외출을 못하게 옷을 내주지 않는 방법도 썼습니다. 때로는 주머니 속의 돈을 꺼내서 부자유롭게 하기도 했습니다. 심지어는 그가 잠들었을 때 면도로 그의 한쪽 눈썹을 밀어 버리기도 했습니다. 그러자니 싸움이 그칠 새가 없었을 것은 사실입니다. 매도 많이 맞았습니다. 그러나 나는 남편이 나 아닌 딴 여자와 관계하는 것을 용서할 수 없었습니다. 그보다 더한 것도 용서할 수 있을 것 같았습니다. 그러나 그것만은 죽어도 용서할 수 없다고 생각했습니다. 그것은 나의 결백성이었습니다. 나의 고집이었습니다. 그가 나를 매로만 다스리려고 할 때 나는 매로서 대항하기까지 했습니다. 힘이야 물론 약하지요. 그러나 열 번 맞고 한 번 때릴 생각을 가지면 남자에게 얼마든지 상처를 줄 수가 있습니다. 그래서 그의 얼굴에 퍼런 멍이 들게 한 때도 있었습니다만 어쨌든 그 문제에 한해서만은 조금도 양보를 안 했습니다. 내 방해로 여자에게 체면이 서지 못하게 된 것입니다. 분했겠지요. 그는 자유를 잃었다는 말을 가장 많이 썼습니다. 나중에는 자유를 빼앗은 여자와 같이 살 수 없다는 말을 했습니다. 나는 그의 자유라는 것에 대해 실랑이도 했습니다만 그는 내 말을 들을 리가 없었습니다. 인간에게 가장 중요한 자유를 뺏기고는 살 수 없다고 집을 나갔습니다. 그것이 둘째 애를 낳은 뒤니까 결혼한 지 오 년째 되는 해였습니다. 그는 집을 나갔습니다. 딴 데다 집을 얻고 거기서 묘령의 처녀와 동거생활을 했습니다. 나는 그 집을 찾아 내고야 말았습니다. 그리고는 그 처녀에게 욕을 보이고 남편을 집으로 끌고 왔습니다. 또 외출을 못하도록 갖은 방법을 다했습니다. 그러나 쇠고랑을 채우지 못하는 이상 그를 완전히 감금할 수는 없었습니다. 몇 달이 안 가서 또 집을 나가 돌아오지를 않았습니다. 여자를 홀리는 데는 천재적 기질이 있는 모양이었습니다. 또 한 번 나는 그를 집으로 끌고 왔습니다.

그러나 세 번째는 내 손이 닿을 수 없는 미국으로 떠났습니다. 그곳까지야 따라갈 수도 없었지만 나는 따라가야 소용이 없다고 생각했습니다.

그 뒤 나는 십 년을 기다렸습니다. 남자란 외도를 하다가도 나이가 들면 본처에게 돌아온다는 말을 믿었던 것입니다. 그러나 돌아온 것은 남편이 아니라 이혼장이었습니다. 십 년 동안 별거생활을 했다는 것을 이유로 이혼소송을 제기한 그가 법적으로 승소했던 것입니다. 이혼을 하자 그는 애들까지 보내라고 했습니다. 애들은 장성함에 따라 무능한 어머니를 버리고 아버지를 따라가게 마련이라는 사람들의 말을 믿고 나는 애들을 다 보내 버렸습니다.

그런 뒤 십오 년 동안 나는 혼자서 살아 왔습니다. 미련을 가지려야 가질 수 없는 일이 아니었겠습니까? 나는 아무 욕심도 없이 혼자 깨끗이 살다가 깨끗이 죽을 생각뿐이었습니다. 욕심이 없으니 창창대하의 나뭇잎처럼 혼자 흘러내려가는 것 같으면서도 겁이 없었습니다. 슬픔도 없었습니다. 고독도 느끼지 않았습니다. 남들이 나를 불쌍히 생각해도 나는 아무렇지가 않았습니다.

교회에서 온 분들이 내 건강이 빨리 회복되고 내 마음에 평화가 깃들게 해 달라고 기도를 해 주었습니다. 그 기도를 듣는 동안 나는 내 마음에 평화가 깃들게 하려면 우창표 씨에 대한 죄의식을 없애는 것밖에 없다고 생각했습니다. 지금 내 마음에 걸리는 것은 오직 그 일뿐이니까요.

'나는 당신을 사랑했습니다.'

우창표 씨를 만나 이 말 한 마디만 한다면! 그러면 나는 정말 평화스럽도록 편안한 마음으로 눈을 감을 것 같습니다. 그러나 나는 그 말 한 마디를 끝내 못하고 죽을 것 같습니다.

'창표 씨!'

나는 그의 이름을 마음 속으로 불러 보았습니다. 당신이 내 앞에만 있다면 그때 당신이 듣고 싶어하던 그 말을 해 드리겠습니다. 그 말을 듣기 위해 내 옆에 와 주실 수는 없습니까?

나는 지금 내 옆에 있는 교회 신도들에게 부탁하고 싶었습니다. 그가 다니는 학교를 알고 있으니까 연락만 하면 와 줄지도 모릅니다.

나는 죽어서 천당에 가기보다 죽기 전에 우창표 씨를 만나야 합니다. 그를 좀 불러다 주십시오. 그러나 내 입은 열리지가 않았습니다. 그것을 부탁하면 그분들이 나를 의심하는 눈으로 볼 것이 무서웠습니다. 아무것도 모르면서 내가 어떤 남자와 부정의 관계를 맺고 있는 것처럼 생각할 것입니다. 옛날로 돌아가 이혼하던 때부터 오늘까지 부정의 관계가 계속되고 있는 것이라 생각할 것입니다. 싫었습니다. 의혹을 세상에 남기고 죽는다는 것이 얼마나 불결한 일입니까?

나는 우창표 씨 때문에 천당에도 갈 수 없게 되었구나 하는 생각이 들었습니다. 그런 생각이 들었는데도 교인들에게 그를 불러 달라는 말을 못했습니다. 사실 나는 교회에 나가기는 하고 있었지만 천당에 가기 위해 예수를 믿은 것은 아닙니다. 너무나 외로워서 나를 알아 주는 분이 한 분이라도 있었으면 하는 마음으로 교회에 나갔을 뿐이었습니다. 내 마음의 힘이 될 분을 하나님으로 택했던 것입니다. 그분밖에 내 친구가 될 분이 없다고 생각했던 것입니다. 교회에 나가기 시작한 뒤 내 마음이 한결 든든해졌습니다. 그때는 정말 살기가 싫어서 죽고 싶기만 했었으니까요. 그러면서도 나는 천당에 가고 싶은 욕망은 없었습니다. 지금까지 쭉 그래 왔습니다. 내가 악한 짓을 안 하면 천당에 갈 수가 있겠지요. 그래도 하나님이 천당에 보내 주시지 않는다면 할 수 없는 일입니다. 천당이 있어도 그만, 없어도 그만, 천당에 보내 줘도 그만, 안 보내 줘도 그만입니다. 하나님에게 친구가 되어 달라는 욕망 이외에 또 그런 욕망까지 가진 것이 죄스러운 일 같기도 했습니다. 천당이 있으면 거기 갈 수 있도록 나쁜 일만 안 할 작정이었던 것입니다.

내가 죽으면 더 많은 교인들이 와서 나의 영혼이 천당에 가게 해 달라고 기도를 드릴 것입니다. 고마운 일이기도 하지만 기도를 드린다고 그런 소원이 이루어지겠습니까? 나는 기도의 힘으로 천당에 가고 싶지도 않습니다. 이때까지 살아 온 내 일생이 벌써 그런 것을 결정지었을 테니까요. 그러나 천당에 갈 수가 있는데도 창표 씨 일 하나만으로 가지 못하게 된다면 어떻게 할까요? 천당에 못 갈 것이 겁나서는 아닙니다. 저 세상에 가서도 그것 때문에 관문에서 통과되지 않을 때 나는 어떻게 해야 합니까?

창표 씨! 내게로 와 주실 수는 없습니까? 아무 말씀 없이 와 주기만 하십시오. 그러면 내가 진심으로 사랑했다는 그 말을 해 드리겠습니다. 그 말만 하고 나면 나는 지옥에 가도 무방할 것 같습니다.

교인들이 몸조리를 잘하라고 하면서 돌아갔습니다. 참으로 우스운 말이었지만 나는 웃지 않고 그러겠다고 대답을 했습니다. 그들이 돌아가자 나는 대문을 잠그러 뜰로 나갔습니다. 머리가 띵하고 다리가 휘청거렸지만 조심조심 발을 옮기며 걸었습니다. 나는 단식을 시작할 때 대문을 열어 놓았던 것입니다. 그것은 내가 죽은 뒤 사람들이 와서 장례라도 치러 주기를 바라는 마음에서였습니다. 그래서 교인들이 잠겨져 있지 않은 대문을 열고 들어왔던 것입니다. 그러나 교인들이 돌아가자 내가 근무하고 있는 양자 소개소에서도 사람들이 찾아올 것이란 생각이 들었던 것입니다. 내가 죽기 전에 사람을 다시 만나고 싶지 않았습니다. 누구든 나를 보면 빨리 의사를 불러 와야겠다고 말할 것이며 또 나를 위로하려 할 것입니다. 모두가 무의미한 일입니다. 나는 빗장을 잠겄습니다. 그리고 눈을 들어 내 방을 바라보았습니다. 십 미터 거리밖에 안 되는 그곳이 아득하게 멀어 보였습니다. 거기까지 어떻게 가나? 가다가 죽는 것이나 아닐까? 이제 들어가면 영영 다시 나와 볼 수 없는 뜰.

나는 대문을 다시 열고 바깥 세상을 마지막으로 내다보고 싶었습니다. 한 번만이라도 마지막으로 내다보고 싶었습니다. 한 번만이라도 보아 두고 죽는 것이 후회가 안 될 것 같았습니다. 그러나 나는 빗장을 열지 않았습니다. 보면 무엇합니까? 또 볼 것이 무엇이겠습니까?

나는 걷기를 시작했습니다. 한 발자국씩 조심스럽게 떼어 옮겼습니다. 그러나 곧 쓰러지는 것만 같아 한 걸음도 못 가 서 버렸습니다. 정신을 바짝 차리고 발에 힘을 주어 반 걸음쯤 발을 옮겼습니다. 그러나 두 걸음을 계속하지 못했습니다. 십 미터의 거리를 이십 분도 더 걸려 걸었습니다. 그래도 끝까지 걸은 것이 다행이었습니다. 내 방으로 들어가 누웠을 때 저절로 "안녕!" 하고 말이 나왔습니다. 세상과 하직하는 인사였습니다. 그 인사만 끝나면 저녁 노을 속에 반쯤 자취를 감추고 있는 바다 저쪽의 태양이 슬그머니 바다 속으로 숨듯 이 세상이 내 시야에서 사라질 것 같았습니다. 그러면 세상이 어둠 속에 잠겨 버리고 보이는 것이 하나도 없게 될 것입니다. 무(無). 무가 있을 뿐일 것입니다.

나는 잠이 들었습니다. 잠을 잤는지 기운이 탈진해서 정신을 차리지 못했는지 알 수 없는 일이었습니다. 아주 잠들어 버리는 줄 알았는데 다시 눈을 떴습니다. 몇 시간 만인지 며칠 만인지도 모릅니다. 목이 타서 눈을 떴다고 생각됩니다. 내 육체는 아직 살아 있었던 모양입니다. 그리고 앞으로도 살고 싶은 모양입니다. 그래서 물을 요구하고 있는 것이었습니다. 왜 육체와 정신은 하나일 수가 없는지 모릅니다. 내 정신은 이미 죽은 것이나 다름없는데 육체는 살려고 바둥바둥 하고 있으니 말입니다. 정말 견디기가 힘들게 목이 타 옵니다. 육체가 살고 싶어하는 마지막 요동이겠지요. 그리고 끝내는 내 정신에 굴복하고야 말 것입니다. 나는 물을 마시지 않을 것입니다.

정신이 가물가물합니다. 나는 잠을 얼마나 오래 잤는지도 모릅니다. 단식을 한 지 며칠 째인지도 이제는 기억할 수가 없습니다. 멀지 않아 죽을 것이란 의식이 아직 조금 남아 있습니다. 눈앞에 조금 남아 있습니다. 눈앞에 보이는 것들이 모두 선명치가 않습니다. 짙은 안개를 통해 보이는 것 같기만 합니다.

그런데 웬일입니까? 갑자기 남편의 얼굴이 선명하게 눈앞에 보입니다. 그리고,

"여보! 미안하오."

하는 목소리가 분명하게 들려 옵니다. 그를 생각하는 일이 없이 죽으려고 했고 또 그러리라 믿었던 나입니다. 그러던 그가 눈앞에 나타나 미안하다는 말을 할 때 나는 뱀을 본 듯 놀랐습니다. 그러나 내 기억 속에는 화를 내고 나를 때리던 때의 그이 모습밖에 남아 있지 않는데, 미안하다면서 선량한 표정을 지을 때 나는 나도 모르게 웃어 버리고 말았습니다.

"나는 세상에서 내게 가장 정성스럽게 대해 준 사람이 당신 하나밖에 없다는 것을 요즘에 와서야 느꼈소. 그러나 나는 당신의 정성을 받아들일 정

신적 바탕이 되어 있지 못했던 것 같소. 육십이 가까워 오면서 그런 바탕이 겨우 생긴 것 같지만 이미 때가 늦은 것 같소. 그저 부탁하고 싶은 것은 이제 당신의 진실을 알았다는 나를 믿어 달라는 것이오. 용서를 빌 체면은 없소. 그러나 죽음을 앞둔 지금 당신이 미움의 감정을 가진 채 눈을 감을까 해서 찾아온 것이오. 미움의 감정만은 세상에 남기지 말고 가시오."

이런 말을 하고 있는 동안 나는 그의 얼굴을 유심히 바라보았습니다. 쪼글쪼글 다 늙은 얼굴에 회한의 빛이 들고 있었습니다.

"아무도 미워하지 않아요."

나는 그의 손을 잡아 주었습니다. 그랬더니 그는 아무 말도 없이 사라지고 말았습니다. 그리고는 나는 그를 정말 미워했던가 하고 생각해 보았습니다. 미워한 것 같지는 않은데 앞으로도 미워해서는 안 된다는 생각이 들었습니다.

나는 그가 여자관계가 있을 때 그 문제에 한해서는 기승을 떨었습니다. 그를 못 살게 굴었습니다. 그러면서도 나는 끔찍하게 그를 위해 정성을 다했습니다. 늦게 들어와도 열두 시 안에 먼저 잔 일이 없었습니다. 늦게라도 돌아오면 발을 씻어 주고 자리에 들게 했습니다. 술이 취해 정신이 없을 때는 양즙을 만들어 두었다가 국물을 먹였습니다. 아침에 인삼을 끓여 삼물을 권했습니다. 구청이나 동사무소에 일이 있을 때는 그를 보내지 않고 내가 갔습니다. 어디 몸이 불편하다고 할 때는 그가 꼭 죽을 것만 같은 생각에 정신없이 병원엘 쫓아다녔습니다. 여자관계로 내 속을 그렇게 썩혀도 집에 있기만 하면 나는 미운 생각을 다 잊고 내 정성을 다했던 것입니다. 양복은 물론 내의, 양말, 손수건까지 최고로 골라다 바쳤습니다. 그가 미국으로 도망갈 때까지 정말 나는 그를 위하는 마음에 조금도 인색하지 않았습니다. 진심으로 내 마음을 바쳤던 것입니다. 그 뒤 이혼소송을 할 때 그가 미웠습니다. 원망도 했습니다. 그러나 세월이 감에 따라 나는 미움보다도 그에게 바쳤던 내 진심을 귀하게 생각했습니다. 내가 할 일은 다했다는 마음뿐이었습니다. 미움의 찌꺼기가 마음 한구석에 남아 있었을지도 모르지요. 정말 세상에 미움이란 감정을 남기지 않고 갈 것 같습니다.

"순화 씨!"

멀리서 나를 부르는 목소리가 들렸습니다. 방금 왔다 간 남편의 목소리는 아니었습니다. 누굴까? 귀를 기울였습니다. 틀림없이 우창표 씨의 목소리였습니다. 내가 하고 싶은 단 한 마디의 말을 하게 하려고 찾아온 것 같습니다.

나는 그에게 빨리 들어오라고 말하려 했지만 입이 벌려지지 않았고 목소리도 나오지 않았습니다. 아무리 안간힘을 써도 입이 떨어지지가 않습니다. 어서 오라고 손짓을 하려 했으나 손도 말을 듣지 않고 움직이지를 못합니다.

그는 대문 밖에 서 있는 것입니다. 대문을 흔들어 봤겠지만 안으로 잠겨 있으니 열고 들어올 수가 없겠지요. 나는 나가서 대문을 열어 줘야 한다고 생각했습니다. 그러나 몸이 일어서지를 못합니다. 일어나 앉을 수도 없습니다. 나는 있는 힘을 다해 엎드린 채 기기를 시작했습니다. 희미한 빛이 내 안광을 채웠지만 무엇이 무엇인지 분간할 시력을 잃고 있습니다. 손어림으로 방문을 겨우 나갔습니다. 밤낮 드나들던 곳이라 대문의 방향은 짐작이 가는데 툇돌이 어디쯤서 끝나는지 생각나지 않았습니다. 손으로 더듬으며 툇돌을 기어 내려가는데 힘이 없는 팔이라 자꾸만 딴 데를 더듬었습니다. 이러다가는 툇돌 밑으로 떨어지는 것이 아닌가 생각했지만 그래도 손은 자꾸만 미끄러졌습니다. 그러다가 쾅하는 소리가 들렸습니다. 내 몸이 굴러떨어지는 소리였습니다. 어디가 아픈지도 몰랐습니다. 감각까지 잃은 모양입니다. 어디서 피가 나고 있을지도 모릅니다. 그러나 나는 그런 것을 살필 생각도 안 했습니다. 창표 씨가 기다리기 지루할 것만을 생각하고 나는 다시 기기 시작했습니다. 넓지도 않은 뜰입니다. 그러나 대문까지가 왜 이렇게 멉니까? 한 번 두 손을 땅바닥에 대고 몸을 끌어 옮기면 다음 동작을 하기까지 얼마를 쉬어야 합니다. 쉬는 것은 아닙니다. 빨리 가야 한다고 생각하면서도 몸이 말을 들어 주지 않는 것입니다. 휴식 아닌 정지입니다. 죽도록 피곤한 몸을 질질 끌며 물 있는 데로 기어가는 물개를 생각해 보십시오. 모래 위를 겨우겨우 기어가는 물개는 힘이 진해 그 자리에서 쓰러져 죽고 싶을 것입니다. 그러나 물 있는 데까지만 가면 살 수 있다는 희망으로 씨근거리면서 물고기 지느러미 같은 발을 파닥이는 것입니다. 그는 체중이 너무 무거운 것을 한탄할 것입니다.

몇 시간이 걸렸는지 모릅니다. 나는 대문이 있는 데까지 기어갔습니다. 그 동안 옷은 무엇이 되었겠습니까? 내가 이 세상에서 마지막으로 만나는 사람에게 보일 꼴이 이래서 될 것입니까? 그러나 나는 그런 생각도 할 수 없었습니다. 대문을 더듬었습니다. 틀림없이 대문이란 생각이 들었습니다. 나는 때문에 손을 대고 일어서려 했습니다. 그러나 일어서지지가 않았습니다. 몸이 땅 속으로 잦아들기만 했습니다.

'창표 씨!'

바로 대문 밖에 그는 서 있을 것입니다. 그러나 목소리가 입 밖으로 나오지를 않습니다. 나는 대문을 소리가 나도록 두들겨 봤습니다. 그러면 그가 알고 내 이름을 부를 것이 아니겠습니까? 그런데 손이 대문에 닿기는 닿는데 소리를 내지 못합니다. 나는 이제 어떻게도 할 수가 없습니다. 대문을 사이에 두고라도 나는 내가 하고 싶은 말, 해야 할 말을 하리라 생각했습니다.

'나는 당신을 사랑했습니다.'

그 말이라고 소리를 내어 입 밖으로 나갈 수는 없었습니다. 아무리 힘을 다해서 입을 벌리고 소리를 내려 했지만 소리가 되어 나오지 않습니다.

나는 마음 속으로 그 말을 되풀이했습니다. 그것으로 나는 내가 하고 싶은 단 하나의 그 마지막 말을 했다는 마음이 들었습니다. 동시에 이제는 세상에 남길 말이 하나도 없게 되었다고 생각했습니다. 그리고 이제는 천당에 갈 수 있게 되었다는 마음이 들었습니다. 평화스럽게 눈을 감을 수 있다고도 생각했습니다.

"아 ─ ."

긴 한숨과 더불어 쳐들고 있던 머리를 땅바닥에 떨어뜨렸습니다. 몸 전체가 땅과 합일(合─)했을 것입니다.

(원) 《월간문학 30》 1971. 4.

겨울 등산

1968년 겨울이었다. 방학 때라 시급히 할 일도 없었지만 일 년이 또 다가고 있다는 생각에 어딘가 훌쩍 여행이라도 떠났으면 하는 충동을 느꼈다. 그렇다고 해서 온천 같은 데 가서 목욕이나 하며 무위로 시간을 보내기는 싫었다.

어디든 가기는 가야겠는데 갈 곳을 정하지 못해 답답하게 지내고 있을 때 같은 대학교의 C교수로부터 전화가 왔다. 겨울방학 동안의 계획이 있느냐는 것이었다. 나는 솔직하게 답답한 내 심경을 토로했다. 그랬더니 무주 구천동에 갈 생각이 없느냐고 물었다. 반가운 말이었다.

C교수가 몇 해 전에 구천동에다가 조그마한 별장을 지었다는 말은 벌써부터 듣고 있는 터였다. 그리고 작년에는 자가용까지 사서 틈틈이 그곳엘 갔다 온다는 말을 듣고 있다. 그래서 농담삼아 나도 한 번 데리고 가 달란 말을 한 적이 있었던 것이지만 C교수가 이렇게 자청해서 나를 그리로 초대한다니 귀가 솔깃하지 않을 수 없었다.

"언제 가시는데요?"

"선생님이 좋으신 때루 정하시죠."

"선생님이 볼일 있어 가시는 게 아닙니까?"

"방학 때니 한 번 가야기는 하겠지만 급한 일은 없습니다."

그러니까 C교수는 자기의 볼일이 위주가 아니라 나를 초대하는 것이 목

적인 모양이었다. 그러나 그것을 밝히면 나도 부담감이 무거워질 것이고 C
교수도 어색해질 것 같아 그런 이야기는 숫제 빼 버리고,

"난 빠를수록 좋은데요."

내일로라도 떠나고 싶은 마음을 알렸다.

"그럼 내일루라도 가십시다."

눈치 빠른 C교수는 쾌히 승낙했을 뿐 아니라 내일 아침 집으로 차를 가
지고 갈테니 떠날 준비를 하고 기다리라는 말까지 했다.

구천동에는 언젠가 여름방학 때 한 번 가 본 일이 있지만 그때는 동행이
등산을 못하는 사람이어서 백련사에도 가지를 못했었다. 그래서 나는 이번
에 덕유산(德裕山)에 등산할 것을 계획하며 참으로 잘 된 일이라 생각했다.

작년 겨울방학 때는 지리산의 노고단에 올라갔었다. 별로 험하지도 별로
높지도 않은 산이었지만 거길 갔다 와서는 겨울방학을 무의미하게 보내지
않았다는 즐거움을 느꼈었다. 그때 같이 갔던 일행들(학교 졸업생들로 나의
제자들)을 만날 수 있다면 나는 이번 겨울에도 그들과 같이 어디론가 산을
찾아갔을 것이다. 그러나 직장생활과 가정생활에 바쁜지 요 몇 달 동안은
그들을 길에서도 만날 수가 없었다.

그런 만큼 C교수로부터 전화가 있자 나는 곧 등산 준비를 시작했다. 등산
준비라야 등산복과 등산화를 꺼내 룩색에 넣는 정도였다. C교수의 별장에서
자고 일찍 떠났다가 일찌감치 돌아올 것이니 버너라든가 코펠 등 식사도구
는 필요치 않기 때문이었다. 아내는 멀리 가서 생소한 산에 오른다고 약
간 불안해했지만 그래도 C교수와 같이 간다고 해서 만류하지는 않고 갈아
신을 양말과 손수건을 찾아 짐 속에 넣어 주었다.

떠날 준비를 다해 놓고도 나는 무엇인가 빠뜨린 것이 없나하고 계속 그것
만을 생각했다. 얼마를 생각하다 보니 커피가 머리에 떠올랐다. 며칠 동안
머무를지 모르지만 그새 커피를 안 마시고 견딜 수가 없을 것 같았다. 그래
서 C교수에게 전화를 걸고 커피 걱정을 했다. 그랬더니 C교수는 자기 별장
에 그런 것쯤 다 준비되었다면서,

"며칠쯤 커피 안 마시면 안 됩니까?"

하고 농담을 걸었다.

"밥은 안 먹어두 커피는 마셔야 한다는 정도는 아니지만 그걸 굶을 수가 있습니까?"

나는 솔직하게 대답했다. 언제부터 시작된 습관인지 모르지만 나는 하루에 커피를 대여섯 잔씩 마신다. 서양 사람들처럼 육류를 많이 먹지 않으면서도 서양 사람들처럼 커피를 마시니까 살이 찌지 않는지 모른다. 그런데도 연상 커피 걱정만 하게 되니 탈이 아닐 수 없다.

나는 덕유산 산정에서는 커피를 마실 수 없겠다는 아쉬운 생각을 했지만 산정에서 한 번 마시기 위해 버너를 가지고 간다는 것이 C교수의 빈축이나 사지 않을까 해서 버너를 단념했다. 실은 산상에 올라 뜨거운 커피를 끓여 마시는 것이 등산의 제일미라 생각하고 있지만.

나는 1,594미터나 되는 덕유산을 생각하며 밤을 보냈다. 천육백 미터면 상당히 높은 편이다. 이름 있는 산이니 생기기도 잘 생겼겠지. 겨울이라 등산객도 별로 없는 변화무쌍한 고산에서 나는 남이 느낄 수 없는 쾌감에 잠길 것이다. 그리고 개학을 하여 교수들이나 학생들을 만났을 때 나는 방학 동안 덕유산에 올라갔었다고 자랑할 수가 있을 것이다. 나는 흐뭇한 마음으로 밤을 보내고 다음 날 아침 C교수가 찾아오기를 기다렸다. 그는 아홉 시도 되기 전에 나의 집엘 왔다. 나는 지체없이 그의 자가용에 올랐다. 아내와 식모뿐인 식구가 대문 밖에 나와 잘 다녀오라고 명랑하게 손을 흔들며 우리의 차를 전송했다.

C교수의 자가용은 피아트 124 신품이었다. 편안하고 기분 좋은 자동차였지만 대전과 영동을 거쳐 구천동 계곡이 시작되는 설천(雪川)에 이르기까지의 다섯 시간은 조금 지루했다. 그러나 구천동 계곡 입구에 거의 다 이르렀을 때부터 나는 차창 밖 풍경에 눈이 쏠리면서 새로운 흥미에 조금씩 흥분하기 시작했다.

"저게 나제통문(羅濟通門) 아닙니까?"

C교수는 산줄기가 쭉 뻗어 있는 왼쪽을 가리키며 말했다.

"신라와 백제 사이의 삼팔선이었다죠?"

"신라의 국경 병참기지였던 곳이 아닙니까?"

나는 인공으로 뚫려진 터널을 바라보았다. 길지는 않으나 자연동굴처럼 생긴 그 터널이 옛날을 이야기해 주는 것 같아 친근감을 느꼈다. 그러나 C교수가,

"저 문을 분계선으로 해서 북쪽, 말하자면 신라 영토였겠죠. 그 지방 사람들은 행정적으로 같은 면(面)인데도 이쪽 사람들과 그러니까 백제의 후예들과 결혼을 안 한답니다."

하고 말할 때 나는 그 이야기가 옛날 이야기가 아닌 현실적 이야기임에 가슴이 뭉클해짐을 느꼈다. 막혔던 나제통문이 뚫린 지 천 년도 지났다. 지금은 같은 면에 속해 있는 남과 북이다. 그런데도 아직 결혼을 꺼려하다니……. 나는 현재의 삼팔선을 생각지 않을 수 없었다.

같은 나라, 같은 민족이 삼팔선으로 갈라져 있다. 민족의 비극이라고 모두가 탄식을 하면서도 그래도 언젠가는 무너질 때가 있으리라 기대를 하고 있다. 그것이 무너져야 한다고들 생각하고 있다. 그런데 삼팔선이 무너진 뒤 양쪽 사람들이 결혼을 안 할 만큼 정신적인 거리감을 갖게 되면 어떻게 할까? 그것은 확실히 망상이었다. 망상일 수밖에 없는 일이다. 그런데도 나는 환각과 현실이 분간되지 않는 때처럼 불길한 마음이 들었다.

얼마 동안 침울에 빠졌던 나는 갑자기 눈길로 들어선 자동차가 미끄덩하는 바람에 시선과 더불어 모든 신경을 눈길로 돌렸다. 서울서부터 거기까지 길에 눈이라고 깔린 곳이 없었다. 그런데 나제통문을 지나 구천동 계곡으로 들어서는 순간부터 길이나 산이 온통 눈이 녹지 않은 그대로였다. 차가 위험하다는 불안한 생각과 아울러 산야의 설경이 내 신경의 방향을 바꾸어 놓았다. 차주인 C교수가 운전사에게 주의를 주었고 운전사 또한 조심스럽게 운전을 하는 바람에 나는 약간 신경을 쓰기는 하면서도 구절양장(九折羊腸)이라고들 말하는 계곡을 바라볼 수 있었다. 70리 계곡에 313 명소가 있다는 계곡. 나는 제주도의 명덕계곡, 북한산에서 송추로 내려가는 계곡, 대둔산의 험한 골짜기 등을 연상했다. 참으로 아름다운 계곡들이다. 교통을 편하게 하고 시설을 잘해 놓으면 세계적으로 자랑해도 무방할 곳들이다. 그런 계곡뿐

아니라 시설만 해 놓으면 세계적 명승지가 될 만한 곳이 수두룩한 우리 나라다. 나는 새삼 우리 나라의 아름다움에 감탄했다.

계곡 입구에서 한 시간 동안 계곡의 설경을 바라보며 삼곡리를 거쳐 C교수의 별장에 이른 것은 오후 네 시였다. C교수의 별장은 여관과 상점들이 있는 동네 오른쪽 언덕 위에 있는데 자동차가 올라갈 수 없는 높은 곳이었다. 그래서 넓은 주차장에 세워 놓고 별장까지 걸어올라 가려는데 주차장 근처에 있는 다방 출입문 앞에 '개업 중'이란 글이 눈에 들어왔다. 다방만 봐도 커피 생각이 나는 데다가 개업 중이란 글을 보니 갑자기 갈증을 느껴,

"커피나 한 잔 하구 갑시다."

하고 내가 제안했다. 그랬더니 C교수가 이런 때 다방을 개업하고 있다는 것이 신기한 일이라며 다방 안으로 들어갔다.

조그만 석유 스토브 하나만이 있는 다방 안은 썰렁했다. 손님은 고사하고 주인의 얼굴도 보이지 않는 다방엘 들어 인기척을 낼 때야 소년 하나가 주방인지 안방인지 알 수 없는 곳에서 나왔다. 차를 파느냐고 물었더니 어서 앉으라고 하며 의자를 스토브 옆으로 옮겨 놔 주었다.

"주인 아주머니는 안 계시니?"

C교수가 묻자 소년은,

"삼공리에 계십니다."

하고 공손히 대답했다.

"레지는?"

"저 혼잡니다."

"혼자라니?"

"손님두 없는데 레지를 따로 둘 수가 있습니까? 제가 혼자서 모든 일을 하구 있습니다."

"손님두 없는데 다방을 여는 건 뭐지?"

"가끔 손님이 있거든요. 그 손님들이 다방두 없으면 얼마나 쓸쓸하겠어요?"

"고마운 생각이로군. 참 커필 줘야지……."

"커피 두 잔을 가져올까요?"

"그래."

소년은 주방으로 들어가 커피 두 잔을 가지고 나왔다. 짧은 시간 안에 커피를 가지고 나오는 것으로 보아 평소 물을 끓이고 있는 모양이었다. 커피 맛도 괜찮았다. 인스턴트 커핀데 싸구려 커피 같지가 않았다.

"커피가 맛있구나……."

C교수가 만족한 얼굴로 우리 옆에 서서 난로에 불을 쬐이고 있는 소년에게 말했다. 그러자 소년이,

"C박사님이시죠? 요 위에 별장을 가지구 계시는……."

하고 물었다.

나는 소년이 C교수보고 박사라 부르는 데 웃음이 나왔지만 웃을 수도 없는 일이라 그냥 그들의 대화를 듣고만 있었다.

"네가 날 어떻게 아니?"

"다 알구 있습니다. 자동차가 올라올 때부터 전 알았습니다."

나는 C교수에게서 이곳에 개인 별장이 세 채 있다는 말을 들은 일이 있다. 세 채의 별장 가운데 하나의 주인이고, 뿐 아니라 자가용으로 별장을 찾아오곤 하는 C교수를 이 좁은 고장에서 모르는 사람이 없을 것이다.

소년이 C교수를 전부터 알고 있다는 말을 하자 C교수는 멋쩍어진 태도로,

"너 이분한테 인사드려라. 나와 같은 대학교의 교수이시다."

하고 나를 소개시켰다. 그러자 소년은 나에게 꾸벅 절을 하고는,

"박사님은 여기 처음이신가요?"

하고 물었다. 나는 웃음이 터져나왔다.

"이놈아, 난 박사 아냐."

대학교 교수면 모두 박산 줄만 알고 있는 소년의 순진성이 귀여워 나는 소년의 얼굴을 유심히 바라보았다. 순간 나는 나도 모르게 눈을 감았다. 소년의 얼굴에서 불현듯 또 다른 하나의 얼굴이 연상되었던 것이다. 1·4후퇴 때 이북에 두고 온 아들의 얼굴이었다. 십팔 년 전의 일이고 또 그때의 아들이 겨우 다섯 살밖에 안 되었었다. 얼굴의 윤곽도 기억에 남아 있지 않지만

어쩐 일인지 소년의 얼굴에서 아들의 얼굴이 떠올랐던 것이다. 어디가 닮았나 하고 눈을 뜬 뒤 소년의 얼굴을 찬찬히 뜯어 보았다. 닮은 데가 별로 없는데 눈이 위로 올라간 것이 조금 비슷하다고나 할까? 좌우간 비슷하다는 마음이 들자 얼굴 전체가 내 아들과 같다는 인상이 강해졌다.

국군이 이북에까지 진격했다가 후퇴를 하며 함흥을 철수할 때였다. 미군 군함이 이북 피난민들을 싣고 남으로 떠났다. 그때 나는 아내와 아들과 셋이서 배를 타려 했는데 배를 타기까지의 시간이 얼마나 걸렸는지 모른다. 그리고 수만 명의 피난민이 저마다 먼저 배에 오르려고 북새를 벌였는데 배에 오르려는 순간 나는 아들을 잃어버리고 말았다. 이때까지 옆에 있던 그 애가 온데간데없는 것이었다. 이름을 부르며 사방을 찾아 헤맸지만 찾을 수가 없었다. 사실은 사람 틈새를 비집으며 찾아다닐 수도 없는 형편이었다. 그런데 배는 금시 떠난다고 했다. 아내와 나는 배에 오를 생각을 못했다. 애를 두고 어디를 간단 말인가? 그러나 사람의 물결은 우리를 배 위까지 떠밀어 올렸다. 배에서 내릴 수도 없었다. 어쩔 수 없이 우리는 멀어지는 부두를 바라보는 수밖에 없었다. 배를 타지 못해서 배를 향해 손짓을 하며 아우성을 치는 그 수많은 피난민들, 그 속에 어린 내 자식이 우리를 찾으며 울고 있으리란 생각을 할 때 우리는 바다 속으로 뛰어내리고 싶었다. 그러나 가슴이 아프면서도 우리는 뛰어내리질 못했다. 그리고 세월이 흘러감에 따라 우리는 아들의 얼굴조차 기억하지 못하게 되었던 것이다.

"너 이름은 뭐냐?"

나는 소년에 대한 관심이 커져 그의 신상에 대한 것을 묻기 시작했다. 소년은 이름이 강영초, 나이는 열여섯, 그리고 집은 아랫마을 삼공리라는 것을 설명해 주었다. 나는 좀더 알고 싶은 것이 있었지만 C교수가 영초에게 심부름을 시켰다.

"요 위에 가면 S여관이 있지? 거기 가서 여관 일을 보고 있는 장 영감 좀 불러다 줄래? 내가 왔다구 하면 곧 올 거다."

영초는,

"박사님 별장 관리하는 분 말씀이죠."

하고 그 자리에서 다방을 나섰다. 그런데 나간 지 이 분도 못 되어 영초가 장 영감이란 노인을 데리고 왔다.

"오신 줄 알구 집안 청소를 하구 오는 길입니다."

다방에 들어선 장 영감이 굽신 허리를 굽혔다. C교수는 장 영감과 간단한 인사를 나눈 뒤,

"방에 불두 때야겠는데……."

하고 말했다.

"사흘에 한 번씩은 불을 때구 있읍죠. 오늘두 낮에 불을 지폈습니다."

육십이 넘은 듯이 보이는 장 영감은 전형적인 농민으로 선량하게 보였다.

"며칠 동안 밥을 사 먹어야겠는데 밥 파는 곳이 있을까요?"

C교수는 별장에서 밥을 해 먹을 생각이 아닌 모양이었다. 그래서 내가 도구도 다 있을 텐데 해 먹지 뭘 그러냐고 했더니,

"상점들이 다 문을 닫아서 밥을 해 먹을 수두 없습니다."

하고 대답했다. 그러자 장 영감이,

"K여관만이 문을 열구 있습니다. 그 집에 부탁을 해 놓죠."

하고 말했다. C교수는 빨리 가서 부탁을 해 두라고 하며 장 노인을 K여관으로 보냈다.

그러는 동안 나는 줄곧 이북에 있는 아들을 생각했다. 지금 그 애는 스물세 살일 것이다. 무엇을 하고 있을까? 키는 얼마나 클까? 내가 자기를 내버리고 떠난 것이라 오해를 하고 있지나 않을지?

별의별 생각을 다 했다. 얼굴의 윤곽조차 잊어버릴 만큼 평소에는 생각지도 않던 자식이 우연한 계기로 이렇게 생각케 되는 이유를 알 수 없었다. 그러나 그런 생각을 하는 나의 감정이 그리 절박한 것은 아니었다. 직면한 일이 아니기 때문이리라. C교수가 눈치를 채지 못할 정도로 범연한 얼굴로 생각에 잠겨 있을 때 C교수가,

"올라가 볼까요?"

하고 말했다. 우리는 다방에서 이백 미터도 안 되는 곳에 있는 별장으로 갔다. 다방을 나올 때 영초가 짐을 들어다 준다며 따라나섰다. 상냥하다는 생

각이 들었다. 그러나 C교수가 짐은 운전사가 가지고 올라갔을 것이라고 말했기 때문에 영초는,

"그럼 또 오세요. 커피를 맛있게 끓여드릴게요."

하고 걸어가는 우리를 지켜보기만 했다.

눈길을 걸으며 바라본 별장은 아담했다. 사방이 눈에 쌓여 있어서 양식으로 지은 별장이 외국 그림엽서를 보는 느낌이었다. 건축비가 백여만 원밖에 안 들었다지만 한가할 때 찾아와서 쉬고 갈 수 있는 집을 갖고 있다는 C교수의 여유 있는 생활이 새삼 부러워졌다.

옛날 일제 시대의 일이었다. 고등학교 영어교과서에서 빌라(Villa)라는 단어가 나왔다. 별장이란 뜻이라고 했다. 나는 외국 사진에서 본 호숫가의 별장을 연상하며 별장이란 서양 사람들이나 가지고 있는 것이라 생각했다. 일정 시대뿐 아니라 지금까지도 나는 별장이란 곳에 들어가 본 일이 없다. 지금은 우리 나라 사람들도 별장을 가지고 살게 되었지만 나는 별장 소유주를 친구로 가지고 있지 못하기 때문이었다.

나도 별장이나 하나 가졌으면……. 나도 백만 원짜리 별장쯤은 가질 수 있을 것 같기도 했다. 그러나 금시 한국 사람 전부가 별장을 가진다고 해도 나만은 가질 수 없다는 생각을 했다. 본시 나는 게으른 편이다. 집을 지으며 현장에 가 감독을 하고 그럴 성격이 못 된다. 그런데다가 악착같이 잘 살아보겠다는 의욕도 없다. 그런 내가 이런 먼 곳에 별장을 짓는다고 왔다갔다할 수도 없지만 누가 거저 준다고 해도 자주 다니며 집 손질도 하고 그러는 것이 나로서 상상할 수 없는 일이다.

그런데도 C교수의 별장을 보고 부러워하는 것은 이런 데 별장이 있으면 일 년에 한 번쯤 와서 마음놓고 쉴 수 있을 것 같기 때문이었다. 일 년에 한 번만이라도 마음놓고 여행할 수 있다는 것이 얼마나 즐거운 일이겠는가? 그것도 그렇지만 C교수가 몇 번이나 와서 자재를 자기 손으로 사다가 사람만 사 가지고 집을 지었다는 그 부지런함이 더욱 부러웠다. 다른 것과는 달리 있어도 그만 없어도 그만인 별장을 짓는 데까지 그렇게 열심일 수가 있을까? 우리 나라 사람들이 C교수처럼 부지런하다면 모두 잘 살 것만 같았다.

꽤 큰 온돌방 두 개와 마루가 하나 있었다. 마루에는 큰 찬장이 있고 그속에는 살림할 수 있는 온갖 도구와 그릇들이 알뜰하게 정돈되어 있었다. 그걸 보자,

"참 부지런하시군요."

재차 부러워하며 말했다.

"차가 있으니까 올 때마다 서울서 가져온 거지요."

C교수가 일부러 겸손한 태도를 보였지만 그 말에 나는 문득 대학교수인 C교수가 자가용까지 가지고 있다는 사실을 생각했다. 일반적으로 교수가 자가용을 가진다는 것은 꿈도 꿀 수 없는 일이다. 나는 C교수가 조상의 유산을 물려받은 유복한 사람이란 것을 알고 있다. 그렇기 때문에 그가 자가용을 가지고 있다는 데 별다른 생각을 갖고 있지 않지만 그런 사람을 친구로 가지고 있고 또 친구의 혜택을 입고 있다는 데 즐거움을 느낄 뿐이었다.

얼마 쉬지도 못했는데 장 노인이 올라왔다. 방이 춥지는 않냐면서 부엌으로 가 장작을 더 지폈다. 그리고는 저녁식사가 다 되었으니 가 보라고 했다.

별장을 나설 때 나는 맞은편에 눈 덮인 산을 보았다. 아름다운 경치였다. 여름에도 전망이 좋을 것 같았다. 내년에는 여름에 와서 녹음을 보았으면 하는 생각을 했다. 동시에 문득 내 아들이 같이 있다면 그 녀석과 같이 이런 명승지를 찾아다닐 수 있을 것이란 생각을 했다. 그 녀석!

"조심하십시오."

C교수가 뒤를 돌아보며 말했다. 눈 덮인 내리막길이 미끄러웠던 것이다.

"네!"

나는 조심하고 있다는 뜻을 알리고는 또 아들 생각을 했다. 그놈이 살아 있다면 지금 스물세 살이겠지. 대학에 입학했을까? 입학했다면 무슨 과에 다니고 있을까? 대학엘 어떻게 다녀? 이남으로 넘어간 부모의 자식을 대학까지 보낼 리 만무하지 않은가? 농장이나 광산에서나 일하고 있지 않다면…….

이런 생각을 하며 걷고 있을 때 나는 그만 눈 위에 미끄러져 펑 소리를 내며 넘어졌다.

"조심하시잖구?"

C교수가 나를 일으키려 했다. 나는 그가 부축하기 전에 벌떡 일어나며,

"미끄러운데요?"

멋적은 웃음을 웃으며 옷에 묻은 눈을 털었다.

"다치신 데는 없습니까?"

"아아뇨."

나는 아들 생각을 하다가 넘어졌지만 그렇다고 해서 쓸데없는 생각을 하다가는 그런 법이란 생각을 안 했다. 그런데 여관에 가서 저녁을 먹고 있을 때 궁둥이가 얼얼함을 느꼈다. 넘어질 때의 타격이 남아 있는 모양이었다. 궁둥이를 쓸면서 나는 오늘 갑자기 그놈 생각을 자꾸 하게 된 이유가 무엇인가를 생각했다.

그것은 틀림없이 영초 때문이었다. 그 녀석을 만나지 않았다면 하는 생각을 했다. 그 녀석 때문에 쓸데없는 생각을 했다는 약간 안스런 생각이었다. 그러면서도 나는 영초의 얼굴을 눈앞에 떠올렸다. 훤하게 보였다. 다시 만나고 싶어졌다.

그래서 저녁을 먹자 나는 C교수에게 다방에 가서 커피를 또 한 잔 마시자고 했다. 시원하게 그러자고 대답하는 C교수도 해롭지 않다고 생각하는 모양이었다.

이미 날은 어두워 있었다. 낮에도 손님이 없는 다방에 그래도 남폿불이 켜져 있었다. 영초도 우리를 기다리고 있던 것인지.

영초는 우리를 보자 반가와하며 어서 스토브 옆으로 오라고 했다.

"밤에두 스토브를 피워 놓았구나?"

내가 묻자 영초가,

"박사님들 오실 줄 알았죠."

하며 빙그레 웃었다. 나도 웃고 말았다. 그 애가 귀엽기도 했지만 나까지 겹쳐 박사들이라고 부르는 말이 우스웠던 것이다. 그런데 C교수는 조금도 우습지가 않은지 시침을 떼고 있었다. C교수가 시침을 떼고 있는데 내가 실없게 웃기만 하고 있을 수가 없어서,

"너 덕유산에 올라가 본 일이 있니?"

하고 내일 올라갈 덕유산 이야기를 영초에게 물었다. C교수는 등산을 그리 좋아하지 않기 때문에 아직 한 번도 올라가 본 일이 없다니까 영초에게 물어 두는 것이 해롭지 않을 것이란 생각도 들고 해서 그런 이야기를 꺼냈던 것이다.

"올라가 봤어요."

영초는 자랑스러울 아무것도 아니라는 듯 대답했다.

"올라가는데 몇 시간이 걸리니?"

"너댓 시간 걸릴 거예요. 박사님들 등산하시게요?"

박사 박사 하는 그 녀석에게 내가 박사 아니란 말을 다시 해 줘야겠다는 생각을 하면서도,

"내일 올라가 볼까 한다. 너 길 좀 안내해 줄 수 있니?"

"저두 심심한데 같이 올라가지요 뭐."

그때 나는 영초가 길 안내를 하면 다방을 비우게 된다는 것을 생각하고

"다방은 어떡허구? 길만 알으켜 주면 우리끼리 갔다 올 테니 걱정 마라. 폐를 끼치지 않으려 했다.

"손님이 하나두 없는데 어때요. 문을 잠그구 가면 그뿐예요."

"그러다가 주인한테 꾸중듣게."

"꾸중은요? 영업이 목적이 아니라 집을 지키라구 저를 여기 있게 한 거거든요."

"그래두."

나는 어디까지나 영초를 데리고 가지 않을 생각이었다. 그러나 영초는 같이 가겠다고 부득부득 우겼다. 아무리 우긴다 해도 나중에 말썽날지도 모를 일을 하게 해서는 안 될 것 같아 길을 알아 두고는 내일에 대한 약속을 안 한 채 다방을 나왔다.

다음 날 아침 우리는 조반을 먹기 전에 커피를 별장에서 끓여 마셨다. 식사 뒤에 마실 것을 미리 마셔 두었던 것이다. 그래야만 식사 뒤에 커피를 마시러 다방에 가지를 않을 것이며 그래야 영초가 따라나서지 못할 것 같았기

때문이었다.

우리는 정말 조반을 먹자 다방엘 안 들르고 그냥 산으로 오르기 시작했다. 그런데 산에 오르려면 아무래도 다방 앞을 지나야 했다. 그래서 다방 앞을 지날 땐 조심을 해야겠다고 생각하며 다방 근처에까지 이르렀을 때 창밖을 내다보고 있었던지 영초가 다방에서 뛰어나왔다.

"조반 잡수셨어요?"

그는 깍듯이 인사를 한 뒤 무조건 우리 앞을 걸었다. 나는,

"이놈아. 다방을 비우면 어떡해?"

꾸중하듯이 말했다.

"옆집 사람하구 땅(대지)쌈이 벌어졌거든요. 그래서 제가 지키구 있는 건데 낮에 좀 갔다 오는 거 문제 안 돼요."

내막은 잘 모르지만 그런 식으로 말을 하는 데까지 못 가게 할 수는 없었다. 그래서 마음대로 하라는 뜻으로 그냥 내버려 두었다. 그런데 얼마를 걷다보니 그의 손에 낫 한 자루가 쥐어져 있었다. 그래서 낫은 왜 가지고 가느냐고 물었더니 빙그레 웃기만 할 뿐 대답을 안 했다.

"뱀을 잡으려구?"

"겨울에 뱀이 있나요?"

"그럼 뭣할려구?"

그래도 대답을 않더니 조금 걷다가 길 옆 나무숲 속으로 들어갔다. 소변을 보려는 것이려니 생각하고 우리는 영초를 뒤에 남긴 채 걸었다. 두 자 이상이나 눈이 쌓인 길이었다. 백련사 중들이 내왕하여 눈을 밟아 길이 조금 나기는 했지만 조금만 잘못 발을 디디면 무릎 위까지 발이 빠졌다. 딴눈을 팔지 못하고 조심조심 걸으면서도 나는 C교수와 단 둘만이란 생각에 그새 하고 싶으면서도 못했던 이야길 꺼냈다.

"영초란 놈, 대학교수면 다 박산줄 알죠?"

이런 말을 꺼낸 것은 C교수가 나 대신 영초에게 시정시켜 주었으면 하는 마음에서였다.

"영초뿐만 아닙니다. 이곳 사람들은 모두가 날보구 박사라니까요. 박사가

아니래두 곧이듣질 않아 내버려 뒀더니 이제는 내가 박사루 통하죠."

C교수의 말을 듣자 영초가 박사라고 해도 C교수가 웃지 않던 그 이유가 짐작되었다. 짐작은 됐지만 촌사람들을 박사라고 부르게 내버려 두고 있는 C교수의 마음을 이해하기가 힘들었다. 이해하기가 힘들지만 그걸 탓할 수도 없어서 그 이야기는 그냥 흘러보내고 말았다.

눈길에 미끄러질까 또는 눈 속에 빠질까 조심조심 걸어갈 때 영초란 놈이 헐레벌떡 뛰어왔다. 그리고는 나무 막대기 하나씩을 주었다. 손이 아프지 않도록 손잡는 부분을 매끄럽게 다듬기까지 한 물푸레나무였다. 그것을 꺾느라고 산 속으로 들어갔던 모양이다.

"미끄러지심 안 돼요"

미끄러질까 해서 지팡이를 꺾어 온 것이 틀림없는 일이지만 미끄러지심 안 된다고 웃으면서 하는 영초의 말이 여간 귀엽지가 않았다. 노인에게 하는 말이 아니라 어린 동생에게 하는 말 같은 게 어쩐지 정이 들었다.

"그래, 미끄러지지 않을게."

그의 호의를 고스란히 받으며 나는 지팡이를 짚었다. 지팡이로 눈길을 짚으며 걷고 있을 때 자기가 앞에 서서 걷겠다면서 영초가 내 앞으로 뛰어왔다. 길잡이 노릇을 할 모양이었다.

나는 이 애가 안내역을 맡고 나중에 돈을 달랄 것이 아닌가 생각했다. 관광객을 많이 대했을 테니까 그럴지도 모르는 일이다. 그래서 지팡이를 꺾어다 준 것도 그런 심산에서가 아니었던가 하고 생각했다. 그렇게 생각하니 귀엽게 여겼던 그 애의 태도가 어쩐지 불쾌하게 생각되었다.

그러나 앞을 걸어가는 영초의 뒷모습에서 가난하니까 그럴 수도 있을 것이라고 너그러운 마음을 가지게 되었다.

웃도리라고는 털스웨터 하나를 입었을 뿐이었다. 그것도 언제 산 것인지 소매 가장자리가 해져 나가 있었다. 팔꿈치에는 헝겊을 대고 기운 것이 보였다. 그뿐 아니라 운동화는 뒤꿈치가 떨어져나간 것이었다. 산으로 올라가는 눈길에서 신을 것이 못 되었다. 그런데 새끼로 운동화 가운데를 비끄러맸기 때문에 미끄러지지를 않고 잘 걸었다.

나는 달라고 하지 않아도 천 원쯤 줘야겠다고 생각했다.

영초가 뒤를 돌아봤다. 그것은 우리가 떨어지지 않고 잘 따라오는가를 보기 위함이었다. 우리가 별로 떨어지지 않은 것을 보자,

"힘드시지요?"

걷지 않고 사는 서울 사람 그리고 나이가 든 사람들이니 쩔쩔맬 줄 아는 모양이었다.

나는 그 말을 상대하지 않고,

"덕유산까지 몇 리냐?"

하고 딴 소리를 했다.

"삼십 리 길은 될 거예요. 꼭대기까지 올라가시게요?"

"가야지 거길 갈려구 왔는데……."

"눈이 많아서 가기가 힘들 텐데요……."

"못 갈 게 뭐야. 가 봐."

나는 영초가 백련사까지만 갔다가 그냥 돌아오려는 것이 아닌가 생각했다. 정 그렇다면 혼자 돌아가게 하고 우리만이 덕유산까지 올라갈 수밖에 없었다. 나는 문득 또 내 아들을 생각했다. 그놈이 내 옆에 있다면 자기는 떨어지고 나보고 혼자만 덕유산까지 올라가란 말을 안 할 것이다. 그놈을 데리고 월남을 했다면 지금 나는 그 녀석과 어딘지든 같이 다닐 것이다. 설악산 같은 데도 같이 갈 것이고 산이 아닌 바다로도 같이 다닐 것이다.

그놈은 지금 무엇을 하고 있을까? 군대에 끌려가서 고생이나 하고 있지 않을까? 혹시 죽은 것이나 아닐까? 갑자기 그 애가 죽었으리라는 생각이 강력하게 머릿속에 들었다. 다섯 살밖에 안 되어 부모의 품을 잃었으니 살아 있기를 바라는 내 마음이 허욕인 것 같았다. 이미 죽은 애를 가지고 살아 있는 것처럼 그의 현재를 추측해 본다는 것은 어리석은 일일 것이다. 죽었다면 언제 어디서 어떻게 죽었을까? 십상팔구 굶어서 죽었겠지.

그러나 죽었다는 확증을 갖고 있지 않은 만큼 죽었으리라고 단정하는 내가 잔인한 것 같았다. 그래도 사람에게는 인정이 있을 법이니 그곳 사람들이 어린것을 데려다가 밥을 먹이고 길러 줬겠지.

나는 문득 영초도 부모가 없는 애가 아닌가 생각했다. 부모가 없는데도 혼자 살아 있는 애다. 그렇다면 내 아들도 죽었으리라 생각할 필요가 없지 않은가?

　나는 영초가 고아이기를 바라는 마음이면서도 아버지가 살아 있느냐고 묻기가 안되어,

　"아버지는 뭘 하시니?"

하고 물었다.

　"안 계셔요."

　예상했다기보다 기대했던 말이 나왔을 때 나는 솔직히 말해서 반가웠다. 그러나 그 반가움을 나타낼 수가 없어서,

　"어머니두?"

하고 물었다.

　"네!"

　"언제 돌아들 가셨지?"

　나는 영초가 다섯 살 때요 하고 대답하기를 기다렸다.

　"아버지는 제가 엄마 뱃속에 있을 때 산으루 끌려갔구 엄마는 세 살 때 앓다가 돌아갔어요."

　영초는 어째서 내가 기대했던 대로 대답을 해 줄까? 내 아들 상구보다 더 기구한 환경 속에서 살아 왔다는 것을 알고 나는 내 아들도 살아 있을 것이 틀림없으리란 생각을 했다. 그리고 성인이 다 된 상구의 얼굴을 마음 속으로 그려 봤다. 그러나 얼굴의 윤곽이 전혀 떠오르지 않았다. 그 애의 사진 한 장 찍어 둔 것이 없으니 다섯 살 때 얼굴이 아직 기억에 남을 리 없다. 다만 영초처럼 눈이 위로 올라갔던 인상만이 떠올랐다.

　나는 상구를 생각하기에 영초가 어떻게 살아 왔는가를 물어 보지 못했다. 그런데 영초가,

　"백련사 전설을 아시나요?"

하고 딴 이야기를 꺼냈다. 나는 모른다고 대답했더니 그는 백련사의 전설을 이야기하기 시작했다. 제법 관광안내인 같았다.

옛날 백련사 맞은편 산꼭대기에 산신령이 살았다. 한번은 산신령이 백련사 쪽을 향해 젊은 중을 한 명 올려보내라고 호령을 했다. 무슨 일인 줄 모르면서도 주지가 젊은 수도승 한 명을 올려보냈다. 그런데 올라갔던 중이 영 돌아오지 않았다. 죽은 모양이었다. 일 년 뒤 산신령의 호령이 또 내렸다. 모두 가기를 두려워했지만 산신령의 명령을 어찌 거역할 것인가? 또 보냈다. 그런데 그 젊은 중도 돌아오지 않았다. 그렇게 젊은 중은 모조리 산에 가서 죽어 버렸다. 무슨 영문인지를 모르고 공포에 떨고 있을 때 또 불호령이 내렸다. 그러나 갈 사람이 없었다. 주지는 늙었지만 자기라도 가야만 했다. 산꼭대기까지 올라간 주지는 늙은 호랑이 한 마리를 만났다. 깜짝 놀랐지만 정신을 바짝 차리고 있을 때 늙은 호랑이가 입을 벌리고 목에 걸린 뼈를 빼 달라고 했다. 주지는 젊은 중들이 모두 놀라 기절을 해서 죽었구나 생각하며 호랑이 가까이로 가서 뼈를 빼 주었다. 그러자 호랑이는 고맙다고 절을 한 뒤 어디론가 가 버렸다. 저승으로 가 버린 모양이었다. 몇 십 년이 지난 뒤 주지가 북도 땅에 갔을 때 길에서 어떤 처녀를 만났다. 팔이 병신이었으나 차림새로 보아 훌륭한 집 딸 같았다. 그 처녀가 주지를 보자 백련사에서 오지 않았느냐고 물었다. 그렇다고 대답했더니 처녀가 주지에게 소원이 없느냐고 물었다. 백련사를 좀 크게 짓고 싶다고 대답하자 처녀는 수많은 돈을 주며 마음대로 큰 절을 지으라고 한 뒤 어디론가 사라졌다. 주지는 그 돈으로 구천 명의 중이 살 수 있는 큰 절을 지었다. 그래서 이곳을 구천불동이라고 한다.

"그 주지가 용감하지요. 전 그런 주지 같은 사람이 한 번 되고 싶어요."
이야기를 끝내고 난 뒤 영초가 덧붙인 말이었다.
나는 산을 둘러보았다. 사방이 모두 높은 산이었다. 그 높은 산이 모두가 눈에 덮여 있었다. 눈이 덮였는데도 나무가 그득 서 있음을 알 수 있었다. 그 숲이 무성한 산 속에는 지금도 호랑이가 있을 것 같았다. 호랑이 가운데도 늙은 호랑이가 있을 것 같았다. 그 늙은 호랑이가,
'젊은 사람 없느냐? 한 사람만 올려보내라.'
하고 호령하는 소리가 나올 것 같기도 했다. 몸이 으시시해지는 것 같았다.

그래서,

　"이놈아, 너두 호랑이 앞에 가면 기절초풍을 하구 기절해 버려."

하고 영초의 기를 꺾음으로 내 기분을 돌이키려 했다.

　"전 졸도 안 해요. 호랑이 앞에서두 정신만 차리면 죽지 않는다잖아요? 요즘 어디서 공포소리만 나도 깜짝깜짝 놀라 얼굴이 파래지는 사람을 보면 우스워요. 용기들이 너무 없어요."

　"전쟁에 한 번 혼나면 다 그래지는 거야. 자라에 놀란 사람은 솥뚜껑만 봐두 놀란다잖아……."

　"솥뚜껑을 보고 왜 놀랍니까? 겁쟁이들이 돼서 그렇지."

　"겁 안 먹구 살 수 있니? 버스를 타면 굴러떨어질 것 같구, 비행길 타면 공중에서 떨어질 것 같구, 걸어가다가는 자동차에 치일 것 같구."

　"그렇게 겁이 나면 살질 말 것이지요."

　계속해야 그저 그런 이야길 것 같아 나는,

　"아직 멀었니?"

하고 물었다. 그때 C교수가,

　"아직 멀었습니다."

마치 걷는 데 피로를 느낀 듯 대답했다. 그리고는 사진이나 한 장 찍고 가자고 했다. 앉을 자리가 있으면 앉아서 쉬어가자고 했을 것인데 눈 때문에 앉을 자리가 없어서 사진이나 찍으며 쉬어가자는 뜻으로 해석되었다. 나는 그러자고 대답을 한 뒤 C교수에게서 사진기를 달라고 했다. 내가 셔터를 눌러 줄 생각이었다. 그러나 C교수는 자기가 나를 찍어 준다면서 카메라를 주지 않았다. 나는 길가로 비켜 서서 포즈를 취했다. C교수가 셔터를 누른 뒤 이번에는 내가 C교수를 찍어 준다고 했다. C교수는 카메라를 내게 주고 포즈를 취했다. C교수를 찍어 주자 나는 영초를 찍어 주고 싶었다. 그래서 카메라 앞에 서라고 했다. 그랬더니 영초는 사양을 하며 앞으로 걸어갔다. 나는 몇 번이나 말했는데도 끝까지 사양하는 그에게,

　"이놈, 어른의 말을 안 듣는 법이 있니?"

하고 나무랐다. 꼭 찍어 주고 싶었던 것이다. 찍어 주고 싶다기보다 그놈의

사진을 한 장 갖고 싶었던 것이다.

내 나무람에 그는 발을 멈추고 망설였다.

"빨리 와, 찍어 준다면 찍는 거지 무슨 놈의 고집이야."

화가 난 것처럼 말하자 영초는 할 수 없다는 듯 되돌아서서 내게로 가까이 왔다. 나는 그의 얼굴을 앞에 놓고 거리를 맞췄다. 그런데 렌즈 안에 들어온 그의 얼굴이 너무나 굳어져 있는 것을 보았다.

"이놈아, 웃어."

억지로라도 웃기려 했으나 영초는,

"아무렇게나 찍으셔요. 저 같은 게 뭐……."

열등의식을 보이며 끝내 웃지를 않았다.

나는 그의 열등의식을 나무라지 않고 그냥 셔터를 눌렀다. 그랬더니 그가 내게로 달려와서 카메라를 뺏듯이 잡았다.

"박사님들을 찍어드릴 게 나란히 서세요."

관광안내를 하려면 카메라의 셔터도 누를 줄 알아야 하나 보다 생각하며 나는 C교수 옆에서 포즈를 취했다. 거리를 맞추고 있던 영초가 우리에게,

"좀 웃으세요."

하고 말했다. 자기는 웃지를 않고 우리보고는 웃으라고 하는 그놈의 말이 우스워 나는 실소를 했다. 그 순간 셔터를 누른 영초가,

"멋있게 나올 겁니다."

하고 쾌활하게 웃었다. 나는 그가 열등의식을 가지고 있으면서도 성격이 아주 구겨져 있지 않다고 생각했다. 그래서 그런지 나는 그 애가 그리 싫지 않았다. 뒤꿈치가 해져 새끼로 비끄러맨 운동화를 보며 운동화를 한 켤레 사주고 싶은 마음이 들 정도였다. 그런 마음이 들자 그의 운동화로 자꾸만 시선이 갔다. 얼마나 오래 신었으면 운동화가 저렇게 해졌을까? 이백 원만 주면 살 수 있을 텐데 그 이백 원이 없는 모양이지.

그러나 열등의식을 자극시킬 것 같아 운동화를 사 주고 싶은 내 의사를 말로 할 수가 없었다. 얼마 동안을 말없이 걸었다. 조금만 가면 구부러지는 길. 한 번만 구부러지면 눈앞의 산풍경이 아주 달라졌다. 녹음이 짙을 때나

단풍이 불탈 때 오면 경치가 얼마나 좋을까 생각했다. 그때 영초가,

"5월 초순에 오십시오. 철쭉이 기막히게 좋습니다."

하고 말했다. 그러자 C교수가,

"여기는 철이 늦어 5월에야 피지만 철쭉이 정말 볼 만합니다."

하고 맞장구를 쳤다.

"그땐 등산하기두 좋겠군요."

내가 말하자 영초가,

"등산꾼이 많습니다. 그렇지만 정말 좋은 데까지는 가지를 않던데요."

하고 말했다.

"정말 좋은 데는 어딘데?"

"덕유산 꼭대기에서 약 오 리쯤 더 가야 합니다. 그 사이에 적목(赤木)이란 나무가 있습니다. 덕유산밖에 없는 나문데 국가에서 보호물로 지정한 나뭅니다. 그걸 안 보구 덕유산 구경을 했다 할 수 있나요?"

영초는 제법 감격한 어조로 말했다.

"적목이 어떤 나문데?"

내가 호기심을 갖고 물었다.

"별루 크지 않은 나뭅니다. 몇백 년 된 것두 제 키루 두 길밖에 안 됩니다. 나무 밑둥이 빨갛지요."

"얼마나 많은데?"

"그렇게 많지는 않습니다. 그런데다가 도둑놈들이 몰래 뽑아갔죠."

"보호물인데 뽑아가?"

"기가 막히는 세상입니다. 어떤 국회의원의 친척 된다는 사람이 인부를 데리고 와서 오륙십 그루나 뽑았습니다. 세상에 그런 법이 있습니까? 다행히 뽑아 가지고 오는 것을 백련사 중들이 뺏어 놓고 영림서에 고발을 해서 갖다 팔지는 못했습니다만……."

"그거 팔면 돈이 되겠는데……."

"한 그루에 몇 만 원이 나간다던데요."

"오늘 우리가 적목을 구경할 수 있겠군……."

"거기까지 가시면 보실 수 있습니다. 영림서 사람들이 뺏은 나무를 백련
사 근처에 심었는데 그건 찾아보기가 힘듭니다."

이런 말을 주고받고 있는데 홍살문이 보였다. 절이 가까운 모양이었다.
시계를 보니 그새 두 시간이나 걸었음이 나타났다. 다리가 조금 뻣뻣해짐을
느꼈다. 가파른 경사지를 올라 백련사에 이르렀다. 구천 승려가 살았다는 절
같지가 않게 조그마했다. 그렇게 큰 건물이 설 수 있는 넓은 터도 보이지 않
았다.

절에 이르자 영초는 그곳 중들과 인사를 했다. 중뿐 아니라 손님 상대로
밥을 지어 주는 사람들하고도 인사를 했다. 모르는 사람이 없었다. 인사를
할 때마다 서울서 박사님들이 오셨다며 우리 이야기를 했다. 그러고는 우리
들을 중들의 숙소로 안내하고는 좀 누워서 쉬라고 했다. 제법 집 주인 같았
다. 그리고 점심식사를 주문하기도 했다. 나는 발을 뻗고 앉자마자 영초에게
덕유산 꼭대기까지 길이 났는지 알아보라고 말했다. 올라가고 싶기는 했지
만 눈길이 걱정되었기 때문이었다. 영초는 지체없이 밖으로 나갔다. 그러나
얼마가 지나도록 돌아오질 않았다. 그새 나는 C교수에게 구천 명의 승려가
어디서 살았을까 하고 내 의문을 털어놓았다.

"산 여기저기에 절을 지었던 것 같습니다. 그러니까 한 곳에 산 것이 아
니죠. 어쨌든 구천동 입구에 있는 시내 이름이 옛날부터 설천이니까요. 절
에서 쌀 씻은 물이 시냇물을 하얗게 했던 거라죠."

C교수의 말을 안 들었다면 나는 영초가 들려 준 백련사의 전설이 거짓이
라고 생각할 뻔했다.

한참만에 돌아온 영초가,

"가 봤는데 길이 조금두 나지 않았습니다. 여기서부터는 바람 때문에 눈
이 더 깊이 쌓여서 올라갈 수가 없답니다."

하고 보고했다.

"정말?"

나는 실망에 찬 어조로 물었다.

"제가 직접 가 봤습니다. 여기까지 빠졌어요."

영초가 무릎 위 십 센티 정도를 손가락으로 짚었다.

금시 단념은 안 되었지만 어쩔 수 없는 일이었다.

점심을 먹고 하산을 할 때 나는 몇 번이나 덕유산 꼭대기 방향을 바라보았다.

"적목을 못 본 게 유감인데……."

나는 이 말을 몇 번이나 되풀이했다. 꼭대기에 올라가 보지 못한 유감보다 덕유산에만 있다는 적목을 못 본 것이 몇 배나 더 아쉬웠던 것이다.

"다음에 오셔서 보시지요."

영초가 나를 무마시키듯이 말했다.

"이놈아, 다음은 다음이구……."

나는 못내 아쉬움을 새기지 못해 영초를 나무랐다.

"눈 때문에 갈 수 없는 걸 어떻게 합니까?"

영초는 자기 책임이 아니라는 듯 말했다.

"글쎄 뭐라니? 그저 그렇다는 거지."

나는 체념을 했으나 속이 풀리지 않음을 속이지 못했다. 영촌들 그 이상 무슨 말을 하겠는가? 홍살문까지 별 말이 없이 내려오다가 갑자기,

"저 볼일이 좀 있어서……."

하며 영초가 발길을 돌렸다.

"무슨 일?"

"주지님한테 부탁했던 일이 있는데 그걸 깜박 잊구 왔어요."

"무슨 부탁인데?"

우리는 한참 올라가야 하는 길을 가지 못하게 할 마음이었다. 그러나 영초는 말하기가 힘든 일이라는 듯 머리를 긁다가,

"먼저 내려들 가십시오. 좀 다녀오겠습니다."

하고 다시 백련사로 올라가기 시작했다.

강제로 붙잡을 수도 없는 일이라 내버려 두었다. 우리는 잠시 쉬었는데도 그 애는 돌아오지를 않아 천천히 걷기를 시작했다. 그런데 얼마를 내려와 돌아보아도 영초는 보이지 않았다. 우리는 야호 하고 소리를 질러 보았다.

대답이 없었다. 우리는 뒤늦게라도 따라오겠지 하고 별 신경을 안 썼다. 별 신경을 안 쓰면서도 나와 C교수의 대화는 그 애에 관한 것이었다.

"공부를 못했는데도 꽤 똑똑한 애 같은데요."

"괜찮은 애 같아요."

"공부만 조금 했으면 뭐가 될 수 있을 것같이 보이잖아요?"

"생각하는 것이 조금 다른 것 같더군요. 그렇지만 환경이 그렇게 불우해서야⋯⋯."

이런 대화를 나누고 있는 동안 나는 영초를 데려다가 길렀으면 하는 생각을 해 보았다. 애 하나를 길러 교육시킬 수는 있다. 오륙 명의 자녀를 교육시키며 사는 교수들이 얼마나 많은가? 우선 검정시험 준비를 시켜 고등학교에 입학할 자격을 얻게 한다. 그리고는 고등학교와 대학입시 공부를 시킨다. 대학에서는 자기가 전공하고 싶은 과목을 선택케 한다. 아마 그놈은 법학이나 정치학을 공부하고 싶어하겠지. 그 방면이 적성일지 모르니까. 공과 계통도 좋다. 아무것이면 어떤가? 희망을 갖고 살 수 있는 일이라면 무엇이나 좋다.

만약 내가 같이 가자고 하면 영초는 꿈인지 생신지를 몰라 어리둥절하겠지. 그렇지만 꿈이 아니란 것을 알면 춤을 출 듯이 좋아할 것이다. 그런데 그놈이 나보고 아버지라 부르고 싶어한다면 그때는 어떻게 할까? 마음대로 하라고 하지. 내가 그렇게 부르기를 강요할 수는 없다. 아들이 없으니까 양아들로 데려온 것이라 생각할지 모르기 때문이다. 그것은 싫다. 순전히 그 애 장래를 위해 데려다가 기르는 것이다. 특히 양아들이라고 하면 이북에 버리고 온 내 아들과 대치시키는 셈이 되지 않겠는가? 그것은 이북에 살아 있을 자식을 위해서도 못할 노릇이다. 비록 살았는지 죽었는지도 모르는 아들이기는 하지만 내가 죽을 때까지 아들로 가슴에 새겨 둘 그 자식 대신을 삼기 위해 다른 애를 양아들로 삼다니⋯⋯.

나는 영초를 그냥 기르고 그냥 교육을 시켜 주는 것이다. 오직 영초의 장래만을 위하는 것이다. 나를 위하는 것이 아니라 순전히 영초를 위한다는 순수한 생각을 가질 때 나는 어깨가 벌어지는 것을 느꼈다.

그런데 문제의 영초가 아직 돌아오지 않는다. 사고야 없겠지만 저으기 걱정이 되었다.

"이 애가 아직 안 오는데요?"

내가 걱정의 말을 하자 C교수가,

"길 몰라 못 오진 않겠죠."

하고 무관심을 표했다. 사실 그렇다. 난들 그 애에게 관심을 가질 필요가 무엇인가? 잠시 동안 길을 같이 걸었다. 그것뿐이다. 앞으로 만나지를 않으면 만났던 일도 없는 듯 남남이 되고 만다. 모두가 남남이다. 만났을 때는 제법 다정한 것 같고 서로 정이 통하는 것 같지만 헤어지면 결국 남남이 된다. 같이 이삼십 년 살다가도 아내가 죽으면 죽은 지 몇 달도 안 되어 그 아내를 잊고 다른 여자와 살을 나누는 것이 이 세상이다. 하루 동안의 관심 그것은 영초와 나의 인생에 점 하나를 찍는 것이 될지는 모른다. 그러나 단순한 점 하나에 불과하다. 비록 영원히 남는다 해도 수없이 많은 점 속에 섞여 어느 것이 어느 것인지조차 구별하기 힘든 것이 되고 말 것이다.

우리가 다방 있는 곳까지 내려올 동안 영초는 돌아오지 않았다. 우리는 별장으로 들어가는 수밖에 없었다. 그새 장 노인이 불을 땠는지 방 안이 따뜻해서 좋았다. 우리는 커피를 끓여 마시며 덕유산 꼭대기까지 가 보지 못한 것을 서로 아쉽게 이야기했다. 눈이 녹을 때까지는 올라갈 수가 없을 것이니 내년 봄에나 올라가 보자는 이야기도 했다.

"적목이 꼭 보구 싶은데요."

나는 등산도 등산이지만 적목에 더 호기심을 느꼈다.

"참 이상하죠? 덕유산에만 있는 나무가 있구 설악산에서만 피는 에델바이스 같은 꽃이 있구. 그러니 이북에 있는 높은 산에는 무엇이 있을까요?"

C교수는 이북에 있는 높은 산들을 생각하고 있는 모양이었다. 그는 산 이야기를 계속했다.

"통일이 되면 나는 우선 이북에 있는 산을 찾아다니겠습니다. 일제 시대 때 금강산을 구경했지만 또 한 번 보구 싶군요. 백두산에두 가 보구 싶지만 묘향산이 또 절경이라면서요?"

이렇게 해서 우리의 화제는 이북으로 옮겨졌다.

"이북에는 관광지로 개발할 데가 많습니다. 일제 시대에도 부전고원(赴戰高原) 같은 데가 얼마나 유명했습니까?"

나는 C교수의 말을 중단 않도록 맞받아 주었지만 속으로는 C교수가 나와 사고방식이 전혀 다르다는 것을 생각했다. 만약 통일이 된다면 나는 우선 찾아갈 곳이 내 고향일 것이다. 그리고 이북에 두고 온 자식을 찾을 것이다.

이런 생각을 하니 내가 측은한 인간 같은 생각이 들었다. 고향과 자식. 그리고 친척을 두고도 만날 기약도 없이 살아야 하는 인간, 비록 나만이 아니라 이북에서 넘어온 수백만의 동포들이 신의 섭리에서 소외되었거나 신의 시련을 받으면서 살다가 죽어야 할 것이다.

"온천은 또 얼마나 좋습니까? 주을(朱乙) 온천엘 가 본 일이 있는데 물이 그만큼 뜨거운 데가 없을 겁니다. 그곳 경치는요? 흰 빛깔의 자작나무는 꿈나라 같은 느낌을 주더군요."

C교수는 여전히 이북의 명승지에 마음이 끌리는 모양이었다.

"이북 명승지를 찾아다닐 자유가 있게 되면 얼마나 좋겠습니까? 그런 자유가 내다뵈지 않으니까 비극이죠."

이북 명승지를 자유롭게 찾아다닐 수 있는 때에는 고향도 친척도 찾을 수 있을 것이라는 생각을 하며 눈을 지그시 감았다. 또 아들 상구 생각이 났던 것이다. 그놈이 학교엘 다니거나 어떤 직장에서 일을 하거나 어쨌든 철이 들었을 테니까 제 부모를 그리워하고 있겠지? 가능만 하다면 이남으로 넘어올 궁리를 하고 있을지도 모른다. 혹시 군대에 들어가 삼팔선 근처에서 근무한다면 삼팔선을 뛰어넘어 남으로 도망올 수도 있을 텐데……. 그러나 도망을 치다가 감시병에게 사살이라도 되면, 그래서는 안 되지, 죽어서야 되나…….

이런 생각을 하고 있을 때 영초란 놈이 현관문을 두들기고 들어왔다.

우리는 그놈이 늦게나마 돌아온 것을 다행으로 생각했다. 그래서,

"뭘 하다 이제야 오니?"

C교수와 내가 꼭같이 묻자 그놈이 싱글싱글 웃으며 말했다.

"적목을 캐 왔습니다."

"뭐라구? 그럼 덕유산 꼭대기까지 갔었단 말이냐?"

나는 놀랐다. 그러나 그 놀라움 속에는 네가 갈 수 있었다면 나도 데리고 갈 것이 아니냐는 불만이 섞여 있었다.

"아니요. 백련사 근처에 몇 그루 있다는 말을 듣구 그 근처를 돌아다니다가 캐 왔어요."

"그럼 너두 국회의원의 친척하구 비슷하잖니?"

"저야 돈벌이루 캔 것이 아니잖습니까?"

그런 이야길 오래 할 수가 없었다. 우선 그 적목이란 나무가 보고 싶었던 것이다.

"그래 그 나무가 어디 있니?"

내가 묻자 영초는

"현관 앞에 있습니다."

하고 현관으로 나갔다. 나는 뒤따라 나가 그 애가 뽑아 온 적목을 보았다. 배꼽만큼 올라오는 작은 나무가 두 그루였다. 전나무 비슷한 이파리가 성기게 붙어 있어 볼품이 그리 좋지는 않았다. 그리고 그 밑둥이에 붉은 기가 도는 것도 아니었다. 너무 작아서 그런지는 몰랐다. 좌우간 기대가 너무 컸었기 때문에 나는 약간의 실망을 했다. 실망을 했지만 그것을 캐 오느라 고생한 영초를 서운하게 할 수도 없어서,

"두 그루나 캐 왔구나?"

하고 물었다.

"두 박사님께 하나씩 드리려구요."

영초의 마음을 알 수 있으나 박사라는 말에 나는 또 속으로 피식 웃었다.

언제나 나만은 박사가 아니다라는 말을 하게 될까? 빨리 그 말할 기회가 와야겠다는 생각을 하고 있을 때 C교수가 현관으로 나오자 그는,

"이놈아, 겨울에 심으면 살 줄 알구 파 왔니?"

헛수고만 했다고 핀잔을 주었다. 그는 적목에 대한 호기심이 그리 크지 않은 모양이었다.

"참 그렇네요."

영초는 뒤통수를 벅적벅적 긁었다. 나도 심는 일을 미처 생각 못하고 있었던 만큼,

"살리지 못하면 어떡허지?"

하고 걱정을 했다. 나무도 귀한 나무지만 영초가 우릴 생각해서 부탁도 않은 것을 애써서 캐 온 그 정성이 아쉬웠다.

그런데 죽일 것을 공연히 캐 왔다고 불평스럽게 말한 C교수가,

"우리 부엌에다 심어 둡시다. 살지 죽을지 모르지만 얼지 않은 데 심어 두면 혹시 내년 봄에 살아날지두 모르니까요."

하고 희망적인 말을 했다. 역시 C교수는 머리가 좋다고 생각했다. 영초도 C교수의 말이 그만이라고 생각했는지 당장에 나무를 갖고 부엌으로 갔다. C교수와 나도 부엌으로 가서 장소를 정해 주었다. 그러자 영초는 삽으로 땅을 파기 시작했다. 땅 파기 시작하는 것을 보고 우리는 방으로 들어가서는 영초가 우둔하기는 하지만 보통애와 다른 애라는, 말하자면 영초 칭찬하는 말을 주고받았다. 그러면서 나는 그가 오늘 우리를 백련사까지 안내해 주었고 지팡이까지 만들어 준 것을 생각하며 돈을 조금 줘야 한다는 생각을 했다. 얼마를 줄까? 천 원은 너무 적지. 적목까지 캐다 주었는데 이천 원은 줘야 한다고 생각했다. 그래서 C교수에게 그 이야길 했더니 글쎄요 하며 내 마음대로 하라고 했다. 적당한 사례라고 생각되었던 모양 같았다. 나는 지갑에서 이천 원을 꺼내 봉투에 넣었다. 품값이 아니라 사례금이란 뜻을 밝히기 위해서였다.

이십 분도 안 되어 영초가 우리를 불렀다. 파낸 땅 깊이가 그만하면 되겠는가 봐 달라는 것이었다. 우리는 키 삼분지 일만큼이나 깊이 판 것을 보고 그만하면 충분하고도 남는다고 말해 주었다. 그랬더니 그는 나무를 구멍 속에 넣고 흙을 덮었다. 어떻게 빠르게 삽질을 하는지 몰랐다. 새 기록을 세우려고 있는 힘을 다해서 헤엄을 치는 수영선수 같다고나 할까. 일에 마음과 몸을 다바치고 있는 모습에 나는 가슴이 뻐근하도록 감격했다. 흙을 덮고는 발로 밟고 난 뒤 빗자루로 부엌바닥을 말끔히 쓸기까지 했다.

"그만 가라. 가서 저녁을 지어 먹어야 하지 않니?"

나는 그에게 돈 줄 것을 생각하며 빨리 가라고 독촉했다. 그러나 그는 아궁이를 들여다보며 불땐 지가 오래지 않음을 알자 부엌을 둘러보았다. 할 일이 없는가 찾아보는 눈치였다.

나도 C교수도 빨리 가라고 독촉을 하자 그때야,

"시키실 일이 있으면 아무때라두 부르십시오."

하며 흙 묻은 손을 털고 부엌을 나왔다. 나는 그를 현관 밖까지 배웅하면서 준비해 두었던 돈을 꺼내 주었다.

"너 운동화나 한 켤레 사라."

수고료로 준다는 말을 하기가 싫었던 것이다. 보수를 위해 일한 것이 아님을 잘 알고 있기 때문이었다. 그런데도 그는 정말 심외라는 듯 놀라는 표정을 하며 봉투를 되돌리고 도망치려 했다. 나는 얼른 그의 팔을 잡고,

"어른이 주는 건 받아야 해."

하며 봉투를 그의 주머니에 쑤셔 넣었다.

"운동화 사서 뭣 하게요."

그러면서도 영초는 어른이 주는 것을 안 받을 수 없는지 기죽은 얼굴이었다.

"빨리 가 봐."

나의 독촉에 그는 할 수 없는 듯,

"안녕히 주무십시오."

하고는 쏜살같이 달아났다.

나는 어둠 속으로 사라지는 그의 뒷모습을 보며 멍하니 서 있었다. 어쩐지 떠나기 싫어하는 연인을 보내는 그런 심정이었다.

그 날 밤 나는 잠자리에서 상구와 영초의 얼굴이 겹쳐서 떠올라 잠을 제대로 자지 못했다. 상구의 얼굴이라고 생각하면 그것이 영초의 얼굴로 변했다. 영초의 얼굴인가 하면 상구의 얼굴이기도 했다. 나중에는 어느 것이 상구고 어느 것이 영촌지 분간할 수가 없게 되었다. 상구와 영초의 얼굴이 하나가 되었다.

다음 날 아침 조반을 먹고 영초네 다방엘 가서 영초의 얼굴을 대할 때도 영초의 얼굴이 희미하게 보였다. 그의 얼굴이 자꾸만 겹쳐서 이중으로 영사된 영화의 한 장면처럼 뿌옇게 보였다. 그리고 연인을 대하듯 가슴이 두근거렸다. 영초의 손을 잡아 보고 싶기도 했고 그를 안아 보고 싶기도 했다.

그런데 그놈이 커피를 갖다 놓고서는 불그스레 상기된 얼굴로,

"너무 많이 주셨어요."

하며 봉투를 내밀었다. 나는 내 호의를 받아 주지 않는 영초에게 신경이 곤두섰다. 그러나 그런 감정을 보일 수가 없어서,

"건 또 무슨 말이니?"

봉투를 바라보며 물었다.

"운동화는 삼백 원만 줘두 사는 걸요."

그러니까 운동화값을 빼고 남은 돈을 돌려 주려는 모양이었다.

"이놈아, 남은 돈은 됐다 쓰면 안 돼?"

나는 기분 나빠하는 음성으로 말했다.

"그래두 박사님 돈을……."

나는 웃을 수밖에 없었다.

"그놈 박사님 좋아하네. 잔말 말구 됐다 써."

엄격하게 말하고 봉투를 집어 넣게 했다.

"주시는 건 받아야지."

C교수도 한 마디 거들었다. 영초는 어쩔 수 없었을 것이다. 벌받으려고 선생 앞에 나선 학생처럼 머리를 숙인 채 꼼짝도 못하고 서 있었다.

"가서 일이나 해."

영초를 주방으로 보내고 난 뒤 나는 C교수와 오늘 지낼 일을 의논했다. C교수는 집에서 쉴 수밖에 없지 않냐고 간단히 말했다. 사실 쉬는 수밖에 없었다. 달리 갈 데가 없었기 때문이었다. 여름철이라면 맑고 찬 냇물에 목욕이나 하며 소일할 수 있으련만 별로 할 일이 없었다. 그런데 나는 별장 온돌방에서 뒹굴며 시간 보낼 것이 끔찍스럽게 생각되었다. 하루종일 C교수의 얼굴을 맞대고 이야기할 것이 지루하게 생각되었던 것이다.

어떻게 할까? 영초를 데리고 구경 갈 만한 곳이라도 있었으면. 그러나 영초에게 이틀씩이나 다방을 비우게 할 수는 없는 노릇이다. 혼자서 어디든 가자. 무주구천동에는 서른 몇 군데의 명승지가 있다. 천천히 혼자 다니며 구경이나 하자.

나는 C교수에게 그런 내 의견을 말했다.

"꽁꽁 얼어붙었는데 볼 게 있나요?"

그는 별 흥미를 느끼지 않는 것 같았다.

"그럼 나 혼자 구경하구 오지요."

"좋도록 하십시오. 나는 집일이나 하죠."

C교수는 내가 혼자 가도 집에서 할 일이 있다는 말까지 했다. 나는 미안함을 느끼지 않으며 다방을 나섰다. 다방을 나설 때는 아래쪽에 있는 설천면(雪川面) 계곡의 명소를 찾을까 했지만 결국 나는 어제 올라갔던 백련사 쪽으로 발을 옮겼다. 자동차가 통행하는 길을 걷기 싫었던 것이다. 산은 언제 보아도 좋다. 산을 보고 무엇인가를 느낀다. 따지고 보면 구체적으로 느끼는 것이 없을지도 모른다. 그러나 느끼는 것 같은 상황 속에서 나를 잊을 수가 있다. 거기 산의 매력이 있다.

나는 백련사를 목표로 한 것도 아니었다. 그저 산 속으로 들어가 산을 바라보며 걷고 있을 뿐이었다. 눈길 위에 사람 발자국은 남아 있으나 사람 그림자 하나 보이지 않는 산 속에 들어서자 나는 우선 무서움 같은 것을 느꼈다. 뭐가 무서운지는 나도 알 수 없었다. 사람을 만날까 무서워하는 것인지? 맹수를 만날까 무서워하는 것인지? 이것도 저것도 아니다. 인간이란 혼자란 것 자체를 무서워하는 것이다. 그러나 얼마 동안만의 혼자라는 것을 생각할 때 무서워할 것이 없었다.

나는 겹겹이 쌓인 산들을 바라보았다. 그리고 산과 산 사이에 위치하고 있는 나의 존재가 너무나 미미함을 깨달았다. 산을 좋아하는 것은 자연과 나를 비교하며 내가 미미하다는 것을 느끼기 때문일까? 미미하면서도 자연에 대해 무엇인가를 느낄 줄 아는 주체의 자기를 좋아하는 탓인지도 모른다.

나는 산을 바라본다. 산 위에 덮인 흰 눈을 본다. 그리고 눈 위에 송긋송

굿 솟아난 나무들을 본다. 그것들이 나에게 무엇인가를 느끼게 하는 것 같
았다. 좀더 웅장한 것을 느끼게 하는 것 같았다. 그러나 그 웅장한 것이 무
엇인지는 알지 못한다. 그저 느끼고 있다고 생각할 뿐이었다. 그런 상태로
걷고 있을 때 누가 씨근덕거리며 내 뒤를 쫓아오고 있었다. 몹시 급하게 걸
어오는 것 같았다. 나는 뒤를 돌아보는 대신 그 사람을 앞세우려고 발걸음
을 늦췄다. 그런데 내 바로 뒤까지 온 발소리가 멎으면서,

"박사니임."

하고 내 반응을 기다렸다. 목소리로 보아 영초가 틀림없었다. 나는 우선 반
가웠다. 그리고 그 애가 나와 함께 가기 위해 쫓아온 것인가를 확인하고 싶
었다.

"어딜 가니?"

"박사님이 혼자 가시는 것 같아 따라왔어요."

내가 기대했던 대답이었다. 혼자에서 오는 무서움이 싹 가셨다. 고맙구나
하며 그를 쓸어안고 싶은 심정이었다. 그러나 나는 박사라고 불린 대학교수
다. 경망된 행동을 할 수는 없다.

"너 나보고 박사라 하지만 난 박사가 아니다. 앞으론 그런 말 하지 말어."

하고 싶던 말이기는 하지만 순간적 감정과 너무나 거리가 먼 이야기를 했다.

"대학교 선생님두 박사가 아닌가요?"

"다 박사가 아냐. 박사학위 논문을 써야 박사가 되는 거야."

"C박사님은 논문을 썼나요?"

나는 대답하기가 곤란했다. 이곳 사람 전부가 박사라고 부르는 C교수를
박사 아니라고 말할 수가 있겠는가?

"그건 그분께 물어 봐라. 어쨌든 나보구만은 박사라구 하지 마, 알았지."

"그럼 뭐라 할까요?"

"선생님이라구 그래."

영초는 그러겠다고 한 뒤 내 앞으로 가서 걸었다. 역시 길 안내역을 맡으러
온 모양이었다. 내 앞으로 오자 우선 그의 해진 운동화가 눈앞에 들어왔다.

"운동화 왜 안 샀니?"

"오늘 집에 갔다 와야 해요. 그때 삼공리에서 사겠어요."

나는 영초가 집에 간다는 말에,

"집이 삼공리냐?"

하고 물었다.

"네."

그의 대답은 간단했지만 나는 화제의 꼬리를 물고 계속 질문을 했다.

"양친님 다 안 계시다면서?"

"하나두 없어요."

"그럼 누가 집에 있니?"

"할머니 한 분이 계세요."

"그 할머니를 만나러 가는 거니?"

"불땔 나무를 해다 줘야거든요."

"밥은 혼자 해 잡숫구?"

"그럼요."

"할머니가 너를 내보내시구 혼자 적적하시겠구나?"

"적적하기는요. 나하구 옹춘데……."

"건 또 무슨 소리지?"

"밤낮 울구만 있으니까 보기가 싫어요."

"울기는?"

"아버지 생각을 그렇게두 하잖아요? 생각한다구 돌아오나요?"

"안 돌아오다니? 어딜 갔는데?"

"6·25 때 아버지가 빨갱이 빨치산 짐을 지구 산으로 들어가서 안 돌아왔거든요. 아마 이북으로 끌려갔을 거예요. 그런데두 아버지 사진을 벽에 붙여 놓구 매일 그걸 보며 울지 않아요? 그래서 내가 그 사진을 찢어 버렸어요. 오지두 않을 사람을 기다려선 뭣해요. 그러는 할머니가 보기 싫어 사진을 찢어 버렸더니 그때부터 날 죽이구 싶두룩 미워하지 뭡니까?"

"그럼 어떻게들 사니? 농사를 지어서……."

"땅이 있나요? 삼촌 둘이 전사를 했는데 그 연금으루 살죠."

"삼촌이 둘이나 있었구나!"

"둘이 한 해에 전살 했어요."

이만하면 영초의 가정 상황을 충분히 안 셈이 됐다. 나는 더 물을 것도 없고 해서,

"너 공부를 더 하구 싶은 생각은 없니?"

하고 딴 이야기를 꺼냈다. 그것은 영초를 데려다가 공부를 시켜도 연금으로 산다는 그의 할머니 생활에 별 지장이 없을 것 같았기 때문이었다. 만약 영초가 없을 때 영초 할머니가 살 수 없는 사정이라면 영초를 데리고 갈 생각도 못했을 것이다.

"공부는 해서 뭣해요. 공부 같은 거 하나마나 아녜요?"

영초는 돈이 없어서 공부할 생각을 못하는 것이 아니라 공부해야 소용없어서 안 하는 것처럼 대답했다.

"이놈아, 꼭 뭘 하겠다구 공부를 하니? 지식을 얻어 사람다운 사람이 되려구 하는 거지."

"먹구 살면 되지 유별나게 지식은 해서 뭣합니까?"

영초는 마치 내가 자기를 데려다가 공부를 시키려는 줄 알고 그 말을 미연에 방지하려는 것 같았다. 그렇다면 기막히게 눈치 빠른 놈이다. 서투르게 이야기했다가는 무안만 당하고 말 것 같았다. 그래서 그 이야길 중단하고,

"나무를 해다 드리려면 빨리 가야 하잖니?"

그만 돌아가자고 말했다.

"박사님은, 참 선생님은 어디까지 가시려구 했는데요?"

영초는 내 목적지가 궁금한 모양이었다.

"난 목표 없이 떠났던 거야. 여기서 돌아가두 좋다."

"저두 바쁘지 않아요. 나무는 미리 해다 뒀으니까 지게루 져다 주면 그뿐이니까요."

나는 영초가 자기 할머니가 옹추라는 것 그리고 할머니를 위해 자기가 할 것은 다 하고 있다는 것을 알았다. 기특한 아이라고 생각하면서도 그가 나와 거리가 먼 애라는 것을 생각했다. 아무래도 나보다 자기 할머니와 가까

216

운 애다. 할머니에게서 그 애를 뺏어서는 안 된다.

나는 그 애와 함께 더 멀리 갈 마음이 생기지 않았다.

"그만 돌아가자. 피곤하기두 하다."

나는 발길을 돌렸다. 뒤에 섰던 내가 앞이 되었다.

멀리 높은 산과 산을 덮은 눈을 보며 걸었다. 그때 또 상구의 얼굴이 떠올랐다. 그놈은 지금 어떤 사람하고 친하게 지낼지 모른다. 그러나 어떤 사람보다도 가깝게 생각할 사람은 애비인 나겠지.

그러나 어느새 무척 먼 데서 나를 따라오고 있는 듯한 영초의 얼굴이 상구의 얼굴에 중복되어 나타났다. 아무리 가까운 마음의 거리를 갖고 있다 해도 도저히 만날 수 없는 상구. 마음의 거리가 멀다 해도 손닿는 데서 만날 수 있는 영초.

두 얼굴 가운데 어떤 얼굴이 더 똑똑하게 보이는지 알 수 없었다. 어떤 얼굴이든 하나의 얼굴이 똑똑히 보였으면 하고 바랬다.

순간 나는 영초를 뒤돌아봤다. 고개를 숙이고 걷고 있기 때문에 그의 얼굴을 똑똑히 볼 수가 없었다. 그래서 고개를 뒤로 돌려 그를 보면서 앞으로 걷던 내 발이 미끄러졌다. 눈에 미끄러지면서 몸 전체가 쓰러졌고 쓰러진 몸이 골창에 나가떨어졌다. 별로 아픈 데는 없었다. 그러나 일어서기가 힘들었다. 한쪽 다리가 말을 잘 듣지 않았던 것이다.

어느새 영초가 뛰어와서 나를 부축해서 일으켰다. 그리고는 어디 다친 데가 없냐고 물었다. 나는 건성으로 괜찮다고 말했지만 복숭아뼈 밑이 쑤시듯 아픈 것을 느꼈다. 부축받고 일어섰지만 그 왼발로는 땅을 짚을 수가 없었다. 껑충거리며 겨우 길 위로 올라와서 걸음마 연습을 해 봤지만 도저히 그 발을 쓸 수가 없었다. 영초가 자꾸만 물었다. 어딜 다쳤느냐고. 그러나 나는 건성으로 대단치 않다고만 대답했다.

나는 영초에게 기대어 걸어 보려 했다. 그러나 도저히 그 발로는 걸을 수가 없었다. 어쩔 수 없이 영초에게 왼발이 조금 다친 것 같다고 말한 뒤 그에게 기대어 바른발 하나로 걷기 시작했다. 그러나 사람 발자국을 골라 짚으며 걷는 눈길은 두 사람이 걸을 만한 넓이가 아니었다. 말하자면 영초의 부축을 받으며 둘이서 걸어갈 수가 없었다.

"제가 업지요."

결국 업히지 않고는 갈 수가 없었다. 그래서 영초가 허리를 굽혀 등을 내밀고 업히라고 했다. 그러나 꽤 멀리 왔던 길을 어떻게 업혀서 갈 수가 있겠는가? 제 아무리 힘이 세다고 해도 이제 열여섯밖에 안 된 영초다. 그래도 가기는 가야 한다. 빨리 가서 병원엘 가야 한다.

"네가 업을 수 있겠니?"

체면 없는 일이지만 안 업히겠다고 고집할 수가 없었다.

"걱정 놓으십시오. 어서 업히세요."

나는 할 수 없이 그의 등에 내 몸을 내맡겼다. 몇 걸음도 안 가서 영초가 쓰러질 듯한 불안을 느끼면서. 그러나 영초는 거뜬히 나를 업고 걷기 시작했다.

"기운이 세구나."

나는 조금 안심하면서도 염소를 탄 기분이었다. 꼭 못할 일을 하고 있는 느낌이었다. 호흡을 줄이며 체중이 가벼워지기를 바랐다.

"무겁지 않은데요."

영초는 중심 잡힌 걸음을 걸었다. 삐닥거리지를 않았다.

나는 문득 상구를 생각했다. 특히 함흥부두에서 그 애를 잃어버리기 직전 내 손 안에 들어 있던 그 애의 그 조그만 손을 생각했다. 꼭 쥐면 부스러질 것 같던 그 따뜻하고 부드럽던 손. 그러나 지금은 영초보다도 몸이 더 클 것이다. 힘도 영초보다 세겠지. 만약 지금 나를 업고 가는 애가 영초가 아니고 그놈이라면…… 그때도 나는 내 몸무게에 신경을 쓸 것인가?

나는 영초에게 업혀가는 동안 고무풍선에서 바람을 빼듯 내 몸무게를 뺏다가 다시 늘릴 수는 없을까 하고 생각했다. 영초는 아무래도 힘에 겨워하는 것 같았다. 그 눈길에서도 빨리 걸으려고만 했다. 얼마 안 가서 숨소리가 점점 거칠어지기도 했다.

"좀 쉬어가자."

그저 미안해서 이런 말을 해도,

"괜찮습니다."

하고 쉴 생각을 않는 영초였지만 그는 땀까지 흘리고 있었다. 이마에서 김이 무럭무럭 올라오는 것으로 보아 그것을 충분히 알 수 있었다. 나는 장갑 낀 손으로 그의 이마를 닦았다. 그리고 내 장갑을 보았다. 역시 장갑이 젖어 있었다.

"애. 쉬어가자구."

"조금만 더 가서요.."

나는 그의 등에 손을 대고 몸을 뒤로 제쳤다. 걸을 수 없도록 한 것이다. 영초는 할 수 없다는 듯이 나를 내려놓았다. 그는 나를 내려놓자 길바닥의 눈을 움켜서 얼굴을 닦았다. 더위를 식히려는 것이었다.

"힘들지?"

나는 그 애가 힘든 것을 감추려고 노력할수록 더 신경이 쓰였다.

"아프시지 않습니까?"

영초는 내 말에 대답을 않고 도리어 내가 아플 것을 걱정했다.

"대단치 않다."

사실은 자꾸만 쑤시었다. 그래도 영초에게 업히지 않고 걸어 보고 싶은 마음에 복숭아뼈 근처를 만져 봤다. 부어 있었다. 건드릴 수가 없을 정도로 아팠다. 나도 모르는 새에 얼굴이 찡그려졌다.

"뼈신가 부지요?"

"그런 것 같다."

영초는 앉아 있는 내 앞으로 와서 등을 내밀었다. 업히라는 것이었다.

"한 번 걸어 보자."

"그러실 거 없습니다."

그래도 나는 그의 등에 손을 대고 한 다리로 일어섰다. 그리고 한 걸음 내디뎌 보려 했지만 실패였다.

짐승처럼 네 다리로 걷는다면 한 다리쯤 없어도 걸을 수가 있으련만 사람은 왜 두 다리로만 걷도록 습관되었을까?

나는 또 업힐 수밖에 없었다. 처음처럼 내 몸이 솜뭉치처럼 가벼워졌으면

하는 생각을 안 했다. 그의 등에 달라붙어 그의 체온을 느꼈다. 추운 바람이
몸을 조여 오고 있었지만 그의 체온으로 앞가슴이 따뜻함을 느꼈다. 그 따
뜻함을 느끼는 순간 나는,

"영초야!"

하고 그를 불렀다. 충만한 마음으로 사랑하는 사람의 이름을 불러 보는 그
런 심정이었다. 그때 애인이 네, 하고 그 다음에 있을 말을 기다린다면 당신
을 사랑해라는 말을 할 것이다. 그러나 영초가,

"네."

하고 대답했을 때,

"너 서울 가구 싶은 생각은 없니?"

하고 또 물었다. 사랑한다는 말의 대신이었을까?

"다음에 가 보지요."

영초는 또 내 속을 들여다본 모양이었다. 그래서 내 마음을 거부하는 태
도로 나온 것이다. 내 감정이 자라목처럼 쑥 들어갔다. 그러나 단념해 버릴
수가 없어서,

"굉장하단다. 삼십 층짜리 집두 있구……."

그의 호기심을 자극시켰다. 그런데도 그놈은 완강했다.

"돈 벌어 가지구 구경 가죠."

왜 그놈은 내게 조금도 쏠리려 하지를 않을까? 조금만 쏠리는 기색을 보
이면 내가 하고 싶은 말을 좀더 할 수 있을 텐데…….

"네가 뭘 해서 돈을 버니?"

"지난 여름 전주(全州)에서 놀러왔던 손님과 며칠 동안 이야길 했는데 내
가 장사를 한다면 라디오를 외상으루 몇 대 주겠대요. 그걸 가지구 마을루
돌아다니며 장사를 시작해서 밑천을 벌면 딴 장사두 할 수 있잖습니까?"

"그래?"

돈벌이에 대한 계획까지 세우고 있는 놈이다. 이런 애를 공부만 시키면
장차 옛날 백련사의 주지 같은 인물이 될 수 있을 것이다. 공부만 하면 이런
놈은 정치를 한다고 하겠지. 정계에 나가면 의외의 인물이 될지도 모른다.

그런데,

"돈을 벌어야지요. 돈 벌 자신이 있습니다."

그놈은 돈 벌 생각만을 한다.

"넌 왜 공부할 생각을 않니? 서울서는 고학할 수두 있는데……."

"공부 안 해두 돈 벌 수가 있어요. 까짓 것 공부는 해서 뭣합니까?"

어떤 수법을 써도 그놈은 내게 말려들지 않았다. 역시 내가 단념하는 수밖에 없었다.

나는 상구가 내 옆에 있다면 그놈을 대학까지 보낼 것이란 생각을 했다. 더 공부를 하고 싶다면 미국에까지 보낼 것이다. 나는 인문계지만 그놈은 자연과학을 공부하려 할지 모른다. 자연과학은 어떤가? 자기가 하고 싶은 것을 하면 되지.

"영초야!"

나는 또 그의 이름을 불렀다. 애인의 이름을 부르듯,

"네!"

"네가 아깝구나. 넌 네가 할려구만 하면 공부를 할 수 있을 텐데……."

"박사님두. 전 대학생들을 굉장히 많이 보지만 대학생 되구 싶은 맘 조금두 없어요."

영초는 또 박사라고 부르며 내가 하고 싶은 말을 끝내 꺼낼 수 없게 했다. 나는 또 단념을 했다. 그런데도 그놈이 밉지가 않았다.

무럭무럭 김이 나는 그의 이마를 장갑 낀 손으로 닦아줬다.

"힘들겠다. 쉬었다 가자."

"쉬기는요!"

영초는 쉬려 하지 않고 도리어 발걸음을 빨리 했다. 나는 장갑을 벗고 맨손바닥으로 그의 이마를 닦았다. 땀을 닦기에는 장갑이 더 편리했지만 장갑을 끼고 악수를 하는 것 같은 불쾌감을 줄 것 같았기 때문이었다. 내 싸늘한 손으로 그의 뜨거운 이마를 닦고는 손을 이마에 댄 채 떼지 않았다. 찬 손을 대고 있으면 땀이 나지 않을 것 같았기 때문이었다. 그런데도 땀은 계속해서 나왔다. 나는 손바닥으로 땀을 닦고는 그 손을 내 옷에 문질러 물기를 없앴다. 그리고는 다시 그의 이마를 닦았다.

"땀이 나면 어때요?"

영초는 미안했던 모양이었다.

"이놈아, 내 마음대루 하게 해, 잔말 말구."

내게 그런 자유도 없을 수 있느냐는 나의 말이었다.

어느덧 다방에 이르렀다. 영초는 나를 의자에 앉히자 곧 주방으로 갔다. 변소길이 급했던 것이라 생각하며 기다리고 있노라니 커피잔을 들고 나왔다. 어이가 없었다.

"이놈아, 누가 커피 마시겠다던?"

"추우실 텐데 우선 몸을 녹히셔야지요."

"넌 내복이 다 젖었을 텐데 우선 옷을 갈아 입어야잖니? 감기 들면 안 돼. 어서 갈아 입어."

"좀 있으면 저절루 말라요."

"저절루 말라가 뭐냐? 감기가 든다니까."

"빨리 병원엘 가셔야 하잖습니까? 제가 가서 C박사님과 운전술 데려오겠습니다."

내게는 그것이 무엇보다도 바쁜 일이었다. 그래서 가지 말라는 말을 못하고 있을 때 영초는 C교수 별장으로 달려갔다.

C교수와 운전수가 달려오는 동안 나는 커피를 다 마셨다. 다리가 점점 더 아프게 쑤심을 느꼈다. 고통을 참기가 힘든데도 나는 영초가 내 분신 같은 것을 느꼈다. 내 분신이 아니고서야 시시콜콜히 나를 생각할 수가 있을 것인가.

C교수가 달려와서 웬일이냐고 허둥댔다. 나는 다리가 좀 삔 것 같다면서 대수롭잖게 대답했지만 C교수는 어서 자동차로 병원엘 가자고 서둘렀다. 그는 나를 부축해 주었다. 그런데 영초도 한편을 잡고 부축했다.

우리가 자동차에 오르자 영초는 밖에서 차창 안을 물끄러미 들여다보며 시름없이 서 있었다. 같이 가고 싶은데 차 타겠다는 말이 나오지 않아 난처해하는 표정이었다.

"넌 안 갈 테냐?"

나는 왜 어물거리느냐고 야단치듯 말했다. 그리고 그가 채 대답을 하기 전에,

"빨리 타."

명령하듯 말했다. 그러자 그는 앞좌석 문을 열고 운전수 옆에 앉았다. 나는 그의 뒷모습에서 그가 얼마나 좋아하고 있는가를 살폈다. 제가 언제 이런 자가용차를 타 보았을 것인가? 그런데 영초는 좋아한다든가 신기해한다든가의 기색을 조금도 보이지 않았다. 자동차를 많이 타 보았다는 것인가? 자가용에 태워 기쁘게 해 주려던 나의 의도가 좌절된 셈이었다. 그래서 공연히 차를 타게 했다는 후회가 들었다. 그런데 아무 표정도 없던 영초가,

"이거 피아트 백이십사죠?"

하고 물었다. 자동차에 대한 지식이 대단한 데 놀랐다.

"이런 차를 타 봤니?"

내가 묻자,

"타기는요, 몇 번 봤지요."

나는 그놈이 장차 무슨 일이든 거침없이 할 놈이란 생각을 했다.

자동차로 십 분밖에 안 걸리는 삼공리 작은 병원으로 들어갔다. 참을 수 없게 다친 곳을 주무르며 진단하던 의사가 조금 삐였을 뿐이라며 발목을 이리저리 잡아당기었다. 참아야 할 것은 참을 수 있는 나이다. 그런데도 나는 비명을 올리고야 말았다. 참을 수가 없었던 것이다. 그때 영초가,

"침 놓는 데루 가십시다."

의사를 무시하는 태도로 말했다.

"이놈아, 침을 놔두 뼈를 바루잡아야지 않니?"

의사가 핀잔을 주어 아무 말도 못했지만 영초는 나의 고통에 마음 아파하는 것이 분명했다.

뼈를 바로잡았는지 의사는 내 발을 편하게 놓고 옥도정기를 바르며 말했다.

"더운 물로 찜을 하십시오."

우리는 다시 자동차를 타고 C교수의 별장으로 왔다. 나는 빨리 서울로 돌아가고 싶은 생각뿐이었다. 서울 가서 권위 있는 외과병원의 진찰을 다시 받고 또 집에서 편히 누워 있고 싶었다. 이제 떠나면 밤 깊어서나 도착될 것이다. 병원엔 물론 갈 수 없다. 그리고 사오 일 예정으로 떠났던 길을 하룻밤만 자고 가잘 수가 없었다. 특히 별장 주인인 C교수가 그리 급하게 돌아가려고 할 것인가?

그런 말을 비치지도 못하고 자리에 누웠다. C교수의 젊은 운전수가 더운 물을 떠다가 찜질을 해 주었다.

그런데 영초란 놈은 어딜 갔을까? 아무 말도 않고 없어졌다. 그놈이 안 해 주고 운전수가 찜질을 해 주다니? 마치 알지도 못하는 집에 들어가 비가 오기를 그리는 것 같은 기분이었다. 이놈이 제일 필요한 때 도망을 가 버렸구나. 그놈을 나는 내 분신이라고까지 생각했었는데…….

나는 서글픈 생각이 들었다. 그래서 운전수가 찜질을 하면서 발목을 잘못 건드렸을 때 아야 소리를 지르며 땅이 꺼지게 한숨을 내쉬었다. 운전수가 당황해했지만 나는,

"영초란 놈 어디 갔지?"

하고 영초를 불렀다. C교수도 운전수도 다같이 궁금해하며 어디 갔는지를 모른다고 말했다. 고얀 놈! 나는 속으로 계속 그놈을 욕했다. 한 시간이 지나도 오지 않았다. 나는 제 놈을 서울로 데려다가 내 아들처럼 공부를 시키려구까지 했는데 이놈이 나를 버리구 도망을 가? 눈물이 나오려 하기 직전이었다. 영초가 헐레벌떡 뛰어들어왔다. 가쁜 숨을 몰아쉬며 내 머리 옆에 꿇어앉았다. 숨이 차서 말도 못했다. 그러는 그를 보자 나가라고 소리지를 만큼 흥분했던 내가,

"어딜 갔었니?

아주 부드럽게 물었다. 말 못할 사정이 있었으리라는 마음이 들었기 때문이었다.

"할머니……."

영초는 숨이 차 말끝을 맺지 못했다. 그러나 나는 그가 할머니에게 딸나

224

무를 갖다 주고 왔다는 것을 알았다. 그래서 궁금했었다는 말밖에 할 수가 없었다.

"말이나 하구 갈 것이지……."

"미안해서요."

갔다 오겠다는 말을 하기가 미안해서 모르게 갔다 왔다는 마음.

"미안하기는……."

응당 해야 할 자기 일을 하는데 누가 뭐랄 것인가?

그때 영초는 대야를 들고 부엌으로 가 뜨거운 물을 가지고 와서 운전수 대신 찜질을 해 주었다. 그새 숨도 가라앉았는지

"갔다 와서 맘놓구 찜질을 해 드릴려구 뛰어갔다 왔어요."

생각해 보니 한 시간으로는 뛰지 않고 갔다 올 수 없는 거리였다.

나는 고맙다는 말을 못했다. 그 대신 그의 손을 잡고,

"영초야!"

연인을 부르듯 그의 이름을 불렀다. 그리고는 격한 마음에서 삼가 오던 말을 했다.

"나하구 서울가자."

그는 잠시 고개를 떨구고 있다가 시름없는 목소리로 간신히 대답했다.

"할머니 때문에요."

할머니 때문에 못 가겠다는 것이었다.

나는 할 말이 없었다. 아버지의 사진을 붙여 놓고 밤낮 눈물만 짜는 할머니가 지겹다던 그놈이 그 할머니 때문에 서울엘 못 가겠다고 한다. 그를 어떻게 설득시킬 수 있을 것인가? 설득시킬 수도 없는 일이지만 설득시켜서도 안 될 일이다.

"그렇겠다."

나는 긴 한숨을 내쉬며 그의 말을 받아들였다. 가슴 속은 답답했다. 죽을 때까지 나는 끝내 고독해야 한다.

그는 밤을 새우다시피 내 곁에 있으면서 찜질을 해 주었다. 발목의 아픔이 조금 덜해진 것 같았다. 그러나 나는 영초에게 뼈저린 고마움을 느끼지

않았다.

다음 날 아침 C교수와 나는 자동차에 올랐다. 영초가 자동차 밖에 서서 우리에게 잘 가라는 인사를 했다. 그리고 그의 표정을 지켜보는 나에게 씩 하고 웃음을 지어 보였다.

자아식, 무엇이 좋아서 웃느냐? 나는 마음이 억했다. 가슴이 막히는 것 같았다. 이제 작별하면 다시 만날 수 있을지 알 수 없는 사람들이다. 내년 봄에 나는 C교수 별장에 심어 놓은 적목을 가지러 다시 여길 올 것이다. 그러나 그때 그놈은 라디오 장사로 떠돌아다니고 있을지 모른다. 영 만날 수 없을 지 모른다. 그런데 그런 작별을 하는 마당에서 씩 하고 웃고 있다니?

자동차가 움직일 때 그놈이 허리를 구십 도 각도로 굽히고 있었다. 그러나 나는 잘 있으란 말도 안 했다. 멀어지는 그놈에게 손을 흔들어 주지도 않았다. 그저 고개를 돌려 그를 지켜볼 뿐이었다.

꾸부렁길을 돌아가며 영초의 모습이 보이지 않을 때 나는 고개를 정면으로 돌렸고 순간 눈물이 쏟아졌다. C교수가 보기 민망했지만 수건으로 눈을 가리고 한참 동안 울었다.

"마음이 약해지셨군요?"

C교수는 내가 부상 때문에 마음이 약해진 것이라고 생각하는 모양이었다. 나는 부상 때문이 아니란 것을 말해야 했다. 그럴러면 영초에 대한 나의 감정을 설명해야 했다. 그러나 체면상 그 말을 할 수가 없었다. 그 대신 나제통문 앞을 지날 때 나는 이런 말을 했다.

"그래두 신라·백제 시대에는 저 문을 통해 서루 왕래가 있었겠죠. 아주 막아 버리지는 않았으니까……."

그리고는 상구도 영초도 나에게서 멀어져 가는 환상을 그렸다. 멀리 하늘로 서로 손을 잡고 멀리 멀리 사라지고 있었다.

(원)《현대문학 205》 1972. 1, (출)『신한국문학전집 13, 박영준 선집』 어문각, 1972.

딸의 파혼

1

딸 혜주(惠珠)가 남자친구라면서 왕수(枉洙)를 데리고 와서 소개를 할 때 아버지는 상상했던 것보다 평범한 남자라는 데 놀랐다. 혜주는 입버릇처럼 미국 유학생이나 미국 유학 갈 사람을 말해 왔다. 왕수와 교제를 하기 시작할 때도 그가 곧 미국 유학 갈 사람이란 말을 했다. 그런데 상대방의 실물을 보니 어쩐지 외국 유학을 갈 만한 위인이 못 되는 것 같았기 때문이었다. 외국 유학 갈 사람이라고 해서 그 외모가 어떤 수준에 이르러야 한다는 기준이 있을 리 없다. 그저 볼품이 그렇다는 것이었다. 생기기도 별로 잘생기지가 못했다. 둥그렇다기보다 짓눌린 호박처럼 옆으로 퍼진 듯한 얼굴이다. 게다가 얼굴색이 까무잡잡해서 귀골 같지가 않았다. 키도 별반 크지가 않았다. 옷차림도 어쩐지 미끈하지가 않았다.

저런 사람이 과연 미국 유학을 갈 수 있을까? 그는 딸의 눈을 의심했다. 확실히 잘못 봤을 것이다.

그런데 왕수는 의외로 예의가 발랐다. 혜주가 아버지라고 소개를 하자 왕수는 방바닥에 엎드려 큰절을 했다. 절도 얼핏 해치우는 것이 아니라 경건하고 침착했다. 어른에 대한 존경심이 온몸에 배어 있는 것 같았다. 절을 끝내고는 꼿꼿이 꿇어앉아 분부를 기다리는 자세를 취했다.

그는 대개 들어 알고 있었지만 그의 이름이니 졸업한 대학 이름이니를 물었다. 무관심하지 않다는 것을 보이기 위함이었다.

"춘부장은 돌아가셨다지? 무슨 돈으루 공부를 했지?"

"어머니가 좀 버시구 저두 고학을 하구 해서 졸업을 했습니다."

"자네가 미국엘 가면 어머니는 어떻게 지내시지?"

"아직 기력이 좋으시니까 어떻게 지내실 것 같습니다. 그래서 빨리 학위를 얻고 돌아와야겠습니다."

말도 똑똑했다. 생각도 옳게 할 줄 아는 것 같았다.

더 물을 것도 없고 해서 나가 보라고 했지만 왕수는 금시 일어나 나가지를 않았다. 혜주가 빨리 나가자고 독촉해도 왕수는 머뭇머뭇 그의 눈치만 살폈다.

"나가 보라구."

자기를 대하고 앉아 있어야 피차 거북할 뿐이다. 그도 왕수가 빨리 나가 주기를 바랐던 것이다.

"나가 보겠습니다."

왕수는 허리를 펴지 못한 채 안방을 나갔다.

혼자 남게 된 혜주의 아버지 길성파(吉成波) 씨는 홀가분한 마음으로 담배를 꺼내 불을 댔다. 담배연기를 내뿜으면서 그는 혜주가 모를 애라는 생각을 했다. 아무리 미국 갈 준비를 하고 있는 사람으로서니 그렇게 가난하고 또 볼품 없는 사람을 결혼의 대상으로 고르다니? 비록 예의는 바르다고 해도 눈높은 혜주의 결혼 조건에 맞는 청년 같지가 않았던 것이다. 그러나 그는 까짓 것 마음대로 하라지, 내 아랑곳할 배 아니잖은가 하는 식으로 걱정할 건덕지도 못 된다는 듯 담배만 빨아댔다. 그러다가 벼루를 꺼내 먹을 갈기 시작했다. 붓글씨나 연습하자는 것이었다. 그는 한 일 년 전부터 붓글씨를 공부하기 시작했다. 소일하는 데 가장 좋은 취미라고 생각했기 때문이었다. 써먹으려는 것이 목적은 아니었고, 그래도 무엇 하나라도 잘하는 것이 있으면 좋다. 그리고 무료할 때 시간 보내기는 무엇보다도 안성맞춤이다. 그래서 한가한 때면 하루에도 몇 번씩 붓글씨를 연습한다.

지금 그의 심정은 단순히 시간 보내기 위함만이 아니었다. 혜주 때문에

228

오는 잡념을 없애기 위함이었다. 삼 남매 가운데 막내딸이다. 막내딸의 결혼인 만큼 아버지로서 가장 신경을 많이 써야 할 처지다. 그런데도 마치 자기 딸이 아니거나 한 것처럼 혜주의 결혼에 무관심하려는 그였다. 사실은 무관심 안 할 수가 없었다. 그것은 혜주가 아버지의 의견을 한 번도 들어 준 일이 없기 때문이었다. 무엇이나 제멋대로 하고 있다. 대학에 입학할 때 그는 혜주에게 가정대학을 권했다. 결혼생활에 가장 필요한 지식을 습득하게 하고 얌전한 신랑감을 골라 졸업 직후 결혼을 시킬 내심이었던 것이다. 그러나 혜주는 영문과에 지망했고 입학원서를 제출한 뒤에야 그것을 말했고, 그리고는 장차 미국 유학을 가겠다고 했다.

아들도 미국에 가서 살고 있고 장녀도 미국 사람과 결혼해 미국에 가서 살고 있다. 막내딸만이라도 데리고 같이 살려던 생각이 아주 깨지고 말았다. 그때부터 혜주에 대한 애정과 기대가 깨지고 말았지만 몇 달 전 왕수의 이야기를 처음으로 꺼냈을 때 그는 완전히 실망을 했다. 어떤 사람인데 어떻게 할까요가 아니었다. 이러이러한 남잔데 결혼할 생각이라는 투였다. 그는 아버지의 권위를 위해서라도 자기가 한 번 본 뒤 결정겨야 하지 않느냐고 말했어야 할 것이었지만 만약 실물을 보고 마음에 안 들 경우를 생각해서 아무 말도 하지 않았다. 마음에 안 든다고 결혼을 반대했댔자 자기 말을 들어 줄 혜주가 아니다. 차라리 마음대로 하라고 내버려 두는 것만 같지 못했다. 오늘 왕수를 데리고 온다는 말을 할 때 그는 내가 봐서는 뭣 하니 하고 말하고 싶었지만 그래도 아버진데 하는 생각에 마음대로 하라고 했던 것이다.

이렇게 혜주에게 무관심과 방임주의를 쓰고 있지만 그의 가슴 밑바닥에는 슬픔이 차 있었다. 제멋대로만 하는 혜주를 휘어잡지 못하는 슬픔 그것은 아버지 된 사람이면 누구나 이해할 수 있는 슬픔일 것이다. 그러나 그의 슬픔은 그것보다도 앞으로 자기는 완전히 혼자라는 생각이 드는 데서 오는 것이었다.

아들은 미국 가서 공부하다가 그곳에서 한국 여자와 결혼해서 살고 있다. 그 아들은 미국 간 지 칠 년이 되지만 한 번도 돌아온 일이 없다. 거기서 애를 낳아 지금은 영주권을 얻고 나와 살 생각을 않고 있지만 작년 가을 그의 환갑에도 일이 바쁘다는 핑계로 나오지 않았었다.

맏딸은 미국인 남편이 한국에 나오기를 싫어하는 데다가 애들이 한국말을 전혀 모르니 다니러 나와도 불편할 것을 생각해서 못 나온다고 했다. 그런데 이제 막내딸이 또 미국 갈 남자와 결혼해서 미국 가 살려고 한다.

여편네나 살아 있다면 모르겠는데 삼 년 전 여편네마저 죽었으니 완전한 혼자일 수밖에 없다.

안진경(顏眞卿)의 체본을 펼치고 신문지에 글자를 쓰기 시작했다.

바로 이룰 성(成)자였다. 자기 이름 글자를 체본에서 보고 반가운 마음이 들었다. 수백 번 수천 번 써 본 글자다. 더욱이 안진경의 유별나지 않게 의젓한 글씨가 마음에 들었다. 며칠 전 자기의 성인 길(吉)자를 쓸 때도 그랬지만 안진경의 글자 모양이 어쩐지 자기 성격을 말해 주는 것 같았다. 평생 그리 못난 언동을 못해 본 자기다.

붓에 먹을 묻혀 획을 하나 그었다. 종이에 붓을 댈 때 힘을 주었고 붓을 뗄 때 또 힘을 주어 조심스럽게 획을 그었건만 그것이 그리 보기 좋게 되지 않았다. 다시 한 번 획을 그어 보았다. 그런데도 미끄럽게 보이지가 않았다. 엇비슷하게 내려간 획이 올바른 위치를 잡은 것 같지도 않았다. 그런 대로 글자 전체를 써 보았다. 획 하나만 써 놓고 볼 때는 그리 마음에 안 들던 것이 글자 전체를 써 놓고 보니 그래도 글자가 된 것 같아 다시 또 쓸 용기가 생겼다. 신통치 않은 획이라도 그것이 모이면 글자의 형태를 이루어 그런 대로 볼품이 생기는 모양이었다.

몇 번을 거듭 써 보았지만 안진경의 글씨와 같은 인상을 주지 않았다. 남의 글자를 보고 그대로 모방해서 쓰는데도 그것이 쉽지 않다는 것을 새삼 느꼈다. 동시에 아버지가 파도를 이루듯 모든 일을 잘 이루라고 만들어 준 이름이나 자기는 그 이름 글자 하나도 제대로 쓰지 못하는 위인임을 알았다.

어렸을 때 아버지가 너는 커서 뭐가 되겠니 하고 물었을 때 자기는 나폴레옹 같은 사람이 되겠다고 대답했다. 그 말을 듣고 만족스럽게 웃던 아버지는 이십여 년 전 돌아가셨다. 그리고 자기는 지금 육십이 지났다. 나폴레옹과 같은 행적을 하나도 못하고 늙어 버린 것이다. 나폴레옹 근처에도 가 보지 못하고 죽을 것이다.

그는 이룔 성자를 신문지 두 면에 그득 썼다. 자기 얼굴이 백여 개 신문지에 꽉 차 있는 착각을 느꼈다. 특징도 없고 불투명하기 짝이 없는 그 얼굴. 그는 신문지를 글자가 보이지 않게 안쪽으로 접었다. 그리고는 다음 자를 쓰기 시작했다. 호랑이 호(虎)자였다. 체본을 보고 몇 자를 썼지만 호랑이처럼 날씬한 모양의 글자가 제대로 되지 않았다. 한 획마다 체본을 보며 모방을 했지만 체본의 글씨처럼 되지가 않았다. 그래도 자꾸만 써야 했다. 계속해서 쓰고 또 썼다. 신문지 한 장을 다 써 가고 있을 때였다. 왕수가 들어왔다. 돌아가려고 인사를 온 모양이었다. 길성파 씨는 붓을 놓고 그를 쳐다봤다.

"서예를 하시눈요?"

잘 있으라는 인사만 하고 갈 줄 알았던 왕수가 서예에 관심을 뵈었다.

"심심해서 공부를 하네."

"한자(漢字)가 더 어렵지 않습니까?"

"글쎄."

길성파 씨는 붓글씨를 시작할 때 다른 생각 없이 한자를 택했다. 그것은 붓글씨 하면 우선 한자가 생각났기 때문이었다. 그래서 한글보다 한자가 더 쓰기 힘들지 않을까 하는 것을 생각해 보지 못했다. 생각지 못했던 일이니 무엇이라 대답할 수 있겠는가?

다행히 왕수는 더 물으려 하지 않고

"좋은 취밀 가지셨습니다."

길성파 씨를 칭찬한 뒤 그만 돌아가겠다는 말을 했다. 그는 왕수에게 잘 가란 말만 하고 다시 글씨 쓰기를 계속했다. 그때 혜주가 자기도 잠깐 나갔다 오겠다고 했다. 그는 문득 시계를 봤다. 저녁때가 다 되어 가고 있었다. 집으로 데리고 와서 놀다가 보내면 됐지 저녁때가 다 된 때 남자를 따라나갈 것이 무엇인가?

길성파는 딸에게 한 마디 해 주고 싶었으나 막는다고 해서 안 나갈 혜주가 아니었다. 못마땅하기는 했지만,

"일찍 들어오너라."

체면상 한 마디만 하고 그냥 내보냈다. 혜주가 나간 지 얼마 안 되어 식모 아주머니가 들어와 저녁상을 들여 올리랴고 물었다. 길성파 씨는 그러라고 대답했다. 혜주는 지금 막 나갔으니 저녁까지 먹고 들어올 것이 뻔했다. 설사 일찍 나간다고 해도 식사 때에 맞추어 들어오는 일이 없는 그미였다. 그러니 그는 언제나 점심과 저녁은 혼자서만 먹곤 했다.

붓과 종이들을 정리하고 저녁상이 들어오기만 기다리고 있을 때였다. 부자가 울었다. 그리고 아주머니가 대문으로 나가는 발소리가 들렸다. 혜주가 벌써 돌아오나 하고 귀를 기울이고 있을 때 아주머니가 손님이 왔다고 했다.

저녁때 찾아올 사람이 누굴까? 친척들이 있기는 하지만 내왕이 잦은 친척이 별반 없다. 누굴까? 사뭇 궁금했다. 그런데,

"성파 있나?"

그의 이름을 함부로 부르며 들어오는 사람은 중학 동창생 계관수(桂冠壽)였다. 몇 달에 한 번씩 만나는 친구지만 중학 동창으로 지금까지 만나는 유일한 사람이다. 반가웠다.

"이놈이 웬일이냐?"

성파 씨는 뛰쳐나가 악수를 한 채 그의 손을 끌고 방 안에까지 들어왔다.

"죽지 않구 살아 있었구나?"

"이놈아, 네놈이 죽는 걸 봐야 내 눈이 감길 게 아니냐?"

반가워서 하는 소리들이었다.

"그래 아직두 장갈 못 갔니? 장가 갈 나이는 됐다구 생각하는데……."

관수 씨가 새로운 농담을 걸었다.

"엑 이놈. 어른한테 버릇없다."

성파 씨가 헛기침을 하며 위엄을 보였다.

"이놈아. 정 상대가 없거든 저 아주머니라두 성사를 시켜라. 네 나이에 고를 거 있니?"

관수 씨가 턱으로 부엌을 가리켰다.

"고얀 놈. 아가리 닥쳐라."

농담이 너무 길어졌다고 생각했던지 관수 씨가 태도를 고쳐 정색한 뒤,

"정말 결혼을 안 할 생각이냐?"

하고 물었다.

"안 할 생각이긴…… 마땅한 여자가 나서지 않아서 그러지."

"이십대 미혼 처녀라야 하니?"

"미친 소리 말아, 내 막내딸이 스물다섯이다."

"그럼 못하는 이유가 뭐니? 설마 구혼해 오는 여자가 없는 건 아니겠지?"

"없기야 하겠니? 마땅하지 않을 뿐이지."

그때 식모 아주머니가 밥상을 들여 올리냐고 물었다. 성파 씨는 관수 씨에게,

"저녁 안 먹었지?"

물은 뒤 대답도 기다리지 않고,

"밥 한 그릇 더 놔서 들여오시우."

식모 아주머니에게 말했다. 그런데 관수 씨가 굳이 사양했다. 점심을 늦게 먹어 저녁 생각이 없다는 것이었다.

"네놈이 사양할 줄두 알구, 사람 됐구나."

"웃기지 말아. 동생집에 와서 사양을 하겠니?"

밥이 두 그릇 놓여 왔지만 관수 씨는 끝내 사양을 했다. 아무리 친한 사이라 해도 늙은 친구들끼리는 예절을 지키는 모양이었다. 관수 씨는 끝내 숟가락을 들지 않고 그 대신,

"나 이민(移民)가기루 했다."

하고 일부러 찾아온 뜻을 말했다.

"뭐라구?"

혼자서 식사를 하던 성파 씨가 숟가락을 놓고 관수 씨를 바라보았다.

"여기서는 더 일할 생각두 없구 해서 미국 가 살란다."

"개새끼. 다 늙어서 이민이 다 뭐냐?"

성파 씨는 정말 흥분했다. 그들 사이니까 개새끼라는 말도 능히 쓸 수 있

다. 그러나 친근감에서 나오는 욕담이 아니라 정말 금수 같다고 모욕하는 그런 말투였다.

"너 왜 화를 내지?"

관수 씨는 의외라는 듯 눈을 크게 떴다.

"이놈아. 화 안 나게 됐어? 하나밖에 없는 친구를 잃어버리게 됐으니까 말야."

성파 씨는 흥분했던 자신을 후회하는 듯 언성을 낮추는 동시 한숨이라도 내쉴 그런 태도였다. 관수 씨는 그가 흥분했던 것도 오직 우정에서 나온 감정이었다고 해석하고,

"만나면 헤지는 것이 인생 아니냐?"

성파 씨를 위로하려 했다. 성파 씨는 숟가락을 들고 밥을 먹기 시작하며,

"가졌던 것을 하나씩 하나씩 잃어버리며 사는 게 인간인 것 같구나."

가슴 깊이 무엇을 느끼고 그것을 말로 내뱉는 태도였다.

"이놈아. 되는 대루 살아가는 게 인간이야. 뭐 심각하게 생각할 거 없어."

관수 씨는 위치가 전도된 기분이었지만 성파 씨를 계속 무마하려 했다. 그런데 성파 씨가 갑자기 태도를 바꾸어,

"이 미친놈아. 다 늙어서 이민이 뭐냐 말이다. 먹을 게 없니? 살 집이 없니? 무엇 때문에 제 나라를 버리려 하느냐 말이다."

관수 씨를 공격하기 시작했다. 그러자 관수 씨는 갑자기 동정을 구하는 태도로,

"제 나라를 떠나려는 사람의 마음을 생각해 봐라. 절대루 관광여행을 떠나는 기분이 아니다."

"네가 어떤 말루 설명해두 나는 너를 이해하지 못할 거다. 세상에서 잃어버리는 슬픔이 그 중 큰 슬픔이겠지만 버림을 당하는 슬픔보다 더한 것이 어디 있니, 나는 지금 너에게서 버림을 받았다는 감정이다. 그리구 조국두 네게서 버림을 당했다구 생각할 거다."

"자아식, 버리기는? 떠난다구 아주 잊겠니? 아주 잊지 못한다는 건 아주 버리지 못하는 거 아니냐?"

성파 씨는 관수 씨가 이미 수속까지 끝내고 있으리란 생각을 하며,

"떠나는 네놈이 불쌍하다. 세상에서 자기 고향을 버리는 사람처럼 불쌍한 사람이 어디 있니?"

하고 마지막 말처럼 말했다.

"아닌 게 아니라 떠나려 하니 마음이 언짢다."

"그래 언제 떠나니?"

"이십구 일. 앞으루 사흘 남았다."

"몇 시 비행긴데?"

"오후 두 시 이십 분."

그들은 관수 씨가 가서 살 미국 캘리포니아주에 대한 이야기, 관수 씨가 거기 가서 살 방법에 대한 이야기들을 했다.

관수 씨는 비밀리에 재미(在美) 어떤 한국인의 재산과 자기의 이곳 재산과 교환하기로 교섭이 성립됐다는 이야기를 하고 그러니까 가서도 별 고생이 없으리란 말을 했다. 더구나 거기서도 그의 생업인 병원을 개원하고 계속 돈벌이를 할 테니 누구 부럽지 않게 부유하게 살 것이다.

"잘 살겠구나?"

성파 씨는 이왕 가는 바에야 잘 살라는 마음이었다.

"그럼 고생하러 가겠니?"

자신 있게 말하는 관수 씨였다.

"잘 살아라."

성파 씨도 달리 할 말이 없었다. 잘 사는 나라에 가서 그 나라 사람들보다도 잘산다면 얼마나 멋이 있겠는가?

구질구질하게 사는 사람들만 보며 사는 것보다 마음도 편하리라 생각했다. 그러나 그는 한 마디를 더 하고야 말았다. 가기는 가되 가는 이유나 알고싶었던 것이다.

"넌 여기서두 남보다 못 살질 않았다. 앞으루두 못 살지 않을 거다. 그런데두 떠나는 이유가 뭐냐?"

"넌 모를 거야. 내겐 친척이 많아. 모두가 못 사는 사람들뿐이지. 가장 가

까운 사람으룬 형과 동생이구. 밤낮 뜯어만 가려는 등살에 살 수가 없단 말야. 사업에 실패했다구 그러면 그래두 참을 수가 있는데 그렇지가 않거든. 그 밖의 친척들두 그렇지. 그뿐인가, 시골 고향 사람들까지 뻔질나게 찾아와서 손을 내밀지 않아? 정말 죽겠어. 귀찮은 정도가 아냐. 보기 싫어 미칠 지경이야."

"그러냐?"

성파 씨는 알았다는 표정을 지어 보였다. 그리고 한 마디 꼭 해 주고 싶은 말이 있었지만 참고 말았다. 형제와 친척이 돈을 달라고 한대서 그것이 싫어 떠나는 사람이라면 찾아오는 사람 하나 없는 외국이 아무리 고독하다 해도 마음에 들 것이다. 그런 사람에게

'내 주머니를 털어 형제 친척에게 좀 나눠 주기로서니 그게 뭐 원통할 일이냐?'

라는 말이 어찌 귀에 들어갈 것인가?

성파 씨는 떠나는 날 비행장에 나가겠다는 말을 하고 그를 돌려 보냈다.

가슴이 답답했다. 조그만 일로 조국이 싫어졌다는 말을 하며 외국으로 이민 가는 사람이 관수뿐이겠는가? 남은 고사하고 자기 집에도 몇 명이나 있다.

그들이 모두 정말 살 수가 없어서 떠나는 것이라면 축하해 줄 만한 일이다. 그러나 판잣집에서, 농촌에서 살던 사람으로 외국에 간다는 사람은 별로 없다. 공부하러 갔다가 거기 눌러 사는 젊은 사람들도 대부분 집에 먹을 것이 있는 사람의 자녀들이다.

성파 씨는 일찍부터 잠이나 자려고 했다. 자리 속에 들어 잠이 들려 할 때 그는 문득 자기가 한국 사람이란 것을 생각했다. 한국에 부끄러운 일을 안 한 사람이란 생각이었다. 한국 사람이노라 자랑할 것이 하나도 없지만 제 나라를 떠나겠다는 마음을 한 번도 가져 보지 않았다는 그 사실이 조국에 대해 무엇보다 떳떳한 일로 생각되었다. 일제 때 민족적 고난을 받으면서 한국을 싫다고 생각해 본 일이 없었다. 6·25 때 북괴군에게 시달림을 받으면서도 한국을 저주하지는 않았다.

236

자식들이 다 외국에 가 있고 막내딸까지 외국으로 갈 궁리를 하고 있다는 것이 애비로서 부끄러운 일이다. 그러나 자기 힘으로 어쩔 수 없는 일. 그러니 자기 혼자라도 한국 땅을 지키며 산다는 긍지를 가질 수밖에 없다.

일제 때 일본시찰단에 끼여 일본 구경 갈 기회가 있었다. 그때 맹장염 때문에 가지 못했던 것이지만 지금 생각하면 잘 된 일 같았다. 시찰자로나마 조국 밖에 발을 내딛지 않았던 것이 자랑스럽게 생각되었다.

2

한 열흘쯤 지난 어떤 날. 딸 혜주가 느닷없이 성파 씨 방으로 들어왔다. 들어오자,

"저 파혼했어요."

독기가 서린 눈초리로 말했다.

성파 씨는 멍한 얼굴로 그미를 바라보는 수 밖에 없었다. 어찌된 영문인지 알 수 없는 일일 뿐더러 너무나 어이가 없었던 것이다.

그 남자와 결혼하라는 말을 한 적도 없다. 혼자서 결정짓고 지금 또 혼자서 파혼을 한다고 한다. 모두가 어둠 속 홍두깨 식이다.

"건 또 왜?"

성파 씨는 전말이나 알아보는 수밖에 없었다.

"폐병 앓은 일이 있대요."

간단한 대답이었다.

"지금두 앓구 있단 말이냐?"

"낫기는 나았대요. 그렇지만 폐에 구멍이 뚫려 있어서 미국에 갈 수 없게 됐어요.."

"구멍이 뚫리다니?"

성파 씨는 처음 듣는 말이다.

"폐병이 심하면 동공이 생기는데 그것이 완쾌된 뒤에두 자리가 남아 있대요. 그럼 미국엘 갈 수가 없다는 군요?"

"완쾌됐다면 그런 게 문제될 까닭이 뭐냐?"

"엑스레이에서 그게 나타나면 못 가기루 돼 있다니까요."

성파 씨에게는 잘 이해가 안 되는 일이었다. 그러나 그렇다면 그렇다고 믿는 수밖에 없었다.

"그래 그 사람한테는 선언을 했니?"

"내 눈으루 엑스레이 찍은 걸 봤는데요 뭐."

미국 간다는 것을 조건으로 결혼을 약속했던 사이라면 필연적인 귀결일지도 모른다. 성파 씨는 속으로 잘 된 일이라고 생각했다. 파혼을 해서 그것을 계기로 혜주의 마음이 달라질지도 모른다고 생각되었기 때문이었다. 정말 그래 주었으면 얼마나 좋을까? 혜주가 미국 갈 생각만 버린다면 데릴사위를 얻어서 셋이 같이 살 수가 있다. 그렇게 되면 자기는 재혼을 안 해도 된다. 회갑이 지나고 나서 재혼을 해야 한다는 사실에 성파 씨는 회의를 느끼고 있다. 시중 들어 줄 사람이 없으니 재혼해야 한다는 생각을 버리지 못하고 있을 뿐이다.

"그래 그이는 뭐라던?"

왕수의 태도 여하에 따라 파혼이 이루어지지 않을지도 모른다는 생각에 물은 말이었다.

"뭐라믄 어때요? 제가 싫으면 그뿐이지."

성파 씨는 혜주의 결의가 움직일 수 없는 것임을 알았다. 그리고 그 사건에 대해 심적 타격도 받지 않고 있음을 알 수 있었다. 심적 타격을 받지 않고 있다면 그미의 심경에 변화가 일어날 수 없다는 것도 짐작되는 일이었다. 결국 혜주는 다시 미국 갈 남자를 물색할 것이다. 성파 씨는 혜주에게 달리 미련을 가질 필요가 없다는 것을 알고,

"넌 그이를 사랑하지 않았니?"

그미의 왕수에 대한 심정이나 알아보려 했다. 진정으로 사랑했다면 현재 폐병을 앓고 있지 않는 한 미국 못 가게 된 것만으로는 파혼할 수 없으리라 생각되었기 때문이었다. 그런데 그미는,

"결혼하려구 했던 사람인데 사랑을 안 해요?"

그걸 몰라서 묻느냐는 듯이 말했다.

"진정으루 사랑했다면 그 조건으루 파혼을 할 수 있니?"

"사랑이라는 것은 상대적이 아닙니까? 결혼 조건이 말소되었으면 애정이 식는 건 당연하죠."

"그럴까?"

성파 씨로서는 이해할 수 없는 일이었다. 그러나 그미를 설득시킬 자신이 없기 때문에 더 추궁하지는 않았다. 그리고는 앞으로 어떻게 할 작정이냐는 것만 물었다.

"어떡허긴요? 남자 없을라구요."

성파 씨가 예상했던 대로의 대답이었다. 더 할 말이 없었다. 그러나 그는 이것이 자기의 마음을 이야기할 마지막 기회라는 생각을 했다. 마지막이라 생각하면서 이야기를 안 할 수 없는 심정이었다.

"너 한 번 달리 생각해 볼 수 없니? 몇 번 이야기했지만 미국 갈 생각 말구 애비와 함께 살 수는 없겠니?"

왕수와 교제하기 시작할 때 그는 몇 번이나 당부한 일이 있다. 그미가 미국엘 가지 않고 국내에서 산다면 자기가 외롭지 않을 것 그리고 재혼을 안 해도 좋으리라는 것을 몇 번이나 사정을 하듯 말했던 것이다. 그러나 그미는 번번히,

"나는 비록 아버지에게나마 희생이 되구 싶지 않아요. 꿈을 살리며 살겠어요."

이런 말로 그의 애원을 물리치곤 했다. 그런데 그미는 지금도 꼭 그와 같은 말로 거절을 했다.

"너보고 희생하라는 건 아니다. 한국에서 키울 수 있는 꿈을 가져 달라는 거지."

"한국에선 꿈이 이루어질 수 없다니까요."

"여자란 남자만 잘 만나면 행복해지는 거다. 아무 데서 살면 어떠니? 행복하면 되지."

"한국에선 행복의 조건이 너무나 제한되어 있어요."

"행복의 폭이 좁다군 해두 그래두 자기 나라라는 점에서 만족할 수 있잖

니?"

"과거의 한국 여성들은 너무나 좁은 세계에서 살았어요. 그래서 전부가 불행했던 거죠."

"그래두 한국 여자루 한국에서 살기 때문에 행복하다구 생각한 이가 얼마나 되니?"

"도덕의 노예들이었으니까 행복이 무언지두 모르구 산 불쌍한 여자들 아니었어요?"

성파 씨는 한 대 쥐어박기라도 하고 싶었다. 정말 주먹이 부들부들 떨렸다. 그러나 자식도 때릴 수 없는 세상. 그리고 때린다고 해서 복종할 자식도 아니지 않는가?

"너무 한다. 너무 해."

떨리는 음성이었다. 그것은 억울한 누명을 뒤집어쓰고 쫓겨가는 슬픈 여자의 마지막 말 같은 음성이었다.

"뭐가 너무 하다는 겁니까?"

혜주는 도리어 자기가 억울하다는 태도로 물었다.

성파 씨는 애비에게 그렇게 대하는 법이 어디 있느냐고 말해 주고 싶었지만 그 말도 차마 못하고,

"너무 하다. 너무 해."

하는 말만 되풀이했다.

"글쎄 뭐가 너무 하단 말예요?"

혜주가 신경질적으로 물었다.

성파 씨는 모르겠거든 그만둬라 하고는 담배를 꺼내 피워 물었다. 더 상대하지 않겠다는 태도였다.

"제가 뭘 잘못했어요?"

"………"

"말씀하세요. 답답해서 못견디겠어요."

그래도 성파 씨는 담배만 피웠다.

"말씀 안 하시면 이 방에서 안 나가겠어요."

협박이었다. 딸에게 협박까지 받고 있다, 생각하니 슬퍼졌다. 정말 눈물이 나올 것 같았다. 성파 씨는 그 슬픈 마음을 참을 수가 없어서 입을 열었다.

"생각해 봐라. 애비가 말하면 그래두 듣는 척이나마 하는 게 자식 도리가 아니냐? 그래 애비는 너를 망치게 하려구 하니? 네 행복을 생각지두 않는 것 같으니?"

그런데두 혜주는,

"세대차가 너무나 큰 걸 어떡헙니까? 그래 제가 구세대에 희생이 돼야만 하겠어요?"

지려고 하지 않았다.

"그만두자. 내가 잘못이다. 가서 자기나 해라."

혜주는 입술이 뾰족해가지고 자기 방으로 갔다.

'세대차가 크다고 하자. 또 새세대가 구세대에 희생될 수 없다고 하자. 그렇지만 자기를 위하는 애비의 마음만은 인정해 줘야 할 것이 아닌가?'

생각할수록 슬펐다.

성파 씨는 며칠 전 공항에서 본 관수를 생각했다. 배웅나온 가족들에게 형식적인 인사를 하다가 늙은 어머니에게는 말을 못하고 경건한 절만 하던 관수. 그것은 조국을 등지는 사람의 마지막 양심 같기도 해서 성파 씨의 눈시울을 뜨겁게 했었다.

성파 씨는 몇 해 전 미국 사람과 결혼하고 미국으로 떠나간 맏딸을 생각했다. 그녀는 공항까지 배웅나간 성파 씨에게,

"건강하시구 오래오래 사셔요."

하며 웃었다. 정말 명랑한 태도였다. 그때 성파 씨는 저 애가 비행기에 오르는 순간부터 자기를 잊어버릴 것이라고 생각했다.

3

보름쯤 지난 어떤 날 뜻밖에도 왕수가 찾아왔다. 무엇 때문에 왔는지는 모르나 성파 씨로서는 난처하지 않을 수 없었다.

혜주의 애비니 혜주의 편이 돼야 하겠지만 차마 그럴 수도 없는 일이고,

그렇다고 해서 왕수를 동정하는 태도로 혜주를 비난할 수도 없었다.

"어떻게 왔나? 혜주는 지금 없는데……."

자기로서는 할 말이 없다는 태도를 보이는 수밖에 없는 그였다. 그런데 왕수는,

"선생님께 말씀을 드리려 왔습니다."

혜주에게보다도 자기에게 할 말이 있어서 온 것처럼 말했다.

"내게 말해야 소용이 있나?"

성파 씨는 왕수에게 무관하고 싶었다. 관심을 가진댔자 어떻게도 할 수 없는 일이니까. 그런 태도를 보이는데도 왕수는 자기가 하고 싶은 말을 꺼내고야 말았다.

"혜주 씨가 저와의 약속을 파기했습니다. 들으셨습니까?"

"듣기는 했네."

성파 씨는 다 알고 있으나 자기와는 관계없는 일처럼 말했다.

"동공의 흔적이 나타나 결혼을 할 수 없다고 해서 그새 입원을 하고 동공의 흔적을 수술해 냈습니다. 이제 몇 달만 지나면 저는 격렬한 운동을 해도 무방할 만큼 건강을 회복하게 됩니다. 그런데두 혜주 씨는 결혼을 거절합니다."

왕수는 일단 경과를 보고하는 태도로 말했다. 그런데 성파 씨는 동공수술했다는 말에 이야기가 달라질 수 있지 않을까 하는 생각을 했다.

"그럼 미국에 갈 수 있게 됐다는 말인가?"

"갈 수 있습니다. 엑스레이가 깨끗하게 나올 테니까요."

"그런데두 혜주가 결혼 못하겠다는 이유가 무엇인가?"

"제가 사기를 했다는 것입니다. 폐병을 앓은 일이 있는데도 그것을 숨기고 있었다는 것은 사기를 해서 결혼하려는 심보였다는 것입니다. 폐병을 앓은 일이 있습니다. 대학교 2학년 때였습니다. 그러니까 칠 년도 더 되었습니다. 그 동안 아무런 증상도 나타나지 않은 것을 이야기해야 할 필요를 느끼지 않아 이야기 안 했던 것뿐입니다. 그것이 어떻게 사기가 되겠습니까?"

성파 씨는 왕수가 찾아온 이유를 알 수 있었다. 억울한 것이다. 억울하니

까 자기에게라도 호소하고 싶어 온 것이다. 그 호소하고 싶은 마음이 정당하다고 생각되었기 때문에 그는 아주 냉정할 수가 없었다.

"글쎄. 나두 사기라구 생각이 안 되네만 혜주가 그런다면 할 수 없잖나?"

자기로서 동정이 된다는 의사를 표시했다.

"선생님, 저는 혜주 씨를 진심으루 사랑했습니다. 진심으로 사랑했기 때문에 이러구 있을 수가 없습니다. 어떻게 했으면 좋겠습니까?"

왕수가 정식으로 성파 씨의 원조를 구하기 시작했다.

"자네 말을 충분히 알겠네만 당자의 의사가 그렇다니 나루서 어떻게 하겠나?"

자기가 나서야 되지 않을 것이 뻔한 일이니 일찍부터 발뺌을 할 수밖에 없었다.

"진실한 사랑의 보답이 이것인가 하구 생각할 때 죽구 싶을 뿐입니다."

"혜주가 마음을 돌이키두룩 이야길 잘해 보지 그래."

"몇 번이나 만났습니다. 죄인처럼 애걸두 했습니다."

"그런데두 말을 안 듣는다면 그건 혜주가 자넬 사랑하지 않았다는 거겠지."

"사랑은 했다구 합니다. 그렇지만 앞으루는 사랑할 수가 없답니다."

성파 씨는 혜주가 사랑이란 상대적이 아니냐고 하던 말을 생각했다. 그 말은 사랑하다가도 사랑의 조건이 틀릴 때는 그 사랑이 자연 포기되어야 한다는 뜻이다. 그런 생각을 가지고 있는 혜주의 마음을 누가 돌이킬 것인가?

"결국 혜주의 사랑이 부족했던 거야. 사랑이 부족했던 때문이지. 나는 그렇게밖에 생각할 수 없네. 사랑이 부족했던 사람과 무슨 이야기가 되겠는가?"

"사랑이 부족했다면 어떻게 결혼하자는 말을 했겠습니까?"

"글쎄. 그건 나두 모르겠네."

"선생님께서 한 번 말씀해 주십시오. 아버지의 말씀이야 안 들을 수 있겠습니까?"

성파 씨는 자기가 무능한 아버지란 걸 보여야 할 딱한 입장에 놓이게 되었다. 그러나 무능하다는 것을 감추기 위해 왕수에게 미련을 줄 수도 없는 일이었다.

"말은 해 보겠지만 그 애가 말을 들어 줄지가 의문일세. 워낙 고집이 센 애가 돼서……."

"한 번 약속했던 걸 타당한 이유 없이 파기할 수가 있습니까? 저는 이대루는 살 수 없는 심정입니다. 혜주 씨의 맘을 돌리두룩 꼭 말씀해 주십시오."

"알았네."

확실한 태도를 명시하지 못한 채 왕수를 돌려 보냈다. 그럴 수밖에 없는 자기였지만 왕수가 측은하게 생각되었고 혜주가 불칙하게 생각되었다.

'순박하고 무던한 사내다. 미국도 갈 수 있게 되었다. 무엇이 어째서 결혼을 못하겠다는 것이람.'

그 날 밤 혜주가 직장에서 돌아왔을 때 성파 씨는 그미를 불러다가 자기의 의견을 이야기했다. 그것은 왕수의 부탁 때문이 아니라 이야기하지 않을 수 없는 스스로의 심정 때문이었다.

"오늘 왕수가 왔다 갔다. 그 사람의 말을 들어서가 아니라 네가 그 사람과의 약혼을 파기할 이유가 없다구 생각하는데 그래 너는 그냥 고집을 부릴 생각이냐?"

"한 번 결정한 걸 어떻게 번복합니까? 그래 그 사람이 아버지께 뭐라구 말했는데요?"

"동공의 흔적을 수술까지 했다더라."

"그거믄 전분가요? 한 번 앓았던 사람은 재발할 위험성이 있대요. 그래 어떡허겠대요?"

"어떡허긴? 그저 슬픈 모양이더라."

"할 수 없죠. 모든 게 자기 때문인 걸."

"그 사람의 죄가 뭐냐? 사랑하는 사람에게는 필요 이상의 것을 말하구 싶지 않은 법이다. 옛날에 한 번 앓은 병 이야기를 안 했다구 그걸 어찌 사기라 말할 수 있니?"

"사랑하는 사람이라면 뭐나 다 이야기해야 하는 거 아녜요?"

"그렇다구 딴 사람과 연애하던 것두 전부 이야기해야 하니?"

"그거하군 다르죠. 들어서 불쾌할 거 이야기해서 뭣해요?"

"마찬가지. 지금은 건강한 몸인데 지나간 일을 이야기해서 너를 불쾌하
게 할 필요가 뭐니?"

"아무래두 알게 될 일 아녜요?"

"미국 간다구 엑스레이를 찍지 않았다면 어떻게 아니? 안들 또 무슨 상관
이냐?"

"그래두 속은 것이 분해요. 성실한 척하며 남을 속이려는 그 태도가 싫어
요."

"그래 마음을 돌릴 수 없다는 거지?"

"그래요."

"결국 너는 그이를 사랑하지 않은 거다."

"왜 사랑 안 해요? 사랑했으니까 모든 걸 다 바쳤지요."

성파 씨는 놀랐다. 몸까지 바치고도 쉽게 약혼을 파기하는 혜주의 마음이
상식적으로 해석하기 곤란했기 때문이었다. 그리고 애비에게 자기가 처녀
아니란 것을 힘들지 않게 표현하는 혜주의 태도에 놀랐다. 부끄러워서도 입
밖에 낼 수 없는 말이다. 그것도 힘든 방법으로 표현한 것도 아니다. 제 친
구들에게 이야기하듯 그리고 남에게 떡 한 개 주듯이 애비에게 그런 말을
어떻게 할 수 있담.

성파 씨는 어이가 없어서,

"그러구두 그 사람하구 끝내 결혼 안 할 생각이냐?"

하고 물었다.

"할 수 없죠 뭐."

혜주에게는 더 생각할 가치도 없는 일인 모양이었다.

"사람이 그럴 순 없다. 특히 여자로서……."

"아버진 여자를 남자보다 차원이 낮은 인간으루 생각하시는 그 사고방식
이 틀렸어요."

그미는 성파 씨를 공박하려고 나섰다.

"옳다. 네 말이 옳다."

성파 씨는 더 이야기하기가 싫었다. 빨리 자기 방으로 돌아가 주기만을 바랐다. 그런데 혜주는,

"다시 또 오지 못하게 따끔하게 이야기해 주세요. 이젠 보기두 싫어요."

침을 놓듯 말하고야 자기 방으로 갔다.

다음 날 미국에 있는 아들에게서 소포와 편지가 왔다. 겨울 스웨터와 털양말이었다. 겨울에 쓰라고 보낸 물건들이었다. 그래도 자기를 생각해 주는 아들이 대견스럽게 생각되었다. 편지에는 문안 인사가 있은 뒤 혜주도 미국에 오게 되었다니 혼자 외롭게 지낼 것 없이 아버지도 미국에 와서 살라는 사연이 쓰여 있었다.

역시 아들이 애비를 생각할 줄 안다고 생각했다.

나두 가 버릴까? 무얼 믿구 산담. 사랑하는 사람 하나 없는 조국에서 누구를 바라보며 살 것인가?

성파 씨는 아버지라고 자기를 위해 줄 아들을 생각했다. 거기는 며느리도 손자도 있다. 마음을 의탁하고 살다가 죽을 수가 있다.

그러나 그것은 결정적인 생각이 아니었다. 그저 순간적으로 그렇게 느껴 본 것뿐이었다. 오래오래 두고 젖어 온 생각을 그 순간적인 느낌으로 지워 버릴 수는 없었다.

성파 씨는 언젠가 갔던 설악산을 생각했다. 기기묘묘하게 생긴 산과 산. 산 뒤에 산이 있고 그 산 뒤에 또 산이 있다. 산과 산 사이에는 끝없는 계곡이 있고 계곡마다에 파란 물이 흐르고 있다. 그 산 속에 내가 있고 내 속에 산이 있다고 느끼던 감회.

그는 또 시골 농촌을 머리에 떠올렸다. 울타리 없는 초가집 마을에 닭이 모이를 주우며 산책을 한다. 초가지붕엔 빨간 고추가 널려 있고 흰 박이 머리만 내놓고 있다. 수천 년 동안 조상들이 말없이 살아 온 고장. 그 속에 내가 있고 내 속에 그것들이 있다고 느껴 온 한국.

성파 씨는 자식의 친절에서 혼자를 아끼는 것보다 조국을 보며 혼자가 아

님을 느끼는 마음이 더 위대한 것 같았다. 오후에 혜주가 직장에서 전화를 걸어 왔다. 그리고는 성파 씨더러 어떤 호텔의 그릴로 나오라 했다. 성파 씨는 그미가 새로 생긴 남자를 소개하려나 보다 생각하면서도,

"왜?"

하고 물었다.

"글쎄 나와 보시면 알아요."

혜주는 구체적인 이야기를 안 했다. 틀림없이 그럴 거라고 생각했다.

"내가 나가서 뭣 하니?"

그것은 성파 씨의 진심이었다. 제멋대로 하는 혜수다. 애비란 형식적으로 한 번 거치는 문에 지나지 않는다. 아버지는 딸을 통과시킬 권리도 없고 안 통과시킬 자유도 없다.

"그 호텔 그릴 아시죠? 여섯 시에요. 꼭 나오셔야 해요."

혜주는 성파 씨의 의사를 물으려 하지 않고 일반적으로 강요했다. 그렇게까지 나오는데 성파 씨가 어떻게 거절할 것인가? 그런 것이 아버지가 아닐지?

"그래 나가마."

별 흥미를 느끼지 못했지만 그는 딸이 지정한 곳으로 나갔다. 그런데 거기엔 남자가 한 명도 없고 여자만 셋이 앉아 있었다. 혜주를 뺀 두 여자는 모두 초면이었다. 한 여자는 사십이 좀 지났을 듯 보였고 한 여자는 혜주보다도 나이가 적어 보였다.

혜주의 소개에 의하면 젊은 여자는 혜주의 친구요, 나이든 여자는 그 친구의 언니였다. 그 정도의 소개만 해 놓고는 별다른 의미 없는 말이 혜주를 중심해서 오갔다. 성파 씨는 궁금했다. 별 용건도 없는 모양인데 혜주는 무엇 때문에 알지도 못하는 여자들과 한 자리에 앉자 한 것일까? 물론 혜주가 자기의 결혼을 위해 꾸민 연극이란 생각이 안 든 것은 아니지만 꼭이 그렇다고 단정할 수는 없었다. 자기의 상대가 되기에는 두 여자가 모두 너무나 젊었기 때문이었다. 그는 왜 나오랬느냐고 물을 수도 없는 노릇이라 저녁식사를 하며 혜주를 비롯해 그 여자들의 눈치만 살폈다. 그런데 나이든 여자

의 태도가 조금 수상했다. 필요 이상으로 수줍어하는 것이었다.

얼굴을 쳐들지 않았다. 음식 먹는데도 유별나게 조심스러웠다. 성파 씨는 그 여자가 자기에게 선을 보이러 온 것이라 단정했다. 그러자 관심이 쏠렸다. 사십이 채 못 됐는지 혹은 조금쯤 넘었는지 모르지만 어쨌든 얼굴 어디라도 주름살이 하나도 없었다. 얼굴도 예쁜 축이었다. 음식을 먹을 때 소리를 내지 않으려고 애쓰는 것으로 보아 교양도 있는 여자다. 나이에 어울리지 않게 수줍어하는 것으로 보아 얌전한 성격일 게 분명했다. 더구나 한복을 입지 않고 무릎팍이 드러나는 양장을 한 것이 시대에 뒤떨어지지 않으려는 여자 같기도 했다.

성파 씨의 시선이 자꾸만 그미에게로 갔다. 보는 척하면서 보기도 했고 안 보는 척하면서도 봤다. 볼 때마다 자꾸만 마음이 끌려갔다. 간혹 자기 나이에 비해 너무나 젊지 않았는가 생각도 해 봤지만 젊으니까 좋은 것이 아니냐고 마음을 돌이키기도 했다. 과거에 선을 본 여자들은 너무나 나이가 많았다. 거의가 오십이 다 된 그야말로 노파들이었다. 그래야 자기와 어울릴 것이라는 소개인들의 의사였다. 하기야 그래도 자기보다는 대여섯 살 아래들이었다. 그런데도 모두가 노파로 보여 마음이 끌리지 않았던 것이다. 노파가 아닌 여자는 딸린 식구를 가지고 있었다. 전 남편의 애를 맡고 있거나 그렇지 않으면 의탁할 데 없는 노모(老母)를 가진 여자였다.

그러니 이 여자에게도 어떤 조건이 딸려 있을지 모른다. 그런 것은 싫다. 순수하게 자기가 좋아서 결혼하려는 것이라면 모르나 재산을 바란다든가 부양 가족을 먹여 살리려는 구질구질한 욕심이 있다면 생각할 나위도 없다. 그런 것으로 보아 성파 씨는 아직 자기대로의 욕망을 가지고 있는 남자다.

그런 생각을 하면서도 그의 시선이 그미에게 쏠리기만 하는 것은 무엇 때문일까? 그리고 볼수록 마음이 끌렸다. 드디어 그는,

"고향이 어디신가요?"

그녀에 대한 관심을 표시하기 시작했다.

"충청북도 충줍니다."

목소리가 똑똑하고 말이 예절발랐다.

"양친이 거기서 사시나요?"

"네!"

"부친님은 뭘 하고 계시는데?"

"연로하셔서 그냥 쉬구 계셔요. 오빠가 과수원을 하구 계시니까요."

먹을 것도 있는 집안이다. 구질구질한 문제로 결혼하려는 것이 아님이 분명했다. 더욱 호감이 갔다.

성파 씨는 나이라든가 과거의 생활 같은 것이 알고 싶었지만 당자에게 직접 물을 수가 없는 일이라 다음 혜주에게 묻기로 하고 헤어졌다.

집으로 돌아오는 길에 혜주로부터 나석희(羅石姬)라는 그 여자가 나이는 서른아홉 살, 그리고 벌써 몇 해 전에 바람피우는 남편과 이혼하고 쭉 혼자 살아 온 여자라는 것을 알았다. 모두가 다 좋았다. 다만 자기보다 나이가 십육 년이나 아래라는 것이 조금 꺼림칙했다. 그러나 그는 혼자 빙그레 웃었다. 그렇게 젊은 여자와 결혼하게 된 자기가 유복한 남자라고.

"넌 어떻게 그런 여자를 다 알게 됐니?"

성파 씨는 사뭇 만족스러운 태도로 혜주가 기특하다는 듯 물었다.

"벌써부터 물색해 왔어요. 오빠가 책임지구 아버지 결혼시키라는 편지두 했구요. 직장에 같이 있는 친구의 집에 갔다가 그녀의 언니를 보고 난 뒤 친구에게 결혼의사를 타진했죠."

"그래 내 이야길 다 했니?"

"그럼요. 저쪽에서 먼저 만나게 해 달라던데요, 뭐."

성파 씨는 이내 처음으로 혜주가 신통한 애란 걸 느꼈다. 자기만 생각할 줄 아는 혜주로서 어찌 애비 장가보낼 생각을 다 하다니……

"그래 보고 난 뒤 어떻다던?"

"한 번 모시구 자기 집으루 오라던데요. 아버진 어떠세요?"

"나한텐 과남한 여자겠지?"

"그럼 제가 적극적으루 추진시킬게요."

성파 씨는 무언으로 묵인을 했다.

그리고 석희가 꽤 적극성이 있는 여자라는 것을 알고 일이 다 된거나 마찬가지라 생각했다. 그래서 이야기를 딴 데로 돌릴 여유까지 생겼다.

"그래 넌 어떻게 할 작정이니?"

"어떻게 되겠지요 뭐. 요새 어떤 남자와 교제하기 시작했어요."

"어떤 남잔데?"

"좀 두구 봐야 알겠어요. 좀 나이든 남잔데 얼마 안 있어 미국에 있는 회사 지점에 가서 근무하게 된대요."

"몇 살인데?"

"서른두 살이래요."

성파 씨는 혜주가 남자 교제에는 재간이 있다고 생각했다. 더욱이 미국 가는 남자를 찾아 내는 데는 귀신 같다고 느꼈다.

그런데 다음 날 왕수가 다시 찾아왔을 때 성파 씨는 혜주를 마땅찮게 생각했다. 왕수는 몇 번이나 혜주를 만났지만 혜주가 말을 꺼내지도 못하게 했다는 것이었다. 그래서 왕수는 괴롭기만 해서 무엇 하나 손에 잡히는 것이 없다고 했다. 미국 갈 생각도 포기 상태에 있다는 것이었다.

남을 그렇게까지 괴롭게 만들어 놓고 자기는 또 다른 남자와 교제를 하다니……. 세상 여자가 다 그렇다면 여자를 믿고 살아갈 남자가 있겠는가?

"선생님. 전 어떻게 하면 좋습니까?"

왕수가 의지할 데가 없는 사람처럼 성파 씨에게 매달렸다. 측은하기 짝이 없었다.

"글쎄 낸들 어떡허겠나?"

발뺌이 아니었다. 진심으로 힘이 되어 주고 싶었지만 자기 힘으로는 어떻게도 할 수 없는 일이었다.

"꼭 병이 재발할 것 같습니다. 재발하기만 하면 저는 죽습니다."

딱했다. 그런 정신 상태라면 병이 재발할 가능성이 충분하다.

"이 사람아. 여자가 없어서 고민을 하나? 그 애보다 나은 여자가 얼마든지 있을 걸세."

씨가 먹지 않을 말인 줄 알지만 성파 씨도 그 이외의 말을 할 수가 없었다.

"여자가 백만 명이 있으면 뭣합니까? 이런 상태에선 다른 여잘 생각할 수두 없습니다."

"맘을 느긋하게 먹게. 세상이 다 그런 걸 어떡허나? 맘이란 자기가 잡기 마련이지."

"자기 맘이지만 자기 생각대루 할 수 없는 게 또 마음이 아니잖습니까?"

"그래두 사람이란 살아가기 마련이야. 든든하게 맘을 잡게."

그에게 약이 될 말이 무엇이겠는가? 성파 씨가 할 수 있는 모든 말을 했지만 왕수는 어떻게 했으면 좋으냐고 끝까지 한숨뿐이었다.

성파 씨는 잘 아는 처녀가 있으면 소개를 해 주고 싶었다. 그러면 왕수의 마음이 조금 변할 것 같았다. 그러나 자기가 아는 그런 처녀가 어디 있는가? 왕수를 돌려 보낸 뒤 성파 씨는 왕수가 죽지나 않을까 하는 겁을 먹었다. 자기의 딸 때문에 그가 죽는다면 자기에게도 책임이 있다. 가슴이 두근거렸다.

성파 씨는 문득 어제 만났던 나석희 동생을 생각했다. 아직 정한 곳이 없다면 말해 볼 수 있는 처녀다. 그러나 혜주를 통해서 이야기할 수는 없다. 혜주 모르게 나석희를 통해서 이야기를 해야 한다.

그렇게 생각을 하니 하루속히 나석희가 만나고 싶어졌다. 나석희!

성파 씨 눈에 나석희의 얼굴이 자꾸 떠올랐다. 아직 젊었고 멋쟁이다. 빨리 결론을 내고 싶었다. 결혼해서 같이 사는 것을 본다면 남들이 부러워하겠지? 나를 염복이 있는 남자라고들 할 것이다. 마음이 변하기 전에 빨리 결혼을 하자.

그러나 그의 마음은 단순치 않았다. 그렇게 젊은 여자와 결혼하는 자기를 망령 들렸다고들 하지 않을까? 그렇게 젊은 여자와의 부부생활이 끝까지 원만할 수 있을까? 이런 걱정이 생기는 동시 그렇게 젊고 멋쟁이인 그녀가 다 늙어 빠진 자기와 결혼하려는 의도가 무엇일까? 반드시 무엇이 있을 것 같은 의혹이 들었다. 친정집이 그리 가난치가 않다. 그리고 본인은 지금 양장점을 개업중이라 한다. 자기의 재산을 보고 결혼하려는 것은 아닐 것 같다. 그러면? 아무래도 알 수 없는 일이었다. 권력이나 지위도 없다. 시내에 9층짜리 빌딩 하나와 변두리에 땅 몇천 평이 있을 뿐이다.

성파 씨는 밤늦게 돌아온 혜주에게 나석희가 왜 자기와 같은 남자와 결혼하려느냐고 물었다. 묻지 않고는 불안해서 견딜 수가 없었던 것이다.

"결혼에두 이유가 있어야 하나요? 혼자서는 외로우니까 하는 거지……."

"젊은 남자가 많을 게 아니냐? 하필 나와……."

"사십이 다 된 과부를 누가 데리구 갑니까? 처녀두 서른만 넘으면 시집가기 힘든 세상에……."

이해가 갈 것 같기도 하고 이해가 안 되는 것 같기도 했지만 성파 씨는 이해할 수 있다는 태도를 보이지 않을 수 없었다. 그런 것 만 같지는 않다고 해도 혜주가 시원한 대답을 안 할 것 같아 속은 척하며 속는 것이 심사가 편할 것이란 생각을 했던 것이다. 그래서 언제쯤 만날 수 없냐고 묻고 싶었지만 그 말이 차마 나오지 않아,

"왕수가 큰일났더라. 오늘 또 오지 않았던."

하고 화제를 돌려 버렸다. 그 말에 혜주가 발칵 화를 냈다.

"빌어먹을 자식. 할 말이 있거든 나한테 할거지, 아버질 찾아다닐 게 뭐야."

"얼마나 괴로우면 날 찾아오겠니?"

"죽는대두 전 몰라요. 그런 이야기 앞으룬 하지두 마세요."

혜주는 더 말을 붙이지 못하게 했다.

성파 씨는 저 애가 얼마나 행복하게 살려고 저러나 생각하면서도 입을 다물어 버렸다. 까짓 거. 나하구 아무 상관도 없는 일인데……. 나석희 이야기나 좀 해 주었으면 좋겠다. 그러나 혜주는 나석희 이야기를 입 밖에도 꺼내지 않고 자기 방으로 돌아갔다. 성파 씨는 그새 일이 틀어지고 만 것이나 아닌가 하고 생각했다. 그렇지 않고서야 가타부타 말 한 마디 없을 수가 없다. 불안했다. 내일까지 말이 없거든 혜주에게 독촉을 해 봐야지.

다음 날 아침 독촉을 하기 전 혜주가 드디어 입을 열었다.

"오늘 어디 나가시지 않지요?"

그러니까 오늘 석희와 만나게 해 주겠다는 뜻이 아니겠는가?

"나가기는……."

아무때까지라도 기다리겠다는 뜻을 표시했다.

"오전 중에 전활 걸겠어요."

"그래라."

성파 씨는 혜주가 소개의 책임감을 느낄 줄 아는 기특한 애라고 생각했다. 그런 기특한 애가 어쩌면 평소에는 자기 말을 듣지 않고 제멋대로만 할까?

혜주는 출근한 지 얼마 안 되어 전화를 걸어왔다. 어떤 다방으로 나오라는 것이었다. 그것도 꼭 자를 붙여서 안 나가면 낭패라는 듯이 말했다. 성파 씨는 약간 어깨가 으쓱했다. 나석희 쪽에서 등이 달아하는 것 같았기 때문이었다. 아무리 나이가 젊다 해도 여자는 여자로구나. 다방에 갔을 때 혜주는 보였지만 나석희가 보이지 않았다. 그 대신 어떤 남자가 혜주와 같이 앉아 있었다. 혜주는 그가 옆에 가서 앉자마자 그 남자를 소개했다.

"미리 말씀드렸던 K씨예요."

혜주의 소개가 있자 금시 그 남자가 일어서서 인사를 했다. 그러니 혜주가 성파 씨를 나오란 것은 석희 때문이 아니라 이 K라는 남자 때문이었다. 성파 씨는 실망을 느끼는 동시 혜주가 깜찍하기 짝이 없다고 생각했다.

"제가 일하구 있는 회사하구 관계 있는 회사에서 일하구 계세요."

그런 관계로 알게 된 사이라는 것을 혜주가 설명했지만 성파 씨는 속았다는 생각만을 했다. 괘씸한 것 같으니. 애비를 속여서 결혼 상대를 만나게 하다니? 속여야 할 필요가 뭐람?

성파 씨는 K라는 남자를 보는 둥 마는 둥했다. 본다는 책임감도 느끼고 싶지 않았던 것이다. 그런데 얼핏 본 것이지만 너무나 늙었다는 인상이 그의 얼굴을 찡그리게 했다. 사십이 다 된 남자 같았다. 그런 남자를 신랑감으로 고른 혜주의 눈이 삐뚤어진 것이라 생각되기도 했다. 스물다섯 살밖에 안 된 처녀가 그래 사십이 다 돼 보이는 남자와 결혼을 하다니. 혜주는 서른 몇 살이라고 말했지만 그것은 속여서 하는 말이다. 틀림없이 사십이 다 됐다. 까짓 거 내 알 바 뭐람. 미국 가는 남자만 고르다가 이런 꼴이 된 건데.

차라리 잘 됐는지도 모르는 일이지.

성파 씨는 또 엉뚱한 생각을 했다. 자기와 나석희와 연령 차이가 많지만 그것쯤 문제될 것이 하나도 없는 일이라고. 젊은 애들도 그런데 나이든 사람끼리야 문제될 것도 없다.

이런 생각을 하니 혜주를 괘씸하게 여기던 마음이 조금 풀렸다. 어쩐지 공범자 의식 같은 것이 생겨 K라는 남자에게 관심이 가려고 했다. 그런데 혜주가 K더러 바쁠 텐데 빨리 가 보라고 돌아가기를 독촉했다. 혜주는 시계를 보며 초조하게 독촉했지만 K가 빙글빙글 웃으며 자리를 뜨지 않았다. 혜주와 조금이라도 더 있고 싶은 모양이었다. 그럴 때였다. 뜻밖에도 나석희가 들어왔다. 성파 씨는 놀랐지만 속으로는 기뻤다. 어떻게 알고 그녀가 찾아온 것일까? 어쨌든 이렇게 해서 네 사람이 한 자리에 앉게 되었다. 그때 혜주가 시계를 보며,

"어떻게 일찍 나오셨네요?"

의외라는 듯 물었다.

"할 일두 없구 해서 일찍 나왔지."

나석희로서는 모두가 자기보다도 더 일찍 나와 있으니 마음이 흐뭇했을 것이다. 모르는 남자가 한 사람 있다고 해서 별달리 생각할 여유가 없을 것이다. 성파 씨도 두 쌍의 데이트가 어색하기는 했으나 그것은 오직 혜주의 시간 조절이 들어맞지 않은 탓으로 돌릴 수밖에 없었다. 어색하기는 했지만 나석희가 약속 시간보다 일찍 나와 준 것이 흐뭇할 뿐이었다. 더구나 혜주가 볼일이 있어서 먼저 가니까 천천히 이야기들 하라면서 K라는 사람과 나가 버리자 성파 씨는 나석희와 이야기를 순조롭게 진행시킬 수 있었다.

"지난번에는 실례 많았습니다."

실례한 것도 없지만 예의를 아는 남자라는 인상을 주고 싶어 공손한 태도를 보였다.

"제가 실례했겠지요."

지난번과 달리 나석희는 별로 수줍어하는 태도가 아니었다. 다정한 눈으로 성파 씨를 쳐다보며 웃음까지 보냈다. 이야기가 순조롭게 진행됐다. 어떤

이야기도 기탄 없이 묻고 대답했다. 나석희는 이런 말까지 했다.

"사모님이 돌아가신 지 오랫댔다던데요?"

재혼 안 한 이유라도 따로 있느냐는 질문이었다.

"재혼할 생각이 별반 없었지요. 간혹 중매하려는 사람도 있었지만 그런 땐 상대가 별로 맘에 들지를 않아 오늘까지 끌어 온 겁니다."

"저 같은 여자만 못한 여자두 있을까요?"

"천만의 말씀입니다. 내가 너무 부족해서 되려 걱정하구 있는데……."

"뭐가 부족하시죠?"

"보면 다 알 텐데요?"

"모르겠는데 말씀 좀 해 주세요."

그들은 활짝 핀 얼굴로 웃었다. 정이 교류되고 있는 증거였다. 그들은 음식점에 가서 점심을 먹었고 다음 만날 시간과 장소를 약속했다.

4

한 달이 채 못 되어 그들은 결혼을 했다. 예식장에서 결혼식을 올리진 않았지만 집안에서 잔치를 함으로 양가 친척들에게 결혼을 선포했다. 다정한 부부생활이 시작되었다. 나석희는 양장점을 경영하며 낮에는 가게로 나갔지만 하루에도 몇 번씩 전화를 걸었다. 성파 씨도 심심하면 가게로 나갔다가 그미와 함께 집으로 돌아왔다. 토요일이나 일요일에는 극장 구경도 다녔고 백화점 순례도 했다. 성파 씨가 연령에서 오는 열등의식을 느끼지 않아도 좋을 만큼 나석희는 자연스럽게 애정을 보여 주었다.

성파 씨는 자기가 남들이 일생 동안 한 번밖에 맛보지 못하는 행복을 두 번 맛본다고 생각했다. 산다는 것과 생활한다는 모든 것에 새로운 의미를 느끼기도 했다. 그런데 결혼한 지 보름쯤 지난 어떤 날 양장점에서 돌아온 나석희가 옷도 갈아 입지 않은 채 돌아앉아 눈물을 흘리는 것이었다. 밖에서 무슨 일이 있었던 모양 같았다.

성파 씨는 그미를 위로해 줄 의무감을 느꼈다. 그래서 무슨 일이 있었느냐고 몇 번이나 물었지만 그미는 대답을 안 했다. 성파 씨는 자기를 의지하

려는 태도가 아니란 생각이 들어,

"내겐 말할 수 없는 일야?"

약간 화를 내보였다. 그런데도 그미는 대답을 안 했다. 울음만은 그쳤지만……

"비밀이 있는 모양이로군?"

정말 비밀이 있다면 돌려 보내는 수밖에 없다고 생각하는 성파 씨였다.

"비밀은요."

나석희는 누명만은 쓰기가 싫은 모양이었다. 겨우 입을 열었다.

"비밀이 아님 왜 말을 안 하는 거야?"

"………"

그미가 또 다시 입을 다물었다. 마치 묵비권을 쓰는 태도였다.

"비밀이 있어두 좋아. 젊은 여자에게는 있을 수 있는 일이니까."

성파 씨가 너그러운 듯한 태도로 말했을 때야 그녀는,

"그런 거 아니라니까요."

겨우 대답할 태세를 보였다.

"그럼 뭐냐 말야. 말을 해야 알지."

"꾸중 마세요."

"꾸중은 왜 해. 말만 하라구."

"오늘 혜주에게서 뜻밖의 말을 들었어요."

"혜주한테서?"

성파 씨는 혜주가 경솔하게도 나석희가 알아서 안 될 이야기를 한 것이라 생각하고 마음을 졸였다.

"미국 가기를 단념했다잖아요?"

성파 씨로서 초문의 이야기였다. 그럴 리가 없다고 생각하면서도,

"미국 안 간다는 말이 뭐 그리 뜻밖의 말인가?"
하고 물었다.

"혜주가 머지않아 자기도 미국엘 간다구 그랬거든요."

"그래. 내가 미국에 안 가게 되어서 우는 거야?"

"지금은 꼭 가야 한다구 생각잖아요. 그렇지만 꿈이 깨진 것 같아서 울었죠. 달리 생각지 마세요."

성파 씨는 아는 사람을 만났을 때 반가워서 손을 내밀었다가 무안을 당한 때와 같은 기분이었다. 아는 친구는 자기를 본 척도 않고 자기 뒤에 있는 사람과 반가이 악수를 하는 그런 경우였다. 나와 결혼하고 싶어서 결혼한 것이 아니라 미국 간다는 조건과 결혼을 한 석희!

"어떡허지? 지금이라두 물러가야겠구만……."

"그래서 꾸중 말라구 하잖았어요? 지금은 미국 갈 생각 없어요."

"잘 생각해서 하라구. 난 물러두 아무렇잖으니까."

"그럼 제가 싫어졌단 말씀인가요?"

도리어 나석희가 공세로 나오기 시작했다.

"그런 건 아냐. 임자를 생각해서 한 말이지."

"싫으시다면 가겠어요. 다 털어놓구 이야기했는데두 남의 맘을 몰라 주시니……."

샐쭉해서 돌아앉은 나석희를 보자 성파 씨는,

"그럼 그런 이야기 다시 말기루 해."

하고 그미의 손을 잡았다.

"외롭게 혼자 살 때 전 정말 미국이라두 가구 싶었어요. 그럴 수 있잖아요?"

석희는 그 이상 아무것도 없다는 듯이 말했다.

"알았다니까. 이젠 그만둬. 난 어떤 일이 있어두 외국엔 안 갈 생각이니까 그것만 알아 주구……."

"좋아요."

그들은 완전한 화해 무드 속에서 서로 웃음을 교환했다.

"그런데 혜주는 왜 미국을 단념했다구 그래?"

성파 씨가 화제를 돌렸다.

"교제하던 남자 있잖아요? 그 남자가 총각이라더니 어엿한 부인이 있는 남자였대요. 부인이 혜주를 찾아왔던 모양이죠. 그만 질렸대요. 그리구 산다는 데 지쳤구."

"그놈은 왜 거짓말을 했을까?"

"부인과 사이가 좋잖은가 부죠. 혜주와 결혼해 가지구 미국으루 도망갈 모양이었던가 봐요."

"별놈 다 있군."

"혜주가 불쌍하던데요."

"잘 됐지. 상을 줘야겠군."

"당분간 모른 척하구 계세요. 요즘 정신이 없을 테니까."

나석희가 신신당부를 했다. 성파 씨도 남이 속을 앓고 있을 때 잘 된 일이라고 마음을 자극시킬 수는 없었다.

그러나 다음 날 왕수의 편지를 받자 그냥 모른 척만 하고 있을 수는 없었다. 저녁때 돌아온 혜주를 불러 앉히고 왕수의 편지를 보여 주었다. 병이 재발할 것 같은 기미가 보여 시골로 내려간다는 비장한 내용이었다. 편지를 읽은 혜수가 무표정한 얼굴로 그 편지를 내밀었다.

"회답해 줄 생각은 없니?"

성파는 혜주의 표정을 살피며 대답을 기다렸다. 즉석에서 대답하긴 힘든 일이겠지? 혜주는 대답을 못했다.

"천천히 생각해라."

혜주를 자기 방으로 돌려 보낸 뒤 성파 씨는 혼자 빙그레 웃었다. 실연을 해 봐야 인생을 안다더니 혜주도 이제 사람이 조금 달라지겠군…….

(원)《월간문학 38》 1972. 1

도박

너무나 많구나. 스무 명을 뽑는다는데 지원자가 삼백오십 명이 넘는다. 이렇게 많아서야 어찌 합격을 바랄 수 있을 것인가?

균회는 답안지를 쓰다 말고 교실을 한 바퀴 둘러보았다. 근 백 명이나 되는 어른들이 심각한 표정으로 답안지를 메꾸고들 있다. 개중에는 칠판 쪽에 눈을 두고 샤프펜슬을 깨물고 있는 사람도 있었다. 생각이 안 나는 모양이지. 나처럼. 너덧 교실을 메꾸고 있는 수험자 가운데 야맹자처럼 눈앞이 깜깜해 초점 잃은 시선으로 허탈 상태에 있는 사람이 얼마나 많을까?

균회는 답안지를 내고 나가는 사람이 빨리 나서기를 기다렸다. 아무리 쥐어짜도 답안지를 채울 묘안이 생각나지 않았던 것이다. 이왕 쓰지를 못할 바에야 우리 속에 갇혀 있는 동물처럼 무겁고 부자유스런 분위기 속에 앉아 있을 필요가 무엇인가? 시원한 바람이라도 쏘이고 싶었다.

그러나 시작된 지 십 분 정도밖에 안 지난 때여서 그런지 밖으로 나가는 사람은 한 명도 없었다. 그렇다고 해서 자기가 제 일착으로 내놓고 나갈 용기는 없었다.

감독관은 제 일착으로 낸 답안지만은 교실에서 읽어 보는 법이다. 그것은 자기의 체험으로 잘 알고 있는 일이다. 거의 백지에 가까운 답안지를 볼 때 감독관은 반드시 쓴웃음을 웃는다.

그는 다시 문제지를 들여다보기 시작했다. 단순히 시간을 메꾸기 위함이었다. 그래도 혹시나 하는 생각이 없지는 않았다. 기억이란 뜻하지 않은 계기에 되살아나는 수가 있다.

그러나 두어 문제를 읽고 나자,

"빌어먹을……."

혼자 중얼거렸다. 출제자가 대학교수들일 것이 틀림없다. 대학교수란 자들이 이렇게 비실용적 문제를 낸 까닭이 무엇일까? 수험자들을 골리기 위해서라면 짓눌리고 있는 자기들 생활 감정의 순수하지 못한 폭발이라고밖에 해석할 수 없다.

전공하는 분야 하나만 연구하는 자기들의 그 까다로운 지식을 가지고 국어 일반에 대한 광범위한 지식을 가르쳐야 하는 중·고등학교 교사들과 싸우려 하는 악취미라고 해석할 수밖에 없었다. 백지에 가까운 답안지를 보고 중·고등학교 교사들의 실력이 겨우 이 정도냐고 만족스런 웃음을 웃기 위한 악취미.

균화는 답안지에 작대기를 마구 그어 놓고 싶은 심정이었다. 이런 것을 문제라고 냈느냐 하는 반항심이었다. 그러나 내가 못 쓰는 것을 다른 사람이라고 쓸 것인가? 그는 다시 끄적이기 시작했다. 자신이 없어도 어림해서 적어 넣는 것이었다. 답안지를 내고 나가는 사람이 보였다. 몇 명이나 나가는 것을 보았지만 그는 서두르지 않고 답안지를 메워 나갔다.

틀렸다고 해도 쓰려고 한 성의를 봐 주리라는 마음에서였다. 자기도 학생들의 시험답안지를 꼬늘 때 정답을 쓰지 못했다 해도 글씨가 단정하고 쓰려고 한 성의가 보이는 것에 대해서는 점수를 후하게 준다. 공부는 잘 못한다 해도 평소 인상이 좋은 애들에게는 점수를 많이 준다.

이만한 정도면…….

그는 빈 자리가 없는 자기의 답안지를 살펴본다. 글씨가 단정하다.

그는 답안지를 갖다 내고 복도로 나왔다. 아는 사람들끼리 모여 숙덕숙덕했다. 자기가 쓴 해답이 맞는가 안 맞는가 궁금해서들 그러는 눈치들이었다. 균화는 도리어 아는 사람을 만날까 하여 복도 맨 끝자리로 갔다. 담배를 꺼내 피워 물고 창밖을 내다봤다. 아는 사람이 지나간다 해도 못 본 척하기 위함이었다. 하기야 자기보다 나이가 훨씬 많은 사십대의 남자들도 있었다. 남자뿐 아니라 사십대가 넘은 여자들도 있었다. 창피할 것이 없을 일이지만 그래도 창피하다는 생각이 드는 것을 어찌할 수 없었다.

그런데 몇 걸음 떨어진 곳에서 담배를 피우고 있던 젊은 남자 하나가 그에게로 다가오며 아는 체했다.

"오셨군요?"

통성명한 일은 없지만 두어 주일 전쯤 어떤 신문사 기자 채용 시험장에서 만났던 사람이다. 그 사람의 첫인사가 오셨군요 하는 것은 당신도 그 신문사 시험에 떨어졌군요 하는 뜻이리라. 적이 불쾌했지만 결국 동류라는 의식에서,

"한 번 쳐 보는 거죠."

하고 빙그레 웃었다.

"여기두 굉장한 경쟁인데요."

"어딜 가나 다 마찬가지군요."

"빌어먹게 문젠 왜 그렇게 까다롭죠."

그 사내도 자신이 없는 모양이었다. 균화는 자기도 마찬가지 기분이었지만 동조하기가 싫어,

"그래야 실력차가 드러나겠죠."

마치 자기는 시험을 잘못 보지 않았다는 듯이 말했다.

"앞으룬 몇 달 동안 시험두 없을 것 같은데 걱정입니다."

신년도에 채용할 각급 관공서나 회사의 채용 시험이 거의 끝나가고 있음을 걱정하는 말이었다.

"그새 몇 군데나 시험을 봤는데요?"

"대여섯 군데 됩니다."

균화는 그가 무척 머리 나쁜 사람이라고 생각했다. 그러나,

"시험 성적만으루 채용이 됩니까? 사전 공작을 하셔야지."

하고 말했다. 잘못하다가는 자기도 머리가 나쁜 사람에 끼게 될 테니까.

"그런 것 같지만 어디 힘이 있어야죠."

"난 이제 이런 시험 치지 않겠습니다. 있는 학교에서 늙죠."

이 말에 그 남자는 약간 놀라는 표정을 지었다.

"현직 교사란 말씀이세요?"

"그렇죠."

그는 일류 학교에 근무하고 있는 것처럼 버젓하게 대답했다. 그리고 그 뒤에 있을 질문에 대답할 말을 생각했다.

청년은 예상했던 그대로 질문을 했다.

"그러면서 귀찮은 시험을 왜 자주 치시죠?"

"학교 선생이 따분하기 때문이죠. 그 좁은 세계에서 벗어나려고 여기저기 넘봤지만 그게 뜻대루 안 되어 이왕이면 공립학교에나 가 볼까 하는 거죠. 공립학곤 신분이 보장되는 데다가 조금 자유스러우니까."

"그렇겠군요."

청년은 부러운 듯이 균화를 쳐다봤다.

직업을 선택할 여유가 없어 닥치는 대로 시험을 보는 자기 또래의 햇병아리와는 차원이 다른 사람이란 것처럼.

"나보다두 형씨가 붙어야겠는데……."

균화는 청년을 동정하는 태도를 보였다.

"취직이 안 되면 정말 곤란합니다."

청년이 하소연하듯 말할 때 균화는,

"아무데라두 취직을 할 생각인가요?"

하고 물었다.

"그럼요. 가릴 여유가 있나요?"

"그렇담 내 알아보죠. 보수가 적어 걱정이지만……."

"관계없습니다. 최저의 생활을 각오하구 있으니까요."

"아무데라두 우선 들어갔다가 서서히 좋은 자리루 옮길 수두 있죠."

"제발 좀 애써 주십시오. 그럼 언제쯤 선생님을 찾아뵐까요?"

"찾아올 것까지는 없구. 자리가 있으면 내가 연락을 할 테니 주소나 가르쳐 주시오."

262

그는 책임 안 질 연극도 못하랴 생각하며 청년의 주소를 수첩에 기록해 넣었다.

"꼭 부탁드립니다."

"그렇게 힘든 일두 아니니까."

균화는 거드름을 피웠다. 검부래기라도 붙잡고 싶어하는 물에 빠진 사람에게 거드름을 피우는 것은 도리어 신뢰감을 주는 법이다.

"동생들 공부를 시켜야 합니다. 꼭 부탁드립니다."

"약속을 잊어버리는 그런 사람은 아니니까 염려마십시오."

그럴 때 다행스럽게도 둘째 시간 종이 울렸다. 그 청년과 헤어지지 않을 수 없었다.

교육학 시험은 전공인 국어 시험 문제보다 까다롭지가 않았다. 며칠 동안 준비한 지식을 가지고 엇비슷하게나마 답안지를 메꿀 수 있었다.

대강 끝내고 복도로 나왔을 때 균화는 그만 집으로 가 버릴까 생각했다. 면접 시험이 남았지만 보나마나라고 생각되었기 때문이었다. 필답 시험에 합격이 못 된 사람에게는 면접 시험이 아무런 도움도 되지 못한다. 만약 빽이라도 있다면 모르나 빽도 없는 자기에게는 실력이 없고 게다가 지지리도 못난 사내라고 경멸받는 기회가 될 뿐이다. 시험관들이 자기의 실력이 어떻다는 것을 벌써 알 리는 없다. 그런데도 시험을 잘못 봤다는 자격지심을 어쩔 수 없었다. 더구나 조금도 화려한 데가 없는 이력서. 그 이력서를 보고 나이 서른다섯까지 뭘 했느냐고 조소나 하면 어떻게 할 것인가?

면접 시험을 포기할까 말까 하고 있을 때 옆에서 웅성거리는 여자들의 목소리가 들렸다.

"잘 쳤니?"

"자신 없어요. 언니는?"

"나야 한 번 시험삼아 쳐 본 건데 뭐. 이젠 애들두 다 컸구 집에서 놀기가 심심해서 쳐 본 것뿐이야."

선후배 관곈지 이런 시험장에서 우연히 안 사이인지 어쨌든 사십이 거의 되어 보이는 언니라는 여자가 낙방이 돼도 자기는 아무렇지도 않다는 식으로 말했다. 균화는 나이든 그 여자를 쳐다봤다. 첫눈에 궁기가 끼여 있는 여자였다. 얼굴뿐 아니라 옷차림도 그랬다. 꼭 취직이 돼야 할 여자 같은데도 큰소리를 하는 것이 아니꼬왔으나 균화는 남들도 자기를 그렇게 보려니 생각하고 눈을 돌려 버렸다. 모두가 다 경제적으로 절박한 상태에 있을 것이다. 그러면서 남에게는 궁상을 떨고 싶지 않은 심정!

그러나 균화는 첫째 시간이 끝난 뒤 복도에서 만났던 소형모를 생각했다. 솔직한 청년이다. 자기 같은 사람에게까지 취직을 부탁할 만큼 솔직한 청년이다. 만약 내가 사람을 채용하는 위치에 있다면 그런 사람부터 채용하리라. 실력 실력 하지만 중·고등학교 교사를 몇십 년 해 먹은 사람들에게 이런 시험을 쳐 보라. 합격할 사람이 과연 몇 명이나 될 것인가? 누구나 맡기면 자기 책임을 다하게 마련이다. 이왕이면 솔직담백한 사람을 쓰는 것이 좋지 않겠는가?

어느새 한 사람씩 번호에 따라 면접 시험장으로 들어가는 것이 보였다. 균화는 또 면접 시험을 포기하고 싶은 마음이 들었다. 백삼 번이니 그때까지 어떻게 기다린담. 기다리는 것이 싫었던 것이다.

그러나 그는 기다리는 수밖에 없었다. 이제 포기하고 돌아가면 모두가 자신이 없어서 돌아가는 것이라 단정할 것이다. 그리고는 비웃을 것이다. 나잇살이나 먹은 사람이 제 실력도 모르고 왔었다고 비웃음을 당하다니……. 실력을 믿고 온 사람이 있을 수 없다. 모두 자기처럼 한 번 쳐 보는 것이다. 그렇고 그런 사람에게 조소를 당할 수는 없었다.

두 시간이나 거의 기다려 면접 시험을 보았다. 신통한 것을 묻는 것도 아니다.

"학교를 졸업한 뒤 여러 가지 직업을 가졌었는데 왜 또 직장을 바꾸시려는 거죠?"

뻔히 알면서도 이런 질문을 하는 것은 어느 정도 거짓말을 잘하는가를 시험해 보는 일이다.

"안정된 환경 속에서 종신 교육사업을 하고 싶기 때문입니다."

그는 자기의 거짓말이 어떻게 먹혀들었나 해서 시험관의 얼굴을 쳐다봤다.

"교육에 대한 신념이 강하시군요?"

"강할 것은 없지만 인간이 할 수 있는 일 가운데서 가장 성스럽고 고귀한 것이라 생각합니다."

시험관은 그의 말이 거짓말이건 거짓말이 아니건 아무 상관도 없다는 듯이,

"가족은 몇이십니까?"

시시한 질문으로 넘어갔다.

"처와 어린애 둘입니다.

'그것들 때문에 제가 이렇게 고생하고 있는 것입니다.'

라는 말을 덧붙이고 싶었지만 그는 불필요한 말은 도리어 감점이 된다는 것을 알고 입 밖에 꺼내지도 않았다.

"좋습니다."

시험관은 더 물을 것이 없으니 나가라고 했다. 좀 싱거웠지만 균화는 시원하게 생각했다. 그는 중·고등학생처럼 허리를 굽혀 인사를 한 뒤,

"감사합니다."

하고 면접실을 나왔다. 시험이 간단해서 감사하다는 말을 한 것이 아니었다. 그냥 나오기가 조금 싱거워서 요새 흔히 말의 종말사처럼 쓰고들 있는 말을 한 것이지만 그는 얼결 김에 한 그 말이 꺼림칙스럽게 느껴졌다. 요즘은 아나운서들까지도 방송을 끝내고는 감사합니다라는 말로 끝맺는다. 들어주어서 고맙다는 뜻이겠지만 들을 때마다 비위에 거슬리는 말이다. 정말 감사해서 감사하다고 말을 하는 것이란 느낌을 가져 본 일이 없었다. 형식 이외에 아무것도 아니다. 그것도 완전히 외국을 모방한 형식이다. 우리 나라 조상들이 언제 그런 형식적인 말을 썼던가?

분명 낙방이 되고야 말 처지에 감사하단 말을 남기고 시험장을 나오는 기분이 씁쓸했다.

거리로 나오자 그는 길가의 상점 쇼윈도 안을 들여다보면서 천천히 걸었다. 그야말로 눈요기였다. 살 수는 없다 해도 보는 것으로 만족할 수 있는 가난한 사람의 취미랄까? 어떤 쇼윈도 앞에서는 십여 분 서 있기도 했다. 금

은방 앞에서도 꽤 오래 서 있을 수 있었다. 자기로서 한 번도 가져 본 일이 없는 귀금속들! 보기만 하는데도 모든 것을 잊고 시간을 보낼 수 있었다.

그러나 한 시간도 안 되어 쇼윈도는 그의 눈을 지치게 했다. 그는 걸음을 멈추고 사방을 둘러보며 자기가 서 있는 위치를 확인하는 순간 그 근처에서 양복점을 경영하고 있는 동창생 K를 생각했다. 달리 생각할 것도 없이 그는 K의 양복점으로 갔다. 볼일이 있어서가 아니라 가장 가까운 곳에 있는 사람이 K이기 때문이었다.

그는 K를 만나자 보고 싶어서 일부러 찾아오기나 한 것처럼 반갑게 악수를 하고 그새 재미가 좋으냐고 물었다.

"재미가 뭐 그렇지. 넌 아직 그 학교에 그대루 있지?"

"그래두 몇 해는 있어 줘야지 않니? 의리란 게 있잖아?"

"사실 그래. 월급만 보구 직장을 옮길래서야 한이 있니."

K는 균화가 근무하고 있는 학교를 잘 알고 있다. 그래도 그런 직장을 지키면서 의리를 살리려 한다고 하는 자기에게 잘한다고 한다. 자기는 국문과를 졸업하고 양복점을 경영하면서 말이다. 그는 반발을 하고 싶었지만,

"사람은 빵으루만 사는 것이 아니니까……."

웃으면서 자기가 의리의 인간이란 것을 암시했다. 웃지 않을 수 없는 일이었다. 한 달에 이만 오천 원밖에 안 주는 현재의 그 전수학교가 싫어 이곳저곳 취직시험을 치른 것은 오직 월급이 적기 때문이다. 그러나 그까짓 건 아무래도 좋다. 삼십 분 이상을 앉아 있는데도 K가 술 마시러 가자는 말을 안 했다. K를 찾아온 이유는 무엇이었는데…… 대부분의 경우 그가 친구를 생각할 때는 술이 따랐다. 그러니까 친구가 그리워 찾아가는 것보다는 술이 그리워 친구를 찾아가는 편이 많았다. 그런데 아무리 눈치를 살펴도 K는 술 사겠다는 의사를 표시하지 않았다.

꼭 한 잔하고 싶었지만 균화는 그 말을 못하고 대신 가 봐야겠다면서 일어섰다. 온 지 이삼십 분도 안 되어 가겠다고 하면 으레 붙잡을 줄 알았기 때문이었다.

그러나 K는,

"바쁜 일이 있니?"

할 뿐 바쁘면 가려무나 하는 식으로 바라보았다.

"바쁠 것 없지만 가 봐야지."

"자아식. 오늘은 좀 이상하다."

하면서 그럼 잘 가라 하는 말을 입 속에 준비하고 있는 태도를 보였다.

"나보다두 네가 바쁜 것 같아서……."

"나 사람을 좀 기다리구 있어."

K는 끝내 술이나 한 잔 하자는 말을 안 했다.

"또 올게."

"그럼 또 와."

K는 결정적으로 간다는 의사를 표시한 균화에게 감사나 하듯이 손을 내밀고 악수를 청했다. 균화도 손을 내밀었지만 속으로는 무섭구나 하고 웅얼거렸다. 비록 얻어만 먹는 자기다. 그래서 체면상 술 사란 말을 차마 꺼내지 못했지만 말 안 한다고 해서 그 심정을 몰라 줄 수가 있는가? 비록 장사를 한다고 해도 국문과 졸업생이 아닌가? 국문과 출신이라면 그래도 우정을 아는 멋이 있어야 하지 않는가?

균화는 술을 살 만한 친구들 이름을 생각해 보았다. 그리고 시계를 보았다. 꼭 좋은 시간이었다. 퇴근 준비를 하고 있을 시각이니 같이 술 마실 친구가 없나 하고 찾아와 줄 친구를 기다리고 있을 시간이었다.

누구를 찾아갈까? 전에 외무사원으로 근무하고 있던 생명보험회사엘 갈까?

동창생이 근무하고 있는 S고등학교로 갈까?

K를 찾아갈 때는 술 마시고 싶다는 욕망을 의식하지 못했었지만 지금은 갈증을 느끼도록 술 마시고 싶은 욕망이 터져나왔다. 균화는 우선 지리적으로 가까운 곳을 찾아갔다. 생명보험회사였다. 그러나 술 살 만한 친구는 하나도 보이지 않았다. 물어 보니 나가서 안 돌아왔다거나 출장을 갔다거나였다. 죽치고 앉아 있으면 그새 돌아올 친구도 있겠지만 다니다가 그만둔 회사에 오래 앉아 있기가 면구스러웠다. 외무사원 노릇이 고달프고 치사스러

워 그만뒀지만 그만두고 좋은 직장에라도 갔으면 떳떳하기라도 할 텐데 그렇지도 못한 처지였다.

딴 친구를 찾아가는 것이 현명한 일일 것 같았다. 그러나 그의 발길은 주춤해졌다. 갔다가 퇴근하고 없으면 어떻게 할까 하는 걱정이 들었기 때문이었다.

불길한 날에는 무엇이나 뜻대로 되는 일이 없다. 설사 친구를 만나 술을 얻어먹는다 해도 싸우고 헤어질 것 같은 예감이 들었다.

돈이 있으면 혼자서라도 술을 마실 수 있을 텐데……. 문제는 돈이었다. 그놈의 돈을 처치하기 곤란할 만큼 가졌다면 구차스럽게 취직시험을 치러 다니지 않아도 좋고 술 사 줄 친구를 찾아다니지 않아도 좋을 것이다.

그는 하늘을 뚫을 듯 솟아 있는 고층건물들을 휘둘러보았다. 어디를 보아도 돈 무더기를 쌓아올린 듯한 건물들이었다.

저 건물마다에 주인이 있겠지? 저렇게 많은 건물의 주인들은 모두가 고급주택에서 거드름을 피우며 살고 있을 것이다.

균화는 결국 현저동 산꼭대기에 있는 자기 집으로 돌아갔다. 판잣집이었다. 아버지에게서 물려받은 집을 팔고 전세집으로 돌아다니다가 낙착된 집.

그는 문을 닫고 들어앉았다. 문만 닫고 있으면 밖이 보이지 않는다. 고층건물이 빼곡한 서울 거리를 보지 않아도 좋고 서대문 교도소를 보지 않아도 좋았다. 문을 닫고는 아내에게 막걸리 한 되를 사 오라고 했다. 그런데 아내는 귀머거리처럼 들은 척을 안 했다.

"못 들었어?"

균화는 소리를 질렀다.

"혼자서 술은……."

아내가 겨우 입을 열었지만 그게 될 말인가?

"썩 사 오지 못해?"

"그만두세요."

"잘한다. 누구보구 이래라 저래라 하는 거지?"

아내는 대꾸를 안 했다. 균화는 아내가 남편인 자기에게 거슬리고 있음을 알았다.

"잔말 말구 가서 사 와."

남편의 위엄을 보였지만 아내는 묵묵부답이었다. 남편의 권위를 보이지 않을 수 없는 순간이었다.

"정 못 사 오겠어?"

눈을 부라림과 동시에 주먹을 힘껏 쥐었다. 그래도 대답이 없을 때 그는 아내 가까이로 가서,

"이게!"

하며 주먹으로 아내의 이마를 건드렸다. 정말 건드리기만 했다. 그래도 반응이 없으면 맛을 보여 주겠다는 예고였다. 폭력으로라도 남편의 권위를 살리려고 할 때에야 아내가,

"돈 주세요. 가 사 오게."

하고 비로소 돈 이야기를 꺼냈다.

"돈을 다 썼단 말야?"

균화는 월급날 이만 오천 원(세금과 공제회비 같은 것을 빼면 그보다도 적었지만)에서 자기 용돈 오천 원을 빼고 나머지를 주고는 그만이었다. 그것으로 생활비가 부족하다는 것을 알면서도 그 이상 더 줄 수 없다는 것을 못 박아 놓고 있다. 그런 만큼 생활비가 남거나 모자라거나 일체 관여하지를 않고 있다. 그러나 돈이 없어서 술을 못 사 온다는 말에는 가만 있을 수가 없었다.

"한 푼두 없어요."

아내가 슬픈 목소리로 말할 때 균화는 결국 못 들은 척하는 수밖에 없었다. 돈이 다 떨어졌어도 돈 달라는 말 안 하는 것을 고맙게 생각해야 할 처지였기 때문이었다. 따지고 보면 아내는 무던한 여자다. 돈이 없으면 없는 대로 살 뿐 앙탈하지를 않았다.

"그럼 밥이나 줘."

그는 돈에 대한 이야기가 더 나오지 못하게 하느라고 밥을 가져오라 했다. 아내는 아무 말 않고 부엌으로 나가 밥상을 들고 들어왔다. 그리고는 균

화와 애들만 밥을 먹게 하고 자기는 밥상에서 떨어진 곳에 앉아 고개를 떨구었다.

"왜 안 먹어?"

균화는 아내가 자기에 대한 불만으로 그러는 것이라 생각되어 기분이 나빴다.

"어서 잡수세요."

아내는 밥상으로 다가앉지를 않았다.

"빨리 오지 못해?"

균화가 목소리를 높였다.

"빨리 잡숫기나 하시라니까요."

"잔소리 말구 못 와?"

균화는 손을 내밀어 아내의 팔을 끌었다. 그때에야 아내는,

"밥이 모자랄 거예요."

하고 말했다. 정말 밥이 모자라는 것 같았다.

"쌀이 없단 말인가?"

"내일 아침까지 끓일 건 있어요."

"그런데 왜 저녁을 모자라게 지었어?"

"내일 아침까지만이라두 진질 지어 드려야 않아요?"

균화는 갑자기 얼굴이 화끈해 옴을 느꼈지만

"내일은 내일이구 오늘은 오늘 아냐? 빨리 나가서 밥을 지어 와."

자기는 밥을 혼자 먹을 만큼 비정한 사람이 아니란 걸 밝혔다.

"제 걱정은 마시구 어서 잡수시기나 하세요."

"밥이 목구멍으로 넘어가? 빨리 나가지 못해?"

내일 아침에는 굶고 출근해야 한다고 생각하면서도 그는 아내를 부엌으로 내보내고야 말았다. 아내가 할 수 없이 부엌으로 나갔을 때 그는 밥을 먹기 시작하면서 육체를 판 아내의 돈으로 남편이 먹고 사는 소설의 주인공을 생각했다. 몸까지는 팔지 않는다 해도 딴 일을 해서 아내가 돈을 좀 벌어 주면 어떨까 하고 생각했다. 월수입이 그것밖에 안 되는 것을 뻔히 알면서도

아내는 어째서 돈 벌 생각을 조금도 안 할까?

밥을 다 먹은 뒤 아내가 들어왔다. 자기가 먹을 밥을 지어 가지고 들어오는 줄 알았는데 빈손으로 들어왔다.

"밥 안 지었어?"

"글쎄 제 걱정은 말라니까요."

결국 아내는 굶고 자려는 모양이었다. 그렇다면 내일 아침도 굶을 것이 아닌가?

균화는 진심으로 미안했다. 그래서,

"내일 내 돈 좀 가지구 올게."

하고 말했다. 그리고는,

"얼마만 참어. 쥐구멍에도 볕들 날이 있겠지……."

자기도 생각이 있다는 것을 암시했다. 오직 남편으로서의 권위를 살리려는 위장이었다.

다음 날 아침에도 자기와 애들이 먹을 밥만을 밥상에 놓고 들어왔지만 자기 밥을 반만 먹고 나머지를 아내에게 주었다. 그리고는 억지로 그것을 먹게 했다.

차지 않은 배로 출근을 하려니 처량했다. 배를 곯려 가면서 사는 자기 인생이 치사스럽기까지 했다. 어쨌든 오늘 그는 쌀값을 가지고 들어가야 한다고 생각했다. 그런데 학교 동료들은 어제 시험을 잘 쳤느냐 하며 그를 도리어 선망의 눈으로 바라보았다. 균화는 시험문제가 수험생들을 골리기 위해 만든 것이었다는 말을 하여 자기는 기대도 하지 않는다는 것을 암시하고 그 이야기를 더 꺼내지 못하게 했다. 그리고는 서무에 가서 월급을 선불해 달라고 부탁했다. 월급을 제 날에 주지 못하는 달이 거의 반이나 되는 학교가 선불금을 조금 얻어 쓰려면 구걸이나 하듯 사정해야 하는 것을 잘 알고 있기 때문에 현금이 없다는 거절의 말을 듣고도 제발 형편을 봐 달라고 간청했다.

"현금이 없는데야 어떻게 합니까?"

"그러지 말구 사정 좀 봐 주십시오. 사촌동생 결혼식인데 안 갈 수가 있습니까?"

집에 쌀이 떨어졌다면 개인의 주머니 돈으로라도 빌려 줄 것이지만 그는 그 말이 하기 싫었던 것이다.

서무는 조그만 손금고를 열어 보이며 현금이 없다는 것을 증명하려 했다.

"그럼 천 원만이라두⋯⋯."

그래도 서무는 고리대금업자 이상으로 냉정했다.

할 수 없는 일이었다. 그는 교무실로 돌아와 동료 선생들에게 사정을 했다. 그러나 그들 역시 냉담했다. 있어도 빌려 주지 못할 것이다. 박봉생활에도 돈을 가지고 다닌다는 것은 그만큼 여유 있는 생활을 하고 있다는 사실을 보여 주는 일이기 때문이다.

균화는 수업을 대충 끝내고 거리로 나갔다. 누구든 찾아가서 돈을 빌려야 했던 것이다. 우선 고등학교 동창생 S를 찾아갔다. 아버지가 경영하는 양조회사의 상무로 있는 사람이다. 이천 원쯤은 돈으로 생각지 않는 사람이지만 불행히도 출타중이었다. 암담해지는 기분이었다. 그는 할 수 없이 발길을 돌려 어제 찾아갔던 K에게로 갔다. 그는 양복점을 지키고 있었다. 그래도 만나자마자 용건을 꺼낼 수가 없어서 이런 저런 잡담을 하고 있을 때 키가 크고 멋쟁이처럼 보이는 사람이 들어왔다. K와 막역한 사이인 것 같았다. K는 그 사람을 균화에게 소개시키지도 않고 둘이서만 이야기했다. 균화는 남의 이야기를 귀담아 듣고 싶지도 않았지만 돈 취해 달라는 구실을 생각하기에 여념이 없었다. 학교에서처럼 친척의 결혼이라고 구실을 내세우기에는 시간이 너무 늦었다. 자식이 병에 들었다고나 할까? 병이라면 무슨 병이라 할까? 그렇지만 K가 속아 주지를 않는다면 그땐 어떻게 할까? 이런 생각을 하고 있을 때 K가,

"너 오늘 바쁘니?"

하고 물었다.

"바쁠 건 없지만 집에 일찍 들어가야겠어."

균화는 어린애가 아프다는 거짓말의 복선을 쓰며 대답했다. 그런데 K는 그 말을 무시하고,

"너 섰다 할 줄 알지?"

뚱딴지 같은 말을 물었다.

"할 줄 알지."

균화는 도박 같은 것을 좋아하는 편이었다. 그러나 돈 때문에 몇 해 동안 손을 끊고 있었다. 돈만 있다면야 어찌 마다할 것인가?

"참 인사를 해라. ××회사 김 사장님이시다. 이이는 내 대학 동창생 조균합니다."

그때야 K는 두 사람을 동시에 소개했다. 인사를 교환하자 K가 대뜸,

"밑천을 대 줄 테니 너 섰다 한 번 안 해 볼래?"

하고 말했다.

구미가 당기는 이야기였지만 너무나 갑작스런 일이라,

"남의 돈으루 하다가 지면 어떡허게?"

뒷책임을 질 수 없다는 뜻을 표시했다.

"그런 걱정은 마. 지면 할 수 없구 따면 노나 먹기다. 말하자면 너한텐 손해가 절대 없다."

"어디 그럴 수 있니?"

"사람이 하나 모자라서 그러는 거야. 내가 책임을 질 테니까 절대 걱정마."

K는 심심한데 좀 놀면 어떠냐는 둥 너도 용돈이 필요할 텐데 해로운 것이 없잖냐는 둥 여러 가지로 꼬셨다. 그리고는 수표 한 장과 현금 오만 원을 주면서 만약 이겼을 경우에는 밑천과 딴 돈의 반을 돌려 줘야 한다고 했다. 수표가 십오만 원짜리니 도합 이십만 원이다. 너무나 큰 돈이었다. 상상도 할 수 없는 돈으로 도박을 한다는 생각을 할 때 가슴이 두근거렸다. 그러나 만약 얼마만이라도 돈을 따면 궁한 소리하며 돈을 빌리지 않아도 좋을 것이다. 그리고 도박이란 그 날의 운에 달린다. 반드시 잃는다고도 말할 수 없는 일이었다. 다만 K가 무슨 생각으로 그 큰 돈을 주면서 섰다를 하자고 하는지 그 내심을 알 수 없는 것이 궁금할 뿐이었다. 의아한 생각이 들기는 하지만 그런 약속이 있는 이상 돈을 잃었을 경우 그 돈을 갚아 달라고 할 수는

없을 것이다. 그리고 그런 약속 밑에 하는 일인데 잃었다고 해서 그 책임을 질 자기도 아니다.

김 사장이란 사람과 K와 셋이서 간 곳은 십몇 층짜리 호텔이었다. 벌써 방을 예약해 놓았는지 그들은 호텔 사람에게 몇 호실로 간다는 말만 하고 그냥 방으로 들어가니 그 방에는 벌써 세 사람이 와서 앉아 있었다. 균화는 조금 어리둥절했지만 김 사장이라는 사람이 자기를 소개할 때 더욱 어리둥절했다.

"××고등학교 교감선생님입니다."

어리둥절했지만 교감 행세를 할 수밖에 없었다. 상대방들은 모회사 전무, 모회사 사장 등등이어서 교감이라도 가장 초라한 존재였다. 그리고 K를 ××방직회사 전무라고 소개할 때 그는 더욱이 안심할 수 있었다.

섰다판이 시작되었다. 판돈 오백 원을 놓고 오백 원, 천 원, 천오백 원씩 세 번을 선다. 회는 천오백 원을 덧붙일 수 있다. 그리고 다른 사람은 삼천 원을 되받을 수가 있다. 말하자면 한 판에 팔천 원을 내놔야 한다. 긴장 안 될 수 없었다.

균화는 자기 앞에 던져진 두 장의 화투장을 겹쳐가지고 조여 봤다. 육과 오의 따라지였다. 최하의 끗수였던 것이다. 첫판부터 재수가 없다는 불길한 생각이 들었다. 그래도 실망하는 표정을 지어서는 안 되었다. 남들이 다 포기하면 그래도 먹을 수 있기 때문이었다. 그런데 윗사람 셋이서 오백 원씩을 댔다. 긴장한 얼굴이면서도 여유 있는 태도를 보이려고 무표정을 가장하는 얼굴들. 균화는 화투짝을 던지고 포기를 하는 수밖에 없었지만 인간의 투쟁의식을 축소 집약한 것 같은 광경에 흥미를 느꼈다.

두 번째로 패를 잡았을 때 화투장이 눌러 찢어질 정도로 힘을 주어 조였다. 혹시 땡이나 나오지 않을까 하는 그 긴장미는 첫날밤 신부의 옷을 벗길 때보다 몇 배나 된다. 그러나 결과가 세 끗밖에 안 되는 것을 알 때 이건 옷을 벗긴 신부가 병신이라는 것을 안 때보다 몇 배의 실망을 느끼게 한다. 그러나 곧 새 판이 시작될 테니 희망은 있다. 세 번째는 조금 많아 다섯 끗이었다. 계속해서 죽기만 하기가 싫어서 오백 원을 한 번 서 보았다. 그러나

두 사람이나 따라오는 것을 보자 두 번 서는 것을 포기했다. 네 번째 가서야 갑오가 들었다. 끝까지 섰다. 처음으로 이겼다. 덧붙이기를 할 자신이 없어서 최하의 수입밖에 없었지만 그래도 자기가 낸 돈까지 합해서 구천 원이나 들어왔다.

그것을 가졌으면 열여덟 번은 설 수가 있다. 운이 트이기 시작한 모양 같았다.

그런데 웬일인지 그 뒤부터는 내리 지기만 했다. 오래간만에 칠땡을 잡으면 팔땡에게 눌리고 팔땡을 잡으면 장땡에 눌렸다.

정말 재수가 없었다.

속이 달아 웬만한 끗수를 가지고도 섰다.

결과 이십만 원이 거의 다 나갔다.

큰일이었다.

K에게 면목이 없을 뿐 아니라 앞으로는 놀 수도 없게 되었다.

속이 탔다.

"못하겠는데……."

화가 나서 투덜거리고 있을 때 K가,

"교감선생님, 진정하시구 하시지."

하고 눈을 찡긋했다. 사실은 K도 상당히 많이 잃고 있었다. 그런데도 태연한 태도였다. 도리어,

"오늘은 안 되겠군……."

김 사장이 단념을 했다는 듯이 입맛을 다셨다. 그도 많이 잃은 모양이었다.

그런데 밑천이 달랑달랑할 때부터 조금씩 돈을 따기 시작했다. 그렇게 계속만 하면 밑천은 봉창할 것 같았다. 김 사장도 따기 시작했고 K도 따기 시작했다. 말하자면 이때까지 따기만 하던 초면의 사람들은 계속 잃기만 했다. 균화는 팔자 시간 문제라고 생각했다. 삼십 분도 못 되어 거의 본전을 뺐다. 그리고 한 삼십 분 동안에 이십만 원을 땄다. 김 사장도 K도 그런 것 같았다.

균화는 밤샘을 했으면 했다. 계속하면 더 딸 것 같았기 때문이었다.

그러나 김 사장이 내일 중요한 일이 있다면서 자리에서 일어섰다.

할 수 없이 내일 다시 하기로 약속하고 헤어졌다. 호텔을 나올 때 K가 내일 밑천하고 딴 돈의 반을 가지고 양복점으로 나오란 말을 했다. 통금시간이 다 되었으니까 계산할 시간이 없기 때문이리라. 균화는 그러마 하고 집으로 돌아갔다. 아내가 종일 굶었으리란 생각을 하니 미안하기 짝이 없었지만 그는 그 미안감을 내색도 않고 오만 원을 아내에게 내주었다.

"내일 쌀을 가마니루 사 와."

아내는 웬 돈이냐고 물었다. 알 필요가 없으니 받아 쓰기만 하면 된다고 해도 돈 받기를 주저했다.

"남편을 못 믿겠어? 오늘부터 사업을 시작했단 말야."

아내는 돈을 받았다. 제가 안 받으면 어떻게 하겠는가?

균화는 잠들기 전 화투장을 조이던 일을 눈앞에 떠올렸다.

높은 끗수가 나올 때의 쾌감.

그래서 힘들지 않게 하루 동안에 이십만 원을 땄다. K에게 십만 원을 나누어 주어도 십만 원은 자기 것이다. 통쾌한 노릇이었다. 자기의 넉 달 월급이다.

넉 달 동안 꿍꿍 앓으면서 벌 수 있는 돈을 하룻밤에 따다니…….

세상에 공짜처럼 유쾌한 것이 어디 있겠는가? 며칠만 계속하면 기백만 원 딸 지도 모른다. 목청을 돋구어 종일 떠들어대야 자식새끼 먹여 살리기도 힘든 판인데 공짜 돈이 기백만 원 생기다니…….

잃은 사람은 분할는지 모르지만 그들도 따려다가 잃은 것이니 누구를 원망할 것인가? 먹을 수 있는 돈은 먹는 게 상수다.

다음 날 균화는 학교를 끝내자 곧바로 K에게 갔다. 그리고 가지고 있는 돈 전부를 내놓고 오만 원은 쌀값으로 아내에게 주었다는 말을 했다. K는 잘했다고 하며 오만 원을 더 주었다.

그리고 밑천을 또 주며 오늘도 가자고 했다. 균화는 그러자고 한 뒤 어젯밤 밑천이 달랑달랑할 때 정말 혼났다는 말을 했다.

"임마. 김 사장이 어떤 사람인지 아니? 화투 귀신이야. 처음엔 잃은 척하다가 막판에 가서 실력을 내는 거지. 화투장이 공중을 훨훨 날아다닌단 말야."

"그래? 그러다가 들키면?"

"그러니까 같은 사람하구 여러 번 하질 않지."

"오늘 밤엔 크게 하지 까짓 거."

"그렇지 않아두 커질 거야. 그 사람들이 등 달았을 테니까……."

결국 사기 도박꾼과 결탁한 것을 알았지만 자기가 사기를 하는 것이 아닌 만큼 균화는 같이 가잘 때까지 따라가기로 했다.

그 날 밤에는 과연 판돈이 오백 원에서 천 원으로 올랐다. 그만큼 따기도 곱절 이상을 땄다. 자기 몫으로 삼십만 원이나 찾게 되었다. 이삼 일만 계속하면 백만 원은 문제 없을 것 같았다. 이때까지 나는 뭘 하며 살았던가? 균화는 인생을 헛살아 왔다고 생각했다.

찬란하게 살아갈 방법을 모르는 장님이었다는 생각도 들었다.

그는 취직을 못해 죽어 가던 소형모를 문득 생각했다. 취직을 시켜 준다고 불러다가 도박에 한몫 껴 주면 얼마나 좋아할까 하고.

균화는 둘째날 딴 돈은 아내에게 한 푼도 주지 않았다. 소심한 아내에게 의심을 품게 할 필요가 없다고 생각했기 때문이었다.

자기가 가지고 있다가 필요한 때만 조금씩 주어 굶지 않게 하는 것이 좋을 것 같았던 것이다.

며칠 동안 재미를 보고 다음 날부터는 상대를 바꾸기로 한 날 석간신문에 놀라운 기사가 났다.

억대의 도박단이 일망타진되었다는 내용이었다.

'그렇게 크게 할게 뭐람. 것도 우리들처럼 상대를 자주 바꾸질 않구…….'

균화는 그들이 어리석었다고 생각했다.

이런 생각을 하며 K에게 갔을 때 K가,

"신문 봤지? 오늘은 쉬기루 했어."

하고 말했다.

"두뇌와 운이야. 딴 사람들이 잡힌다구 우리두 잡히니?"

균화는 낙관적으로 말했지만 K가,

"잡히는 사람이 따루 있는 줄 아니? 좌우간 며칠 쉬기루 했어."

할 수 없는 일이었다. 그러나 다음 날 학교에서 교단에 섰을 때 균화는 학생들이 화투짝이라면 얼마나 좋을까 생각했다.

두 장을 조이고 조이다가 땡이 나오면 기천 원 기만 원의 수입이 생긴다. 그깟 공부는 시켜서 뭣 한담.

그때 아내 얼굴이 나타났다.

'여보, 공부를 시키지 않구 뭘 생각하는 거죠?'

균화는 잠시 눈을 감았다.

망막 속에 무수한 잔별들이 움직이고 있었고 머릿속이 빙빙 돌았다.

(원)《창조 6》 1972. 2.

피해자들

제대하고 돌아온 다음다음 날 아침 조반상 앞에서 누이동생 명경이 조르
듯 말했다.

"오빠 구경 가요. 재미있을 텐데 뭐⋯⋯."

명시는 동생이 국민학교 추계운동회에 구경 가자고 조르는 마음을 알 수
있다. 알고 있기 때문에 그러자는 말이 선뜻 나오지 않았다.

"날씨두 흐린데 구경은⋯⋯."

일 년 내내 구경거리가 없는 시골 사람들 전부가 몰려드는 운동회라고 해
도 명시의 마음이 끌릴 리 없었다. 동생이나 친척이 국민학교에 다닌다면
또 모른다. 게다가 구경거리가 될 만한 프로그램이 있을 수 없다.

"좀 흐리면 어때요? 가을 날씬데 비가 올라구요?"

"너나 가 보렴."

"싫어요. 혼자서 무슨 재미루⋯⋯."

명경이 계속 조르는데 어머니가 가세를 했다.

"심심할 텐데 갔다 오렴. 명경이두 바람이 쏘이고 싶잖겠니?"

명시는 끝까지 고집할 아무런 이유가 없었다. 잘못하다가는 명경의 오해
를 사게 될 것이고 나아가서는 어머니가 눈치채게 될 것이다. 차라리 아무
말 않고 운동회 구경을 가는 것이 좋을 것 같았다.

"가자, 가."

명시는 별 반대의사가 있었던 것이 아니라는 듯 시원스럽게 대답했다.

"아이 좋아, 내 빨리 도시락 쌀게요."

스무 살이니 다 큰 처녀다. 다 큰 처넌데도 구경 간다는 것이 그리 신나는 일인지 어린애처럼 좋아 밥도 다 먹지 않고 부엌으로 나갔다.

"그런 구경두 일 년에 한 번인데 같이 가 줘라. 그 애두 오빠와 함께 다니구 싶지 않겠니?"

어머니는 명시가 명경의 말을 들어 준 것을 잘한 일이라 생각하고 오빠로서 동생의 원을 풀어 주는 것을 고맙게 생각하는 듯이 말했다. 인자한 어머니. 아버지가 돌아가신 뒤 십여 년 동안 혼자서 두 자식을 기르기에 몸과 마음을 바친 어머니, 자식 생각하는 마음을 빼면 남는 것이 없을 어머니.

명시는 그런 어머니의 마음을 잘 안다. 그래서 제대하고 고향으로 돌아올 때 앞으로 어머니를 고생시켜서는 안 된다고 몇 번이나 다짐을 했다. 잔주름들을 펴 드리지는 못하지만 새 주름이 잡히지는 않도록 해 드려야 한다.

명시는 별로 내키지 않았지만 명경의 청을 들어 운동회에 가기로 한 자기를 잘했다고 생각했다. 어머니를 즐겁게 했다는 것이 얼마나 장한 일이냐?

명경이 점심밥을 싸 가지고 들어왔다. 커다란 밥그릇에 밥을 담고 뚜껑 있는 종지에 반찬을 담아 가지고 ── . 들에서 일하는 농군에게 가져다 줄 점심밥 같았다.

시골에 도시락 그릇이 따로 있으랴? 명시는 한 그릇을 가지고 둘이서 나눠 먹을 것을 생각하며 빙그레 웃었다. 그러나 명경은 당연한 일을 당연하게 하는 듯 밥그릇을 보자기에 싸 놓고는 명시더러 잠시 먼저 나가라고 말했다. 옷을 갈아 입을 모양이었다.

눈치를 챈 명시는 뜰로 나가 울타리 근처에 피어 있는 코스모스를 바라보았다. 누가 심지도 않는데 코스모스는 매년 무성하게 자라 빨갛고 하얀 꽃으로 울타리를 장식한다. 그는 코스모스 가까이로 가서 꽃에 코를 대 보았다. 향기까지 풍긴다면 얼마나 좋으랴. 그러나 향기가 없어도 뜰을 삭막하지 않게 해 주는 코스모스가 고맙게 생각됐다.

"오빠. 가!"

명경이 방 안에서 뛰어나왔다. 빨간 원피스는 언제 사 두었던 것일까? 색깔이 예뻤다. 그러나 눈이 밑으로 내려와 흰 고무신에 이르렀을 때 명시는 고무신일 바에야 차라리 한복이 어울리지 않을까 생각했다. 그러나 한복으로 갈아 입으란 말을 할 수가 없어서,

"옷이 예쁘구나."

옷 칭찬을 해 주었다.

"예쁘지?"

명경은 칭찬이 진짠 줄 알고 좋아했다.

"응, 예쁘다."

그녀의 기쁨에 타격을 줄 수 없는 그의 마음이 씁쓸했다. 그러나 본인이 기뻐하는 것을 어떻게 할 것인가?

그들이 마당 앞을 나설 때 어머니가 뒤따라 나오다가 대견스런 얼굴로 잘 놀다 오라고 했다. 자기들을 대견스럽게 보고 있는 어머니에게 명시는 똑똑한 발음으로 말했다.

"다녀오겠습니다."

어머니에 대한 최대의 존경심을 발현하고 싶은 마음이었다. 명경도,

"다녀올게요."

하고 명랑하게 인사를 했다. 그것은 어머니에 대한 존경심보다도 자기 즐거움의 표현같이 보였다.

그러나 누런 벼이삭이 고개를 숙이고 있는 논두렁을 걷기 시작할 때 두 사람의 입은 굳게 닫혀졌다. 떠나는 즐거움은 순간적인 것이었던 것 같다. 명시의 가슴 속에 도사리고 있는 슬픔 같은 감정이 납덩이 같은 무게로 그들의 입을 눌렀던 것이다.

논두렁길을 벗어나 조금 넓은 길에 들어섰을 때에야 명경이 멀리 앞에 가로놓여 있는 고속도로를 바라보며 입을 열었다.

"오빠 고속버스 타 봤수?"

그것은 대답을 듣기 위해서가 아니라 대화를 만들어 보겠다는 노력의 결과라고밖에 볼 수 없는 질문이었다.

"못 타 봤다."

"우린 언제나 한 번 타 보나?"

"그까짓 거 아무때나 타면 타는 거지."

"오십 리나 가야 타는 걸 어떻게 아무때나 타우? 그림의 떡이지."

"못 타면 말지, 그거 못 타면 죽나?"

"그래두 남들이 타는 거 한 번은 타 봐야잖아?"

"남들이 타는 거라구 자가용두 타 봐야 하게? 비행기두. 꿈 같은 소리 하지두 말아."

"정말 비행기두 못 타 보구 죽을 거야. 우리 같은 건."

명경은 동네 앞 고속도로로 지나다니는 차들이 진심으로 타고 싶은 모양이었다. 그러나 명시는 이야기를 하다 보니 이야기 자체가 시시한 것 같아 흥미를 잃어버렸다. 대화에 흥미를 잃어서 그런지 그의 머릿속에는 또 옥희의 일이 떠올랐다. 옥희의 일이 머리에 떠올라 명경과의 대화에 흥미를 잃었는지도 모른다. 어쨌든 그는 침묵 속에서 우울한 표정을 지었다. 명경이로서도 눈치 못 챌 일이 아니었다.

옥희의 이야기라면 어젯밤 충분히 했다. 자기도 그 이상 더 아는 것이 없고 게다가 오빠의 정신적 타격이 상상 이상이었기 때문에 오빠의 마음을 조금이라도 달래 주려고 운동회로 끌고 나섰던 것이다. 그러나 햇빛이 쨍 했다가도 금시 구름에 가리는 것처럼 어두워지기만 하는 명시의 마음을 내버려 둘 수가 없었던지,

"오빠, 옥희를 정말 좋아했수?"

하고 명경이 도리어 옥희의 이야기를 꺼냈다.

"좋아하긴?"

옥희가 공장 직공이 되려고 서울로 올라간 지 벌써 석 달이란 말을 들었을 때 명시는 정말 실망하고 놀랐었다. 우울하기도 했다. 그래서 운동회 구경 가자는데도 마음이 내키지 않았던 것이다. 한 번도 사랑을 속삭인 일이 없는 사이다. 옥희도 자기를 싫어하지 않는다는 생각으로, 이번 제대하고 돌아가서는 결혼을 신청하리라 마음먹었던 정도이다. 그러니 명경의 따져

묻는 말에 정확한 대답을 할 수 없는 그였다.

"똑똑히 말해 봐요. 정 좋아한다면 내려오두룩 할 수가 있잖아요?"

"주소는 아나?"

"집에서야 알구 있겠죠."

"그만둬."

옥희가 자기를 좋아하는지 그것도 확실히 모르며 내려오라는 말을 할 수는 없는 일이다.

"오빠 맘만 똑똑히 알면 내가 앞장 설게요. 그까짓 거 뭐 힘들라구……."

"그럴 것 없어. 너 내가 그 애 때문에 속상해하는 줄 알지만 그건 오해야. 그 애 땜에 속상해할 거 아무것두 없다."

명시는 모든 것을 부정하는 수밖에 없었다. 시골 처녀 서울 가면 대부분 마음이 변한다고 한다. 마음이 변한 처녀를 생각해선 무엇할 것인가? 생각할 필요도 없지만 생각하는 척할 필요도 없다.

"그 애두 결혼 준비금을 벌러 갔을 거예요. 돈 좀 벌어 가지구 와서 오빠와 결혼하려는 건지 알 수 있어요?"

하기야 그럴는지도 모를 일이다. 제가 서울 가면 거기서 결혼하고 아주 살 생각을 할 수 있겠는가? 결혼 준비금을 벌어 가지고 일 년쯤 뒤 돌아올 것이 분명하다. 그렇다면 빨리 내려오란다고 해서 내려올 것인가? 주소나 알아서 직접 편지를 해 보는 것이 가장 든든한 일 같았다.

"주소나 알아봐라, 내가 직접 편지를 해 보게"

"그까짓 거야 오늘 밤으루라두 알 수 있죠 뭐."

이런 말을 주고받자 명시는 그새 옥희를 아주 잃어버린 것처럼 실망했던 자신을 후회했다.

옥희와의 관계는 이제부터 시작이다. 조금도 늦은 것이 아니다. 이렇게까지 생각한 그는 마음에 생기가 도는 것을 느꼈다.

"명경아. 너 옥희하구 누가 위지?"

그는 옥희의 나이를 물을 수 있는 마음의 여유까지 생겼다.

"나보다 한 살 윌 거예요."

"그렇던가?"

그는 명경의 올케가 될 옥희가 명경보다 한 살이라도 위라는 것이 다행스럽게 생각되었다.

기분이 전환됐기 때문에 명시는 종일 명랑했다. 학교에 이르자 자기를 잘 알아보지도 못하는 옛날의 은사를 찾아가 인사를 드렸다. 운동장 가를 완전히 메우고 있는 인근 동네의 아는 어른들을 찾아다니며 인사를 했다. 경기가 시작되었을 때는 명경과 함께 일 등으로 달려오는 어린이에게 박수를 쳐주었다. 어기적거리며 꼴찌로 들어오는 어린이에게까지 박수를 보냈다.

졸업생 순서가 되었을 때는 운동장으로 나가 백 미터 경주를 하기도 했다.

점심시간에는 명경이 가지고 온 점심밥을 먹은 뒤 다른 사람들이 가지고 온 점심밥이 어떤 것인가를 살피기 위해 사방으로 돌아다녔다. 국민학교 학생 하나나 둘을 중심으로 둘러앉아 점심을 먹는 시골 사람들이 모두 평화스럽게 보였다. 반찬은 별것 아니라도 쌀밥 아닌 것이 없었다. 옷들도 모두 깨끗했다. 나이든 어른들을 빼고는 양복을 안 입은 젊은이와 어린이가 없었다.

'살기가 좋아진 모양이지? 농촌 사람들도 좀 잘 살 때가 있어야지.'

명시의 마음은 흐뭇했다. 앞으로 쌀값이 좀더 오르고 농민들이 농사 개량 또는 다작농 실시를 하면 농촌 사람들도 인간다운 생활을 할 수 있을 것 같았다.

생활의 여유가 생기면 고속버스를 타고 관광여행도 다닐 수 있겠지.

오후 순서는 말타기, 줄다리기 등 주로 단체경기였다. 학생들은 홍백으로 나뉘어 서로 열띤 응원을 했다. 명시는 주로 약해 보이는 팀을 응원했다. 목소리를 높이 지르기까지 했다. 삼 년 동안의 군대생활에서 위축되었던 개인의 감정을 마음껏 폭발시키는 기회라 할까?

그런데 갑자기 운동장 한가운데에서 회오리바람이 일었다. 운동장 복판의 모래를 휩쓸어 하늘로 올리는가 했더니 거센 바람이 운동장 전체에 몰아닥쳤다. 잠시 운동경기가 중단되었다. 그러나 경기가 아주 중단되지는 않았다. 바람만 불 뿐 비가 내리지 않았기 때문이었다.

비는 내리지 않았지만 바람만으로도 운동장 분위기는 완전히 달라졌다. 경기를 하는 학생들은 즐거워서 경기를 하는 것이 아니라 억지로 자기들 책임이나 다하기 위해 하는 것 같았다. 주위에 둘러섰던 학부형 가운데에는 자리를 뜨고 집으로 돌아가는 사람들이 생기기 시작했다.

"우리두 가자."

명시는 비나 오면 어떻게 하나 걱정을 하며 명경에게 말했다.

"빨리 가요. 어머니가 걱정하실 텐데……."

명경도 빨리 돌아가는 일밖에 없다는 듯 동조했다.

그래서 그들은 발길을 빨리 집으로 돌렸다. 집에 이를 때까지 정말 비가 와 주지 말기를 바라며.

그들은 하늘을 쳐다봤다. 아침보다 조금 더 흐렸을 뿐 비를 품은 검은 구름은 보이지 않았다.

"비는 안 올 것 같다. 천천히 가자."

숨을 할딱이며 뒤쫓아오고 있는 명경을 뒤돌아보며 명시가 걸음을 늦추었다.

"비는 안 올 것 같기두 해요."

그때였다. 어디선가 무엇이 터지는 요란한 소리가 들렸다. 벼락처럼 깨지는 소리가 아니라 대포가 터지는 것 같은 굵은 소리였다.

"무슨 소릴까요?"

겁에 질린 명경이 물었다.

"무슨 소린지 모르겠는데……."

그러나 그 소리가 거듭하지 않는 바람에 그들은 크게 신경을 쓰지 않으며 걸었다.

그런데 마을이 있는 방향의 하늘이 빨갛게 타고 있음이 보였다. 불길만이 아니었다. 까만 연기가 불길에 쌓여 올라 하늘을 덮었다.

"우리 동네 아냐?"

"그런 것 같은데요."

그들은 다시 발걸음을 빠르게 옮겼다. 뛰다시피 걸었다.

정말 마을이 타고 있었다. 그들은 마을이 타고 있는 것이 육안으로 보이는 데까지 이르자 달리기를 시작했다.

어떤 집 한 채가 타는 것이 아니었다. 동네 전체가 불길 속에 들어 있었다. 어떤 집은 벌써 잿더미로 변해 있었다.

그들은 동네 맨 앞에 있는 자기네 집을 찾아보았다. 아무런 형태도 남아 있지 않았다. 시꺼먼 잿더미에서 연기만이 올라오고 있었다. 집 근처에는 사람도 없었다.

그들은 우선 어머니를 찾았다. 집은 탔다고 하나 집 근처에 어머니가 있어야 할 것 같은데 어머니는 아무데서도 찾을 수 없었다. 그 대신 집 한가운데 비행기 동체 같은 것이 덩그라니 잿더미 속에 놓여 있음을 보았다.

그러나 비행기 동체가 문제 아니었다. 어머니를 찾아야 했다. 어머니는 어디 있을까?

그들은 불타고 있는 동네 중간을 향해 달렸다. 강한 바람이 불길을 퉁기어 불 근처로 갈 수가 없기 때문에 변두리의 밭을 우회했다.

이미 동네는 반 이상이 타고 있었다. 그러나 바람은 계속 북쪽으로 불며 불티를 옆집에 떨어뜨렸다. 사람들은 불 끌 생각을 포기하고 아직 타지 않은 집의 기물을 운반해 내는 데만 쏠리고 있었다.

명시와 명경은 머지않아 타고 말 집에서 물건을 꺼내 나르는 사람들에게로 가 자기 어머니의 행방을 물었다. 그러나 어머니를 보았다는 사람은 하나도 없었다.

어디 갔을까? 갈 만한 곳이 통 생각나지 않았다.

"웬일일까? 나두 본 일이 없는데……."

뒷집 최 영감이 걱정을 했다.

명시와 명경은 또 딴 사람에게 가서 물었지만 모두가 본 일이 없다는 대답뿐이었다.

명시는 문득 불길한 생각이 들었다. 혹시 불에 타 죽은 것이나 아닐까?

사람이 죽었다는 말은 듣지 못했다. 그런데도 자기 어머니가 죽었으리라는 생각은 어떻게 떠오른 것일까?

"명시! 가 보세!"

그때 이장 강선구가 명시 옆으로 왔다. 그리고는 어디로 가자는 말도 없이 앞장을 섰다. 명시는 이장이 무엇인가를 알고 그러는 것 같아 명경에게 거기 있으라고 한 뒤 이장 뒤를 따랐다.

"공군 제트기가 바루 자네 집에 떨어져 불이 붙기 시작했네. 그러니 자네 어머니가 혹시……."

뛰어가면서 이장이 설명했다. 명시는 비행기의 동체를 생각했다. 그 비행기 동체에 깔려 어머니가 돌아갔을지도 모른다.

잿더미 속에는 아직 불티가 있어서 마음놓고 걸어다닐 수가 없었다. 껑충껑충 뛰면서 잿더미를 쑤시기 시작했다.

"여기 있네."

이장이 명시를 불렀다. 비행기 동체에서 한참 떨어진 곳에 어머니의 시체가 있었다. 온통 새까만 시체였다. 얼굴을 알아볼 수 없도록 참혹한 모습이었다. 분명 옷을 입고 있었을 텐데 옷은 간 데 없고 대부분이 까맣게 탄 맨살이었다.

명시는 울지도 못했다. 가까이 가서 만져 볼 생각도 못했다. 아침에 운동회 구경을 갈 때도 자기들을 대견스럽게 바라보며 만족하던 어머니가 아닌가? 설사 죽었다 해도 이 무슨 몰골이람?

"비행기가 하필 자네 집에 떨어져서……."

이장이 명시의 정신상태를 수습시키려고 말을 걸었으나 명시에게는 그 말도 귀에 들어오지 않았다.

"이젠 장례 치를 생각이나 해야겠네."

이장의 두 번째 말에 명시는 온몸의 기운이 가라앉는 것을 느꼈다. 그냥 주저앉고 싶었다. 그러나 불티가 있는 잿더미 위에 앉을 수는 없었다. 옆집과의 사이에 있는 길로 가서 쓰러지듯 앉아서는 눈물을 떨어뜨렸다.

"내 가서 동네 사람들을 데리고 오겠네."

이장이 가서 명경과 그리고 동네 사람 몇을 데리고 올 때까지 명시는 정신 잃은 사람처럼 앉아 눈물만 흘리고 있었다. 그것은 명경의 울음소리가 요란한 가운데서도 계속되었다. 동네 사람들이 시체를 동네 앞 채소밭 한 귀퉁이에 옮겨다 놓고 거적을 씌워 놓았을 때도 그랬다.

명시는 감각이나 감정을 잃은 사람 같았다. 바람이 계속해서 불었고 동네 북쪽 집들은 전부 타고 있었지만 그는 그런 것도 생각지 못했다.

동네는 집 한 채 남지 않고 전부가 타 버렸다. 불이 늦게 닿은 집에서는 가재도구를 전부 꺼냈지만 명시네 집 근처 사람들은 가재도구까지 태워 버렸다. 당장 잘 곳이 없는 그들은 오 리 밖에 있는 국민학교에 수용되었다.

어머니의 시체를 동네 뒷산에 묻은 명시도 명경과 함께 국민학교 교실 한 구석을 차지하고 있었다. 그의 재산이라고는 군청에서 원호품으로 보내 준 모포 두 장뿐이었다.

허무했다. 눈앞에 왕래하는 고속버스도 한 번 타 보지 못하는 시골 사람들이 가끔 하늘에서만 쳐다보던 비행기, 그 비행기 가운데서도 가장 발달되었다는 제트 비행기에 피해를 당했다는 것도 허무한 일이지만 그것보다도 있어야 할 것들이 순식간에 없어져 알몸뚱이만 남았다는 것이 허무했다. 아무리 생각해도 허무할 뿐이었다. 비행 연습을 하다가 가끔 추락사고가 난다지만 하필이면 그 비행기가 명시의 동네에 떨어졌을까?

동네 사람들은 앞으로 어떻게 살 것이냐고 걱정이었지만 명시에게는 그 말도 귀에 들어오지 않았다. 나라에서 원호금을 얼마나 줄까 하고 궁금해하는 말에도 관심이 없었다.

그냥 어디로 떠나고 싶을 뿐이었다. 멀리 떠나 비참한 기억을 잊어버리고 싶었다.

"차라리 잘 됐다. 떠나자. 시골 사람은 아무리 잘 살아두 서울의 맨 밑층 사람만 못하단 말야. 까짓 거 땅 몇 평 그것 믿구 살 수 있니?"

명시는 명경에게 서울로 가기를 권했다. 이에 대해 명경은 오직 눈물로 반항했다.

"못 가요. 어딜 간단 말예요? 그렇게 돌아가신 어머니를 두구 어딜 가요?"

그녀는 말끝마다 눈물이었다. 그렇게도 불쌍하게 돌아가신 어머니의 시체가 눈앞에 어른거려 아무데도 갈 수 없다는 것이었다.

"잊어야 해. 잊기 위해서 떠나야 하는 거야."

"잊을 것이 따루 있죠. 잊으려면 잊혀지나요?"

"잊는 게 따루 있니? 잊으면 뭐나 잊는 거지."

"안 돼요. 난 어머니 옆에서 살다가 죽을래요. 어디서 사나 사는 건 다 마찬가진 걸 뭐."

"서울 가서 잘 사는 사람들 옆에서 살면 우리두 조금쯤 잘 살 게 아니니? 고속버스를 매일 바라보면서두 한 번 타 보지 못할 여기서 뭣 하러 사느냐 말이다."

"고속버스를 타 봐야 할 건 뭐예요? 차라리 마음 편하게 사는 게 좋지요."

명시는 명경의 고집을 꺾을 수 없었다. 그렇다고 해서 하나밖에 없는 동생을 내버리고 혼자 떠날 수도 없고.

그럴 즈음 이장의 입에서 아파트를 짓자는 말이 나왔다. 정부에서 원호금이 나오도록 돼 있으니 그 돈으로 아파트를 지어 살면 도시 사람 못지않게 문화생활을 할 수 있다는 것이었다.

이장의 말에 찬성하는 사람도 있었다. 이런 기회를 놓치면 언제 문화주택에서 살 것인가? 명시도 그랬다. 아파트라면 집집마다 목욕탕과 수세식 변소가 있을 것이다. 취사장도 깨끗하게 마련될 것이다. 그런 데서 살 수 있다면 구태여 서울로 가지 않아도 좋을 것이라 생각했다. 그러나 찬동하는 사람보다는 반대하는 사람이 많았다.

"오양간은 어디다 짓노?"

"거름을 어디다 받노?"

"빨래는 어디서 말리노?"

"타작은 어디서 하노?"

모두가 생활의 불편을 내세웠다. 결국 불타기 전의 집터에다 각기 자기 집을 짓기로 결정했다. 명시도 거기 따를 수밖에 없었다. 따를 수밖에 없으면서도 마음이 내키지는 않았다. 군대생활을 할 때부터 수입은 적으면서도 밤낮없이 구질구질한 일만 해야 하는 농사를 그만두고 도시생활을 하리라 마음먹었던 것이다.

"백 년 살아두 시골생활은 시골생활이야. 새루 집들을 지어두 옛날과 꼭 같은 초가집이나 지을 거야. 이런 기회에 서울루 가지 않으면 언제 가니? 공장 수위를 하면서라두 너 하나 굶기지 않을 테니까 걱정 말구 떠나자."

명시는 명경을 달래는 수밖에 없었다.

하나밖에 없는 동생을 내버리고 혼자만 떠날 수는 없기 때문이었다. 그러나 명경은 끝까지 반대였다.

"우리가 머리만 쓰구 또 부지런하게 일만 하면 잘 살 수가 있는데 오빠 왜 서울 서울 하죠? 서울 사람들두 공해(公害)니 뭐니 하며 서울을 떠나야 한다던데. 좌우간 난 어머니 때문에 여길 못 떠나요. 어머니 곁에서 살다가 어머니 곁에 묻힐래요."

"넌 어머니 어머니 하지만 이미 돌아가신 어머닐 생각해서는 뭣 하니?"

"너무나 비참하게 돌아가셨어요. 나는 하루두 어머니 꿈을 안 꾸는 날이 없어요."

"어머니 꿈만 꾸다가 너까지 병들면 어떡허니? 너를 위해서두 빨리 서울루 가야겠다."

"서울루 가면 난 잠두 못 잘 거예요."

사실 그미는 매일 어머니 무덤을 찾았다. 곡식을 거두는 바쁜 생활 속에서도 그미는 하루도 빠짐없이 어머니 무덤엘 다녀왔다. 그것은 어떤 의무적인 감정에서가 아니라 굶주렸을 때 밥을 갈망하는 그런 감정에서였다.

정부에서 보상금이 나왔다. 각 호마다 삼만 원씩이 배당되어 모두가 집터를 닦기 시작했다.

그런데 이상한 소문이 돌기 시작했다. 정부에서 주는 원호금이 그리 적을 수 있겠느냐는 것이었다. 삼만 원을 가지고는 문짝 값도 되지 않는다고들 했다. 나무와 시멘트 등 건축 재료를 따로 준다지만 열 칸 이상 집은 도저히 지을 수가 없다면서, 이장 강선구가 야료를 부리는 것이 아니냐면서 수군거렸다.

이장은 불이 난 뒤 관청에 출입하면서 전보다 돈을 잘 쓰는 것을 보아 그런 것 같다고 동조하는 사람들도 있었다.

다른 돈과 달리 관청돈을 집어먹을 수가 있을 것이냐고 이장을 두둔하는 사람도 없지는 않았지만 이장에 대한 의심이 날로 커지는 것만은 사실이었다.

그러나 명시는 그런 것을 귀담아 듣지 않았다. 집지을 생각도 안 하는 판에 그런 것이 자기와 무슨 상관 있는 일이겠는가?

명경을 설득시켜 서울로 떠날 궁리만 하고 있기 때문이었다. 더구나 서울로 식모살이를 갔던 동네 처녀들이 신문을 보고 하나씩 돌아오는 것을 보자 그는 집짓는 문제를 보류하지 않을 수 없었다. 옥희도 돌아올 것이고 옥희가 돌아오면 지체없이 정식 청혼하여 서울생활에 대한 것을 결정지으리라 마음먹었기 때문이었다.

그런데 서울로 갔던 처녀 다섯 명 중 네 명은 돌아왔는데 옥희만이 감감소식이었다. 대문짝처럼 며칠 동안이나 계속해서 보도했는데 옥희만 신문을 보지 못했을 까닭이 없다. 명경의 말에 의하면 돌아온 네 명은 서울 있을 때도 전화로 늘 연락을 하며 살았는데 옥희만은 어디 있는지도 모른다는 것이었다. 옥희의 집에서도 그미의 주소를 몰라 궁금해하고 있다는 것이었다.

모두들 전화와 텔레비전 그리고 냉장고까지 있는 집에서 산다고 하는데 옥희만이 그렇지 못한 집에서 살기 때문에 속이 상해서 집에까지 소식을 안 보내는 것일까? 식모살이를 않고 공장 여직공 생활을 한다면 바빠서 편지도 못 쓰는지 모르지. 그렇지만 동네 전부가 탔다는 것을 모를 리 없고 그것을 안다면 안 올 수가 없을 텐데……

명시는 답답했다. 하필 옥희만이 안 돌아오다니……

그런데 내무부에서 천막이 내려왔다. 학교를 비우고 학생들 공부를 시켜야 하기 때문이었다. 명시도 자그마한 것을 하나 배당받고 그것을 자기 집터까지 운반하려고 지게를 꺼내 놓는 때였다. 어떤 젊은 멋쟁이 여자 하나가 운동장 안으로 걸어오고 있었다. 멀리서 보았는데도 눈을 끄는 모습이었다. 명시는 지게다리 꼭대기를 한 손으로 잡은 채 가까이 오고 있는 여자의 모습을 유심히 보았다. 어떤 집을 찾아오고 있는 여잴까? 그런 여자가 찾아올 만한 집이 생각나지 않았다. 저런 멋쟁이 여자를 친척으로 가지고 있을 만큼 가문이 넓은 집이 없는 것을 잘 알기 때문이었다.

몸에 맞는 빨간 코트, 늘씬한 키에다 미끈하고 긴 다리. 거기에다 구두까지 신었다. 절대로 시골 여자는 아니었다.

명시는 그 여자가 가까이 올 때까지 옥희라고는 조금도 생각지 못했다. 그러나 옥희라는 것을 분명히 알았을 때 그는 놀라지 않을 수 없었다. 얼굴은 동네 처녀들 가운데서 가장 뛰어나 있었다. 그러나 체격이 저렇게 좋을 줄은 정말 미처 몰랐던 것이다. 게다가 옷차림이 상상 이외였다. 공장에 다닌다고 해도 몇 달 동안에 돈을 그렇게 벌었으리라고는 생각할 수 없는 노릇이고.

어쨌든 반가웠다. 얼마나 기다리던 사람인가? 그는 지게를 내팽개치고 그미에게로 뛰어갔다. 그러나 무슨 말을 할 수 있을 것인가?

"너 왔구나."

그저 놀라운 표정을 지을 뿐이었다.

"어마나, 언제 제대했죠?"

옥희가 도리어 반가워하는 태도를 보였다.

"얼마 안 됐어."

명시는 짧게 대답을 하고는 곧,

"빨리 가 봐."

옥희를 가게 했다. 교실 안에 들어 있는 동네 사람들이 유리창문으로 자기들을 내다보고 있을 것 같았기 때문이었다.

"좀 있다 만나요."

옥희는 의미 있는 웃음을 지어 보이며 학교 교실 쪽으로 갔다.

명시는 멍청하니 서서 그미의 뒷모습을 바라보았다. 전보다 더 예뻐지기도 했지만 행동거지가 많이 달라졌다는 데 수수께끼 같은 것을 느꼈다. 지나치게 수줍어하는 편은 아니었지만 절대 그렇게까지 명랑하지도 않던 옥희다. 몇 달 동안 서울 물을 마셨다기로서니 그렇게까지 달라질 수가 있을까? 같은 서울 물을 마신 다른 처녀들은 하나도 그렇게 변하지가 않았는데…….

그렇다고 해서 명시의 기분이 나빠진 것은 아니었다. 좀 있다 만나요, 하며 의미 있는 웃음을 지어 보이던 그미에게 마음이 바싹 끌리는 그였다. 역시 그미는 자기를 좋아하고 있는 것이다. 좋아하니까 그렇게 반가워할 것이 아닌가?

빨리 단 둘이서 만나고 싶었다. 단 둘이 만나서 서로의 마음을 좀더 구체적으로 교환하고 싶었다. 그러나 그 날 밤에는 만날 기회가 없었다. 남들의 시선이 두려웠기 때문이었다. 다음 날도 만날 것 같지가 않았다. 다들 천막을 치고 임시로나마 살아갈 살림정리들을 하고 있는데 어떻게 그미를 찾아가서 불러 낼 수 있을 것인가? 명시는 답답한 대로 며칠을 참으며 기회를 보는 수밖에 없다고 생각했다.

그런데 명시가 베어서 말려 두었던 풀을 천막 안 땅바닥에 깔고 있을 때 옥희가 찾아왔다.

"어머니가 돌아가셨다지?"

자기 부모들에게 듣고 조의를 표하러 온 모양이었다.

"웅, 돌아가셨어."

그러자 옥희는 갑자기 슬픈 표정을 지으며 눈물을 흘리기 시작했다.

"남들은 다 성한데 하필이면……."

옥희가 울자 명경도 따라 울었다. 두 처녀가 우는 것을 보니 명시도 눈물이 나오려 했다. 그러나 꾹 참고 자기를 위해 어머니의 죽음을 슬퍼하는 옥희를 멀거니 바라봤다.

눈썹 화장까지 해서 그런지 정말 예뻐 보였다. 저렇게 예쁜 옥희가 나를 사랑해 준다면…….

언젠가 휴가로 고향에 왔을 때였다. 옥희가 찐고구마를 가지고 와서 자기가 없는 새 어머니에게 주고 간 일이 있었다. 다음 날 우물가에서 그미를 만

났을 때 고구마 맛있게 먹었다고 하자,

"며칠 있으면 감이 익을 거야. 그때까지 있다가 가."

하며 웃던 옥희.

"감나무두 다 탔지?"

그때를 생각하며 명시가 묻자 옥희는 눈물을 닦으며 고개를 끄덕이었다.

"금년엔 감을 얻어먹을 수 있었을 텐데……."

"그보다 더 맛있는 걸 주면 되지 않아?"

"뭔데?"

"거야 두구 봐야 알지."

옥희는 울던 사람 같지 않게 웃었다.

명시는 그미가 지금도 자기를 좋아하고 있는 것이란 확신을 얻었다. 그러나 명경 앞이라 덤덤한 태도로 위장하고 그미가 서울서 지내던 일을 물었다. 영등포에 있는 공장에 다녔는데 공장 처녀들이 어떻게나 멋을 내는지 자기도 지기가 싫어서 옷 장만을 하다 보니 남은 것이 한 푼도 없더라는 그미의 대답이었다.

신문을 늦게야 봤느냐고 묻자 그미는 보기는 봤지만 공장 사정 때문에 떠날 수가 없었다고 대답했다.

"그래 또 가니?"

"글쎄 가라면 가구."

옥희는 말하는 품이 여간 아니었다. 더구나 명시 앞에서 어떻게 그런 말까지 할까? 도리어 명경이 낯을 붉히고 대답을 못했다.

명시는 그미가 돌아갈 때 명경이 없는 데서 옥희더러 오늘 밤 저녁 먹고 또 놀러 오라고 했다. 밤에 오면 둘이서 들로 나가 조용히 모든 이야기를 할 작정이었다.

"저녁 먹구 올게요."

옥희는 몇 번이나 뒤를 돌아보며 자기 집으로 갔다.

명시가 충만한 마음으로 천막 안에 들어서자 명경이,

"오빠!"

하며 그를 자기 옆에 앉게 했다.

"오빠, 그 애가 많이 달라진 것 같지 않았어요?"

심각한 말을 할 차비 같았으나, 명시는 가볍게 그것을 받아들였다.

"변했으면 어때?"

"서울 갔다 온 애들이 그러는데 옥희는 공장에 있지 않았대요."

"공장 아니면 어디 있었다는 거야?"

"이상한 데 있었대요."

"이상한 데가 어떤 데야?"

"화내지 말구 들어요."

"화내는 건 아니지만 그 계집애들 샘이 나서 그딴 수작들을 하는 거야."

"샘은 무슨 샘요?"

"그래 옥희가 그런 앨 것 같으니? 생각해 봐라. 말 같지두 않은 수작들이지."

명시는 말 같지 않은 말이 듣기도 싫었다. 아무리 서울의 유혹이 크다 한들 시골에서 티없이 자란 옥희가 몇 달 동안에 그렇게까지 될 수가 있겠는가? 상상도 할 수 없는 일이었다.

명시가 역정을 내는 바람에 명경은 그만 입을 닫아 버렸지만 속으로는 걱정이 여간 아니었을 것이다. 명시는 동생의 걱정을 아는 척도 안 했다. 오직 옥희에 대한 그리움으로 저녁때가 빨리 오기만 기다렸다. 옥희는 날이 어두운 뒤에야 왔다. 명시는 차라리 잘 되었다고 생각했다. 명경과 같이 앉아 있는 것보다는 처음부터 밖으로 나가 단 둘이서만 이야기하는 것이 더 자유스럽고 좋을 것 같았기 때문이었다. 그는 옥희가 천막에 들어서자마자,

"산보나 할까?"

하고 그미를 밖으로 끌고 나갔다. 명경쯤 완전히 무시한 태도였다. 사실 명시는 명경이가 마땅치 않았다. 되지 못한 계집애들 말을 듣고 옥희를 의심하려는 태도가 싫었던 것이다.

둘은 어두운 밤길을 헤치며 들로 나갔다. 걷고 있는 동안 어느새 옥희가 명시의 팔을 꼈다. 명시의 가슴이 방망이질을 했다. 생전 처음인 일이었던

것이다. 몸이 후끈 달아오르는 것 같았다. 말할 수 없는 황홀경이었다. 그리고 서울이 참으로 좋은 곳이라 생각했다. 만약 옥희가 서울에 가지 않았더라면 몇십 년이 지나도 남자의 팔을 먼저 끼지는 못할 것이 아니겠는가?

고속도로가 자동차 헤드라이트에 번쩍이는 것을 바라볼 수 있는 곳에 앉았을 때도 옥희는 계속 그의 팔을 끼고 있었다. 옥희의 따뜻한 체온이 팔목을 통해 온몸에 퍼지고 있었다.

"명경 오빠가 제대하구 돌아와 있을 줄 알았어."

명시는 오직 감격뿐이었다. 솔직하게 자기 감정을 표시하여 주는 그미가 고마웠다.

"제대하구 돌아오자 옥희가 없는 걸 알구 난 얼마나 실망했는지 알아?"

명시는 옥희가 끼고 있는 자기 팔에 힘을 주었다. 옥희는 꼭 눌리는 손에 쾌미를 느끼는지 잠시 말이 없었다.

"옥희!"

명시가 옥희를 불렀다. 그것은 할 말이 있어서가 아니라 그 이름을 자기 것으로 소유하고 싶어 부르는 목소리 같았다. 이름을 소유하게 해 달라고 조르는 소리 같기도 했다.

옥희도 그런 명시의 마음을 알았는지 왜요? 하고 묻는 것이 아니라,

"네."

그냥 응낙의 뜻만을 표시했다.

명시는 얼른 머리에 떠오르는 말이 없었다.

"자동차 헤드라이트가 멋지지?"

눈에서 번쩍 했다가 사라지는 고속버스를 바라보며 허탈한 목소리로 말했다. 그때 옥희가,

"명경 오빠는 여기서 살 작정인가요?"

하고 물었다.

"난 하루빨리 서울루 가구 싶어. 그런데 명경이가 말을 안 들어서 걱정야."

"명경이 문제예요. 혼자서 먹구 살지 못할라구? 그새 좋은 사람두 생길

거구."

"나두 그렇게 생각하군 있어."

"답답해서 난 못 살 것 같아요."

"또 공장으루 갈 건가?"

"거야 두구 봐야죠. 원체 힘들어서 그만둘까 하기는 하지만."

잠시 말이 중단되었다. 그것은 명시가 결혼에 대한 말을 꺼내고 싶은데 그 말이 제대로 나오지 않았기 때문이었다. 말을 못하고 있는데 옥희가,

"서울 가서 셋방 얻을 돈은 있죠?"

하고 물었다.

"집지으라구 나온 돈을 그대루 가지구 있지."

"그럼 됐어요. 내일루 떠나요."

명시는 어리둥절하면서도 그저 좋았다. 그러나 결혼도 않고 같이 살 수가 있을까? 그것이 문제였다. 동네 사람들을 무슨 낯으로 대할 것인가? 평생 고향엘 다시 올 수 없는 것이다.

"부모와 친척들한테 양해를 얻어야 하지 않어?"

"양해를 얻구 수속을 받구 그러다가 세월만 가면 어떡해요? 잘못하다가는 명경 오빠가 집을 짓기 시작해서 떠날 수 없게 될지 그것두 모를 일 아녜요?"

옥희는 명시 생각과 달랐다. 정정당당하게 절차를 밟고 떠나도 될 텐데 그렇게까지 서두는 이유가 무엇일까? 서울 가기로 결정만 한다면 집 같은 것은 문제가 안 된다. 집을 지을 돈을 옥희에게 맡겨도 좋다.

명시가 마음 속으로 망설이고 있을 때 옥희가,

"명경 오빠, 내가 싫어요?"

하고 얼굴을 명시에게로 돌렸다.

"싫긴?"

"그럼 왜 망설여요?"

명시는 옥희를 싫어하지 않는다. 도저히 있을 수 없는 말이다.

"내가 싫어하는 것 같아?"

"그런 것 같아요."

하며 빤히 쳐다보는 그녀의 눈이 반짝였다. 사랑을 갈망하는 눈초리였다.

"아니야. 절대루."

하면서 그는 자기의 얼굴을 옥희 얼굴에 갖다 댔다. 사랑의 표시를 증거로 보이기 위함이었다. 얼굴이 서로 닿았을 때 옥희가 얼굴을 조금씩 돌리며 입술을 맞닿게 했다. 명시는 온몸이 떨렸고 몸이 떨리는 가운데 입술을 그녀 입술에 겹쳤다. 그럴 때 그녀가 입술을 살그머니 열었다.

멀리 하늘의 별을 보며 앉았던 자리에서 일어설 때 명시는 옥희의 허리를 껴안았다. 그리고는,

"가자. 내일 일찌감치 도망쳐 가자."

하고 숨가쁜 목소리로 말했다. 세상이 뒤집혀도 좋고 두 사람이 그 자리에서 돌무더기가 되어도 좋다. 옥희가 하자는 대로 해서 행복하면 그뿐이었다.

다음 날 아침 조반을 먹은 뒤 집을 나간 오빠가 점심때가 지나도록 돌아오지 않았다. 명경은 이상한 예감이 들어서 동네를 한 바퀴 돌았고 들에도 나가 보았다. 그러나 명시의 그림자는 보이지 않았다. 그녀는 점심이나 먹은 뒤 옥희네 집엘 가 보리라 생각했다. 옥희도 없어졌다면 둘이서 함께 도망친 것이 분명하다. 어젯밤 옥희와 나갔다가 늦게 돌아온 오빠의 태도가 아무래도 수상쩍었던 것이다. 말 한 마디 안 했다. 빨리 잠에 드는 것 같지도 않았다. 아침 조반을 먹고 나갈 때 어디를 가느냐고 물어도,

"잠깐 다녀올게."

할 뿐 가는 곳을 밝히지 않았다. 그런 일이 한 번도 없던 오빠였다.

그 옥희란 년이 꼬여 낸 거야. 서울서 사내를 꼬이던 수법으로 우리 오빠를 꼬여 냈단 말야. 오빠는 갈보처럼 치장을 하고 온 그년의 얼굴을 보고도 왜 휘말려들었을까?

틀림없이 갈보 노릇을 했단 말야. 춘심이도 그랬고 순자도 그랬는데 뭐. 서울에 와서 두 번째 전화를 걸었을 때 일도 안 하고 하루에 이천 원씩 주는 고급 요정에 가지 않겠느냐고 그년이 꼬시더란 말도 했어. 그깟 년이 고

급요정은 무슨 썩어빠질 고급 요정야. 색주가집이 아니면 종삼 같은 데 있었을 거야. 개만도 못한 것. 그런 년이 우리 오빨 꼬이다니…….

억울하고 분했다. 서울로 가서 오빠를 강제로라도 끌고 와야지. 혼자서 생각에 빠져 있을 때였다.

"있나?"

하며 천막으로 들어오는 여자가 있었다. 이장 강선구의 아내였다. 풀이 다 죽은 얼굴이었다. 그녀는 천막 안에 들어서자 자기 남편이 오지 않았더냐고 물었다. 명경이 수상쩍게 생각하고 웬일이냐고 묻자,

"명경 오빠가 읍내루 가더란 말을 듣구 우리 애기 아빠하구 같이 갔나 해서 들러 본 거야."

하고 말했다. 명경은 놀라는 표정으로,

"우리 오빠가 읍내루요?"

다급하게 물었다.

"최 영감님이 봤다더군."

"혼자 가더래요?"

"내가 직접 만나 듣질 못했어. 그래서 답답해 여기까지 온 거 아니우."

"옥희 이야긴 못 들었어요?"

"옥희두 읍내루 가는 걸 봤다는 사람이 있더군."

명경은 그것이 틀림없는 말이라고 생각했다. 읍내까지 따로따로 가고 거기서부터 같이 버스로 서울엘 갔을 것이다.

하나밖에 없는 오빠가…… 오빠가 나를 버리구 도망을 가다니…… 하늘이 노랗게 보였다. 어머니의 시체를 대했을 때만큼이나 슬펐다.

"왜 그러우 처녀……."

이장 부인이 물을 때에야 명경은 눈을 한 번 감았다가 가늘게 뜨며

"아무것두 아녜요."

긴 한숨을 내쉬었다. 해가 지기 전에 소문이 퍼지고야 말 일인데도 그미는 오빠의 일이 이장 부인에게 알려질 것을 겁냈던 것이다.

그래서 이장 부인이 딴 눈치를 채지 못하도록 화제를 이장 이야기로 돌려

버렸다.

"이장님은 어딜 가셨는데요?"

"내가 알우? 안 돌아와두 찾지 말란 말만 하구 나갔으니……."

명경은 짐작이 되었다. 집지으라고 나온 보상금을 횡령해 먹었다더니 결국 그 문제로 도망을 간 것이다.

"그게 정말이었군요? 이장님이 설마 그랬을까 했는데……."

"누가 알우?……"

이장 부인이 시름없이 돌아가자, 명경은 이장 부인이 앞으로 혼자 어떻게 살까 하고 이장 부인 걱정을 했다. 그때였다. 어디선가 팡 하고 무엇이 터지는 소리가 났다. 명경은 깜짝 놀랐다. 비행기가 떨어지던 때의 폭음과 비슷했기 때문이었다. 가슴이 떨려 천막 밖으로 뛰쳐나갔다. 이곳 저곳 천막에서도 사람들이 밀려 나오고 있었다.

"무슨 소리야?"

모두들 겁먹은 얼굴로 두리번거렸다.

그때 동네 한가운데서부터 뛰어내려오는 두 소년이 있었다.

"쌀 튀기는 기계가 왔어요. 쌀 튀기는 기계요."

천막촌에도 쌀 튀기는 기계가 온 모양이었다. 그래서 애들은 쌀을 가지러 자기 집으로 뛰어가는 것이었다.

난 어떻게 살아야 하나 명경은 서늘해진 가슴에 손을 대고 어머니의 무덤이 있는 뒷산으로 달리기 시작했다.

(원)《신동아 92》 1972. 4.

칠이년 하절(七二年 夏節)

내가 결혼한 뒤 처음 있는 송홍태네의 초대였다. 내가 결혼하기 전에는 그것이 초대라 할지라도 몇 시까지 놀러 오라는 말 한 마디면 그만이었다. 그런데 이번 초대에는 부부동반해 오라는 둥 틀림없이 와야 한다는 둥 조금 거창해졌다고 할까 부담감을 느끼게 하는 초청이었다.

넉 달 전 내가 결혼을 한 뒤 우리 부부가 결혼 인사를 하러 그 집에 갔던 일이 있지만 그때는 초청이 아니라 방문이었기 때문에 부담감 같은 것을 느끼지 않았었다. 더구나 그때는 신혼의 들뜬 기분이라 부담감은 고사하고 행복한 감정을 과시하려는 심정이 더 앞섰을지 모른다.

만약 여기가 한국이고 또 내 아내가 한국 여자라면 이런 때 나는 홍태네 초대를 아내에게 말하지 않고 나 혼자 갔을 것이다. 이런 경우 미국 풍속으로는 아내를 반드시 동반하도록 되어 있다. 가정끼리의 초청에 아내를 동반치 않고 나 혼자만이 갔다는 것을 나중에라도 아내가 안다면 무어라고 불평을 터뜨릴지 모른다. 아내는 아내라고 해도 초청한 홍태네까지 이상하게 생각할 것이다. 그들은 미국에 와서 산 지가 오랜 사람들로 미국의 풍속을 잘 알고 있기 때문이다.

이상한 일이다. 내가 한국 사람의 초청을 받고 왜 아내와 같이 갈 것에 대해 부담감을 느끼고 있을까? 나는 결혼할 적부터 오늘까지 미국 여자와 결혼한 데 대해 소외감 같은 것을 느껴 본 일이 없었다. 도리어 남들에게 자랑하고 싶은 마음이었다. 미국 사람들 대부분이 그러하듯 사용으로 외출할 때는 언제나 아내와 동반했다. 한국 사람을 만나는 경우 나는 아내를 소개하는데 도리어 마음의 자랑을 느꼈다. 그리고 외국 여자와 결혼함으로 얻는 혜택을 고맙게만 생각해 왔다.

남북통일이 이루어졌다고 해도 미국 여자와 결혼했다는 내 마음의 변동이 있을 리 없다. 나는 미국의 시민권을 얻고 죽을 때까지 미국서 살 사람이다. 그런데 7·4 남북공동성명으로 평화통일의 문이 열렸다는 보도만을 가지고 미국인 아내를 가졌다는 데 부담감을 느낄 까닭이 무엇인가?

무어라고 설명하기는 힘드나 어쨌든 홍태네 초대를 받은 지금 나는 아내와 함께 방문해야 한다는 일에 부담감을 느끼고 있는 것이다. 아내는 물론 같은 피를 나누고 있는 한국 동포들까지도 이해하지 못할 일이라고 생각한다. 사실은 나 자신도 지금의 내 심정을 이해할 수가 없다. 미국 여자와 결혼했다는 것이 곧 조국을 배반한 일은 아니다. 그리고 통일되었을 때의 조국이라고 해서 미국인 아내와 같이 귀국하는 것을 불허할 까닭이 없다. 법률적으로나 국민적 도의로 보나 못할 것을 한 것이 아닌데도 왜 나는 이런 심정일까?

바로 어제 저녁 미국 라디오에서 남·북한이 평화통일에 대한 공동성명서를 발표했다는 뉴스를 듣고 나는 반신반의를 했다. 너무나 꿈 같은 일이었기 때문이었다. 있을 수 없는 일이 일어났다고 생각되었던 것이다. 만우절에나 있을 수 있는 일이라고 생각했다. 그래서 나는 송홍태에게 전화를 걸었다. 송홍태도 나와 마찬가지의 심정이라고 말했다. 그러니 얼마나 기쁜 일이냐? 얼마나 기다리던 일이냐면서 좋아했다.

"이젠 평양 구경을 할 수 있게 됐나 부다."

"나는 금강산부터 가 보겠다."

우리들은 전화통을 통해 서로 흥분하고 있었다. 정말 기뻤다.

그러나 자리에 누워 잠들려고 할 때 나는 조국의 통일을 진심으로 기뻐할 자격이 있는가 하는 자책감을 느끼기 시작했다. 그것은 미국인 여자와 결혼했다는 것 때문은 아니었다. 절대로 그것은 아니었다. 조국을 떠나던 때의 나의 심적 동기 때문이었다. 한국에서는 아무에게도 말하지 못했지만 미국에 와서는 누구에게나 공공연하게 말하며 다니던 일, 군대가 싫어서 도망쳐왔다는 것이 미국으로 온 동기였던 것이다. 벌써 사오 년 전의 일이다. 사오 년 전의 일이 뜻밖의 7·4 공동성명으로 내 머릿속에 죄책감으로 살아났다.

나는 병역을 기피하여 미국으로 온 것을 자랑처럼 이야기하며 다녔다. 나를 미국에 오게 해 준 부모에게 감사를 하며 살아 왔다. 그런데 라디오의 뉴스를 듣고 갑자기 마음이 움직이기 시작한 것은 나도 이해할 수 없는 일이다. 남북이 통일된다고 해서 병역을 기피한 나를 조국으로 끌어다가 죄를 줄 리 만무하다. 나는 미국 여자와 결혼하고 당당한 미국 시민이 되었다. 아무리 조국이라 해도 내게 명령을 내릴 권한이 없다. 설사 내가 조국에서 범죄를 지었다 해도 미국에서 영원히 자유스럽게 살 수 있는 권리가 있다. 그런데도 나는 왜 자책감을 느끼고 있을까?

송흥태네 집에서 7·4 공동성명을 축하하자는 뜻으로 파티를 열며 나를 초청했을 때 나는 미국인 아내와 같이 참석할 일에 부담감을 느낄 까닭이 무엇인가?

조반을 먹기 전에 초청한다는 전화를 받고 조반을 먹기 시작할 때까지 나는 아내에게 오늘 밤의 초청에 대해서 아무 말도 않고 혼자 망설이기만 하고 있었다. 그러나 조반상을 대하고 아내와 마주 앉았을 때 나는 아내에게 이야기하고야 말았다.

"미스터 송에게서 저녁 초대를 받았소."

"이유는 뭔데요?"

"조국이 통일하게 되어 축하하자는 거지."

그때 아내는 손뼉을 치며 환성을 올렸다. 그뿐 아니라 내게로 달려와 뺨에 키스까지 해 주었다. 어젯밤 뉴스를 들었을 때와 꼭 같은 행동이었다. 정말 기쁜 모양이었다. 운동경기를 구경 갔다가 자기가 응원하는 편이 이겼을 때의 통쾌감 같은 것이리라. 남편의 나라가 두 동강으로 쪼개졌다가 하나로 합친다고 할 때 어찌 박수를 안 칠 것인가?

나는 아내 앞에서 내 즐거움이 아내의 즐거움만 못지않다는 것을 보여 줘야 했다.

"오늘 저녁에는 어떤 옷을 입구 가지?"

아주 예쁜 옷을 입고 가자는 뜻의 말을 했다.

"당신이 제일 좋아하는 옷을 입을게요."

나는 이렇게 아내보다도 즐거워하는 내 마음을 보여 주면서 마음이 찜찜함을 어쩔 수 없었다. 마음과 다른 말을 하는 사람은 고독하다고 한다. 명랑하기만 한 사람이 혼자서는 누구보다도 더한 고독을 느낀다지 않는가? 나는 마음의 고독을 느꼈다. 아내를 사랑하면서도 그 아내에게 내 속마음을 있는 그대로 털어놓을 수가 없으니 말이다. 사랑하는 부부 사이에 속이고 숨기는 일이 있어서는 안 된다고 하지만 아내가 불쾌해할 말을 어찌 숨김없이 털어놓을 수가 있을 것인가? 나도 그랬지만 내 아내는 사랑에 국경이 없다는 말을 언제나 해 왔다. 아내는 지금도 꼭 같은 말에 신념을 가지고 말하리라. 그러한 아내에게 내가 송홍태의 집에 너와 같이 갈 마음이 썩 내키지 않는다는 말을 어찌 하겠는가? 사랑에 국경이 없다던 말이 거짓이 아니냐고 단번에 공격해 올 것이다.

그리고 신념에서 그런 말을 한 그녀와 이해타산에서 그런 말을 한 나와의 차이를 이런 데서 보여 줄 수도 없었다. 결국 나는 마음과 다른 말과 행동을 하는 수밖에 없다.

"일곱 시까지 가야 하니까 여섯 시까지는 집으로 와야 해."

나는 오늘 밤 일에 틀림이 없도록 아내에게 다짐을 했다. 내가 적극적이라는 것을 보여야 한다는 계산 밑에서 한 말이다.

"물론!"

우리는 포옹을 하고 키스를 한 뒤 각자의 자동차로 직장을 향해 떠났다.

내 직장은 한국의 ×은행 뉴욕 지점이다. 미국인 직원 두 명 이외에는 모두가 한국인뿐으로 일상 회화를 거의 한국말로 쓰고 있는 곳이다. 그러나 나만은 될 수 있는 한 영어를 쓰고 있다. 그것은 될 수 있는 한 한국말을 빨리 잊기 위함이다. 한국말보다도 영어를 더 잘한다는 것을 한국에서 파견되어 온 직원들에게 보임으로 내 프라이드를 높이기 위함이기도 했다. 간혹 한국말을 쓸 때는 미국 사람들이 서툰 한국말을 하듯 말꼬리에 악센트를 붙였다.

그러나 이 날 아침 출근해서는 동료 직원들에게 굿모닝 대신 안녕하십니까 하고 한국말로 인사를 했다. 그리고 집무를 시작할 때까지 7·4 성명에 대한 이야기들을 나누며, 나는 순 한국말로 그들과 대화를 나누었다.

"신나는 일이지……."

"언제쯤 통일이 될까?"

"언제라두 되기는 될 것 같은데……."

"돼야지. 한 민족이 둘로 나눠질 수 있어?"

"사상과 정치체제를 초월하여 평화적 통일을 이루도록 한다고 했는데 그것이 과연 될 수 있을까?"

"사실이야. 사상과 정치체제를 어떻게 초월할 수 있담."

"할려구 하면 되겠지."

이야기를 하다가 집무시간이 되어 각기 자기 자리로 돌아갔지만 나는 내가 평화통일에 대한 비판론자가 아닌가 하고 생각했다. 비판론자라기보다 혹시 부정론자일지도 모른다고 생각했다. 겉으로는 민족의 염원인 평화통일을 찬성하면서 속으로는 그것이 이루어지지 않기를 바라는 마음의 소유자가 아닐까? 나는 평생 조국에 돌아가지 않아도 좋다는 생각을 갖고 있었다. 좁다랗고 말이 많고 구질구질하게 사는 한국보다 미국이 몇 배나 좋다고 생각해 왔다. 그러한 내가 한국이 통일된다고 해서 기뻐할 것은 무엇인가? 통일이 안 된다고 해도 미국과 친선관계를 계속 유지하며 형제국처럼 지내는 가운데 살면 그뿐 아닐 것인가?

그렇게 생각하니 과연 나는 남북의 평화적 통일을 진심으로 바라지 않고 있는 듯했다. 남에게 보이기 위해서 흥분한 척 기쁜 척한 것뿐이다. 조국에 대한 자책감도 무의식중에서 우러나온 진심이 아니라 변모하는 조국에 대한 체면이나 의리 때문이었던 것 같다. 죄책감을 느꼈다고 하지만 당장에 귀국하여 이제라도 군복무를 마치겠다는 마음이 우러나지 않았다는 것으로 알 수 있는 일이다. 한국인 가정에 미국인 아내와 함께 가는데 신경을 쓴 것도 결국은 내 비애국적 인격을 은폐하려는 내 양심에 대한 위선이 아니었을까?

과연 그런 것 같았다. 아내를 거추장스럽게 생각할 뿐 이혼할 생각을 조금도 안 했다는 것으로 보아 내 양심에 대한 위선이었음이 분명했다.

그렇다면 양심에 대한 위선까지야 할 필요가 무엇인가? 마음과 말을 다르게 한다 해도 사랑하는 아내를 사랑하지 않는 것처럼 위장할 필요는 없다. 어떤 장소에든 미국인 아내와 같이 다닌다고 해서 그것을 이유로 나를 비애국자라고 말할 사람은 없으리라.

나는 좀더 솔직한 생활을 해야 한다고 생각하며 일을 하기 시작했다. 얼마 동안 일을 하고 있을 때 창구에서 일보고 있는 동료가 나를 불렀다. 얼굴을 들고 창구 쪽을 보았을 때 거기 한 여자가 나를 지켜보고 있었다.

선우공회였다. 뜻밖이라 나는 창밖으로 뛰어나갔다. 비교적 한국 사람이 많이 출입하는 은행이지만 내가 개인적으로 아는 사람이 찾아올 때는 역시 반갑다. 비록 한 번밖에 만난 일이 없지만 첫인상이 아직 남아 있는 여자다. 반갑지 않을 수 없었다.

"하우 아 유?"

나는 그녀와 함께 손님용 소파에 앉았다.

"벌써 한 번 찾아오구 싶었지만 일없이 올 수가 있어야죠?"

나는 조금 들뜬 기분이었는데 그미는 차분하게 안정된 태도였다.

"아! 그렇습니까? 그럼 용건은?"

나는 미국 사람들처럼 손바닥을 내밀어 제스처를 쓰면서 무슨 이야기든 다 하라고 했다. 그러자 그미는,

"그렇게 바쁘세요?"

하며 나를 쳐다봤다.

"아, 아닙니다. 바쁠 것 없습네다."

"꼭 미국 사람이 한국말 하듯 하네요?"

"미국에 오래 살면 자연 그렇게 되는 거 아닙네까?"

"몇 해나 되셨지요?"

"오 년쯤 됐습네다."

"나두 앞으루 그렇게 되겠네요."

그미는 비꼬지를 않고 그냥 유쾌하게 웃었다.

"오브 코스, 오브 코스."

그미는 호호 웃으면서 내 무릎을 쳤다. 몸을 내 몸에 기대면서. 나는 기분이 좋았다. 언젠가 한국에서 리틀앤젤스가 와서 공연을 할 때 그미는 바로 내 옆자리에 앉아 있었다. 전형적인 미인이라고는 말할 수 없었지만 아름답다고 말하지 않을 수 없는 여자였다. 오래간만에 유쾌하고 즐거운 밤이라는 핑계를 대고 나는 휴식시간에 그미를 휴게소로 끌고 나가 아이스크림을 사먹으며 통성명을 하고 간단한 이야기를 나누었다. 그것뿐이었지만 예쁘고 인상이 좋았던 때문에 한 번 다시 만났으면 하고 마음이 있었다. 그러나 결혼한 내가 총각 때와 달리 아무 일도 없이 만나자고 할 수가 없어서 몇 달을 못 만난 채 지내 왔던 것이다. 그러던 참에 그 여자가 제발로 나를 찾아 왔으니 얼마나 고마운 일인가? 찾아와서는 교태까지 부리니.

그러나 집무시간에 희희닥거리고 있을 수만은 없었다.

"우선 용건을……."

용건을 끝내고 단 둘이 만날 기회를 만들어야 한다고 생각했던 것이다. 그러자 그녀는 서슴없이,

"오십 달러만 빌려 주실 수 없을까요?"

하고 돈 이야기를 꺼냈다. 개인적으로 만나는 것이 처음인데 처음부터 돈 이야기를 꺼낸다는 것이 약간 불쾌했다.

"오십 달러요?"

불투명한 태도로 반문하자,

"한국에서 오십 달러 부쳐 주겠다는 편지가 왔어요. 그 돈이 오면 내게 줄 것두 없이 그냥 가지세요."

그녀는 핸드백을 열고 편지 한 장을 꺼냈다. 돈 보내겠다는 내용이 들어 있는 편지인 모양이었다.

거짓말은 아닌 모양이었다. 거짓말이 아닌 바에야 쩨쩨하게 놀 필요가 없

다. 나는 편지를 볼 필요가 없다고 한 뒤 그것을 핸드백 속에 집어 넣었다.

"오늘은 가진 것이 없는데 내일 저녁때 만나 주실 수 없을까요?"

오십 달러쯤 은행 안에서 돌릴 수 없는 것이 아니지만 내일 저녁 다시 한 번 만나고 싶은 마음에서 그렇게 말했다.

"내일 저녁요?"

"내일 저녁 퇴근시간에 오시면 틀림없이 드리겠습네다."

"알겠어요."

"여기까지 오실 것 없이 미스 선우가 편리한 데루 내가 가도 좋습네다."

"뭘요, 내가 오죠."

"그럼 요 옆에 드럭 스토아가 있습네다. 다섯 시 반 그리루 오십시오."

"알았습니다."

그미가 자리에서 일어서며 나를 처다봤다. 고혹적인 눈초리였다. 나는 조금 떨떨했지만 그미 앞을 걸어가서 출입문을 열어 주고 배웅을 했다.

내 자리에 돌아와서 일을 시작했지만 그 고혹적인 눈초리와 내 무릎을 탁 치던 그녀의 손길이 가슴을 설레게 했다. 오십 달러를 거저 줘도 좋다. 한 번 가까이 해 봐야지.

나는 아내가 있다는 것을 잊었다. 그리고 아내가 있다는 것을 잊어버리지 않고 있다 해도 무방하다고 생각했다. 결혼하자는 것이 아니라 한 번 그래 보자는 것뿐이니까 그래도 무방한 일이 아니겠는가?

퇴근한 뒤 아내와 함께 송홍태네 집에 가면서도 나는 선우공회의 육체를 상상했다. 얼굴이 예쁘니까 육체도 예쁠 것 같았다. 한국 여자는 특히 피부가 좋으니까 그녀도 매끄러운 살결을 가지고 있겠지. 정사에 있어서 너무나 개방적인 내 아내에 비해 그미는 한국적인 수줍음을 조금쯤은 가지고 있겠지. 나는 그미가 처녀라고는 생각지 않는다.

미국과 같이 자유스런 나라에 와 있는 여자로 정조를 지키는 여자가 몇 명이나 되겠는가? 그럴 수도 없겠지만 그럴 필요도 느끼지 않을 것이다. 나도 미국에 와 있는 한국 여자와 결혼할 생각을 안 한 이유의 하나가 거기 있다. 나뿐 아니라 재미 한국 동포는 한국 여자와 결혼할 때도 미국 와 있는 여자가 아니라 한국에 있는 여자와 결혼들을 하고 있다.

그런데도 나는 한국 여자에게 매력을 느끼고 있다. 그것은 서양 여자에게 없는 한국적 매력이 어딘가에 있을 것이기 때문이다.

자동차로 송홍태의 집엘 가면서 옆에 앉아 있는 아내의 육체를 볼 때 나는 선우공회를 더욱 생각했다. 내 아내는 그야말로 빼빼다. 딱딱 부닥칠 정도다. 그런데 공회는 포동포동하다. 탄력이 있을 것이다.

나는 결혼 후 처음으로 아내 이외의 여자를 생각했고, 또 아내의 육체를 빈약한 것으로 느꼈다. 그러나 송홍태의 집에 이르렀을 때 나는 세상에 유일한 애처가처럼 내 아내를 위해 주었다. 한국 사람들끼리는 할 수 없는 미국 풍속 그대로의 여성 존중이라고나 할까?

나는 미국에서 미국 여자와 살고 있으니까 미국식대로 할 수밖에 없어서 그대로 하고 있지만 그래도 가끔씩 미국 남자들이 메스껍다고 생각한다. 속마음으로 여자를 그렇게까지 존경하는 것이 아니면서도 여자를 보석 다루듯 하는 그 위선적인 태도 그것이 순전히 습관에서 온 것이라 해도 메스꺼운 일이라 생각된다. 사회가 그리고 법률이 여성의 권리를 확대시켰다. 그것은 여성의 실제적 권리가 커서가 아니라, 그 반대이기 때문이다. 약한 여자를 위해 주는 것은 좋다. 그러나 쩔쩔매서야 되겠는가? 내가 보기에는 미국 남자들이 여자들에게 너무나 쩔쩔매고 사는 것 같다. 만일 내가 한국에서 산다면 미국 여자라 해도 나는 한국식으로 다룰 것이다. 그러나 여기는 미국이다. 응접실에 들어서자 아내의 코트를 벗겨 주고 그것을 옷걸이에다 걸어까지 줘야 했다.

그런데 이 날 초청받은 사람은 우리 부부만이 아니었다. 내가 근무하는 은행의 지점장 부부가 우리를 뒤따라 들어왔다. 부엌에서 일하던 송홍태의 어머니와 누이동생까지 응접실로 나와 그들을 맞이했는데, 우리 부부를 대하던 때보다 몇 배나 정중하게 보였다. 당연한 일일 것이다. 나는 그 집 아들 송홍태의 친구에 지나지 않고 지점장은 한 기관의 기관장이다. 그런데 뉴욕에는 은행보다 중요한 기관이 있는데 그곳 사람은 초청을 않고 은행장만을 초청한 데 나는 문득 약간의 의아심을 품었다. 그러나 내가 관여할 일이 아니라 깊이 생각지 않기로 했다. 다만 모인 사람들끼리의 인사하는 방법을 유심히 바라보았다.

　나이가 많은 송홍태 부부와 지점장 부부는 서로 허리를 굽혀 정중하게 인사를 했다. 송홍태와 그의 누이동생도 마찬가지였다. 다만 내 아내만이 뻣뻣하게 선 채 손을 내밀고 지점장 부부와 악수를 나눴다. 미국 여자로 당연한 일이다. 그러나 허리를 굽혀 정중하게 인사하는 송홍태의 어머니와 누이동생이 겸손하고 정중해 보였다. 정중하고 겸손한 여자가 보기 좋다고 생각이 들었다. 만약 미국 여자가 한국 여자식으로 인사를 한다면 보기가 흉할까? 그렇지는 않을 것 같았다. 더 보기 좋지 않을까 하는 생각이 들었다.

　응접실에서 식당으로 갈 때 나는 언제나 하는 버릇대로 아내의 어깨에 손을 얹고 그미를 보호했다. 그러나 아무도 그렇게 하는 사람이 없는 것을 보자 나는 아내가 섭섭해할 줄 알면서도 중간에서 손을 내리었다. 식당에서도 의자를 끌어 냈다가 밀어 주는 일을 안 했다. 아내의 태도가 확실히 달라졌지만 할 수 없는 일이었다. 한국 사람만이 있는 데서는 나도 한국 사내의 체면을 지켜야 했기 때문이다.

　식당에 둘러앉았을 때는 7·4 공동성명에 대한 이야기가 시작되었다.

　"정말 놀라운 일입니다. 독일에서두 못하는 일을 우리 나라가 하다니요."

　"천지개벽 같은 일이죠. 어디 상상이나 했던 일입니까?"

　이런 이야기들을 주고받을 때 나는 아내에게 통역을 해 주느라고 말참견을 못했다. 하기야 친구의 아버지와 직장의 상사가 이야기하는데 한몫 낄 수도 없는 일이기는 했지만…….

　"통일됐다는 뉴스만 있으면 전 제일착으루 귀국하겠습니다."

　송홍태 어머니의 말이었다.

　"가셔야죠. 조국이 통일된 뒤에까지 미국에서 살아야 할 필요가 있겠습니까?"

　이것은 지점장 부인의 말.

　"그렇지만 미국만이야 하겠어요? 구경만 하구 돌아와야지."

　송홍태 어머니는 조국의 통일을 구경하는 것만으로 만족하려는 모양이다.

"통일이야 그리 쉽게 되겠수? 문을 열어 놓구 서루 대화를 하게 됐다는 사실만두 장하구 기쁘게 생각돼서 그러는 거지."

송홍태 아버지도 속으로는 자기 부인에 동조하는 태도 같았다.

식사가 시작되자 그래도 술잔을 쳐들고,

"남북공동성명을 축하합시다."

남북통일에 대한 축배를 했다. 내 아내도 잔을 쳐들고 생글생글 웃으며 축배를 올렸다.

한국식 불고기 파티였다. 푸짐하고 구수한 파티였다. 미국 사람 집에서는 볼 수 없는 집 주인으로서 부담이 너무 큰 파티였다.

송홍태네 집은 십여 년 전 미국으로 이민 온 집이다. 미국 풍속을 모를 리 없건만 미국식이 아닌 한국식 파티를 열었다. 그것도 7·4 공동성명을 축하하기 위해서, 정말 존경할 만하다고 생각되었다. 송홍태 아버지가 의사로 돈을 잘 번다. 송홍태도 전자 기술자로 큰 공장에서 많은 월급을 받고 있다. 여유가 있으니 그런 일을 할 수 있겠지만 조국에 대한 충정이 없다면 상상도 할 수 없는 일이다.

그런데 식사 도중 송홍태 아버지가 지점장에게 하는 말이 나의 신경을 자극했다.

"어제는 참 수고하셨습니다."

어제라는 말에 생각나는 것은 어제 송홍태 아버지가 은행으로 찾아왔던 일이다. 그때 지점장이 송홍태 아버지 예금통장과 일본서 온 이십만 불짜리 수표를 주며 통장에 예금시키라고 했다. 나는 지점장이 시키는 대로 했을 뿐이었기 때문에 그 당시 별다른 생각을 안 했다.

그러나 지금 새삼스럽게 어제는 수고했다고 인사하는 것을 보자 그 예금이 보통 예금이 아니란 것을 느꼈다. 그리고 오늘 지점장과 나를 초대한 이유도 그것과 관련된 듯한 느낌이 들었다.

그 수표가 일본에서 온 것이라는 데 무슨 흑막이 있을 것이다. 보통 한국 사람이 자기 재산을 미국으로 도피시킬 경우 대개 일본을 거쳐 송금한다. 일단 그 돈을 영주권을 가지고 있는 재미교포 이름으로 예치했다가 나중에 명의를 변경한다. 그런 돈일 것이 분명하다. 송홍태 아버지가 달리 사업을 하지 않는 만큼 그런 거금이 일본서 송금되어 올 까닭이 없고, 잘 아는 사람의 돈을 그런 식으로 보관했다가 나중에 사례금을 받고 돌려 주는 것이겠지.

이렇게 생각하자 등골이 오싹했다. 송홍태의 아버지처럼 한국 사람의 이름을 더럽히지 않고 사는 사람도 결국 이면에서는 그런 일을 하다니…….

그러나 분개할 것 없는 일이다. 너 나 할 것 없이 조국보다 미국이 좋아서 조국을 떠난 사람들인데…….

별다른 기색을 보이지 않고 음식을 다 먹은 뒤 집으로 돌아오려 할 때 송홍태 아버지가 포장지에 싼 물건을 지점장과 나에게 하나씩 주었다.

"오늘처럼 기쁜 날 기쁜 마음의 표시입니다. 받아 주십시오."

"대접을 받구 또 프레젠트까지……."

지점장이 사양했다.

"프레젠트랄 것두 없습니다. 서울서 친구가 보내 준 김을 조금씩 쌌습니다."

나도 사양의 말을 한 마디쯤 하고 싶었지만 그럴 겨를이 없었다. 그저 고맙단 말만 하고 집으로 돌아왔다.

집에 돌아오는 도중 차 안에서 아내가 송홍태와 나와의 관계를 물었다. 미국에서 같은 대학에 다니며 친하게 지낸 사이라니까 아내는 놀라며 한국 사람들은 친하기만 하면 그렇게까지 친절하냐고 다시 물었다.

"물론. 그러니까 한국 사람들은 인정이 많다는 거야."

"그래요? 그런데두 당신은 기분이 조금 좋지 않은 것 같던데?"

나는 어깨에 손을 얹었다가 내린 것과 의자를 끌어다가 밀어 주지 않은 것을 가지고 이야기하는 줄 알았다.

"한국 사람의 풍속이 조금 달라서 그랬던 거야……."

"뭘 가지구 말하는 거죠?"

"당신 편하게 앉두록 의자를 끌어다녀 주지 못해서 말야."

"그건 나두 들어서 알구 있는 일인데요 뭐. 그게 아니구 당신 기분이 조금 가라앉은 것 같았어요."

역시 관찰력이 예민했다. 나는 조금도 기색을 보이지 않으려 했는데도 무엇인가 달라진 것을 발견한 모양이었다.

"그럴 일 없는데, 정말 아무렇지두 않았어."

내가 극구 부정했기 때문에 그미는 그 이상 추궁하지 않았다. 그리고 선물을 풀어 보았다. 집에서 가끔씩 보내 주는 김 위에 백 달러짜리 돈 한 장이 놓여 있었다. 미국에도 이런 일이 있다. 나는 아내가 묻기도 전에 빌려 줬던 돈이라고 설명했다.

다음 날 퇴근한 뒤 나는 공희와 약속한 드럭 스토아로 갔다. 그미가 요구한 오십 달러를 가지고 드럭 스토아에서 커피를 마시며 나는 준비해 가지고 온 돈을 아무 말 없이 건네 주었다. 돈을 받자 그미는 한국에서 돈이 오거든 자기에게 돌릴 것도 없이 그냥 받아 쓰라는 말을 또 했다. 차마 그러라고 대답할 수는 없다고 생각했다. 그렇다고 거저 주는 것처럼 말할 수도 없는 일이다.

"그건 그때 가서 이야기합세다."

그 이야기는 그냥 묻어 버리는 수밖에 없었다. 그것이 사내다운 태도라고 생각했던 것이다. 오늘은 어디까지나 사내다운 태도를 보여야 했기 때문이었다.

커피를 마시자 나는 사내답게,

"그리니치 빌리지 가 봤소?"

내가 뉴욕 구석구석을 다 알고 있다는 식으로 말했다.

"어떤 덴데요?"

그미는 과연 모르고 있는 모양이었다.

"예술인의 마을. 조용한 이색적인 마을인데 거기 한국식 다방이 있어."

"그래요? 어떤 예술인들인데요?"

"화가가 대부분인가 봐."

"한국식 다방이 있다니 가 보구 싶은데요."

"갑시다."

나는 그미를 내 차에 태워 뉴욕시 남쪽 끝에 있는 동네로 갔다. 일은 제대로 진행되는 것이라 생각되었다. 다방에서 이야기를 하다가 레스토랑에 가서 저녁을 먹은 뒤 호텔로 간다. 아내에게는 숙직이니까 돌아오지 못할 것이라고 미리 말해 놨으니까 만사 오케이.

어두컴컴한 반 지하실 다방은 정말 한국의 조그만 다방과 비슷했다. 드럭스토아와 달리 차 한 잔으로 오래 앉아 있을 수 있는 것이 더욱 한국 다방과 비슷했다. 여기서 두 사람의 거리를 좁히기 위해 나는 그미의 일신상의 이야기를 묻기 시작했다. 고향은 부산이고 학교는 서울의 ×대학 영문과를 졸업했다고 했다. 뉴욕에 와서는 대학 3학년에 편입했고 장차는 대학원까지 마칠 작정이라고 했다. 그럼 오랫동안 공부할 모양인데 그 동안 집에서 매달 보내 오는 오십 달러로 학비가 충분하냐고 물었다. 아르바이트를 해서 그 돈도 보내지 않도록 할 작정이라면서 그미가 가벼운 한숨을 짓는 바람에,

"아르바이트만 가지구는 힘이 들 텐데요."
나는 그미를 동정하는 투의 말을 했다.

"나두 알아요. 미국두 불경기니까……."
나는 그 뒷이야기를 더 하고 싶었지만 내게 부담감을 주는 것이 될 것 같아

"우리 저녁이나 먹으러 갈까?"
나의 둘째 계획을 이야기했다.

"미안해서 어떻게 해요?"
안 따라올 의사는 아니었다.

"괜찮아. 나는 그래두 샐러리맨이니까."
나는 그미 가까이로 가 겨드랑에 손을 넣고 일으켰다. 감촉이 좋았다. 껴안고 싶은 충동이 일어났다. 그러나 감정을 억제해야 했다. 레스토랑에 가서는 곧 음식을 주문한 뒤,

"술 한 잔 하지?"
사실은 아무것도 아닌 일이지만 신경을 쓰며 말했다. 그미는 아무 대답을

안 했다. 친한 사이라면 술 한 잔 권하고 또 마시는 것이 뭐 그리 흠되는 일이겠는가? 그러나 나는 그미에게 술을 먹이려는 의도가 딴 데 있다. 조심스럽게 권하는 수밖에 없었다.

그미의 대답도 듣기 전에 나는 위스키와 페퍼민트를 가져오게 했다.

"자! 한 잔 합시다."

나는 내 술잔을 들고 그녀 술잔에 대면서 독촉을 했다. 그녀는 입술을 축이는 정도로 술을 마셨다. 한 잔을 다 마시게 하는데 시간이 조금 걸렸지만 그래도 성공했다. 두 잔째의 술을 가져오게 하고는 그것은 저녁을 먹으면서 천천히 마시자고 말했다. 취하도록까지 강권을 하면 내 속이 들여다보일 것 같았기 때문이었다.

술 한 잔을 다 마실 때까지 그리고 음식을 먹기 시작할 때까지 우리는 말이 없었다. 그녀의 감정이 무거워지고 있는 것처럼 보였다. 이래서는 안 된다. 호텔에 가기까지의 무드를 만들어야 한다.

"미스 선우. 참 예뻐. 뉴욕에서 미스 선우만큼 예쁜 한국 여자를 처음 봤어."

우선 나는 그녀를 추켜올렸다. 사실 예쁘기도 하지만 예쁘다고 해서 싫어하는 여자가 있던가? 그래도 그녀는 대답이 없었다. 무엇을 생각하고 있는 것일까?

"술 한 잔 하니까 더 예쁜 것 같은데…… 조금만 더 마셔. 더 예뻐질 거야."

그러나 두 잔째의 술은 마시지 않았다. 기분이 나쁜 것일까? 기분이 나빠하는 것을 그냥 권하면 역효과를 내게 될지도 모른다. 나는 화제를 바꾸었다.

"미국이 참 좋죠? 자유스럽구, 넓구, 편리하구……."

그때였다. 그녀가,

"미국은 좋은데 미국에 있는 한국 사람들이 나빠요."

하고는 흑흑 느껴 울었다. 이때까지 잠잠하고 있었던 것이 이 울음을 만들어 내기 위함이었던가? 나는 당황하지 않을 수 없었다. 그러나 이런 기회에 친절과 아량을 베풀어야 한다. 여자는 조그만 친절에 넘어가는 법이니까.

"미스 선우. 울지 마. 혹시 내가 잘못한 게 있나?"

손수건을 꺼내 그녀 손에 쥐어 주었다.

그녀는 내 손수건을 눈에 대고는 계속 흐느꼈다.

"말해 봐. 내가 뭘 잘못했지?"

사실 내가 잘못한 것은 하나도 없다. 품고 있는 마음이 나쁘다고나 할까? 그러나 그것이 표면에 나타난 것이 아니니 이러쿵저러쿵 말할 건덕지가 못된다. 그러면서도 울음의 원인이 내게 있는 것처럼 해석하는 것은 그녀 가슴 속에 응결되어 있는 어떤 슬픔을 알아 내고 그것을 위로함으로 내 친절을 보이려 함이었다.

"미스터 조가 나쁜 건 하나두 없어요."

"내 앞에서 울면 나 때문이라구 생각할 수밖에 없잖아? 울지 마."

그녀는 울음을 그치고 음식을 먹기 시작했다. 그때쯤 나는,

"뭐 나쁜 한국 사람을 만난 적이 있나?"

하고 말문을 열었다. 그녀는 다시 울려는지 음식을 삼키지 못하고 스푼을 놓았다. 스푼을 놓고 한참 있다가야,

"사실은 학교에 등록두 못했어요."

하고 이야기를 시작했다.

뉴욕에 도착하는 날 얼굴도 이름도 모르는 사람이 태극기를 들고 비행장에 나왔다. 공항에 나왔다가 한국 여자가 내리는 것을 명단을 통해 알고 마중해 준다는 것이었다. 낯선 땅에 아는 사람도 없으면 길을 찾아갈 수도 없을 것이라며 안내를 자청했다. 정말 낯선 땅에서 태극기를 흔들어 주며 맞이해 주는 사람을 볼 때 반갑고 고마웠다. 유할 데를 정하고 떠난 것도 아니기 때문에 자기가 안내하는 데서 하룻밤 자고 다음 날 한국 영사관에 가서 여러 가지 지시를 받으라고 하기에 그저 고맙기만 해서 따랐다. 그러나 그 청년은 그렇게 고마운 사람이 아니었다. 직업도 없이 그런 짓을 하며 살아가는 한국 부랑 청년의 하나였다. 그 날 밤 그 청년에게 몸을 빼앗겼고 계속해서 그의 친구들 손에 넘어갔다. 어떻게 되는 일인지 모르면서 당했다. 천

316

여 달러 가지고 온 돈도 다 뺏겼다. 미국 땅에 그런 부랑배가 있으리라고는 정말 생각도 못한 일이다. 처음엔 속고 나중엔 할 수 없이 끌려다녔다.

"어떻게 했으면 좋을지 모르겠어요. 그들 손아귀에서 겨우 벗어났지만 이제부터 난 어떻게 해야지요?"

공희는 다시 울먹이었다.

나는 찬물을 끼얹은 듯 온몸이 오싹해졌다. 공부를 한답시고 미국까지 왔다가 그것이 뜻대로 되지 않아 히피 비슷 깡패 비슷 떠돌아다니는 청년들이 있다는 말을 들었지만 실제로 그들에게 피해를 입은 여자를 만나기는 이것이 처음이었다. 당해도 이만저만 당한 것이 아니다.

"정말 너무 한데요."

나는 그 청년들을 저주하는 도리밖에 없었다. 수만 리 타향에서 동포를, 그 중에서도 연약한 여자를 울리며 살고 있다니……

"그런 사람들을 왜 본국으루 돌려 보내지 못하죠?"

"여기는 남의 나랍니다. 죄를 지어도 미국법으루 다스리지 한국법이 통하지 않죠."

"그런 일을 당한 것이 나뿐이 아닐 텐데……."

"그렇겠죠."

잠시 입을 다물었다가,

"정말 어떻게 했으면 좋겠어요?"

구원의 길을 청했다. 내게 무슨 방법이 있겠는가?

"돌아가시죠."

돌아간다고 해도 여비를 대 줄 수 있는 것도 아니지만 한국 사람으로서의 정당성을 보임으로 내 권위를 세우기 위한 말이었다.

"죽어두 돌아가지는 않겠어요. 가서는 뭣합니까?"

"여기선 뭣합니까?"

"그래두 여기서는 꿈을 가질 수 있잖아요? 꿈을 버리구 싶진 않아요."

"한국에는 꿈이 없나요?"

"그러니까 예까지 온 게 아녜요?"

나는 더 할 말이 없었다. 묵묵부답이었다.

"집에 편지를 했더니 겨우 오십 불을 부친다는 회답이 왔어요. 그걸루는 집세도 될락말락한데……."

순전한 고학으로 여자의 몸이 어떻게 공부를 할 것인가? 무리해서 공부를 하려니 결국 타락하는 수밖에 없을 게고.

"좀 연구해 봅시다."

갑자기 대답할 수 없는 일이라 이렇게 말했지만 그것은 대답의 회피였다. 그리고는 시계를 보며 돌아가자고 했다.

"좀 연구해 주세요."

"다음에 만나 의논합시다."

차 안에서의 대화였다. 그리고는 차를 몰고 있는데 그미가,

"어디루 가지요?"

하고 물었다.

"미스 선우 집까지 바래다 주지."

나는 그미에 대한 나의 계획을 포기했던 것이다. 홍미가 없어졌다기보다 무거운 부담감이 지워질 것이 싫었다.

미국은 좋지만 한국 사람이 나쁘다는 말에 내가 한몫 끼고 싶지도 않았던 것이다. 단독 범죄는 무방해도 공동 범죄는 싫다는 것일까? 어쨌든 나는 그미에 대한 욕망을 잃었다.

"오늘 밤엔 집에 들어가기가 싫어요."

그미는 운전하고 있는 나에게 몸을 기대며 애원하듯 말했다.

"아내가 기다리구 있습니다. 용서하십시오."

그미가 어찌할 수 없는 말로 거절했다.

"그래요?"

그미는 실망하는 태도로 내게서 몸을 멀리했다. 내가 결혼했으리라고는 생각 못했을 것이니까.

아내가 입덧을 하기 시작했다. 참으로 반가웠다. 내가 아버지가 되다

니……. 아내는 식사를 잘 못하며 자꾸 어지럽다고 했다. 원체 몸이 약한 편인데 비록 입덧이라 해도 그것이 오랫동안 그리고 심하게 계속하면 아기에게 지장이나 있지 않을까 걱정되었다. 혹시 중간에 사산이나 안 할까? 혹시 발육 부족으로 저능아나 불구아가 되지 않을까? 그래서 아내에게 직장을 쉬고 당분간 쉬라고 했지만 그미는 다른 말은 다 들어도 직장만은 쉬지를 않았다. 견딜 만하니까 그러는 것이려니 생각했지만 불안한 마음이 계속되었다.

선우공회를 생각할 흥미는 없어졌지만 직장에 나가면 그미 생각도 가끔씩 했다. 또 찾아와서 어떻게 했으면 좋겠느냐고 내 의견을 물을 것만 같았다. 정 돈이 떨어지면 돈을 빌려 달라고 찾아올지도 모른다. 그러나 그미는 찾아오지 않았다. 그미의 집에서 돈이 왔는데도 오질 않았다. 모르기는 하나 앞으로 영 찾아오지 않을 것 같은 생각이 들었다. 그렇다면 오십 불을 어떻게 할 것인가? 약속대로 내가 빌려 준 돈 대신 내가 그냥 써 버릴 것인가? 나는 생각을 하다가 우편으로 그 돈을 그미에게 부쳐 주었다. 그런 식으로 빚을 받기는 싫었던 것이다. 그리고 별일은 없었지만 마음 속으로 품었던 죄의 대가를 그 돈으로 치러 버렸다는 생각도 했다. 내가 하려고만 했다면 그미는 그 날 밤 나의 적물이 되었을 것이다. 그러니 정신적으로 그미는 나에게 몸을 바친 거나 마찬가지다. 오십 불이 아까울 것 없었다. 아무 글도 쓰지 않고 돈만 우송했더니 고맙다는 답장이 왔다. 보내 주리라 생각지도 않았던 것을 받으니 더욱 고맙다고 한 뒤 한 번 인사를 오겠다는 말을 썼다. 그 뒤의 생활이 어쩐지 궁금했지만 그런 데 대해서는 한 마디도 비치지 않았다. 제발 타락하지 말고 공부를 계속해 주었으면 하고 속으로 빌었다.

웬일인지 요즘은 기쁜 소식의 연속이다. 아내의 입덧은 계속되고 있지만 그래도 흐뭇한 생각이 마음 속에 깔리고 있는데 이번에는 한국 배구팀이 서독에서 북한팀을 눌러 이겼다는 뉴스가 들렸다. 미국 방송 '한국의 소리' 시간에서 이것을 대대적으로 보도했다. 이곳 한국 사람들 전부가 즐거웠다. 7·4 공동성명 못지않게 떠들썩했다. 조국을 기피해서 살고 있는 사람이라 해도 조국의 기쁜 소식을 가장 큰 소식으로들 생각하는 모양이었다. 은행

직원들 사이에서도 야단들이었다. 송홍태도 전화를 걸어서 흥분된 목소리로 한국팀이 올림픽에 나가게 되었다고 떠들었다.

세계 어떤 나라에서 살든 한국 사람들은 다 기뻐할 뉴스라고 생각했다.

나는 아내에게 올림픽 구경을 갈까 하고 들뜬 기분으로 말했다. 아내는 참 그랬으면 좋겠다고 찬성했다. 그러나 몸이 불편하니 어떻게 하느냐고 걱정을 했다. 얼마나 상냥한 여자냐? 한국 여자 같으면 갔으면 좋기는 하겠는데 하고 말을 끊음 없이 몸이 불편해서 어떻게 가겠느냐고 이을 것이다. 그러나 미국 여자인 내 아내는 일단 내 말에 찬성을 한다. 그리고 나서 몸이 불편해서 어떻게 하냐는 말을 한다.

이렇게 상냥한 아내가 애기를 낳는다. 그 애기는 얼마나 영리할까? 나는 아기에 대한 것을 생각하기 시작했다. 외모는 미국 사람 비슷할 것이다. 백인과 황인 사이에서 태어난 애는 대개가 백인을 닮는다. 좋은 현상이다. 미국에서 미국 시민으로 살 그 애가 황색 빛깔을 하고 있다면 그 애는 죽을 때까지 소외감을 느낄 것이다. 말도 미국말, 얼굴도 백색이니 그는 완전히 미국인으로 행세하며 살 것이다. 운동선수가 되어도 아무 눈치 보이지 않고 미국팀에 소속하여 국제 경기에도 나갈 수 있을 것이다. 한국 배구선수들처럼.

나는 한국에선 운동선수들이 가장 행복하다는 생각을 했다. 자기 개인 돈을 쓰지 않고 세계 각국을 돌아다니는 한국 사람이란 운동선수밖에 없지 않은가? 그들은 언제든지 외국엘 갔다가 경기만 끝나면 조국으로 돌아간다.

이때 문득 나는? 하는 생각이 들었다. 나만이 아니라 나 비슷한 수많은 재미청년들! 그들은 돌아가고 싶어도 조국에 돌아갈 수가 없다. 병역 의무가 없어지는 사십대까지는 돌아갈 수가 없다.

나는 내 자식을 생각했다. 그놈도 크면 병역의 의무를 이행해야 한다. 미국 군대에 입대하겠지. 그놈도 입대하기가 싫다고 하면 그때는 그놈을 데리고 한국에 돌아가서 살까? 그때는 내가 병역이 면제될 것이고 그놈은 미국 시민권을 가졌으니 한국의 병역 의무가 없을 테니까.

병역을 기피하기 위해 후조처럼 거주지를 바꾸는 사람도 있을까?

그리고 또 이런 생각을 했다. 그놈이 미국 군대에 입대한 뒤 나에게 아버지는 군인생활을 할 때 계급이 무엇이었느냐고 물으면 무엇이라 대답할 것인가 하고. 그때 나는 군대가 싫어서 미국으로 도망왔다고 대답할 수 있을까? 쓸데없는 생각들이다. 나는 왜 쓸데없는 생각들을 하고 있는 것일까?

어쨌든 요새는 기쁜 소식의 연속이라 시간이 좀 지나면 역사에 영원히 남을 소식들이 계속 들려 오겠지? 이번에는 남북적십자 예비회담에서 본 회담이 열릴 날짜와 장소를 결정지었다는 것이다. 8월 30일 첫 회담을 평양에서 열고, 두 번째 회담을 9월 13일 서울에서 열기로 되었다는 보도가 미국 사람들에게까지 큰 충격을 주고 있다.

남북한의 이산가족들이 서로 통신을 하고 또 만나게 하자는 남북 적십자 회담이 열리게 되었으니, 소식조차 몰라하던 이산가족들이 조만간 만나게 될 것이 아닌가? 이산가족들이 서로 만나게 되는 것은 둘째 문제다. 그 문제를 토론하기 위해 이남 사람들이 이북에 가고 이북 사람들이 이남에 오게 된다. 이남과 이북 사이에 꽉 막혔던 문이 열려지고 대화가 이루어지면 이산가족이 만나는 일뿐 아니라 남북통일도 가능성이 있다.

옆에 있으면서도 지구 맨 끝에 있는 듯이 멀게 느끼던 북한이 가까운 곳으로 다가온 듯한 느낌이었다. 인종이 다른 것 같을 만큼 관계를 맺을 수 없다고 생각되던 사람들과 손을 맞잡고 웃음을 나눌 수 있게 됐다는 것이 꿈만 같다. 나는 송홍태네 집에 전화를 걸었다. 기쁨을 나누기 위함이었다. 전화를 받은 송홍태의 어머니가 어쩔 줄을 몰라했다.

"이거 큰일났구만. 어떡허지?"

"정말 세계가 달라지는 것 같습니다."

"빨리 나가 봐야겠는데. 이거 답답해서 앉아 있을 수 있나?"

"글쎄요. 나가서 직접 조국을 보구 싶구만요."

"안 보구 견딜 수가 있나? 한국 사람 전부가 하루빨리 나가 봐야겠다구 야단들일세."

미국에 있는 교포들 전부가 조국의 경사에 들떠 있는 것이다. 이런 때 조국을 생각지 않을 사람이 어디 있을 것인가? 아내도 내 마음 속을 들여다보듯,

"조국에 돌아가구 싶겠군요?"

가고 싶거든 갔다 오라는 식으로 말했다. 그러나 그리운 조국, 보고 싶은 조국이라 해서 옆집에 마을 가듯 훌쩍 떠날 사람이 몇 명이나 될 것인가?

"이걸 어떡허구?"

나는 아내의 배를 손가락으로 꼭 찌르며, 그것 때문에 떠날 수 없다는 뜻을 표했다.

아내는 괜찮다고 말했다. 그러나 나는 노, 노 했다.

그런데 가슴을 술렁이게 한 뉴스가 있은 지 며칠도 안 된 어떤 날 밤 집에서 전화가 왔다. 계속되는 톱 뉴스와 관련된 기쁜 소식이 있는 것으로만 생각한 나는 어머니의 목소리가 들리기가 무섭게,

"어머니 축하해요. 축하합니다. 변하구 있는 조국을 하루빨리 보구 싶어요."

하며 떠들어댔다. 그런데 어머니의 목소리가 의외에도 가라앉아 있었다.

"별일 없니? 네 처두?"

"네, 아무 일 없어요. 참 제 처가 임신을 한 것 같습니다."

"그래?"

어머니가 그렇게 기뻐하는 것 같지 않았다. 누구보다도 기뻐해 주실 분이 어머니일 텐데,

"아버지두 안녕하시죠?"

어머니의 이상한 태도에 그곳 소식이나 물어 보는 수밖에 없었다.

"네 아버지 때문에 전활 걸었다. 며칠 전에 입원을 하셨는데 돌아가실 것 같다. 인후암이란다."

"뭐요?"

나는 놀랄 수밖에 없었다. 이제 겨우 육십이 넘은 부모에 대해 그들의 죽음을 한 번도 생각해 본 일이 없었기 때문이었다.

"너 급히 나올 수 없니?"

어머니의 잦아드는 듯한 목소리에 나는 그저 어리둥절했다. 어리둥절해서 대답을 못하고 있는데 대답 못하는 것을 나갈 수 없다는 뜻으로 해석했

던지,

"네가 장잔데······."

어머니는 어떻게 안 나올 수가 있느냐는 투로 말끝을 못 맺었다.

"나가지요. 곧 나가겠어요."

나는 승낙 아니 할 수 없었다. 어찌 안 나간다는 말을 전화통에 대고 말할 수가 있을 것인가?

"그럼 기다린다."

어머니는 분명 울고 있었다. 울면서 하는 말이기 때문에 잘 들리지가 않았다. 나는 그저 네 네 하고 전화를 끊었다. 옆에서 듣고 있던 아내가 무슨 일이냐고 물었다. 아버지가 위독하시다는 전화라고 말하니까,

"그럼 가 보셔야 하게요?"

하고 물었다. '가 — 보셔야 하게요'라는 물음은 분명 당신이 가면 나는 어떻게 하느냐는 뜻이 숨어 있는 것 같았다. 남북 적십자회담이 열린다는 뉴스가 있었을 때는 '조국에 돌아가구 싶겠군요?' 하고 가고 싶으면 갔다 오라는 뜻의 말을 했다. 안 가도 그만일 때는 가라는 말을 하고 가야 할 때는 '어째 가 보셔야 하게요?' 하고 반문을 할까?

"어머니가 꼭 나오라구 하시는데 어떻게 할까?"

나 혼자만의 의사로 결정한다는 것이 미안스러워 그녀의 의사를 물었다.

"어머니가 오시라면 가야지요."

아버지가 돌아가셔도 어머니가 오라는 말을 안 했다면 가지 않아도 좋단 말인가?

"글쎄."

나는 당장에 결정지을 수 없는 문제라는 태도를 보였다. 아내가 정말 못 가게 한다면 달리 생각해야 할 것 같았기 때문이었다. 아내는 적극적으로 반대할 수가 없을 것이다. 아무리 미국 여자라고 해도 아버지가 위독하다는데 정면으로 반대할 수는 없을 것이니까. 정면으로 반대하지는 않는다 해도 속으로 반대하는 것이 내게는 더 두려울 것 같았다. 속으로 반대하는 것을 모른 척 갔다 오면 나에 대한 불만이 오래오래 갈 것이 분명했기 때문이었

다. 아내와 함께 가자고 하면 문제는 없겠는데 임신중이라 그럴 수도 없다. 좌우간 여권 수속을 하는 동안 시간이 있으니까 두고 볼 일이라 생각했다.

잠자리에서 그것이 빈말인 줄 알면서도 나는 아내에게 이런 기회에라도 함께 한국엘 가 보지 않겠느냐고 물었다.

"정말 가구 싶어요. 당신의 나라에. 그렇지만 직장도 직장이지만 몸이……."

역시 임신이 걸리는 모양이었다. 나는 이런 경우 한국 여자라면 어떻게 할까 하고 생각했다. 내일 모레 해산을 한다고 해도 남편을 따라 시아버지의 운명을 보러 갈 것이다. 역시 미국 사람과 한국 사람이 부모를 대하는 태도가 다르다는 생각을 했다. 물론 나도 부모에게 효도한 사람이라고는 말할 수 없다. 어렸을 때부터 부모에게 걱정을 끼쳤다. 그리고는 부모를 모실 생각도 않고 외국으로 와 여기서 영주하기로 하고 있다.

부모들은 내가 하고 싶은 대로 하게 나에게 자유를 주었다. 그런 아버지가 돌아가시게 되었다는데도 나는 가지 않을 수 있을까? 가기는 가야 한다. 어머니가 돌아가실 때는 가지 못한다고 해도 이번에는 가야 한다. 이번에 안 가면 어머니가 얼마나 섭섭히 생각할 것인가? 자식 소용없다는 생각을 가지고 세상을 떠나실 때까지 살 것이다. 어머니를 위해서라도 가야 한다. 그러나 문제가 있다. 병역 문제가 있는 것이다. 만약 서울에 가게만 되면 병역기피자로 입건이 되고 군대에 들어가지 않을 수 없게 된다. 인제 군대에 들어가 삼 년 동안 고생을 할 수가 있을까? 눈앞이 캄캄했다.

무슨 핑계를 대고 가지 말까? 어머니가 내 병역 문제를 생각하고 아버지의 위독을 알려 주지 않았다면 문제는 없을 것이다. 그러나 그런 것을 알면서도 전화를 걸었으니 그것을 이유로 못 가겠다는 말은 할 수가 없다.

죽어 버리고 말까 하는 생각이 들었다. 살기가 이렇게 힘들어서야 어떻게 살 것인가? 빌어먹을 것.

나는 아내를 끌어안았다. 잠시 동안이나마 모두를 잊고 싶었다. 아내를 끌어안자 아내 뱃속에 들어 있을 아기를 또 생각했다. 그 애가 커서 군대에 들어갈 때,

'아버지는 군대 계급이 뭐였어요?'

하고 물을 것이다.

'난 군대가 싫어서 미국에 도망와 살았다.'

솔직하게 대답을 한다. 그러면

'조국을 사랑하지 않았군요?'

하고 물을 것이다. 적어도 오십에 가까웠을 내가 얼굴을 붉히며, 대답을 못해 쩔쩔맬 것이다.

다음 날 아침 출근을 한 뒤 지점장에게 아버지의 위독을 보고하고 귀국해야겠다는 말을 했다. 그리고는 영사관으로 갔다. 순 한국의 피를 이어받은 자식이 아닌가. 그런 자식에게 떳떳치 못한 애비가 되어 소외된 감정으로 평생을 살 수는 없을 것이다. 너는 법적으로 미국인이지만 한국인 제2세라는 것을 잊어서는 안 된다. 어디까지나 한국인의 긍지를 가지고 살아라. 한국인은 어떤 민족보다도 우수한 문화와 정신을 가지고 있다.

이런 민족교육을 시켜야 할 나다. 비록 내가 한국을 버리고 온 사람이라해도 말이다. 그런데 내가 병역을 기피하고 미국에 도망왔다는 사실을 자식들이 안다면 내가 어찌 그런 교육적인 말을 할 수 있겠는가? 교육적인 말을할 수 없는 애비라면 존경받는 애비가 될 수 없다.

여권과 비자를 내는데 오류 일이 걸렸다. 여관과 비행기표를 들고 아내에게 될 수 있는 대로 빨리 돌아올 테니 몸조심 하라고 말했다.

아내는 웃으면서 자기 걱정은 말고 잘 다녀오라고 말했다. 그럴 수밖에 없을 것이다. 떠난다고 하는데 가지 말라고 붙잡지는 못할 것이고 붙잡지 못할 바에야 웃으며 보낼 수밖에 없을 것이다. 속으로 어떻게 생각하든 그것을 살필 필요가 없었다. 아무래도 떠나야 한다는 결심이 굳었으니까. 비행기에 올랐을 때 나는 선우공희가 같은 비행기에 탔으리라고는 정말 꿈에도 생각 못했다. 먼저 나를 본 그녀가 내 옆으로 왔다.

"서울 가세요?"

"네. 아버지가 위독하시다구 해서…… 미스 선우는?"

"저두 서울루 가요. 조국을 버리구 떠났었지만 조국에게 버림받을 것이 무서웠어요."

나는 그녀가 말한 조국에게 버림받을 것이 무섭다는 말을 한참 음미했다.

"그렇죠. 조국을 버릴 수는 있지만 조국에게 버림을 받을 수는 없죠. 그러나 꿈이 깨지지 않습니까?"

"한국에 꿈을 심어 보지요. 남북 적십자회담 장소에 가서 차 서비스라두 하구 싶어요."

비행기가 폭음을 내며 서울을 향해 뉴욕 공항을 이륙하기 시작했다.

(원)《월간문학 47》 1972. 10.

기도

　북쪽 시멘트 담 너머 행길에서는 오늘도 공을 차는 꼬마들의 떠드는 소리
가 그치지 않았다. 시끄러운 것만이 아니었다. 북창으로 들어오는 먼지가 마
룻바닥을 뽀얗게 만든다. 집 안의 공해, 이 공해 때문에 피곤한 몸을 쉬게
할 수가 없다는 것을 생각할 때 신경질이 나지 않을 수 없었다. 회사에서도
종일 공해에 시달렸다. 종로 길가에 있는 빌딩 2층 나의 사무실은 제재소(製
材所)만큼이나 소란하다. 끊임없이 내왕하는 자동차 소리는 연속선을 그으
며 고장난 사이렌 소리처럼 고막을 찢는다. 게다가 눈을 창 밖으로 돌리면
바로 육교가 보인다. 줄을 지어 오가는 인파가 그야말로 파도치듯 움직인다.
그뿐인가? 매캐한 공기는 코까지 자극한다. 목소리를 돋궈야 옆에 서 있는
사람과 대화가 겨우 성립되는 그런 사무실에서 사업도 제대로 안 되는 일을
종일 하고 나면 심신이 피곤해질 수밖에 없다.
　그런데 집에 돌아오면 꼬마들의 공차기 때문에 먼지가 들어오고 소음이
귀를 아프게 한다.
　"애. 걸레 좀 가져오너라."
　나는 신경질이 났다. 그래서 걸레질한 지가 십 분도 안 됐지만 밥하는 애
를 불러 걸레를 가져오게 했다.
　걸레를 가지고 온 복순이 마루를 훔치려 할 때 나는 신경질적으로 걸레를
뺏었다.

"넌 밥이나 해."

그러자 복순이

"창문을 닫을까요?"

먼지가 들어오지 못하게 하는 방법을 제시했다.

"창문을 닫으면 더워 죽으란 말이냐?"

나는 신경질을 부리고 마루의 먼지를 훔치기 시작했다. 걸레질을 하다가 고개를 들면 공중을 날아오는 먼지가 알알이 눈앞에 보인다. 밖에서 떠들며 볼을 차고 있는 꼬마들에게 뛰쳐나가 욕이라도 해 주고 싶어졌다.

그런데 갑자기 축구볼이 북쪽 담을 넘어 마루벽을 때리는 요란한 소리가 들렸다. 볼이 담을 넘어온 모양이었다.

나는 신경을 곤두세우고 귀를 밖으로 기울였다. 과연 대문 두드리는 소리가 났다. 복순이 대문으로 나가는 것을 제지하고 내가 급히 뛰어나가 대문을 왈칵 열었다.

"아저씨. 공 좀 주세요."

서슬이 푸른 내 얼굴을 보면서도 열두어 살 된 꼬마는 겁도 내지 않고 말했다.

"이놈아, 그런 말이 입에서 나와? 못 준다."

나는 한 대 쥐어박기라도 할 듯 주먹을 불끈 쥐었다.

그래도 꼬마는,

"공 좀 주세요."

꼭 같은 자세로 꼭 같은 말을 되풀이했다. 딴 놈들은 내 얼굴을 보고 슬금슬금 도망치는데 그놈만은 미동도 안했다.

"못 준다니까. 못 줘."

나의 목소리가 거칠어졌다.

"한 번만 용서해 주세요."

꼬마는 나를 똑바로 쳐다보며 말했다.

"너희들은 밤낮 한 번만 용서해 달라지. 공을 주면 내일두 또 와서 찰 자식들이."

"한 번만 주세요."

공을 집어 주며 내일부터는 여기서 놀지 말라고 해도 다음 날이 되면 그런 말을 한 이쪽을 무시하는 놈들이다. 나는 오늘만은 공을 주지 않을 작정이었다.

"이 길은 내 땅이 아냐. 그러니까 놀지 말란 말은 안 해. 그 대신 내 집 안에 들어온 공은 돌려 주지 않을 수 있어."

논리가 맞게, 그리고 위엄성이 있게 말했다. 그런데도 꼬마는

"아저씨, 한 번만 용서해 주세요."

굴하는 태도는 아니면서도 말로만 사과 비슷하게 말했다. 그러니 진심에서 우러나오는 사과라고 볼 수가 없었다.

"이놈아, 놀 데가 여기뿐이냐? 꼭 여기서만 놀 것이 뭐냐 말이야."

이때 나는 뜻밖에도 꼬마에게서 생각지도 못했던 반항의 말을 듣고 아연해 버렸다.

"어디서 놀아야 합니까?"

나는 눈이 뒤집혔다.

"학교 운동장에서 놀면 되잖아?"

"멀어서 갈 수가 없습니다."

"요놈이 말대답을 한다. 그런 거 네 아버지한테서 배웠냐?"

"아버지는 없습니다."

참으로 당돌한 놈이었다. 애비가 없으니까 버릇이 없구나 하고 욕해 주고 싶었지만 그 말만은 차마 할 수가 없어서,

"요놈."

하고 주먹을 내밀었다. 그러자 꼬마는 몇 걸음 뒤로 물러서서는 그래도 나를 쳐다봤다. 나는 따라가서 때릴 수는 없었다. 손질을 했다가는 약점을 잡히고야 말 것이 뻔했던 것이다.

"공은 절대로 못 준다. 그런 줄 알아."

그놈을 노려보고는 대문 안으로 들어섰다. 그런데 대문을 잠그자마자 그놈이 또 대문을 두들기며 공을 달라고 했다. 나는 들은 척도 않고 마루로 들

어왔다.

그러나 꼬마는 계속해서 대문을 두드렸으며 계속해서 공 좀 주세요를 반복했다. 십 분 이상을 계속했다. 당해 낼 수가 없었다. 나는 할 수 없이 다시 대문 밖으로 나가

"그런다구 줄 줄 아니?"

"한 번만 용서해 주세요."

꼬마의 태도는 조금도 흐트러지지 않았다. 그야말로 초지일관이었다. 나는 어이가 없었지만 당해 낼 재간이 없다고 생각했다.

"내일 이맘 때 와라. 그럼 줄게."

그런데도 꼬마는 한 번만 용서해 달라는 말을 되풀이했다. 여전히 나를 쳐다보면서,

"내일 오면 준다는데 그 말두 못 듣겠니?"

"한 번만 용서해 주세요."

겁없고 끈질긴 그놈을 정말 때려 주고 싶었다. 그러나 지금 때리면 일 대 일의 싸움이 된다. 오십이 넘은 내가 열두어 살 난 꼬마와 일 대 일로 싸울 수 있겠는가?

나는 내일 이맘 때 오라는 말을 하고는 집 안으로 들어왔지만 어쩐지 분하기도 하고 슬프기도 했다. 자그마하나마 한 회사의 사장이다. 십여 명의 사원과 오륙십 명의 직공을 내 마음대로 움직이고 있다. 그러한 내가 어린 애 하나에게 완전 넉아웃 당했다는 비참한 감정이었으니까.

나는 마음이 서글플 때 죽은 아내를 생각하는 것이 버릇처럼 되었다. 아내가 살았다면 그미에게 서글픈 심정을 솔직하게 토로하고 그미의 위로를 받을 수 있다는 생각에서다. 누구에게도 할 수 없는 이야기를 아내에게만은 했었다. 내가 잘못한 일로 마음이 서글플 때도 나는 내 잘못을 숨기지 않고 반성하는 태도로 이야기를 했다. 그러면 아내는 사람은 누구나 실수를 하는 법이라면서 너무 걱정 말라고 위로를 해 주었다. 그런 아내가 일 년 전에 죽었다. 죽어도 너무나 허무하게 죽었다. 조반을 먹기 전 뜰에서 꽃밭에 물을 주고 방으로 들어오다가 쓰러져서는 십 분도 안 되어 죽은 것이다. 결국 내

가 잘못이었다. 혈압이 높은 줄 알고 있으면서 혈압을 낮추는 최선의 방법을 쓰지 못했던 것이다. 그 최선의 방법이란 결국 신경을 쓰지 않게 하는 일이다. 그것을 알면서도 나는 그미의 신경을 안정시켜 주지 못했다. 그미의 신경을 안정시키는 방법은 그미를 친정이나 친척집으로 보내어 집안일을 잊게 하는 것뿐이었다. 그것을 알면서도 나는 그미를 떠나보내지를 못했었다. 이 핑계 저 핑계 집을 떠나지 않으려는 그미에게 강압적인 수단을 썼어야 하는데 그걸 못했던 것이다. 그것은 내 마음이 약해서만은 아니었다. 아내도 나처럼 어느 정도 면역성이 되어 신경을 쓴다 해도 그리 큰 타격을 받지 않으리라 생각했기 때문이었다. 그랬던 것이 죽기 전날 밤 받은 쇼크로 다음 날 아침에 드디어 숨을 돌리고 만 것이다.

확실히 아내에게 쇼크를 주고 아내를 죽게 한 것은 아들이었다. 그렇기 때문에 나는 아내가 나 때문에 죽었다고 나를 원망하리라고는 생각지 않는다. 따라서 아내가 죽은 지 일 년이 지난 지금 나는 아내에 대한 죄책감보다는 차라리 그리움에 젖어 버리기가 일쑤다. 마음이 서글플 때는 특히 그리운 정만으로 그미를 추억하게 된다.

일생을 오직 나만을 위하는 마음으로 살아 온 아내. 자녀들에 대한 사랑이 컸다고 해도 그것은 줄기에 대한 가지에 지나지 않았다. 나무뿌리처럼 줄기와 가지에 영양분을 빨아올리어 잎사귀를 푸르게 만들어 주던 아내. 그미는 확실히 우리 집안의 뿌리였다.

"여보. 어린애하구 싸우실 게 뭐유? 저녁이나 잡수십시다."

아내가 살아 있다면 반드시 이렇게 말했을 것이다. 여운이 가득 차 있는 그 여보, 소리가 귀에 들리는 듯했다.

"어린 놈이 고약한데…… 고집이 소 죽은 귀신 같구……."

나는 아내의 부드러운 말을 좀더 듣고 싶어 내 심화를 털어놓는다. 그러면 아내가 반드시 내게 동조를 해 주면서도 화를 풀어 줄 것이다.

"요새 애들은 애가 아녜요. 나는 얼마나 싸우는지 아세요? 버릇두 없구 게다가 박박 달려들 줄만 알구. 그렇지만 어쩌겠수? 참아야지."

"참는 데두 한이 있잖아?"

"자기를 생각해서 참는 거죠. 내가 나를 달래며 살아야 하는 세상 아니우? 여보! 저녁이나 잡숴요."

"기가 막혀서 참."

그래도 분을 아주 가라앉히지 못할 때

"놀 데가 없어서 행길에서 논다는 걸 어떡허겠수? 진지나 잡숴요."

나는 저녁을 먹기 시작하면서 화를 풀어 버릴 것이다. 그리고 놀이터가 없다던 그놈, 아버지가 없다던 그놈을 조금쯤 잊어버릴 것이다.

"복순아! 저녁 먹자."

나는 저녁상을 들여오게 했다. 그리고 옆에서 밥시중을 들고 있는 복순에게,

"성희한테선 전화가 없었니?"

하고 물었다.

"없었어요."

복순의 대답에 나는 그래? 하고 무심히 넘겨 버렸으나 속으로는 딸애까지 내 말을 안 듣고 있다는 데 서글픈 감정을 느꼈다. 몇 번이나 부탁했다. 부탁이 아니라 간구였다. 네 오빠가 저런데 너까지 날 속 썩여서 되겠냐 하며 학교가 끝나면 제발 일찍 일찍 돌아오라고 했다. 정 일찍 돌아올 수 없거든 전화라도 걸어서 몇 시쯤 돌아올지를 알리라고 간구했다. 그런데 저녁을 먹을 때까지 전화도 없다니······. 물론 오늘에 한한 일이 아니지만······.

나는 문득, 놀 데가 어디 있습니까? 하며 반항적이던 그 어린 놈을 생각했다.

텅텅 빈집을 두고도 밤낮 돌아다니기만 하는 나의 아들과 딸에 비해 얼마나 불쌍한 앤가? 반항적이고 고집 투성이의 그 꼬마가 어쩐지 미워지지 않았다.

숟가락을 놓자마자 복순이는 숭늉 그릇을 집어 주었다. 먼 데 있는 것도 아니고 무거운 것도 아닌데 그미는 밥을 다 먹을 때까지 내 옆에 앉아 있다가 숟가락을 놓기가 무섭게 숭늉 사발을 들어 준다.

문득 나는 내게 가장 가까운 사람은 복순이뿐이란 생각을 했다. 하루종일

혼자 집을 지키다가 내가 돌아오면 내 옆을 떠나지 않고 내 시중만 들어 주는 복순.

나는 비어 있는 집을 생각하며 일찍 일찍 돌아오는 것이지만 혹시 복순 때문에 일찍 돌아오는 것이나 아닌가 하는 생각을 해 보았다. 아내가 죽은 뒤 나는 아들과 딸이 있으면서도 늘 혼자라는 것을 생각하며 살고 있다. 그러나 아내가 하던 일, 말하자면 내복을 갈아 주고 양말과 수건을 매일 빨아 주는, 그런 모든 일을 맡아서 해 주는 열여덟 살의 복순을 대할 때 가끔씩 혼자가 아니라는 생각을 해 왔던 것이다.

숭늉을 마시자 그릇을 밥상 위에 놓아도 될 것을 나는 그것을 복순에게 건네 주고,

"너두 밥을 먹어라."

애정이 담긴 목소리로 말했다. 사실은 얼마 전부터 하고 싶던 말이 혀끝까지 나왔으나 역시 입 밖에 꺼내지 못했다. 아침도 그렇지만 저녁도 나는 언제나 혼자서 밥을 먹는다. 그래서 복순에게 밥을 나와 한 상에서 먹자는 말을 하고 싶었다. 식모라고 해도 근 이 년 동안이나 같이 살고 있다. 아내가 죽은 뒤로는 주부처럼 살림을 맡고 있는 가족과 같은 처지다. 식모라고 해서 혼자 부엌에서 밥을 먹게 한다는 것이 내가 주종의 관계를 따지는 너무나 보수적인 인간이란 생각을 하게 만들기 때문이었다.

그런 그 말을 차마 할 수가 없었다. 그런 말을 한다 해도 내 밥상에 자기 밥그릇을 올려 놓고 나와 얼굴을 마주 대고 밥 먹을 그미가 아니란 것을 잘 알기 때문이었다. 이해하지 못할 말을 했다가 도리어 위신이나 잃어버리면 어떻게 하겠는가?

복순은 숭늉 그릇을 받아 밥상 위에 올려 놓고는 밥상을 들어 조금 옮겨 놓은 뒤 걸레를 가져다가 밥상 놓았던 장판을 훔치고 나서야 밥상을 들고 부엌으로 나갔다.

나는 이쑤시개로 이를 쑤시며 생각했다. 복순의 월급을 좀 올려 줘야겠다고. 복순은 시골서 혼자 살고 있는 어머니에게 매달 자기의 월급 오천 원을 보내고 있다. 갸륵한 애다. 시골서 올라와 남의 집 식모살이 하는 것도 오직

홀어머니를 위함이 아닌가? 다만 천 원이라도 더 보내 주면 어머니의 생활이 그만큼 펴질 것이고 따라서 복순의 마음도 그만큼 기쁠 것이다.

나는 복순이 게으르지가 않을 뿐더러 눈치도 빨라 불편하게 해 주지 않는 것을 알고 있다. 손질을 했으면 좋겠다고 생각하는 데가 있을 때는 내가 말하기 전 그미의 손이 가곤 한다. 그뿐인가, 최소한도 일 년에 한 번쯤 고향에 다녀오는 것이 식모들의 습성처럼 되어 있는데도 복순은 지난 설에 집에 다녀오지 않았다. 내가 갔다 오라고 했는데도 집을 비워 놓고 갈 수가 없다면서 끝내 가지를 않았다. 나는 그때 그미가 갸륵하다는 생각에 그미 어머니 옷감 한 벌을 사서 주었지만 오늘은 그미의 기본 월급을 올려 줘야 한다고 생각했다.

그런 생각을 하니 그 말을 빨리 해서 그미를 조금이라도 기쁘게 해 주고 싶었다. 아무리 의무감을 가지고 일을 한다 해도 돈을 올려 주겠다면 싫어하지 않을 것이 분명하다. 그러나 돈 천 원을 올려 주며 큰 은혜나 베푸는 것처럼 말할 수가 없었다. 역시 나는 주인이란 권위의식에 사로잡혀 있는 모양이다. 그미가 기뻐할 말을 생각하고도 입 밖에 꺼내지 못해서 그런지 그미를 위해 무엇인가 더 중요한 일을 도와 줄 것은 없을까 하는 마음이 움직였다. 어머니에게 보내 주는 월급 이외에 그미 자신을 위해 필요한 것은 없을까?

생각이 여기에 미치자 전부터 속으로 궁리만 할 뿐 실천에 옮기지 못했던 그미의 진학을 또 한 번 머리에 떠올렸다. 시골서 국민학교밖에 졸업하지 못한 복순이다. 야학에라도 보낸다면 그것이 그미의 일생에 얼마나 큰 도움이 되겠는가? 그미가 가장 기뻐할 일이다. 돈이 좀 든다고 해도 꼭 해 주고 싶은 일이었다.

그러나 그미를 야학에 보내면 밤에 집을 볼 사람이 없게 된다. 아무리 일찍 돌아오려 해도 사업을 하는 만큼 나는 밤늦게 돌아오는 때가 가끔 있다. 설사 내가 일찍 돌아온다고 해도 그미가 야학엘 간다면 내게는 차 한 잔 끓여 줄 사람이 없게 된다. 결국 그미를 야학에 보낼 수 없는 것이지만 그래도 내 가슴에 늘 걸리고 있는 것이다.

나는 뜰로 나갔다. 매일 저녁을 먹은 뒤 내가 하는 일로 화초에 물을 주기 위함이었다. 오십 평 남짓한 뜰에는 잔디가 깔려 있다. 거기 상록수가 십여 주 있다. 상록수 외에 야자수, 파초, 철쭉 등이 드문드문 심어져 있고 담 밑으로는 장미나무가 이십여 주 있다. 그 밖에 화분째 뜰 이곳저곳에 군자란, 얼룩사철나무, 소철, 문설란, 선인장 등등이 놓여 있다. 그 화초들에게 나는 저녁때마다 물을 준다. 때로는 아침에 주기도 하지만. 아내가 꽃밭에 물을 주고 집안에 들어가다가 죽은 뒤 아침에 물 주기를 꺼려한다. 물론 아내가 꽃밭에 물을 준 것이 죽음의 원인은 아니다. 그런데도 아침에 물을 줄 때면 나도 방 안에 들어서기 전에 쓰러질 것 같은 불길한 생각을 갖곤 한다. 그러나 아내가 가끔씩이나마 물을 주며 가꾸던 꽃밭을 나는 사랑한다. 정말 사랑하는 마음으로 매일 물을 주고 가끔 비료도 준다. 일요일 같은 날엔 공연히 꽃밭을 거닐며 꽃나무들을 만져 보기도 한다.

내가 꽃밭에 물을 줄라치면 복순이 꼭 따라나와 수도에서 물을 길어다 준다. 지금도 그미는 설거지를 다 못했을 것이지만 물통을 들고 나 있는 데로 오고 있다.

얼핏 나는 그미가 내 딸이었으면 하는 생각을 한다. 내 딸 성희보다 네 살 아래다. 네 살 터울의 막내딸이란 생각을 하니 아버지와 딸이란 말이 어쩐지 어울리는 것 같았다.

그러나 그것은 당치 않은 말이다. 아버지는 없다고 해도 어머니를 아버지와 어머니의 총화로 생각하고 있는 복순이다. 그미는 돈보다는 어머니에 대한 애정과 의리를 존중하는 처녀다.

하고 싶은 말을 못할 때는 하고 싶던 말과 비슷한 말이라도 해야 시원한지 나는,

"너 언제쯤 시집갈래?"

하고 물었다. 이제 열여덟 살 난 처녀에게 이런 말을 묻는 것이 싱거운 일인 줄 알면서도 그녀의 대답을 기다렸다. 그녀는 어처구니없다는 듯 피식 웃기만 했다. 피식 웃을 뿐 별다른 반응이 없는 것으로 보아 결혼이라는 걸 아주 생각 못해 본 것 같지는 않았다. 사실 나는 그미의 대답을 기다린 것은 아니

었다. 내가 하고 싶은 말이 하고 싶어 그런 말을 꺼냈던 것뿐이다.

"언제라도 네가 시집갈 때 결혼 비용은 내가 대 주마."

나는 그녀에게 하고 싶던 말을 하나의 약속처럼 제의했다. 야학에도 보내지 못하는 딸 같은 그미에게 내가 해 줄 수 있는 최대의 선물일지 모른다.

"아저씨두……."

복순은 부끄러워하며 몸을 돌렸다. 그러나 불쾌해하는 태도는 아니었다.

"좌우간 약속하마. 그 걱정은 말아라."

그리고는 그녀가 어색해하지 않도록,

"빨리 가서 물을 떠 와."

하고는 열심히 꽃에 물 주기를 시작했다.

일방적으로나마 그런 약속을 하고 나니 마음이 상쾌했다. 준다는 것이 얼마나 즐거운 일인가?

그런데 내 딸과 아들은 내가 주고 싶어하는 마음을 받아 주려고 하지 않는다. 받아만 주면 나는 즐거워할 텐데 어째서 받아 주지도 못하느냐는 말이다.

나는 딸에게 연애를 하지 말라, 친구를 사귀지 말라고 무리한 요구를 안 한다. 할 것을 다하면서도 내가 무엇인가 줄 수 있도록 내 마음을 폐쇄시키지 말아 달라는 것뿐이다. 말하자면 거리감을 느끼지 않게 해 주기를 바라고 있다. 나는 별별 말로 부탁을, 그것도 날마다 계속했다. 그러나 내 요구는 받아들여지지가 않았다. 아버지의 애정에서 나오는 간청을 내 아들과 딸은 억압으로 생각하는 모양이다. 나와 꼭 같은 인간으로 만들려는 나의 야심으로만 해석하는 모양이다.

내 아들 성보는 어머니를 빨리 죽게 했다. 최소한도 고혈압의 아내가 쓰러지게 한 동기를 만들어 줬던 것이다. 그러면 말하지 않아도 스스로 자책감을 느끼고 그놈의 깡패에서 몸을 빼내야 할 것이다. 나는 그에게 죄책감을 강요해서 도리어 비굴해질 것을 걱정한 나머지 아내의 죽음의 원인을 입 밖에 꺼내지 않기로 하고 있다. 그러면서도 깡패짓에서 손을 떼라고 수없이 말했지만 그는 아직도 그 생활을 계속하고 있다.

336

딸 성희는 매일 열한 시가 돼야 집에 돌아온다. 나는 더 말할 기력을 잃었다. 말해야 소용없다는 것을 알았기 때문이다. 그러니 결국 거리감을 느끼고 서로 무관심한 상태에 놓여 있다. 남남과 같은 무관심이다.

꽃밭에 물을 다 주고 와서 시계를 보았다. 시계를 보는 의식 속에는 그래도 아들과 딸이 오늘이나 좀 일찍 돌아오지 않을까 하는 기대가 숨어 있었다. 무관심하면서도 아주 무관심해질 수 없는 애비.

나는 내 방으로 들어서기가 바쁘게 복순이 따라와서 이부자리를 까는 것을 보았다. 내가 필요로 하는 것을 잘 눈치채는 그미다. 나는 자리를 다 깔때까지 기다리고 있다가 이불 속으로 들어갔다. 안녕히 주무시라는 그미의 인사를 받으며.

자리에 들자 나는 복순이 내가 죽을 때까지 내 옆에 있어 주었으면 하는 생각을 했다. 그미만 내 옆에 있어 준다면 나는 조금도 불편하지 않을 것이며 별로 고독하지도 않을 것 같았다. 그러나 자기 장래를 생각지 않고 오래오래 내 옆에서 살아 줄 까닭이 있는가? 나도 그미가 때만 되면 결혼할 것을 생각하고 결혼 비용의 책임을 진다는 말까지 했다. 필요 없는 생각은 하지도 말아야 한다.

나는 잠을 청하는 것만 같지 못하다는 마음으로 눈을 지그시 감았다. 그러나 이번에는 회사일이 하나의 걱정으로 머리에 떠올랐다. 전체의 불경기 때문인지 제품의 수요량이 점점 줄어든다. 따라서 수입이 줄어든다. 장차 어떻게 될까? 사방이 고요에 잠길 때까지 걱정했으나 소용없는 일이었다. 잠이나 자야 했다. 얼마를 잤는지 차임벨 소리가 눈을 뜨게 했다. 불을 켜고 시계를 봤다. 열한 시 반이었다. 성보가 아니라 성희가 돌아왔을 것이다. 나는 귀를 기울였다. 복순이 대문을 열어 줬겠지. 발소리가 현관마루를 지나 복도로 옮겨 왔다. 조심스럽게 걷는 발소리였다. 나는 그것이 성희의 발소리이길 바랐다. 성보란 놈은 집에 돌아오지 않은 지가 반 달이 거의 됐다. 안돌아와도 걱정할 필요가 없다. 그러나 성희는 계집애다. 무슨 짓을 하며 밤늦게까지 돌아다닌다 해도 외박만은 해서 안 된다.

발소리가 멎고 성희 방문 열리는 소리가 들렸다. 틀림없이 성희다. 나는 안심이었다. 성희가 늦게나마 외박하지 않고 돌아왔다는 데도 안심이 되었지만 나와의 거리를 멀리하고 있으면서도 내가 잠이 깨지 않게 성희가 발소리를 죽여 가며 걸었다는 데 일종의 안도감 같은 것을 느꼈다. 그래도 나를 생각하고 있다는 마음이었다. 잘못을 알고 그 잘못을 숨기려는 마음에 약간의 희망을 붙일 수 있기 때문이었다. 멋대로 살고 있으면서도 그미가 마음의 가책을 느낀다면 인간적으로 희망을 붙일 가능성이 있지 않은가.

나는 성희가 밤낮 늦게 돌아오는 것은 연애 때문이라고 생각한다. 대학교 3학년이니 연애도 할 나이다. 그런 만큼 나는 연애를 하지 말라는 말을 안 한다. 하되 공개리에 하라는 것이다. 집에 데리고 와서 내게도 소개시켜 주고 그래서 떳떳하게 하라는 것이다. 그리고 연애를 하되 매일 밤 늦게까지 돌아다니지는 말라는 것이다. 결혼을 내다보며 침착하게 연애를 해야 한다는데도 성희는 연애하는 사내를 내게 소개시키지 않고 매일처럼 밤늦게까지 쏘다니다가 돌아온다. 그래서 대화가 절단되었고 그러니 자연 거리감을 느끼게 된다.

전 같으면 나는 어떤 일이 있어도 성희의 방으로 가지 않았을 것이다. 대화가 단절되었고 피차 거리감을 느끼고 있는 사이에 무슨 할 말이 있어서 찾아가겠는가? 그러나 이 날만은 성희에 대한 일종의 희망감 같은 것을 느꼈기 때문인지 둘 사이의 거리감에 대한 책임이 내게도 있다는 마음이 들어 대화의 기회를 만들어야 하겠다는 생각이 들었다.

사실 성희가 무슨 짓을 하고 다니든 내가 아버지로서의 관용성을 갖고 대화를 지속시켰다면 한 집에 살면서 며칠씩 대화는커녕 얼굴 한 번 보지 못하는 일이 없었을 것이다. 결국 나는 성희와 너무나 동등한 위치에서 사물을 판단해 왔던 것이다. 나이로 보아서도 내가 윗사람이 아닌가? 중단된 대화를 복구시키려면 내 노력이 앞서야 할 것이 분명한 일이다.

그래서 나는 성희 방으로 갔다. 부드럽게 그리고 포용성 있는 태도로 거리감을 축소시키겠다는 생각을 하며 방문을 노크했다. 성희가 놀라지 않도록 소리가 겨우 날 정도의 노크였다. 그런데도 '네' 하는 그미의 음성은 날카로웠다. 나는 그미가 어떤 반항의 태도를 보인다 해도 끝까지 부드러운 태도로 이때까지의 거리감을 없애리라 생각하며 문을 열었다. 참으로 오래 간만이었다. 가끔 돈 이야길 한다. 그럴 때 나는 그미가 요구하는 돈을 준다. 그리곤 그뿐이다. 이십여 일 전 그미의 안색이 좋지 않아 보였기 때문에 나는 일찍 일찍 들어와 잠을 충분히 자야만 건강이 유지된다는 말을 하려고

"너, 요새 안색이 좋지 않구나."

그야말로 대화의 문을 열었다. 그러나 성희는,

"그럴 리 없어요. 그럴 까닭이 있어야죠."

마치 내가 그미를 색안경으로 보고 있다는 듯이 말했다. 다음 말을 이을 수가 없었다. 그것으로 대화는 중단되고 말았지만 그 뒤 이십여 일 동안 우리는 사무적이 아닌 말을 한 마디도 나눠 본 일이 없었다.

나는 문을 살그머니 열고 고개를 디밀었다. 순간 성희가 악 소리를 내며 나를 쳐다봤다. 잠옷을 갈아 입던 참인지 잠옷으로 가슴을 가리고 굳어져 있었던 것이다. 나는 얼른 문 밖으로 나와 문을 닫아 줬다. 그리고는 옷을 갈아 입을 때까지 기다리고 서 있다가 다시 노크를 한 뒤 방 안으로 몸을 들이밀었다. 성희는 잠옷을 입고 방바닥에 앉아 웬일이냐고 경계하는 눈초리로 나를 쳐다봤다.

나는 문득 성희가 어렸을 때를 생각했다. 대여섯 살 때까지 부끄러워할 줄을 몰랐다. 여름철 더울 때는 마당에서 발가벗고 자배기 속에서 물장난을 했다. 변소에 갈 때는 으레 팬티를 벗어 놓고 다녔다. 부끄러워할 줄을 몰랐다. 그리고 귀여울 때마다 내가 부둥켜안아도 안아 주는 것을 즐거워하곤 했었다. 그러던 그 애가 이제는 내게 나체를 보일까 질겁을 한다. 거리감은 이런 데서부터 오는 것이 아닐까?

그러나 오늘 밤 나는 그미와 무슨 이야기든 이야기를 해야만 했다. 그미 옆으로 가 앉았다. 그런데 웬일일까? 그미에게서 코를 찌르는 냄새가 내 얼굴을 돌리게 했다. 나도 술을 마시는 사람이지만 내가 취하지 않았을 때 남에게서 맡는 술냄새가 그렇게까지 역한 줄은 정말 미처 몰랐었다. 코를 막고 싶을 만큼 역한 냄새였다. 내가 상상도 못했던 일인만큼 놀라움과 불쾌감이 나를 어리둥절하게 했다.

성희가 매일 밤늦게까지 돌아다니는 것은 오직 남성 교제 때문으로만 해석하고 있던 나다. 술을 마시고 놀아나리라고는 한 번도 생각해 본 일이 없었다.

그런 만큼 여느 때 그런 꼴을 보았다면 나는 그 애를 때려 주고 말았을 것이다. 그러나 나는 부들부들 떨리는 손을 움켜쥐고 참았다. 나는 그미에게 불쾌한 말도 할 수가 없었던 것이다. 요즘 젊은 여자들은 예사로 술집 출입한다는 것을 들어 알고 있기 때문은 아니었다. 불쾌한 말로 대화를 시작하면 대화는 시작과 동시에 중단되고 말 것이 분명했기 때문이었다.

"너는 네 건강을 걱정해 본 일이 있니? 아무리 건강하다구 해두 몸을 그렇게 혹사하면 병이 생길 거 아니냐?"

나는 그미가 술 마셨다는 일에 대해서는 될 수 있는 한 건드리지 않을 생각이었다. 그런데도 그미는 입을 열려 하지 않았다. 당연한 일일지도 모른다. 그렇게도 오랜 동안 단절되었던 대화가 한 마디의 내 말에 금시 되살아날 수는 없을 것이다. 나는 아량으로써 대화를 살려야 할 수밖에 없었다.

"너는 어떻게 생각하구 있는지 모르지만 나는 무관심, 무관여의 우리 사이를 타개하구 싶다. 그렇지 않구서는 숨이 막힐 것 같아 못 살겠다. 우리 어떤 일이든 서루 이야기해 가며 살두룩 할 수는 없겠니?"

내가 이렇게 애걸하듯 말을 했지만 성희의 대답은 이러했다.

"일부러 이야길 안 한 적이 있었나요? 아버지두 이상하셔……."

그러니까 자기는 아무렇지도 않게 지내는데 나만이 병신처럼 신경을 쓰고 있다는 말이 아니겠는가? 나는 어이가 없어서,

"그래 우리가 딴 집 아버지와 딸처럼 다정하게 지내고 있단 말이냐?"
하고 물었다.

"제 일 제가 하며 그렇게 사는 거지 별다른 게 있어요."

성희는 어디까지나 냉정한 태도로 나를 병신 취급을 하는 것이었다.

"그럼 죽을 때까지 지금처럼 살자는 거냐?"

나는 조금 언성을 높였다. 그대로는 두고 볼 수가 없었기 때문이었다.

"뭐가 어떻다구 아버지는 자꾸 그러시는 거죠?"

이때 나는 정말 성희의 따귀를 때리려 했다. 더 참을 수가 없었던 것이다. 그러나,

"이년!"

하고 때릴 자세로 그미 앞에 다가가는 순간 성희가 나를 피해 일어서는 서슬에,

"나는 너를 사랑하고 싶었다. 그렇지만 너는 받으려 하지를 않는구나……."

울음을 터뜨리기 직전의 목소리로 말하고 말았다. 그리고는 그미의 방을 나오면서 그미의 반응을 기다렸다. 그러나 그미는 아무런 반응도 보여 주지 않았다.

다시 얼굴을 대하지 않는다 해도 아쉬워할 것이 없는 모양이었다.

내 방으로 돌아와 자리 속에 누운 내 눈에서는 눈물이 흐르고 있었다. 흐르는 눈물에 귓밥이 뜨거움을 느꼈다.

나는 저를 사랑하려고 하는데 저는 왜 나를 사랑하려 하지 않을까? 내가 저를 사랑하려고 하는 것이 잘못이란 말인가?

그러나 나는 곧 눈물을 거두었다. 그것은 내 눈물의 책임이 내게 있다는 생각이 들었기 때문이었다. 만약 그 애들이 내게서 멀어 가기 시작할 때도 계속 그 애들을 사랑했다면 그 애들이 이렇게까지는 되지 않았을 것이다. 말하자면 내가 필요한 때만 그 애들을 사랑하려고 했다. 조건 없이 그리고 언제나 사랑을 받는 것이라 생각하고 있는 자식들에게 나는 내가 필요한 때만 그것을 주려 했던 것이다.

아들 성보도 오랜 동안 집에 들어오지 않고 있지만 어디선가 내 사랑을 기대하고 있을 것이다. 잘못을 저지르고 또 경찰에 구속이나 되었다면 더욱 그럴 것이다.

사람을 때려 상처를 냈기 때문에 구속되었다는 전화를 받고 내가 경찰서에 가 보증을 선 뒤 데리고 나올 때 그놈은 눈물을 흘리지 않았던가? 그 전화 때문에 쇼크를 받아 아내가 다음 날 죽고 말았지만 나는 그놈에게 너 때문에 네 에미가 죽었다는 눈치만은 보이지 않았다. 그런데도 그놈은 제 에

미 장례가 끝난 지 열흘도 안 되어 또 집을 나가기 시작했다. 그 뒤부터 나는 그놈을 내 자식이 아니라고 생각했다. 자식으로 생각지 않은 것이 아니라 자식에 대한 애정을 끊어 버렸다. 돈을 달라고 하면 주었지만 언제까지 그런 생활을 하겠느냐고 꾸중 한 번 하지 않았다. 체념, 무관심, 증오가 범벅이 된 태도였다. 성희에게도 마찬가지였다. 내 말을 통 듣지 않을 때 딸이 아니라고 생각했다. 그러나 그런 감정이 오래 계속되는 동안 나는 내 감정에 지고 말았다. 그래서 성희에게 접근해서 사랑을 호소했던 것이다. 만일 내가 내 감정에 지지 않았다면 오늘 밤에도 나는 성희 방을 찾아가지 않았을 것이 분명하다.

이런 생각을 하며 자책을 했지만 다음 날 아침 출근할 때까지 나는 성희를 깨우지도 않았고 또 술 같은 것은 좀 삼가라는 말도 안 했다. 아무리 사랑을 준다 해도 그 애들이 그것을 받아 소화시키려 하지 않는 한 줄 수가 없지 않느냐는 생각에서였다. 정말 줄 수가 없다고 생각되었다. 성보란 놈이 어디가서 죽었다 한들 그 사실조차 모르고 있는 나로서 어떻게 사랑을 줄 수가 있을 것인가?

집을 나설 때 나는 복순에게 성희를 깨워 학교에 보내라는 말조차 하지 않았다. 그런 말도 내가 할 말이 아닌 것 같았기 때문이었다. 내 마음은 성희도 성보처럼 집을 나가 아주 돌아오지 않아도 무방하다는 것이었으리라.

"일찍 돌아오시지요?"

복순이 언제나 하는 말을 되풀이했다.

"그래."

나는 기계처럼 대답했다.

"안녕히 다녀오세요."

"응!"

매일 아침 꼭 같이 거듭하는 우리들의 대화다. 그러나 일찍 돌아오라고 그리고 안녕히 다녀오라는 복순의 말이 나에게는 그렇게 다정할 수가 없었다. 아내가 살았을 때 아내가 하던 말을 그대로 해 주는 복순.

복순은 앞으로 사오 년 동안 내 옆에 있어 줄 것이다. 그 동안만은 내가 재취를 안 해도 좋을 것 같은 마음이 들었다.

회사 안은 전처럼 별일 없이 움직였다. 불경기로 상품이 잘 팔리지 않는 것이 걱정이었지만 전체의 상계가 그러니 그건 어쩔 도리 없는 일이다. 다행히 우리 회사에서는 여름철의 메리야스류를 만들고 있다. 전에보다 적게는 팔린다 해도 안 팔릴 수 없는 물건들이다. 물론 경쟁자가 많아서 걱정이지만 직원들이 서울과 지방 도매점으로 다니며 성의껏 팔고 있기 때문에 적자는 보지 않고 있다.

생산부와 업무부에서 올라온 서류들을 결재하고 있을 때 전화벨이 울렸다. 지체없이 수화기를 들었을 때,

"저 성기 에민데요……."

귀에 익은 목소리가 들려 왔다. 내 사촌동생이요 우리 회사 전무의 아내, 곧 나의 제수였다.

"웬일이십니까?"

"혈압 때문에 오늘은 좀 쉬겠답니다."

"혈압이 어떤데요?"

"이백오십인데 약을 먹어두 내리지가 않습니다."

전부터 혈압이 높다고 했다. 그래서 술까지 끊고 조심하고 있었는데 어제는 밤늦게까지 돌아다녔기 때문인지 조금 내렸던 혈압이 껑충 뛰어올랐다는 것이었다.

"걱정 말구 잘 조섭하라구 그러십쇼."

밤늦게까지 돌아다녔다면 필시 우리 회사일로 다녔을 것이다. 나로서 책임감을 느끼지 않을 수 없었다.

전화를 끊자 나는 생산부장을 불러 전무가 오늘 결근한다는 말을 하고 전무가 무슨 일로 어젯밤 누구를 만났느냐고 물었다.

나는 모든 일을 전무에게 맡기고 있다. 혈압 때문에 술을 안 하면서도 술대접할 사람은 혼자 맡고 있다. 그런 사람을 만나야 할 때는 내게 이야기할 것도 없이 자기가 알아서 대접하고는 나중에 보고만 하는 때도 있다.

어젯밤에도 그런 일이 있어 누구에게 술대접을 한 것이라 생각되었던 것

이다. 그런데 생산부장은 자기도 모르는 일이라고 대답했다. 내가 일찍 퇴근했으니까 내게는 이야기 안 했어도 생산부장에게나 이야기했으리라 생각했던 것이지만 생산부장도 모른다면 할 수 없는 일이다. 꼭 알아야 할 필요도 없고 해서 그를 돌려 보내고 결재를 계속하고 있을 때 업무부장이 들어왔다. 그는 들어오자마자,

"큰일났습니다."

하고 엄포를 놓았다.

"무슨 일인데……."

"부도가 났습니다."

"부도가 나다니?"

"동대문 시장의 ××상회 있잖습니까? 그 집 수표가 부도났다고 지금 은행에서 전화가 왔습니다."

"얼마짜린데?"

"백오십만 원짜립니다."

정말 큰일이었다. 부도가 났다면 그 상점은 망했다는 뜻이다. 상점이 망했다면 백오십만 원은 아주 잃고 마는 돈이다.

"그래 그런 기미를 전혀 모르구 있었나?"

"몰랐습니다."

이렇게 되면 업무부장이 책임져야 할 일이다. 담보도 없이 신용으로 물건을 거래하면서 물건 사는 집 상황을 살피지도 않고 물건을 계속 줘 왔다니…….

"그 밖에는 또 수표가 없는가?"

"팔 월 말일자 분으로 이백만 원짜리 하나가 또 있습니다."

정말 큰일이었다. 한 집에서 삼백오십만 원의 부도가 나다니…….

"빨리 그 상점루 가서 알아라두 봐야 할 거 아닌가?"

나는 우두커니 서 있는 업무부장을 증오에 찬 눈으로 쏘아보며 소리질렀다.

"곧 가 보겠습니다."

업무부장이 나가자 나는 결재하던 서류를 밀어 놓고 정신나간 사람처럼 멍하니 앉아 있었다. 어떻게 해야 할지 통 알 수가 없었다. 다른 거래처의 수표도 부도가 나면 어떻게 할까?

나는 전화통을 들고 다이얼을 돌렸다. 이럴 때 의논 상대는 전무밖에 없었기 때문이었다. 혈압 때문에 누워 있다고 하지만 그를 불렀다.

"××상회의 수표가 부도났다네."

업무부장보다도 전무의 책임이었다. 모든 책임을 맡고 있는 사람이 부도가 날 때까지 멍하고 있었다는 것은 말도 안 되는 일이다. 그러나 책임을 묻고 어쩔 때가 아니었다. 수습해 낼 길을 찾아 봐야 했다.

"나두 알구 있었습니다. 그렇지만 어떻게두 할 도리가 없었습니다. 죄송합니다."

알고 있었다구? 그렇겠지. 그렇지만

"왜 나한테는 말두 없었소."

나는 원망하듯 말했다.

"형님 걱정하실 것이 두려웠습니다. 오늘 출근 못한 것이 혈압 때문만이 아니란 걸 알아 주십시오."

그런 말도 듣기 싫었다.

"어떻게 했음 좋겠나?"

"어떻게두 할 도리가 없습니다. 당사자는 어디루 도망치구 없습니다. 점포와 상품들은 담보를 받구 돈빌려 줬던 채권자들이 압수해 놓구 있습니다."

정말 어떻게도 할 수 없는 일이었다. 부도를 낼 때의 상황은 나도 짐작하는 바이니까.

"할 수 없는 일이지, 몸조리나 잘하게."

결국 나는 전무에게 위로하는 말을 하고 전화를 끊을 수밖에 없었다. 법적 책임은 당초에 씌울 수도 없는 문제다. 그런데다가 전무는 전무대로 손을 써 본 모양이니 그를 나무랄 수조차 없는 일이다. 모르기는 모르지만 어쩌면 늦게까지 돌아다녔다는 것도 그 사건 때문이었을지 모른다. 나는 그렇게 생각했다. 부도수표가 나게 되었으니 자기 일처럼 속을 썼을 것이다. 그래서 갑자기 혈압이 높아졌을 것이다.

그는 그런 사람이다. 월급쟁이로 취직되어 있다는 생각을 않고 자기 일처럼 일하는 사람이다. 세금도 될 수 있는 한 적게 물려고 별별 궁리를 다 한다. 상품의 레벨 하나까지도 밤잠을 자지 않고 궁리해 만들어 낸다. 티셔츠의 디자인이나 색깔 같은 것도 생산부장에 맡기지 않고 자기가 고안해 낸다. 공장에도 틈틈이 나가 직공들의 사기를 올려 준다. 정말 자기 일처럼 일하고 있는 사람이다. 그런 만큼 수표가 부도났음을 알았을 때 마음이 얼마나 아팠겠는가?

나는 속으로 전무집을 찾아가 병문안을 해 줘야겠다는 생각을 했다.

그렇다고 해서 내 정신이 제 정신으로 돌아간 것은 아니었다. 뒤통수를 얻어맞은 것처럼 띵했다. 가야 아무 소용도 없을 상점으로 업무부장이 떠나갈 것이다. 그것을 알면서도 가지 말라는 말을 못했다. 될 대로 돼라. 내 알 바 아니라는 심정이었다.

세상이 어떻게 되려는 것일까? 부도수표가 남발되고 파산을 선고하는 사람들이 자꾸만 늘어 간다. 중소기업들이 속속 문을 닫는다. 따라서 모든 사람들이 살기 힘들다는 말을 하고 있다.

왜 그럴까? 고층 건물은 날로 늘어 가고 눈에 보이는 시설들은 눈을 부시게 하는데 시민들의 생활은 자꾸만 위협을 받고 있다.

노크 소리가 자그맣게 나더니 사환애가 커피잔을 들고 들어왔다. 아침마다 마시는 커피다.

"뭐야?"

나는 커피잔을 보면서도 소리쳤다. 지금 커피 같은 것 마실 때냐는 마음에서였다.

"커피 가져왔습니다."

꽥지른 내 목소리에 놀란 사환애가 죄를 지은 듯 꺼져 가는 목소리로 말했다.

바깥 사무실에서도 술렁이고 있을 것이다. 어찌 커피를 마실 경황이 있겠는가? 그러나 사환애에게 무슨 죄가 있담.

"응, 놔 두고 가라."

사환애까지 불안하게 만들 수가 없다는 생각에 나는 일부러 목소리를 부드럽게 했다.

나는 내 마음을 진정시키려고 커피를 마셨다. 될 수 있는 대로 천천히 오랜 동안 마셨다. 차를 다 마시자 마음이 조금 느긋해졌지만 자리에 앉아 있기가 싫었다.

전무나 찾아가는 수밖에 없었다. 병문안도 할 겸 앞으로의 회사 운영 방법을 의논하고 싶었던 것이다.

식료품점에 가 과일통조림 몇 개를 사가지고 전무의 집으로 갔을 때 전무는 마치 자기가 죄를 짓거나 한 것처럼 송구스러워하는 태도로 나를 대했다.

"그럴 것 없네. 이왕 그렇게 된 일, 앞으루나 그런 일이 없두룩 하면 되잖나?"

나는 그를 위로하지 않을 수 없었다.

"그 사람은 한편 딴 사업을 시작하고 있었습니다. 어린애들을 상대로 하는 캔디, 껌 같은 것을 만드는 공장이라나요. 근 억대의 자본을 들여 시작했지만 여름철에는 잘 나가지 않는 물건이거든요. 또 토대를 잡고 있는 회사를 꺾기가 쉬운가요? 사채를 얻어 시작했는데 금리도 깊을 수가 없게 되자 그만 망해 버린 모양입니다. 그걸 알았어야지요. 형님에게 면목이 없습니다. 정말 면목이 없습니다."

"자네두 모르구 그런 걸 어떻게 하겠나? 나두 그걸루 망하지는 않을 테니까 앞으루나 그런 일이 없두룩 하면 되겠지……."

"앞으루 그런 일이 생기면 그땐 제가 책임지겠습니다. 정말 무서운 세상이지만 다시야 그런 일이 있겠습니까?"

"………"

"제 걱정은 마십시오. 그렇게 빨리 죽을 놈은 아닙니다. 내일부터라두 나가서 일하겠습니다. 형님이 절대루 걱정 안 하시두룩 일하겠습니다."

전무의 집을 나설 때 나는 가슴이 조금 후련해짐을 느꼈다. 삼백오십만 원쯤 내버린 셈치자고 생각했던 것이다. 그래서 나온 김에 집에 들러 점심이나 먹고 회사엘 들어가리라 생각했다. 별로 그런 일이 없기 때문에 복순이가 점심을 지어 놓았을 까닭이 없다. 그런데도 집으로 간 것은 마음이 산란한 때문이었다. 아무도 없는 집이지만 집에서 잠깐이라도 쉬고 싶었다.

부저를 누르자 뛰어나온 복순이,

"웬일이세요?"

하며 반기었다. 그 반가워하는 태도에,

'네가 보구 싶어서……'

한 마디 농담이라도 해 주고 싶었지만 그런 농담이 어울릴 것 같지 않았다. 볼일이 있어서 나왔다가 점심을 먹고 갈 생각에 들렀다고 대답했다.

"그럼 빨리 진지를 져야겠네요."

복순이 앞질러 뛰어가며 말했다.

"찬밥은 어떠냐? 아무거나 한 술 다고."

"찬 진지를 어떻게 드려요?"

황급히 뛰어가는 그미의 뒷모습을 보며 나는 저 애에게 옷이라도 몇 벌 사 줘야겠다는 생각을 했다.

그런데 복순은 부엌으로 들어가지 않고 응접실로 뛰어가고 있었다. 그미의 뒤를 따라 내가 응접실에 들어섰을 때는,

"다음에 전화 걸게요."

하며 수화기를 내려 놓고 있었다.

"어디서 전화가 왔었니?"

추궁해 물으려는 것이 아니라 지나가는 말로 물었던 것이다.

"사촌오빠한테서 전화가 왔어요."

"사촌오빠두 있었구나!"

나는 그 이상 물으려 하지 않았다. 그런데 복순은 약간 붉어진 얼굴로

"서울서 자동차 운전수 노릇 하구 있어요."

하고 대답한 뒤 부엌으로 나갔다.

나는 라디오를 들으며 시간을 보냈다. 그런데 복도에서 세면소로 걸어가

는 발소리가 들렸다. 성희가 일어나서 세수를 하려는 모양이었다. 나는 무심코 시계를 보았다. 열두 시가 조금 지나고 있었다.

밤에는 술을 마시고 다음 날에는 열두 시에나 일어나고, 조반을 먹고는 학교에 가서 한두 시간 강의를 듣고는 또 밤이 깊도록 돌아다니겠지?

세상에는 그렇게 놀아나는 처녀가 적지 않게 많으리라. 그러나 백 명 가운데 그런 여대생이 몇 명이나 있을까? 많아야 대여섯 명도 못 될 것이다. 아니 천 명 가운데 대여섯 명이나 될지 모른다. 하필 나의 딸이 그 대여섯 명에 끼여야 할 것은 무엇인가? 천 명 가운데 대여섯 명만이 하는 일을 잘하는 일이라고 말할 수는 없다.

저 딸애는 애비가 점심을 먹으러 집에 온 것도 모르고 있겠지. 알릴 필요도 없다. 알면 성가셔할 뿐이리라. 나는 라디오의 볼륨을 낮췄다. 그리고 몸을 숨기고 싶은 기분이었다.

세면소에서 나오자,

"복순아. 밥 줘."

하는 성희의 목소리가 들렸다. 내가 있다는 것을 전혀 모르고 있는 눈치였다. 성희가 자기 방으로 들어가자 나는 발소리를 죽이며 부엌으로 가서,

"성희가 밥 먹구 나간 뒤 내 밥을 가져와라."

복순에게 말하고는 다시 발소리를 죽여 응접실로 가서는 응접실 문을 안으로 잠갔다. 확실히 내가 딸을 두려워하고 있다. 확실히 내가 성희를 피하고 있다.

"애, 뭘 하는 거야? 빨리 못 가져와?"

성희 방에서 째지는 듯한 소리가 들려 왔다.

딸은 자기 집이라고 큰소리를 치는데 나는 문을 잠그고 숨어 있다. 카프카의 소설 '변신'을 생각했다. 곤충으로 변한 주인공이 밀폐된 방에 갇혀 책상 밑을 기어다니는 이야기다. 아들과 딸들이 꼬챙이로 내 몸을 툭툭 찌를 것 같다.

'큰소리할 것 없어. 한낱 버러지뿐인 걸! 날개가 없으니 날을 수도 없는 버러지.'

애들의 웃음소리가 들린다. 애비가 한낱 버러지로 변한 것이 그렇게도 즐거울까?

지루한 시간이었다. 조반을 독촉하더니 밥상 들어간 지가 언제라고 아직도 나가지 않을까?

온몸에서 땀이 흘러내린다. 옷을 훨훨 벗어 버렸다. 그래도 땀은 여전하다. 런닝셔츠와 팬티만을 입고 소파 한편 모퉁이에 쭈그리고 앉아 있는 모습이 정말 버러지 같다.

가위에 눌리고 있을 때 꿈에서 깨어나고 싶어도 깰 수가 없는 그런 고통이었다.

얼마가 지난 뒤 성희가 나갔다. 나는 땀을 닦지도 못한 채 옷을 주워 입었다. 그리고는 거울 앞에 갔다. 틀림없는 내가 비쳤다. 버러지가 아니었다.

나는 잠겼던 문을 열고 복순이 갖다 주는 밥을 먹었다. 밥을 먹자 악몽 속의 소굴을 벗어나듯 집을 나왔다.

사무실에 들어가자 기다리고 있었다는 듯이 업무부장이 들어왔다.

"갔다 왔는데 바루 어제 백만 원을 현금으로 주었답니다."

××상회에 다녀온 결과를 보고하는 것이었다.

"현금으루 받았단 말이야? 그럼 왜 입금을 안 했어?"

"전무님이 받으신 모양입니다."

"그걸 어떻게 알았나?"

"부채정리위원회에서 서류를 보았습니다."

"정확한가?"

"제 눈으루 똑똑히 보았습니다. 전무님의 도장이 찍혀 있었습니다."

나는 뭐라고 말할 수가 없었다. 전무가 그런 일을 했을 까닭이 없을 뿐더러 설사 그런 일을 했다 해도 내가 사원 앞에서 전무를 불신하는 태도를 보일 수가 없었던 것이다.

"아파서 못 나오니까 입금을 못 시켰군. 내일 출근하면 입금시키겠지."

업무부장을 내보내고 나자 나는 업무부장과 전무와의 관계를 생각해 보았다. 감정 문제가 있다면 이 기회에 전무를 거꾸러뜨리려는 음모일 것 같았기 때문이었다. 그럴 것 같았다. 내 사촌동생이 내 돈을 횡령할 수가 없다. 그럴 사람이 아니다.

그런데 한 가지 의문은 내가 자기 집까지 찾아갔을 때 전무가 돈 받았단 말을 하지 않은 일이다. 아무리 몸이 불편하다 해도 그 말을 잊을 까닭이 없지 않겠나?

받지 않았겠지. 받지 않았으니까 말이 없었을 것이다. 그러니 업무부장이 지어 낸 말임에 틀림없다. 고얀 놈이다. 뒷조사를 해서 조그만 흠만 있어도 당장에 내쫓아야 할 놈이다.

나는 저녁때 생산부장을 불렀다. 내 처의 동생뻘 되며 회사에 가장 오래 근무한 사람이다. 그는 걱정하고 있을 나를 위로하느라 자기도 걱정이 된다는 말을 했다.

"할 수 없는 일이지."

나는 일단, 얼버무려 놓고 저녁이나 같이 먹자는 말을 했다. 회사의 일을 같이 의논하자는 뜻이 될 것이다. 거절할 수가 없을 것이다. 그래서 나는 그와 함께 조용한 양식집으로 갔다. 음식이 들어올 쯤에,

"업무부장이 어떤 사람인가? 오늘 전무의 모함을 하던데……."
우물쭈물할 것 없이 직선적으로 말을 꺼냈다.

"어떤 모함인데요?"

"우선 그 인간에 대해서 아는 걸 말해 주게."

"전 별루 나쁘게 보지 않았습니다만…… 지금 모함이란 말씀을 하셨는데 ××상회의 수금 문제를 가지고 하시는 말씀이 아닌지 모르겠습니다. 그건에 대해 업무부장은 저에게 미리 의논을 했습니다. 사장님께 보고드리기 힘들다면서요. 그때 저는 사장님과 전무님의 관계가 어떤 것이든 보고할 것은 보고해야 한다구 말했습니다. 절대 모함이 아니라고 생각합니다."

나는 전무가 그럴 사람인 것 같으냐고 반문했다. 아직 입금을 안 한 것은 몸이 불편해서 출근을 못했기 때문일 것이라는 말까지 했다. 그랬더니 생산부장은 내 얼굴을 잠시 쳐다보다가 머뭇거리며,

"전화루라두 보고할 수 있는 일이 아닐까요?"

마치 전무가 범인에 틀림없다는 듯이 말했다.

"그건 내일까지 기다려 보구 말하세."

나는 내가 전무집에 찾아갔던 것을 말하지 않았다. 그것을 말하면 전무가 더 불리해질 것 같았기 때문이었다. 그랬더니 그가,

"사람의 마음은 알 수가 없는 겁니다."

내 눈이 정확하지 않다는 것을 경고하듯 말했다.

"그게 무슨 말인가?"

나는 기분이 좋지 않았지만 태연하게 물었다.

"저두 벌써부터 말씀드릴까 했지만 망설이고 있던 일이 있습니다. 제가 모함을 한다고 생각하실 것 같아 말씀입니다."

"뭔데?"

"모함이라면 파면시킬 것이라 각오하고 말씀드리겠습니다."

그의 말에 의하면 전무가 원료 구입 때 저쪽 편과 짜고 수량을 늘려 매회 오륙십만 원의 돈을 착복했다는 것이었다. 자기가 아는 것만도 사오 차례라고 했다.

나는 그것을 어떻게 알고 있느냐고 물었다.

"얼마 전에 서류상의 수량과 실제로 공장에 입하된 수량에 차이가 있음을 발견하고 물건을 운반해 온 책임자에게 따졌습니다. 그랬더니 제게 십만 원을 주며 눈을 감으라 했습니다. 안 된다고 버텼더니 당신네 전무가 하는 일인데 눈을 안 감으면 어떻게 하겠느냐고 협박을 했습니다."

그래서 전무가 한 번에 오십만 원 이상씩 받아왔다는 사실까지 들어 알았다는 것이었다.

그 말을 듣자 나는 입맛이 변했다. 음식을 다 먹지 못하고 그릇을 내놓고 말았다. 그럴 수는 없다고 생각하면서도 그럴 수 없다는 마음에 자신을 잃었던 것이다. 업무부장과 생산부장의 말을 전부 꾸밈이라고 생각하기에는 그들의 말이 너무나 확증을 갖추고 있었다. 그리고 그들도 전무 못지않게 회사에 충실한 태도를 보여 왔다.

"어떻게 했으면 좋겠나?"

생산부장의 말을 일단 믿는 것처럼 하고 뒤처리에 대한 의견을 물었을 때,

"지나간 일을 어떻게 하겠습니까? 어떤 방법으로든 다시 그런 일이 없도록 할 수밖에 없다구 생각합니다. 더구나 사장님과 전무 사이는 친척간이 아니십니까?"

하는 생산부장의 의견은 전무를 내쫓아야 한다는 것이 아니었다. 전무를 내쫓고 자기가 그 자리에 앉겠다는 욕심이 있는 것 같지도 않았다.

이러한 생산부장을 불신하는 태도로 대할 수가 없어서,

"전무를 직접 만나 보고 처리하두록 하겠네."

하고 말했다. 그러자 그는 서슴지 않고 내 의견에 반대했다.

"직접 만나시면 두 분의 사이에 금이 갈지두 모릅니다. 그리고 회사 전체의 분위기가 깨지구 말지두 모릅니다. 희생이 돼두 제가 혼자 희생될 각오루 제가 전무님을 만나 뵙겠습니다. 당분간 사장님은 모르는 척하구 계시는 것이 좋을 것 같습니다."

어디까지나 전무와 나, 그리고 회사 전체를 생각해서 하는 말이었다. 혼자서 책임을 지겠다는 말이 더욱이 믿음직스러웠다.

그러나 그럴 수는 없는 일이었다. 사실인지 아닌지도 모르는 일을 가지고 부하인 생산부장이 전무를 찾아간다는 것은 두 사람이 대결할 가능성을 내포하고 있다. 두 사람이 대결하게 되면 수습할 수 없는 추태가 벌어질지도 모른다. 내가 직접 만나 적당히 처리하는 것이 가장 원만한 방법이다. 두 사람 중 한 사람이 옳지 않을 것만은 사실이다. 옳지 않은 사람을 원만하게 처리할 수 있는 사람은 나뿐이 아니겠는가?

"안 되네. 내가 만나야 해. 무슨 일이 있어도 내가 만날 테니까 자넨 가만 있기만 하게."

생산부장이 자기 의견을 계속 주장했으나 나는 고집을 부렸다. 그리고 생산부장과 헤어져서 바로 전무의 집을 찾아가면서도 전무가 그런 부정을 했으리라고는 믿지 않았다. 그래서 생산부장과 업무부장이 모해를 했을 경우 그들을 어떻게 처리할 것인가를 생각했다. 그리고 전무에게는 그들이 모해하고 있다는 사실을 눈치채지 못하도록 이야기해야 한다는 생각을 했다.

전무는 일어나 앉아 있었다. 하루에 두 번씩 찾아오는 나에게 당황한 표정을 짓기는 했지만 건강이 조금은 회복된 것 같았다.

제수가 과일쟁반에 참외와 복숭아를 담아 가지고 들어왔다. 나는 과일 먹을 생각도 없었지만 우선 중요한 이야기를 해야 한다는 생각에 제수를 내보냈다. 그리고는 천장을 보며 긴 한숨을 내쉬었다. 그것은 그가 ××상회에서 받은 돈에 대해 무슨 이야기라도 할 수 있는 기회를 주기 위해서였다. 그러나 그는 아무 말도 안 했다. 그래서,

"회사가 큰일났는데……."

하고 내가 부도수표에 대해 걱정하고 있음을 암시했지만 그래도 그는,

"참 걱정입니다. 이러다가는 중소기업들이 전부 쓰러질 것 같은데요. 문을 닫는다는 데가 자꾸만 생깁니다."

경기 전체에 대한 걱정을 했다. 나는 그가 백만 원을 떼먹었을 리 없다는 생각을 하면서도 업무부장과 생산부장의 말을 잊을 수가 없었다.

"이거 말하기는 안됐네. 그러나 떠돌고 있는 말이라 알아 두고나 있으려구 하는 말일세……."

이런 전제 밑에 ××상회에서 어제 백만 원을 전무에게 주었다는 말이 돌고 있다는 말을 했다. 그런데 내 말이 떨어지기도 전에 그는 화를 발칵 내며,

"어떤 놈이 그런 수작을 합디까? 날 잡아먹으려는 놈이 어떤 놈입니까? 네?"

하며 달려들었다. 놀라는 것이 아니라 화를 내는 것이 이상했다. 이상한 육감이 들었다. 그러나,

"흥분하지 말게. 세상은 남 모함하기를 좋아하지 않는가. 나는 자네를 믿으니까 걱정 말게."

"그놈을 알려 주십시오. 그냥 둘 수 있습니까? 형님."

무슨 일을 일으키고야 말 듯한 기세였다. 개인 감정으로 돌리고 감정적으로 해결하려는 태도가 불쾌했다.

"부채정리위원회에서 장부를 보았다는 사람이 있지만 그 사람이 잘못 보고 한 말이겠지."

나는 침을 깊숙이 놓았다. 그랬더니 그놈을 알려 달라고 야단이었다.

"그놈을 알려 안 주시면 난 오늘부터 형님과 단교하겠습니다."

너무나 기승을 부리는 통에 나는 그가 연극을 하고 있다는 생각을 했다. 물론 분하기는 할 것이지만 그렇다고 자기를 믿고 있다는 나에게 그렇게 흥분하고 극심한 말까지 할 수가 있을까?

그는 제수가 갖다 놓은 과도를 들고 만약 그것이 사실이라면 배를 갈라 죽겠다면서 그 과도 쥔 손에 힘을 주었다. 옷을 뚫고 들어가 뱃가죽을 찢을 만큼 날이 선 칼도 아니었다. 더욱 연극이라는 생각이 들었다. 내가 잔인했는지는 모르나 이왕 흥분시킨 김에 생산부장이 하던 말까지 전했다. 원료대 지불에도 의혹이 있다는 말이 들린다고 막연한 말을 했는데도,

"그래 거기서는 내가 얼마를 떼먹었답디까? 그런 수작을 하구 다니는 놈은 어떤 놈입니까?"

하면서 정말 칼을 배에 갖다 댔다. 물론 칼이 옷도 찢지 못하고 미끄러져 버렸지만 그는 뒤로 넘어지고 말았다. 기절을 한 모양이었다. 아무 말도 없고 동작도 없었다. 흔들어 보았지만 아무런 반응이 없었다. 나는 당황할 수밖에 없었다. 제수를 불렀다. 머리를 흔들어 보았고 냉수를 먹였지만 소용없었다.

병원에 전화를 걸고 구급차를 보내게 했다. 그러나 그는 병원에 도착하자마자 숨을 끊고 말았다. 혈압이 높은데 너무나 흥분을 했던 모양이다. 내 아내처럼.

입원실에도 못 가고 시체안치실에 누워 있는 그의 시체 앞에서 나는 무릎을 꿇었다. 무엇인가 기도를 올려야 할 그런 심정이었던 것이다. 법률적으로는 내가 죽인 것이 아니다. 그러나 죽음을 부른 원인을 내가 만들었다. 만들고 싶어 만든 것은 아니다. 어쩌면 전무 자신이 만들었을지 모른다. 사실이건 사실이 아니건 옳지 못한 일의 대상으로 떠올랐다는 것 자체가 죽음을 불러들인 원인이 되었을 것이다.

어쨌든 불행하게 죽은 사람이다. 그를 위해 무엇인가 기도를 올려 줘야 할 것 같았다. 그러나 무엇을 빌어 줘야 할지 생각이 나지 않았다. 천당에 가라는 기도도 그가 만족해할 것 같지 않았다. 그의 가족들이 불행하게 되

지 말게 해 달라고 기도할까? 기도해서 될 일 같지가 않았다. 그럼 무슨 기도를 드려야 할까? 나는 묵묵히 앉아 눈을 감은 채 아무 생각도 못했다. 문득 내가 나쁜 놈이란 생각이 들었다. 무엇이 나쁜지는 나도 몰랐다. 모두가 나의 잘못인 것만 같았다. 내가 없었다면 전무가 내 회사에서 일을 했을 까닭이 없다. 따라서 남의 입에 오르내릴 일도 했을 까닭이 없다.

'내가 어떻게 했으면 좋겠습니까?'

결국 나를 위한 기도를 드렸다. 어떻게 해 달라는 것도 아니었다. 내가 가장 중요한 문제의 핵심인 것 같았고 그런 내가 어떻게 될지 두려움 같은 것이 생겼던 것이다. 정말 내가 무서웠다. 내가 무엇인가? 내가 무엇이기에 남들은 상상도 할 수 없는 일로 시체 앞에 꿇어앉아 있을까?

"나는 어떻게 해야 합니까?"

두 번 거듭 중얼거렸지만 해답이 들릴 까닭이 없다. 그래도 해답을 듣고 싶은 마음으로 기도드리는 자세를 취하고 있었다.

다음 날 아침 나는 제수에게 장례비용으로 오십만 원을 내놓았다. 그것은 속죄하는 마음에서였다. 기도를 드린 결과 떠오른 생각이었을지도 모른다. 장례비용으로 쓰고 남으면 유족들이 쓰라는 마음으로 그 말을 했을 때 제수가,

"그저께 밤에 주신 돈두 그냥 있는데요."

하며 사양을 했다. 나는 의외의 말에 약간 놀랐다.

"그저께 밤에 준 돈이라니요?"

"여름철에 쓰라고 백만 원을 주셨다면서요?"

"아, 네."

나는 말을 흐릴 수밖에 없었다. 흐려 버리기만 할 수도 없는 일이라,

"그 돈은 그 돈이고 이 돈은 이 돈이죠."

하고 말했다.

전무가 자기의 죽음을 자기가 독촉했다는 것을 확실히 알았다. 그러나 죽은 사람에게 죄명을 씌워 줄 수는 없는 일이었다. 회사로 돌아가자 나는 업무부장과 생산부장을 불러 놓고,

"우리 회사일을 자기 일처럼 하시던 분이 돌아갔소. 앞으루 더 열심히 일해 봅시다."

할 뿐 전무의 부정(不正)을 입 밖에 꺼내지 않았다.

그러나 믿고 모든 일을 맡겼던 전무가 그런 일을 했다는 사실이 나를 슬프게 했다. 그 슬픔이 오래오래 계속되었다.

원료를 판매하는 회사에서 돈 십만 원을 주더라고 한 생산부장도 십만 원을 받아 썼을지도 모른다. 앞으로도 계속 그런 일을 할지 모른다. 하나에서 열까지 모두를 내가 돌아볼 수는 없고 그러니 나는 누구를 믿고 살아야 할 것인가? 사람이 사람을 믿지 못하고 어찌 마음의 평화를 누리며 살 것인가?

얻어맞으며 사는 인간.

나는 얻어맞은 것 같은 기분으로 멍하니 앉아 있었다. 아무 일도 하고 싶지 않았다.

나는 어떻게 해야 할까? 이런 생각만이 머리에 떠올랐다. 죽은 전무 대신 새 전무를 임명하려면 생산부장밖에 인물이 없다. 그도 믿을 수 없지만 믿으며 살아야 하는 세상이 아닌가?

나는 생각했다. 옛날은 지금보다 살기가 더 힘들었다. 확실히 살기가 힘들었다. 그러나 그때는 사람을 믿을 수가 있었다. 믿으며 살았다. 그런데 요즘은 생활이 향상되었고 살기도 편해졌는데 어째서 사람을 믿을 수 없을까 하고.

그것은 개인주의 때문이다. 빌어먹을 개인주의 때문에 살기들은 잘 사나 사람을 버렸다. 차라리 잘 못 살아도 사람을 믿으며 사는 것이 더 행복하지 않을까?

나는 또 병원엘 갔다. 친동생이 많아서 장례 준비는 저희들끼리 하고 있지만 내가 모른 척하고 있을 수는 없었기 때문이었다. 모든 문상객이 너무나 급작스런 일에 놀랐다. 가족들은 진심으로 슬퍼들 했다. 죽음은 확실히 슬픈 일이다. 그러나 관 속에 들어 있는 장본인은 자기의 옳지 못한 행동에 대해 부끄러워하고 있으리라 생각하니 모두가 허무하기만 한 것 같았다.

고인의 친척들이 내게 와서 장례비를 후하게 주었다고 감사를 했지만 나로서는 그 감사도 허무하게 생각되었다. 만약에 고인이 내 회사 돈을 횡령한 사실을 내가 조금만 일찍 확인했다면 나는 장례비용을 그렇게 내놓지 않았을 것이다. 고인의 죽음에 대해 도의적 책임을 느끼지 않고 있는 지금 나를 속죄하겠다는 마음이 생겼을 까닭이 없었을 테니까.

생각하면 사람의 일이란 모두 우습기만 하다. 우습기만 한 일들을 가지고 심각하게들 생각하고 있다.

거기도 오래 있기가 싫고 회사에도 나가기가 싫어 나는 백화점엘 갔다. 복순이 옷이나 사 가지고 들어갈 생각이었다.

눈에 드는 것이 있어 만 원을 주고 원피스 두 벌을 샀다. 복순이 좋아할 것을 생각하며 집으로 들어갔다. 그런데 버저를 아무리 눌러도 복순이 나오질 않았다. 오 분 동안이나 계속 눌렀는데도 소식이 없었다. 시장엘 갔는가 생각하며 열쇠로 대문을 열었다. 닫으면 저절로 잠기는 장치로서 그 자물통의 열쇠를 나와 복순이 한 개씩 가지고 있었다.

대문 안으로 들어가서 현관문을 열려고 했으나 현관문만은 잠겨 있지 않았다. 이상한 일이었다. 시장엘 갔다면 현관문까지 잠겼어야 할 것이다. 의아한 마음으로 현관 안에 들어서는 순간 꿩이 도망치며 달아날 때와 같은 소리가 들렸다. 얼핏 뒤를 돌아보니 어떤 사람이 대문 밖으로 뛰어나가고 있었다. 도둑이 들었던 것임에 틀림없었다. 나는 응접실과 안방으로 왔다갔다 하며 귀중한 물건들을 살폈다. 없어진 것이 없었다. 옷장을 열어 보았으나 그대로였다. 복도로 나와 성희의 방으로 들어가려고 할 때 부엌에서 달그락거리는 소리가 났다. 한 명은 아직 도망가지 못한 모양이었다. 나는 두근거리는 가슴을 손으로 누르며,

"누구야?"

하고 소리를 질렀다. 섣불리 도둑에게 접근했다가 더 큰 피해를 받을 것이 겁나 도둑을 도망가게 하기 위함이었다. 그런데,

"저예요."

복순의 목소리가 들리는 것이 아닌가?

나는 도깨비에게 홀린 듯한 기분이었다. 그러나 틀림없는 복순의 목소리라,

"너 집에 있었니?"

하고 가까이 가며 물었다.

"네?"

그미는 집에 있은 것이 잘못이냐는 눈으로 나를 쳐다봤다.

"이제 방금 어떤 사람이 도망쳐 나간 것 못 봤니?"

"네! 제 오빠가 왔다가 갔어요."

그렇게도 천연스럽게 대답할 수가 있을까? 그래서 나는 더욱 도깨비에 홀린 것 같았다.

"난 도둑인 줄 알구 혼났다."

"아저씨두. 제가 있는데 도둑이 어떻게 들어와요. 대낮에!"

그럴 것이다. 사람이 있는데 도둑이 어떻게 밤도 아닌 대낮에 남의 집에 들어올 수 있겠는가?

내가 공연히 겁을 먹고 생사람을 도둑으로 생각했던 것이다. 일은 잘 된 일이다. 나는 안도의 한숨을 내쉬고 복순을 불러들여 사 온 옷을 주었다.

"뭔데요?"

받을 생각을 안 했다.

"너 입을 옷이다."

"옷이 많은데요, 뭐."

"많기는 뭐가 많니? 어서 받아."

옷을 내밀자 그미는 마지못해 받으며

"고맙습니다."

어린애처럼 고개를 숙여 인사를 했다.

"고맙기는……."

나는 그미의 등을 두들겨 주었다.

그미의 등을 두들기며 웃어 주면서도 속은 씁쓸했다. 복순에게 속고 있는 듯한 마음이 들었던 것이다.

나는 뜰로 나갔다. 화초에 물이나 주며 모든 일을 잊어버리고 싶었다. 뜰에 나가자 아내 생각이 났다. 힘든 삶을 떠맡기고 혼자 간 아내가 조금쯤 원망스러웠다. 어떤 고통이라도 둘이서 짊어지고 나간다면 어깨가 조금은 가벼울 것 같았기 때문이었다.

그러나 혈압이 높은 그미도 더 큰 고통을 감내할 능력이 없었을 것이다. 살아서 감내할 수 없는 고통을 당하기보다 일찍 죽은 것이 잘 된 일일지도 모른다. 아내를 한편 부러운 듯이 생각하고 있을 때 복순이 물을 길어 가지고 왔다. 전과 조금도 다름이 없는 그미였다. 그러나 나는 그미를 보며 너는 내 속을 썩이지 말아라고 빌었다. 어쩐지 그 애마저 내 속을 썩일 것 같은 예감이 들었던 것이다.

"피곤하시면 제가 혼자 줄게요."

복순이 나를 생각해서 나보고 들어가 쉬라고 했다. 그 마음씨가 고왔다. 고운 마음씨인데도 나는 그것을 받아들이고 싶지가 않았다.

"괜찮다."

계속해서 물을 주고 있을 때였다. 버저소리가 고음으로 들렸다. 불길한 생각이 가슴을 섬찟하게 했다. 그런데 복순이 열어준 대문으로 들어선 것은 공을 집 안으로 차 넣었던 어린애였다. 방자한 놈이란 생각이 들었다. 조그만 놈이 남의 버저를 그렇게 요란스럽게 누를 수가 있을까?

"어른이 약속을 안 지키세요?"

그놈은 나를 보자 따지기 시작했다. 어제 저녁 공을 돌려 주겠다고 한 내 말의 책임을 묻는 것이었다. 나는 어제는 급한 일이 있어서 집에 없었다는 변명을 안 했다. 말할 기력도 없었지만 말하고 싶지도 않았던 것이다. 아무 말도 않고 있으니까,

"공을 주셔야지요?"

권리 행사를 하려고 했다.

나는 복순에게 공을 갖다 주라고 했다. 공을 받고는 굽신 인사를 하고,

"고맙습니다."

대문을 나설 때도 나는 제발 우리 집 앞에서 공을 차지 말아 달라는 말도 하지 못한 채 그냥 보내 버렸다. 복순이,

"공을 다시 차지 못하게 야단을 치시지 않구……."

나를 나무랐다. 나무라는 태도가 귀여웠다. 한 치의 거리감도 느낄 수 없는 친밀감이 흘렀다.

그런데 다음 날 장례식과 매장을 끝내고 돌아왔을 때도 복순이 대문을 열어 주지 않았다. 나는 또 어제 같은 일이 벌어지고 있나 해서 열쇠로 대문을 열고 들어섰다. 그리고 도망쳐 나올 복순의 오빠라는 놈을 똑똑히 보려고 집 안으로 들어가는 대신 정원에서 화초를 보며 서성거렸다. 오 분 이상 서성거리는데도 오늘은 도망 나오는 사람이 없었다. 오늘은 오지 않았는가? 그렇다면 복순이 시장에 간 것이 틀림없다. 현관문이 잠겨 있는 것으로 보아 그런 것이 틀림없었다.

그런데 시장에 간 복순이 통 돌아오질 않았다. 저녁때가 지나 날이 어두울 때까지도 돌아오지 않았다. 그때야 가슴이 섬찟해지며 어제의 일이 생각났다. 사촌오빠란 그놈이 수상한 것이다. 어제 버저를 누를 때 복순은 끝까지 대문을 열어 주지 않았다. 그 동안 무슨 짓을 하고 있었는지 누가 알 것인가?

요즘 식모들이 전화를 가지고 연애한다는 이야기를 들은 일이 있다. 그러나 나는 이제 열여덟 살밖에 안 된 복순을 한 번도 의심해 본 일이 없었다. 내게 충실할 줄밖에 모르는 것이라 생각했었다.

할 수 없는 일이지. 여자는 남자를, 남자는 여자를 좋아하는 게 천리니까. 문제는 밤새도록 복순이 돌아오지 않는 데 있었다. 그미는 내가 고스란히 굶으며 기다렸는데도 끝내 돌아오지 않았다. 게다가 성희마저 돌아오지 않았다. 혼자서 커다란 집을 지키는 마음이 어수선했다. 도둑이 들 것 같은 공포심까지 들었다. 이상한 일이었다. 복순이 하나가 더 있다고 해서 도둑이 안 들어올 것도 아니다. 그런데 복순이가 없다고 해서 도둑이 들 것 같아 겁을 내다니…….

생각할수록 괘씸했다. 결혼할 때는 결혼 비용을 전담해 주겠다고 약속까지 했는데 그것도 마다하고 도망을 치다니…….

괘씸한 생각과 쓸쓸한 기분, 그리고 공복에서 오는 허기가 잠을 이루지 못하게 했다.

모두 다 가라. 성희 너까지 가 버려라. 나는 여전히 혼자가 되겠다.

이런 생각을 하면서도 나는 혼자라는 것이 두려웠다. 날이 샜을 때 나는 혹시나 하는 마음에 이 방 저 방을 찾아다녔다. 누가 꼭 있을 것만 같은 마음이었다. 몽유병 환자처럼 이 방에서 나와서는 저 방으로 들어갔다. 아무도 없었다. 사람의 그림자라곤 하나도 없었다.

도둑이라두 있어 주었으면!

이것은 거짓말이 아니었다. 도둑이라도 있다면 그가 달라는 것 모두를 주면서 이야기가 하고 싶었다. 그러나 도둑도 없었다. 나는 내 방으로 와서 쓰러졌다.

쓰러지기는 했으나 정신까지 잃지는 않았다. 정신을 잃지 않았지만 나도 내 아내처럼, 그리고 전무처럼 아주 죽어 버리지나 않나 하고 생각했다. 죽어서는 안 된다는 생각을 한 것이 아니면서도 나는 방바닥에서 일어났다. 그리고는 세면소로 가서 세수를 했다. 정신을 차리기 위해서였다. 정신이 드는 것 같았다.

나는 응접실로 가 소파에 앉았다. 날이 밝아서인지 공포심은 가셨다. 오직 허기와 고독감이 움직일 수 없도록 온몸을 짓눌렀다. 그러면서도 귀를 대문 밖으로 기울였다. 복순이가 버저를 누를 것만 같았던 것이다. 그러기만 해 준다면 나는 뛰어가서 대문을 열어 주고 반가이 맞아 줄 것이다. 성희가 외박을 하고 지금 돌아온다 해도 나가서 대문을 열어 주고 반가이 맞이해 주리라. 그러나 버저소리는 들려 오지 않았다.

나는 가끔 시켜다 먹는 중국요릿집에 전화를 걸고 아무거나 한 그릇 갖다 달라고 했다. 아침 시간이라 영업을 시작 안 했을 것이기에 특별히 청탁을 했다. 우선 공복을 메꿔야 했기 때문이었다. 중국요릿집에서 특별히 배달해 주겠다는 말을 듣자 나는 뜰로 나갔다. 먹을 것이 올 때까지 화원에 물이나 주면서 시간을 보내리라는 심산이었다.

꽃에 물을 주고 있으니 말 안 해도 물을 길어다 주던 복순이 생각이 났다. 그렇게 얌전하던 애가 도망을 치다니……

나는 잠시 손을 쉬고 몸을 부동자세로 취했다. 그리고는 그 애가 어디서

362

살든 행복하기를 기도했다. 그것은 나를 위해 성실했던 그 애에 대한 나의 보답이었을지 모른다. 그런 기도를 드려서 그런지 그 애가 조금도 밉지가 않았다. 누구하고라도 진심으로 사랑하며 행복하게 살 수 있는 것 같은 마음이 들었다.

계속해서 물을 주고 있을 때 대문의 버저소리가 울렸다. 중국요릿집 사환이었다. 반가웠다. 사람이 반가웠다. 나는 수고했다, 고맙다는 말을 연발했다. 그 애가 음식 그릇을 현관마루에 내려 놓을 때 나는 조금 뒤 다시 와 달라고 청했다. 한 번이라도 더 사람 구경을 하고 싶었던 것이다.

음식을 다 먹자 나는 그 사환애를 기다렸다. 얼마나 사람이 그리운 것일까? 그러나 사환애도 나를 애태우느라고 그러는지 좀체 오지 않았다.

한 시간쯤 기다리고 있을 때야 버저소리가 났다. 나는 뛰어나가 대문을 열어 주었다. 그러나 찾아온 사람은 사환이 아니라 전혀 알지 못하는 사람이었다. 그 사람은 자기가 ××경찰서에서 왔다면서 댁에 조성희란 여자가 있느냐고 물었다.

그렇다고 대답하자 내가 성희의 아버지냐고 물었다. 가슴이 내려앉았다. 이번에는 성보가 아니라 성희가 사건을 일으킨 모양이었다.

"네, 그렇습니다. 무슨 일이 생겼습니까?"

그는 내 물음에 대답할 생각을 않고 같이 좀 가자는 말만 했다. 가는 것은 문제가 아니었다. 우선 사건의 내용을 알고 싶었다. 그러나 그는 가 보면 알 것이라는 말만 했다. 더 가슴이 뛰었다. 여자가 무슨 일을 했기에 형사가 애비를 데리고 가게 했을까?

옷을 갈아 입고 나와 형사가 타고 온 지프차에 올랐을 때,

"제발 무사하기만 해 주소서."

눈을 감고 기도를 드렸다. 어떤 일이 일어났든 몸만 무사하기를 기원한 것이다. 이때까지 그미에 대해 무관심하고 무관여하던 마음이 어느새 변했는지 모른다.

정말 무사하기를 진심으로 빌었다.

그런데 지프차가 멎은 곳은 경찰서가 아니라 어떤 큰 호텔 앞이었다. 그

리고 나는 형사의 뒤를 따라 호텔로 올라가고 있었다. 층계를 올라가며 나는 얼마 전 그 학교의 여왕이었던 여대생이 어떤 호텔에서 치정 관계로 동침한 남자에게 떠밀려 창문으로 떨어져 죽었다는 신문보도를 회상했다.

형사가 안내하는 방으로 들어갔을 때 과연 비슷한 사건이 벌어지고 있음을 목격했다. 몇 명의 남자가 둘러서 있는 가운데 성희가 누워 있었다. 의사가 응급치료를 하는 것으로 보아 성희가 부상을 당한 모양이었다.

나는 황급히 그미의 생사를 물었다. 물어 보는 내 말에 어떤 한 사람이 나를 뒤돌아보며 생명에는 지장이 없다고 대답했다. 안심이 되었다. 안심이 되자 사건의 전말이 알고 싶어서 물으려 할 때 나와 같이 온 형사가,

"평소에 교제하던 남자들의 이름을 말해 주십시오."

마치 내가 모든 일을 알고 있을 것으로 단정한 듯이 물었다.

난처했다. 애비가 딸에게 무관여했다는 말을 어찌할 수가 있겠는가? 그렇다고 해서 법 앞에서 거짓말을 할 수도 없었다.

"요즘 애들이 그런 걸 부모에게 일일이 보고합니까?"

"결혼을 반대하신 일도 없습니까?"

"없습니다."

"치정 관계가 분명합니다. 같이 유숙했던 남자가 목을 졸라 실신케 하고 도망쳤습니다."

"………"

"평소의 품행은 어땠습니까?"

나는 잠시 생각하고 난 뒤,

"부모가 걱정할 정도는 아니었습니다."

하고 대답했다. 타인들 앞에서 딸의 행상을 실토할 수가 없어서 고개를 들 수 없었다. 무어라고 한 마디 나를 공박한다면 나는 그 자리에서 고꾸라지고 말았을 것이다. 그만큼 수치스러웠던 것이다.

앞으로 경관들은 가해자를 체포할 것이다. 성희가 죽지를 않았으니까 그미의 진술에 따라 가해자가 잡힐 것은 분명하다. 그러면 사건의 전말이 큼직하게 보도될 것도 분명하다. 그때 나는 과연 어떻게 될 것인가?

눈앞이 아찔했다. 빈혈증처럼 어지럼을 느끼고 한편에 있는 의자에 앉았다.

"나는 어떻게 해야 합니까?"

나는 눈을 감고 기도했다. 딸의 장래가 무엇보다도 걱정스러운 마당에서 나는 결국 나를 위해 기도하고 있는 것이다. 딸을 어떻게 대하여야 하는 것인가? 또는 조소를 던지는 사회에 대해 나는 어떻게 해야 하는가?

고통을 참는 듯한 성희의 신음소리가 들렸다. 문득 불쌍한 내 딸이란 생각이 들었다. 동시에 나와 가까웠던 사람은 왜 전부가 불행하게 되었을까 하는 생각을 했다. 아내, 아들, 딸, 사촌동생, 복순, 모두가 불행하게 생각되었다. 가까운 사람들이 모두 불행하다는 것을 생각하자 나는 그 불행들의 책임이 내게 있다는 마음이 들었다.

그것은 덕이 없는 나의 성격과 숙명 때문인 것 같았다. 덕이 없기 때문에 내가 좋아하던 사람들을 불행하게 만든 것이다.

"나를 용서하소서. 그리고 덕이 있는 인간이 되게 해 주소서."

이것은 진심에서 우러나온 기도였다. 그리고 죽을 때까지 계속해야 할 기도라고 생각했다.

(원)《현대문학 215》 1972. 11

행로

　의사 손명효가 장갑을 끼지 않고서는 손이 시릴 만큼 추위가 가시지 않은 2월 중순에도 등산을 떠난 것은 사십이 가까웠다는 연령 의식에서 오는 건강 관리의 필요성을 느낀 때문은 아니었다.

　아직 신체의 노쇠 현상이 나타나고 있는 것이 아닌 만큼 건강 관리의 절대적 필요성을 느끼고 있지는 않다. 사실은 추위가 아주 풀리지 않은 때 배낭을 메고 산으로 간다는 것이 을씨년스럽게 생각되어 좀더 있다가 등산을 시작했으면 하는 것이 그의 본심이었을지 모른다. 그러나 국민학교 2학년에 다니는 첫째 아들 형두가 산에 가자고 강력하게 조를 때 그는 그것을 거절하지 못했다. 작년 가을 처음으로 등산을 두어 번 해 본 형두가 지난 일요일 거리에서 등산객을 보고 와서 그 날부터 등산을 졸랐던 것이지만 그 조름에 끝까지 거절을 못하고 끌려가다시피나마 따라나선 것은 작년 겨울 눈이 내리기 시작한 뒤부터 가 보지 못한 산이 보고 싶었다고나 할까? 그렇듯 그는 산을 조금쯤 좋아하고 있었다. 산을 좋아하는 사람 가운데는 허탈한 심기를 무엇으로나마 채워 보겠다는 사람도 있겠지만 그의 경우에는 건강한 산이 거기 그렇게 있다는 것을 좋아했기 때문이었을 것이다. 의학박사의 학위를 얻었다. ×종합병원의 내과 과장직에 있다. 어떤 면으로나 부족감이 없다. 다만 모든 인간이 질환에 걸린 환자처럼만 보여 그것이 그를 늘 우울하게 할 뿐이었다. 건장해 보이는 사람도 종합 진찰을 하면 어딘가 질병이 있다.

정 없으면 발가락에 무좀이라도 걸려 있다. 그러면서도 사람들은 모두가 전혀 결함이 없는 것처럼 떳떳한 얼굴로 움직이고 있다.

그런데 산은 건강하다. 숲이 무성한 산은 더욱 건강하다. 풀 한 포기에서도 건강함을 느낄 수 있다. 문수사 골짜기 중턱, 완만한 경사길을 올라가고 있을 때,

"아버지! 대남문 넘어 샘터에서 밥해 먹어."

형두가 점점 이야기를 꺼냈다. 배가 고파서 그러는 것인지 밥해 먹는 것이 즐거워서 그러는 것인지 알 수 없었다.

명효는 멀리 구멍이 뻐끔 뚫린 대남문(大南門)을 바라보며 그러자고 대답했다. 문수사 코스로 올라갈 때 으레 대남문 밖 샘터에서 점심을 지어 먹기 마련이다.

"여기는 아직 눈이 안 녹았네요."

형두가 또 말을 시켰다. 입이 심심한 모양이었다. 그 말을 하자 명효의 발이 눈이 얼어붙은 길 위에서 밑으로 미끄러졌다. 몸의 중심을 잃고 비뚱거릴 수밖에 없었다.

"아버지, 조심하세요."

형두가 걱정을 했다. 그때 명효는 피식 웃었다. 피보호자는 어디까지나 형두인 것이다. 그런데 피보호자인 어린애가 자기 걱정을 해 주다니…….
그놈이 고등학교에 다니게 되고 자기 나이가 오십쯤이 되면 그때는 자기가 완전히 형두의 피보호자가 될 것이 아닌가? 십 년도 안 되어 그럴 때가 온다면 그때는 내 인생이 뒤바뀌는 것이 아닐까? 어른이 되면 누구나 자식의 늘어나는 나이로 자기의 나이를 느끼게 마련이다. 이놈이 젖을 빨고 있을 때 나는 레지던트 과정도 끝내지 못하고 있었는데…….

명효는 형두를 갖났을 때를 생각했다. 졸업한 대학병원에서 레지던트로 있으면서 앞으로 박사과정을 밟고 박사논문 쓸 걱정만을 했었다. 말하자면 과거보다도 미래만을 생각하면서 살았다. 꽃이 피기 전 봉오리 같은 것이었다. 그런데 지금은 꽃이 피어 버렸다. 기대되는 미래라는 것이 별로 없다. 꽃이 져 가고 있는 것이다.

"엄마!"

아버지를 걱정하던 형두가 이번에는 자기가 눈 위에 미끄러져 넘어지며 소리를 질렀다.

"조심해서 걸어!"

명효는 형우의 손을 잡아 일으켰다. 그러면서 나는 아직 피보호자가 아니지, 역시 보호자야 하고 생각했다. 아직 사십도 못 되었으니 인생이 이제부터 시작되지 않는가?

당연한 것이지만 당연한 것을 처음으로 발견한 때처럼 즐거웠다.

그는 형두의 손을 잡고 그야말로 보호자의 임무를 다하여 산길을 올랐다. 뒤따라오며 앞지르려는 사람이 있을 때도 형두의 손을 잡은 채 길을 비켜서서 그들이 지나가기를 기다렸다. 남에게 뒤떨어지는 것이 싫은지 형두가,

"아버지, 빨리 가."

하며 그의 손을 잡아끌었다.

"그러자."

형두도 얼마든지 빨리 걸을 수 있을 것 같았다. 그러나 얼마 안 가서 그는 숨이 가빠옴을 느꼈다. 형두란 놈은 조금도 새근거리지 않는데…….

역시 나이 탓이겠지? 이런 생각을 하면서도 발걸음을 늦추지 않고 걷고 있을 때였다. 문수사에서 오는 모양인지 여자들 몇이 떼를 지어 내려오고 있음이 보였다. 오십이 넘어 보이는 여자들이었다. 불공을 드리고 오는 모양이었다. 그들이 명효를 스치고 내려갈 때 형두란 놈이,

"조심하세요."

하고 걱정했다.

"오냐, 고맙다."

모두 나무 지팡이를 들고 조심조심 내려가고 있었지만 그래도 미끄러져 넘어질까 조마조마한 마음들인 모양이었다.

올라가는 길보다 내려가는 길이 더 미끄러울 테니 더구나 나이든 여자들로서 조심하지 않을 수 없을 것이다.

그러나 명효는 형두에게,

"까불지 마."

하고 주의시켰다. 자기가 한 번 넘어졌으니까 여자들을 걱정해서 한 말이겠지만 명효는 형두가 필요 이상의 말을 한다고 생각했기 때문이었다.

"그런 말 해 주면 어때요? 아버지두……."

형두는 명효를 힐끗 쳐다봤다. 명효는 그러는 형두가 더 못마땅했다.

"까불면 못쓰는 거야."

그러면서 걷고 있을 때였다. 또 한 명의 여자가 지팡이를 짚고 내려오고 있었다. 미끄러질까 조심조심 발에 힘을 주어 가며 걷고 있었다. 명효는 형두가 또 쓸데없는 말을 걸까 해서,

"남은 볼 것두 없이 너나 잘 걸어."

하며 손을 힘주어 잡았다.

가까이까지 갔을 때 여자가 길 옆으로 비켜서서 그들이 지나가기를 기다렸다.

명효는 고맙다는 인사를 하고 그 여자 앞을 지나갔다.

그때였다.

"손 선생 아니세요?"

여자가 명효를 불렀다. 명효는 형두가 또 쓸데없는 말을 할까 해서 자기부터가 그 여자의 얼굴도 보지 않고 그냥 지나쳐 버렸던 것이다. 누굴까 하고 뒤돌아보았을 때 명효는 반사적으로,

"초희!"

그 여자의 이름을 불렀다.

"등산 가세요?"

초희라 불리운 여자는 미소를 띠며 물었다. 초연한 얼굴일까? 그 초연한 얼굴을 보자 명효도 자기만이 얼 필요가 없다고 생각했다. 자기도 초연한 태도를 취하는 수밖에 없었다.

"네…… 어딜 갔다 오시지?"

전에 자주 만날 때는 해라로 통하던 그들이었지만 말부터가 달랐다.

"아드님이시군요?"

여자는 대답 대신 형두에게 시선을 주며 물었다.

"맏아들이죠."

"벌써 등산을 다닐 나이로군요?"

만나지 않은 그 사이가 오래됐다는 것을 감탄하는 투였다.

"그런데 어딜 갔다 오는 거죠?"

명효는 그것이 궁금해서 재차 물었다. 나이든 여자들처럼 불공드리러 절에 갔다 오는 것이란 생각은 할 수가 없었던 것이다.

"문수사에 갔다 오는 길예요."

거기밖에 갔다 올 데가 없으리라 생각하면서도 명효는 그미가 절에 다니리란 생각이 들지 않았다. 그러나 노상에서 더구나 형두가 있는 데서 꼬치꼬치 물어 볼 수가 없어서,

"그래요?"

할 뿐 그미의 얼굴을 쳐다보기만 했다. 거리에서 만났다면 길가에 있는 다방으로라도 끌고 가서 그 동안의 생활을 들어 볼 것이다.

그미도 그런 명효의 심정을 짐작했는지,

"한 번 전화 주세요."

하고는 발길을 떼 놓으려 했다.

"전화번호를 가르쳐 준다면……."

그미는 서슴지 않고 자기 집 전화번호를 알려 줬다. 그리고는,

"안녕히 다녀오세요."

한 뒤,

"잘 다녀와."

형두에게까지 작별인사를 했다.

명효는 잠시 동안 선 자리에서 그미의 뒷모습을 바라보았다. 아직 양복을 입고 생활할 나이에 한복을 입고 있다. 조심조심 걸어가는 품이 나이에 맞지 않게 늙어 보이기도 했다.

"초희가 절엘 다니다니……."

모두가 수수께끼였다. 십 년이면 강산도 변한다는 말이 있기는 하지만 근

십 년 사이에 저렇게 변할 수가 있을까?

명효는 사고력을 잃은 사람처럼 멍하니 멀어져 가는 초희의 뒷모습을 바라볼 뿐이었다. 그 뒷모습을 보며,

"그럴 수가 있을까?"

를 되풀이했다. 십 년 전의 초희와 오늘의 초희가 너무나 엄청나게 변했던 것이다. 현대 여성 가운데서도 가장 첨단을 걷던 그미가 백 년을 후퇴한 것 같은 오늘의 모습. 어떻게 해서 저렇게 변했을까? 아니 인간이 그렇게 변할 수가 있을까?

신경병 가운데서도 우울증 질환에 걸린 사람처럼 멍하니 서 있을 때 형두가,

"아버지! 누구야?"

어떤 여자이기에 그렇게 충격을 받고 있느냐는 식으로 물었다. 그때야 잃었던 정신을 불러일으키듯 머리를 한 번 흔들고 눈을 깜빡인 뒤,

"으응, 좀 아는 여자야."

치부를 가리우듯 하며 명효는 걷기를 시작했다.

"이쁜데……."

좀더 나이가 든 애라면 탐정적 취미로 눈치를 살피기 위해 명효를 떠 보고 싶어할 것이다. 그러나 아직 그럴 나이도 못 된다. 그런데도 명효는 얼굴을 붉히고,

"이쁘기는……."

멀리 하늘을 쳐다봤다. 그리고는 혼자 입 속으로 중얼거렸다.

'네 엄마가 될 뻔한 여자다.'

"문수사에 왔다 간대지?"

제 어머니가 될 뻔한 여자여서 그런지 형두는 초희에게 사뭇 관심이 큰 모양 같았다. 그러나 명효는 어린애가 알아서 좋지 않을 일이라 생각했다. 또 그놈과 대화를 나누면서 그미와의 과거를 추억할 수도 없는 일이라 생각했다.

"문수사가 어딘데?"

명효는 말꼬리를 돌려 버렸다.

"저기 있는 절 아냐?"

형두가 문수사 쪽을 향해 손가락질을 했다.

작년 가을 한 번 데리고 왔던 것이다. 한 번 왔던 절 이름을 아직 기억하고 있는 것이 신통했다.

"대남문을 지나 정릉으로 가는 길에는 무슨 절이 있지?"

"일선사지 뭐……."

"머리가 좋은데……."

명효는 형두의 머리를 쓸어 주며 칭찬했다.

이쯤 해 두면 초희에 대한 관심이 사라지리라 생각했는데 이야기가 잠시 중단되자 형두는 다시

"여자들은 왜 절엘 많이 다니나요?"

역시 초희와 관련 있는 이야기를 꺼냈다. 사실은 명효도 궁금한 일이었다. 현대 여성 가운데서도 초현대적이던 초희가 무엇 때문에 눈이 채 녹지도 않은 산길을 걸어 절에 갔다 오는 것일까? 일찍이 불교를 믿는다는 말도 들어 본 일이 없었다. 그러니까 궁금하기는 형두에 비교가 안 될 것이지만 명효는,

"기독교 믿는 사람들이 교회에 가는 것이나 마찬가지겠지."

별 관심 없다는 듯 대답했다.

관심 없다는 태도를 보여서 그런지 그 뒤부터 형두는 초희에 대한 이야기를 꺼내지 않았다.

"아, 문수사가 보이네요."

"눈이 많은데두 춥지 않죠?"

눈앞에 보이는 것에 대해서만 이야기를 했다. 그러나 명효는 계속해서 초희만을 생각했다. 아무리 생각해도 수수께끼 같은 궁금증이 풀리지 않았기 때문이었다.

대남문 바로 앞 양지바른 풀밭에 앉아 서울을 내려다보며 형두가,

"우리 집이 어디쯤이죠?"

하고 물을 때 명효는,

　"이놈아, 우리 집은 안 봬."

　퉁명스런 대답을 하면서도 초희가 지팡이를 짚고 지금쯤 어디까지 갔을까를 생각했다.

　"서울엔 안개가 꼈죠?"

　안갠지 연긴지 알 수 없는 일이었다. 그러나 명효는 감상적인 마음이었다.

　"안개낀 서울이 좋잖니?"

　"저기는 한강이죠?"

　"나무가 그득한 산이 있구 그 밑에 서울이 안개 속에 잠겨 있구 또 그 앞에는 한강이 흐른다. 좋지?"

　"나 다음에 등산 올 때는 화구를 가지고 올래."

　"그래라. 스케치를 많이 해 보면 좋지."

　"아, 신난다."

　"커서 화가가 돼 봐라. 멋진 화가 말야. 그래서 그리구 싶은 걸 뭐나 다 그려 봐."

　"그럼 나 의사 못 되게?"

　"의사 안 돼두 좋아."

　"아버지 화내지 않을래?"

　"임마, 화는?"

　형두가 국민학교에 입학할 때부터 커서는 의사가 돼야 한다고 다짐다짐해 온 명효다. 갑자기 심경이 변한 이유가 어디 있겠는가?

　"난 의사 될래."

　형두는 명효의 심경 변화를 믿을 수 없는 것이라고 생각했는지 모른다.

　"무어든 너 하구 싶은 걸 해. 아무거나 말야."

　감상에 젖어 있는 것이 분명했다. 이때 형두가

　"몇 시야? 아버지."

하고 물었다. 대답하기 곤란한 화제에서 도피하려는 눈치였다.

　"열두 시 반이다."

"그럼 가서 밥해 먹어."

"그러지. 점심 지어 먹을 시간도 됐다."

"가자."

명효는 궁둥이를 털며 일어났다. 동시에 자기가 초희 생각을 해야 할 이유가 아무것도 없다는 생각을 했다. 서로 좋아했던 것은 사실이다. 그러나 각기 달리 결혼생활을 하고 있다. 그새 자기에게는 애가 셋이나 생겼다.

아무리 초희가 상상할 수 없으리 만큼 변했다고 해도 그것은 그미 자신의 문제다. 자기와 무슨 상관이 있담? 만약 그미가 죽었다 해도 자기는 장례식에도 참석하지 못할 사람이다.

초희는 집에 돌아오자 방바닥에 쓰러졌다. 온몸이 피곤하고 다리가 후들후들 떨렸기 때문이었다. 옷을 갈아 입거나 세수를 한다는 생각을 못했다. 식모 아주머니가,

"힘드시죠?"

자기도 동행했던 것처럼 말했다. 그러는 아주머니가 고맙기는 했지만 집 안에만 있던 사람이 내 피곤의 상태를 어떻게 짐작이나 할 것인가? 말할 기력도 없었지만 말 상대도 되지 않는 것 같아 담요나 갖다가 덮어 달라고 했다. 아주머니는 담요를 내려 초희를 덮어 주고는 시장도 하실 텐데 하며 걱정을 했다. 사실은 시장도 했다. 위장만은 육체의 피곤과는 관계가 없는 모양 같았다. 그러나 먹는다는 사실이 귀찮을 만큼 육체가 가라앉는 것 같아,

"시장한 줄두 모르겠어."

하고는 아주머니를 내보냈다. 아주머니가 나가고 혼자가 되자 몸이 땅 속으로 꺼져들어가는 것 같은 피곤을 느꼈지만 그녀의 신경은 전화로 기울어졌다. 어쩐지 전화벨이 울릴 것만 같았던 것이다. 자기가 내려올 때 올라가던 사람이니 벌써 내려왔을 까닭이 없다. 설사 내려왔다고 해서 만난 날 즉시로 전화를 걸 수도 없을 것이다. 그런데도 전화로 신경이 기울어지는 것은 그의 전화를 기다리고 있다는 것일까?

나갔던 아주머니가 꿀물을 타 가지고 들어와 피곤이 풀릴 것이라며 마

시라고 했다. 그미는 반가운 약처럼 받아 한 모금 마시고는 사발에서 입을 떼고,

"전화 온 거 없지요?"

하고 물었다.

"언제 전화 있었나요? 내일이면 돌아오시겠지요."

아주머니로서는 그렇게밖에 대답할 말이 없었을 것이다. 초희가 전화를 기다린다면 남편 종세의 전화밖에 기다려 본 일이 없었으니까.

"잘 됐지 뭐."

초희는 자기도 혹시 남편에게서 전화가 오지 않았느냐고 물었던 것처럼 말했다. 모르는 일에 대한 눈치를 보일 필요는 없다. 그래서 남편에게서 전화 오지 않은 것이 잘 된 일처럼 말하고는,

"다음에라두 절에 갔던 걸 절대루 이야기 말아요."

하고 다짐했다.

"그걸 제가 왜 이야기합니까?"

"그래두 혹시 아나……."

"원 별말씀두, 남의 집에서 이만큼 늙은 게 입이 그렇게 가벼울 수 있겠어요."

"나두 믿기는 해두 혹시나 해서 그러는 거지요."

"염려 놓으십시오."

초희는 아주머니를 의심하는 것은 아니란 뜻으로 한 번 웃어 주고는 꿀물을 마시기 시작했다. 속이 시원했다. 온몸이 금시 가벼워지는 듯한 느낌이었다.

빈 사발을 받아 든 아주머니가,

"조금 있다가 진지 상 채려 오겠어요."

하고 나갈 때 초희는 마음대로 하라는 듯 이렇다저렇다 말을 안 했다.

꿀물을 마셨고 또 남편 이야기를 했기 때문인지 전화통으로 기울어졌던 신경도 어느 정도 둔해졌다. 명효에게서 전화가 와도 그만 안 와도 그만이란 생각까지 들었다. 사실 명효가 전화를 걸든 걸지 않든 무슨 상관인가? 전

화가 걸려 와도 예의적인 인사로 끝내 버리면 그것으로 그만이다. 그렇게 끝내면 한 번만이라도 만나자고 조른다든가 그렇지 않으면 집으로 찾아올 수는 없을 것이다. 자기도 결혼해서 등산에 데리고 다닐 만한 아들을 낳았으니 나를 만나야 할 일이 없을 것이다.

다만 마음에 걸리는 것이 하나 있었다. 명효에게 자기 집 전화번호를 가르쳐 준 일이다. 무엇 때문에 호락호락 전화번호를 가르쳐 주었담. 하기는 긴 이야기가 하기 싫었다. 무엇보다도 피곤했기 때문이었겠지. 어제 오후부터 오늘 오전까지 부처님에게 절을 천 번이나 했다. 어제는 산이라고 한 번도 올라가 본 일이 없는 자기가 만만찮은 산을 그 떡과 과일을 머리에 이고 올라갔지 않은가? 그것만도 피곤한 일인데 일어섰다가 꿇어앉으며 큰절을 천 번이나 했으니 피곤인들 어찌 안 했을 것인가? 더구나 내려오는 눈길은 올라갈 때보다 배나 더 힘들었다.

물론 그 힘든 내림길을 내려오면서도 십 년 만에 처음, 그것도 우연하게 만나는 사람이었으니 얼굴이 달아오르며 가슴이 화끈해 왔던 것은 사실이다. 만일 서울 시내에서 만났다면 자청해서라도 다방에 들어갔을지 모른다. 그러나 이야길 해서는 무엇 하는가? 그런 경우는 아는 척하는 정도로 헤어지는 것이 가장 현명한 일이다. 그러나 사람도 없는 산 속에서 아는 척만 하고 헤어지기가 안 되어 무관심하지 않은 척하기 위해 전화번호를 알려 줬던 것이다. 그것도 명효의 아들이 옆에 있었기 때문에 주저 않고 알려 주었을 것이다. 큰아들을 데리고 다닌다는 사실에 안전감을 느꼈다고나 할까?

그런 상황 속에서 별 생각 없이 전화번호를 가르쳐 줬던 것이지만 지금 생각하니 경솔한 짓이라 아니 할 수 없다. 혹시 자꾸만 전화를 걸어 온다면 어떻게 한담. 또 남편이라도 있는 때 걸어 오면…….

그건 정말 안 될 일이다. 자기가 만든 자기의 계명(戒銘)을 어기는 일이 되기 때문이다. 초희는 이때까지 살아 오는 동안 그야말로 계명이라고 마음속에 정한 것은 오직 하나뿐이었다. 술을 안 마신다, 담배를 끊는다는 것 같은 결심을 적지 않게 했지만 계명이라고 말할 만큼 굳게 굳게 마음에 새긴 것은 그것 하나였다. 하루도 잊어 본 일이 없는 그야말로 계명이었다.

남자를 다시 사귀지 말 것.

이것은 자기의 과거를 다 알고 있는 종세와 결혼할 때 스스로 정한 것이었다. 종세가 강요한 것도 아니요, 종세에게 사죄하는 뜻으로 말한 것도 아니다. 과거를 묻지 않겠다는 종세에 대한 스스로의 맹세였다. 돌에다 깊이 파서 풍우에도 소멸됨이 없는 계명으로 지켜 오고 있는 것이다. 십 년을 지켜 온 계명을 지금에 와서 어길 수 있는가?

이런 생각을 하니 마음이 가라앉으며 든든해지는 것 같았다. 전화통을 봐도 그것이 소리를 지르리라는 불안감이 들지 않았다. 아주머니가 들여온 밥상을 보자 아직 몸이 뻐근했지만 일어나 앉아 잔말 않고 숟가락을 들었다.

오직 남편 없는 방이 넓어 보일 뿐이었다. 언제나 토요일과 일요일은 첩의 집에서 잔다. 이제는 으레 그러려니 생각하고 있기 때문에 불만도 없다. 질투를 느끼며 기다리지도 않는다. 그러면서도 방이 넓어 보이는 것만은 어쩔 수 없었다. 방이 넓으니 찬바람이 도는 것 같음 또한 어쩔 도리가 없었다.

이제라도 내가 애기를 낳기만 한다면……. 애기를 낳기만 한다면 남편은 첩을 버릴 것이다. 그리고 정해 놓고 외박하는 일도 없을 것이다. 부처님에게 절을 천 번이나 했으니 애기를 낳게 될지 모른다. 아니 애기를 낳을 때까지 천 번씩 몇 번이라도 절을 하리라. 지성이면 감천이라지 않는가? 그렇게 해서 애를 낳았다는 여자가 한두 사람이 아니다. 아무 질환도 없는 내가 애를 못 낳는다는 법이 어디 있겠는가?

초희는 결혼한 지 사오 년 된 뒤부터 병원엘 다니면서 임신 못하는 이유를 알아봤다. 아무런 질환이 없다는 것을 몇 명의 의사로부터 들어 알았다. 혹시 남편에게 책임이 있는 것이 아닌가 해서 남편에게도 병원에 가 진찰을 받기를 권했지만 남편은 절대로 자신이 있다면서 병원에는 가지 않았다.

사실 남편은 자신이 있는 모양이었다. 그러기에 몇 달 전부터 첩을 얻어 가지고 정기적으로 첩의 집엘 가고 있지 않은가? 자신이 없다면 첩을 얻을 까닭이 없다.

그러니까 자신이 있는 남편과 질환이 없는 자기 사이에는 언제라도 애기가 생길 것이다. 몸과 마음을 깨끗이 하고 정성만 다하면 된다.

빨리 어린애를 낳아서 남편이 외박하지 않고 방 안이 넓어 보이지 않도록 해야 한다. 아, 언제나 그런 때가 올까?

초희는 몇 숟갈 뜨는 척을 하고는 밥상을 물렸다. 그리고는 겨우 일어나 세면실로 가서 세수를 했다. 다리가 뻑적지근했다. 겨우 세수를 하고는 잠자리 화장을 하기 위해 경대 앞으로 앉았다. 콜드크림을 문지르며 거울에 비친 자기 얼굴을 보고 자기 또래의 여자들보다 자기가 유달리 늙었다는 것을 느낀다.

왤까? 남들처럼 애 낳으며 고생한 것도 아닌데……. 애를 낳지 않았으니까 처녀처럼 싱싱해야 할 것이 아닌가?

사실은 애를 낳지 못하니까 더 빨리 늙을지도 모른다. 애를 낳으면 육체의 각 부분이 활발하게 움직인다. 움직여야 할 것이 움직이지 못하면 육체의 일부분은 정지 상태에 놓이게 된다. 정지 상태에 놓이게 된 부분은 자연 노쇠할 것이 분명하다. 그러니 노쇠한 부분이 얼굴에 반사되는 것 또한 자연의 이치일 것이다.

부처님이 무심치 않으면 애기를 주시겠지. 사주 보는 사람도 내년쯤에는 애기를 낳을 것이라고 말했다. 그건 한 사람만 말한 것이 아니다. 서른아홉 살 나는 해는 액년이고 서른여덟 살 나는 해에는 서기(瑞氣)가 하늘로 뻗친다고 꼭 같은 말을 세 사람이나 말했다. 서기란 옥동자가 발하는 윤광(潤光)이라고 했다.

내년부터는 젊음을 도로 찾는다. 동시에 내 인생에 윤기가 돈다. 정의 세계에서 동의 세계로 들어간다.

어느새 아주머니가 자리를 깔아 놓았다. 그미는 몸을 끌고 자리로 가 누웠다. 일찍부터 잠이 올 것 같았다. 벽에 장치해 놓은 전기 스위치를 내렸다. 그런데도 잠이 오지 않았다. 그리 쉽사리 잠이 오지 않을 것 같은 예감이 들었다. 육체의 피곤에 반비례해서 정신이 너무나 청명했기 때문이었다. 십여 분이 지나도 잠기운이 돌지 않아 그미는 전등을 켜고 아주머니를 불러 찬장에서 양주병을 꺼내 오게 했다. 한 잔을 따라 마시고 다시 불을 껐으나 역시 잠은 오지 않았다.

한 잔 더 마실까 생각했으나 한 잔에 안 오는 잠이 두 잔에 올 것 같지 않아 그만뒀다. 더 마시고 싶은 생각이 없었던 것이다.

그미는 양주 대여섯 잔쯤 끄떡도 않던 젊은 시절을 생각했다. 그때는 술이 왜 그리 마시고 싶었을까? 남자친구를 만나면 으레 술을 사라고 졸랐었다. 돈 있어 양주를 사는 남자를 만나면 술잔을 애완하듯 만지며 술맛이 꿀맛인 것처럼 마셨었다.

담배도 잘 피웠지. 담배연기를 내뿜고는 그 연기가 아주 사라져 주지 말기를 바라듯 연기를 바라보기도 했다. 그러면서도 학교에서 남학생들이 담배를 한 개비만 달래도 절대로 주지 않았지. 담배를 안 피우는 척한 것도 아니면서 왜 그렇게 인색했을까?

문득 시인(詩人)이었던 K교수의 얼굴이 눈앞에 떠올랐다. 선량한 분이었다. 대학교 1학년 때 내 시를 보고 그야말로 내 시에 반한 것처럼 그 시를 칭찬했었다. 나는 으쓱할 수밖에 없었다. 열심히 시를 썼다. K교수가 너는 반드시 시인이 될 수 있으니까 열심히 공부해야 한다고 말했다. 겨울방학 때 고향엘 가서 편지를 하면 내 편지보다도 더 다정하고 긴 편지를 보내 주었다. 그분이 고마웠다. 고마울 정도가 아니라 그리웠다. 그를 조금쯤 사랑했는지도 모른다. 아무것도 생각지 않고 그를 사랑했다면 지금쯤 나는 여류 시인으로 활동하고 있을 것이다. 아마 여류시인으로 외국 여행도 갔다 왔겠지.

그러나 대학교 1학년 때여서 그랬겠지만 교수를 사랑할 수는 없다고 생각했다. 천부당 만부당한 일이라고 생각했다. 나는 그 교수를 향해 싹트려던 감정을 다른 남자에게 접붙였다. 그것은 처음부터 감정을 기르기보다 쉬운 일이었다.

같은 고향 학생이었다. 고향이라고 하지만 인구 십오만이 넘는 시(市)라 만나기 힘든 일이었지만 서울 문인들의 문학강연회가 있다고 해서 거길 갔다가 만난 학생이었다. 강연회가 끝나자 서울 유학생들 가운데서 문학을 좋아하는 학생들이 클럽을 만든다 해서 어떤 다방으로 끌려갔었다. 그때 바로 옆자리에 앉았던 학생이 자꾸만 말을 시켰다.

양조회사집 아들이라 했다. 개학할 때까지 몇 번을 만났는데 금시 친숙해졌다. 서울로 올라와서는 수시로 만났고 각자의 하숙을 자기 하숙 드나들듯 찾아다니기도 했다. 꽤 멋진 학생이었다. 그때 그는 나에게 춤을 배워 줬고 카바레에 데리고 가서 지루박이니 맘보니 당시 유행하던 춤을 추었다.

이제 대학 이 년생이니 그래도 상관없다고 생각했다. 고향에서 혼자 장사를 하며 사는 어머니에게 조금 미안했지만 어머니가 그런 것을 알 턱이 없으니 멋진 생활을 중단할 필요가 없었다.

그러는 동안 나는 그 학생을 진심으로 사랑했다. 그가 요구하는 것 모두를 주었다. 아낄 필요가 없어서가 아니었다. 그 사람이 나보다 몇 배나 소중했고 그래서 그 사람 앞에서 아끼고 싶을 만큼 내 것에 대한 애착을 느끼지 못했다.

그러나 한 학기도 채우지 못하고 그는 입대를 한다면서 다시는 만나지 말자고 했다. 입대를 해도 휴가라는 것이 있어 종종 만날 수가 있고 또 몇 해 후면 제대를 할 것이니 그때까지 기다리면 되지 않느냐고 말했다. 그때 그 사람은 삼 년이나 있다 와야 하는데 그새 피차 마음이 변하지 않으리라 보장할 수가 없다면서 깨끗이 헤어지자고 했다. 그럴 수는 없다고 우겼지만 그는 그 날부터 만나 주지 않았다. 입대한 뒤에는 편지도 없었다. 잃어버린 사람이었다. 분하고 억울했지만 창피해서 누구에게 말할 수도 없었다. 배치된 부대를 수소문해서 편지를 보낼 생각은 아예 하지도 않았다. 편지를 해야 회답을 보낼 사람이 아니다. 그런 사람에게 편지를 보낸다는 것은 내 자존을 스스로 죽이는 일이 된다.

나는 이때 술을 즐기기 시작했다. 그전까지는 호기심과 그리고 허세로 마셨을 뿐 술맛을 몰랐다. 차츰 술맛을 알게 되자 담배도 본격적으로 피기 시작했다. 남자들처럼 술과 담배를 부끄럼 없이 피울 수 있다는 데서 나는 나의 의지를 살리려 했다. 의지의 인간이라 자처했다.

그러나 시인 K교수를 찾아갈 면목이 없었다. 그분에게만은 내 변모한 얼굴을 보이기 싫었다. 동시에 시를 쓴다는 것이 감상적인 일같이 생각되었다.

그런 감상 속에서는 나를 구원할 수 없을 것 같았다.

마음의 아픔을 아픔으로 생각지 않으려면 감상을 떠나 의지의 세계에서 살아야 한다고 생각했다. 그 의지의 생활이란 결국 남학생들과 밀려다니며 술과 담배를 즐기는 일이었다. 남학생들은 나를 좋아했다. 트였다는 것이었다. 조금도 막히지 않고 트여서 좋다는 것이었다.

그렇겠지. 속으로는 곪을 대로 곪아 있으면서도 남자와 거의 질이 같은 명랑성을 띠고 수줍음을 몰랐으니까.

그새 좋아진 남자도 있었다. 그러나 내 진심을 주면서 좋아하지는 않았다. 나를 좋아하는 척하다가 얼마가 지나면 증발해 없어질 남자들에게 진심을 줄 필요는 없었다. 뚫린 구멍을 채우기 위해 남자를 좋아했을 뿐이었다.

그 결과 나는 한국의 여성다운 맛을 완전히 잃었다. 사고방식이나 행동이 서양 여자 그대로였다.

언젠가 K교수가 교정에서 나에게 시를 왜 쓰지 않느냐고 물었을 때 나는
"시가 중요한가요? 인생이 중요하지."

K교수의 얼굴이 파래질 말을 예사로 했다. K교수가 얼마나 실망했을까? 실망할 줄 알면서도 나는 나의 생각을 솔직하게 표현했다. 현대인은 매사에 솔직해야 한다는 신조 때문이었다. 남의 눈치를 살피며 속에도 없는 말을 꾸며서 말하는 것은 봉건적인 시대에 살던 사람들의 사고방식이다.

그 뒤부터 K교수는 일체 시를 왜 안 쓰느냐는 말을 하지 않았다. 그래도 독서생활을 아주 포기하지는 않았다. 남보다 많은 책을 읽으면서도 시는 쓰지 않았다. 시를 쓰면서 자기의 감정세계를 정서적으로 정리하고 싶지가 않았던 것이다. 남에게 뒤떨어져서는 안 된다는 생각에 독서만은 계속했지만.

독서도 하고 공부도 했기 때문에 남학생들에게서 경멸을 받지 않았다. 그래도 주체성이 있는 여자란 평을 받고 있었다.

그래서 나는 대학을 졸업하자 어떤 신문사 입사시험에 통과되어 신문기자 생활을 했다. 직장생활을 하게 되니 남자와의 접촉이 많아질 수밖에 없었다. 부끄럼과 여성적인 예절을 선반에 올려 놓고 다니는 여자니 만큼 남자들의 대우가 거칠었다.

"술 한 잔 할까?"

"나하구 며칠 동안 연애해 볼 생각 없어?"

이런 말들도 나는 스스럼없이 그리고 남자가 무안해하지 않을 정도로 응대해 주었다. 그러니 진실된 연애는 바라볼 수도 없었다. 그렇다고 해서 내가 수절하며 늙을 필요는 없다고 생각했다. 그 중 마음에 드는 몇몇 남자와 속칭 연애라는 것을 했다.

이까지 생각했을 때 초희는 자기를 거쳐 간 남자들을 하나씩 꼽아 봤다. 다섯 손가락으로는 조금 부족했다. 남자들을 손꼽으며 그녀는 혼자 미소를 지었다. 모두가 우습게만 생각되었던 것이다.

진실되게 살지 못했다. 인간이 그렇게 진실되지 못하게 살 수도 있는가? 그러면서도 자기가 철이 없었다거나 허영에 들떠 있었다고 자책하는 것은 아니었다. 미소로서 회상할 수 있는 인생이었다는 식으로, 말하자면 남의 일처럼 생각하는 것이었다.

그러나 스물일곱 살 나던 해에 만났던 명효를 회상하는 순간부터는 그미의 태도가 달라졌다.

그때 명효만은 내가 진심으로 사랑했지. 그것은 올드미스가 되어 가고 있었기 때문에 결혼을 생각지 않을 수 없었고 결혼을 생각하게 되니 이때까지의 생활태도가 반성되었기 때문이었다. 그리고 진실되지 않은 사랑의 편력에 권태를 느꼈기 때문일지도 모른다. 그때 명효는 ××의과대학 부속병원 인턴으로 있었을 거야. 참으로 진실한 청년이었어. 물론 내가 진실된 사랑을 갈망하면서도 과거의 타성을 완전히 청산하지 못하고 있었기 때문에 그를 끌고 카바레에도 갔고 바에도 다니기는 했었다. 그래도 그는 나를 좋아했다. 시대를 앞질러 가는 여자라 하면서 나를 총명한 여자라고 그랬다.

정말 내가 총명한 여잔지는 모르지만 총명하다는 말이 좋았다. 그러나 인턴을 마치고 레지던트가 되려 할 즈음 그는 군대로 가게 되었다. 입대한다는 말을 듣는 순간 나는 순간적인 충격을 받았다. 순간적이라고 하지만 그 충격은 말할 수 없이 컸다. 맨 처음 남자가 연상되었기 때문이었다. 나는 명효에게 말했다.

"삼 년 동안을 어떻게 기다려요? 그때는 내 나이 사십인데……."

나는 한 마디 더 해 주고 싶었다. 그때까지 피차 마음이 변하지 않으리라 누가 보장하겠는가 하고. 그러나 그 말만은 안 했다. 결국 내가 내 마음을 믿을 수 없다는 말이 되니까 말이지.

군대에 가서 그는 자주 편지를 했다. 나는 때로는 그 편지를 뜯어 보지도 않았다. 회답은 물론 한 번도 하지 않았고, 내게 어째서 그런 용기가 있었는지 모른다. 보고 싶으면서도 생각 말아야 한다는 것이 나의 의지였다. 그것이 총명이었는지 모른다.

반 년 동안 그의 편지를 받으면서도 회답을 안 하던 그때가 나의 인생에서 두 번째 시련기였다. 많이 울기도 했지. 이러다가는 결혼도 못해 볼 것 같았다. 성격파탄자가 따로 있겠는가?

명효는 의무장교다. 장교로 입대했을 뿐 아니라 그의 성격으로 보아 삼 년 아니라 삼십 년이라도 참고 기다릴 사람이다. 이제라도 편지를 할까 하는 생각을 했다. 그러나 이미 늦었다는 것을 느꼈다. 쏟아 놓은 물을 다시 주워 담을 수는 없다고 생각했다. 그렇게 생각할 것 없이 편지만 했다면 그와 결혼했을 것은 뻔한 일이었다.

그럴 때 나타난 사람이 지금의 남편이었지. 그가 나타나지만 않았다면 명효에게 편지를 했을지도 모른다.

남자들은 직업여성 가운데서도 신문기자에 매력을 느끼는 모양이다. 남자들과 같이 취재활동을 하면서 기사를 척척 써서 신문에 보도하는 여기자를 특종 인간처럼 생각하는 것 같았다. 내 남편도 그런 축의 하나였다. 내가 내 결점을 말해도 그것은 신문기자로서 있을 수 있는 일이라고 무척 너그럽게 해석해 주었다. 착실하고 착한 셀러리맨이었지.

단 한 가지 요구가 있었다. 결혼한 뒤에는 직업을 버리고 살림만 해 달라는 것이었다. 나는 망설였다. 기자생활에 대한 미련 때문이었다. 오직 그것뿐이었다. 그러나 여자는 언젠가 결혼을 해야 한다. 결혼이란 남자의 지배를 받는 것이다. 그것이 운명이다. 운명을 거역할 때 자존의 즐거움이 있을지 모르나 결국은 불행하게 된다.

나는 내 성격의 파탄에서 나를 구하기 위해서라도 결혼을 해야 한다고 생각했다. 그것도 머뭇거릴 필요 없이 속행해야 한다고 생각했다. 그러려면 그의 요구를 들어 주지 않을 수 없는 일이었다.

결국 나는 결혼을 했고 여자의 운명에 순응했다. 그가 요청한 것은 아니지만 나는 자진해서 술과 담배를 끊었다. 결혼한 날부터 지금까지 나는 한 번도 술과 담배를 입에 댄 적이 없다. 필요 이외의 일에는 외출하지도 않았다. 말하자면 옛날 할머니들의 생활을 그대로 감수했다. 과거의 일을 아름답게 추억해 보지도 않았다.

여자가 운명에 반역할 때도 그렇지만 순응할 때도 무서운 힘을 발하는 것 같다.

십 년이 흐르는 동안 나는 뱀이 허물을 벗는 것처럼 과거의 나에게서 완전히 탈피했다. 몸은 아직 젊었지만 마음은 육십 노파다. 그렇다고 해서 나는 후회를 하고 있는가? 절대 그렇지는 않다. 이제 남편이 죽고 혼자가 된다면 나는 죽을 때까지 재혼을 않고 혼자 살 것이다. 다시 결혼을 해서는 뭣하는가? 나는 과거를 후회하지도 않지만 절대로 자랑하지 못한다. 그래도 이제나마 내가 자랑하면서 살다 죽을 일을 해야 하지 않겠는가?

이까지 과거를 더듬다가 초희는 어느새 잠이 들었다. 정신 없이 다음 날 아침까지 잤으나 몸은 더욱 무거웠다. 무엇보다도 다리가 무거워 일어설 수가 없었다. 벽에 손을 대고 겨우겨우 한 발씩 떼며 걸어가 세수를 했지만 초희는 자기가 과거에 너무도 운동을 안 했다고 생각했다. 조금만 운동을 했더라면 약간 피곤했다고 해도 하룻밤을 자고 나면 개운해질 것이 아닌가? 어젯밤보다도 몸은 더 움직일 수가 없으니 말이다.

그래서 그녀는 종일 자리 속에 누워 있었다. 남편이 돌아올 때쯤 해서는 일어나야겠다고 생각했지만 그것도 마음대로 되지가 않았다. 남편이 돌아올 때까지 그냥 누워 있었다.

남편이 온 것을 알자 억지로 일어섰다.

그리고는 벽에 손을 대고 한 발 한 발 떼며 현관까지 갔다가 남편 뒤를 쫓아 방 안으로 돌아왔다. 그런데 이불도 개지 않은 것을 보고 무어라 한 마

디쯤 하리라 생각했던 남편이 그런 말 한 마디 않고,

"사내 낳았어."

하며 빙그레 웃었다. 만족스러웠겠지. 그리고 자랑하고 싶었겠지.

그러나 빙그레 웃는 얼굴을 보는 순간 초희는 갑자기 구역질이 나려 함을 억지로 참았다.

웃는 얼굴에 침을 뱉지 못한다고 하지만 그 웃음이 그렇게까지 추해 보일 수가 없었다. 죽을 때까지 두 번 다시 보고 싶지 않은 웃음이었다.

"정말요?"

초희는 정말 놀라운 일이라고 자기도 기뻐서 어쩔 줄 모르는 것처럼 말했다.

"응. 어젯밤 병원에서 해산했어."

"정말 잘 됐군요. 무슨 병원인데?"

그녀는 당장에 병원으로 달려가기라도 할 것 같은 태도였다.

그것이 속마음과 아주 반대되는 것이라고 생각하면서도 그녀는 그런 위장을 계속해야 한다고 다짐했다.

명효는 초희를 만난 뒤부터 그미에 대해 계속 관심을 기울였다. 무엇보다도 궁금했던 것이다. 궁금증의 초점은 어떻게 해서 초희가 그렇게까지 변했을까 하는 데 있었다. 혹시 불행하게 되어 그 불행 때문에 마음의 변화를 일으킨 것이 아닐까? 그러면 그 불행은 어떤 것일까? 혹시 자기를 버렸다는 것이 자책으로 가슴 속에 남아 결혼생활의 파탄을 일으킨 것은 아닐까? 결혼했던 남편이 혹시 죽은 것은 아닐까? 이런 생각에 한시도 그녀를 잊을 수 없었지만 그래도 다음 날까지 전화를 걸지 못했다. 그것은 체면도 체면이지만 조급해하는 인상을 주기 싫었기 때문이었다. 초희의 현재 생활도 모르며 성급하게 전화를 걸면 오해를 할지도 모른다. 초희가 어떤 상태에 놓여 있든 자기로서 어떻게도 할 도리가 없는 형편이다. 오직 관심을 기울일 뿐이다. 관심이란 것도 내막을 알고 나면 없어질지 모르는 관심이다.

그래서 하루가 지난 다음 날에야 전화를 걸었다.

"너무나 우연한 곳에서 만나 인사두 제대루 못했습니다."

초희가 수화기에 나왔을 때 그는 아주 침착한 어조로 말했다.

"나두 그랬어요."

초희는 첫마디부터 그에게 동감하는 투였다. 말하자면 조금도 경계하는 태도가 아니었다. 그래서 명효는,

"실례가 안 된다면 한 번 만날 수 없을까요?"

힘들지 않게 만나 주기를 요청했다.

"실례는요? 언제라두 좋아요."

"그럼 내일 점심이나 같이 할까요?"

"폐를 끼치군 싶지 않은데요."

"퍽 밝아졌군요."

"어두워져서야 되겠어요?"

그러면서 그들은 다음 날 열두 시 N호텔 그릴에서 만나기로 약속했다. 전화를 끊은 뒤 명효는 또 연막에 걸린 것 같은 느낌이었다. 전화를 통한 대화로 초희가 역시 옛날과 달라졌다는 생각이 들었지만 한편 별로 달라진 데가 없다는 생각도 들었기 때문이었다. 만약 절을 찾아다니며 부처님에게 불공을 드리고 있다면 타관 남자가 된 자기를 경계해야 할 것이다. 그런데도 만나자는데 사양을 안 한다. 그런가 하면 점심을 사겠다는데 폐를 끼치고 싶지 않다는 말을 한다. 그러면서도 까다로운 말 한 마디 않고 약속에 응했다. 그런 것으로 보아 그녀는 자기와 만나기를 오래 전부터 기다리고 있었던 것 같았다.

명효는 다음 날 초희를 만나는 시간까지 그녀에 대한 궁금증을 풀 수가 없었다. 일하는 사람들이 제복을 입고 인형들처럼 왔다갔다 하는 그릴에서 만났을 때 두 사람은 꼭같이 미소로 인사를 나누었다. 자주 만나는 사람들처럼 메뉴를 보며 먹을 음식을 의논하여 주문한 다음 일하는 사람이 옆에서 사라진 뒤에야 명효가,

"굉장히 오래간만이죠?"

하고 입을 열었다.

"참 오래간만이에요."

초희도 꼭 같은 말을 했다.

"그새 굉장히 변한 것 같은데……."

"변하지 않는 사람이 있을까요?"

"특히 초희 씨는 눈에 보이게 달라진 것 같아."

"철없던 때를 잘 알기 때문에 그렇게 보이는 거겠지요. 여자란 아무리 변한다 해두 자기 테두리 안에서 변하겠죠."

"결혼생활은 행복하겠지?"

"이제 그런 거 따지며 살 나이는 지나지 않어요?"

"어린애는 몇이나 돼?"

"이제부터 낳을까 해요."

"그래서 절에 다니구 있나?"

"그런 건 아녜요, 불교가 좋은 것 같아 믿어 보려는 거죠."

대답을 꺼려하는 기색은 보이지 않았으나 그 대답들이 성의 있는 것으로 보여지지는 않았다. 무엇이나 솔직하게 말해 줄 것이라 기대했던 명효는,

"결혼은 언제 했지?"

하고 그녀의 결혼생활을 시초에서부터 알아보기로 했다.

"너무 오래돼서 잘 기억이 안 나는데요."

"남편은 뭘 하시구……."

"은행의 과장급으루 있어요."

"그럼 생활은 걱정 없겠군."

"불행해지기를 바라구 있었나요?"

초희가 약간 저돌적인 태도를 보였다.

"천만에. 그럴 리가 있나."

그 뒤부터 초희는 입을 다물었다. 음식이 와서 먹기를 시작했지만 여전히 말을 안 했다. 이야기에 흥미를 잃은 여자 같았다.

"불교는 어떻게 믿게 됐어?"

명효는 그래도 무엇인가를 알아 내려고 새로운 화제를 생각해 내기에 골

똘했다.

"행동에는 반드시 동기가 따라야 하나요?"

초희는 명효가 이야기를 계속할 수 없도록 말을 잘라 버렸다.

"집은 어디쯤인가?"

"알면 찾아오시겠어요?"

"찾아가려는 건 아냐. 남의 가정집에 내가 감히 침범을 할 수 있나?"

그러자 초희는 대답 대신 미소를 보냈다. 명효가 점잖은 남자라고 감탄하는 미소 같은가 하면 너도 시시한 남자가 다 됐구나 하고 조소하는 미소 같기도 했다. 그러나 어떤 미소라고 단정할 만한 말은 한 마디도 안 했다.

명효는 소에게 물린 것 같은 느낌이었다. 불쾌했다. 그래서 자기 입으로 꺼내지 않으려던 말을 꺼내고 말았다.

"나에게 그렇게까지 냉정했던 이유는 뭐지?"

"남의 잘못을 캐려구 만나잔 거예요?"

초희가 도리어 불쾌한 얼굴을 했다. 어처구니없는 일이었지만 명효는 그녀와 싸우기가 싫어,

"뭐라구 한 마디쯤 있어야 할 것 같아서 물어 본 거야."

하고 이야기를 흐려 버렸다. 꺼려한다면 꼭 들어야 할 이야기도 아니다.

"말하지 못하는 마음만 알면 될 거예요."

그 마음을 어떻게 알란 말인가? 이야기하고 싶어하지 않는 것이 분명했다. 이야기하고 싶어하지 않는 여자에게 이야기를 들으려다가는 더 불쾌한 결과만 올 것 같아 명효는 화제를 중단했다.

식사가 다 끝나고 헤어질 때 명효가 자기 명함 한 장을 주며,

"가끔 전화를 걸어 주시지."

하고 말했다. 초희는 의학박사란 대글자와 병원 및 자택 전화번호를 읽어 본 뒤,

"절약하세요."

하며 명함을 돌려 줬다. 명효는 무시당한 것 같아 얼굴을 약간 붉혔다.

"알 건 다 알았어요. 전화번호는 전화번호책에 다 있을 거구요. 여자의

핸드백에 남자의 명함이 들어 있는 것은 자랑거리가 아니잖아요?"

초희가 설명적인 말을 할 때야 명효는 얼굴빛을 고칠 수 있었다. 그러나 딴 남자 것이라면 몰라도 자기 명함까지 핸드백 속에 간직하지 않으려는 것이 조금 섭섭했다.

남편이 무서운 걸까? 그렇지 않으면 남편에게 충실하려는 것일까? 어쨌든 명효로서는 그리 유쾌한 일이 아니었다. 그러나 거리로 나와 그녀를 택시에 태워 보낼 때,

"또 전화를 걸어두 괜찮겠지?"

하고 묻는 말에,

"그럼요."

꼭 전화를 걸어 달라는 식으로 웃음 짓는 초희였다. 명효는 불쾌했던 감정이 약간 정리되는 듯했다. 역시 초희는 자기를 불쾌한 남자로 생각지는 않고 있다. 그런 확신이 들었던 것이다.

그러나 병원으로 돌아온 명효는 그녀가 어째서 자기 이야기는 한 마디도 묻지 않았을까 하는 것을 생각했다. 언제 박사학위를 땄느냐? 애는 모두 몇이냐? 일전 산에서 만난 애는 잘생겼더라 등 물어 보고 하고 싶은 말이 있음직한데 어째서 한 마디도 물어 보지 않았을까? 자기 생활에 만족하고 있기 때문에 남의 일에는 관심이 없다는 것일까? 관심이 없다고 해도 형식적인 대화라는 것이 있지 않은가?

이제 각기 나이가 들었고 또 각자의 생활을 하고 있으니 알 것을 알고 만나는 것이 좋을 것 같은데…….

명효는 역시 초희에 대한 궁금증을 풀 수가 없었다.

초희는 명효를 만나고 돌아오자 두 번 다시 보고 싶지 않은 남편의 미소를 머리에 떠올렸다. 그 미소를 보던 장소로 돌아왔기 때문일지 모른다. 생각하고 싶어서 생각하는 것은 아니었다. 생각하기 싫어도 떠오르는 얼굴이었다. 모욕적인 철면피한 그 웃음. 가시가 돋은 쇠뭉치를 들고 삐죽삐죽 나온 이빨을 보이며 웃는 악마의 웃음보다 더 징그러운 웃음. 비열하고 치사

한 웃음. 그녀는 문득 빨간 빛깔의 가면(假面)을 연상했다. 다시는 변하지 못할 굳어진 표정. 그 징그러운 빨간색. 그미는 남편의 그 웃음이 빨간 가면처럼 굳어져 일생 자기 앞에 어른거릴 것을 생각했다.

한 번도 미워해 본 일이 없는 남편이었다. 한 번도 거역하려 한 적도 없었다. 그러나 지금은……

초희는 울고 싶었다. 울고 싶을 뿐이었다. 울고 싶은 마음에 명효라고 해서 약이 될 수는 없었다. 방금 만나고 온 명효의 얼굴은 안개에 싸인 그림보다도 더 희미했다.

초희는 왜 자기의 감정이 이렇게 격해지는지를 알지 못했다. 7일만 지나면 애기 옷을 사 가지고 남편의 첩을 찾아가기로 한 자기다. 불쾌하다고 해도 자기 대신 애를 낳아 준 그 여자에게 고마움을 보이자고 했던 자기다.

자기도 부처님에게 계속 불공을 드려 애기를 낳으면 그때는 자기도 여자 구실을 한다. 여자 구실을 다하기만 하면 여자로서 더 바랄 것이 없지 않느냐고 다짐하던 자기다.

그런데도 남편의 얼굴이 빨간 가면처럼 보이고 그 가면은 빛깔도 달라지지 않을 것처럼 생각되는 이유가 무엇일까?

명효를 만났기 때문? 그건 절대 아니라고 부정했다. 물론 남편의 그 웃음 때문에 불쾌해 있을 때 명효의 전화가 와서 조금쯤 반가웠다. 그러나 명효의 전화가 구세주의 목소리로 생각되지는 않았었다. 신선한 공기라도 마시고 싶은 심정으로 외출했을 뿐이다.

그러나 명효를 대하는 순간 나는 갑자기 내 몸이 굳어지는 것을 느꼈다. 이야기를 하는 도중에도 몇 번이나 그랬다. 그러면서도 나의 현재 위치가 움직일 수 없는 것이란 생각을 했다. 움직일 수 없는 위치에 있으면서도 굳어진다든가 해롱거리면 주책없는 여자가 될 뿐이다. 나는 그에게 별 관심도 기울이지 않았으며 흥미도 느끼지 않기로 했다.

다만 헤어질 때 그것으로 그치고 싶지 않은 아쉬움이 있었을 뿐이었다. 그 심정은 나도 알 수 없었다. 다시 만난다고 해서 감정의 반전이라는 것이 있을 수 없다. 그러면서도 끝이 아니기를 바라는 마음, 그것은 무엇이나 끝이 아쉽다는 인간의 상정 때문이었을까?

아니, 감정의 변화가 없을 것이 분명했기 때문에, 그것을 믿는 마음에, 명효를 안 만날 필요가 없다고 생각했을지 모른다. 해로울 것도 이로울 것도 없는 사람까지 굳이 안 만날 필요가 무엇인가?

그저 그렇고 그런 사람이니 명효가 나의 남편에 대한 감정에 티끌만한 작용이라도 줄 수는 없다.

사실은 명효를 만난 뒷감정이 착잡했지만 이렇게 정리해 버린 것이다.

초희는 목욕물을 끓게 한 뒤 목욕을 했다. 목욕실에서 알몸이 된 자기 육체를 살펴봤다. 부족한 것이 없다. 조금도 이상이 없다. 육체의 피부와 더불어 내부도 그럴 것이다. 그런데도 어째서 자기만이 임신을 못할까?

문득 결혼하기 전 소파수술 하던 일들이 생각났다. 오——, 소파수술을 많이 해서 임신을 못하는 것이로군. 초희는 자기 생각을 긍정했다. 한두 번이 아닌 중절수술이 육체의 어떤 부분이라도 건드렸을 것이다. 가장 예민한 그 부분이 조금이라도 다쳤다면 자기 기능을 다할 수가 없다.

소파수술을 하지 말고 그냥 낳자는 남자도 있었다. 그럴 때 애를 낳아 버렸다면 자기도 남들처럼 몇 명의 애를 낳았을 것이 아닌가?

결국 애를 낳지 못하기 때문에 남편의 얼굴을 빨간 가면처럼까지 생각하게 되었다.

그러나 몸을 물 속에 담그고 손바닥에 물을 담아 그것을 한 방울 한 방울 수면에 떨어뜨리고 있을 때 남편 첩의 몸에서나마 애기가 생겼으니 이제 자기는 애를 낳지 않아도 좋지 않은가 생각했다. 애를 낳고 싶어하는 것은 여자의 본능일지도 모른다. 그러나 남편을 위해서 애를 낳아야 한다는 강박관념도 없지 않다.

이제 남편이 애 걱정을 않게 되었으니 애 때문에 두 사이가 벌어질 까닭은 없다. 첩이 낳은 애를 내 애처럼 귀하게 기르면 그뿐이겠지. 마음이 조금 누그러지는 것 같았다.

그러나 밤에 남편과 자리를 같이하고 누웠을 때 남편의 살이 전처럼 따뜻하지 않음을 느꼈다. 전처럼 접근하려는 남편을 뜨겁게 받아들이고 싶지도 않았다. 그래서 그랬는지 일을 끝내고 빙긋이 돌아눕는 남편의 얼굴이 다시 빨간 가면으로 보였다. 그미는 잠을 자면서도 남편에게 등을 대고 있었다.

다음 날도 또 그 다음 날도 마찬가지였다. 남편의 얼굴이 빨간 가면으로만 보였다. 그 빨간 가면은 꿈에서까지 그녀를 소스라치게 했다. 온몸에는 식은땀이 흘렀다.

또 명효에게서 만나자는 전화가 왔다. 반가웠다. 당장 달려가 만나 보고 싶었다. 그러나,

"오늘은 좀 피곤해서요."

하고 만날 수 없음을 알렸다. 팔다리가 쑤시는 피로가 아니다. 언제나 회복될지 모르는 피로다.

명효에게 거절하는 말을 하고 전화를 끊자 허전해짐을 느꼈다. 길게 숨을 내뱉었지만 가슴이 후련해지지 않았다. 스스로 만든 허전함이다.

그 허전함이 가시기도 전에 또 전화가 왔다. 남편이, 산모가 퇴원했지만 경과가 좋지 못해 오늘 밤엔 거길 가서 못 들어올지도 모른다는 전화였다. 좋도록 하라고 대답했지만 마음은 더욱 허전했다.

문득 신문을 들었다. 오래간만에 문화면을 폈다. 거기에 시인 K교수에 대한 기사가 실려 있었다. 어떤 시인이 K에 대한 회고담을 쓴 글이었다. 오래간만에 읽는 K교수의 이름이었으나 제목으로 보아 그가 죽은 것을 알 수 있었다. 마음이 숙연해졌다. 학교를 졸업한 뒤 한 번도 만나 본 적이 없는 K교수가 그새 죽을 만큼 늙었던가? 글을 읽으면서 그녀는 만날 때마다 시를 쓰라고 하던 그의 어진 얼굴을 회상했다. 죽는 순간에도 보고파질 얼굴 같았다. 그녀는 고개를 숙였다. 무엇인가를 생각해야 할 것 같았던 것이다.

초희는 문화단신 가운데서 K교수의 장례식이 바로 오늘이라는 것을 읽자 마음이 초조해졌다. 그녀는 곧 옷을 갈아 입고 집을 나섰다. 꽃집에 들러 꽃한 송이를, 한 송이 이상은 거추장스러울 것 같아 한 송이만을 사 들고 영결식장인 명동 가톨릭교회로 갔다. 식은 이미 끝나고 조객들이 분향을 하고 있을 때였다. 초희는 서슴지 않고 앞으로 걸어가, 사 가지고 온 꽃을 관 앞에 놓고 합장재배를 했다. 절을 하고 돌아설 때 관 앞에 놓인 흰 바탕에 분

홍빛 점이 박힌 그 카네이션 한 송이가 너무나 외롭게 보였다. 뼈를 파고들어오는 고독감이었다. 눈물이 쏟아졌다. 발걸음을 빨리해서 길가로 나오자 그녀는 근처에 있는 다방으로 들어갔다. K교수의 얼굴이 떠오르는가 하면 빨간 가면의 남편 얼굴이 떠올랐다. 그녀는 눈을 감았다. 공중에 떠 있는 느낌이었다. 구름 위에서 하늘을 배회하고 있는 것 같았다. 눈을 뜨고 정신을 차리려 했으나 아무래도 자기는 갈 바를 모르고 갈팡질팡하고 있는 것 같았다. 그녀는 커피를 마시며 그래서는 안 된다고 생각했다. 이제 다시 방황을 할 수가 있는가? 천천히 차를 다 마시자 그녀는 전화통으로 가 집으로 전화를 걸었다.

"나 문수사에 갔다 올게요. 아저씨도 못 들어올지 모르니까 집 좀 잘 봐요."

전화를 끊자 그녀는 택시를 불러 타고 세검정까지 가 달라고 했다.

마음이 안정되는 것 같았다. 자기가 세운 계획대로 살아가는 것이 설사 잘못되는 일이 있다 해도 올바른 일이라 생각되었던 것이다. 그리고 그것만이 자기의 행로가 아니겠느냐고 생각했다.

(원)《문학사상 7》 1973. 4.

위선 속에서

어머니가 수화기를 들고 2층에서 내려오셔 상대에게 전화가 왔다고 큰 소리로 말했다. 혼자서 바이올린을 켜고 있던 상대는 어머니의 말을 듣고도 의아한 생각이 들어 금시 몸을 움직이지 못하고 있을 때 어머니가 헐떡이며 뛰어와 상대의 방문을 열었다.

"애야. 전화라니까?"

마치 기다리던 전환데 왜 빨리 나와 받지를 않느냐는 투였다.

'내게 전화 걸어 줄 사람이 누군가?'

상대는 고개를 가볍게 돌리며 의자를 짚고 일어서서 목발을 잡아 양겨드 랑에 짚었다.

복도를 걷는 동안 어머니가,

"여학생에게서 왔더라."

반가운 일이란 듯 웃으며 말했다. 그 말에 상대는 더욱 의아한 생각에 사로잡혔다. 남자친구 가운데도 전화 걸어 줄 사람이 없는데 하물며 여학생이 전화를 걸다니……. 그러면서도 그는 혹시 신희한테서 온 것이나 아닌가 생각했다. 그것은 그럴 가능성이 있대서가 아니라 그러기를 바라는 희망이었다. 자기만의 희망이라고 해도 그런 생각을 하는 순간 그의 가슴은 두근거리기 시작했다. 그미에게서 온 전화라면 무슨 말부터 해야 할 것인가? 경솔하게 기뻐하는 태도를 보여 줄 수는 없다. 더구나 어머니가 지켜보고 있는 자리에서 실수를 해서는 안 될 것이고. 그는 될 수 있는 대로 침착한 태도를 취하며 2층 어머니 방으로 올라가려 했다. 2층 계단으로 목발을 옮겨 놓으려 할 때 어머니가 응접실 중 가운데 있는 탁자를 가리키며,

"저기야!"

그의 팔을 잡아 부축하며 탁자 있는 데로 끌고 갔다. 2층까지 올라가야 하는 자기의 수고를 덜어 주고 수화기를 아래층까지 가지고 내려와 코드에 꽂아 놓은 어머니의 친절을 새삼 고맙게 생각하며 수화기 있는 데로 갔다.

수화기를 드는 순간

'신희는 아닐 거야.'

하는 생각이 들었다. 신희가 전화를 걸 까닭이 없다는 생각이었다. 그미는 자기가 소외감을 느끼도록 경멸의 눈으로 보아 준 적이 없다. 그렇다고 해서 각별하게 친절을 보여 준 일도 없다. 다른 반우들처럼 그저 무관심 상태에서 덤덤히 지내 온 사이다. 더구나 깔끔한 성격에 다른 남학생들과도 별반 가깝게 지내지 않는 여학생이다. 비록 자기가 혼자서 그미를 생각하고 있다 해도 그런 기미를 본인은 물론 반우 누구에게도 보여 준 일이 없는 만큼 나쁜 의미로라도 그미가 자기에게 전화를 걸 까닭이 없다.

그런데도 수화기를 쥐는 순간, 송화자는 신희일 거라는 생각을 했다. 전화를 걸어 줄 여자로 마음에 짚이는 여자는 신희뿐이었기 때문이었다.

"여보세요!"

그의 목소리는 약간 떨렸으나 그래도 냉정을 가장했다.

"아, 상대 씨예요? 나 고신희예요."

틀림없는 신희의 목소리임을 알자 상대의 가슴은 철렁 내려앉았다. 말로 표현해 본 일이 한 번도 없는 희망이 이루어진 것이다. 생각지도 못했던 우연이 하늘에서 떨어진 이 순간을 어떻게 처리해야 할 것인가? 그렇다고 해서 머뭇거리고 있을 수도 없는 순간이었다.

"웬일이죠?"

사실은 웬일이죠? 나한테 전활 다 걸어 주구? 하고 감정을 그대로 표현하고 싶었을 것이다. 그러나 놀라는 기색을 보일 수는 없었다.

"예고 없이 전활 걸어 기분 나쁘세요?"

지나칠 정도로 침착한 상대의 말을 듣자 신희는 전화 건 것을 후회하는 눈치였다. 그러니 신희에게 후회를 주어서는 안 될 일이다. 상대는 조급하게,

"아닙니다. 너무나 의외여서 그저……."

하고 웃음이라도 보여 주고 싶은 심정으로 자기 변명을 했다.

"사실은 부탁이 있어서 전활 걸었어요."

용건을 말하기 시작할 때 상대는 안심을 했다. 신희는 전화 건 것을 후회하지 않는 것이 분명했기 때문이었다.

"뭔데요?"

"서양 고대사 노트 내일 좀 빌려 주겠어요? 얼마 전 어머니가 입원했을 때 며칠 결석을 했거든요."

"네, 그거요? 내일 가지구 가지요."

상대는 서슴없이 대답했다. 그만한 부탁쯤 도리어 고마운 일이라는 듯이.

"고맙습니다. 그럼 내일……."

신희가 전화를 끊었다. 그러자 수화기를 놓은 상대는 그때야 어머니가 자기를 지켜보고 있었다는 것을 알고 혹시 의심받을 말을 하지 않았나 하고 자기가 한 말을 돌이켜 생각해 보았다. 의심받을 만한 말은 한 마디도 한 것 같지 않았다. 그런데도,

"누구지?"

하고 물을 때 상대는 얼굴을 붉혔다. 잘못한 것이 발각된 때와 같은 감정이었다.

"같은 반 여학생이에요."

"목소리가 참 예쁘더라. 얼굴두 예쁘니?"

이 말에 상대는 신희의 얼굴을 생각해 보았다. 그렇게 예쁘다는 인상은 아니다. 그렇다고 해서 보기 싫은 얼굴이란 생각도 들지 않았다. 이때까지 얼굴만으로 호감을 가졌던 것이 아님이 분명했다. 그런데도,

"그저 그렇죠."

별 관심이 없는 여자라는 듯이 대답했다. 속으로는 총명하게 그리고 이지

적으로 생긴 그미의 얼굴이 어디 흠잡을 데가 없다고 생각하면서.

"왜 전활 걸었지?"

어머니가 또 다른 질문을 해 올 때 그는 전화의 내용을 그대로 설명했다. 그런데 어머니는 뚱딴지처럼,

"집으루두 좀 놀러 오라지 왜?"

라고 말할 때, 상대는 어머니가 자기 태도에서 자기의 마음을 읽은 것이 아닌가 하고 가슴이 약간 뜨끔했다. 그래서,

"친하지두 않은데요 뭐."

오해하지 말라는 투로 대답했다.

"자주 만나면 친해지는 게 아니니?"

어머니는 자기가 여자와 교제하기를 바라는 모양이었다. 바라는 정도가 아니라 권유하는 태도임에 틀림없었다. 그런 어머니의 마음을 알자 상대는 어머니가 새삼 고마웠다. 상대방이 어떤 여자라는 것을 잘 알지도 못하며 그 여자와 교제하기를 바란다는 것은 오직 자식을 위한 마음이다.

학교엘 갔다가 우울한 표정으로 돌아올 때는 반드시 무슨 일이 있었느냐고 집요하게 물으며 자기의 입을 열게 하고야 마는 어머니였다. 자기가 불구자라는 소외감 때문이라고 솔직하게 대답하면 어떤 방법으로든 우울을 풀어 주고야 마는 어머니. 그런 어머니니까 자기의 여성교제를 속으로 바라고 있었던 것이 틀림없다.

어쨌든 상대는 기분이 좋았다. 신희가 전화를 걸어 줬다는 사실과 아울러 여자에게서 전화 온 사실을 자기보다도 더 의미 깊게 생각해 주는 어머니가 기분을 들뜨게 해 주었던 것이다.

그는 자기 방으로 들어가자 바이올린을 케이스 속에 넣고 곧 서양 고대사 노트를 꺼냈다. 그러고는 새 노트에 그것을 단정한 글씨로 베끼기 시작했다. 강의시간에 받아쓴 지저분한 노트를 그대로 신희에게 빌려 주기가 싫었기 때문이었다.

또박또박 단정한 글씨로 베껴 나갈 때 그는 행복감을 느꼈다. 신희를 위해 진심을 기울이는 노력이 이 세상에 태어난 이후 처음 맛보는 삶의 보람

처럼 생각되었기 때문이었다.

별로 말을 교환해 본 일이 없었다 해도 그미는 내게 관심을 가지고 있음이 분명하다. 많은 학생 가운데서 하필이면 나에게 전화를 걸어 노트를 빌려 달라는 그 의도가 어디 있겠는가?

상대는 밤을 새우다시피 하며 노트를 청서했다. 피곤한 줄도 몰랐다. 신희를 위해 해야 할 일이 있다면 며칠이라도 밤을 새울 수 있을 것 같았다.

그래서 다음 날 아침 학교에 갈 때는 어머니에게 신희를 정말 집으로 데리고 와도 좋겠느냐는 말을 물어 보고 싶을 정도였다. 그런 다짐을 해 두었다가 기회가 있을 때는 정말 그미를 데리고 올 생각까지 했던 것이다. 그러나 그는 그 말을 물어 보지 못했다. 신희의 마음을 구체적으로는 아는 것이 하나도 없으며 그런 말을 묻는다는 것이 너무나 시기상조 같았기 때문이었다. 그저 다녀오겠다는 인사만 했을 때 아버지가 현관까지 따라나오며 돈을 주었다. 무슨 돈이냐고 물으니 영화라도 구경하고 오라는 것이었다. 상대는 밤 사이에 어머니가 신희 이야기를 한 것이 분명하다고 생각했다. 그래서 얼굴이 붉어지려 할 때 아버지가,

"오늘 저녁에는 손님들을 청했으니까 밤늦게까지 좀 분주할 거다."
하고 극장 갔다 늦게 오라는 말의 뜻을 설명했다. 그 말을 듣는 순간 그의 얼굴이 화끈 달았다.

그러나 그는 돈을 받아 쥐며 고맙다는 인사를 하고는 현관문을 나섰다. 한 걸음씩 옮길 때마다 목발과 함께 든 책가방이 목발에 부딪쳐 덜컥 덜컥 소리를 낼 때, 상대는 걸음을 멈추고 그 자리에 화석이 되고 싶었다. 손님들을 초청했으니까 불구자인 너는 손님 앞에 나타나지 않는 것이 좋겠다는 아버지. 남이 없을 때는 남의 아버지 몇 배로 나를 사랑해 주었다. 그러나 남 앞에서는 그 사랑이 부끄럽다는 것이다. 그러니 나는 사람들 앞에서 떳떳한 사랑을 받을 수가 없는 존재다.

문득 어렸을 때 일이 머리에 떠올랐다. 중학교에 입학하던 때였다. 입학식이 있는 날 어머니가 아버지와 말씨름을 했다. 일류 중학교에 입학한 상대를 위해 하루쯤 은행에 지각을 하면 어떠냐는 어머니 말에 아버지가 중요

한 일이 있으니 할 수 없잖느냐고 맞섰다. 결국 어머니가 이해성 있는 태도로 아버지를 무안하지 않게 했지만 상대는 아버지도 입학식에 참석해 주었으면 하고 바랐었다. 몸이 성한 애들도 입학하기 힘든 학교에 입학을 했으니 얼마나 신나는 일인가? 아버지와 함께 뽐내고 싶었다. 그러나 아버지가 은행으로 출근했을 때 상대는 아버지가 중요한 일 때문에 못 간다는 데 불만을 품지 않았다. 어른들에게는 일이 중요하다고 생각되었기 때문이었다.

입학생 대부분이 아버지 어머니를 모두 모시고 교문 안에 들어서는 것을 볼 때에도 그리 섭섭하다는 생각을 갖지 않았다.

그러나 지금 생각하니 그때 아버지가 중요하다는 일을 핑계로 학교에 가주지 않은 것이 거짓말인 것 같았다. 절름발이 아들과 같이 가는 것이 남부끄럽기 때문이었던 것만 같았다.

"상대야. 왜 갑자기 또 그러지?"

창백해진 상대의 얼굴을 보고 어머니가 걱정했다. 상대는 아무 대답도 안 했다. 혼자 처리하기 힘든 감정에 사로잡힐 때 그는 말을 안 한다. 말 안 하는 것이 심상치 않은 일임을 어머니는 잘 알고 있다.

"대학 졸업반 아니니? 이젠 어른답게 생각을 해야지."

대문까지 따라오며 달랬다. 그래도 상대가 말을 안 하자,

"손님을 청해두 전연 안 그러시더니 오늘따라 왜 그러시는지 모르겠다."

어머니는 불평조로 말했다. 사실 전에도 손님을 초청한 일이 있었다. 그럴 때 상대보고 나가서 늦게까지 놀다 오라는 말을 한 적이 없다. 그런데 오늘 나를 기피하는 이유가 무엇일까? 상대는 집안에서 이런 일을 당해 본 일이 별반 없었다. 없던 일을 당해서 타격이 더 큰지도 모른다.

대문 밖에 나섰을 때 어머니가,

"전처럼 돌아와라. 오면 어떻니…… 까짓 거 꺼릴 것 없잖아?"

불만어린 어조로 말했다. 그러고는 일찍 돌아오라는 말을 몇 번이나 되풀이했다. 상대로서 처음 보는 일이었다. 자기 앞에서 아버지 말을 거역하는 일이 좀처럼 없던 어머니였다. 상대는 건성으로 네 하고 어머니를 안심시켰지만 마음 속으로도 어머니 말을 찬동했다. 오직 다리가 병신일 뿐이다. 불

가항력으로 그렇게 된 것이다. 그것 때문에 손님들 앞에 얼굴을 내보이지 못할 일이 무엇인가? 아무리 일류 고등학교와 일류 대학을 졸업했다 해도 사회가 받아 주지 않을 것만은 어쩔 수 없는 일이다. 그렇다고 해서 개인 앞에서까지 주눅이 들어 운신도 못할 이유가 뭐람?

다른 학생 같으면 이럴 때 학교를 그만두고 거리를 헤매거나 술집을 찾아가 만취가 되고 말 것이다. 그러나 상대는 그럴 수가 없었다. 목발을 짚고 그런 짓을 하면 도리어 남의 웃음이나 산다.

사실은 학교가 가기 싫었다. 학교에 가야 한다는 의의를 느낄 수 없었다. 그러나 감정을 눌러서 그는 학교로 가는 것이었다.

큰길에 나서자 그는 지나가는 택시를 멈췄다. 정상적이라는 것을 파괴하고 싶은 심정이었다. 밤낮 버스만 타고 다니던 정상적인 생활을 지켜 나가기에는 그의 마음이 너무나 혼돈했던 것이다. 택시가 달리기 시작할 때 그는 약간 상쾌함을 느꼈다. 발디딜 곳도 없이 빽빽한 버스 안에서 혹시 넘어지지나 않을까 목발에 힘을 주고 버텨 서 있는 것보다 얼마나 편한가? 그는 아버지가 출근할 때 데리러 오는 은행 자동차를 절대 타지 않고 있다. 아버지 은행과 자기 학교의 방향이 같기 때문에 타고 싶은 마음만 있으면 얼마든지 탈 수 있다. 아버지는 아침마다 같이 타고 가자지만 그는 자동차 타고 다닌다는 사실로 또 남의 주목을 끈다는 것이 싫어 버스만을 타 왔다.

그럴 필요가 무언가? 나는 외부 세계의 압박에 눌려 정상적인 생활밖에 모르는 정신적 불구자가 되고 만 것이 아닌가? 술도 배우려 하지 않았다. 배울 기회가 없지도 않았지만 의식적으로 배우지 않았다. 다방에도 다니지 않는다. 그저 학교와 집밖에 모른다. 그래서 학업 성적만은 좋다. 언제나 장학금을 탔다. 그러나 공부는 뭣 하자고 하는 건가? 학교를 졸업한다고 해서 그 학문을 써먹을 데가 있느냔 말이다.

고독을 달래기 위해 바이올린을 배웠다. 어머니가 참 좋은 생각이라면서 개인 교수를 데려다가 배워 주었다. 그래서 지금 아마추어의 경지를 넘어서기는 했지만 그건 또 뭣 하자는 것인가? 바이올리니스트로 출세할 만한 재질은 없다. 설사 바이올리니스트가 된다 해도 이런 꼴을 해 가지고 어떻게 무대에 설 수 있단 말인가?

모든 것에 회의를 느꼈다. 동시에 자기의 모든 생활을 파괴하고 싶은 마음이 들었다.

그는 옆자리에 놓여 있는 책가방을 보며 신희를 생각했다. 신희에게 빌려 주기 위해 밤을 새우다시피 하며 청서한 노트가 들어 있는 책가방. 그 가방 속에 들어 있는 노트를 생각하자 그것도 부질없는 일처럼 느껴졌다. 신희를 위해 정성을 다한다고 하자. 신희가 그 정성을 과연 정성으로 받아 줄 것인가? 학생회장을 뽑을 때 입후보한 학생이 자기를 찾아와 경의를 표하며 한 표를 부탁하는 일이나 다를 바 없다. 신희도 노트를 베낀 뒤 그것을 돌려 주고 나면 자기를 잊어버리고 말 것이다. 무엇 때문에 신희가 나를 사랑할 것인가?

그러나 학교에 도착하자 그는 신희에게 줄 노트를 꺼내 읽기를 시작했다. 청서한 노트지만 혹시 잘못된 글자가 있지나 않을까 하는 마음에서였다. 신희가 자기를 사랑할 까닭이 없다고 생각하면서도 그미에게 성의를 다하고 싶다는 순수한 마음에서였을 것이다.

첫째 시간의 시작종이 울리고 학생들이 강의실을 거의 채웠다. 상대는 강의실을 한 번 훑어보았다. 신희가 뒤 책상에 앉아서 강의에 귀기울이고 있음이 보였다. 다행이라고 생각했다. 만약 자기 근처 책상에 앉아서 노트 읽고 있는 자기를 본다면 자기가 밤새 청서해 가지고 온 것을 알아챌 것이다. 호감을 사기 위한 필요 이상의 성의라고 도리어 자기를 비웃을 것이 겁났던 것이다.

그는 교수의 강의를 한편 귀로 흘려 보내며 노트를 끝까지 읽었다. 그러고 난 뒤에야 딴 노트를 꺼내 필기를 해 가며 교수의 강의를 듣기 시작했다.

강의가 끝나고 교수와 학생이 모두 강의실에서 나갔지만 상대는 혼자 교실을 지켰다. 둘째 시간에는 강의가 없기 때문에 갈 데도 없지만 신희가 자기를 찾기 쉽게 하기 위함이었다. 그미는 반드시 자기를 만나려 할 테니까 말이다. 그러나 오 분이 지나도록 신희는 자기를 찾아오지 않았다. 이상한 일이었다. 부탁한 일을 잊어버리지는 않았을 것이다. 오 분을 더 기다렸지만 그미는 오지 않았다. 그는 죽치고 앉아 신희만 기다리고 앉아 있다는 인상도 주기 싫어 목발을 겨드랑에 끼고 교정으로 나갔다. 벤치에 앉아 오가는 학생들을 살펴보았지만 신희는 보이지 않았다. 상대는 신희가 하루종일 자기를 찾지 않으면 어떻게 할까 하고 생각했다. 생각하고 싶지가 않은 일이었다. 생각하고 싶지 않았지만 비참한 감정 속에 빠져들 자기가 자꾸만 눈앞에 보였다.

셋째 시간에는 강의가 있었으나 시선이 교환되고도 신희는 자기 근처에 오지 않았다. 필시 그미는 자기에게 부탁한 것을 잊고 있는 모양이었다.

상대는 비참해지기 시작했다. 무엇 때문에 일부러 전화까지 걸어 그런 부탁을 했을까? 자기는 또 무엇 때문에 밤까지 제대로 자지 못하며 청서를 했을까?

그러나 그는 마지막 다섯째 시간까지 기다리기로 했다. 노트를 주고받는 데 그치지 않고 조용히 이야기할 시간까지 만들려는 생각일지도 모른다는 마음이 들었기 때문이었다. 그런 마음으로 다섯째 시간까지 기다리기는 하면서도 그는 신희가 너무하다고 생각했다. 설사 그런 생각이라면 우선 노트를 받고 노트를 받는 시간에 오후의 약속을 말해 줄 수가 있지 않은가? 목마른 사람에게 물을 보여 주기만 하고 먹여 주지 않는 것처럼 생각되었던 것이다.

피가 마르는 것 같았다.

넷째 시간이 더욱 견디기 힘들었다. 만약 다섯째 시간이 끝난 뒤에도 신희가 자기를 찾아오지 않는다면……. 그는 넷째 시간이 끝나고 학생들이 교실을 나가고 있을 때 신희를 부르고야 말았다. 그 순간 그는 자기의 사고가 정지된 상태에 놓여 있다고 스스로 생각했을 것이다. 반응이 어떠리라든가 하는 것을 전혀 생각지 않으려는 태도였다.

신희가 가까이 와서 생긋 웃었다. 그런 그 웃음도 보이지 않았다. 역겹다고 할까? 화가 났다고 할까?

"노트 가져왔는데요."

노트를 그녀 앞에 내밀자,

"좀 있다 만나서 달랄까 했는데……."

신희는 대단치 않게 말했다. 상대는 공연히 서둘러 조용히 만날 수 있는 기회를 놓쳐 버렸다는 생각이 들었다. 말하자면 자기의 경솔을 후회했다. 그렇다고 해서 노트와 관계없이 딴 데서 조용히 만나자고 말할 용기도 없는 그였다. 그는 아무 말도 못하고 다섯째 교시의 강의실로 자리를 옮기려 했다. 그때 신희가,

"다음 시간이 끝나거든 무교동 아리아 다방에 나가 기다리구 있겠어요."

한 마디를 한 뒤 대답도 기다리지 않고 상대방보다 앞서 5교시 강의실로 걸어갔다.

일방적인 약속이었지만 상대의 가슴은 설레이기 시작했다. 아무 일도 아닌 것처럼 태연하게 한 마디를 하고는 뒤도 돌아보지 않고 유연히 가 버린 신희가 신비스러운 존재처럼 보였을 뿐 아니라 가장된 태연 속에 무궁한 비밀이 숨어 있는 것처럼 생각되었기 때문이었다.

확실히 신희는 나를 좋아하고 있다. 이런 확신이 들자 그는 자기에게 어울리지 않는 보물을 얻은 기분이었다. 세상 최대의 보물.

어둡던 세상이 환하게 밝아지는 것 같은 황홀 속에서 그는 어쩔 줄을 몰랐다. 신희 이외의 딴 것을 생각할 수 없을 만큼 가슴이 팽창했다. 그는 다섯째 교시의 강의를 들을 생각도 못했다. 부푼 가슴이 가라앉지를 못하고 붕붕 떠오르기만 했기 때문이었다. 그는 학교를 나와 신희와 약속한 다방으로 갔다. 몸이 부자유스런 사람인 만큼 거리를 가는데도 남보다 시간을 많이 잡아야 한다. 그보다도 가다가 무슨 사고라도 생겨 약속시간에 대지 못하면 어떻게 하나 하는 걱정이 생겼기 때문이었다. 안전하게 일찍 가서 신희를 기다리자.

다방에 도착하여 시계를 보았을 때 너무 이르다는 것을 알았지만 한 시간쯤 기다린다 해도 지루할 것 같지 않았다. 레지가 와서 차를 주문하라고 했으나 신희와 함께 마시고 싶은 마음에 조금만 기다려 달라고 한 뒤 신희를 기다리기 시작했다. 한 시간쯤 기다려야 신희가 올 것을 뻔히 알면서 다방 문이 열릴 때마다 그쪽으로 고개를 돌렸다. 지루한 줄도 몰랐다. 그저 행복

하기만 했다.

이 행복감이 죽을 때까지 계속되었으면! 이 행복감이 진정한 행복으로 구체화되었으면…….

그러나 상대는 지금의 행복감이 구체적인 행복으로 발전할 수는 없을 것이라 생각했다. 그럴 수가 없는 일이다. 신희 같은 여자가 자기와 같은 남자에게 행복을 줄 까닭이 없다. 주려고 생각도 않을 것이다. 그것이 틀림없을 것 같았다.

'사랑한다는 말을 안 해 주었으면…….'

혹시 그미가 자기를 사랑한다고 하면 그것은 거짓말이거나 일시적인 말에 불과할 것이다. 설사 순간적으로는 진실일지 모르나 절대로 오래 갈 수 없는 진실이다. 영원한 진실이 아님을 알면서도 영원한 것처럼 받아들인다는 것은 결국 자기를 속이는 일이다. 제발 짙은 감정을 보여 주지 말았으면. 지금 나 혼자만이 행복감을 느끼고 있는 감정을 오래 간직할 수 있도록 호의만을 베풀어 다오.

신희가 눈앞에 나타났을 때도 상대는 속으로 그렇게 되기를 빌었다. 이야기를 하는 도중 신희가,

"난 상대 씨가 남에게 우울한 표정을 보이지 않는 데 존경심이 들어요. 정말 언제까지나 그렇게 사세요."

할 때 상대는 마음이 조마조마했다. 혹시 그 말이 발전해서 자기를 좋아한다는 말이 나올지도 모른다는 생각이 들었기 때문이었다.

"글쎄요. 근본적으로 우울을 낳게 하는 요소의 소유자니까 보장할 수가 있나요? 본질과 노력의 조화는 불가능에 가까운 것이니까요."

"노력해 보세요. 불가능이 어디 있어요?"

"노력은 할 생각입니다. 자기 운명을 바꿀 수 없는 한 운명에 대한 회의를 해서는 뭣합니까?"

"옳은 말예요. 필요하다면 나두 협조를 할 테니까."

상대는 또 신희가 위태로운 말을 하려는 것이 아닌가 하고 가슴이 조마조마했다.

"남의 협조를 바랄 생각은 없습니다. 바랄 자격도 없는 사람이구요."

"그건 상대 씨 잘못이에요. 사람에게는 의지가 약해지는 때가 있는 법 아녜요? 그럴 때 협조자가 있으면 얼마나 힘이 될 텐데……."

옳은 말이다. 그러나 그미가 자기에게 얼마만한 협력자가 될 것인가?

"약해지려고 할 때일수록 약해지지 않도록 노력하는 것이 인간의 가치가 아닐까요?"

"그게 마음대루 되나요? 상대 씨는 너무나 친구가 없어요. 친구를 만들지 않는 마음두 이해가 되지만 최소한도 한 사람의 친구는 가져야지요."

상대는 한편 겁이 들었다. 자기가 먼저 요구하지도 않는 것을 주려고 하는 것은 무엇인가를 뺏으려는 욕심이 있기 때문이란 생각이 들었던 것이다.

'이 여자에게 돈이 없는가?'

그럴지도 모른다. 집안이 가난하면 무엇보다도 경제적인 것을 먼저 생각하게 되는 것이니까. 경제적인 안정을 위해 결혼하는 여자도 많이 있다. 그러나 상대는 신희의 가정 상황을 전혀 알지 못한다. 겉으로 보기에는 곤궁한 가정에서 사는 것 같지는 않았지만. 설사 가정이 빈곤하다고 해서 경제적인 조건만을 가지고 남자를 선택할 신희는 아닐 것이다. 절대로 그렇게 저열한 여자일 수는 없다.

그렇다면 무엇 때문에 나의 협조자가 되겠다는 것일까? 나의 의지력? 만약 내가 온전한 신체를 가진 남자라면 그런 것이 신희에게 호감을 줄 수가 있다. 그러나 나는 불구자다.

상대는 정말 그녀의 마음을 알 수가 없었다. 알 수 없기 때문에 두렵기도 했다. 두려운 생각이 드니 신희의 모든 말이 거짓처럼 느껴지기도 했다. 그렇다고 해서 자기와 가까워지려는 이유가 무엇이냐고 물어 볼 수도 없었다.

"고맙소. 나두 바라던 일이니까 무슨 이야기나 나눌 수 있는 친구가 돼 주시오."

그는 신희의 말을 잡념 없이 받아들이는 척했다. 그리고 자기의 말이 진실이라는 것을 보이기 위해,

"사실은 친구가 없어서 답답한 때가 가끔 있죠."

하고 말했다.

"그러실 거예요. 나두 실은 친구가 없는 편이니까요."

신희는 같은 사람끼리 잘 만났다는 듯 방긋이 웃었다. 그러고는 이런 이야기 저런 이야기를 하던 끝에,

"취미는 뭔가요?"

하고 물었다.

"바이올린을 좀 하죠."

친하지 않은 사람에게는 그것이 자기 자랑처럼 들릴 것 같아 말하지 않던 일이지만 신희에게만은 말해도 무방하다고 생각했던 것이다.

"그래요? 얼마나 됐는데……."

"일 학년 때부터 시작했으니까요."

"그럼 상당히 잘하시겠네요?"

"그냥 취미로 하는 거니까 그저 그렇죠."

"한 번 들려 줄 수 없을까요?"

"집에 오면 언제든지……."

"언제 한 번 가야겠는데……."

"언제든지. 단 오늘만 빼구."

"오늘은 왜?"

"아버지가 손님을 청하는 모양이야."

"그럼 내일이나 모레쯤 갈까."

"좋아."

상대는 거절을 못했다. 그미가 자기를 진정 행복하게 해 줄 사람은 아니지만 그렇다고 그미를 일부러 멀리할 수가 없었기 때문이었다. 행복이니 뭐니 할 것 없이 순수하게 친근해지고 싶었던 것이다. 사랑이 아니어도 좋다. 우정과 같은 친근, 우정과 같은 호의로 만나고 이야기하면 충분할 것 같았다.

신희와 헤어지자 그는 별 망설임 없이 집으로 돌아갔다. 아버지는 손님들에게 자기를 보이기 싫어한다. 그것은 자기를 수치스런 존재로 생각하기 때문이라기보다 손님들에게 필요 이상의 것까지 보이고 싶지 않기 때문일 것

이다. 말하자면 아버지를 악의로 해석하고 싶지가 않았던 것이다. 그것은 신희로 말미암아 마음이 흡족한 상태로 돌아갔기 때문이었으리라. 어쨌든 그는 집에 돌아가지 않고 괴로운 시간을 혼자 보낼 필요가 없다고 생각했다. 집으로 간다고 해도 자기 방에서 얼굴만 내밀지 않으면 그뿐이다.

그래서 집에 들어서자 어머니에게,

"방에서 나오지 않을 테니까 아버지께 안심시키세요."

하고는 자기 방으로 들어가 문을 안으로 잠궜다. 아버지가 나오라고 해도 나가지 않을 생각으로.

다만 한 가지 바이올린을 켤 수 없는 것이 답답했다. 그러나 그것이 도리어 다행한 일인지도 몰랐다. 바이올린을 켜지 못하는 대신 마냥 신희를 생각할 수 있기 때문이었다. 사랑한다는 말을 말아 주었으면 하고 바라는 마음은 여전했지만 그미를 생각하는 일만은 어디까지나 즐거웠다. 즐거울 뿐 아니라 생각하는 것과 만나고 싶은 마음이 자꾸만 겹쳤다. 내일부터는 학교 가는 것이 정말 신나는 일이 될 것 같기도 했다. 내일부터는 강의실에서도 그미 옆에 앉아야지. 그리고 이야기도 많이 해야지. 강의가 끝나면 같이 다방엘 가서 차도 마시자. 혹시 그미가 집에 오고 싶어하면 집으로 데리고 와서 바이올린도 켜 들려 주자.

이런 생각을 하니 시간가는 줄을 몰랐다. 조금도 지루하지 않은데 가끔 어머니가 노크를 했다. 어머니 목소리를 듣고 문을 열어 주면 과자와 과일을 디밀어 주곤 했다. 저녁상을 들고 와서는 한참 동안 옆에 앉아 있기도 했다. 상대는 자기가 답답해할 것을 알고 그러는 것이라고만 생각했다.

그래서 밥상을 내간 뒤 얼마 안 있어 커피를 가지고 다시 들어왔을 때 상대는 자기 걱정을 말고 손님들 대접이나 하라고 했다. 그랬더니 어머니가,

"까짓 거. 내가 있어서 뭣 하니?"

전혀 알아들을 수 없는 말을 했다.

"거 무슨 말씀이세요?"

상대가 물을 때는,

"까짓 거 알 것두 없어."

하고는 나가 버렸다. 분위기가 이상하다는 것을 느꼈지만 자기가 관여할 일이 아니란 생각에 다시 신회 생각을 하기 시작했다.

그런데 손님들이 돌아가자 아버지와 어머니의 억양 높은 목소리가 응접실에서 들려 왔다.

"너무 하지 않소? 너무 하지 않아?"

"당신도 이상하군. 뭐가 너무 하다는 거야. 같은 은행 사람을 초청하는데 여비서를 데리구 와 심부름시킨 게 뭐가 너무 하다는 거야?"

"사람을 천치 바보루 아는가 부지오? 그래 난 귀두 없구 눈두 없답디까?"

"뭘 안다구 이러는 거야? 사람의 인격두 생각하며 말해. 딸과 같은 애를 가지구 내가 어떻게 했다는 거야?"

"하루종일 같이 지내면서 집에까지 왜 데려오는 거예요? 난 다른 건 다 참을 수 있어두 그것만은 못 참겠어요."

"창피하게 떠들지 마. 우리 올라가 이야기해."

이런 말을 주고받다가 2층으로 올라갔지만 상대는 아버지에게 무슨 일이 있는 것이 틀림없다고 생각했다. 궁금했다. 궁금했지만 어머니를 불러 낼 수가 없어서 답답해하고 있을 때 아버지가 내려왔다.

"미안했다. 처음 오는 손님들이라 네가 어색해할 것 같아 늦게 오라구 했던 거야. 네가 일찍 돌아온 걸 알았더라면 손님들과 함께 식사를 할 걸 그랬다. 절대루 섭섭히 생각지 말아라. 알겠지?"

자기를 안심시키기 위해 일부러 내려온 모양이었다. 상대는 일찍이 아버지를 한 번도 나쁘게 생각해 본 일이 없기 때문에 그런 문제는 조금도 가슴에 걸리지 않았다. 다만 조금 전 어머니와 말다툼한 것이 궁금했다. 그러나 그 일에 대해 입을 열 수는 없었다.

"아무렇지두 않게 생각해요. 그러니까 일찍 돌아왔죠."

도리어 아버지를 안심시켜 올려보냈다.

그러나 다음 날 아침 그는 첫 시간이 비었다고 말한 뒤 아버지가 출근할 때를 기다렸다. 어젯밤의 일을 모른 채 학교에 가서 하루를 보내기가 힘들 것 같았기 때문이었다. 그래서 아버지가 출근하자 그는 곧 어머니를 불러 어젯밤 일을 물었다.

"아무것두 아냐!"

어머니는 알 필요가 없는 일이라는 듯 대답을 꺼려했다.

"여자 문제 같던데 아버지가 이중생활을 하구 계신가요?"

상대가 구체적으로 묻자 어머니는,

"그런 거 알 것 없다. 모르는 게 좋을 거야."

사건 자체를 부정하려는 것보다 사건을 은폐하려고 했다.

상대는 모르고 지나는 것이 편할 것이라는 생각을 했지만 아버지를 정확하게 알고 싶은 마음에,

"내가 아직 어린애라는 건가요? 집안일에 참여할 수 없는……."

어머니가 대답 안 할 수 없도록 말했다.

"그런 거 아냐. 몰라서 좋을 일을 구태여 알 필요가 없을 것 같아 그러는 거지."

"알 권리를 주장하는 건 아닙니다. 알아야만 내 마음가짐이 정해질 것 같아서 그러는 거지."

그러자 어머니는 사건의 내용을 이야기하기 시작했다.

아버지가 자기의 여비서와 벌써부터 관계를 맺고 있다는 것을 알고 있었지만 어머니는 그것을 알면서도 안 척하지를 않고 있었다는 것이다. 그런데 어젯밤에는 그 여비서를 집에까지 데리고 왔으니 그것까지 참을 수야 있겠느냐는 것이었다.

말하는 태도로 어머니는 앞으로도 그 문제를 방임해 두지 않을 눈치였다.

"어느 정도까지 깊은 관곈데요?"

상대는 아버지의 새로운 면을 안 데 대해 큰 충격을 받았지만 표면으로는 냉정을 가장했다.

"소문이 파다하니까 짐작할 수 있는 일이지. 남들이 다 알구 있다는 사실을 위장할려구 집에까지 데리구 온 게 가증스러워 더 참을 수가 없단 말야."

"어머니의 오핸 아닙니까?"

"아파트까지 얻어 줬다는 말이 있더라. 오해 같으면 벌써 문제를 터뜨렸

게……."

어머니의 말을 어디까지 믿어야 할지 모르지만 그렇다고 해서 근거 없는 일을 가지고 흥분해할 어머니가 아닐 것 같았다. 그리고 어젯밤 일로 보아 아버지가 근거 없이 몰리고 있지 않음을 알 수 있었다.

상대는 긴 한숨을 쉬었다. 가정적으로 착실한 아버지. 사회적으로는 은행 지점장이라는 지위를 부끄럼없이 지켜 나가고 있는 아버지. 그런 아버지를 진심으로 존경해 왔던 마음이 순간적으로 무너지는 슬픔이었다.

"내가 애를 못 낳으니까 애를 낳구 싶어서 그러는 줄 알았더니 그게 아니란 말야. 연애 행각을 하는 거지. 글쎄 딸 같은 처녀하구 그게 무슨 짓이니?"

확실히 어머니는 상대의 지지를 구하려는 태도였다. 그러나 상대는,

"어머니가 애를 못 낳다니요?"

이상한 방향으로 질문을 돌렸다.

"응!"

어머니는 잠시 말을 끊었다가,

"너 하나만 낳구는 낳지를 못했잖니?"

하며 얼굴을 약간 붉혔다.

상대는 어머니가 병신 아닌 성한 애를 낳아 기르지 못한 것을 한스럽게 생각하고 있는 것이라 짐작했다. 만약 자기가 소아마비에 걸리지만 않았다면 어머니가 한스러운 생활을 안 해도 좋았을 것이란 마음이 들어 어머니가 측은하게 보였다. 동시에 자기가 관여할 문제가 아니란 생각이 들어,

"알았습니다."

하고는 학교로 떠났다.

학교에서는 미리 생각했던 것처럼 신희 옆자리를 잡고 앉았다. 그러나 아버지 일이 머리에서 떠나지 않아 신희와 이야기할 기회가 있어도 별 이야기를 못했다.

"오늘은 왜 우울해하지? 무슨 일이 있었어?"

신희가 물을 때,

"조금!"

하고 우울을 부정하지 못했다. 그것은 신희에게 자기를 숨기고 싶지 않은 마음과 또 신희에게 그 이야기를 해야만 자기 우울이 풀릴 것 같은 마음에서였다.

"무슨 일인데?"

"좀 있다 이야기할게요."

그 뒤 그들은 다방에서 만났고 상대는 아버지 이야기를 숨김없이 털어놓았다.

"요즘 남자 사회에서는 그런 일이 종종 있잖아요?"

신희가 대단한 일이 아니라는 듯 말했다.

"그렇긴 하죠. 그래두 사회적 지위가 있는 분이 큰 실수를 안 할 테니까 너무 심각하게 생각할 필요는 없겠죠."

"나두 그렇게 생각해요. 다만 믿구 존경하던 아버지에게 환멸을 느꼈다는 것이 슬퍼서 그러는 거지."

"아버지는 아버지 아녜요? 아버지 일에 말려들 필요가 없을 것 같군요."

"연대책임까지는 아니래두 유대감에서 오는 고통을 부정할 순 없잖습니까?"

"좋을 때 유대감두 느끼는 거지, 좋지 않을 때까지 유대감을 느낄 필요가 뭡니까?"

"좋은 때에 느끼는 유대감은 형식적인 의무에서 오는 겁니다. 한국적인 유대감이란 형식적인 의무감에서가 아니라 자연 발생적인 데 가치가 있다구 생각합니다. 아버지를 진심으루 걱정하는 데서 오는 슬픔 같은 것은 자연적 현상이라 생각하는데요."

"자식으로 부모의 일에 간섭할 수두 없잖아요? 간섭해서 될 일두 아니구요."

"간섭까지는 안 한다 해두 우울해지는 것만은 어쩔 수 없는 일 아녜요."

"우울해할 것두 없어요. 어차피 해는 동쪽에서 뜨고 서쪽으로 가라앉는거니까……."

"글쎄요."

이만큼이라도 이야기를 하니까 마음이 약간 풀리는 것 같았다. 문제의 해결에서 오는 것이 아니라 쌓였던 가스를 발산시킨 경쾌감이라고나 할까?

다방에서 헤어질 때 신희가 그의 손을 꼭 잡아 주며,

"용기를 내요. 알았죠?"

할 때 그는 정말 용기가 생기는 듯한 느낌이기도 했다.

여자가 남자의 손을 잡다니……. 순진한 상대에게는 획기적인 일이 아닐 수 없었다. 남자와 여자의 육체적 접촉이란 그것이 비록 손을 잡는 데 그치는 것이라 해도 마음의 교류를 뜻한다. 육체의 움직임이란 결국 마음의 표현이니까. 손의 따뜻한 감촉은 따뜻한 마음의 표현이다. 신희가 전화를 걸어 준 뒤 만날 때마다 새로운 것을 느끼게 해 주는 그 따뜻한 마음씨. 상대는 신희의 손에서 느낀 그 따뜻함을 더듬어 그 마음 속까지 파고들지 않을 수 없었다.

안온하고 평화스런 마음이었다. 그 이상 더 바랄 것이 없는 평화 속에서 신희를 생각하고 있었지만 그래도 아버지의 일을 잊을 수는 없었다. 아버지는 어머니를 사랑하지 않고 있는 것일까? 사랑하면서도 또 다른 여자를 사랑한다는 것은 어머니의 사랑 하나만으로 부족을 느낀다는 것일까?

만약 아버지가 끝까지 어머니의 사랑에 부족감을 느낀다면 어떻게 될 것인가? 아버지와 어머니 그리고 자기 셋은 모두가 각기 다른 고독 속에서 살아야 할 것이다. 그 중 자기는 그야말로 길잃은 양 같은 고독을 느낄 것이고.

'부모란 자식을 위해 자기들의 불평이나 불만을 억제하며 살아야 하는 것이 아닐까? 죄 없는 피해자를 만들어도 좋다는 권리는 없을 것이다.'

이런 생각을 하면서도 자기로서 어떻게도 할 수 없는 일이라 그는 바이올린을 꺼내 들었다. 모두를 잊고 싶었던 것이다. 서너 시간을 줄곧 바이올린만 켜다가 피곤을 느끼면서 잠잘 준비를 했다. 우선 화장실엘 갔다. 그런데 화장실에서 나오는 길에 아버지와 어머니가 또 싸우는 소리를 들었다. 말소리는 똑똑히 들리지 않았지만 어젯밤 싸움의 연장이 틀림없다고 생각했다.

그는 더 듣고 싶은 마음이 없어 재빨리 자기 방으로 들어가 전등을 껐다.

'이런 분위기 속에서 어떻게 살아갈 것인가? 못 듣고 못 본 척 살 수는 없을 것이고!'

상대는 며칠 동안 정말 못 듣고 못 본 척 살았다. 불안하기 짝이 없었지만 그러는 수밖에 없었던 것이다.

그런데 하루는 학교에서 하기 봉사대원을 모집하는 포스터를 봤다. 그것을 보자 곧 신희와 의논을 했다. 신희는 봉사대란 순전히 근로 봉사를 하는 것이라며 상대로서는 참가할 수가 없을 것이라는 말을 했다.

상대는 일 못하는 어린애들의 정서 교육을 담당할 수도 있잖겠느냐고 자기 집안 분위기와 아울러 그런 분위기 속에서 탈출하고 싶다는 심정을 말했다.

"그럼 나두 같이 갈까?"

신희는 미처 생각지 못했던 일이지만 상대와 같이 간다면 자기도 따라갈 의사가 있는 것처럼 말했다.

그들은 학생회 사무실로 찾아가 자기들의 뜻을 말하고 봉사대에 참가할 것을 신청했다. 상대가 바이올린 켠다는 말까지 했을 때 학생회 간부는 쾌히 승낙했고 특히 가고 싶은 지방이 있거든 지정해도 좋다는 말을 했다. 상대는 여러 지방 가운데서 전라남도에 있는 작은 섬을 지망했다. 그것은 바이올린도 구경하지 못한 애들에게 가야만 자기가 필요한 사람이 될 것이고 또 자기의 노력이 어떤 효과를 거둘 수 있을 것 같았기 때문이었다.

신희도 낙도에 가는 것을 반대하지 않았다. 그녀는 그녀대로 그런 데 가야만 봉사활동의 보람을 느낄 것이라는 것이었다.

봉사대에 가입을 하자 상대는 한결 마음의 안정을 얻었다. 보람 있는 일을 앞두고 가슴이 부풀어져 냉전이 계속되고 있는 가정 분위기에 어느 정도 무관심 상태일 수가 있었던 것이다.

그런데 하루는 아버지가 집 안에 있는 물건들을 함부로 파괴하며 한편 어머니를 구타하는 것이었다. 상대는 참을 수가 없었다. 싸우면 그냥 싸울 것이지 야만적인 행동까지 할 것이 무엇인가? 그는 목발을 짚고 2층으로 올라

갔다. 그리고 싸우는 현장에로 돌입했다. 방 안에 들어서자,

"뭡니까? 싸워두 점잖게 싸우시지 못하구!"

있는 목소리를 다해 소리질렀다. 발악이었다.

상대가 발악하자 아버지는 약간 기가 죽었지만 어머니는,

"날 쥑여, 날 쥑여."

하며 기승을 부렸다. 그때 상대는,

"전 아버지와 어머니가 나를 사랑하구 계시다는 걸 잘 알구 있습니다. 그러나 사랑하는 자식이 얼마나 괴로워하구 있다는 것을 생각지 않을 때 전 그 사랑을 부정하구 싶습니다. 저를 위해서라두 싸우지 않으실 수는 없습니까?"

호소를 했다. 모두 조용했다. 조용해진 틈을 타서 그는 평소 하고 싶던 말을 다 해 버렸다.

"이번 문제의 책임은 아버지에게 있다구 생각합니다. 설사 과오가 있었다해두 가정에 풍파가 일어나게 되면 과오를 청산해야 하지 않습니까? 요즘 젊은 사람들이 가정에 대한 관념이 희박해졌다고 하지만 그 책임의 대부분이 부모들에게 있다구 생각합니다. 부모들의 자식에 대한 애정이 변질된 겁니다. 자식의 효도를 바랄 수 없다고 해서 자식에 대한 애정이 변질될 수가 있습니까? 한국적인 애정을 버려야 할 이유가 뭡니까? 그러니까 한국의 가정이 파괴되어 가구 있는 겁니다. 아버지는 저를 사랑하고 있습니다. 그러나 그것은 외형적이고 경제적인 것뿐입니다. 외형적이고 경제적인 애정을 주면 그뿐이라고 생각하십니다. 왜 제가 진심으로 아버지에게 효도하구 싶은 마음이 생길 수 있도록 내면적인 애정을 생각지 못하십니까? 서양식으로 아버지가 내 책임을 다했다, 더 할 일이 없다고 생각한다면 자식은 부모에 대한 의무감이 없어질 것이 사실입니다. 저는 효자가 될 자격이 없는 앱니다. 그렇지만 정신적으루 부모를 슬프게 해 드리지 않으므로 효심을 보이려 해 왔습니다. 그것이 저의 인생의 가장 중요한 목표였다고도 말할 수 있습니다. 그러나 지금 전 목표마저 잃어버리고 말았습니다."

상대의 말이 끝나자 아버지가 그의 어깨를 쓰다듬으며 낮은 목소리로 말

했다.

"너까지 애빌 오해하구 있구나. 애빈 절대루 그런 사람이 아냐. 내가 쓰구 있는 여비서니까 자연 가까이할 수밖에 없잖니? 그걸 네 에미가 공연히 색안경을 쓰구 보는 거지. 아무리 아니라구 말을 해두 듣지 않으니까 자연 싸움이 생기는 것뿐야. 너는 애비를 믿구 다른 생각 마. 봐라, 내 나이가 지금 얼마냐? 그럴 나이가 되느냐 말야."

그러자 어머니가,

"불 안 땐 연통에 연기가 나요? 정말 결백하다면 그 앨 딴 데루 돌려요. 왜 딴 데루 보내질 못하는 거예요."

어디까지나 믿을 수 없다는 투로 말했다.

"인사를 그렇게 경솔하게 할 수 있어? 딴 데루 보내면 정말 의심을 살지두 모르구……."

"그래서 여펜네를 때려 눌르면서라두 그 애와의 관계를 끊지 못하겠다는 거군요? 안 그래요."

"또 지랄이다. 저걸!"

아버지가 또 어머니를 때릴 것처럼 몸을 세워 일으켰다. 이때 상대는 목발을 들어 아버지를 저지하고는 소리쳤다.

"왜 이렇게 못 믿게들 되었습니까? 믿지 못하구 어떻게 삽니까? 믿지 못하구 가정이 어떻게 유지됩니까?"

그때 아버지가,

"상대를 생각해서라두 좀 싸우지 맙시다. 당신만 가만 있으면 아무 일두 없을 게 아니오."

비록 책임을 어머니에게 씌우려는 태도라 해도 누그러진 목소리로 말했다.

어머니가 아무 말도 안 하자 아버지가,

"나두 조심을 할 테니 제발 싸우지 맙시다."

하고 자기도 반성할 듯이 말했다. 그래서 싸움은 중지됐다. 그 날 밤뿐이 아니라 얼마 동안 싸움은 없었다. 서로가 노력을 하는 모양 같았다.

상대가 전라도 낙도에 근로 봉사를 갔다가 돌아왔을 때까지도 그들은 싸우지 않고 옛날과 같은 평온한 상태를 유지했다. 상대는 가정이 정상복귀한 데 안심을 했다. 부모들에 대해 신경을 쓰지 않아도 좋았던 것이다. 그 대신 신희에 대한 애정이 그를 괴롭히기 시작했다. 낙도인 싸리섬에서 열흘 동안 봉사활동을 하는 사이에 그의 감정은 신희에게 밀착할 대로 밀착했다. 그래서 지금은 하루도 그미를 만나지 않고 지낼 수가 없을 만큼 감정이 고조된 것이다. 눈만 뜨면 눈앞에 나타나는 신희의 영상, 그 영상에 자기를 정리할 수가 없었다.

낮에는 대원들과 같이 마을 앞길을 만드는 데 나가느라 상대 옆에 있을 수가 없었지만 밤마다 동네 애들을 모아 놓고 노래공부를 시킬 때면 반드시 상대를 도우며 애들과 같이 노래를 부르던 신희. 그래서 밤시간은 두 사람만의 시간이 되었다. 두 사람만의 시간을 보내는 동안 그 이상의 일은 없었다 해도 그들의 마음이 완전히 융화되었다.

"다음엔 무슨 노래를 부를까?"

"글쎄요. 콩쥐팥쥐를 부를까요?"

"그럴까?"

이런 식으로 그들은 마음이 하나가 되었고 그래서 즐거울 대로 즐거웠다. 그 즐거움의 열흘 동안이 상대의 감정을 절정에 달하게 했던 것이다.

그러나 그 절정에 달한 감정을 지속할 수가 있을 것인가? 그 감정을 지속시키려면 결국 결혼을 해야 한다. 결혼을 하지 않는 한 행복의 지속은 있을 수 없다. 그러나 과연 결혼할 수 있는 사이라고 말할 수 있을까? 상대는 자신이 없었다. 첫째 신희가 자기를 좋아한다고 해도 결혼까지 할 생각은 없을 것 같았다. 동정심에서 자기와 가까이 지내며 감정의 융화에서 일종의 애정 같은 것을 느낀다 해도 결혼까지는 생각지 않을 것이 분명하다. 활동성 없는 불구자와 결혼을 희망하는 여자란 천에 하나도 쉽지 않을 테니까. 설사 그녀가 결혼을 생각한다 해도 그녀와 결혼을 한다는 것은 상대 자신의 지성 없는 행동이다. 결국 신희를 불행하게 만들 결혼이 아닌가? 그것을 알면서도 결혼한다는 것은 죄악이다.

신희에 대한 감정이 고조될수록 상대는 그녀를 만날 수 없었다. 싸리섬에서 돌아온 지 사흘이 지나도록 한 번도 만나지를 못했다. 몇 번 전화가 있었어도 만나자는 말을 못했다.

만나지 못하고 대엿새가 지난 어떤 날 또 신희에게서 전화가 왔다. 오늘은 꼭 좀 만나자는 것이었다. 상대는 그러자고 했다. 그것은 만나서 자기 심정을 고백한 뒤 자기와 신희와의 거리를 조절하기 위함이었다. 자기의 감정이 어떤 것이든 서로가 결합할 수 없는 사이니 만큼 앞으로는 자기 위치를 지키며 만나자는 말을 하고 싶었던 것이다. 그것 없이 무제한 감정을 발전시키다가는 자기가 마치 팽팽한 풍선이 터지고야 말 듯 터져 버릴 것만 같았기 때문이었다.

그러나 약속한 장소에서 만났을 때 상대는 자기 고백 같은 것을 할 처지에 놓여 있지 않은 비참한 자신을 발견했다. 신희가 자기의 약혼자라는 남자를 데리고 나와 그에게 소개했기 때문이었다. 정말 비참했다. 그렇다고 해서 비참한 자기를 보일 수도 없었다.

"그새 군대에 가 있었어요."

신희는 상대의 마음은 아랑곳없이 명랑하게 그 사람을 소개했다.

"난 전상댑니다. 신희 씨와는 봉사대에두 같이 갔다 왔습니다."

상대는 마음의 평정을 보이느라 무척 애를 썼다. 평정이 흐트러지지나 않을까 스스로 위태함을 느끼면서 자기 비참을 보이지 않게 하는 데 진땀을 흘렸다.

"신희 씬 참 좋은 여잡니다. 내가 학교에서 가장 존경하는 사람입니다."

신희 칭찬도 했고 나중에는,

"오래간만에 휴가 나오셨을 테니까 제가 저녁을 사겠습니다. 그 동안 신희 씨의 친절에 보답으루라두 사야겠습니다."

이런 말까지 했다.

"고마워요. 고마움을 받아들여야잖아요?"

신희는 약혼자를 바라보며 동의를 구했다. 그래서 상대는 그들에게 저녁까지 샀지만 가슴은 터질 것 같았다.

약혼자가 있다면 왜 미리 그런 말을 해 주지 않았을까? 또 설사 자기를 순전한 동정심에서 친절한 우정을 보여 준 것이었다면 어째서 자기의 감정이 팽창하도록 방임해 두었을까?

그 날 밤 집에 돌아오자 상대는 처음으로 아버지가 마시는 양주를 꺼내다 마셨다. 첫술이 입에 달 리가 없었다. 극약을 먹는 심정으로 마셨다. 얼마를 마셨는지 모르지만 심장이 뛰는 고통 속에서 의식이 혼몽해졌을 때 어머니가 왔다. 자기를 위로해 주려 온 줄로만 알았는데 어머니는 첫마디부터 아버지와의 관계에 대한 것을 말했다.

"우린 이혼하기루 했다. 아버진 아직 그 여자와 관계를 맺구 있지만 나두 실수를 했다. 아버지 모르게 계를 해 왔는데 그게 부서져 빚을 지게 됐단 말이다. 아버지는 대발노발하구 있지만 어떻게 하니? 빚은 갚아야 않아? 그래서 빚을 청산해 주기루 하구 이혼 도장을 찍었다."

"빚이 얼마나 되는데요?"

"자그만치 오백만 원이다."

상대는 더 물어 볼 말이 없었다. 도장까지 찍은 일에 왈가왈부할 건덕지도 없었던 것이다. 다만 자기의 행방이 걱정이었다.

"그럼 난 어디루 가야 하나요?"

"아버지하구 살아야지."

어머니의 대답은 간단했다. 동시에 상대의 말도 간단했다.

"난 싫어요. 어머니와 함께 살래요."

사실 상대는 아버지보다도 어머니의 애정을 더 느끼며 살아 왔다. 그리고 이번 일의 책임은 어머니에게보다도 아버지에게 있다는 것을 알고 있다. 더구나 새어머니라는 알지도 못할 젊은 여자와 어떻게 같이 살 수가 있겠는가?

"안 된다. 난 앞으루 어떻게 살아갈지 불안정한 상태에 놓여 있다."

"그래두 아버지하구는 살 수 없습니다."

"몰라서 하는 말이다. 아버지가 친아버진데 아무래두 아버지와 살아야지."

"어머닌 친어머니가 아닌가요?"

"흥……."

어머니는 대답을 못했다. 대답 못하는 어머니를 보자 상대는 언젠가 어머니가 자기는 애를 못 낳는 여자라고 한 말이 머리에 떠올랐다. 그러나 그 말을 되뇌일 수가 없어서,

"아버진 정말 친아버진가요?"

하고 물었다.

"그럼, 나하구 결혼하기 전에 어떤 여자에게 생긴 애를 데려다가 기른 것이 너니까……."

너무나도 몰랐던 일을 너무나 쉽게 이야기해 주는 어머니의 말이 믿어지지 않았다. 그러나 청천벽력 같은 말이었다. 급소를 맞고 쓰러진 사람처럼 상대는 골이 어찔했다. 동시에 말도 할 수 없었다. 말도 못하고 수긍할 수밖에 없는 슬픔이었다.

"마음 굳게 먹구 잘 살아라."

어머니가 마지막 말을 하고 나갔지만 그는 어머니를 쳐다보지도 않았다.

이십이 년 동안 비밀을 지켜 온 부모도 부모다. 어쩌면 그런 것을 털끝만큼도 느낄 수 없도록 위장된 애정을 보여 주었을까? 자기가 낳지도 않은 자식을 자기가 낳은 것처럼 애정을 쏟아 준 어머니가 더 위대하게 생각되었다. 정말 위대한 일이다. 그러나 그 위대한 위장 속에서 정상적인 진실을 느끼며 살아 온 자기가 비참하게 생각되어 견딜 수가 없었다.

다음 날 아침에는 아버지가 상대 방으로 왔다. 와서는 어머니와 꼭 같은 말을 하고 누구와 살겠느냐고 물었다. 상대는 아버지를 한참 동안 노려보다가,

"참으루 위대하십니다. 어쩜 그렇게도 나를 속였지요?"

하고 원망의 한숨을 지었다.

"너를 속이다니?"

아버지가 뜻밖이라는 듯 놀라는 표정을 지었다. 끝까지 속이려는 태도였다.

"내가 어머니의 친아들이 아니라면서요?"

"그걸 네 에미가 말하든?"

"네——. 다 말해 주었습니다."

"빌어먹을 것 같으니라구. 그것만은 끝까지 숨기기루 했었는데……."

"숨길 필요가 뭡니까? 다 까놓구 빨가벗은 몸으로 사는 것이 진실된 인간 아닙니까?"

아버지는 대답이 없었다.

"저는 아무데두 안 가겠습니다. 혼자서 살지요. 아버지 밑에서 산대두 저는 평생 아버지 기생충이 돼야 할 것입니다. 그러니까……."

상대는 말끝을 흐렸다.

"그러니까 어떻게 하겠다는 거냐?"

아버지가 구체적 방안을 제시하라고 할 때 상대는 한참 동안 생각하다가,

"제가 혼자서 살 수 있는 돈을 주십시오."

하고 말끝을 맺었다.

"어떻게 하려구?"

"제가 지난번 전라도 낙도에 갔다 오지 않았습니까? 거기는 학생 칠팔십 명이 공부하는 국민학교가 있습니다. 돈이 없어서 시설을 못하구 있는 학교입니다. 한 오백만 원이 든다고 했습니다. 그 돈을 내가 내면 그곳서 애들을 가르치며 일생 살 수 있을 것 같습니다."

긴 설명을 하자 아버지는,

"어디 생각해 보자."

하고 대답했다.

아버지의 대답을 듣자 상대는 싸리섬의 복돌이를 생각했다. 여덟 살 난 머슴애였다. 국민학교 1학년에 다닌다는 애였는데 여러 애들 가운데서 자기를 가장 따랐다. 생기기도 총명하게 생겼고 노래도 잘 불렀다.

"선생님, 바이올린 한 번만 더 해 주세요."

그놈은 번번이 바이올린을 청했다. 시간이 끝나고 애들이 다 돌아간 뒤에도 그놈은 상대가 묵고 있는 방 근처를 서성거렸다. 상대가 눈치를 채고 그놈을 방 안에 불러들이면 고개를 숙이고 부끄러운 듯 들어와서는 상대의 얼굴을 쳐다봤다.

"또 바이올린이 듣구 싶니?"

그러면 그놈은 싱긋 웃으며 고개를 끄덕였다.

봉사를 끝내고 돌아올 때 그놈은 엄마가 줬다면서 햇고구마 몇 개를 주었다. 그것을 버스 안에서 신희와 함께 먹으면서,

"그놈이 참 좋아. 세상에서 가장 깨끗하구 아름다운 얼굴 같어!"

하던 것이 머리에 떠올랐다.

그놈도 크면 깨끗함과 아름다움을 잃겠지. 그렇지만 그 밑의 애들이 또 그 밑의 애들이 깨끗함과 아름다움을 간직하는 나이에 도달하겠지. 나는 그런 애들만을 대상으로 일평생을 아름다움과 깨끗함 속에서 살 수가 있을 것이 아닌가?

그 날 상대는 신희를 만나고 싶었다. 만나서 자기는 절대로 고독하지 않다는 말을 해 주고 싶었다. 그러나 집에 전화가 없는 신희에게 연락할 방법이 없었다. 신희에게서 전화오기만을 기다렸으나 상대가 싸리섬으로 가기 위해 짐을 쌀 때까지 신희에게서는 전화가 없었다.

(원) 《신동아 108》 1973. 8.

죽음의 장소

1945년 8월 15일. 일본이 패전을 선언했다는 소식은 어떤 곳에서 사는 조선 사람에게든 그 이상 더 없는 충격을 주었다. 빼앗겼던 국가의 독립, 박탈당했던 민족의 자유를 되찾은 때문이었다. 누구나 태극기를 흔들고 싶었고 누구나 독립만세를 부르고 싶었을 것이다.

그러나 남의 나라 만주 한 구석에서 살고 있던 천종구(千鐘九)는 일본이 패전했다는 소식에도 기쁘다는 충격만을 느끼지 못했다. 기뻐해야 할 일임에 틀림없다고 생각하면서도 기뻐해야 할지 슬퍼해야 할지 그저 어리둥절해 있을 뿐이었다.

민족의 피가 순수하게 담겨져 있는 육신이다. 민족의 말을 그대로 쓰고 있고 민족의 풍속까지 그대로 지키고 있다. 그런데도 그는 민족과 더불어 독립만세를 부르고 태극기를 흔들 수 없는 심정이었다.

같은 사무실에 있던 일본 사람들은 얼굴이 파랗게 질려 어찌할 바를 몰라 했고 만주인들은 만세를 부르고 싶은 마음이지만 이때까지 상관으로 모시고 있던 일본인들 앞이라 감정 표현을 신중하게 하고 있었다. 그러한 일본인과 만주인을 볼 때 천종구는 그들이 좋건 나쁘건 민족 전체의 감정과 일치하는 흐름 속에 살고 있다는 것을 알았다. 그러나 자기만은 자기 민족의 감정 속에서 흐름을 같이 못하고 있음을 느꼈다. 서글프지 않을 수 없었다.

"끝입니다. 현금이 남아 있거든 나누어 가지고 돌아가십시오."

일본인 사무장(事務長)이 직원들을 불러 놓고 최후의 말을 했다. 심각한 태도로 이야기했지만 그렇게 간단할 수가 없었다. 끝입니다, 라는 말 한 마디로 자기 심정의 전부를 표현한 그의 태도가 측은하게 뵐 정도였다. 그리고 지도 민족으로 또는 직장의 최상 권력자로서 연령에 대한 관념 없이 누구에게나 해라로 대하던 그가 경어를 써 가며 직원들에게 마지막 친절을 베풀 때 종구는 저 사람을 미워해야 하는가 하는 생각을 했다.

민족적 권력과 권위로 오족(일본, 만주, 조선, 러시아, 몽고)의 왕자로 군림하여 빨랫줄 같은 세력을 행사하며 네 민족을 혹사해 온 일본이다. 그 민족이 패망하고 예측할 수 없는 비참 속에 빠진다 해도 동정할 아무런 가치가 없다. 그런데도 측은하게 보이는 그 일본 사람에게 미움을 직접적으로 보일 수가 없음은 무엇 때문일까?

사무직원인 만주 사람이 은행에 가서 예금을 찾아다가 한 달만큼씩의 돈을 나눠 줄 때 종구는 일본인 사무장에게 가서 최후의 인사를 할까 생각했다. 그래도 삼사 년을 같이 지내 온 사람이다. 인사만이라도 하는 것이 옳을 것 같았기 때문이었다. 그런데 사무장이란 일본 사람이 먼저 사무실을 나갔다. 직원들을 보지도 않고 뚜벅뚜벅 걸어 밖으로 나가는 것이었다. 차라리 잘 되었다고 생각했다. 자기 자신이 기뻐해야 할지 슬퍼해야 할지 모르는 순간에 최후의 작별이라고 해서 일본인에게 동정어린 태도를 보인다면 그것은 민족적 긍지로 보나 인간적인 태도로 보나 정당한 일이 아니라고 생각되었기 때문이었다.

그렇다고 해서 민족적인 적대 국민으로서 너희들의 최후의 날이 오고야 말았구나 하며 저주의 말을 퍼부을 수도 없는 일이다. 정말 그런 말을 맞대 놓고 할 수는 없을 것이다. 설사 민족적으로 용감한 행동이라 칭찬할 만한 일이라 해도.

어쨌든 일본인 사무장과 개인적인 인사도 없이 헤어지는 것이 마음 개운했다.

그러나 일본 사람이 나가자 종구는 일본이 패망했다는 소식을 듣는 순간에 착잡했던 마음으로 돌아갔다. 일본인은 처참한 상태에 빠졌고 만주인은 기쁨을 만끽하고 있는 순간 그 마음의 방향을 잡지 못하고 멍하니 앉아 있었다.

무엇보다도 눈앞에 떠오르는 것이 있었다. 그것은 그가 살고 있는 B현청 (縣廳) 소재지 동쪽 언덕 위에 서 있는 B현 삼용사(三勇士) 기념비였다. 하얀 대리석에 깊이 새겨져 있는 그 글자들. 그 뒷면에는 삼용사의 공적과 아울러 삼용사의 이름이 적혀 있다. 일본인 거류민과 조선인 거류민의 이름으로 세워진 그 기념비에는 삼용사 중 하나인 자기 이름도 새겨져 있다.

일본에 협력하고 그래서 일본인의 이름으로 세워진 그 비석은 일제 시대에는 존경의 적이 되어 있었다. 그러나 일본이 전쟁에 패하고 만 이 순간부터 그 기념비는 일본에 협력한 증거물로 바꿔지고 말 것이다. 일제에 협력했다고 해도 부끄러울 것은 없다. 삼사십 명의 일본인을 살려 주기도 했지만 오륙백 명의 조선인을 구출하지 않았는가? 그때 나는 일본인보다도 조선인을 살리기 위해 위험을 무릅쓰고 행동하지 않았던가?

그것은 진실이었다. 그렇기 때문에 민족에 대해 부끄럼이 없지만 그래도 일본 거류민의 이름으로 세워진 비석은 자기를 일본의 앞잡이라고 낙인찍고 있다.

그놈의 기념비를 부숴 땅 속 깊이 파묻을 수는 없을까? 혼자의 힘으로는 불가능한 일이다. 불가능할 뿐 아니라 자기를 미워하는 사람이 자기 이름 위에 협화회(協和會) 촉탁이라는 현직을 새로 새겨 넣을 가능성이 있다.

협화회에 근무했다는 것도 민족적으로 부끄러운 일이 아니다. 협화회에서도 조선인을 위해 일해 왔으니까. 그러나 협화회란 일본이 만주에서 융화 정책을 실천한 기관이다. 만주의 유일한 정치기구인 동시 일본 사상의 선양 기구이기도 하다. 그런 기관에 근무했다는 것은 결국 일제에 협력했다는 증거가 된다.

종구는 벌떡 일어섰다. 자기 자신을 혼란케 하고 있는 그 사무실에서 빠져나가고 싶기 때문이었다. 사무실을 떠난다고 해서 마음이 정리될 까닭이 없었지만 앞으로 계속해서 자기를 괴롭힐 그 협화회에서 떠나고 싶었던 것이다.

사무실을 나설 때 그는 일본인 사무장이 걸어나가던 식으로 남아 있는 만주인 직원들에게 눈길도 주지 않고 뚜벅뚜벅 걸었다. 마지막 인사도 나누지 않고 걸어나올 때 그는 만주인들의 시선을 온몸에 받고 있다는 생각이 들었다. 같은 피압박 민족이었다. 그러나 선계(鮮系)를 일본인과 가장 가까운 존재로 보며 가시처럼 여기던 그들이다. 일본인 사무장을 보던 눈초리와 꼭같은 눈초리로 지금 나를 보고 있을 것이다. 내가 사무실만 나가면 그들은 자유스런 분위기 속에서 축배를 올릴 것이 아니겠는가?

이런 생각을 하니 등골이 오싹해 왔다. 그러나 최소한도 민족적 감정을 한 마디로나마 그들에게 설명해 주고 싶었다.

'우리도 너희들과 꼭같이 축배를 들고 싶은 거다.'

그러나 그 말을 하기 위해 발길을 돌릴 수는 없었다. 그냥 걸어 출입문까지 갔을 때,

"첸센승(천 선생)."

하며 누가 뒤따라왔다. 만주인 직원 가운데 직위가 가장 높은 요(廖)씨였다. 종구가 몸을 돌리자 그는 손을 내밀고 악수를 청했다.

"씽쿠 씽쿠(수고했다)."

벙글벙글 웃으며 손을 마구 흔들 때 종구는 그들이 자기를 일본인과 같이 취급하지 않음을 알았다. 그래서 같이 손을 잡아 흔들며 요씨가 한 말을 받아,

"씽쿠 씽쿠."

하며 웃었다. 그를 쓸어안고 싶은 심정이었다. 그래서 그는 사무실에 앉아 있는 만주인들에게 손을 흔들며 또 씽쿠 씽쿠를 되뇌었다.

조금 후련해진 마음으로 집을 향해 걸을 때 동쪽 언덕에 서 있는 삼용사 기념비가 눈에 보였다. 가슴이 철렁 내려앉았다. 기념비를 세운다 해도 왜 시가 어디서나 볼 수 있는 저 높은 곳에 세웠을까? 일제 밑에서는 한 번도 느껴 보지 못했던 감정이었다. 도리어 그런 곳에 세워 준 그들에게 감사했고 스스로 자랑스럽게 생각해 왔던 것이다.

그는 기념비를 보지 않기 위해 고개를 떨구고 걸었다.

일본 사람을 빼고 모두가 흐뭇한 마음으로 역사의 변화를 입으로 씹듯이 실감하고 있을 거리를 휘둘러보았다. 축제 기분이어야 할 거리가 온통 조용하기만 했다. 나다니는 사람들도 별반 없었다. 보통 때보다 사람이 적은 것 같았다. 모두가 어리둥절해서 어떻게 할지 갈피를 못 잡고 있는 것일까? 회색 벽돌의 중국집들이 더욱 우중충하게 보였다.

침울한 기분으로 집에 돌아간 종구는 혼자 집을 지키고 있는 아내에게,

"일본이 손을 들었대."

아무런 감동도 없는 태도로 말했다.

"손을 들다니요?"

아내는 대강 짐작이 되나 구체적인 말이 듣고 싶었다.

"전쟁에 졌다구 천황이 방송했대."

"그래요?"

아내는 분명히 통쾌하다는 태도였다. 그럴 것이다. 아무리 부부일체라 한들 아내가 어찌 내 마음을 알 것인가? 그미는 우선 민족 전체의 외연적인 감정을 느끼고 있을 것이다.

"그러니까 우리 나라두 독립을 하게 된 거야."

종구는 민족의 역사적인 감격에 젖어 있는 아내에게 자기 개인의 감정부터 이야기할 수는 없었다. 숨길 것이 없는 아내지만 그런 아내에게도 자기 역시 민족적인 감격에 젖어 있을 뿐이라는 것을 보이지 않을 수 없었다. 그런데 아내가 뜻밖에도 종구가 어리둥절해할 말을 했다.

"그럼 빨리 한국으루 나가야겠군요."

한국에는 친척도 없다. 아버지 때부터 만주로 이주해 와 살고 있기 때문에 고향과의 거래가 전혀 없다. 한국에 돌아가서 어떻게 살라는 것인가? 그런데도 해방이 되었다는 말을 듣는 순간 한국에 나가야겠다는 말을 함은 무엇 때문일까?

종구는 얼굴이 홧홧해 왔다. 아내도 자기가 민족에게 떳떳하지 못한 존재임을 무엇보다도 먼저 생각하고 있기 때문이었으리라.

"나두 그렇게 생각하구 있어. 그렇지만 사태를 살펴봐야지."

종구는 아내에게나마 복잡한 자기 심정을 말하고 싶지 않았다.

아내도 마찬가지였을 것이다.

"애들은 왜 빨리 돌아오지들 않을까요?"

하며 화제를 돌려 버렸다.

"애들은 뭣들 하구 있을까?"

종구도 애들 걱정을 했다. 애들이라 해도 다 커서 직장생활을 하는 아들들이다. 사실은 다 큰 아들들이기 때문에 걱정이 되었을 것이다. 돌연한 사태니 만큼 이유 없이 걱정하게 되는 부모의 마음이다.

"별일이야 없겠지요."

먼저 걱정을 하고도 남편을 위로하는 아내였다.

"별일 있을 거 있소?"

종구는 진심으로 그 아들들에게 별일이 있을 수 없다고 생각했다. 이제 스무 살을 조금씩 넘은 아들들이다. 비록 현공서(縣公署)와 흥농합작사(興農 合作社)에서 근무하고 있다 해도 젊은 애들에게 무슨 죄가 있겠는가? 들뜬 기분으로 친구들과 어울려 이야기를 하며 늑장을 부리고 있겠지.

그런데 얼마 뒤 돌아온 두 아들이 모두 침울한 얼굴이었다. 그리고 두 아들의 말이 이제 곧 중앙군(장개석 군대)이 들어오는데 그들은 일본을 굉장히 싫어한다는 것이었다. 그래서 일본 사람 밑에서 일하던 사람들은 모두가 불안해하고 있다는 말도 했다.

서로 다른 기관에 근무하는 아들들의 말이 서로 같은 것으로 보아 전혀 근거 없는 말이라고는 생각되지 않았다.

그렇다면 장사나 농사를 짓는 사람을 빼놓은 월급생활자는 누구나 처벌을 받아야 한다는 말이 아니겠는가? 종구로서 가슴 뜨끔한 일이 아닐 수 없었다. 이때까지는 혼자서 미리 질겁을 하고 있었던 일이 지금 외부의 압력이 구체적으로 그를 내리누르기 시작했던 것이다.

아무런 의식도 없이 월급생활만 해 온 젊은애들도 우울해하고 있는데 구체적인 죄목이 누구보다 뚜렷한 종구로서는 막다른 골목에 이른 심정이었다.

그러나 중앙군이 들어오려면 얼마간의 시일이 필요했다. 그리고 그들의 시정 방침을 확실히 모른다는 데 종구가 숨을 쉴 약간의 여유가 있었다. 더구나 장개석 정부는 한국을 동정해 왔다. 그래서 중국에 망명한 대한민국 임시정부를 원조해 주지 않았던가? 한국 사람을 관대하게 처리해 줄 것 같은 희망적 생각을 가지고 매일매일 중앙군에 대한 이야기를 귀담아 듣고 있었다. 사오 일이 지났을 때 밖에 나갔던 큰아들이 들어와,

"중앙군은 일본 물건두 싫어한대요."

하며 집 안에서 신던 일본 나막신과 책꽂이에 꽂혀 있는 일본책들을 아궁이에 집어 넣으며,

"아버지는 어디루 피신하시죠."

하고 말했다. 가족 가운데서 아버지만이 걱정인 모양이었다.

"글쎄, 나두 그랬으면 좋겠다만 가면 어디루 가니?"

사실 피신할 곳이 없었다. 설사 친한 사람이 있다 해도 죄명이 분명한 자기를 위험을 무릅쓰고 숨겨 줄 사람이 과연 몇 명이나 있겠는가? 자기로서도 숨겨 달랄 만한 체면이 없다. 다른 죄라면 모른다. 민족에게 부끄러운 죄인이 숨겨 달랄 만한 입이 어디 있겠는가?

피신을 한다면 차라리 본국으로 가는 수밖에 없다. 본국에서는 자기를 아는 사람이 없다. 고향 아닌 서울로 가서 남모르게 숨어서 산다면 자기를 붙잡아 끌어 낼 사람이 없을 것이다.

지금 살고 있는 현(縣) 안에서는 만주 사람이나 한국 사람이나 자기를 모르는 사람이 별반 없지만 서울쯤에서는 자기 같은 게 아무것도 아닌 존재일 것이다. 자기가 벌을 받아야 한다면 서울 사람 전부가 벌을 받게 될 것이다.

그러나 서울엘 어떻게 간담. 아직 기차가 끊겨 있다. 간다면 걸어가야 하는데 봉천(奉天)까지만 해도 기차로 네 시간이 걸린다. 거기서 신의주까지 또 여섯 시간, 신의주에서 서울까지 열 시간, 그러니까 서울까지 걸어간다면 한 달은 실히 걸린다. 그런 델 어찌 걸어서 가나?

종구는 걸어서라도 가야 하지 않나 생각했다. 걸어서 봉천까지 갔던 일이 생각났던 것이다.

1932년 여름. 만주사변이 일어난 다음해였다. 일본은 일 년만에 만주 전토를 정복하고 행정을 시작했다. 일본 수비대를 각 현 소재지에까지 주둔시키고 현공서에 만주인 현장 밑에 일본인 부현장을 배치시켜 부현장으로 하여금 행정권을 갖게 했다. 그리고 중요한 부서의 책임자로 일본인을 앉혔고 장사하는 일본인들에게는 상권을 맡겼다. 이렇게 일본인들의 세력이 안정을 이루기 시작할 때 관동군에게 쫓겨 통화성(通化省) 산 속으로 쫓겨갔던 중국 패잔병들이 이곳에 쳐들어왔다.

이곳은 옛날부터 성으로 둘러싸여 있고 성내에서 성외로 나가려면 동서남북의 네 대문을 통하는 수밖에 없었다.

장학량(張學良)의 군대라고도 말하지만 일본 사람들은 그 패잔병들을 비적이라 불렀다. 그 패잔병들이 깊은 밤중에 성 밖에 있는 일본수비대를 공격하여 전멸시키고는 성을 포위해 버렸다. 모든 통신과 교통은 물론 차단되었다. 성 안에 있는 일본인과 한국인을 굶어 죽게 할 전략이었다.

성을 포위하고는 중국인만 출입을 허가하니 일본인과 한국인은 죽는 날을 기다리는 수밖에 없었다. 그때 일본인들이 하나의 계략을 세웠다. 만주인으로 위장할 수 있을 만큼 중국어에 능통한 한국인을 선정하여 그들을 밀사로 봉천까지 밀파하기로 한 것이다.

그때 선정된 사람이 종구가 섞인 세 용사였다. 세 사람이 다 그랬지만 종구도 아버지 때부터 여기서 살았기 때문에 일본말은 한 마디도 몰랐으나 중국어는 중국 사람과 꼭같을 정도로 능했다. 옷만 중국옷으로 바꿔 입으면 중국 사람이 아니라고 의심할 사람이 하나도 없을 정도였다.

그들은 꼭같이 중국옷을 입고 일본인이 준 밀서를 담배가치 속에 말아 넣어가지고 성문 검문소를 통과했다. 밀서란 봉천에 있는 일본 군대가 산 속에 파견되기를 바라는 간청서였다.

하루빨리 봉천까지 가서 일본 군대를 파견하도록만 하면 일본인들은 물론 조선 사람들까지 살게 된다. 사람들을 살리기 위한 방법이란 이 세 사람이 빨리 봉천까지 가는 것밖에 없었다.

종구는 그 일을 부탁받는 순간 자기 가족을 포함한 조선 사람들을 살려야 한다고 생각했다. 아무 죄도 없는 조선 사람들. 일본인에게 도매로 팔려 버린 죄밖에 없는 조선 사람들. 조선에서 먹고 살 수가 없어 도망오다시피 와서 가난하게 살고 있는 불쌍한 조선 사람들. 그런 조선 사람들이 성 안에만 오륙백 명이 살고 있었다. 이 불쌍한 사람들이 일본인 때문에 또 도매금으로 목숨을 잃어버릴 수가 있겠는가?

성문을 무사히 나오자 세 사람은 일부러 사람 없는 길을 택했다. 설사 담배가치 속에 넣은 밀서라 해도 어디서 무슨 일을 당해 그것이 발각될지 모른다. 오륙백 명의 생명과 같은 밀서를 안전하게 보관하기 위해 그들은 어떤 교통수단도 이용치 않고 걸었다. 뛰다시피 걸었다. 뛰다시피 걷는 것이 남의 오해를 살 염려가 없기 때문에 길이 아닌 길을 선택해서 걸었던 것이다. 만 사흘을 밤낮 할 것 없이 반 달음질로 걸었다.

그때 종구의 나이 서른다섯이었다. 같이 가던 두 사람도 거의 비슷한 나이여서 피곤한 줄도 몰랐다. 한시라도 빨리 봉천에 도착해야만 했다. 그것밖에 생각지 못했다. 자기들 가족과 아울러 조선 동포 오륙백 명의 생명을 살리느냐 죽이느냐 하는 것이 자기들 손에 달려 있었기 때문에 다리가 아파도 아픈 줄을 몰랐다.

낮에는 길 아닌 길로, 밤에는 큰길로 걷는 동안 불안과 공포는 어떠했을 것인가? 그 담배가치 속에 든 밀서가 쉽게 발각될 리 없지만 그래도 포탄을 지니고 있는 것보다 더 위험성을 느꼈다.

사실 그런 위험과 불안을 느끼면서도 봉천까지 간 것은 정말 가족들과 조선 동포 때문이었다. 만약 가족도 없고 조선 동포도 없었다면 아예 그런 위험한 길을 떠나지도 않았을 것이다. 일본 사람들만을 위해서 충성을 바칠 사람은 한 사람도 없었다.

그들이 조국을 떠나 만주땅에서 사는 동안 만주사변이 일어나기 직전까지는 일본인을 보지도 못하고 살았다. 그리고 만주사변 이후 일본인들이 그들이 살고 있는 땅에까지 침입해 들어왔지만 그들과 한 번의 대화도 나눠보지 못한 사람이다. 그들과 의리나 정을 느낄 까닭이 없다. 그런데다가 일본이 조국을 식민지로 빼앗았기 때문에 만주까지 쫓겨와 살고 있는 그들이다. 일본인에게 호감을 가질 아무런 이유가 없었다. 그러니 일본인의 요청으로 그 위험하고 고통스런 길을 떠났다 해도 그들 마음 속에는 일본을 위하는 것이 없었다.

조선 동포만을 살릴 길이 따로 없었고 일본인을 살려야만 조선인도 살릴 수 있었기 때문이었다.

결과적으로 일본인을 살렸고 조선인도 살렸다. 봉천에 있는 일본 군대에 밀서를 전하자 그렇지 않아도 얼마동안 소식이 두절되어 궁금해하던 참이라면서 일본 군대는 우선 비행기를 현지에 보내 폭격을 가했다. 한편 육군을 파송해서 포위하고 있던 중국 패잔병들을 공격했다. 그 결과 일본인과 조선 동포가 구출되었고 일본인들은 그들 세 사람에게 진심으로 고마움을 느꼈다. 일반적으로 조선 사람들에 대한 대우도 약간 좋아졌다. 그리고 이삼 년 뒤 만주의 치안이 일본군에 의해 완전에 가깝도록 안정이 되어갈 때 그들은 세 사람의 공로를 찬양하기 위하여 시내 어디에서도 볼 수 있는 곳에 삼용사 기념비를 세웠다.

그러나 그 기념비가 일본 사람들 이름으로 세워졌다는 것이 오늘 종구의 마음을 괴롭히고 있다. 세 사람 중 한 사람은 죽었고 한 사람은 중국땅 상해로 떠나 소식이 없다. 혼자 남아 있기 때문에 세 사람분의 괴로움을 혼자 도맡아야 하는 것이었다.

더구나 자식과 아내까지 자기더러 몸을 피하라는 말을 할 때 그는 오륙백명의 동포를 살렸다는 자긍을 송두리째 잊고 민족에 대한 죄인이란 생각만을 하게 됐다.

그러한 민족의 죄인이 자기 개인의 목숨을 살리기 위해 한 달 이상 걸릴 고행의 길을 떠날 수는 더욱 없다고 생각했다.

종구는 그저 어리벙벙한 가운데 며칠을 보냈다. 그런데 들어온다던 중앙군은 들어오지 않고 뜻밖에도 소련 군인들이 들이닥쳤다. 일본이 항복하기약 일 주일 전에 소만 국경을 넘어온 소련 군인과 싸움이 벌어졌다는 말을들은 일이 있다. 그러니까 만주에서 일본군과 싸움을 했다고 해서 만주를소련이 점령한 모양이었다. 어쨌거나 소련군이 들어왔으면 소련 군인의 동태를 살피는 수밖에 없었다. 차라리 소련 군인에게 어떤 기대를 거는 심정이었다.

그 동안 중국인들은 일본인의 재산을 털었다. 인명은 다치지 않았지만 일본인들을 알거지로 만들었다. 그래서 이번에는 그들이 조선 사람에게도 그렇게 하지 않을까 하는 불안을 품고 있던 중이었다. 조선인을 일본의 앞잡이라고 일본인에게 한 것처럼 한다면 현 내에 거주하는 이만여의 조선인은 어떻게 될 것인가?

소련군이 들어오자 그들이 민족적 차별을 하지 않을 것이란 생각을 갖고 있을 때 소련 군인들은 일본인을 한 곳에 수용하고 일본 여자를 겁탈하는 일 외엔 아무 반응도 보여 주지 않았다.

언제부터 공산주의자가 되었는지 모르나 젊은 사람들이 소련군에 접근하며 치안대를 조직할 때도 그들은 방임하는 척할 뿐 아무런 간섭이 없었다. 약소민족인 조선 사람들을 괴롭히지는 않을 것이리라는 기대 속에서 또 며칠이 지났다.

그런데 하루는 큰아들이 파랗게 질린 얼굴로 돌아와 허겁지겁 말했다.

"아버지. 빨리 떠나십시다. 치안대에서 친일파를 숙청하기루 결정했는데 아버지가 첫번째로 지목됐습니다."

종구는 올 때가 온 것이라 생각했다. 당황해졌다. 인민재판이라면 한 마디의 변명도 할 기회와 시간을 주지 않는 가혹한 형벌법이다. 그 재판에 걸렸다고 하면 그것은 곧 사형이다. 사형도 그 자리에서 군중이 보는 가운데 집행한다.

종구는 아무리 스스로를 민족적 죄인이라 인정한다 해도 그런 죽음을 당할 수는 없었다.

당장에 피신을 해야 한다고 생각했다. 그러나 죄 없는 맏아들을 자기의 동행자로 택할 수는 없었다.

"빨리 떠나십시다가 뭐냐? 나 혼자 떠날 테니 너는 여기 남아 있거라."

"아버지 혼자 보낼 수는 없습니다. 그런 이야기 할 시간두 없으니까 빨리 떠나십시다."

종구는 맏아들 광초와 그런 이야기를 더 길게 할 수 없었다. 아내에게 간단한 부탁을 한 뒤 그야말로 불을 피하듯 집을 나왔다. 뒤따라나오던 광초가,

"여기서 기차를 타는 건 위험합니다. 다음 역까지 걸어가십시다. 같이 가는 걸 보면 의심을 할 겁니다. 먼저 가십시오. 다음 역에 이르시기 전에 제가 뒤따라가겠습니다."

이런 때 의논이 있을 수 없었다. 아들이라고 해도 그의 말이 그냥 명령이었다.

종구는 아들이 시키는 대로 사람의 눈을 피해 가며 봉천을 향해 다음 정거장까지 걷기를 시작했다. 우선 아는 사람을 만나지 말아야 한다는 마음에 뛰어가고 싶기도 했으나 어쩐지 발이 잘 움직여지지 않았다. 술이 취했을 때 걸음이 제대로 걸어지지 않는 것 같았다. 등 뒤에서 누가 이놈 하고 등덜미를 잡아끌 것만 같았다. 공포와 초조 때문이었으리라.

성 밖을 나가 얼마를 걸어가고 있는데 저 앞에서 중국인 한 사람이 오고 있었다. 옷차림이나 걸음걸이가 분명 중국 사람이었다. 그런데도 종구는 그 사람이 무서웠다. 중국옷을 입은 조선 사람 같은 생각이 들었던 것이다. 조선 사람이라면 이 근처에서 자기를 모르는 사람이 없다. 자기를 아는 사람이라면 무엇 때문에 자기가 당황하게 걷고 있다는 것을 알 것이다. 변명의 여지가 없이 끌려가서 인민재판을 받아야 한다.

그는 중국인이 접근했을 때 고개를 숙이고 걸었다. 저쪽에서야 알든 모르든 이쪽이 모른 척하면 혹시 그냥 지나칠지도 모른다는 생각에서였다. 그런데 그냥 스치고 지나갈 줄 알았던 사람이,

"첸센승(천 선생)."

하고 자기를 부르는 것이 아닌가? 그의 가슴이 방망이질을 했다.

현 내에서는 조선인뿐 아니라 중국인도 많이 알고 있는 종구다. 중국인들은 대부분 그가 협화회에 있을 때부터 접촉해 왔다. 가끔씩 부락을 찾아다니며 시국에 대한 선무 공작을 했고 조선인과의 문제가 생겼을 때 그 화의 공작을 해 왔다.

지금 자기를 부른 중국인도 그렇게 안 사람일 것이다. 종구는 그에게 반가운 얼굴을 지으며 어디를 가느냐고 물었다. 그러나 마음 속으로는 이 중국인도 너는 협화회에서 일본 앞잡이로 일한 놈이지, 같이 가자, 가서 맛을 봐야 한다며 자기를 잡아끌고 시내로 갈 것 같은 공포를 느꼈다.

"물건을 좀 사러 가는데 천 선생은 어딜 가십니까?"

중국인은 다른 눈치를 보이지 않고 옛날 식으로 대했다. 그들은 관리나 그 밖의 권력 가진 사람 앞에서는 무조건 공손한 태도를 취한다.

"만날 사람이 있어서 왕자고까지 갑니다."

"시내엔 소련군이 들어왔다지요? 시끄럽진 않나요?"

종구는 그 사람도 소련군에 대한 이야기를 듣고 약간 불안해하고 있는 것이라 생각했지만 더 길게 이야기하고 싶지가 않아 시끄러운 일 하나도 없다고 대답한 뒤,

"짜이젠(다시 봅시다)."

하고 작별해 버렸다. 놀랐던 가슴이 후련해졌다. 그러나 인적이 있을 때마다 그는 가슴을 계속 떨었다. 사람이 무서웠던 것이다. 사람 가운데서도 동포가 더 무서웠다. 평생 동포를 위해 일해 왔건만 그는 누구보다도 자기 동포가 무서웠던 것이다. 동포만이 자기를 죄인으로 취급할 것이기 때문이었다. 자기가 해 온 일을 아는 만큼 누구보다도 자기를 이해하고 감싸 줘야 할 동포가 일본 사람 밑에서 일했다는 것만 가지고 그것을 용서할 수 없는 죄로 못을 박고 있다. 생각하면 눈물나는 일이었다. 일본인을 등에 업지 않고는 동포를 위해 일할 수가 없는 처지였다. 동포를 위해 일본인을 업고 살아 온 것뿐이다.

자기가 협화회에 들어간 것도 결국은 동포를 위하는 마음이었다. 삼용사가 된 뒤 그 공적을 생각해서 일본 사람들이 협화회에 들어가 나라를 위해 더욱 일해 달라고 했다. 그 당시 종구는 일본말을 한 마디도 못했다. 부모 밑에서 농사를 지으며 살았기 때문에 학교에는 발도 들여놓지 못했던 것이다. 그런데도 자기를 그런 기관에 취직시켜 준 것은 자기의 삼용사로서의 공적 때문이었다. 그러나 그것을 승낙하고 거기 취직한 것은 조선 동포를

위하는 마음이었다.

그 당시 현 내의 조선 사람은 현재의 이만 명에 비해 오륙천 명이 될까말까할 정도였다. 그들의 대부분이 농사를 짓고 있었지만 농사를 짓는다는 것이 쉬운 일은 아니었다. 우선 중국인의 땅을 빌려 밭을 논으로 만들어야 했는데 중국인들이 땅 빌려 주기를 좋아하지 않았다. 논을 만들고 수도(水道)를 트는데도 땅을 빌려 주려 하지 않았다. 자기들에게 손해가 없기 때문에 땅을 빌려 주기는 했지만 나라 없는 민족이라고 수모하기 이를 데 없었다. 소작료를 많이 받으려 했고 돼지나 닭 같은 가축을 자유롭게 기르지 못하게 했다. 그렇다고 해서 어디 가서 호소할 데도 없었다. 중국 농민보다도 더 가난하고 더 힘이 없는 불쌍한 민족이니 할 수 없었다.

협화회에 취직이 된 뒤 얼마 안 되어 지방출장을 다니다가 본 일이지만 인가에서 이삼십 리 떨어진 산간벽지에 집 한 채가 있었다. 중국 사람이 살고 있으려니 생각하며 가 보았더니 한복 입은 두 늙은 부부가 살고 있었다. 정말 뜻밖이었다. 제 나라 사람도 살지 않는 곳에 조선 사람이 오막살이집을 짓고 사는 까닭이 무엇일까? 종구는 그냥 눈물이 나려는 것을 겨우 참았다. 어떻게 사느냐는 말도 묻지 못했다. 그런 말을 묻는 것이 그들을 슬프게 해 주는 일만 같았던 것이다. 그는 주머니에 들어 있는 돈을 털어 주었다.

"나두 조선 사람입니다. 받아 주십시오."

"조선 사람에두 훌륭한 분이 있군요."

그들은 사양없이 돈을 받으면서도

"돈 쓸 데두 없는데!"

그리 반가워할 줄을 몰랐다.

이것은 특수한 이야기지만 만주땅에 와서 농사를 짓는 조선 사람들은 모두가 보기 딱할 지경이었다. 그런 사람들을 위해 무엇인가 도움이 되는 일을 해 주고 싶었다. 그래서 협화회에 들어가 일을 해 주고 싶었다. 그래서 협화회에 들어가 일을 보기 시작했다.

학교엘 다니지 못했기 때문에 책상 앞에서 보는 일을 할 수 없었다. 일본인 사무장과도 중국어로 말하고 있는 형편인 만큼 일본인과는 접촉할 수도 없었다. 그러나 삼용사의 한 사람이어서 그가 하는 말은 일본 사람이나 중국 사람이 무시하지를 못했다. 더구나 일본이 전쟁을 준비하여 미곡 증산을 강력히 추진하고 있던 때라 논을 개간한다든가 저수지를 만드는 데 일본 사람들은 조선 사람을 적극 협력해 주었다.

그는 농촌으로 다니며 논을 개간하도록 장려했다. 저수지만도 다섯 개나 만들었다. 물론 조선인 농민들이 계획을 세우고 일을 했지만 현공서에 연락하여 원조금을 얻는다든가 중국인 지주의 협력을 얻는 일들을 종구가 맡아 했다.

그 결과 오륙천 명밖에 안 되던 조선인이 점점 늘어났다. 그러니 현 내에 사는 조선 사람으로 그를 모르는 이가 없게 되었고 그를 아는 사람이면 대개가 그를 존경했다.

특히 심심 산골에서 단 두 늙은이가 살고 있는 것을 본 뒤 조선 사람이 그 중 많이 살고 있는 부락으로 그들을 옮겨 앉히자 종구는 옛날 동포를 위해 봉천까지 걸어갔다 온 일보다 더 큰 즐거움을 느꼈다. 오륙백 명의 동포를 살렸다 해도 그것은 자기가 끼기는 했지만 세 사람의 공적이었다. 그리고 일본 사람의 명령으로 취해진 행동이었다. 그러나 두 늙은이를 조선 사람들이 많이 살고 있는 부락으로 옮겨 살게 하여 죽을 때까지 동포를 보며 동포 속에서 민족적 고독을 느끼지 않게 한 것은 오직 자기 혼자의 공적이었다.

그 늙은이들을 데려다가 집을 지어 주고 심지어 먹을 것까지 걱정하지 않을 수 없었던 동네 사람들은 이런 일들을 귀찮게 생각했다. 그러나 설사 그들이 자기를 욕한다 해도 종구는 가장 좋은 일을 했다고 생각하고 있다.

지금 모든 동포가 자기를 친일파로 몰고 인민재판 때는 모두가 사형에 찬성하여 손을 든다 해도 이미 죽은 그 두 늙은이의 혼만은 자기 편이 되어 줄 것 같았다.

두 늙은이의 혼이 자기 편이라고 생각하면서도 그는 고독을 느꼈다. 동포를 위해 일하느라고 일을 했는데 결국에는 동포가 자기의 가장 무서운 대상이 되다니? 정말 인생을 헛산 듯한 느낌이었다.

삼십 리 길을 걸어 다음 정거장에 거의 이르렀을 때 맏아들이 뒤쫓아왔다.

"이젠 괜찮을 거예요."

만나자마자 그는 종구를 안심시켰다. 이제는 아는 사람을 만난다 해도 자기들을 잡아끌지 않을 것이라고 생각했던 모양이다. 종구도 그렇게 생각했다. 시내 사람이 아니면 자기가 인민재판에 회부된 것을 알지 못할 것이다. 그런 사실을 모른다면 자기를 붙잡아 갈 사람이 어디 있겠는가? 그래서 그는,

"이젠 별일 없을 테니 돌아가라. 돌아가서 엄마를 모시구 결혼해서 살아야 한다."

아들 걱정을 했다. 광초는 지난 봄 약혼을 했다. 약혼한 여자를 위해서라도 멀리 가서는 안 된다.

"어머니는 광소가 모실 겁니다. 결혼이야 다음에 제가 다시 와서 할 수두 있잖습니까?"

"그래두 너까지 고생할 것 있니? 내 걱정 말구 빨리 돌아가거라."

한 번 가면 아주 못 올 길이라고 생각지는 않았다. 나라가 독립되었으니 아무때건 오고 싶을 때 올 수 있을 것이다. 다만 자기만이 다르다. 한 번 쫓겨난 몸이 두 번 올 때 붙잡지 않는단 법이 없기 때문이었다. 다시 돌아올 수 없는 자기가 맏아들을 데리고 그 애까지 고생시킬 필요가 없다고 생각했다. 만약 서울서 발을 붙이고 살게 되면 편지로 연락을 해서 가족들을 오게 할 수도 있다.

"전 아버지를 혼자 보낼 수가 없습니다. 걱정 마시구 어서 가십시다."

"내가 아직 오십두 안 됐는데 어디 간들 못 살겠니? 너나 어서 돌아가라."

"아버지를 걱정해서가 아니라 전 아버지와 같이 살구 싶어서 그러는 겁니다."

"너까지 없으면 네 엄마가 얼마나 상심하겠니?"

"제가 아버지와 같이 있어야 어머니두 걱정을 덜 하실 겁니다."

"광소의 입장두 생각해야지. 너까지 없어지면 그 애가 반동분자집 자식이란 말을 듣게 되잖겠니?"

"그 애 걱정은 마십시오. 아주 격렬분자니까요. 이번에 보니까 인민재판

을 강렬히 주장하는 것두 그 애던데요."

광초의 말이 거짓은 아닐 것이다. 거짓이 아니라는 생각이 들자 종구는 자기 아들 손에 죽었을지도 모른다는 아찔함을 느꼈다. 설사 광소가 제 애비를 죽이려고 인민재판을 강조하지는 않았을 것이다. 그러나 자기가 발설한 인민재판에 자기 아버지가 제1급으로 걸렸다면 그 집행을 방관만 하고 있을 수는 없을 것이다.

종구는 설마 그럴 수야, 하고 생각했지만 광초 앞에서 그런 말도 하지 못했다. 잘못하다가는 형제간의 정의를 상하게 할 우려가 있기 때문이었다. 그래서 입을 다물고 있을 때 광초가,

"그 애가 일을 저지를 것 같던데요. 아버지가 걸릴 걸 뻔히 알면서 인민재판을 시작해야 한다는 말을 어떻게 합니까?"

하고 격분한 어조로 말했다.

"공산주의가 그런 거라면 어쩔 수 없는 일이 아니냐? 할 수 없지."

종구는 될 수 있는 대로 그 이야기를 오래 끌고 싶지 않았다. 그래서,

"기차가 언제쯤 있는지 모르지?"

화제를 돌렸다.

"일정한 시간이 있습니까? 기다리구 있으면 언젠가는 오겠지요."

종구도 알고 있는 일이다. 며칠 전부터 기차가 다니고 있지만 그 기차란 사람을 태우는 차가 아니다. 소련군이 일본군에게서 압수한 군수품과 쌀을 자기 나라로 운반하는 화물차다. 일정한 시간 없이 내왕하며 빈칸에 사람을 태워 주기도 한다.

"빨리 왔으면 좋겠는데……."

종구는 한시바삐 이 고장을 벗어나고 싶은 마음에 혼자 중얼거렸다.

"이젠 걱정하실 것 없습니다. 마음놓으시구 돼가는 대루 가십시다."

아들은 위급 상태에서 아주 빠져나온 것처럼 말했다.

"그러는 수밖에 없지."

종구는 아들의 말에 동의했지만 그래도 마음은 조급했다.

정거장에는 수많은 사람이 웅성거리며 기차를 기다리고 있었다. 오륙백

이 넘을 듯한 숱한 사람이 모두 조선 사람이란 것을 알자 종구는 또 불안해졌다. 그 중에는 반드시 자기를 아는 사람이 있을 것이다. 그리고 시비를 걸 사람이 반드시 있을 것 같았다. 그래서 외딴 곳으로 가 있었지만 어떻게 알고 한 사람이 가까이 왔다.

"천 선생님두 고향엘 가시는군요?"

같은 현 내에서 농사를 지으며 꽤 잘 살던 김관호였다.

"네!"

종구는 간단히 대답했다.

"독립이 된 조국으로 돌아가 살게 됐으니 참 기쁩니다. 선생님 고향은 어디시던가요?"

"경상둡니다."

"그렇습니까? 난 평북 정줍니다. 그런데 가족은 안 데리구 가시나요?"

"좀 정리할 것 있어서 늦게 떠날 겁니다."

"그렇죠. 남자만이라두 빨리 나가 터전을 잡아야 할 테니까요. 이젠 우리두 잘 살게 될 것 같습니다."

"그렇겠지요."

종구로서 대답하기 힘든 이야기들이었다. 별로 생각해 본 일이 없는 문제들이었기 때문이었다. 고향이 있지만 그리로 갈 생각을 해 본 적이 없다. 조국으로 돌아가고 있기는 하지만 생활의 터전을 잡아야겠다는 생각도 해 본 일이 없는 그였다.

그러면서도 그가 대답하기 더욱 곤란한 이야기를 꺼내지 않고 같은 감정 속에 있는 같은 민족으로 취급해 주는 것을 고맙게 여겼다.

"기차가 언제쯤 있다죠?"

그는 김관호에게 자기 속을 보일 수가 없어서 기차 기다리기가 지루하다는 것을 말했다.

"글쎄요. 역 직원들두 모르구 있던데요. 아무때라두 오기야 하겠지요. 어제두 세 번 지나갔다니까요."

김관호 밖에도 아는 사람을 대여섯 명이나 만났다. 아마 종구가 돌아다니며 찾아보았다면 상당수의 아는 사람이 있었을 것이다. 만나는 사람마다가 고향 이야기 아니면 언제 도착할지 모르는 기차 이야기만을 했다. 한 명도 색안경을 쓰고 그를 바라보는 사람이 없었다. 정말 다행한 일이었다. 고통된 민족적 감정으로 가슴이 부풀어 있을 때 개인의 일에 관심 가질 필요가 없을 것이고 따라서 자기를 유별나게 미워할 필요가 없을 것이란 생각이 들었다.

몇 시간을 기다리다가 기차를 탔다. 화물차였다. 몸을 움직일 수 없도록 빽빽이 앉았다. 앉을 수가 없어서 일어서 있는 사람도 있었다. 어쨌든 기차를 탈 수 있다는 것만도 고마웠다. 기차를 탄 사람이 거의 조선 사람이요, 조선 사람의 거의가 고향으로 나가는 사람들이니 모두가 고향으로 갈 수 있게 된 것만을 고맙게 생각하고 있을 것이다.

가다가 한 번 멎으면 떠날 줄을 모르는 기차였다. 가다가 변소엘 가고 싶어도 기차가 다음 역에 설 때까지 기다리지 않으면 안 된다. 가다가 그 이상 더 가지 않는다면 내려서 다음 기차를 또 기다려야 한다. 그러면서도 그들은 고향 간다는 마음에 그리 불평할 줄을 몰랐다.

봉천을 지나 신의주까지 닷새가 걸렸다. 신의주에 이르자 모두 환성을 올렸다. 조국 땅에 발을 딛는 순간 오랫동안 외국 땅에서 고생하다가 돌아오는 감격이 폭발하는 모양이었다.

"신의주다. 신의주야."

모두가 고함을 질렀다. 남들이 모두 감격해 있는 순간 종구는 삼용사 비석이 아직 서 있을 만주 땅을 생각했다. 그리고 인민재판에 붙이려다 놓치고 흥분해하고 있을 동포들을 생각했다. 자기를 괴롭히던 곳을 아주 빠져나왔다는 안도감과 아울러 그래도 개운치 않은 불안감이 그를 우울하게 했다. 숱한 고생을 하며 서울에 이르렀을 때도 마찬가지였다. 가슴이 개운치가 않았던 것이다. 찜찜하기만 했다.

특히 반민족처벌 특별위원회가 생겨 과거의 친일파를 체포하여 재판을 회부하고 있는 신문보도를 볼 때 가슴이 섬찍했다. 신문에 이름이 오르고 있는 사람들에 비하면 자기는 올챙이 새끼도 못 된다. 서울 장안에 자기 이름을 알 사람이 누구겠는가? 그러나 거물급 친일파와 자기와의 사이에 얼마나 차이가 있을까? 자기는 자기가 살던 만주 땅에서 숙청 대상 제1호로 뽑혔던 사람이다. 전국적으로 알려져 있지 않을 따름이다.

"아버지! 저 취직했어요. 미군 부대에서 사람을 많이 뽑았어요."

광초는 앞으로 살게 된 데 전적으로 만족해하는 태도였다. 종구로서도 고마운 일이 아닐 수 없었다. 우선 생계가 해결됐다는 것이 얼마나 다행한 일인가?

"아는 사람이 어디 있어 취직이 다 됐니?"

"사귀면 다 아는 사람이죠. 그새 여러 사람을 사귀었으니까요."

용하다. 한 번 와 본 적도 없는 서울에서 혼자 다니며 취직까지 했다니……. 종구는 아들이 취직했다는 말을 듣자 자기도 돈벌이를 해야겠다는 생각을 했다. 취직을 하거나 어떤 생업을 가지면 우선 마음이 조금 안정될 것이다. 잊어버려도 좋은 일을 가지고 밤낮 불안해할 필요가 무엇인가? 하루빨리 만주를 잊고 싶었다.

그것뿐이 아니다. 아직 오십도 못 된 나이에 아들이 벌어다 주는 것만 먹고 있을 수는 없다. 둘이 같이 벌어 모았다가 가족들과 만날 때 유용하게 써야 한다.

그는 가족들에 대한 것도 생각지 않을 수 없었다. 미국과 소련이 한국에 삼팔선을 만들어 놓고 자유롭게 왕래도 못하게 하고 있지만 한국이 독립국가인 만큼 언젠가는 그 삼팔선을 깨뜨리고 한국 사람들끼리 자유롭게 살 수 있게 되리라 생각했다. 그럴 날이 절대로 멀지 않으리라 생각했다. 멀어서 될 일이냐고 생각했다.

그러니 언제건 가족들은 한곳에 모이게 될 것이다. 그 날을 위해 미리부터 준비를 해야 했다. 그래서 아들처럼 종구도 나다니면서 일자리를 구하기 시작했다. 사람을 쓸 만한 곳이면 어디든 찾아가 자기를 써 달라고 말했다. 그래도 부끄럽지가 않았다. 모두가 내 나라 사람들뿐인데 무슨 말을 하면 어떠랴는 마음이었다. 학력이 없으니 편안한 자리를 구할 수는 없었다. 차라리 육체노동이 좋을 것 같았다. 파묻혀 남의 눈에 띄지 않게 사는 것이 마음 편할 것 같았기 때문이다. 나라를 위하는 마음으로 일하자. 그것이 국민 초년병으로 재출발하는 계기가 될 것 같기도 했다. 밑바닥에 숨어서 육체적 고통을 겪으면 그것이 나라를 위한다는 마음을 일으킬 것도 같았다.

그렇게 육체적인 일을 찾아 헤매던 끝에 서울역에 짐 운반인으로 채용이 되었다. 고정된 월급은 없었지만 기차를 타고 내리는 사람들의 짐을 운반해 주고 받는 돈이 월급만 못지않았다. 다만 일본식 습관이 그대로 남아 빨간 모자를 쓴다는 것이 기분 좋지 않았다. 나이 든 사람이 빨간 모자를 쓰고 사람 많은 플랫폼을 거니는 것이 약간 창피했던 것이다. 그러나 제 힘으로 나를 수 없는 손님들의 짐을 달구지에 실어 날라다 줄 때의 쾌감은 육체적 노동을 선택하던 때의 기대와 비슷한 것이었다. 역 광장까지 달구지를 끌고 나와 짐 주인에게 넘겨 주면 짐 주인들은 낑낑거리며 짐을 들고 택시 있는 데로 가거나 지게꾼을 부르러 간다. 만약 자기 같은 사람이 없다면 기차에서 내린 손님들은 짐 때문에 얼마나 고생들을 할까? 그 사람들은 전부라고 할 만큼 한국 사람들이다. 동포의 힘이 되고 그들에게 조금이나마 도움이 된다는 것이 어찌 보람된 일이 아니겠는가?

조금 힘이 들고 창피스럽다 해도 그는 후회함이 없이 일을 했다. 그러면서도 광초에게는 자기가 그런 육체적 노동을 하고 있다는 말을 못했다. 아무래도 이해해 주지 못할 것 같았기 때문이었다. 어떤 아들이건 자기가 돈벌이를 하며 아버지를 육체노동에 내보내고 싶어할 사람이 있겠는가? 광초는 남달리 아버지를 생각하는 아들이다.

그러나 오래오래 숨기고 있을 수는 없었다. 광초보다 늦게 돌아오는 때가 많았기 때문이었다. 늦게 돌아오는 것을 보고 왜 늦게 돌아오느냐고 물을 때 종구는 할 수 없이 자기 직업을 말했다. 그랬더니 광초는 실망했다는 듯,

"그런 일을 안 해두 먹구 살 수가 있을 텐데요."
하며 사뭇 섭섭하다는 투로 말했다.

"먹구 살 수가 없어서 그런 일을 하는 것만은 아니다. 뭔가 일을 해서 나라에 도움이 되도록 하려는 거지?"

"그게 뭐 나라에 도움되는 일입니까?"

"동포가 힘들어하는 일을 도와 주는 것두 나라를 위하는 일 아니냐? 내가 이제 무슨 다른 일루 나라를 돕겠니?"

"그래두 그만두세요. 제 낯두 봐 주셔야지."

"그렇게 생각할 것 없다. 동포를 위해 무슨 일이나 해야만 가슴 속에 응어리지고 있는 죄의식을 없앨 수가 있다는 내 마음을 알아 줘야 하잖겠니?"

"죄의식을 느끼실 게 뭡니까? 아버지가 동포에게 해를 끼친 일이 있어야지요. 어떤 위치에서든 동포를 위해 살아 오신 아버지 아니세요?"

"나라를 팔아 먹은 이완용두 동포를 잘 살게 하기 위해 할 수 없었노라고 변명할 것이다."

"아버지가 나라를 팔아 먹은 일이 있습니까?"

"팔아 먹은 일은 없다. 그렇지만 일본 사람 그늘 밑에서 일하지 않았니? 일본 사람의 그늘 밑에서 일했다는 것부터가 일본을 상전으루 모셨다는 것이 아니겠니?"

"그건 일본을 이용했다는 것이 되잖을까요?"

"약한 사람이 강한 사람을 이용할 수가 있겠니? 어쨌든 나는 인민재판에 회부될 만큼 민족의 죄인이다."

"인민재판이 가장 정당한 것인가요?"

"나두 그렇게는 생각되지 않는다. 그렇지만 내 가슴 속에 그늘지고 있는 것을 씻어 버릴 수 없으니 어떡허니?"

"참 아버지두……."

광초는 아버지를 설득시킬 자신이 없는지 알 수 없는 사람이란 듯 입맛만 다셨다.

"좌우간 나는 내 마음 속의 그늘을 씻어 버리며 살아야 한다. 너무 괘념하지 말아라. 나는 그렇구 너는 어떡허니? 빨리 가서 네 약혼녀를 데리구 나와야지 않니?"

종구는 도리어 아들을 걱정했다.

"가구 싶어두 직장 때문에 갈 수가 있습니까? 그리구 삼팔선이 점점 더 굳어지구 있다는데요."

"그러다가 아주 못 만나게 되면 어떡허니?"

"저두 모르겠어요, 어떻게 해야 할지."

말로서 해결할 수 없는 일이었다. 어떤 기적이나 바랄 수밖에 없는 기구한 운명 속에 사는 사람들이었다.

그런데 기적 비슷한 일이 이루어졌다. 종구의 아내와 광초의 약혼녀가 서울역에 나타난 것이었다. 서울역에서 아내와 광초의 약혼녀 복실을 만났을 때 종구는 세상에 이런 일도 있는가 하고 놀랐다. 그들이 이남으로 나온다는 것은 있을 수 있는 일이다. 그러나 이렇게 서울역에서 만나다니……. 그들은 자기네가 어디서 살고 있는지도 모르고 나왔을 것이다. 서울까지 왔다고 해도 절대 만날 수 있는 사람들이 아니다. 종구는 자기가 육체노동을 하면서라도 서울역에서 일한 것이 하늘의 뜻이라고 생각했다.

어쨌든 만나리라 생각지 못했던 사람들이 만났으니 얼마나 다행한 일인가?

광초도 기뻐했다. 이제는 아무 걱정 없이 살게 되었다고 기운이 펄펄했다.

그런데 누구보다도 기뻐해야 할 아내와 복실이 어쩐지 얼굴을 활짝 펴지 못하고 있었다. 청단에서부터 개성을 거쳐 서울까지 이르는 동안 특별히 마련된 전재민 열차에서 고생 없이 왔다는 말을 하면서도 어떤 구석에 그늘이 지어 있음을 알 수 있었다. 먼 여행에 몸이 피곤한 탓이라고만 생각했다. 그런데 아내와 단 둘이서 이야기를 하고 있을 때 아내가 떠날 생각도 못하고 있다가 갑자기 떠났다는 말을 했다.

무슨 일이 있은 것 같아 추궁해 물었더니 아내가 광초에게도 숨겨야 한다면서 복실이가 소련 군인에게 당한 이야기를 했다. 얼마든지 있는 이야기지만 자기 며느리가 그런 일을 당했다는 것을 알자 아찔한 생각이 들었다. 그러나 아내가,

"나두 어떻게 해야 할지를 몰랐어요. 그 애 부모들이 상심해 있는 것을 보구는 정말 망설였어요. 며칠을 생각하다가 그 앨 데리구 떠났죠. 광초가 모르구 지낸다면 사람 하나를 살리는 게 될 것 같아서요."

할 때 종구는 아내가 위대하다는 것을 생각하며 어느 정도 안심을 했다.

비밀만 지키면 광초가 알 리 없다. 모르고 산다면 아무런 불편도 없을 것이다. 그 대신 한 여자를 살리게 된다.

"잘했소. 빨리 결혼을 시킵시다."

그는 아내를 칭찬했다. 사람 하나를 살린다는 것이 얼마나 위대한 일인가?

"그 애가 거기서는 살 수 없게 된 걸 어떡해요. 그냥 뒀다가는 그 애가 자살이라두 했을 거예요."

"잘했다니까. 광소마저 데리구 왔더라면 좋았을 걸. 그 앤 안 나온답디까?"

"일이 많아서 못 나온다더군요. 나중에라두 나오겠지요 뭐?"

아내는 종구와 광초가 도망쳤기 때문에 입장이 곤란해졌다면서 자기에게까지 화내던 광소 이야기를 차마 못했다.

"가족보다 중한 일이 있으니 다행이로군!"

종구도 광소에 대한 이야기를 더 물으려 하지 않았다. 그 대신 며칠 동안 물어 보지 않았던 삼용사 비석에 대한 것을 물었다.

"비석 글자들을 다 쪼아 없앴답니다."

"아주 깨부숴 버리지 않구……."

"돌을 깨부수기가 쉬운가요."

"그렇기두 하겠구만……."

글자라도 쫘 없앴다니 다행한 일이지만 형태가 그대로 남아 있을 것이 꺼림칙했다.

"그런 거 아직 생각할 것 없잖아요?"

"나두 생각하지 않어. 그저 지나가는 말루 물어 본 것뿐이지."

아내에게까지 걱정시킬 필요가 없는 일이었다. 종구는,

"내가 정거장에서 일한 게 정말 다행한 일이었어. 같은 서울에 살면서두 만나지 못했으면 어떡허지?"

하고 이야기를 돌려 버렸다.

"글쎄나 말예요. 나오기만 하면 만나려니 하구 떠났었지만……."

"광초가 나가지 못하게 하는 걸 우겨서 나가길 잘했어. 좌우간 고맙게 생각하며 살아야겠어!"

아내도 동감이었다. 그러나 남편이 그런 잡일을 하는 게 마음에 안됐는지

"이젠 만날 사람 다 만났으니 그 일 그만두시죠."

하고 말했다.

"광소가 나올지 아우?"

"그 앤 안 나올 거예요. 안 나온다구 그랬어요."

"걸 누가 알어? 그리구 식구가 늘었으니까 한 푼이라두 벌어야 할 거구."

종구는 육체적 노동에 대해 마음이 조금도 변하지 않았다. 거기서 가족을 만났다는 것을 생각할 때 그 일에 대한 보람을 느꼈다.

그래서 전보다도 더 열성적으로 일하고 있을 때였다. 하루는 부산서 오는 열차 손님의 짐을 나르고 있었는데 어떤 사람이,

"종구 아닌가?"

짐 싣고 있는 종구를 물끄러미 보다가 물었다.

누굴까 하고 유심히 보았지만 기억이 나지 않았다. 말쑥하게 신사 양복을 입고 안경까지 낀 미끈한 사람이었다. 그런 사람으로 자기를 그렇게까지 친근하게 부를 사람이 누군가?

"잘 모르겠는데요."

"천종구가 아닌가?"

그때야 생각이 났다.

"이거 문창효 아닌가?"

그들은 정말 반가운 악수를 나눴다.

"언제 나왔니?"

"얼마 전에 나왔다. 넌 그새 상해에 가서 산단 말을 들었는데……."

"나 지금 돌아오는 길이다. 그래, 그새 고생 많이 한 모양이구나."

"고생이랄 거 있나? 생소한 데 나와서 아는 사람이 없으니까 아무 일이나 다 하구 있는 거지."

"조금만 참아라. 난 상해서 장사를 하며 살았다. 재미두 좀 봤지. 서울서

두 사업을 좀 하려 하니까 조금만 기다려. 네가 이런 데서 일하두룩 내버려 둘 수 있니? 주소나 적으라구."

"주소가 있니? 이리루 연락하면 되지."

종구는 문득 정거장에서 일할 수 없는 때가 왔다는 생각을 했다. 문창효를 다시 만나서는 안 된다는 마음이 들었기 때문이었다.

같은 삼용사의 한 사람으로 종구가 협회회에 들어갈 때 그는 상해로 갔다. 물론 일본 사람의 도움으로였다. 그러니 상해 가서도 일본 사람들을 끼고 무슨 장사건 장사를 해서 돈을 벌었을 것이다. 그 돈을 가지고 독립된 조국에서 또 돈벌이를 하겠다니 그는 삼용사 사건을 자랑처럼 생각하고 있을 것이다. 그가 자기를 불쌍히 생각하고 도와 주겠다는 것도 결국은 삼용사 사건으로 맺은 인연을 내세우려는 것이 아니겠는가?

종구는 문창효가 자기처럼 가난한 모습을 보여 주었다면 차라리 반가웠으리라 생각했다. 그렇다면 손잡고 우리가 옛날에는 그런 일도 했었지 하고 과거 이야기를 털어놓고 이야기할 수 있었을 것이다. 그러나 겉모양이 다른 것처럼 속까지 아주 다른 사람이 되어 버린 문창효에게 그는 오직 실망만을 느꼈다. 다시 만나면 삼용사 기념비를 더 잊을 수 없고 아울러 더 큰 고통을 느낄 것이다.

문창효의 짐을 날라다 역 밖에서 내려 주었을 때 문창효가 두툼한 지폐를 쥐어 줬다. 얼굴이 화끈해졌다.

"이놈아, 내가 이 돈을 어떻게 받니? 줄려거든 다음에 찾아와서 줘라."

돈을 돌려 주자 문창효가 이해가 가는지,

"다음에 만나 이야길 좀 하자. 찾아볼 사람들을 찾아보구 이리루 올게."

고집을 부리지 않고 가 버렸다.

쉽게 가 버린 것은 고마웠으나 다시 만나야 할 것을 생각할 때 마음이 무거웠다. 서울에서는 자기의 과거를 아는 사람을 만나지 않으리라 기대했던 그였다. 그런데 여기서 하필이면 공범자를 만나다니…… . 그것도 비행으로 잘 살게 된 현재만을 생각하고 도리어 그것을 자랑으로 삼고 있는 사람.

종구는 창효를 생각할 때마다 서울이 만주의 연장이 되지 않을까 하고 생각했다.

창효를 만난 서울역을 떠나자.

가족을 만날 때는 신이 인도한 곳처럼 생각되었으나 창효를 만난 지금 그는 악마에게 끌려온 것처럼 생각되었다.

집으로 돌아가서도 그는 창효 만났다는 이야기를 아내에게 말하지 않았다. 입 밖에도 꺼내고 싶지 않았던 것이다.

혼자서 늦저녁을 먹고 있는데 광초가 보이지 않아 아직 돌아오지 않았느냐고 물었을 때,

"약 사러 갔어요."

아내가 대답했다.

"약은 무슨 약을?"

"복실이가 아프대요. 저녁두 못 먹었거든요."

종구는 복실이가 체한 것이리라 생각했지만 문득 위장보다 더 중한 병에 걸린 것이 아닌가 하는 생각을 했다. 서울에 온 뒤 계속해서 기운이 없었다. 말도 잘하지 않았다. 필시 만주에서 있었던 일을 못 잊고 있는 것이다. 그것이 병이 되어 밥도 먹지 않고 있는 것만 같았다. 그래서 아내에게,

"그 일루 그 애가 아직 상심하구 있는 게 아니우?"

윗방에 누워 있는 복실이가 들리지 않게 작은 목소리로 물었다.

"나두 그런 것 같아 타일렀어요. 그렇지만 그렇진 않은 것 같아요. 설사를 한다니까."

"당신이 알아서 늘 보살펴야겠소. 그냥 비관만 하구 있을지 모르니까. 그리구 내일부터라두 그 애들 한방을 쓰도록 해 주십시다. 아는 사람 하나 없는 데서 결혼식을 올릴 수두 없으니까."

아내는 찬성을 했다. 아들도 석연치 않은 데가 있지만 할 수 없는 일이라고 부모의 말을 따랐다.

그래서 복실에 대한 일은 일단 해결된 것 같았으나 종구는 인생이란 참으로 살기 힘든 것이란 생각을 했다. 이렇게 살기 힘든 것을 무엇 때문에 사느라 고생들일까 하는 생각을 했다.

광초는 아무것도 모르고 있으니 마음 편할지 모른다. 그러나 언제까지나 모르고 지내리라고 누가 보장할 수 있을 것인가? 알게 되는 순간부터 그는 괴로워해야 할 것이다.

광초가 모르고 지낸다 해도 복실은 숨기고 있다는 사실에 대한 죄의식을 느끼며 하루도 편하지 못하게 살 것이다. 어린애를 낳게 되어도 그것으로 자기의 과거가 씻겼다고는 생각지 못할 것이다.

속으로 앓고 있는 복실이와 속으로 앓을 가능성을 가지고 있는 아들을 옆에서 보아야 하는 고통. 직접 겪는 고통과 그것을 보는 고통은 비슷비슷할지도 모른다. 본인들은 잊고 있을 때에도 보는 사람은 잊을 수 없는 때가 있을 것이다. 그런 것을 생각하면 본인들보다 바라보는 자기가 더 고통스러울 것 같기도 했다.

약을 사러 간 아들이 돌아오기 전에 종구는 복실이가 있는 방으로 갔다. 그리고 기억에 남아 있는 이야기를 해 주었다.

"만주에서 농사를 짓고 있을 때 산에다 덫을 놓은 일이 있었다. 다음 날 가 보니 사슴 한 마리가 그 덫에 쳐 있었다. 분명히 쳐 있는데도 새끼에게 젖먹이고 있음을 보았다. 덫에 치어 있는 한 다리에서는 피가 흐르고 있었다. 얼마나 아팠겠니? 죽을 시간이 눈에 보였을 거다. 그래도 사슴은 새끼에게 젖을 주고 있었다. 그때 나는 덫에 친 사슴은 잡아왔지만 젖을 빨다가 도망가는 새끼 사슴을 쫓아가지 못했다."

복실을 위해 밑도끝도없이 이야기만 해 주고 자기 방으로 돌아온 종구는 며느리보다 도리어 자기가 바로 덫에 치인 사슴이란 생각을 했다. 아픔을 잊기 전에 죽을 것이다.

그런데 사슴은 죽기 직전 새끼에게 젖을 먹인 것으로 보람을 삼았을 것이다. 그래서 죽어도 그리 슬프지가 않았을 것이다.

종구는 자기도 죽음을 슬프지 않게 여기고 살 수가 있을까 생각했다. 아들과 복실을 위해 무엇인가를 하다가 죽는다면……. 그러나 그런 일이 어떤 것일까? 그런 일이 머리에 떠오르지 않았다.

그런 일이 따로 있을 리 있나? 진심으로 그들을 위해 살면 되겠지.

종구는 자기 발에 치인 덫이 사슴의 발에 치인 덫보다 좀더 큰 것임을 생각했다. 좀더 큰 덫에 치인 자기는 그 덫으로 죽을 죽음을 슬프지 않게 해야 할 것이 아닌가?

그런데 그 죽음을 슬프지 않게 할 일이 무엇일까? 그런 것이 무엇일까 생각해 보았지만 통 머리에 떠오르지 않았다.

진심으로 조국과 동포를 위해 일을 하는 것이라고 생각해 보았지만 그것이 구체적으로 떠오르지 않았다. 하룻밤을 줄곧 생각했지만 생각나지가 않았다.

그는 옛날 만주에서 지낸 일들을 생각했다. 그 중에서도 두 노인을 산간벽지에서 데려다가 동포들과 같이 살게 해 준 일이 있다. 그러나 지나간 일이 현재의 슬픔에 영향을 주지는 못한다고 생각했다. 다음 날 아침 창효를 만난 뒤 그만두리라 생각했던 정거장엘 그냥 나갔다. 동포를 위해 일할 수 있는 장소로 정했던 곳을 새 장소도 정하지 않고 그만둘 수는 없다고 생각했기 때문이었다. 그리고 전처럼 일을 했다.

그런데 폼에서 부산발 경부선 열차를 기다리고 있을 때였다. 기차가 폼 근처까지 이르렀을 때 경인선 열차가 서는 폼에서 한 노파가 들어오는 기차도 보지 않고 레일을 건너오고 있음이 보였다. 그냥 두면 죽을 것이 뻔했다. 종구는 생각할 겨를도 없이 레일로 뛰어들며 노파를 내밀었다. 그러나 노파가 레일 저편에 쓰러짐과 동시 기관차 바퀴가 종구 몸 위를 지나갔다. 죽는다는 의식도 가질 새 없었다. 그러나 육체보다 영혼이 일 초의 백분지 일이라도 늦게 육체에서 떠났다면 그는 자기 죽음이 슬프지 않다는 것을 생각했을 것이다. 그리고 자기를 사로잡고 있던 죄의식에서 해방되고 있음을 느꼈을 것이다.

(원) 《현대문학 225》 1973. 9.

겨울삽화

상

저녁을 먹은 뒤 설거지를 하러 부엌에 나간 아내가 들어오기도 전에 나는 애들을 각기 자기들 방으로 내보냈다. 대학입시를 보름쯤 앞둔 큰애 때문에 나는 초조해 있었던 것이다. 먹은 게 좀 꺼지기나 해야 공부도 할 수 있지 않느냐고 자기 형을 두둔하며 고등학교 2학년짜리 둘째 놈이 나를 힐끗 보았지만 그래도 빨리 나가라고 성화를 해서 내보냈던 것이다. 방학중이라 셋째와 둘째에게는 극성스럽게 공부를 강요하지 않아도 좋지만 그 애들만 남겨 두고 큰애만 내보낼 수가 없었던 것이다.

애들이 자기들 방으로 나가자 아내가 부엌에서 들어왔다. 물기 있는 손을 행주치마로 닦으며 아내는 설거지를 하는 동안 줄곧 그것만 생각하고 있었던 모양이다.

"아무래도 학교 선택을 잘못한 것 같아요."

몇 번이나 한 소리를 또 했다.

"그깟 소리 또 해서 뭣해?"

1차 대학 입학 지원은 이미 마감을 끝냈고 과별 응모자 수까지 발표된 때라 나는 아내의 말에 상대할 필요도 없다고 생각했다. 그래도 아내는,

"○대학교는 이 대 일도 안 되던데……."

해도 소용없는 말을 또 했다.

"비율이 낮다고 쉬운 건 아냐. 몇 번이나 말해야 알아듣겠어?"

나는 짜증스럽게 말했고, 1차 대학 가운데서 커트라인이 매년 최하위에 머물고 있는 대학교에 지원해 놓고 나서 경쟁 비율이 적다고 해서 지금 ○대학에 미련을 둔다는 것은 무식의 소치일 뿐이다.

절박한 소망을 가졌을 때 사람은 자기 분수를 생각지 못하는 것이 사실이다. 작년에 한 번 낙방을 한 일이 있는 아들이다. 일 년 재수를 했지만 실력이 늘었다고 보기가 힘들었다. 일 년 동안 학원에 다니면서 성적이 좋아졌다고 자랑해 본 일이 한 번도 없는 애다. 말하자면 실력이 뻔한데도 부모의 마음이란 부모의 잘못으로 자식이 좋은 학교에 못 들어가지나 않나 하고 걱정하게 되는 것이다. 그러니까 아내는,

"점괘가 좋으니까 아무 대학에라두 합격할지 모르는데……."

하며 요행수를 붙잡고 늘어지는 것이었다. 나는 대답하기가 싫었다. 원체 점이라든가 사주 같은 것을 믿지 않는 나다. 내가 그런 곳에 직접 가 본 일이 없는 것은 물론, 아내도 그런 데를 절대 가지 못하게 하고 있었다. 그러나 나 모르게 점쟁이에게 갔다가 와서 그 결과가 좋으니까 기쁨을 참지 못해서인지 아내는 나 모르게 그런 데 갔다는 것을 미안하게도 생각지 않으며 이야기했었다. 다른 때라면 야단쳤을 일이다. 설사 어떤 애가 죽게 되어 아내가 안타까워 그런 델 갔다 왔다 해도 나는 아내를 야단쳤을 것이다. 그러나 이번 일만은 야단칠 수가 없었다. 야단을 쳤다가 애가 또 낙방했을 때 나는 야단쳤기 때문에 낙방했다고 아내의 앙탈을 받을 것 같았기 때문이었다.

"어쨌든 이제 할 수 없는 일 아냐?"

나는 그 이상 상대를 않고 신문을 들었다. 이제부터 자리에 들 때까지 내가 할 일은 신문 읽는 일뿐이다. 전 같으면 텔레비전을 볼 것이다. 그러나 한 열흘 전부터 텔레비전은 스위치를 꺼버린 채다. 소리가 나면 애들 공부하는데 방해가 될 것 같았기 때문이었다. 소리를 적게 내게 한다고 해도 텔레비전 본다는 것을 알면 애들의 신경이 자연 텔레비전으로 몰릴 것이 분명하다. 아예 꺼 버리면 보고 싶은 프로가 있다 해도 볼 생각을 안 할 것이다. 그러니 내가 할 수 있는 일이란 신문을 읽는 것뿐이다. 1면에서부터 8면까

지 광고 하나 빼지 않고 읽어야 할 판이다.

일면에서 시작해서 이면 상단까지 읽었을 때 아내가,

"은순 엄마 있지 않수? 그이는 절에 불공드리러 다닌대요. 나두 불공이나 드리러 다닐까?"

나의 의견을 물었다. 그 말을 듣자 나는 나 모르게 점치러 갔던 때처럼 혼자 다닐 것이지 내 승낙을 얻으려 할 것이 무엇인가 하고 생각했다. 그래서,

"마음대루 하구려."

그녀의 의사에 맡길 뿐 나는 모른다는 식으로 대답했다.

"그럼 당신 집에 전활 좀 걸어요. 고모가 와서 집을 좀 봐 달라구."

고모란 이혼을 하고 친정에 와 있는 내 누이동생 명숙을 가리킴이다. 하는 일이 없으니까 필요한 때는 가끔 불러다가 집을 보게 하고 있다. 그러나 아내가 절에 가게 되었으니 와서 집을 봐 달라는 말하기가 거북했다. 차라리 어머니더러 오라고 하면 어머니는 이해해 줄지 모른다.

"왜 어머니보구 오시라지 그래."

"칠십 노파야 집을 보나마나 아녜요?"

"그래두 젊은 애보구 그런 부탁하면 비웃을 거 아냐?"

"비웃기는…… 못할 짓을 하나요?"

"그럼 당신이 말해 보구려."

"당신은 그래 그 말 한 마디두 하기가 싫은 건가요?"

아내는 내가 협력을 안 해 섭섭한 것처럼 말했다. 물론 아내가 나보다는 더 신경을 쓰고 있는 것이 사실이다. 그렇다고 해서 내가 조금도 걱정하지 않는 것처럼 말한다면 그건 도리어 내가 섭섭할 노릇이다. 나는 회사에 나가 일하는 동안에도 그놈 걱정을 하고 있다. 밤에는 전처럼 잠도 잘 못 잤다. 이번에도 낙방을 한다면 그놈은 어떻게 될까 정말 걱정이 되어 밥맛까지 잃고 있다.

"누가 말하기 싫다구 그랬어? 말하기가 거북하다구 그랬지."

나는 빽 소리를 질렀다.

"이 양반이 소리는 왜 지를까. 누가 귀먹은 줄 아나베?"

말투가 곱지 않았다.

"누가 귀먹었다구 그랬어?"

내가 버럭 신경질을 냈다. 왜 그랬는지 모른다. 싸워야 할 만큼 울분이 축적된 것도 아니었다. 한 번 소리지른 것이 그저 그렇게 번진 것뿐이었다.

"잘하는군요. 나보고 가정교육이 나쁘다더니……."

하며 부채질을 했다. 말을 선택하지 않고 상스러운 말로 대답질을 할 때 나는 아내에게 가정교육이 나쁘다는 말을 곧잘 한다. 그것은 그미가 고아로 할머니 밑에서 자랐다는 것을 알고 있기 때문이다. 그런데 아내는 나에게 보복을 벼르고 있었던 모양이었다.

"이년이 뭐라구?"

나는 화가 치밀어 주먹을 번쩍 들었다. 번쩍 들기는 했지만 내려치지를 못하고 있는데,

"치구려. 교육 잘 받은 양반……."

아내가 대들었다. 안 치고 배길 수 없었다. 한 대 얼굴을 후려치니까 쓰러지며,

"잘한다, 잘해."

울면서 소리를 질렀다. 그러니 내가 가만 있을 수 없었다. 더 때리지는 않았지만 아내 못지않게 소리를 질렀다.

그러자, 큰아들이 맨 먼저 달려왔다.

왜들 그러느냐면서 싸움을 말렸다. 왜들 그러시느냐는 말 한 마디에 우리는 싸움을 뚝 그쳤다. 그리고 다 같이,

"아무것도 아니다."

하고는 정말 아무것도 아닌 것처럼 떨어져 앉았다. 그래도 큰애 광호가 불안한 태도로 엉거주춤하고 서 있을 때 나는,

"싸우지 않을게 어서 가서 공부나 해라."

하고 말했다. 아내도 꼭 같은 뜻의 말을 했다. 그러니 광호가 뭐라고 말할 것인가? 자기 방으로 돌아가고 말았다.

나는 다시 신문을 들었다. 그리고는 싸워야 할 싸움도 아닌 싸움이 중단

454

된 것을 다행으로 생각했다.

"아무것도 아닌 일을 가지구 손찌검을 해서⋯⋯."

공연히 손찌검을 해서 자식들에게 부끄럼만 사지 않았느냐고 아내가 중얼거렸다.

잘못하다가는 다시 싸움이 벌어질 것 같았다. 싸워서는 안 된다고 생각했다. 나는 시비를 가리려는 아내를 바라보지 않았다. 보면 또 울화가 터질 것 같았기 때문이었다.

"내가 어머니한테 부탁해서 명숙이를 오게 할게!"

이렇게 말하고는 신문을 다시 집어 들었다. 그리고는 아내에게 자리를 깔라고 했다. 잠이 오든 안 오든 눈을 감고 누워 있는 것이 편할 것 같았기 때문이다. 아내가 자리를 까는 동안 나는 변소엘 갔다. 소변을 보고 돌아오는 길에 광호의 방과 둘째, 셋째의 방이 훤하게 불켜져 있는 것을 보고 나는 대견하단 생각이 들었다. 그리고 그놈의 시험 때문에 잠도 제대로 못 자고 놀기도 마음대로 못하면서 불평하지 않는 애들이 기특하게 생각되었다. 그래서 발소리를 죽여 큰애 방 앞까지 가서 방문 틈으로 안을 들여다봤다. 그런데 참으로 기가 막혔다. 열심히 공부하는 줄만 알았던 광호가 이불을 펴고 그 속에 들어가 자고 있지 않은가? 나는 둘째, 셋째의 방에도 가서 문틈을 들여다 봤다. 그놈들은 잠을 자는 대신 화투짝을 가지고 장난들을 하고 있었다. 한심스러웠다. 안방으로 돌아와 긴 한숨을 내쉬었다.

공부하는 척 불을 켜 놓은 채 잠자고 있는 그런 놈을 위해 속을 썩이고 있는 내가 억울한 마음이 들었다. 그래서 보고 온 광경을 아내에게 말했다.

"한 시까지 공부를 하다가 자라고 그랬는데⋯⋯."

"나두 그런 줄 알았지."

"이제 며칠 남지 않았는데 잠만 잘까?"

"글쎄나 말야."

"내가 나가 깨우고 오죠."

그러나 나는 아내를 말렸다. 신경을 건드려 그 후환이 며칠 동안 계속된다면 안 된다는 생각이 들었기 때문이었다. 그 대신,

"그러지 말구 과자를 한 근 사다가 주구려. 모른 척하구 문을 열구 과자를 들이밀면 과자를 먹느라구 잠이 깰 게 아니오? 화투놀이 하는 작은 놈들은 줄 거 없구⋯⋯."

하고 말했다. 아내도 동의를 하고 밖으로 나갔다.

가게에서 돌아온 아내는 우선 밑엣놈들 방문을 열고 쓸데없는 장난을 말고 잠이나 자라고 타일렀다. 과자 몇 조각까지 주면서.

그러는 아내의 행동을 안방에서도 알 수 있었다. 아내의 목소리가 들릴 만큼 가까운 거리였으리라.

나는 그런 아내가 약간 불만스러웠지만 둘째 놈도 고등학교 2학년이다. 얼마 안 있어 3학년이 되고 내년 이맘때쯤은 대학입시를 치러야 한다. 그놈도 열심히 공부를 해야 한다. 그런데도 아내나 나는 그놈을 다그치지 못하고 있다.

아내가 광호 방문을 열고,

"과자 좀 먹구 공부하다 자라."

하는 목소리가 들렸다. 부드럽기 한이 없는 목소리였다.

아낸들 얼마나 속이 상했을 것인가? 시험이 며칠 안 남았는데 잠만 자고 있는 꼴을 보기가. 그러나 아들의 비위를 상하게 할까 봐 일부러 부드럽게 말하고 있는 아내다.

자식을 기르려면 간을 빼 버려야 한다. 그것을 빼 버리지 않는다면 타고 타서 까만 재만이 남을 것이다.

아내는 몇 마디 말을 더한 뒤 안방으로 돌아왔다.

"깨웠수?"

"문을 열자 일어나던데요. 전들 마음놓구 자겠어요?"

아내는 그래도 아들을 두둔하려고 했다. 나도 아들을 욕하는 말보다 두둔하는 그 말이 차라리 듣기 좋았다.

"낙방을 하면 제가 하지 우리가 하나? 알아서 하겠지."

나도 아들이 지각없는 애가 아니라는 듯이 말했다.

"자다가 깼다가 하며 공부하겠죠."

"그럴 거야."

나는 아내에게 동의하고는 정말 그 애가 지각이 없지는 않을 것이라고 생각했다. 그래서 아내가 걱정 말고 잠이나 자라는 말에 자리 속으로 들어갔다. 아내의 말대로 자리 속에 들기는 했지만 혼자만 태평스럽게 누워 있는 것이 미안해서,

"당신두 자구려."

하고 말했다.

"저야 뭘 벌써 자겠어요?"

아내는 빨래한 것들을 가져다가 다림질할 준비를 했다.

사실 자기에는 이른 시간이었다. 나도 잠이 오리라 생각해서 자리 속에 든 것은 아니었지만, 다림질하려는 아내를 보자 아내의 말만 듣고 자리 속에 들었던 내가 바보스럽게 생각되었다. 그렇다고 새삼스럽게 자리 속에서 나올 수도 없는 일이었다.

옛날 숯불을 가지고 다림질을 할 때 같으면 일어나서 다림질감을 잡아 주기라도 하련만 일어나야 할 일이 없다. 그래서 누운 채,

"옛날 우리가 공부를 할 때는 입학시험이라구 특별히 고생한 일이 없었지?"

심심파적으로 옛날 이야기를 꺼냈다.

"글쎄나 말예요."

"그때보다 대학의 수가 얼마나 늘었어? 그때는 대학과 전문학교가 전국에 열두 못 됐을 거야. 지금은 그때보다 열 배두 더 늘었는데 그래두 들어가기가 힘드니 참 모를 일야."

"대학을 졸업해야 취직두 하구, 행세를 할 수 있는 세상이니까 그렇겠죠."

"선진국은 그렇지두 않은 모양이던데……."

"대학생의 수가 문화 수준의 척도는 되지 않는 모양이죠."

이상한 일이었다. 지식 수준이 그 나라 문화 수준의 척도가 될 것 같은데 실제로는 그런 것 같지가 않기 때문이었다.

나는 더 할 말이 없어서 천장만 쳐다봤다. 그리고는 한 나라의 문화는 국민 전체가 아니라 머리가 우수한 일부 국민에 의해 좌우되는 것이라고 생각했다. 그렇다면 천재 교육이 필요하지 않을까? 천재가 아니면 대학에 들어갈 생각도 못하게끔 대학과 사회의 척도는 고쳐야 하지 않을까?

나는 벌떡 일어났다. 부질없는 생각을 하고 있기보다는 광호를 위해 밖에라도 한 번 나갔다 와야겠다는 생각이 들었기 때문이었다. 문 밖에 나가 큰기침을 한 번 하고 변소엘 갔다. 아까처럼 또 잠을 자고 있다면 깨서 공부를 하라는 경고였다. 변소에 가서는 소변이 마렵지도 않은데 잠시 우두커니 섰다가 나오며 또 큰기침을 했다. 첫번째 기침소리에 깨지 않았으면 이번 기침소리에라도 깨라는 뜻이었다. 한 시간 쯤 뒤 나는 또 변소엘 가는 척하며 가는 길에 한 번 큰기침 소리를 냈다.

하

다음 날 아침 출근 준비를 하고 있을 때,

"오늘 중으루 고모가 오두룩 하세요. 내일 아침에는 떠날 수 있게……."

아내가 당부를 했다. 말을 안 해도 나는 출근을 해서 전화를 걸 생각이었기 때문에 가볍게 알았다고만 하고 대문께로 나왔다. 그런데 대문을 나서려고 하는데 대문께까지 따라나온 아내가 또,

"잊지 마세요."

다짐을 하는 것이었다.

성의가 없어서 잊어버리지나 않을까 하는 불신감이 눈에 보여 불쾌했지만

"알았다니까."

듣기 싫지 않게 대답하고 대문을 나섰다. 만약 내가 그렇게 정신이 없는 사람인 줄 알아? 하고 신경질이라도 부리면 아내가 절에 가는 일에 협조하지 않는 줄 알고 반발할지도 모르기 때문이었다.

그런데 어느새 따라왔는지 막내 딸년이,

"아빠, 춥지?"

자기 존재를 알리려는 인삿말을 건넸다. 옷차림으로 보아 외출하는 것은

아니었다. 필경 내게 할 말이 있는 모양이었다.

"웬일이냐?"

"그런데 아빠!"

제딴은 애교를 부리는 모양으로 연방 아빠를 부르고도 말을 제대로 꺼내지 못했다.

"아빠, 거 있지 않우?"

"뭐 말야?"

나는 무뚝뚝했다. 그 애 속을 짐작할 수 있기 때문이었다. 내 무뚝뚝한 태도에 그 애는 기발한 전법이라도 쓰는 듯 내 한쪽 손을 잡아 흔들며

"아빠, 나 스케이트 하나만 사 줘."

조르기를 시작했다.

"이년아, 웬 돈이 있어?"

첫마디로 거절을 하고 그 애의 손을 뿌리쳤다.

"동무들은 전부 스케이팅을 했단 말야."

"돈이 없다니까."

"운동두 해야 몸이 건강해지지 않아, 아빠."

계속해서 따라오며 조르기에,

"엄마한테 말해 봐."

하고 그 자리를 모면하려 했다. 그런데도,

"엄만 아빠한테 말씀드리랬어."

하며 그냥 따라왔다.

"돈 있는 집 애들과 꼭같이 할 수 있니? 안 된다면 안 되는 줄 알아."

"우리만 못한 집 애두 다 샀는데 뭐……."

"암만 말해두 소용없어."

나는 그 애가 더 말을 못하게 하고는 도망치듯 버스정류장까지 갔다. 빈자리가 있어서 용케 앉을 수 있었지만 나는 불안했다. 애의 요구를 꺾어 놓기는 했지만 마음이 상쾌하지 않았기 때문이었다. 모두가 자기들 때문인데도 애들은 그것을 모르고 우선 나를 원망할 것이 분명했다.

나는 큰애의 대학 입학을 위해 십만 원을 저금해 놓고 있다. 그 돈을 저금하기 위해 일 년을 고생했다. 그 동안 술까지 끊었다. 앞으로 둘째, 셋째가 연달아 대학에 입학한다. 그때를 위해 나는 극도의 절약생활을 해야 한다. 그런데도 애들은 자기들의 요구를 들어 주지 않을 때 나를 인색한 아버지라 원망할 것이다.

두어 정거장쯤 지났을 때 국민학교 학생 같은 어린애 세 명이 올랐다. 모두 털실로 짠 모자를 깊이 눌러 쓰고 손에는 스케이트가 든 주머니를 쥐고 있었다.

얼핏 저 애들은 부모를 원망하지 않고 사는 애들이란 생각이 머리에 떠올랐다. 자식들에게 원망을 받지 않고 사는 부모들은 얼마나 행복할까 하는 생각도 들었다.

내가 근무하고 있는 곳은 ○제약주식회사 서무과다. 이삼십 명이나 되는 직원들이 출근 직후라 모두 명랑한 얼굴로 일을 시작하고 있었다. 모두 다 나보다 젊은 사람들인 그들의 얼굴을 보면서 나는 앞으로 고생문이 훤하다는 생각을 했다. 그들도 나처럼 장차 자식들의 원망을 받으며 살 것만 같았기 때문이었다.

나는 일을 시작하기 전에 전화부터 걸었다. 어머니에게 광호 때문에 에미가 절에 가게 되었다고 한 뒤 며칠 동안 명숙을 집에 보내 달란 말을 했다. 그랬더니 어머니가 기쁘게 승낙해 주었다. 나는 전화를 바꾸라고 해서 명숙에게 직접 부탁하기도 했다. 그 애도 선선하게 승낙해 주었다. 모두가 광호의 입학에 협력해 주는 것이었다. 나는 기분이 좋았다. 그리고 나는 충실하게 아내의 협조자 노릇을 다했다고 생각했다.

퇴근하고 집에 돌아갈 때 나는 길가 상점에서 새우깡 하나를 샀다. 오십 원밖에 안 하는 값싼 과자지만 나는 그것으로 막내딸의 웃음을 사려 했던 것이다. 그런데 대문 안에 들어서자, 그 애를 불러 새우깡을 주었지만 그 애는 그것을 받으면서도 웃지를 않았다. 설사 내 속을 들여다보고 속임수란 것을 알았다 해도 한 번씩 웃었으면 얼마나 좋을 것인가? 그런데도 그 애는 고맙단 말 한 마디 하지 않고 자기 방으로 들어가 버렸다. 과자를 먹으며 나를 음흉하다고 비웃고 있지나 않을까.

기분이 나빴지만 광호가 문을 열고 지금 돌아오느냐고 인사를 할 때,

"오늘두 학원에 갔었니?"

나는 아주 부드럽게 물었다. 학원에 갔다 왔다는 말을 듣자 나는,

"쉬기두 하면서 공부해라."

하고 말했다. 그것은 어디까지나 강압적이 아니라는 태도를 보이기 위함이었다. 말하자면 모든 것을 네 마음대로 하라는 고개를 숙이는 태도였다. 그것은 나의 교육적 태도가 아니었다. 어떻게든 그 애의 마음을 사서 공부를 열심히 하게 하려는 애비의 비굴이었다.

비굴이래도 좋았다. 입학만 해 주었으면 하는 마음이었다. 이 비굴은 아내를 대할 때도 마찬가지였다.

"명숙이가 온다구 했어."

명숙이가 온다는 말을 신이 나서 하는 나였다.

"이런 때 도와 주지 않으면 언제 도와 줘요."

아내는 당연한 것처럼 말했지만,

"그러니까 온다는 거 아냐?"

나는 아내가 기뻐해 주기만 바랐다.

이런 말을 하고 있을 때 명숙이가 왔다. 애들까지 전부 안방으로 몰려와 명숙이를 중심으로 떠들썩했다. 마치 광호가 입학되기나 한 것 같은 기분들이었다.

명숙은 이 날 저녁부터 부엌에 나가 일을 했다. 막내딸도 고모 고모 하며 그녀 뒤를 따라다니며 일을 거들어 주었다.

다음 날 아내는 절에 갔고 명숙은 아내 대신 내 말벗이 되었다. 그 날 밤 설거지를 하고 들어온 명숙이,

"광호가 잠이 안 온다는데 수면제를 좀 사다 주지요."

광호 걱정을 했다. 뜻밖의 말이었다. 잠 때문에 공부를 잘 못하는 줄만 알았던 광호가 잠이 안 온다니……. 그러나 거짓말이 아닐 것이다. 거짓말이 아니라면 기특한 놈이다. 잠이 안 올 만큼 공부에 열중하고 있다면 자기 일

을 자기가 걱정하는 만큼 철이 들었다는 증거다.

"수면제야 안 되지. 내일 회사에 가서 신경안정제를 가져오겠다."

이렇게 말하면서 나는 문득 광호가 그런 말을 왜 나나 제 에미에게 하지 않고 명숙에게 했을까 하는 생각을 했다. 말하기가 어려워서 그랬을 것이지만 어쩐지 섭섭한 마음이 들었다. 또 명숙이가,

"오빠두 참 걱정이겠어요. 대학에 입학할 애가 줄지어 있으니……."

딴 이야기를 꺼냈다.

"글쎄나 말이다."

"오빠두 큰오빠처럼 사업을 했더라면 좋았을 걸!"

큰오빠란 어머니를 모시고 있는 내 형을 말한다. 형은 학교를 졸업하자, 이것저것 사업을 해 오다가 요즘은 플라스틱 공장을 만들어 여유 있는 생활을 하고 있다.

"재간이 없는 걸 할 수 있니?"

나는 형을 부러워할 때가 있지만 형은 형이고 나는 나라는 생각을 하며 살고 있다.

"큰오빠하구 공장을 같이하면 되잖아요?"

"늙어 가면서 그런 것을 할 수 있니? 나대루 살다가 죽는 게 편하지."

"오빠 그게 고집이죠?"

"고집이 없으면 가난한 사람이 어떻게 자기를 가누며 살아가니? 내 걱정은 말구 네 걱정이나 해라. 넌 어떻게 할 작정이냐? 시집을 가야잖니?"

"마땅한 자리가 있어야지요."

"너무 고르지 마라. 연줄만 맞으면 다 사는 거야."

"애를 못 낳는다구 소박을 맞았는데 또 그런 일을 당할 것만 같아 두려워요."

"애가 없다면 누구나 애를 바라겠지. 그렇지만 애 없는 것이 도리어 편할지두 모르는데…… 까짓 거 전실 애가 많은 데루 가려무나."

"아직은 젊은데 그러기는 싫구요."

"자기 문제는 자기만이 해결하는 거지만 너두 딱하다."

"살 구멍이 뚫리겠지요."

"기다려 보는 수밖에 없지."

나는 명숙이의 문제를 그 정도로 끝내 버렸다. 걱정을 해야 소용없는 일이고 그러니 걱정할 수도 없는 일이다.

나는 밖으로 나가 광호 방문을 열었다. 열심히 공부를 하고 있었다.

"잠이 안 온다구?"

명숙에게서 들은 말을 꺼냈다.

"네!"

"그럼 내게 이야기할 것이지. 내일 회사 가면 신경안정제를 갖다 주마. 잠을 자며 공부를 해야 시험을 잘 칠 텐데…….."

내가 할 말만 하고는 방문을 닫다가,

"배가 고프지는 않니?"

하고 물었다.

"아니오."

광호도 무척 겸손한 놈이다. 밤잠이 안 온다니 밤을 새우다시피 할 것이다. 그러니 당장은 아니래도 새벽쯤이면 배가 고플 것이다. 그런데도 먹을 것 걱정해 주는 나에게 배가 고프지 않다고 한다.

나는 거리로 나가 뜨끈한 호빵 다섯 개를 사다가 그의 방에 들여 주었다.

사흘만에 절에서 돌아온 아내가 광호의 입학이 틀림없다는 듯 침착하고도 만족스러운 얼굴을 지었으나 나는 절에서 어떻게 기원했느냐는 말도 묻지 않고 광호가 잠을 자지 못한다 해서 신경안정제를 가져다 준 이야기를 한 뒤 밤새워 공부하는 그 애를 위해 떡이라도 만들어 밤참을 주자고 했다. 아내는 그걸 미처 생각지 못했다면서 곧 떡을 만들겠다고 한 뒤 불쑥 절에서 가져왔다는 부적을 꺼내 놓았다. 광호가 그것을 몸에 지니고 다니면 만사가 형통할 것이라는 말도 했다. 그 말을 듣자 나는 아내가 미치지 않았는가 생각했다. 절에 가서 기도드리는 것은 정성을 바치는 일이라 할 수 있다. 그런데 그야말로 귀신 딱지를 얻어다가 아들 몸에 지니게 하다니…….

"미쳐두 엔간히 미쳤군!"

나는 화를 내지 않을 수 없었다. 그리고는,

"시험에 붙구 못 붙는 건 실력 나름이지, 거 창피하지두 않아? 그 애두 화를 낼 거야."

하고 부연을 했다. 그러나 아내는 까딱 않고 나를 쳐다보면서 말했다.

"당신더러 가지구 다니랬수? 좋다는 일을 해 보라는 건데 화는……."

이때 나는 그 부적이라는 것을 뺏어 찢어 버릴 수도 있었다. 그러나 그것을 찢으면 귀신이 당장에 화를 내릴 것 같은 마음이 들어, 말로만 창피한 짓 그만두라고 했다.

"입학이 왔다갔다 하는데 창피가 대수요?"

아내가 강하게 나오는 바람에 나는 누그러지고 말았다. 좋다는 일을 해서 해로울 것은 없을 것이다. 그 대신 좋다는 일을 못하게 해서 결과가 나쁠 때는 내가 책임을 져야 한다. 지는 척하고 아내의 하는 일을 내버려 두지 않을 수 없었다.

아내는 광호의 방에 가서 빨랫감을 가져왔다. 그 가운데는 겨울 잠바도 들어 있었다. 그 잠바를 밤중에 말려서는 다음 날 그 잠바 섶을 뜯고 그 속에 부적을 넣고 바늘로 꿰맸다.

그러는 것을 보자, 나는 도리어 불길한 생각이 들었다. 정당히 일을 하고 그 결과를 기다리는 것이 아니라, 부당한 일로 좋은 결과를 기다린다는 것이 어쩐지 하늘의 노여움을 살 것 같았기 때문이었다.

그러나 나는 끝내 아내의 부당한 행동을 막을 힘이 없었다. 부당하나마 자식을 위해 무엇인가를 하고 있는 아내에 비해 나는 너무나 하는 일이 없다는 마음이 들었기 때문이었다.

그래서 나도 아들을 위해 무엇인가 해야겠다는 생각을 했다. 오랫동안 생각해 보았으나 할 수 있는 일이 통 머리에 떠오르지 않았다. 공부하는 데 도움이 될 만한 일도 없고 공부가 잘 되도록 사다 줄 만한 물건도 없다. 생각 끝에 아내가 절에 가서 기도를 한 것처럼 교회당에 가서 기도나 드릴까 생각했다. 그것은 쉬운 일이다. 그리고 광호에 대한 나의 성의라고 누구에게나 자랑할 수도 있는 일이었다. 그러나 그것도 못하고 말았다. 교회라고 한 번도 안 가 본 내가 아들이 입학되게 해 달라고 기도를 드리기 위해 교회에 나갈 체면이 없었다. 설사 교회에 가서 기도를 드린다고 해도 하느님이 내 속을 들여다보신다면 나를 괘씸하게 여기실 것이다.

그래서 나는 교회에 나가는 대신 집에서 아내가 방을 비울 때마다 혼자 꿇어앉아 경건한 기도를 드렸다. 입학이 돼야만 그 애의 장래가 밝아질 뿐 아니라 우리 집안이 잘 되고 또 평화스러워지겠다는 극히 개인적인 소망이었다. 개인적인 소망이라 해도 경건하게만 기도를 드리면 하느님이 받아 주실 것 같은 마음이 들었다. 광호가 시험치는 날까지 나는 그렇게 광호를 위해 무엇인가를 하고 있다는 마음에선지 광호가 시험을 치는 날 새벽 광호가 입학을 할 것이라는 예감을 느꼈다.

아직 날이 밝지도 않은 새벽에 아내가 자리에서 일어나 옷을 갈아 입고 발소리를 죽여 가며 밖으로 나갔다. 내가 잠들어 있는 줄 알고 잠을 깨우지 않으려는 행동이었다. 전깃불을 켜고 시계를 보았다. 네 시였다. 이런 새벽에 어디를 갔을까? 나는 아내가 궁금했지만 금시 아내의 행방을 잊고 기도를 올리기 시작했다. 시험을 치기 전의 마지막 기도라는 생각을 하며 정말 근엄한 태도로 기도를 올렸다. 꼭 같은 소망을 계속 거듭하는 것이었지만 하느님께 민망스럽다는 생각이 들지 않았다. 한 시간 쯤 기도를 올리고 있을 때 아내가 돌아왔다. 어디를 갔었느냐고 물었더니 아내는 잠이나 자고 있을 것이지 무엇 때문에 벌써 일어났느냐고 핀잔주듯 말했다. 그래도 추궁을 했더니 학교 정문에다 찰떡을 붙여 놓고 왔다는 말을 웃어 가며 했다. 나도 웃었다. 좋다는 일을 하나도 빼지 않고 하는 아내가 기특하게 생각되던 것이다.

그러나 시험 결과는 절망적이었다. 모든 노력과 성의가 수포로 돌아가고만 것이었다.

시험을 친 지 일 주일이 되는 날 밤 광호가 술을 마시고 들어왔다. 그것을 보고 나는 일이 다 틀린 것이라고 생각했지만 구체적인 이야기를 듣기 위해 그 애 방으로 갔다. 광호는 어떻게 됐느냐는 내 물음에 대답도 잘하지 않다가,

"됐어두 그놈의 학교엔 안 나갈 테야요."

하고는 개어 놓은 이불에 얼굴을 파묻었다. 그게 무슨 말이냐고 거듭 물었을 때 광호는 오늘 학교에 갔다 온 이야기를 했다.

아침에 그 대학에서 우편물이 왔길래 그것을 뜯어 보았더니 입학 때문에 상의할 일이 있다면서 즉시 내교하라는 통지서가 들어 있었다는 것이었다. 그래서 갔더니 성적으로는 입학이 안 됐지만 백만 원만 내면 티오 안에 넣어 입학시켜 주겠다고 하더라는 것이었다.

백만 원이 집안에 없다는 것을 알고 있지만 설사 있다고 해도 그런 돈을 내고 공부할 생각이 없어서 친구들과 술을 마시다가 왔다는 것이었다.

광호가 시험을 친 학교는 일류대학처럼 1차 시험이지만 옛날부터 부정이 있다는 학교다.

나는 광호에게 잘했다고 하고 그 학교보다 좋은 2차 대학이 있으니 다시 한 번 시험을 쳐 보라고 권했다.

광호는 대답을 안 했다. 나도 대답을 들으려 하지 않았다. 건드리지 않고 내버려 두었다가 내일이나 모래쯤 기회를 봐서 다시 이야기하리라 생각한 뒤 안방으로 돌아왔다.

아내에게는 그저 낙방했다는 말만 하고 한숨을 짓고 있을 때 아내가 뭐요 하며 광호 방으로 뛰어갔다.

나는 눈앞이 노랗게 보였지만 만약 2차에도 낙방이 된다면 그때는 어떻게 할 것인가를 생각했다. 가족들의 실망은 둘째다. 광호 그놈의 마음은 어떨까? 일 년을 또 재수하려고 할까? 재수를 한다면 모르지만 실망 끝에 타락이라도 하면 어떻게 할까? 심란해서 견딜 수가 없었다.

나는 밖에 나가 소주 한 병을 사다가 그새 끊었던 술을 혼자 마시기 시작했다. 얼마 동안 안 마시던 술이어서 그런지 머리가 핑 돌았다. 그러나 한 병을 다 마셨다.

다음 날 나는 아내에게 광호를 잘 위로해 주라고 부탁한 뒤 출근을 했지만 하루종일 내가 나 같지 않았다. 울고 싶기도 하고 고함을 지르고 싶기도 한 심정이었다. 그래서 퇴근을 한 뒤에는 동료 사원과 함께 술을 마시고 늦게야 돌아갔다.

다음 날 나는 애비가 이래서는 안 된다고 생각했다. 냉정을 회복해서 아들과 충분한 이야기를 해야 한다고 생각했다. 그래서 술도 마시지 않고 일찌감치 집으로 돌아왔지만 집으로 돌아오자 울고 있는 아내를 보았다. 왜 그러느냐고 묻기도 전에 아내는 울음을 그치고,

"큰일났어요."

하며 아들의 편지를 내놓았다.

"죄송합니다. 당분간 찾지 말아 주십시오."

광호의 간단한 편지를 읽고 어리둥절해 있을 때 아내가,

"통장을 가지구 갔어요."

하며 또 울기를 시작했다. 아내는 아들이 나간 것보다도 돈이 없어진 것이 더 슬픈 모양이었다.

그까짓 돈이야 그놈을 위해 저축해 두었던 것이다. 돈보다도 나는 그놈이 그 돈으로 타락하지나 않을까 하는 것이 걱정되었다. 타락하기가 쉽다. 그리고 한 번 타락하기만 하면 일생이 멍들고 만다. 나는 그 애가 타락하기 전에 붙들어 올 방법이 없을까 하고 생각했다. 원칙적으로 한다면 이런 때 경찰에 신고를 해야 한다. 그러나 세상을 요란케 한 강도를 일 년이 넘도록 체포하지 못한 일을 생각할 때 경찰에 의뢰할 마음이 일어나지 않았다. 밤마다 술집을 훑어볼 생각도 해 보았으나 그것도 헛수고에 지나지 않는다.

생각 끝에 나는 아내에게 광호 친구들을 찾아보라고 했다. 타락이란 혼자서 하기가 힘들다. 반드시 공범자가 필요한 법이니까 그놈과 가장 가깝게 지내던 친구를 만나 보는 것이 그놈을 찾아 내는 첩경이라 생각했던 것이다. 그리고 다음 날 아침 출근을 할 때에는 은행에 가서 돈을 찾아가지 못하도록 부탁을 하라고 말했다. 어제 통장을 훔쳐 가지고 나갔다면 아직 현금을 찾지 못했을지도 모르기 때문이었다.

그런데 아내가,

"벌써 찾아갔어요."

그렇지 않아도 어제 벌써 은행에 갔다 왔다는 말을 했다.

돈을 회수하기는 틀려먹었다고 생각하며 나는 쓸데없는 불평 한 마디를
했다.

"통장과 도장을 따루 둘 것이지."

그러자 아내는,

"누가 그럴 줄 알았어요?"

하며 자기의 머리가 나쁜 탓이 아니란 듯 중얼거렸다.

나는 그 애 친구나 찾아보라고 당부한 뒤 출근을 했지만 그놈이 낙방됐다
는 것을 안 때 못지않게 일이 손에 잡히지 않았다. 정신나간 사람처럼 멍하
니 앉아 있는 시간이 많았다. 동료 직원들이 어디가 편치 않느냐고 물어 왔
지만 그럴 때마다 나는 앞머리를 툭 치고 아무렇지도 않다는 말을 했다. 아
무리 친한 사람일지라도 말할 수 없는 일이다.

나는 어머니와 형님에게도 광호가 낙방했다는 소식을 전하지 못한 채 있
다. 아무리 창피한 일이라 해도 어머니나 형님에게는 알려야 한다는 생각을
했지만 퇴근할 때까지 끝내 전화를 걸지 못했다.

집에 돌아오자 아내에게서 그 애 친구들을 찾아보았지만 그 애 행방을 아
는 친구가 한 명도 없더라는 보고를 들었다.

예상하지 못했던 일은 아니었지만 눈앞이 꽉 막히는 것 같았다. 아들 하
나를 잃었구나 하는 생각이었다. 병도 없이 아들을 잃다니……. 나는 그 애
가 죽지만 말아 주었으면 하는 생각을 했다. 타락을 한다고 해도 죽지만 말
고 살아 주었으면……. 살아만 있다면 언젠가는 사람이 될 것이고 또 언젠
가는 만날 수도 있게 될 것이다.

'내가 대신 앓을 수 있다면…….'

광호가 어렸을 때 홍역을 했다. 아파서 괴로워하는 것을 보며 아내가 한
말이었다.

그런 심정으로 기른 자식이니 자식의 생명은 자기만의 생명이 아니다. 자
기만의 생명이 아닌데도 자기만의 생명으로 생각하여 마음대로 죽어 버릴
수가 있을까?

그놈이 나간 지 열흘이 지나도록 소식이 없을 때 나는 그놈이 죽었으리란

생각을 했다. 죽으란 말을 한 사람이 하나도 없는데 죽기는 무엇 때문에 죽는담? 그 애가 죽었으리란 생각을 하면서도 나는 속수무책이었다.

죽기까지 그놈이 얼마나 고생을 했을까 하는 생각뿐이었다.

그런데 한 달쯤 지난 어느 날 광호의 친구라는 학생이 찾아와서 광호가 죽지 않고 살아 있다는 말만 했다. 지금 어디 있느냐고 물었더니 인천에 있다가 서울에 와 있다는 것이었다. 나는 그런 말을 하는 학생을 끌어안고 싶었다. 죽지 않았으면 됐다는 즐거움이었다. 정말 죽었던 자식을 되찾은 즐거움이었다.

"그럼 왜 집엘 안 오지?"

"면목이 없는가 봅니다. 널리 용서해 주십시오. 용서해 주신다면 오늘부터라두 들어올 겁니다."

"용서구 뭐구 있니? 빨리 오라구 그래."

"용서하신단 말씀을 제게라두 해 주셔야…….."

"글쎄 용서구 자시구 있니? 빨리 나하구 가자."

"아닙니다. 제가 가서 곧 오게 하겠습니다."

그 학생이 돌아간 뒤 나는 광호에게 듣기 싫은 말을 한 마디도 안 하리라 생각했다. 병든 병아리를 솜으로 싸듯 되살아 온 목숨을 따뜻하게 대하리라 생각했다.

그런데 한 시간이 안 되어 나타난 광호 옆에는 나이 어린 처녀가 서 있었다. 자연 그 처녀에게로 시선이 갔다. 그때,

"결혼할 여잡니다."

광호가 서슴없이 처녀를 설명했다.

내 입이 딱 벌어졌다. 이제 스물 살밖에 안 된 놈이 자기보다도 나이 어려 뵈는 처녀와 결혼을 하다니……. 더구나 첫눈에도 다방이나 술집에 있는 것 같아 뵈는 여자 아이여서 아내도 놀랐다.

나는 광호의 친구가 용서해 주라는 말의 뜻을 생각했다. 그리고 만약 내가 용서를 안 한다면 광호는 그 처녀와 함께 사라져 버릴 것이란 생각을 했다.

"좌우간 들어가자."

나는 언짢은 말 한 마디도 못하고 그들을 방 안으로 인도했다.

(원)《월간문학 59》 1974. 1.

진실일각(眞實一角)

일 년에 한두 번 정도 올라오는 그에게 서울은 하나의 괴물이었다. 방향감각을 잃을 정도로 새로운 건물이 들어선다. 이제는 그만해도 될 것 같은데 여기나 저기나 신축중인 건물만이 눈에 띈다. 이때까지는 살림할 방도 없었고 일볼 사무실도 없었다는 듯 계속 집만 짓고 있는 서울.

도시가 발전해서 새 건물이 서는 것인지 새 건물이 들어서서 도시가 발전되어 가는 것인지 알 수가 없었다.

새 건물만 서고 그래서 인구만 팽창하는 서울. 익규(益奎)는 서울 시내에 들어서자 우선 현기증 같은 것을 느꼈다. 현기증이란 불안정 상태로 들어가는 정신을 가다듬을 수 없을 때 일어나는 현상이다. 정신을 불안정 상태로 빠뜨리게 하는 서울. 그런데도 나는 서울로 와야만 하는가?

익규는 남대문로에서 종로 네거리를 돌아가며 거기는 새로 짓는 건축물도 없는데 현기증이 나는 이유가 무엇일까 생각해 본다. 순간 그는 물결치는 사람 냄새 그리고 땅을 새까맣게 덮고 있는 자동차 냄새라는 것을 안다. 외국 사람들이 한국 사람에게서 맡는다는 김치 냄새를 한국 사람들은 무감각하게 지내듯 서울 사람들은 마취가 되어 맡지 못하는 서울 냄새.

그 서울 냄새에 마취되려고 나는 서울에 와 살려고 하나? 그런 것 같았다. 그러기에 현기증을 일으키면서도 그는 죽어도 서울에 와서 살지 않는다는 생각을 하지 않았다. 그 대신 서울에 와서 사는 데 힘이 되어 줄 사람으로 선택한 대학동창 오창수를 찾아가는 발길이 더욱 빨라져 갔다. 연방 시계를 보며 사람 틈새를 빠져 고려당 빵집을 지나 그 다방이 있는 골목으로 돌아가려고 할 때였다. 누가 거친 숨소리로 따라오며,

"주 선생님이시죠?"

그도 자신이 없다는 듯 물었다.

익규는 대답하기 전 우선 그를 돌아봤다. 전혀 모를 사람이었다. 그래서 그렇다고 대답을 하면서도 속으로는 서울 맛을 보나 보다 하는 불안에 약간 떨었다. 죄악의 도시, 사고의 도시, 만약 서울에 그 죄악과 사고가 없다면 한국 사람 전부가 심심해서 살 수 없을 것이다. 한국 사람들을 심심치않게 하기 위해 지금 나는 어떤 사고 속에 휘말려들고 있다.

"잠깐 오시랍니다."

얼굴 모르는 사람의 말은 그를 더욱 무시무시하게 했다. 오라는 사람의 이름도 대지 않고 또 오라는 장소도 밝히지 않고 무턱 자기를 따라오라⋯⋯?

익규는 촌놈이 서울 맛을 단단히 보나 보다 생각하며 그러나 이럴 땔수록 정신을 똑똑히 차려야 한다는 마음으로 자기를 오라는 사람이 누구냐고 물으며 상대방을 똑바로 쳐다봤다.

"공 위원장(公委員長)님입니다."

이름도 대지 않고 그저 공 위원이라는 그 사람의 직함에 눌려 사는 사람이란 생각을 했지만 익규는 아무 말 않고 그의 뒤를 따랐다. 그는 서늘했던 가슴이 갑자기 훈훈해짐을 느꼈다.

"어디 계신데요?"

그는 금새 달려가기라도 하려는 듯 공 위원장의 소재를 물었다.

"저기 자동차 안에 계십니다."

운전수로 보이는 젊은이가 큰길가에 있는 자동차를 가리키며 급히 걸었다. 그리고 이십 보도 걷지 않아 거기 서 있는 검정색 자동차의 문을 열어주었다.

자동차 안에 버티고 앉아 있던 공 위원장이 선뜻 손을 내밀어 악수함과

동시에 익규의 팔을 차 안으로 끌어들였다.

"이거 얼마만이어?"

차 안으로 끌려들어가는 익규도 진심으로 반가운 듯,

"너무 오래 찾아뵙지 못했습니다."

공손히 인사했다. 이런 말을 주고받고 있을 때 자동차가 슬슬 굴러갔다. 순간 익규는 만나기로 한 오창수를 생각지 않을 수 없었다. 자기 부탁을 하기 위해 만나자고 약속을 해 놓고 자기가 나가지 않는다면 일이 어떻게 될 것인가? 우선 기다리고 있을 그에게 미안했다. 그러나 미안하다는 마음에 사로잡혀 있을 수는 없었다. 약속이 있어서 갈 수 없으니 차를 멈춰 달라고 말할 수가 없었던 것이다. 그뿐만도 아니었다. 시교육위원회 말단 직원으로 있는 오창수보다도 공 위원장이 몇 배 힘을 가지고 있다. 일부러 찾아가서 부탁할 마음이 생기지 못했을망정 이렇게 우연히 만난 기회를 놓칠 수가 있겠는가? 오창수에게는 내일 사무실로 가서 사정 이야기를 하고 사과를 하면 그는 도리어 잘 된 일이라고 기뻐해 줄 것이다.

"그럴 수가 있나? 이십여 년이 거의 되도록 한 번 찾아오지두 않다니……."

공 위원장이 나무라듯 말했다.

"면목없습니다."

그것은 형식적인 인사가 아니었다. 찾아보고 싶은 마음이 있으면서도 찾아가지를 못했기 때문이었다. 단순한 인사를 하러 가기에는 서로의 지위에 너무나 심한 차이가 있어 찾아가지를 못했던 것뿐이었다. 찾아가면 만나 줄지 안 줄지도 모르지만 설사 만나 준다고 해도 무슨 부탁이 있어서 찾아온 줄로 생각할 것이다. 그것이 싫었다. 필요 이상의 비굴을 제 손으로 만들 필요는 없다고 생각했던 것이다.

"좌우간 잘 만났어. 난 그새 자넬 얼마나 생각했는지 몰라."

형식적이라고 생각되는 말이었다. 그가 뭣 때문에 자기에게 형식적인 인사를 할까 하고 의아스럽게 생각되기는 했으나 익규는 말꼬리를 붙잡고 늘어질 수가 없었다.

"그래 뭘 하구 지내나?"

공 위원장이 익규로서 대답하기 쉬운 질문을 했다.

"C시에서 고등학교 교사 노릇을 하구 있습니다."

"그래? 나는 좀더 출세했을 줄 알았는데……."

공 위원장은 약간 기대에 어긋났다는 듯 말했다. 공 위원장으로는 기대에 어긋났다는 말을 할 수 있다. 그것은 공 위원장이 아는 익규가 누구보다도 유능한 인물로 되어 있기 때문이다. 익규도 공 위원장이 자기를 유능한 인물로 기대하고 있었음을 안다. 그래서,

"면목없습니다."

마치 잘못한 일이라도 있는 듯 머리를 숙였다.

"고등학교 교사란 별 발전이 없는 직업 아닌가?"

"그렇죠. 허지만 하다 보니 그리 되구 말았습니다."

"그 이야긴 다음에 천천히 하기루 하세."

어느듯 차가 어떤 집 커다란 철문 안으로 들어섰다.

전에 살던 집이 아니었다. 뜰도 굉장히 넓었고 그 넓은 뜰에는 돈무더기를 쌓아 놓은 듯한 인상을 주리 만큼 값비싼 나무들이 빼곡히 들어서 있었다. 집도 가볍게 느껴지는 타일집이 아니었다. 돌로 육중하게 지은 3층집이었다.

익규는 그가 그새 경제단체의 위원장이 되었다는 것은 신문지상에서 보아 알고 있었지만 그때의 양조장을 성장시켜 돈도 많이 벌었음을 알았다.

현관엘 들어서 복도를 통해 응접실에 들어가는 동안 구석구석에 놓여 있는 진귀한 가구와 벽에 걸려 있는 값나가는 서화 등이 그의 눈을 부시게 했다. 고색이 창연한 병풍과 새로 출판된 영어 백과사전 등 많은 책이 단정히 꽂힌 서가가 한편 벽을 가리었으나 그래도 방이 좁아 보이지 않았다.

발이 푹푹 빠지는 듯한 붉은 빛깔의 양탄자를 밟으며 육중하면서도 푹신한 소파에 앉자 공 위원장은 우선 탁자의 담배 케이스를 열고 담배를 권했다. 그리고는,

"자넨 지금 애가 몇인가?"

하고 이야기를 꺼내기 시작했다.

"이남 이녀 올시다."

익규는 사무적으로 묻는 말에 대답만 했다.

"다들 학교에 다니겠군?"

"큰애가 내년에는 대학에 입학합니다."

익규는 다음에 할 부탁의 복선으로 애들 교육에 대한 이야기를 꺼냈다.

"참 그렇겠군."

공 위원장은 고개를 끄덕이며 세월이 빠르다는 것에 대한 감상적 감정에 빠져 있는 표정을 지었다.

그때 시키지도 않았는데 일하는 여자가 차와 과자를 가지고 왔다. 익규는 다방에서 기다리고 있을 창수를 생각했다. 약속시간에 그와 만날 수 없다는 것은 이미 단념해 버린 사실이지만 그래도 한가로이 다과를 먹으며 잡담이나 하고 있는 자기가 미안하게 생각되었다.

좌우간 그 집에 머물러 있는 시간을 될수록 단축시켜야 한다고 생각하고 있을 때 공 위원장이 입을 열었다.

"자네 또 한 번 날 위해 일해 줘야겠네."

익규는 그가 자기에게 부탁할 일이 있으니까 자동차를 멈추고 자기를 불러들인 것이라고 생각했다.

"무슨 말씀인데요?"

익규는 그가 자기를 기억하고 있는 이유를 생각하며 물었다.

"이번 일은 그리 힘든 일이 아냐. 자네 머리론 문제두 되지 않을 걸세."

익규는 이십여 년 전의 일을 생각했다. 그때 자기는 공 위원장이 부탁하는 일을 해치웠다. 그리고 잘 데조차 없는 학창생활을 그이 덕분에 계속했었다. 말하자면 자기생활에 일대 전기를 만들어 준 사람이다. 이번 역시 서울로 전직하려는 생활의 전기 속에 있다. 한 번 이루어 준 전기를 두 번째 이루어 준다는 것은 절대로 우연이 아니다. 어떤 일이든 부탁을 받아들이자.

"좌우간 말씀하십시오."

우선 부탁을 승낙한다는 뜻을 표시했다.

"자네는 의리가 있는 사내이니까 잘해 줄 줄 아네."

공 위원장은 의외로 서론을 길게 꺼냈다. 이십여 년 전 일보다도 힘든 일인 것 같아 보였다.

"이젠 용기가 없습니다."

익규는 잠시 주춤했다. 주춤 아니 할 수가 없었다. 그것은 첫째 공 위원장의 부탁이 힘든 일인 것처럼 생각되었고 둘째로는 이십여 년 동안 정해진 굴레 안에서 사회에 적응하며 살아 온 자기에게 자신이 없었기 때문이었다. 이십여 년 전 한참 젊었을 때는 무서운 것이 별로 없었다. 그러나 이십여 년의 사회생활을 하고 난 지금 그는 살기가 힘들다는 것과 사회가 무섭다는 것을 피부로 느끼고 있다. 그런 만큼 이십여 년 전의 일과 꼭 같은 일을 맡긴다면 도저히 해낼 가망이 없을 것 같았다.

"용기도 필요찮은 일이야."

무슨 까다로운 일이기에 공 위원장은 이야기를 자꾸 끌기만 할까? 익규는 더욱 불안했다. 그래서 가부간 자기 결심을 빨리 결정하고 싶었다.

"어쨌든 말씀해 보십시오."

이렇게 독촉할 때 공 위원장이,

"사실은 여자 문젤세. 한때 데리구 살던 여잔데 그걸 떼어 버리려는 거야."

하고 용건을 꺼내기 시작했다.

익규는 얼핏 얼마 전에 있었던 어떤 남녀간의 쌍벌죄 고소 사건을 연상했다. 공 위원장도 쌍벌죄에 걸리게 됐단 말인가?

"그거야 돈이면 해결되는 문제가 아니겠습니까?"

부인이 고소를 걸었다면 부인에게 위자료를 주고 이혼하면 되는 것이고 좋아하던 여자를 떼 버릴 경우에도 그 여자가 요구하는 만큼의 위자료를 주면 문제는 없어지고 말 것이다. 공 위원장에게 위자료를 낼 돈이 없을 것은 아니고…….

"여자가 악질이야. 위자료를 달라는 대루 준다는데두 돈이 필요 없다니까 골치가 아프지."

476

"그럼 같이 살아 달라는 겁니까?"

"것두 아니지. 내가 싫다는데 그런 말을 어떻게 하나?"

"그래두 요구 조건이 있을 거 아닙니까?"

익규는 수수께끼 같은 얘기에 고개를 비틀며 물었다.

"있지. 하나는 어린애를 내 호적에 빨리 넣어 달라는 거야. 그건 나두 들어 준다구 했으니까 문제될 건 없어. 그런데 내가 자기를 사랑했었다는 말을 굳이 자기 앞에서 똑똑히 해 달라는 거야. 이게 골치 아픈 문제야."

핵심이 되는 이야기를 듣자 익규는 피식 웃었다.

"그게 뭐 그리 문제됩니까? 사랑했으니까 애까지 낳았을 텐데요……."

"이 사람아. 나 같은 사람으루 누가 계집을 사랑하나? 그냥 오입인 거야, 오입. 그런데다가 사랑을 했다구 말을 하면 그 뒤 무슨 조건을 들구 나설지 모를 일이 아닌가? 참말 괴상한 여자야. 저두 결과가 어떠리란 걸 뻔히 알구 나와 사귀었을 것 아닌가?"

"몇 살이나 난 여잔데요?"

"아직 삼십두 안 됐지."

"그럼 차후 아무런 문제두 일으키지 않겠다는 계약서를 받구 그 말씀을 해 주시면 되잖겠습니까?"

"계약서가 무슨 소용인가? 친척이라두 있는 여자라면 내가 그 친척들을 통해 어떤 방법이라두 썼을 걸세. 이건 자기 혼자뿐이란 말야. 달래두 보고 협박두 해 봤지만 말을 안 듣거든. 때릴 수도 없고 잡아다가 가둘 수두 없구. 세상에 제일 무서운 게 혼자 사는 여자 같데."

"그러면 절더러 하라시는 것은 뭔가요?"

"그 여자에게 가서 위자료를 듬뿍 줄 테니 잔말 말구 가만 있으라구 해 줘. 생활비두 매달 얼마씩 줄 수 있으니까."

익규는 그리 힘든 일이 아니라고 생각했다. 돈 있고 지위 있는 남자와 교제할 때 그 동기가 어디 있든 결국 그 여자의 마음 뒷구석에는 돈 문제가 도사리고 있게 마련이다. 달라는 대로 돈을 준다는데 사랑이 뭐 말라 빠진 사랑인가?

"위자료를 얼마나 주실 생각이십니까?"

"천만 원까지는 주지. 생활비는 매달 사오만 원 주구."

익규는 공 위원장이 참으로 도량 넓은 사람이라고 생각했다. 여자를 한 번 건드렸다가 그만한 돈을 내는 사람이 얼마나 있겠는가? 여자의 입장을 충분히 이해하고 또 여자에 대한 책임감이 크기 때문이라 생각되었다.

이십여 년 전 그가 경영하는 양조장에서 공장장을 중심으로 한 폭력배들이 한 달에 술 석 섬씩 퍼내다 파는 것을 알면서도 익규에게 석 섬 전부가 아니라 한 섬만 적게 퍼내 가도록 부탁을 했던 공 위원장이었다.

"그놈들 체면두 생각해 줘야지."

이 말을 들었을 때 익규는 그가 도량이 깊은 남자라고 속으로 감복했었다.

"해 보겠습니다."

익규는 명쾌하게 그의 부탁을 승낙했다.

"자네에게두 섭섭잖게 해 줄 테니 안심하구 허게."

익규로서 이 기회를 놓칠 수가 없었다.

"전 돈을 바라지 않습니다. 그 대신 청이 있습니다."

"뭔가?"

"지방에 있는 중·고등학교 교사는 서울로 전직이 안 됩니다. 그렇지만 애들 교육 문제 때문에 서울루 이주 아니 할 수 없는 형편입니다. 공 위원장 님의 힘이면 충분히 되리라 믿구 그걸 청탁드리구 싶습니다."

"그거? 거 힘든 일 아냐. 해 본 일두 있으니까. 우선 내 부탁을 성공시켜."

"고맙습니다."

익규는 그 여자의 이름과 주소를 알아가지고 공 위원장 집을 나왔다.

서울에 오래 머물러 있을 수도 없는 형편이라 익규는 그 날 저녁으로 그 여자의 집을 찾아가기로 했다. 이십여 년 전처럼 용기가 있는 것은 아니지만 이번 일은 용기가 그리 필요한 일도 아닌 것 같아 자신감이 들었다.

그때 익규는 이북에서 월남해 온 유일한 친척인 사촌형네 집에 기숙하고 있었다. 대학 재학 중이었지만 공부보다도 당장의 침식이 곤란한 때였다. 사촌형이지만 공짜로 기숙할 수가 없어서 그 형이 경영하는 구둣방에서 심부름을 해 주었다. 심부름이란 구두를 맞추러 온 손님의 발을 재는 일이었다. 하루는 두 젊은 남녀가 들어왔다. 그래서 남자의 발을 받침대에 놓고 자로 재며 한편 노트에 기록해 넣었다. 기록을 다 끝내고 일어서려 할 때 받침대에 여자의 발이 와 놓였다. 자기도 구두를 맞춘다는 말 한 마디 없이 발부터 쑥 내밀 때 그는 순간적으로 피가 얼굴로 상기됨을 느꼈다. 그래서 순간적으로 여자의 조그만 발을 주먹으로 냅다 쳤다. 여자가 째지는 소리를 내고는,

"빌어먹을 새끼."

욕설을 퍼부었다. 그때 익규는 아무리 순간적인 흥분이었다 해도 자기가 실수했다는 것을 느꼈다. 모욕적인 행동이었다 해도 손님은 손님이다.

"이 새끼가 미쳤나? 손님에게 그게 무슨 짓야?"

같이 왔던 사내가 폭력이라도 쓸 듯이 다가왔다. 익규로서 할 말이 없었다.

"너 돌았니? 참 별일 다 보겠다."

사촌형도 도저히 용서할 수 없다는 무서운 표정을 지었다. 그리고 나서는 손님 두 사람에게 손을 맞잡고 굽신굽신거리는 것이었다.

아무리 사촌형이라 해도 면목이 없었다. 용서해 달랄 체면이 없었다.

말 한 마디 못하고 사촌형의 집을 나온 익규는 우선 그 날 저녁부터의 침식이 걱정이었다. 하루쯤 한데서라도 자고 배를 움켜잡아 배고픔을 참을 수 있을 것이다. 그러나 그것이 하루에 그치지 않게 계속된다면…….

그는 극한의 절박감을 느끼며 서대문에서 종로 쪽을 향해 가며 사람을 채용할 만한 집을 골라 들어가기 시작했다. 어떤 일도 좋으니 잠재우고 밥만 먹여 달라는 부탁을 했다. 종로 4가까지 이르는 동안 수십 상점과 회사에 들렀지만 관심을 기울이고 말 한 마디 해 주는 집이 없었다. 그새 너덧 시간이 지났으니 피곤도 하고 배도 고팠다.

그때 눈에 들어온 간판이 ○○양조장이었다. 그는 이미 수치심도 잃고 있었다. 정문을 들어서자 런닝셔츠만 입고 시멘트 바닥에 술 사발을 놓고 앉아 있는 십여 명의 노동자 같은 사람들에게 허리를 굽혀 절을 했다. 그리고는 이때까지처럼 먹이고 재워 주기만 하면 되니까 아무 일이라도 시켜 달라

고 했다.

그런데 그 중 몸이 가장 커 보이는 사람 하나가,

"뭘 하던 놈이냐?"

하고 물었다. 그렇게라도 물어 주는 사람이 처음이었다.

"대학생입니다. 학생이지만 공부보다두 먹구 자는 일이 더 시급합니다."

그러자 어깨가 그 중 넓어 보이는 남자가,

"그럼 좋다."

하며 일어서더니 커다란 양재기에 술을 가득 담아 가지고 와서 익규 앞에 놓았다.

"이걸 단숨에 마시면 채용한다."

단숨에 마시지 못하리라는 것을 알고 하는 말이 틀림없었다. 둘러앉아 있던 장정들도 모두 장난기 어린 얼굴로 그를 바라보고 있었다.

그것은 확실히 하나의 장난이었다. 그러나 익규는 장난으로 받아들일 수가 없었다. 설사 장난이라 해도 그것을 실행할 때 그들이 장난의 책임을 안 진다고는 할 수 없을 것이다.

익규는 양재기를 내려다 보았다. 그 안에 든 약주가 적어도 두 되는 더 될 것 같았다. 술을 안 마셔 본 것은 아니지만 뒷술이란 생각은 해 본 일이 없는 것이었다. 더구나 그것을 단숨에 마시다니. 눈을 뜨고 그 술을 바라볼 수가 없었다. 그러나 이것저것 생각할 계제가 아니었다. 문제는 마시는 것뿐이었다. 익규는 설마 죽지는 않겠지 하는 마음으로 술 양재기를 들고 눈을 감았다. 그리고는 긴 숨을 한 번 몰아쉰 뒤 술을 마시기 시작했다.

술맛이 역했다. 술 마시는 동안이 지루했다. 아무리 마셔도 양재기의 무게가 줄지 않았다.

그래도 중간에 하차하지 않으려고 안간힘을 쓰며 계속 마셨다. 끝까지 다 마셨다는 것을 어렴풋이 알았지만 그 뒤는 어찌되었는지 알지 못했다.

목이 찢어지는 듯한 갈증과 빠개지는 듯한 두통 때문에 눈을 뜬 것은 다음 날 새벽이었다. 물을 달라고 소리쳤다. 남의 공장 숙직실에 누워 있다는 것도 생각지 못했다. 참을 수 없는 갈증에 소리를 지른 것이었다.

옆에서 자던 어떤 사람이 그리 불평도 하지 않고 나가 수돗물을 바가지로 떠 왔다. 시원했다. 죽었던 내장이 되살아나는 것 같았다. 한 바가지의 물을 다 마시는데도 조금의 고통을 느끼지 않았다. 물을 다 마시자 물을 떠다 준 사람에게,

"내가 어떻게 된 거죠?"

하고 물었다.

"뻔한 일이지. 그 술을 마시구 편할 수 있어? 정신 잃구 쓰러진 걸 여기 옮겨다 눕혔지."

지금 생각하면 정말 무모한 일이었다. 죽는 병을 고칠 수 있다 해도 지금은 생각조차 할 수 없는 일이다.

그 일을 생각할 때 지금 찾아가는 여자가 어떤 문제를 제기한다고 해도 여반장일 것이라는 안도감을 느낄 수 있었다. 제 아무리 까다로운 여자라 해도 제삼자인 자기에게까지 가할 수는 없다.

아담한 한옥집 앞에 이르자 번지수와 이름 패를 살핀 뒤 몇 걸음 물러서서 집의 안팎을 살펴보았다. 단출한 식구가 살기 알맞은 집이라 생각하며 대문께로 가 부저를 눌렀다.

일하는 애가 대문도 열지 않고 누구냐고 물었다.

"나선희 씨 계시냐?"

그가 주인 아주머니 계시냐고 묻지 않고 여자의 이름을 부른 것은 그때 양재기의 술 마시던 용기를 불러일으키기 위함이었다. 용기를 내고 냉정해져야 한다.

"공 위원장님 댁에서 왔다."

그러자 일하는 애가 두말 않고 안방으로 뛰어갔다. 그리고 얼마 안 되어 나선희라는 여자가 나와 대문을 열었다.

"누구신데요?"

그미의 얼굴에는 경계하는 표정이 그득했다.

"공 위원장님의 전갈을 전해 드릴 일이 있어서 왔습니다."

"별로 할 말이 없을 텐데요."

"일없는 사람이 알지도 못하는 여자를 찾아왔겠습니까?"

그는 우선 대문 안으로 몸을 디밀었다. 처음부터 여자에게 호락호락하게 보여서는 안 된다는 생각에서였다.

대문 안에 들어섰을 때였다. 여자의 표정이 갑자기 달라지며,

"주 선생님 아니세요?"

하고 물었다.

괴상망측한 일이었다. 이 여자가 나를 알다니? 공 위원장이 연극을 꾸몄다는 것인가? 그렇지 않으면 여우가 둔갑해서 나온 여자란 말인가?

"그런데요."

대답을 하고 여자의 얼굴을 바라보았으나 그 여자에 대한 기억이 조금도 떠오르지 않았다.

"주익규 선생님이시죠?"

"그렇습니다만……."

자기 이름까지 알고 있는 여자에게 자기만이 모르는 척하는 것이 실례인 것 같아 주춤하고 그미의 얼굴만 뜯어 보고 있을 때

"아이 선생님두, 저 나선희예요. 모르시겠어요?"

손이라도 잡아 흔들 것처럼 다정한 태도로 나왔다. 그래도 미심쩍어 말을 못하고 있을 때,

"청주 C고등학굘 졸업했어요. 그때 선생님한테 수학을 배웠는데요."

하며 활짝 웃었다. 그리고는 손을 잡아 방 안으로 안내했다.

그렇다면 알 듯도 했다. 연극도 아니요 둔갑도 아니다.

"아 ──, 그렇군!"

그렇다고 해서 기억이 선명해진 것은 아니었지만 체면상 아는 척이라도 해야 했다.

"제가 이 학년 때 성적 때문에 선생님 댁에 가서 운 일이 있는데요."

이 말을 들으니 기억이 났다. 공부를 못하는 학생이었다는 기억.

"다음 학기에는 성적을 잘 줬지?"

"그래서 간신히 졸업을 하지 않았어요."

선희는 아름다운 추억에 심취한 듯 캐득캐득 웃었다.

익규도 추억을 더듬으며 선희의 동창생 이야기를 물었다.

"저는 졸업하자 서울로 와서 딴 일을 좀 하다가 이렇게 들어앉아 살게 되었어요. 그래서 동창생두 만나지 못하죠."

이때 익규는 자기가 선희를 찾아온 임무를 생각했다. 아무리 제자라 해도 임무는 임무다. 그래서 이야기의 꼬투리를 잡아당기기 시작했다.

"어떻게 해서 공 위원장을 알았지?"

이야기가 용건으로 들어가자 이때까지 탁 틔고 명랑하던 것과 달리 선희는 다시 경계의 태도를 보였다.

"선생님은 공 위원을 어떻게 아시지요?"

대답 대신 질문을 하는 선희의 마음을 알 수 있어서 익규는,

"공 위원장이 위원장 되기 전, 그러니까 지금부터 이십여 년 전에 알던 분이지."

하고 선선히 대답해 주었다.

"그럼 그새두 쭉 만나 오셨나요?"

"아니지. 오늘 처음으루 우연하게 만난 거야."

익규는 친구를 만나러 가던 중 공 위원장이 차에서 자기를 보고 불렀다는 말까지 했다.

"그래서 선생님을 제게 보내셨군요."

"그런 셈이지."

"그런데 그분이 선생님을 보낸 이유가 뭘까요? 우리가 사제지간이란 걸 알기 때문인가요?"

"그렇진 않아. 나두 이 집에 올 때까지 선희가 내 제자란 걸 몰랐으니까……. 옛날에 내 수완을 한 번 보여 준 일이 있지. 그것 때문일 거야."

"보여 준 수완이 어떤 것인데요?"

"이야기가 좀 길지만 하지."

익규는 사촌형의 구둣방에서 쫓겨나 당장에 갈 곳이 없어져 길가에 있는 상점과 회사를 닥치는 대로 찾아가 취직시켜 달라고 사정을 하다 공 위원장

이 경영하는 양조장에 들어가 술을 양재기로 먹은 이야기를 자상히 설명했다. 그리고는 이어서,

"날이 밝자 나는 공장장을 만났어. 그랬더니 사람을 쓰는 것은 사장이니까 사장을 직접 만나라지 않아. 나는 공장장을 앞세우고 사장을 찾아갔어. 사장 앞에서 공장장이 취직시켜 주겠다는 조건으로 양재기의 술을 마셨다는 이야기를 했더니 사장이 화를 벌컥 내며 공장장에게 네가 취직시켜 준다구 했으면 네가 시켜 줄 것이지 내게 데리구 올 것이 뭐냐고 야단을 치지 않겠어? 나는 일이 글러졌다고 생각했지만 사정사정했지. 그랬더니 사장이 공장장을 내보낸 뒤 자기가 시키는 일을 할 수 있다면 침식은 물론 월급까지 주겠다는 거야. 시킬 일이 뭐냐구 물었더니 공장에서 일하는 일꾼들이 공장장과 짜구 매달 술 석 섬씩 퍼내다 판다는 것이었어. 그런데 사장은 석 섬 전부를 못 퍼내게 하는 것이 아니라 한 섬만 줄이게 해 달라는 것이었어. 참말 힘든 일이었지. 나이 스물두 살밖에 안 된 나로서 바위처럼 생긴 공장장과 몇십 명의 노무자를 상대루 그런 일을 할 수가 있어? 그렇지만 난 하겠다구 첫마디에 대답했지. 자신이 있어서가 아니라 해 보겠다는 강한 의지 때문이었지. 사실은 의지라기보다두 다만 한 달이나마 밥을 얻어 먹구 잠자리를 구해야 한다는 절박감 때문이었겠지.

그 날 밤부터 나는 플래시를 들고 공장 안을 순찰하기 시작했지. 그런데 그렇게 깊지두 않은 밤인데 공장 벽돌담에 사다리를 놓고 몇 사람이 술통을 날라 그 벽돌담 밖으로 내보내는 것을 목격했어. 나는 플래시로 그들을 비추어 기침소리를 크게 했지. 그런데두 그 사람들은 끄떡두 않구 작업을 그냥 계속하는 거야. 공공연한 비밀이더군. 섣불리 건드릴 수가 없어서 그냥 숙직실로 오고 있는데 공장장이 지나가지 않아? 그래 그 자를 불러 세우고 그에게로 가서 다짜고짜 석 섬을 두 섬으루 줄일 수 없느냐구 했지. 그 자는 애숭이가 무슨 수작이냐는 듯 나를 노려볼 뿐 대답을 안 했어. 그래서 내가 그걸 못해 주겠다면 내가 칠 년 이내에 당신 배에다 칼을 찌르겠소 하고 말했어. 어디서 그런 담이 생겼는지 몰라. 어째서 칠 년 이내란 말을 했는지두 몰라. 나두 모르는 새 한 말들이지. 그래두 대답이 없기에 내가 힘이 없지만

칠 년 동안에 당신 배를 찌를 기회가 없겠느냐? 칠 년 내에 당신 배를 찌르지 못하면 내가 자결하겠소 했더니 그자는 대답두 않구 어디론가 사라져 버렸어.

그 다음 날부터 나는 순찰두 안 했어. 해야 소용 있어? 공장장의 반응을 기다린 것뿐이야. 그랬더니 한 달쯤 거의 되어 사장이 부르더군. 사장실로 갔더니 사장이 월급봉투를 주며 수고했다지 않아? 한 섬이 줄었다는 거지. 기쁘더군. 사장두, 아니 공 위원장두 만족한 모양이야. 그래서 그 뒤부터는 자기 집에서 가정교사 노릇을 해 달라지 않아?"

이야기를 다 듣고 난 선희가,

"대단하신데요? 전 선생님을 그런 분으루 보지 않았는데……."

감탄을 했다.

"급하게 되면 자기두 모르게 담이 생기는 거겠지. 지금은 죽어두 못할 거야."

"그렇게 수완이 인정된 선생님이니까 제 사건에두 수완을 보이실 줄 알구 제게 보내셨군요?"

감탄하는 태도로 익규의 이야기를 듣던 때와 달리 선희의 태도가 갑자기 냉소적이었다.

"말하자면 그런 거겠지."

"그렇지만 사제지간에 싸울 수야 있습니까? 선생님께는 미안한 일이지만 제게 수완을 보이실 생각 마시구 그냥 돌아가세요."

"나두 싸울 생각은 없어. 이 집 대문 안에 들어서기 전과 들어선 뒤의 내 마음이 달라졌어. 솔직한 고백이야."

익규는 자기 감정을 그대로 말했다. 선희가 자기 제자란 것을 안 이상 자기와 공 위원장의 교환 조건이 무엇이든 공 위원장 편에만 설 수는 없다고 생각했다. 설사 선희의 요구가 부당하다는 마음이 든다고 해도 선희를 비난하고 공 위원장을 정당화시킬 수는 없다고 생각했다. 차라리 아무 이야기도 않고 그냥 돌아가는 것이 좋을 것 같은 마음이 들었다. 사제지간. 옛날부터 제자는 스승의 그림자를 밟지 못했고 스승은 제자를 위해 모든 희생을 아끼지 않았다.

"그럼 저녁이나 잡숫구 그냥 돌아가세요."

"나두 그럴 생각야."

이럴 때 어린 소년 하나가 책가방을 들고 들어왔다. 소년은 모자를 벗고 그미에게 지금 다녀왔습니다 하며 절을 했다. 그러자 그미가 그 애를 쓸어 안으며 공부 잘했느냐면서 등을 두들겨 주었다. 그리고는,

"엄마의 선생님이시야. 인사를 드려."

익규를 보며 웃었다. 애는 엄마의 말에 따라 익규에게 절을 하며,

"안녕하십니까?"

하고는 엄마에게로 가서,

"엄마 국민학교 선생님이시야?"

하고 물었다.

"아냐, 고등학교 때 수학 선생님이셔. 지금두 그 학교에 계시대."

그러자 소년은 책가방을 자기 공부방에 갖다 두고 와서 텔레비전을 틀었다.

"세수부터 해야지."

엄마가 말하자 소년은 암말 않고 퍼뜩 일어나 세수하러 나갔다.

아름다운 풍경이었다. 다정한 풍경이었다. 익규는, 저 잘생기고 영리한 애가 공 위원장의 자식일 것이라고 생각했다. 그리고 불우한 환경 속에 반 고아로 고독한 인생을 살아갈 것이란 생각을 하고 가슴이 뭉클해 왔다. 그리고 아무도 저들의 아름다움과 평화로움을 깨쳐서는 안 된다고 생각했다. 아무도 저들의 생활에 관여해서도 안 된다는 생각을 했다.

"나 그만 가야겠어."

익규는 자기가 이 집에서 할 일이 아무것도 없는 사람이라 생각했다. 가타부타 관여해서도 안 될 사람이라 생각했다.

"선생님두. 제가 저녁식사를 준비한다구 하잖았어요? 제자의 성의를 무시하는 스승두 있나요?"

익규가 꼼짝 못할 말을 선희가 했다. 일어서기를 단념하고,

"제자의 대접을 받을 만한 자격이 있는 스승두 못 되는데."

익규는 머리를 벅벅 긁었다. 정말 스승으로서의 긍지를 가질 만한 일을 못한 익규였다. 테이프 레코더처럼 교과서에 있는 내용을 가지고 매일 꼭 같은 것을 되풀이해서 지껄인 것 외에 이렇다 할 일을 못했다. 스승이란 이름 밑에서 제자의 대접을 받기가 송구스러울 정도였다.

세수를 하러 나갔던 어린애가 들어와 텔레비전 앞에 쪼그리고 앉았다. 그 어린애와 선희를 번갈아 보며 익규는 그 애가 선희의 생명이고 선희는 어린 애의 하늘일 것이란 생각을 했다. 공 위원장이 저들의 가장으로 저들 옆에서 살아 준다면 저들이 얼마나 행복할까?

선희와의 관계를 오직 오입으로밖에 생각지 않는 공 위원장은 저들과 가장 가까우면서도 가장 먼 거리에 있는 사람이다. 오입이라는 한때의 희롱이 두 사람이 죽을 때까지 짊어져야 할 운명을 만들어 놓고도 모른 척하다니. 익규는 공 위원장을 만나지도 않고 내려가서 편지나 한 장 띄우리라 생각을 했다. 인생을 희롱하며 살면서 다른 인생의 영원한 운명을 만들어 놓고도 책임조차 느끼지 않는 그런 사람에게 자기 인생 문제를 부탁할 수 없다고 생각했다.

어느새 저녁상이 들어왔다. 그리고 선희는 시종 익규에게 친절했다. 밥주발 뚜껑을 열어 주는 데서 시작하여 멀리 놓여 있는 고기 접시를 익규 앞으로 옮겨 놓았다. 구운 생선의 껍질을 벗겨 흰 살만을 뜯어 익규 밥주발에 놓아 주기도 했다.

"맛없어두 많이 잡숴야 해요. 오늘 일은 오래오래 기억하구 있을 테니까요."

"양껏 먹을게, 참 음식이 다 맛있구만……."

익규는 선희가 다정한 여자라고 생각했다. 사랑하는 남자와 함께 산다면 상대방을 얼마든지 행복하게 해 줄 수 있는 여자란 생각도 들었다. 그런데 하필 공 위원장 같은 사람에게 걸려들었을까?

"그래 공 위원장은 어떻게 알게 됐지?"

그는 문득 선희의 과거가 알고 싶었다. 선희도 그것이 자기의 의무이거나 한 것처럼 자기의 과거를 숨김 없이 털어놓았다.

　"저는 고아예요. 고등학교두 외할머니댁에서 다녔어요. 학교를 졸업하자 취직을 해야 한다는 생각하구 서울루 올라오지 않았겠어요. 처음 취직한 곳이 다방이었습니다. 알고 보니 다방이란 곳이 형편없더군요. 뭇 남자가 집적거리는 거예요. 그래도 일 년쯤 별탈 없이 지냈습니다. 그런데 일 년쯤 뒤 공 위원장이 나타났어요. 그때는 위원장이 아니었지만 전 높은 분이라 생각했어요. 높은 분이 우리 다방에 와 주시니 얼마나 반갑겠어요. 친절하게 해 드렸더니 이 양반이 손두 만져 보구 턱도 쓸어 주지 않겠어요. 핸드백이니 구두니 선물도 주시데요. 돈 많은 분이니까 그저 그런가 부다 했지요. 조금만 젊었대두 의심을 했을 건데 전 정말 아버지처럼 생각했거든요. 그런데 여름철 어떤 날 그분이 해수욕장으로 바캉스를 가지 않겠느냐구 하지 않겠어요? 저는 그때두 의심을 못했습니다. 말하자면 그만큼 둔했던 거죠. 온 장안이 바캉스로 떠들썩하구 있을 때 같이 가자니 얼마나 좋았겠어요. 주인 마담두 부러워하는 것처럼 어서 갔다 오라지 않아요? 비행기를 타고 강릉해수욕장엘 갔습니다. 호텔두 근사했습니다. 왜 그런 호강을 하게 됐는가를 생각지 못했습니다. 호강에 가슴이 부풀었을 뿐이었습니다. 그러나 밤에 비로소 알게 됐습니다. 아무 반항도 못하고 죽은 척 당했습니다.

　그 뒤부터죠. 이 집을 사 주면서 집안에 들어앉아 있으라는 것이었어요. 어떡허겠어요. 오직 순종뿐이었습니다. 그리구 아버지 같은 분이었지만 마음으로 사랑하게 됐습니다. 정식으루 결혼해서 떳떳하게 살겠다는 욕심이 있었던 것은 아니었습니다. 그의 그늘 밑에서 평생 행복하게 살 수 있기를 바랐던 것뿐이었지요. 그런데 이삼 년 전부터 발을 끊고 모른 척하기 시작했습니다. 이유는 위원장이 되어 남의 눈이 무섭다는 것입니다. 나는 그것이 싫었습니다. 위원장이 되었으니까 윤리적인 눈이 띄었다, 윤리적인 눈이 띄었으니까 비윤리적인 행동을 할 수 없다, 내가 윤리적인 생활을 하기 위해서는 너를 버리지 않을 수 없다 이거 아닙니까? 너무나 독선적이라구 생각해요. 그리구 너는 돈이나 받고 갈 데루 가라는 거지요. 돈을 준다니 먹구 살 걱정은 없을 겁니다. 여자는 먹구 살기 위해 남자와 결혼한다는 건가요?

안 그렇습니까? 돈만 있으면 애정두 정신두 희생당해 무방하다는 것이 아니겠어요? 그런 희생을 여자는 일방적으루 져야 한다는 법이 어디 있습니까?"

이야기를 해 나갈수록 흥분하는 선희였다. 그럴 수밖에 없을 것이다. 스승 앞에서 호소하는 마음에 어린애처럼 될 것이니까. 익규도 선희의 마음을 충분히 이해했다. 당연한 논리라고도 생각했다. 그러나 공 위원장의 의견을 받아들이지 않는 이유의 전부가 그것이라면 자기에게 할 말이 있다는 생각이 들었다. 그래서,

"공 위원장의 의견을 받아들이지 않는 이유가 그거로구만?"

하고 물었다.

"그것만은 아녜요. 그분이 보낸 사람마다 백년해로하자구 사랑한 것두 아닌데 돈이나 받구 물러서라는 거였거든요. 전 그게 제일 싫어요. 십 년 동안이나 같이 살았구 애까지 낳아서 기르는데 그게 사랑 아니구 뭡니까?"

"백년해로할 생각을 안 했던 것은 틀림없는 사실이겠지? 양쪽이 모두 말야?"

"그건 사실예요. 그렇지만 하룻밤에 만리장성을 쌓는단 말이 있잖습니까?"

"그건 그렇구만. 하루를 사랑해두 그게 진실하기는 해야 하니까. 진실하지 않은 사랑은 죄악이지."

"선생님이 그런 말씀을 해 주시니 속이 후련해집니다. 이때까지 그런 말 해 주는 사람 하나 없었으니까요. 만약 그분이 나를 사랑하지 않았다면 저는 결국 시종 희롱당하기만 했다는 것이 되잖겠습니까? 제 인생은 희롱의 대상물이었다는 거가 되구요. 그럼 제 인생은 뭐가 됩니까? 제 인생이 너무나 비참하구 불쌍해지지 않겠어요?"

"사실은 공 위원장이 내게두 그런 말을 했어. 오입이지 사랑이 아니었다구. 그래두 책임감은 느끼니까 돈은 요구하는 대루 주구 매달 생활비까지 주겠다더군."

"사회적 지위두 지위지만 환갑이 지난 분으로 육체의 한계를 느끼구 있는 거예요. 그래서 헤지자는 건데 그렇다고 해서 지금 와서 사랑을 안 했다는 말이 될 말입니까? 돈 문제야 자연 해결될 수 있는 일이라구 생각해요.

그러나 돈보다두 먼저 해결해야 할 일이 따루 있다구 저는 생각하지요."

"옳은 말야. 인생의 명예를 위해 끝까지 해 보라구."

"생각할수록 우스워요. 자존심상 사랑했다는 말을 못하는 거겠지만 그렇게 자존심이 강하다면 어떻게 사랑을 했습니까?"

"그건 해석이 좀 달라. 자존심두 자존심이겠지만 사랑했다는 말을 하면 그게 증거가 되어 무슨 문제가 다시 일어날지 모른다는 의구심이 더 큰 것 같아."

"저는 그분과의 관계가 더 계속되리라구는 생각지 않습니다. 그러니까 다른 문제가 따를 수두 없지요. 저는 확실히 말씀하겠어요. 그분을 진심으로 사랑했다구요. 진심으로 사랑했으면 그분이 배신했다구 해두 저는 그분을 배신할 수가 없습니다. 사랑 않겠다는 말두 할 수 없구요. 사랑했으면서도 사랑 안 했다는 말을 하는 건 인간의 질을 떨어뜨리게 하는 일이라 생각해요. 그분이 저를 사랑했다는 말을 한다구 해서 그 말을 미끼루 딴 조건을 내세운다는 것두 저질적 인간의 행동이구요. 그분이 그런 말씀을 하셨다면 전 저를 이해치 못하는 그분에게 더 격분해져요."

"잘 알았어. 선희의 인생을 걸구 끝까지 해 봐. 어떤 일이 있어두 위자료라든가 생활비는 대 줄 테니까 말야."

하나마나한 말이지만 익규는 선희를 격려하는 뜻으로 말했다. 그것은 선희의 문제에 대한 자기의 최후 의견이란 뜻도 되었다.

선희를 찾아갔던 일이 결국 역행되고 말았다. 그래서 공 위원장을 찾아갈 일이 없게 되었다. 찾아가면 도리어 배신을 했다고 공격할 것이 분명했다. 익규는 애초부터 관여 안 했던 일처럼 하고 내일 오창수나 만나 보고 서울을 떠나리라 생각했다.

선희의 집을 나오자 아무데서나 여관을 잡고 하룻밤 자리라 생각하고 여관 간판에만 눈을 기울이며 걷고 있을 때였다. 익규는 자기를 기다리고 있을 공 위원장을 생각했다. 앞으로 죽을 때까지 다시 만나지 않을지도 모르는 사람이다. 그렇다고 해서 경과보고도 하지 않고 내려간다면 자기는 뭐가 될 것인가? 신의 없는 인간이 되고 만다. 신의 없는 인간이 되었다는 자각이 머리에 남아 있는 한 자조(自嘲)를 하게 될 것이다. 떳떳한 마음 대신 자신 잃은 마음으로 살게 될 것이다. 죽을 때까지 우울한 인생을 살게 될 것이 싫었다.

익규는 여관을 찾는 대신 공 위원장의 집으로 걷기 시작했다. 걸으면서 생각하니 공 위원장에 대한 신의뿐 아니라 선희에 대한 신의도 무시하고 있던 자기를 발견했다. 선희하고는 아무런 약속도 없다. 책임 느낄 말 한 마디 안 했다. 그러나 선희에게 대해서야말로 자기가 신의를 지켜야 할 입장임을 깨달았다. 사제지간이란 끊을 수 없는 유대에서 오는 깨달음이었다. 그미가 자기에게 부탁한 것이 없다고 해서 외롭게 싸우고 있는 제자를 모른 척 내버려 둔다는 것은 사제의 의리일 수 없다. 공 위원장과 싸워 이기고 지는 것이 문제가 아닐 것이다. 싸우는 데 있어서 자기는 고립되어 있다는 것이 얼마나 외로울까? 자기 인생을 얼마나 외로운 것이라 생각하고 있을까?

익규는 조금도 망설이지 않고 공 위원장을 찾아갔다. 그리고 첫마디 말이 "선희에게 사랑했다는 말 한 마디라두 해 주셔야 하겠습니다."

공 위원장의 낯빛이 순간적으로 달라졌다. 달라지리라 예상했던 일이지만 익규는 아차 하고 실수한 것을 깨달았다. 지금은 관계를 끊고 있지만 그래도 공 위원장의 부인이 아닌가? 그 부인의 이름을 공 위원장 앞에서 그대로 부르다니! 사제지간이라는 것을 알면 공 위원장이 그래서 선희의 편을 든다고 할 것이 아닌가? 조심해야겠다고 생각할 때 공 위원장이 그게 무슨 말이냐고 이야기의 설명을 요구했다. 익규는 이때 공 위원장을 설득시켜야 한다고 생각했다.

"만나고 보니 그분은 굉장히 순수한 여자 같습니다. 돈보다두 인생을 중요하게 생각하는, 말하자면 철학을 가진 여자 같았습니다. 상식적인 비천한 여자가 아님을 저는 분명히 알았습니다. 단념해야 할 것은 단념할 줄 아는 지혜두 가지구 있는 분입니다. 사랑했던 과거를 호락호락 부정하는 경솔한 여자두 아닙니다. 그분은 아직까지두 공 위원장님을 사랑하구 있습니다. 그래서 공 위원장님을 한 마디의 말로도 원망하지 않고 있었습니다. 그러니까 사랑했다는 말을 해 준다고 해서 그 뒤 어떤 음모를 꾸밀 것이라고 걱정하는 것은 도리어 공 위원장님이 불순하다는 것을 나타내는 일이 됩니다. 전 보장할 수 있습니다. 그분이 뒤가 깨끗한 여자라는 것을 말입니다."

공 위원장이 쉽게 납득할 까닭이 없었다. 익규가 거의 같은 말을 몇 번이나 되풀이해도 나중에는,

"자네가 무슨 수루 보장을 한다는 건가? 그건 있을 수 없는 일야!"

익규를 불신하는 데로 흘렀다. 익규는 자기를 불신한다는 공 위원장에게 우격다짐으로 자기를 신뢰하도록 만들 수는 없다고 생각했다. 상대방을 신뢰하는 마음이란 스스로 우러나와야 하는 법이다.

익규는 밝히고 싶지 않았던 일이지만 선희와 자기가 사제지간이란 것을 말하고 스승이 제자를 믿지 못하고 책임지지 못해서야 되겠느냐고 말했다.

"사제지간?"

놀라운 사실이란 듯 공 위원장이 눈을 껌벅였다.

"사제지간이니까 모든 걸 진실되게 얘기했습니다."

"그래?"

"거듭 말씀드리지만 속 빈 미천한 여자가 아닙니다."

"좋은 여자야. 그건 나두 알아. 다만 내가 귀찮은 문제들을 청산하구 싶은 심정이란 것뿐이지. 나이가 드니까 모두가 짐스러워져."

"그러니까 마음이 가볍도록 깨끗하게 처리하십시오. 선희는 또 다시 부담을 느끼시게 할 치사스런 여자가 아닙니다."

"그렇지만 체면상 내가 찾아가서 그런 말을 할 수가 있나? 그러다가 다시 안아 보구 싶은 마음이 생기면 어떡허지?"

농담까지 섞어 가며 말하는 것으로 보아 공 위원장의 마음이 완전하게 돈 것을 알 수 있었다.

"안구 싶으시면 안아 주시지요. 그럼 만사는 해결이 될 텐데요."

익규도 농담조 한 마디를 건네었다.

"이 사람아, 그 애가 싫어서 헤어진 것이 아니란 말야. 나이와 체면상 할 수 없이 헤어진 거지. 농담으루라두 아예 그런 말 다시 말게."

익규는 그 전에는 체면이 없었느냐고 한 마디 해 주고 싶었지만 참았다. 그 대신 구체적인 방법을 제시했다.

"편지를 쓰시면 어떠실까요?"

"편지? 그야말로 물적 증거가 되게."

공 위원장은 역시 선희를 믿지 못하는 모양이었다. 사람을 믿지 못하고 그래서 물적 증거를 남기지 않으며 살려는 정치가나 법률가들, 그들의 마음이 호수처럼 잔잔한 때가 언제일까?

"그럼 한 가지 방법이 있습니다. 녹음테이프에 잠깐 녹음을 해 주십시오."

"이 사람아, 그건 물적 증거가 안 되나?"

"염려 마십시오. 가지구 가서 한 번 들려 주구 도루 가져오면 되잖습니까? 제가 책임을 지구 그렇게 하겠습니다."

"아이, 성가셔."

"공 위원장님께서는 잠시 성가시겠지만 선희에게는 자기 인생의 가치를 결정짓는 일이 됩니다."

"아이, 귀찮아. 공연히 한 번 건드렸다가 이게 무슨 창피야."

"고만한 책임은 지셔야지 어떻게 하겠습니까?"

익규는 공 위원장에게 비서를 부르게 해서 녹음기를 가져오게 했다. 그리고는 비서를 내보내고 문단속을 잘한 뒤 마이크를 공 위원장 입 앞에 댔다.

"입이 떨어질 것 같지 않은데……."

공 위원장이 망설였다.

"보는 사람이 아무도 없습니다. 한 마디만 해 주십쇼."

"뭐라고 해?"

말의 내용에 대해 또 망설였다.

"가만 계십시오. 제가 써 드리지요."

익규는 종이에다 공 위원장이 읽을 원고를 썼다.

"선희야. 어쩔 수 없이 너와 헤어지게 되었다만 내가 어찌 너를 사랑하지 않았겠니? 사랑했다. 그래서 헤어지는 일이 더욱 힘들구나."

원고를 다 읽고 난 공 위원장이 미간을 찌푸렸다.

"이 사람아. 간지럽게 이런 말을 어떻게 하나?"

"그래두 그게 사실 아닙니까?"

"사실이 아니란 게 아냐. 입 놀리기가 간지럽다는 거지."

"헤어진다는 말을 두 번이나 했습니다. 절대루 뒤탈이 없도록 쓴 것입니다. 눈감으시구 말씀해 주십시오."

"힘들겠는데."

"눈을 감으십시오."

공 위원장은 시키는 대로 눈을 감았다. 그리고 입을 열려고 했지만,

"힘들어 못하겠네."

하고 다시 눈을 떴다.

"그럼 눈을 뜨시구 읽으십시오. 원고를 읽으시며 축사라든가 그런 거 많이 해 보시지 않았습니까?"

"정말이 거짓말보다 하기 힘들다더니 이게 그러네."

"말하기가 힘들다구 진실을 숨기구 산다면 인간은 진실을 잊어버리게 될 것입니다. 빨리 읽으십시오."

익규는 마이크를 공 위원장 입 앞에 바싹 댔다.

"연극하는 배우 같은데……."

"진실을 말씀하는 것이 연극 같으시면 이때까지는 연극 이상의 연극을 하셨단 말씀인가요?"

"그만, 그만…… 읽어 볼게."

공 위원장은 드디어 원고를 읽기 시작했다. 대중 앞에 나가서 연설하는 것보다 몇 배나 거칠었다. 고저도 맞지가 않았다. 그래서 익규는 다시 한 번 읽으라고 했다. 공 위원장이 그대로 괜찮으니 그만두자고 했지만 익규는 선희가 듣고 억지로 한 말이 아님을 느끼도록 해야지 않느냐고 마이크를 떼지 않았다.

"자네 떼가 무던하군."

"위원장님께서 저를 인정하신 것이 그런 거 아니겠습니까?"

공 위원장은 할 수 없이 원고를 한 번 더 읽었다. 훨씬 자연스럽게 들렸다. 진정으로 자기 마음을 털어놓는 듯했다.

"잘 됐습니다."

익규는 만족스런 태도로 녹음기를 거두었다.

그러나 공 위원장은 씁쓰름한 얼굴로,

"한 번만 들려 주군 곧 가지구 와야 하네."

하고 다짐했다.

"물론이지요."

"그럼 내 차를 타구 갔다 와."

처음에 선희를 찾아갈 때는 걱정도 안 하던 자가용을 내준다니 또 익규가 못미더워지는 모양이었으나 익규로서 그것을 마다할 수가 없었다. 익규가 녹음기를 들고 응접실 입구까지 가서 다녀오겠다는 인사를 할 그때였다. 공 위원장이 잠깐 하고 그를 멈춰 세우고는,

"잠깐만 이리 와 보게!"

했다. 익규가 그의 옆에까지 가자 공 위원장은 그를 의자에 앉게 했다.

"무슨 말씀입니까?"

"암만 생각해두 안 되겠어."

"뭐가 말씀입니까?"

"그 녹음기를 이리 갖다 놔."

"이제 와서 그게 무슨 말씀이십니까?"

"체통이 서지 않는단 말야."

익규의 얼굴이 파랗게 변색했다.

"그게 정말입니까?"

"내가 자네한테 거짓말을 하겠나?"

익규는 왈칵 치밀어오르는 분노를 느꼈다. 그래서 예의에 어긋나게 충혈된 눈으로 그를 노려봤다. 그 태도가 심상치 않게 보였던지 공 위원장이,

"자네한테는 미안하네. 그 대신 자네가 부탁한 전직 문제는 내가 책임지구 해결해 줌세."

익규를 달래려 했다.

익규는 아무 대꾸도 안 했다. 가슴이 떨려 말이 나오지 않았던 것이다.

"지망하는 학교는 무슨 학굔가?"

그때야 익규는,

"진실을 말하기가 그렇게 무섭습니까?"

속과 달리 조용하게 말했다.

"자네 흥분하구 있나?"

익규의 귀에는 공 위원장의 말이 조금도 들어오지 않는 모양이었다.

"칠 년 이내에 댁에 불을 지르겠습니다. 그 동안에 기회가 오겠지요."

그는 아주 냉정한 태도로 조용하게 말했다. 그리고는 인사성 바르게 허리를 구부리고,

"안녕히 계십시오."

하고 걸어나가기를 시작했다.

"이 사람아 잠깐만……."

공 위원장이 허둥지둥 따라와서 익규의 팔을 잡았다. 그리고 팔을 끌고 가 소파에 앉히며,

"화낼 일이 아냐. 그냥 한 번 해 본 말인데……."

히죽히죽 웃는 것이었다. 익규가 부글부글 끓는 속을 한숨으로 식히며 고개를 떨구고 있을 때,

"빨리 가서 들려 주구 오라구."

하고 운전수를 불렀다. 운전수가 오자 녹음기를 가지고 익규와 함께 선희네 집까지 갔다가 오라는 말을 했다.

명령대로 운전수가 녹음기를 들고 나가자 익규는,

"다녀오겠습니다."

정중한 인사를 하고 운전수 뒤를 따랐다.

자동차에 올랐을 때 익규는 이십여 년 전 양조장 공장장에게 협박한 말을 생각했다. 실행하지 못할 말들. 결국 나는 실행 못할 말로 남을 협박하면서 세상을 사는 것이 아닌가? 자기가 싫어졌다.

선희의 집에 가서 녹음기를 틀었을 때 선희가 울기를 시작했다. 울고 있는 선희를 보자 익규도 눈물을 흘렸다. 흘러내리는 눈물이 유난히 뜨겁게 느껴졌다.

눈물을 흘리며 선희가 녹음기를 한 번 더 틀어 달라고 했다. 익규도 눈물을 흘리며 녹음기를 다시 틀어 주었다. 세 번 거듭했다. 그러나 세 번째가 끝났을 때 선희가 그 테이프를 자기에게 달라는 말에 익규는 안 된다는 말을 하고 녹음기를 거두기 시작했다.

"선생님, 그 목소리를 들으며 일생을 살아가구 싶어요. 주세요, 네."

선희가 매달리며 애원을 했다. 그러나 익규는 그 이유를 설명하지 않고 그냥 안 된다고만 거절했다.

"선생님. 너무 하시지 않습니까?"

익규는 자기도 너무 하다고 생각했다. 일생을 그 목소리나 들으며 살아가겠다는 순수하고도 애타는 호소를 들어 주지 못하다니……. 너무 해도 할 수 없다고 생각했다. 끝내 녹음기와 테이프를 가지고 자동차에 올랐다. 자동차에서 또 눈물이 나오려 했다. 누구를 위한 눈물인지는 몰랐다. 공 위원장을 위한 것인지 선희를 위한 것인지 그렇지 않으면 자기를 위한 것인지? 눈물은 나오지 않았지만 눈물이 안 나오는 대신 가슴은 더욱 아팠다.

(원) 《문학사상 18》 1974. 3.

반자유지대

나는 같은 학교에 이십 년 가까이 있으면서도 매년 신입생 입학시험 때 한 번씩 있는 연금생활 속에 들어가 본 일은 없었다. 그것은 이때까지 교수 전체가 집에서 출제를 해 내면 그것을 선정하는 교수 몇 명만이 합숙소로 들어갔기 때문이었다. 그래서 나는 그것이 내 차례로 오는 때도 이 핑계 저 핑계로 합숙을 거절해 왔었다.

나는 일제 시대에 유치장 생활을 대여섯 달 해 본 경험이 있다. 그때 나는 일생 동안 두 번 다시 유치장 생활을 안 하리라 결심했다. 정신과 아울러 육체가 완전히 자유를 잃는 감금생활처럼 괴로운 일이 세상에 다시없다는 뼈저린 경험을 했기 때문이었다.

그래서 한 번 들어가면 정해진 날짜까지 자유를 잃는 합숙생활도 유치장 생활과 비슷한 것이란 생각을 해 왔던 것이다.

그런데 금년만은 사정이 달랐다. 학교 정책이 변해서 교수 전부가 출제를 하는 것이 아니라 출제위원으로 임명된 교수만이 합숙소에 들어가 출제를 하게 되었다.

비밀을 지키기 위해 학교에서는 입소하기 전날에야 출제위원들의 명단을 본인들에게 통지했다. 그 통지를 받자 나는 건강을 이유로 출제위원을 사절했다. 그것은 형식적인 이유만이 아니었다. 나는 본시 당뇨병 환자다. 그런데다가 환갑이 지나 건강에 대한 자신을 잃고 있다. 일단 들어가면 만 열흘을 감금해 있어야 하는데 혹시 그새 무슨 일이 일어날지 누가 알 것인가.

그런데 학교에서는 그 동안 건강에 좋지 않은 현상이 일어나면 도중에라도 나오게 해 줄 테니 꼭 들어가 달라는 것이었다. 처음 실시하는 제도고 해서 심사숙고 끝에 정한 것이니까 제발 협력해 달라는 것이었다.

학교 행사 중 가장 중요하다고 할 수 있는 행사라 나는 뜻을 굽히지 않을 수 없었다.

다음 날 갈아 입을 내의 몇 벌과 참고서적 몇 권을 가지고 합숙소로 들어갔다. 한 번 들어가면 나오는 날까지 출입이 금지되어 있는 현관을 들어설 때 나는 제 발로 걸어 도살장에 들어가는 소를 생각했다. 소는 자기가 죽을 줄 알고 들어가지는 않을 것이다. 그러나 나는 죽는 것은 아니지만 자유를 잃는다는 것을 알면서 내 발로 들어가는 것이다.

인간에게 자유라는 것이 절대적이라면 다만 하루의 부자유라도 그것은 인간의 치욕이요 수치다. 비단이나 명주 한 부분에, 씻어도 빠지지 않는 기름이나 물감이 묻었을 때 그 부분은 가위로 잘라 버려야 한다. 마찬가지로 인간의 일생 가운데 자유를 잃은 부분이 있다면 그것을 잘라 버려 일생을 재편집하고 싶은 것이 누구나의 소망일 것이다.

그러나 인간은 스스로 부자유의 세계로 들어가는 경우가 있다. 소위 일 때문이다. 일을 위해서는 개인의 자유를 얼마든지 희사한다. 일 때문이라면 잠시 가족과 지내는 시간을 빼고 대부분의 시간을 죄수와 함께 철창 안에서 사는 사람도 있다.

나도 마찬가지다. 일을 위해서 타의 반 자의 반으로 창살 없는 구치소로 들어갔다. 들어갈 때 덜컥 문 닫는 소리가 나지 않았다. 유치장에 들어갈 때는 유난히 덜커덕 소리를 내며 닫히는 철창문이 그 순간부터 자유를 박탈한다는 신호를 들려 주는 것 같아 가슴이 덜컥 내려앉는다.

작업이 시작되기까지는 출입문을 닫지 않기 때문에 보통 남의 집 들어가듯 들어갔지만, 2층 숙소로 가 지정된 방에 들어갔을 때 나는 가슴이 덜컥 내려앉았다. 그것은 유리창문을 열지 못하게 모두 종이로 봉하고 그 위에 시뻘건 도장이 찍혀 있음을 보았기 때문이었다. 외부로 향한 문을 열 수 없다. 그것은 외부와 완전 차단한다는 뜻이었다. 외부와의 차단이란 곧 자유의 상실을 뜻한다. 자유의 상실이란 생각을 하니 정말 기분이 언짢았다.

그러나 그 자유의 상실은 열흘뿐이다. 구박 십일만 지나면 다시 자유를 찾는다. 그리고 나 혼자만이 아니라 십팔 명의 동료가 공동으로 당하는 일이란 생각이 약간 안도감을 주었다. 죽어도 여러 사람이 같이 죽는다면 죽음을 쉽게 단념할 수가 있다. 부자유 가운데서라도 공동의식을 가지면 덜 외롭다는 말이겠지.

저녁식사 때까지 방과 짐을 정리하며 자유시간을 가졌다. 솔직히 말해서 여기에는 시간의 자유가 있다. 아무때 자도 괜찮고 아무때 일어나도 좋다. 이 시간의 자유는 아마 육체의 부자유를 반쯤 경감해 줄 것이다. 그런 만큼 외부와 차단된 이곳을 완전한 부자유 지대라고 말하기는 힘들 것이다. 그런데도 불구하고 이곳을 완전한 부자유 지대로 생각하는 것은 외부와의 차단에서 오는 강박관념 때문일 것이다.

누워서 빈들거리다가 저녁식사 시간이라는 소리에 1층 식당으로 내려가 동료 교수들과 처음으로 자리를 같이하는 시간을 가졌다.

나와 출제위원장을 빼고는 모두가 사십대 아니면 삼십대의 젊은 교수들이었다. 그 중에는 국내뿐 아니라 국외에까지 널리 알려져 있는 교수도 있다. 말하자면 우리 학교의 엘리트 교수들이다. 나는 내가 앉을 자리에 대해 약간 망설였다. 그것은 내가 위치로나 방향으로나 연상자의 티를 내기 위해 그들과 조금이라도 격리된 자리에 앉아서는 안 된다는 마음에서였다. 나는 그 중 연상자임에 틀림없다. 어딜 가나 그렇다. 연상자라고 해서 앞자리에 앉히거나 또는 좀더 좋은 의자에 앉히우는 경우를 가끔 당하지만 그럴 때마다 나는 그리 유쾌하지가 못하다. 택시를 탈 때 운전수가 할아버지 어디까지 가십니까, 하고 물을 때마다 나는 이제 완전히 할아버지가 되고 말았구나 하는 슬픔 같은 것을 느낀다. 그러나 버스를 타고 가다가 내릴 때가 거의 되어 출입구 가까이까지 가면 나이 어린 여차장 애가 할아버지 내리십니까, 하고 묻는 경우가 있다. 그럴 때 그냥 내리십니까, 하고 묻는 것보다 일단 할아버지 한 뒤 내리느냐는 말을 묻는 것이 한결 기분 좋게 느껴지던 경험도 없지 않다.

그런 것으로 보아 나는 할아버지란 말을 진심으로 싫어하지 않는지 모른다. 그런데도 같은 위치에 있는 사람들 앞에서 연로자 대우를 받기는 싫다. 또 그런 대우를 스스로 원하는 것처럼 보이기는 더욱 싫다. 내가 이루어 놓은 업적이 연로자의 대접을 받을 만하다면 그렇지는 않을지 모른다. 그러나 학문을 하는 교수들과 자리를 같이할 때마다 나는 내 업적에 대해서 위축감을 느끼곤 한다. 대학과 같은 학문 사회에서는 교수의 평가를 오직 학문 연구에 두고 있다. 일 년에 한 번씩 제출하게 되어 있는 교수 실적 보고서에도 발표한 논문 제목을 기록하게 되어 있지, 작품 이름을 쓰게 되어 있지 않다. 그래서 나는 그 실적 보고서를 써 본 일이 없고 그것으로 승진되어 본 일도 없다.

그런 만큼 그런 사회에서 섣불리 연로자라는 것 하나만으로 특별 취급을 받기는 싫다. 물론 한국에서는 경로사상 때문에 연로했다는 것만으로도 존경을 하고 또 받는 수가 있다. 그러나 경로사상도 점점 허물어져 가고 있는 요즘 본인이 경로사상을 강요한다면 젊은 사람들이 얼마나 보기 싫어할 것인가? 사실 우리 나라에는 경로사상이 점점 희박해져 가고 있는 것이 사실이다. 버스에 올랐을 때 자리를 비켜 주는 젊은 사람을 나는 얼마 보지 못했다. 가끔 그런 사람을 보면 형식적으로 그러는 것이 아닌가 하는 생각에 비켜 주는 자리에 앉고 싶지 않은 때가 있다.

어쨌든 나는 빈 자리가 있는 데로 가서 젊은 교수들 사이에 끼여 앉았다. 그런데 앉자마자 위원장이 내 자리는 따로 있다면서 맨 앞자리를 가리켰다. 그리로 가라는 것이었다. 나는 순간 당황했지만 앞자리가 상좌라고 해서만 그리로 가라는 것이 아님을 알았다. 나는 들어올 때 내가 당뇨병 환자라는 것을 말하고 특별 음식을 주문했다. 잡곡밥과 매 끼니 두부 한 모씩을 특별 요구했던 것이다. 그 특별 음식이 맨 앞자리에 놓여 있다는 것이었다. 그래서 음식을 따라 앞자리로 갔지만 상좌는 상좌다. 위원장이 앉아야 할 자리였다. 위원장의 자리를 뺏아 앉는 것이 송구스러웠다.

그런데 음식을 나르는 사람이 끼니마다 내 특별 음식을 그 상좌에 놓았다. 그래서 나는 그 뒤에도 계속 그 자리에 앉았지만 음식 나르는 사람에게 내 음식을 딴 자리에 놓도록 주의를 시키지 않았다. 역시 상좌에 앉는 것이 그리 불쾌하지가 않은 모양이었다.

식사를 하면서 위원장이 앞으로의 스케줄에 대한 설명을 했다. 처음 나흘은 출제하는 기간으로 하고 나머지 나흘은 인쇄를 돌릴 테니까 나흘 안에 출제를 끝내 달라는 것이었다. 그리고 이때까지의 제도와 달라 이번에는 여기 임명된 출제위원들의 일의 분량이 많고 또 책임이 중하기 때문에 수당을 올리도록 만전을 기하겠다는 말을 했다. 그 말에 용기를 얻었는지 각 교수들이 수당에 대한 이야기를 한 마디씩 했다. 나중에는 수당을 올려 주지 않을 땐 출제한 것을 내놓지 말자는 농담까지 나왔다.

일반 사회에서는 교수가 월급도 많지만 돈에 대해 관심이 없는 사람들로 규정하는 경우가 많다. 물론 개중에는 수입이 많은 교수도 있다. 그러나 그것도 연구생활을 보장하는 뜻에서 주는 월급이 아니다. 개인적인 외부 활동에 의해 받는 보수다. 특히 문과 계통의 교수는 외부적 활동이 미약하기 때문에 대부분이 가난하다. 그런 만큼 돈 문제가 나오면 사회의 인식과 달리 가장 심각해지는 것이 또한 교수인 것이다.

나도 돈에 대해서는 다른 교수들과 의견이 같았다. 돈이 필요해서도 그렇지만 열흘 동안 감금당한다는 정신적 고통의 대가는 충분히 받아야 한다고 생각했기 때문이었다.

실무 책임자인 교무처장도 그런 방향으로 적극 추진하겠다는 말이었으나 문제는 지원자 수가 결정짓는다고 했다. 지원자 수가 많아야 수입이 많고 따라서 우리의 수당도 올릴 수 있다는 것이었다.

그래서 우리 교수들 전부는 이삼 일 남은 지원서 마감일에 신경을 기울이게 되었다. 그러나 마감일이 지나자 우리를 놀라게 한 것은 금년도 지원자가 작년보다도 적다는 사실이었다.

그래서 화제는 왜 지원자 수가 적어졌느냐 하는 데 이르렀다. 모두가 각출이었다. 그러나 종합된 결론은 제도의 변경에 있다는 것이었다. 작년도와 예비고사 제도가 달라져 서울 학생들도 지방 대학에 많이 지원했다는 것이었다. 서울서 가망이 없는 학생들이 지방 대학이라도 가서 공부하겠다는 것은 좋은 현상일지 모른다. 그렇게 나가다가는 서울 인구가 줄어들 가능성도 있다. 그것은 좋은 일이다. 그러나 지방으로 내려간 학생들이 거기서 공부를 잘할 것인가가 문제된다.

그리고 입학시험 과목이 많아 지원자 수가 적어진다는 의견도 있었다. 예비고사에서 전과목 전부를 시험 보는데 대학 입학시험에서는 필요한 과목만 보아 수험생의 부담을 경감해 줄 필요가 있지 않느냐는 것이었다. 이때 불필요한 과목 중 국어를 맨 처음 꼽는 교수가 있었다. 휴게실에서 이런 이야기가 나왔는데 이때 나는 발설자의 얼굴을 보았다. 젊은 공과 계통의 교수였다. 나는 참을 수가 없었다.

"여보시오, 국어가 국민생활의 기초가 아닙니까? 국어가 학문이 아니라고 무시한다면 민족은 바탕 없는 문화를 형성해도 좋습니까?"

좀 심하다 할 정도로 면박을 주었다. 그 젊은 교수는 대답을 안 했다. 내말이 잘못이라고 하면 자기는 민족적으로 비난받아야 할 입장에 놓이게 되기 때문이라고 생각했을 게다.

사실은 말을 안 할 뿐 대부분의 국민이 국어교육을 중요시하지 않는다. 대학교에서 국어시간이 점점 줄어 가고 있는 현상만 보아도 알 수 있는 것이다.

나는 교수생활 이십 년 동안 계속 분노를 느끼고 있는 문제가 이것이다. 문과대학에서도 서열은 국문과가 제일 위다. 입학시험 때에도 맨 첫시간에 치는 것이 으레 국어로 되어 있다. 그러면서도 국어교육의 필요를 논하는 사람이 국어국문학자를 빼고 누가 있는가?

그건 그렇고 다음 날 아침에 일어나자 그새 하룻밤밖에 지나지 않은 것을 느꼈다. 이제 구분의 일밖에 지나지 않았는데 벌써 지루함을 느끼면 어떻게 하나? 나는 종이로 열흘의 캘린더를 만들어 벽에 붙였다. 그리고 아침마다 하나씩 빨간 잉크로 지워 가는 것을 즐거움으로 살리라.

그런데 아래층 식당에 가서 나는 두 가지 놀라운 사실을 보았다.

하나는 조반이 전체적으로 토스트 두 조각과 프라이한 계란 한 개뿐이라는 것이었다. 그 밖에 오렌지 쥬스 한 잔과 우유 한 병이었다. 내가 놀란 것은 그 음식의 종류가 아니었다. 음식의 영양보다도 분량에서 오는 만복감을 더 중요하게 생각해 오던 한국 사람의 배가 언제부터 이렇게 서구화되었는가 하는 사실이었다. 그 서양식 음식에 불만을 말하는 교수가 하나도 없었기 때문이었다.

나는 다른 교수들보다 매 끼니 두부 한 모를 더 먹는다. 그래서 나도 불평을 말하지 않았지만 만약 내게 두부 한 모가 추가되지 않았다면 공복감 때문에 불평을 터뜨리지 않고 견딜 수가 없었을 것이다.

둘째로 나를 놀라게 한 것은 어젯밤에 틀림없이 보았던 M교수의 얼굴이 보이지 않는 것이었다. 식사가 다 끝날 때까지 그이는 나타나지 않았다. 그런데도 누구 하나 그의 부재에 대해 말하는 이가 없었다. 나는 식사가 끝나자 위원장에게 M교수가 왜 보이지 않느냐고 물었다. 그때 그 위원장이 씁쓸한 얼굴로 M교수가 나가서 해야 할 일이 많아서 어젯밤 열 시쯤 나갔다고 말했다.

일단 들어왔다가 일이 바쁘다고 하룻밤도 자지 않고 간 그 교수에 대해서 말 한 마디 없는 교수들의 수양에 놀랐다. 남의 일에는 관여하지 않는다는 서양식 교양이 우리 나라 교수들의 머릿속에 젖어들어 있다는 사실이 얼마나 놀라운 일인가?

옛날 같으면 그런 사람이 나갔을 때 내게도 바쁜 일이 있다면서 나가겠다는 사람이 속출했을 것이다. 조용한 가운데 M교수는 나가고 조용한 가운데 D교수가 대신 들어왔다.

이 날부터 나는 출제를 하기 시작했다. 이 책 저 책을 참고하며 문제를 낸다는 것이 그리 쉬운 일이 아니었다. 일반 학생이 다 아는 문제는 문제가 아니기 때문에 일반 학생이 다 쓸 수 없는 문제를 만들어야 한다. 동시에 그 문제가 다음에 시험 칠 학생들의 공부를 자극시켜 주는 것이기도 해야 한다. 말하자면 고등학교 국어교육의 방향을 제시하는 것이어야 한다. 이런 것들을 생각할 때 한 문제 한 문제에 신중을 기하지 않을 수 없었다.

그런 것들을 고려하며 인문 사회계와 이공계의 두 가지 문제를 따로 작성하려니 제작 시간도 상당히 걸렸다.

나는 요즘 고등학교 학생들의 독서가 부족하다고 생각한다. 그리고 우리의 고유 말을 자꾸만 잊어 간다고 생각한다. 그래서 특히 글의 내용을 이해하는 데 중점을 두고 출제했다. 그리고 작년 시험에 귓밥, 인중 등 신체 일부의 이름을 쓰도록 출제해서 일부의 비난도 산 일이 있지만 이번에도 북어 스무 마리를 뭐라고 부르냐는 문제를 만들었다.

우리의 생활용어다. 시험 문제라고 말하기가 힘들 것이다. 그러나 요즘 젊은층이 그런 생활용어에 관심을 기울이지 않고 있으니 국어 시험 문제에서나마 관심을 기울이게 해야 할 것이 아닌가?

좌우간 나는 이틀 동안에 내가 맡은 부분의 출제를 끝냈다. 끝내고 나니 홀가분한 기분이었지만 과연 문제들이 문제다운 문제인지 회의가 들었다. 그리고 출제를 한 것이 아니라 시험을 치른 기분이기도 했다.

같은 국어과의 K교수가 위원장에 보이고 무난하다는 말을 들었을 때야 겨우 안도의 한숨을 내쉬었다. 그리고 내가 이틀 동안에 출제한 문제를 풀기 위해 몇 해씩 공부한 고등학교 졸업생들이 불쌍하다는 마음도 들었다. 그뿐 아니라 내가 뭐기에 그 많은 학생들을 괴롭히고 있는가 하는 회의도 들었다.

참으로 이상한 일이다. 사람이란 자기가 완성된 것도 아닌데 남을 시험하며 사는 수가 많다. 반대로 남을 시험하는 사람이 시험을 받아야 하는 일이 또한 얼마나 많은가? 남을 시험하고 남에게 시험당하며 사는 것이 인간이 아닐까?

나는 가끔 신문사나 출판사의 설문을 받는 일이 있다. 그 설문에 대답할 때마다 시험을 치르는 기분이다. 그뿐인가, 평생 써 오는 작품을 쓸 때도 꼭 시험치는 기분이다.

그런 만큼 시험에서 벗어나서 살고 싶다는 것은 하나의 망상에 지나지 않을 것이다.

아내와 같이 생활을 한다는 것도 하나의 시험이다. 점수를 잘 얻으면 아내의 사랑을 받고 점수가 나쁘면 사랑을 못 받는다. 말하자면 남편으로서

낙제생이다. 모든 사회생활이 다 그런 것 아닐까?

사흘 밤을 잔 다음 날부터 나는 할 일이 없었다. 앞으로 할 일이란 인쇄 직전 교정을 보는 일뿐이다. 그러니 앞으로 엿새 동안을 무엇으로 소일할 것인가가 걱정이었다. 일이 없다면 더욱 지루할 것이고, 지루함을 느끼면 부자유란 관념 밑에서 마음과 아울러 육체의 피곤이 가중해질 것이다.

나는 집에서 쓰던 소설 원고를 꺼냈다. 한 오십 장 쓴 것이니 절반만 더 쓰면 된다. 그런데 원고 용지를 대하고 앉으니 갑자기 골치가 떵해지며 문장이 이어져 나가지 않았다. 자꾸만 창 밖만 내다보게 된다. 창 밖으로 보이는 것은 높다란 잡목뿐이었다. 잎이 하나도 없는 노목 가지 끝에 까치가 집을 짓고 있는 것이 보였다. 까치 두 마리, 그들은 분명 부부일 것이었다. 그 부부까치는 짤막한 나뭇가지를 물고 와서 형태가 다된 자기네 집 안으로 들어간다. 한 번 들어가면 한참 동안이나 있다가야 나온다. 한 놈이 나오면 다음 놈이 들어간다. 그 동안 한 놈은 멀리 떨어져 있는 다른 나뭇가지에 앉아서 기다리고 있다. 그러나 둥지 속에 들어간 놈이 나올 때까지 기다리는 것은 아니다. 기다리지를 않고 그냥 어디로 날아간다. 어쩐지 남남 같다. 나는 그 부부까치가 함께 둥지 속에 들어가기를 기다렸으나 내가 보는 데서는 절대 들어가지 않는다. 남이 엿보는 데서는 애정표현을 절대로 삼가는 모양이었다. 사람보다도 윤리관이 더 굳은 것 같았다.

나는 다시 원고지를 끌어당겼다. 그러나 마찬가지였다. 붓이 내려가지를 않았다. 이럴 때 나는 눈을 감고 눕는 버릇이 있다. 한참 누웠다가 담배를 한 대 피우고 붓을 들면 써진다. 그러나 여기서는 사정이 달랐다. 좀체로 안 하는 일이지만 세면소에 가서 세수를 했는데도 글은 써지지 않았다. 나는 복도를 거닐어 봤다.

'집에 가서 써야지.'

나는 단념했다. 부자유를 느끼는 상태에서 원고가 무슨 원곤가?

휴게실로 갔다. 거기서는 젊은 교수들이 늘 모여 이야기들을 하고 있었다. 무슨 이야기가 그렇게 많은지 어젯밤과 그저께 밤 몇몇 교수가 새벽 세 시까지 잠도 자지 않으며 이야기한 것을 안다.

"잠두 자지 않으며 이야기들을 하는 것 같던데……."

무슨 이야기들이 그리 많으냐는 식으로 물었다. 그랬더니,

"잠이 와야죠."

웃으며 대답들을 했다.

젊었을 때는 잠을 더 많이 자는 법인데 요즘 젊은이들은 그렇지가 않은 모양이었다. 아니면 갇혀 있다는 사실이 잠을 오지 않게 하는 모양이다. 자유를 잃었다는 의식이 머리에 박히면 피곤도 느끼지 못하는가 보다.

나는 커피를 마시며 그들의 화제 속에 끼였지만 오래 있지 못하고 내 방으로 돌아왔다. 화제들이 재미있었지만 듣는 데 피곤을 느꼈다. 남들은 밤을 새워 가며까지 하는 이야기를 나는 왜 듣기만 하는데도 피곤을 느낄까? 피곤이 아니라 불안일 것이다. 불안 의식이 한 자리에 끈덕지게 앉아 있게 하지 않는다. 아니 그보다도 내가 이야기를 할 줄 모르기 때문이라고 생각했다. 남의 이야기를 듣는 것도 재미있지만 이야기의 재미란 결국 자기가 이야기할 때 느끼는 것이 아닐까? 나는 이야기를 잘하지 못한다. 이야기를 하다가도 계속할 이야기를 그때 그때 생각해 내지 못한다.

이야기를 잘 못하는 사람은 남에게 재미를 주지 못할 뿐 아니라 자기 자신도 재미있는 생활을 해 나가지 못한다. 그뿐만도 아니다. 나처럼 학생들 앞에서 이야기하는 것이 직업으로 되어 있는 사람은 더하다. 이야기를 재미있게 하지 못하면 그가 아무리 해박한 지식을 가졌다고 해도 인기 교수는 될 수 없다. 자신도 시간 시간을 메꾸기에 힘이 겨운 것을 느낀다. 얼마나 우울한 인생인가?

그뿐만도 아니다. 남과 어울리지를 못한다. 사교를 싫어한다. 심해지면 혐인증(嫌人症)에 걸리기가 쉽다.

내 방으로 돌아온 나는 결국 내가 남과 어울리지 못하는 사람임을 재삼 느꼈다.

나는 또 까치집을 바라보기 시작했다. 한 마리만이 높은 가지 위에 앉아 있었다. 아무 움직임도 없이 앉아 있더니 살짝 몸을 띄웠다가 사뿐 땅바닥으로 날아왔다. 체중이 조금도 없어 보이는 경쾌함이었다. 잠시 땅바닥에 서

있다가는 다시 높은 가지로 날아가 앉았다. 날을 때의 경쾌함, 그것은 공기를 칼로 베는 모습이었다. 나는 생각했다. 날아다닌다는 것이 얼마나 자유스런 행동인가? 자유스러우니까 그 행동이 경쾌해질 수도 있다. 그러다 『갈매기의 꿈』에 나오는 갈매기도 자유가 없었을 것이란 생각을 했다.

남보다 빨리, 남보다 높이 날아야 한다는 의지 때문에 그는 남들처럼 해변가를 날면서 먹이를 구하지 못한다. 휴식도 취하지 못하고 비상의 연습을 거듭한다. 말하자면 이중 삼중의 고통을 느낀다.

가장 자유로울 수 있는 갈매기가 자기 육체를 스스로 구속시키는 것은 자기의 의지 때문이리라. 가장 지성적이고 가장 큰 꿈을 가진 사람일수록 자기를 구속하는 것이 인간이 아닐까?

그런데 나는 내 책임을 다했는데도 정해진 날까지 자유를 구속당해야 한다. 나의 꿈이나 의지 때문이 아니다. 자유롭게 해 주면 입시 문제가 누설될지도 모른다는 안보 문제 때문이다. 결국 인간 불신에서 오는 결과라고 말할 수밖에 없다. 아무리 대학교수라 해도 백 퍼센트 신임할 수가 없으니까 감금해 두지 않을 수 없다는 것이다. 그 감금은 하나의 제도로 굳어졌다.

어쩔 수 없는 일이다. 대학교수뿐 아니라 모든 사람이 불신을 받고 있는 세상에서 그 불신에서 오는 부자유를 개탄할 수가 있을까? 인간은 결국 자기 손으로 자기의 자유를 잃어버리는 것이라고도 말할 수 있으리라.

나는 다시 원고를 쓰려고 했다. 자기 개인의 일을 하면 구속감을 잊어버릴 것 같았기 때문이었다. 집에서 하는 버릇대로 자리에 엎드렸다. 그러나 아무리 딱딱하다 해도 침대 위라 온돌방에 엎드린 것과는 다르다. 일어나 책상 앞에 앉았다. 내가 만들어 붙인 캘린더만 자꾸 보게 된다. 이때까지 빨간 볼펜으로 작대기를 친 날짜가 나흘밖에 안 된다. 절반도 지나지 않은 것이다. 앞으로 닷새를 어떻게 지내나? 이런 생각만이 머릿속에 떠돌았다. 그러니 결국 원고는 써지지가 않는 것이었다. 작품이란 억지로 쓰는 것이 아니니까 억지로 쓸 생각을 버리자. 나는 결국 원고를 덮어 놓고 말았다.

그러니 할 일이 없다. 세 끼니의 밥을 정해진 시간에 먹는 것과 콜라 환타 같은 음료수를 수시로 마시는 일 외에 정말 할 일이 없다. 심심하고 지루하다. 담배만 자꾸 피우게 된다. 전에는 두 갑으로 충분하던 것이 세 갑 가깝게 피운다. 심심하니까 사이다 환타 같은 음료수를 수시로 마시게 된다. 집에서는 한 잔도 안 마시던 것을 여기서는 매일 세 병 이상 마시게 된다. 심심하면 위장도 심심해지는지 모른다. 자꾸만 허기를 느낀다. 식사시간 삼십 분 전쯤 되면 배가 고파 안타까울 정도다. 고아원에 있는 애들은 배가 불러도 파, 마늘, 심지어는 간장까지 훔쳐 먹는다는 이야기가 생각났다.

조금 걸어 봤으면 좋겠다. 등산하던 일이 생각났다. 그리고 등산이란 것도 자유에서 오는 행동이었구나 생각했다.

위험한 길이래도 좋다. 마음대로 걸어다닐 수 있는 즐거움을 느낀다는 것이 결국 자유를 사랑하는 사람의 행동이 아닐까?

그 대신 낚시질을 좋아하는 사람들은 자유를 사랑하지 않는 사람들 같았다. 붕어가 잡히지 않아도 참고 견뎌야 하는 견인(堅忍)의 정신이란 결국 자기의 자유를 구속하려는 사람들의 마음이다.

일요일이었다. 날씨도 좋았다. 바깥 날씨가 영상 4도라고 한다. 등산 가기 좋은 날이다. 많은 사람들이 산에 갔을 것이다. 나는 내가 다니던 등산 코스들을 생각했다. 쉬면서 커피 끓여 먹던 곳도 생각했다. 썩은 나무를 주워다가 불을 피우며 점심 해 먹던 일도 생각했다. 그런데 나는 지금 현관문을 열고 고개를 내밀 자유도 없다. 연금(軟禁)은 뜰 안의 산책까지는 허락한다고 한다. 그러니 나는 연금 이상의 감금 상태에 있다.

이 날 밤 나는 꿈을 꾸었다. 젊었을 때 사랑하던 여자가 다시는 옆을 떠나지 말아 달라고 하며 팔을 잡는 꿈이었다. 나는 무엇이라고 대답했는지 모른다. 어쨌든 그 꿈을 꾸고 난 뒤 기분이 좋았던 것으로 보아 슬퍼지기 전에 꿈이 끝났으리라 생각되었다. 슬프게 끝났다고 해도 기분은 좋았으리라고 생각했다. 과거를 추억하게 만들었다고 해서가 아니라 그런 사랑의 감정 속에 빠질 수 있었다는 사실이 내게는 중요한 것이니까.

그 동안 별로 생각도 안 하던 여자였다. 소식을 들어 본 지도 오랜 그 여자를 하필 이런 데서 꿈 속에 보았을까? 자유가 그리우니까 자유의 여신으로 그미가 나타났던 것일까? 나는 그 여자를 그렇게 사랑했던가 하고 생각해 보았다. 정말 사랑했던 것 같다.

그렇다면 여자를 사랑한다는 것도 결국 자유를 사랑하기 때문이 아닐까? 자유를 사랑하는 정신에서 사랑하는 것이 참사랑일 것이라는 마음이 들었다.

다음 날 밤에는 아내가 죽은 꿈을 꾸었다. 나는 꿈 속에서 울다가 깨었다. 그래서 다음 날은 온종일 우울했다. 집에 전화를 걸어 알아봐 달라고 부탁을 하고 싶었지만 그랬다가 아무 일도 없다는 말을 들으면 도리어 웃음거리가 될 것 같아 그만두었지만 그래도 종일 꿈이 머리에서 떠나지 않았다.

다행히 아무 소식도 없어서 집안에 별일이 없다는 것을 알았지만 나는 하루는 옛날 애인, 하루는 지금의 아내가 번갈아 가며 꿈에 나타났다는 사실의 의미를 생각해 보았다. 나는 원래 꿈을 믿지 않는다. 꿈이 맞았다고 좋아해 본 일도 없지만 꿈이 나쁘다고 해서 불길한 일을 예상해 본 일이 없다. 그렇기 때문에 나는 꿈의 내용보다 그 꿈을 꾸게 된 정신 상태를 가끔 생각해 본다. 그런데 그렇게 상반된 꿈을 이틀 새 꾸었다는 것은 무슨 까닭일까? 하나는 옛날에 나의 문학과 또 정신과 관계 있는 여자요, 하나는 나의 현실적 살림과 밀접한 관계가 있는 여자다. 이 두 여자가 꿈의 내용은 각기 다르나 이틀 동안에 번갈아 가며 나타났다는 것은 유폐되어 있는 이 상황 속에서의 탈출을 욕망하는 마음의 표출이다. 그 탈출이 나와 가장 가까운 사람들과 관계를 맺었다는 것뿐이다.

어쨌든 인간은 꿈을 꾸며 밤을 보낸다. 세월을 보낸다. 앞으로 사흘 밤만 자면 집에 갈 수가 있다. 그새 입학시험 문제는 필경사의 손에 의해 씌어지고 나는 교정을 보았다. 몇 번의 교정을 본 뒤 제록스 사진을 찍어 인쇄에 걸었다.

맨 먼저 국어가 인쇄된 셈이다. 인쇄된 시험지 그것은 학생들의 손에 넘어갈 것이다. 그 시험 문제를 보며 이것이 학생들을 울릴 것인가 웃길 것인가를 생각했다. 그것을 받고 웃는 학생보다 얼굴을 찡그리는 학생이 더 많을 것이다. 우선 긴장들을 하겠지. 답안을 써 가다가 막히는 문제가 나왔을 때는 어떤 놈이 이렇게 힘들게 냈을까 하고 욕을 할 것이다. 육천여 명의 응시자 가운데서 그렇게 욕할 학생이 얼마나 될까? 혹시 대부분의 학생이 출제자를 욕하지나 않을까? 그렇다면 나는 보이지 않는 가운데 남의 욕을 먹으며 사는 인간이 된다. 혹시 입시에 낙방이 된 학생이라면 출제자를 두고두고 욕할지도 모른다. 그렇다면 나는 모르는 사이에 두고두고 욕을 얻어먹으며 사는 인간이 된다. 그런데도 나는 남을 울릴 권리가 있기나 한 것처럼 앞으로도 이런 일을 할지 모른다.

앞으로 이 년 뒤에 정년 퇴직을 하는 만큼 나로서 학생들을 괴롭힐 일이 한 번이나 두 번밖에 없을 것이다. 남을 건드려 욕을 보며 사느니 아무도 건드리지 않고 그 대신 아무에게나 잊혀진 존재로 사는 것이 얼마나 편할까? 빨리 세상에서 은퇴하는 정년퇴직이 왔으면 하는 생각이 들었다.

인쇄된 문제지를 다시 한 번 읽었다. 시험 당일에 한 자의 오자라도 나오면 시험장 전부가 발칵 뒤집힌다. 그런 일이 없도록 교정을 다섯 번이고 여섯 번이고 봐야 한다. 그런데 오자란 그 글을 쓴 사람의 눈에는 잘 나타나지 않는 법이다. 으레 맞으려니 하는 선입관념 때문이다. 그래서 출제와 관계없는 사람에게도 보인다. 위원장은 물론이고. 그런데 인쇄되어 나오는 문제지에서 점 하나가 빠진 것이 발견되었다. 보통 글 같으면 이야기할 사람도 없을 작은 일이다. 그러나 이것은 다르다. 육천여 명이 볼 뿐 아니라 전국 고등학교 교사들이 읽는다. 더구나 국어시험 문제에 점이 하나 빠졌다면 난리가 날 것이다.

인쇄를 얼마했던 그것을 중단시키고 원지를 교정했다. 그리고 다시 제록스 사진을 떠서 인쇄를 다시 하기 시작했다. 만약 인쇄가 다 끝난 뒤에 글자 하나가 잘못된 것을 발견하면 가차없이 교정하여 다시 찍을 것이다. 그러나 점 하나를 교정하고 그만 인쇄에 회부한 것은 최선을 다하노라고 했는데 그 뒤 또 새로운 오자가 발견된다 해도 할 수 없잖느냐는 식의 체념 때문이었다. 심신이 피곤한 현상이었다. 몸이 비틀리고 머리는 아무것도 생각하고 싶지 않는 상태.

나는 내 방으로 가서 침대에 누웠다. 잠 부족이 아닌데도 잠이 왔다. 나는 집에서 하는 버릇대로 밤 열시 반만 되면 잔다. 그리고 아침 여섯 시쯤 일어난다. 잠 부족일 리 없다. 그런데도 낮에 두 번 이상의 낮잠을 잔다. 낮잠을 자고 눈을 떴을 때 K교수가 찾아와 나지막한 목소리로,

"영어 시험 문제는 모조지로 인쇄를 했습니다."

하고 말했다. 무슨 일에나 침착하기로 이름 있는 사람이다.

국어를 위시해서 모든 시험 문제지는 갱지로 인쇄되고 있다. 그런데 하필 영어 문제지만을 모조지로 찍다니…….

"정말입니까?"

"다른 교수들두 수근거리고 있습니다."

나는 더 긴 말을 안 했다. 그리고 위원장을 찾아갔다.

"이런 법이 어디 있소? 영어만 모조지로 인쇄를 했다니……."

나는 흥분해 있었다.

"정말요?"

그는 인쇄하는 곳으로 뛰어내려갔다. 한참 뒤 모조지 문제지를 한 장 들고 와서,

"사무직원의 착각입니다. 갱지 옆에 있으니까 무심코 모조지를 내준 모양입니다."

경위를 설명했다. 그러나 나는 흥분한 상태 그대로였다.

"영어를 제 나라 말보다 그런 식으로까지 해서 우위에 올려 놓을 필요가 뭡니까?"

안 해도 될 말까지 했다. 위원장은 침착한 분이었다.

"잠깐만 기다리시오. 연구해 보겠습니다."

결정적인 말은 회피했다.

"위원장의 책임 문제가 될 것입니다."

협박은 아니나 책임지고 처리하라는 말을 한 뒤 내 방으로 돌아왔다. 내 방에 돌아온 나는 기분이 나빴다. 결과야 어쨌든 동기가 불순한 것이 아니라면 내가 그렇게 신경질을 부릴 것이 뭐람?

다른 교수들은 가만히들 있는데 나만이 위원장을 찾아가 그럴 필요 무엇이었던가?

나는 자유를 잃은 생활에 지친 것이라고 생각했다. 남들보다 신경이 약한 때문이라고도 생각했다. 이제 이틀 밤만 자면 나갈 수 있다. 어떤 일에도 신경질을 부리지 말자. 나는 스스로 몇 번씩이나 다짐을 했다.

그 뒤 영어 문제는, 인쇄된 것으로 교정보던 교수가 지문 밑에 친 언더라인의 위치가 틀린 것을 발견하고 문제지를 다시 인쇄하게 되어 문제는 처음부터 없었던 것처럼 잔잔해지고 만 것을 나는 얼마나 다행하게 생각했는지 모른다.

그런데 마지막으로 자는 날 밤의 일이었다. 오밤중에 내 옆방에서 자는 위원장 방문을 두들기는 소리가 들렸다. 시계를 보니 새벽 두 시였다. 웬일인가 하고 귀를 기울였더니 K교수의 목소리였다. 그리고 같이 자는 교수의 코고는 소리 때문에 잘 수가 없으니 어떻게 했으면 좋겠느냐는 것이었다. 위원장이 자기 방에 빈 침대가 있다면서 자기 방에 와서 자란 말에 K교수가 거기서 자는 모양이었지만 나는 K교수가 그 동안 여드레나 코고는 사람하고 같이 자다가 하필 마지막날 밤에 와서 자리를 옮겨 잘까 하고 생각했다. 코고는 사람이 이 날 밤에만 코를 골았을 리가 없다. 계속해서 코를 골았는데 K교수가 그 소리를 못 듣고 잠을 잤거나, 자다가 깨기는 하면서도 대수롭지 않게 여기고 다시 잠들었거나 했을 것이다.

그러나 내일이면 나간다는 마지막날 밤 K교수는 그 코고는 소리를 참고 견디지 못했던 것이다. 죄수도 감방에서 별일 없이 지내다가 출감 며칠 앞두고부터 안절부절 잠을 자지 못한다고 한다. 말하자면 부자유 속에 억류되었을 때는 아무렇지도 않던 것이 자유를 눈앞에 내다볼 때부터 초초해지고 불안해지는 것이다.

나는 이북 동포들을 생각했다. 정신적인 그리고 육체적인 불안 속에서도 그들은 장기수(長期囚)처럼 부자유에 대해 마비되어 있을 것이다. 부자유를 부자유로 느끼지 않으며 살고 있을지 모른다. 그러나 언제쯤 그 부자유 속에서 해방된다는 것을 안다면 많은 사람이 미치고 말 것이다. 미치지는 않는다 해도 그 날까지 참지를 못해 무슨 일을 터뜨리고야 말 것이다.

드디어 마지막 날이 왔다. 시험 마지막 시간 시험문제를 전부 배부한 지

30분만 되면 우리는 해방이 된다. 마지막 시간이 3시 50분부터니까 4시 20분이면 집으로 갈 수가 있다.

그 동안 7, 8시간이 문제였다. 이 시간을 어떻게 보내야 하는가? 그런데 그 사이에 자기가 출제한 과목의 시험이 있을 때마다 출제 교수가 잠시 교무처에 나가야 한다. 혹시 출제에 대한 질의가 들어올 때 답변을 해 주어야 하기 때문이다. 그러니까 늦고 이른 것은 있어도 누구나 한 번씩은 나갔다 와야 한다. 그러나 늦게 나가는 교수도 일찍부터 와이셔츠에 넥타이를 매고 대기 상태에 들어갔다. 국어가 첫째 시간이다. 나와 K교수가 위원장의 감시 속에 교무처로 나갔다. 열흘만에 처음으로 현관문을 나서자 무엇보다도 공기가 신선함을 느꼈다. 신선할 정도가 아니었다. 달았다. 달콤한 공기가 시원한 청량제처럼 폐부 속으로 들어올 때 나는 이때까지 썩은 공기 속에서 살았었다는 생각을 했다.

까치집에 있는 나무 밑을 걸었건만 까치를 올려다볼 생각도 안 했다.

다리가 휘청거리지 않음이 다행이었다. 건강에는 지장이 없는 모양이었다.

교무처장실에 들어가자 나는 우리 집에 전화를 걸어 달라고 부탁했다. 아직 풀리지 않은 몸이라 내가 직접 전화를 걸겠다고 할 수가 없었기 때문이었다.

교무처장이 나를 쳐다볼 때 오늘 다섯 시쯤 집에 도착한다는 말만 해 달라고 부탁했다.

"제가 옆에 있으니까 직접 거셔도 좋습니다."

그만큼이라도 교수를 신뢰해 주는 교무처장이 고마웠다.

그런데 다이얼을 돌리고 저 쪽에서 여보세요, 하는 목소리가 들릴 때 나는 목이 메어 말을 꺼내지 못했다. 확실히 아내의 목소린데 그 목소리를 듣자 갑자기 눈물이 나오려는 것이었다. 젊은 교수들이 있는 데서 차마 울 수도 없어서 억지로 목소리를 가다듬어,

"나야."

했다. 그랬더니 아내도 전에 없이 숙연한 목소리로 어디 있느냐고 물었다.

그러나 나는 그 말에도 대답을 못하고 오후 다섯 시쯤 집에 도착할 것이

란 말만 했다.

아내는 어제부터 내 방에 불을 때 놓고 기다린다는 말을 했다. 그 말을 듣자 나는 끊어! 하고 그만 수화기를 놓아 버렸다. 아무래도 눈물이 나올 것만 같았던 것이다.

삼십 분쯤 앉아 있어도 질의가 오지 않아 다시 갇히려 합숙소에 돌아왔다.

기다리고 있던 교수들이 맛이 어떻냐고 묻기에 자유가 좋습디다 하고 대답했다. 그 뒤 우리는 모두 외출복을 입은 채 서성거렸다. 서성거리며 시간을 보냈다. 초조한 서성거림이었다.

다시 이십 분, 우리는 전원 합숙소를 나왔다. 현관문을 나설 때 나는 혹시 누가 뒤에서 만세라도 불러 주는 사람이 없는가 해서 뒤돌아보았다.

그러나 뒤에도 앞에도 만세는 고사하고 눈여겨보아 주는 사람도 없었다.

(원) 《한국문학 5》 1974. 3.

영애의 결혼

영애는 금년 스물세 살이다. 결혼할 나이다. 그러나 본인은 결혼을 생각
하지 않고 있다. 좀더 일을 해서 어머니와 오빠가 조금 넉넉하게 살 수 있도
록 돈을 벌어야 한다는 생각만 하고 있다. 그런데 군대에 갔다가 작년에 돌
아온 오빠가 자꾸만 결혼을 하라고 성화다.

집안이 가장 어려운 상태에 놓여 있을 때 군대생활을 하여 영애에게 집안
을 맡겨 고생을 시켰으니 이제부터는 고생을 안 시켜야겠다는 마음에서 시
집을 보내려는 것이리라.

사실 지난 오 년 동안 그러니까 열여덟 살부터 지금까지 그녀는 억세게
일했다. 어떤 남자에게도 지지 않을 만큼 일을 했다. 작년 가을일 것이다.
도청에서 새마을 운동 공로자를 표창했다. 그때 기자들이 몰려와서 여자로
서 일하기 가장 힘든 것이 무엇이었느냐고 물었을 때 영애는 비닐하우스의
도리때와 기둥을 철사로 묶어서 그것을 꿀 때가 가장 힘들었다고 대답했다.
정말 그것은 힘들었다. 손가락 힘이 모자라기 때문이었다. 그 일만 남자에게
시키고 나머지 일은 무엇이나 다 했다. 모든 일을 혼자 주관하며 남자처럼
일을 한 결과 수입을 남자들보다 떨어지지 않게 올렸다.

이번 비닐하우스에서는 동네 제일 높은 수익을 올리려고 남보다 이십 일
이나 일찍 육묘를 시작했다. 면적도 칠백 평이나 되는 땅을 경작했다. 그것
은 오빠가 제대하고 돌아와 일손이 늘었기 때문이지만 역시 영애의 계획에

의한 것이었다. 오빠도 열성은 있었다. 그러나 아직 비닐하우스에 대한 지식과 경험이 없다. 자기가 얼마 동안을 배웠어야만 했다.

오빠를 이끌고 기술을 배워 주며 작년보다 배 이상의 수입을 올리려 하고 있다. 비닐하우스의 오이와 토마토가 열매를 맺기 시작했다. 현재로 보아 계획했던 수입을 충분히 올릴 수 있을 것 같다. 그렇게 되면 금년에는 작년보다도 땅을 좀더 살 수 있을 것이고 어머니가 앞으로 걱정 없이 살 수 있게 될 것이다. 영애는 그런 생각을 하여 전보다도 더 열심히 그리고 재미를 느끼며 일하고 있다.

그런데 오빠는 자꾸만 결혼을 하라고 한다. 금년 가을까지는 성혼을 시키고야 말려는 것이었다. 이상했다. 스물셋이 그리 어린 나이가 아니라 해도 금년에 시집 안 가면 시집가기가 힘든 나이는 아니다. 참으로 모를 일이었다. 좀더 일해서 집안 살림을 튼튼하게 하겠다는데 마치 내쫓기라도 하듯 시집 보내려는 이유가 무엇일까?

영애는 지금 보리밭에서 혼자 김을 매고 있다. 그래서 혼자 보리밭 김매는 일과 오빠의 마음을 연결시켜 보았다. 점심을 먹자 오빠는 비닐하우스 일은 자기네(오빠와 올케)가 할 터이니 영애더러는 보리밭 김이나 매라고 했다.

오빠는 제대를 하고 돌아오자 석 달도 안 되어 전부터 알고 있던 여자와 결혼을 했다. 그러니까 그들은 한참 깨가 쏟아지는 부부생활을 하고 있다. 그런 만큼 단 둘이서 일을 하며 즐거움을 맛보려는 것이리라. 그러한 사이에서 자기는 방해되는 존재가 될 수 있다.

그뿐만도 아닐 것 같았다. 농사 수입이 대부분을 차지하고 있는 비닐하우스를 단 둘의 손으로 꾸려 가며 자기를 따돌리려고 함인지도 모른다. 그럴지도 모른다. 오빠는 그새 고급 채소 재배에 대한 기술을 어느 정도 습득했다고 생각할 것이다. 그러니까 내가 없어도 상관없다는 생각을 가지고 있을지 모른다. 그렇다면 내가 비닐하우스 일에 오래 관여할수록 복잡한 문제가 생길 것이라고 걱정할지도 모른다. 혹시 내가 결혼 비용을 많이 달라고 한다든가 좌우간 재산 문제로 복잡한 일이 생긴다면 피차 골치가 아플 것이다.

이런 생각을 하자 호미로 풀을 뽑고 흙을 북돋우던 손에서 힘이 빠져나갔다. 눈이 푸른 하늘로 올라갔고 입에서는 한숨이 나왔다.

영애는 이때까지 자기의 결혼 비용을 생각하며 일해 본 적이 한 번도 없었다. 아버지가 위암으로 돌아가실 때 진 빚 팔십만 원을 갚고 또 그 뒤는 어머니가 혼자서라도 살 수 있도록 땅을 사야겠다는 일념만으로 일을 해 왔다. 그런데도 오빠가 자기를 성가신 존재처럼 생각한다면 나는 무엇을 위해 이때까지 고생을 했단 말인가?

영애는 오빠가 자기를 성가신 존재로 여겨 결혼을 시키려는 것은 아닐 것이라고 마음을 돌려 생각했다. 오빠는 과거 오 년 동안의 자기를 속속들이 알고 있다. 자기를 귀찮게 생각할 까닭이 없다. 사실 오빠는 절대로 나쁜 사람이 아니다. 아버지가 돌아가시기 이 년 전부터 그는 서울로 가서 진학을 하려 했다. 그것이 뜻대로 되지 않을 때 취직을 해서 매달 삼천 원씩 부쳐 보냈다. 그러다가 군대에 가서는 집안 걱정을 얼마나 했던가? 편지할 때마다 그는 영애에게 자기가 제대할 때까지만 참아 달라고 했다. 제대하기만 하면 영애를 절대 고생시키지 않겠다고 맹세하듯 말해 왔다. 그런 오빠가 어찌 자기를 귀찮게 생각해서 결혼을 시키려 할 것인가?

영애는 오빠에 대한 노여움을 풀고 열심히 김을 맸다. 다른 사람들과 달리 가을에 심은 보리가 아니라 육묘를 해서 이식을 한 보리밭이다. 한 그루 한 그루 옮겨 심을 때 남보다 수확이 많을 것을 생각하며 힘든 것을 힘든 줄 모르고 심었던 보리밭. 그 보리가 푸르게 자란 것을 보면서도 그미의 눈은 푸른 하늘로 올라갔다. 한숨도 가끔 나왔다. 그리고는 문득 문득 경태의 얼굴을 눈앞에 떠올렸다.

경태가 서울이 아니라도 큰 도시로 가서 살 생각이라면 얼마나 좋을까? 그런 생각만 가지고 있다면 당장에 결혼을 하자고 매달리겠는데…….

그러나 경태는 지금 순천시에서 초등학교 선생 노릇을 하고 있으면서도 의무 연한만 채우면 집으로 돌아와 농사를 한다고 말하고 있다. 그래서 토요일만 되면 마을로 와서 그의 아버지가 하는 비닐하우스 일을 배우고 있다. 풀을 베다가 퇴비 만드는 궂은 일까지 하고 있다.

농촌은 싫다. 이때까지는 할 수 없이 농사를 지었다. 얼마나 고달픈 일이었던가? 그러나 결혼해서 남편 덕을 보며 사는 때까지 잠시도 쉴 새 없이 일만 해야 하는 농사를 하기가 싫다. 남편 덕으로 편히 살고 싶다. 도회의 여자들이 전부 그렇지 않은가? 나만이 죽을 때까지 고생할 필요가 무엇인가?

새마을 가운데서 자립 부락이라고 해서 한 달에도 몇 번이나 시찰단이 온다. 그럴 때면 면장이나 군수가 으레 자기를 불러다가 시찰단원에게 자랑을 해 준다. 그럴 때마다 어깨가 으쓱해지는 것이 사실이지만 결혼을 하고 나면 그것이 무슨 소용인가? 또 표창을 받고 자랑스런 인물처럼 남들에게 소개되고 있다 해도 나는 마을을 위해 일한 것이 하나도 없다. 오직 집안을 위해서 그리고 어머니를 위해서 일했을 뿐이다. 그런 만큼 대단한 존재도 아니다. 이젠 도시로 시집을 가서 농사를 짓지 않는다고 해도 누구 하나 욕할 사람도 없다.

늘 남쪽 저편 고속도로에서 속도를 내고 달리는 자동차 소리가 들렸다. 마을에서 이 마장도 안 되는 곳에 작년 겨울부터 고속도로가 개통되어 마을 사람들은 언젠가 자기들도 고속버스를 타고 서울 구경 갈 꿈으로 가슴이 부풀어 있다. 자동차 소리만 나면 동네 사람들은 서울을 눈앞에 느낀다.

영애는 일손을 멈추고 자동차 소리에 귀를 기울이다가 꿈에서 깨난 사람처럼 머리를 두어 번 흔들고는 다시 김을 매기 시작했다. 김을 매다가도 저어기 긴치마를 입고 사람 많은 거리를 걸어다니는 자기를 생각해 본다. 손에 핸드백을 들고 양복 차림으로 신식 여자들처럼 활달하게 걸어가는 모습도 눈앞에 떠올려 본다.

이렇게 그미는 일 절반 생각 절반으로 저녁때까지 겨우 다섯 이랑을 김맸을 뿐이었다. 땅거미가 질 때까지 일을 하다가 집으로 돌아온 그미는 겨우 손을 씻을 뿐 방 안에도 들어가지 않고 며칠 전 담가 두었던 봄김치 한 그릇을 떠가지고 경태네 집으로 갔다. 자기 손으로 터널 속에서 기른 봄배추로 담근 김치였다. 오늘이 토요일이라 경태가 돌아오는 날이다. 경태에게 주려고 손수 담근 김치를 가지고 경태 집으로 가는 도중 혹시 경태가 저녁을 먹은 뒤라면 어떻게 할까 걱정했다. 내일 아침까지 둬 두면 맛이 없어질 텐데……. 좀더 빨리 와서 김치를 갖다 줄 걸.

그러나 다행히도 그 집에서는 아직 식사 전이었다. 경태 어머니가 부엌에서 밥을 짓고 있었던 것이다. 영애는 안심하고 김치 그릇을 내주었다. 경태 어머니는 웬 것이냐면서 고맙다고 말을 하며 김치 그릇을 받았다. 그뿐이었다. 영애도 경태가 왔느냐는 말을 묻지 않고 그냥 웃어 보이기만 했다. 본시 두 집은 가까이 지내는 사이였다. 대단치 않은 음식도 나눠 먹고 있다. 더구나 경태와 영애 사이를 의심하는 사람은 하나도 없다. 두 집 식구뿐 아니라 동네 사람 누구도 그들 사이를 색안경으로 보는 이가 없다.

영애는 경태가 방 안에 있는지 그것만이라도 알고 싶었지만 어디까지나 무관심하다는 것을 보이기 위해 그런 것도 물어 보지 않았다. 사실 그들은 무관심한 사람들처럼 대범하게 지냈다. 서로 사랑했다는 말을 직접이건 간접이건 표시한 일이 한 번도 없다. 그래서 영애는 자기가 경태를 사랑하고 있다는 생각도 꽉 가지고 있지 못했다. 마음 속에 늘 비치고 있는 사람이 경태임에 틀림없다. 그러나 경태가 자기와 같은 감정을 가지고 있는지 그것을 모른다. 그래서 두 사람은 한 동네 사는 사람들끼리 나눌 수 있는 인정의 테두리 속에서 사귀고 있는 것이다.

영애가 경태의 집을 나와 자기 집으로 걷고 있을 때 작업복 차림의 경태를 만났다. 그새 들에 나가 일을 하다가 돌아오는 모양이었다.

"오빠, 언제 왔수?"

영애는 자기도 모르게 기다리고 있기나 했던 듯이 반갑게 물었다. 정말 반가웠다. 못 본 사이가 일 주일밖에 안 되지만 굉장히 오래간만에 만나는 것 같았다.

"아까 낮에 왔어. 어딜 갔다 오는 거야?"

말은 평범했지만 경태도 반가워하는 태도였다. 눈이 번쩍 빛나고 있었다.

"저기요."

영애는 경태의 집에 갔다 온다는 말을 못했다. 경태에 대한 감정이 드러날까 겁이 났던 것이다. 이상했다. 그런 것까지 숨겨야 할 필요가 무엇일까?

520

"그래? 집에두 좀 놀러 와."

경태의 말은 대범했다. 그러나 대범한 말 가운데서도 영애는 그가 자기를 만나고 싶어하는 마음을 읽었다. 이상했다. 아무에게나 할 수 있는 대범한 말을 뜻있는 말처럼 듣다니…….

"네."

영애는 건성으로 대답하고 발걸음을 옮겼지만 몇 발도 걷지 않아 뒤돌아보고 싶은 충동을 느꼈다. 그러나 뒤돌아볼 수는 없었다. 자기가 뒤돌아보면 경태도 자기를 보고 있을 것 같았다. 그러면 두 시선이 부닥칠 것이다.

영애는 집으로 돌아가서 경태를 생각했다. 웬일인지 경태 생각이 마음에서 떠나지 않았다. 그 새도 경태 생각을 전혀 하지 않은 것은 아니지만 간절하게 생각할 여유가 없었다고나 할까? 몇 해 동안 그미는 정말 죽을 시간도 없었다. 눈을 뜨면서부터 자리 속에 들 때까지 일이었다. 자리 속에 들면 뼈가 다 쑤시는 것 같은 생각이고 뭐고 할 여유가 없었다. 만약 시간만 있었다면 경태를 더 많이 생각했을 것이고 따라서 더 그리워했을 것이다.

연애도 시간이 있는 사람들이나 하는 거겠지. 그렇다면 나는 지금부터 연애를 할 수 있다는 건가? 그미는 혼자서 고개를 흔들었다. 비록 오빠가 와서 자기가 조금 한가해지기는 했지만 첫째 동네 사람들의 눈이 무서웠다. 농촌에서는 자유로운 연애가 있을 수 없다. 그런데 경태가 과연 자기를 좋아하는지도 모르는 일이다. 경태가 싫어하는데 혼자만이 좋아할 수가 있겠는가?

그러면서도 그미는 자꾸만 경태를 생각했다. 한 번도 자기를 섭섭하게 해준 일이 없는 경태. 틈만 있으면 혼자 일하는데도 찾아와 일을 도와 주면서 격려의 말을 해 주던 경태.

"동네 사람 전부가 너를 기특하게 생각하고 있다. 결국 어머니에 대한 효성 탓이겠지. 나두 네 그 효성에 감탄하구 있다. 끝까지 그 효성을 버리지 마."

만나면 언제나 하던 경태의 말이었다. 초급대학이나마 대학을 나온 사람이다. 타지방에 나가 월급 생활하는 사람으로서 동네서 한 사람밖에 없는 경태다. 그런 그가 영애를 만날 때마다 격려의 말을 해 줄 때 영애로서 기쁘지 않을 수 없었다.

"영애두 차차 외롬을 느낄 나인데……."

작년 봄이었다. 혼자 비닐하우스에서 일을 하고 있을 때 찾아와서 한 경태의 말이다. 그 뒷말을 잊지 않았지만 여러 가지로 생각케 하는 말이었다.

외롬을 느낄 나이이니까 자기가 외롭지 않게 해 주겠다는 말이었을까? 그렇다면 왜 이때까지 한 번도 외롭지 않도록 해 주지 않고 있을까?

이런 저런 생각을 하다가 영애는

'결국 농사를 짓겠다는 사람인데……'

하고 경태의 생각을 끊어버렸다. 더구나 한 동네에 사는 사람이 아닌가? 한 동네 사람들끼리 결혼을 할 수 없다.

거의 단정적인 생각을 하고도 그미는 경태 생각을 아주 끊지 못했다. 생각을 안 하려고 하는데도 그의 얼굴이 자꾸만 떠올랐다.

다음 날 아침 오빠가 소정리에 사는 강성초 이야기를 꺼냈다. 큰 과수원을 가지고 있는 면내 일등 부자의 아들이다. 좀처럼 만나기 힘든 혼처라면서 당장에 한 번 만나 보라는 것이었다. 영애는 오빠가 시키는 대로 할 뿐이라는 듯 오빠 마음대로 하라고 했다. 그래서 이삼 일도 안 되어 그 사람을 만났다. 집으로 찾아온 강성초는 훌륭한 신사 차림이었다. 체격도 좋았다. 호감이 갔으나 오빠와 이야기하는 도중,

"남에게 머리를 숙이구 일하는 월급쟁이가 싫어서 내려왔죠. 과수원을 하며 이 동네서두 많이 하구 있는 고등 채소를 재배해 볼까 합니다. 마음 편쿠 수입이 좋구 그런 일이 또 어디 있겠습니까?"

제 딴에는 가장 건실한 생각일지 모른다. 그러나 영애는 자기가 고등채소 재배에 경력이 많다는 소식을 듣고 그 일을 시키기 위해 결혼하려는 것이라고 해석했다. 영애는 당장에 싫어졌다. 일을 시켜먹기 위해서 결혼하려는 남자를 상대하고 싶지도 않았다. 그래서 그 남자가 돌아간 뒤 오빠에게 자기는 절대로 그런 사람과 결혼을 안 한다고 말했다.

그런데 며칠 뒤 영애에게 한 통의 편지가 왔다. 자조 마을 가운데서도 모범 부락이라는 영애네 동네에는 타지방 청년들이 비닐하우스 농사를 배우기

위해 적지 않게 모여든다. 그리고 그 청년들은 일을 배우기 위해 비닐하우스 하는 집에 머물며 그 집 일을 해 준다.

작년 영애의 집에 머물고 있던 충청도 청원 사람이 편지를 보낸 것이다.

"존경하는 영애 씨.

나는 정말 영애 씨를 존경합니다. 영애 씨에게 고등채소 재배법을 배우는 동안 나는 영애 씨 동네가 정말 영애 씨 때문에 새마을 가운데서도 모범 부락이 되었다는 것을 알았습니다. 영애 씨가 결혼도 안 한 처녀의 몸으로 그야말로 밤잠도 제대로 못 자며 일을 했기 때문에 동네 사람들이 일을 해야 한다는 마음을 먹게 된 것입니다. 그래서 너도 나도 비닐하우스를 만들고 순 이익금을 오륙십만 원이나 올리고 있는 것이 아니겠습니까? 자기에게 충실한 것은 곧 마을에 충실하는 것이고 나아가서는 나라에 충성하는 것입니다.

그런데 나도 금년부터는 본격적으로 고등채소를 재배할 계획입니다. 그리고 동네 사람들에게 그것이 얼마나 수익성 높은 것임을 보여 줄 생각입니다. 그러나 나 혼자의 힘으로는 도저히 불가능하다는 것을 느꼈습니다. 영애 씨와 같이라면 우리 동네를 정말루 부자 동네로 만들 수 있을 것이라 생각합니다.

어떻습니까? 나와 결혼해서 우리의 젊은 꿈을 살려 볼 생각은 없습니까? 우리 동네는 영애 씨 동네보다 땅이 비옥하고 물도 많습니다. 농사짓기에 조건이 좋습니다. 만약 뜻이 있다면 회답을 해 주십시오. 그러면 당장에라도 영애 씨를 만나러 가겠습니다. 만나서 앞으로의 계획을 세우고 싶습니다.

내내 건강하시기 바랍니다."

영애는 그 남자가 성실한 사람이었다고는 기억한다. 성실한 사람이니까 일생 성실하게 살 것이다. 그러나 일평생 농사나 지으며 살 것을 생각할 때 그미는 도리질을 했다. 싫었던 것이다.

며칠 뒤부터 오이를 따기 시작했다. 남들보다 이십여 일이나 일찍 육모를 해서 이식을 했기 때문에 오이를 따는 것도 남보다 그만큼 일렀다. 동네 사람들이 모두 부러워했다. 그리고 영애가 어떻게 그런 생각까지 했을까 하고 모두들 경탄했다.

남들 오이밭에는 오이가 열리기도 전에 영애는 며칠새 오이를 열 상자나 따서 팔았다. 이십 일쯤 뒤 동네 사람들이 오이를 딸 때는 이백 개들이 한 상자에 오육천 원밖에 못 받는 것을 상자당 만이천 원을 받았다.

그 돈을 농협을 통해 받았을 때 오빠가 그 돈은 두었다가 결혼 비용으로 쓰라고 했다. 어머니도 그러라고 했다. 그러나 영애는 그 돈을 절대로 받지 않았다. 자기는 결혼 비용을 벌기 위해 일한 것이 아니라고 고집했다. 언제 결혼할지는 몰라도 결혼 비용의 돈을 자기가 가지고 있고 싶지가 않았다.

"애두 고집은, 네가 머리를 써서 번 돈인데 가지구 있다가 쓰면 어떻니?"

오빠가 나무라듯 말했지만,

"오빠가 가지구 있다가 필요한 때 주면 되지 않아요?"

영애는 끝내 거절했다.

"기분 아니가? 기분."

"기분으루 농사를 짓나요? 사람은 기분으로 사는 것두 아니구요."

이 말을 했을 때 영애는 경태 아버지 말이 기억났다.

아버지가 돌아가신 뒤 영애가 학교도 중단하고 악착스레 일을 하고 있을 때 경태 아버지가 영애에게

'나는 네가 얼마 안 가서 쓰러질 줄 알았다. 그런데 계속해서 꿋꿋한 마음으루 일하는 걸 보니 마음이 놓인다. 결국 사람에게는 의지가 제일이야. 우리 동네 사람들이 전부 너와 같은 의지를 갖구 살도록 하자.'

그래서 영애는 기분이란 말을 쓴 오빠에게 실망 같은 것을 느꼈다. 기분을 중시하다가 사업이 실패하거나 할 때 오빠가 좌절하면 어떻게 할까? 그동안 빚 팔십만 원을 갚고 땅을 오천 평 사 놓은 자기의 수고가 모두 수포로 돌아갈 것이다. 자기는 절대로 기분을 갖고 일한 적이 없기 때문에 별 실패 없이 오늘까지 살아 온 것이 아닌가?

오빠가 기분이 좋아하며 술을 사다가 마셨다. 영애는 그런 기분적 행동을 막을 수가 없어서 혼자 책을 보며 금년에는 파인애플을 심어 볼 궁리를 했다. 남들이 하고 있지 않는 파인애플로 수익을 올린다. 그러면 자기가 하는 것을 보고 동네 사람들도 심을 것이다. 지금은 오이나 토마토밖에 재배할 줄 모르는 동네 사람들 전체의 수입이 더 높아진다. 그렇게 자꾸 수입을 올리면 멀지 않아 일 인당 천 불의 수입이 힘들지 않을 것이다.

영애는 앞장을 서는 사람이 되고 싶었다. 동네 사람들은 자기 뒤를 따르는 사람이 되고——.

파인애플 재배에 대한 책을 읽고 있을 때였다. 웬일인지 경태가 찾아왔다. 영애는 오늘이 토요일인 줄도 모르고 있었던 자기가 경태에게 미안하다고 생각했다. 그래서,

"오늘이 토요일이었군요?"

하며 문 밖에까지 나가 경태를 맞이했다. 그러나 경태는 오빠의 친구라 오빠의 방으로 인도했다. 오빠는 술을 마시고 있던 중이라 잘 왔다고 하며 술을 같이 하자고 했다. 경태는 자기 발이 길다고 하며 서슴없이 술상 앞으로 가서 오빠가 주는 술잔을 받았다. 그러나 몇 잔도 안 마시고는 가서 할 일이 있다면서 일어섰다. 붙잡아도 막무가내였다. 영애는 그를 대문 밖까지 배웅해 주었다. 그때 경태가 대문 밖에서,

"너 내일 아침 우리 집에 좀 오너라. 할 말이 있다."

한 마디를 남기고 돌아갔다. 기분이 언짢은 태도였다. 알 수 없는 일이었다. 할 말이 있으면 오빠랑 있는 데서 하고 갈 것이지 무엇 때문에 내일 아침 자기 집으로 오라는 것일까?

영애는 뒤숭숭한 꿈을 꾸며 하룻밤을 보내고 다음 날 아침 경태의 집으로 갔다. 경태의 집에는 식구들이 모두 비닐하우스에 나가고 경태 혼자만이 있었다. 경태는 영애를 보고도 무뚝뚝하게 대했다. 겨우 방으로 들어오라고 하고는 앉으란 말도 안 했다. 영애가 위축된 마음으로 앉아 무슨 일로 불렀느냐는 듯 그를 쳐다보자 경태는 그미 앞에 정좌하고 난 뒤,

"결혼하기루 했다면서? 그리구 농촌으루는 시집을 안 간다지?"

심문하듯 물었다. 영애는 그렇다고 솔직하게 대답했다. 그러자 경태는 조금 태도를 누그리고,

"언제부터 그런 허영을 가졌지?"

실망하고 있다는 어조로 물었다.

"도시에서 살겠다는 것은 허영인가요? 촌에서 죽을 때까지 일하다 죽어야만 하나요?"

영애가 약간 반항적으로 말하자 경태는,

"그러니까 이제는 일하기가 싫다는 거지?"

할 이야기가 많은 것처럼 물었다.

"결국 그런 거지요. 남편 덕을 좀 보구 싶어요."

"실망했는데. 난 영애만은 보통 여자와 다를 줄 알았어. 일하는 데서 사는 보람을 느끼구 일하는 데서 생애 대한 자부를 느끼는 줄 알았단 말야. 이봐. 영애, 일 안 하는 도시가 뭐 그리 좋아. 소비의 도시는 결국 허영의 도시야. 요즘 신문에는 구천만 원을 은행에서 빼돌려 쓴 사람, 칠십사억 원을 부정 대출해서 쓴 사람, 그리구 이억 원의 토지 사기를 한 여자 사건으루 떠들썩해. 그거뿐이야? 살인 강도 사건이 매일처럼 보도되구 있어. 사기, 강탈, 죄악의 도시. 개인이나 국가는 일하는 가운데서 변화되야 한다구 생각해. 영애는 그새 너무 고생을 많이 했으니까 지쳐서 그런 생각을 할지 모르지만 일에서 느끼는 보람이 가장 즐거운 것이라구 생각해. 영애는 이때까지 어머니를 위해 일해 왔다구 생각하는데 앞으로 결혼해서 일을 하면 그보다 더한 보람을 느낄 거야. 왜 그걸 못 생각해? 도시의 여자들을 부럽게 생각하는지 모르지만 도시의 여자란 허영의 덩어리야. 허영이 좋아? 허영이 좋으냔 말야?"

경태가 열을 내서 이야기했지만 영애는 그가 무엇 때문에 자기에게 열을 내고 있을까 생각했다. 사랑한다는 말을 해 본 적이 없는 사이다. 결혼하자는 말은 더욱 해 본 일이 없다. 그래서,

"왜 자꾸 그런 말을 하죠? 아무 상관두 없는 사람들끼리……."

하고 사뭇 불만인 듯 말했다.

"상관이 없어? 내가 영애하구 결혼하려는데……."

경태가 단호하게 그리고 자신 있게 말했다. 경태에게서 처음 보는 용감스런 태도였다.

"좋아한 일두 없으면서⋯⋯."

"좋아 안 했다구? 나는 사 년 전부터 영애를 생각했어. 영애에게 방해가 될 것 같아. 표시를 안 한 것뿐야. 내가 교직생활을 끝내구 집에 와서 농사질 생각한 것두 영애 때문이야. 둘이서 열심히 일하면 우리 동네를 부자 동네루 만들 수 있다구 생각했어. 옆에 붙어 앉아서 좋아한다구 말해야 꼭 좋아하는 건가?"

말을 들으니 정말 그런 것 같았다. 그러나 영애는,

"거짓말 ── ."

하고 경태의 말을 믿지 않는 것처럼 말했다.

"거짓말? 나는 그새 혼담이 없는 줄 알아? 이때까지 결혼 안 하구 있은 것두 오직 영애 때문이야. 내가 토요일에 집에 오지 않은 때가 있었나? 영애가 보구 싶었기 때문야."

그래도 영애는 곧이 듣지 않는 태도를 보였다.

"거짓말."

그러자 경태가 한 손으로 영애의 팔을 잡고 한 손을 들어 올러멨다.

"사람을 못 믿으면 때려 줄 테야."

"사람을 때릴 줄두 아세요?"

"못 때릴 게 어디 있어?"

"한 번 때려 보세요."

영애는 몸을 앞으로 내밀었다. 그러나 경태는 때리는 대신 영애를 끌어안았다.

"결혼하자구."

"동네 사람들이 뭐라구 가만 있어요?"

"이제 그런 시대는 다 지났어. 걱정 마!"

영애는 경태의 가슴을 파고들었다.

집으로 돌아온 영애는 경태가 그새 자기를 사랑해 온 것이 틀림없다고 생각했다. 그리고 자기가 도시 사람과 결혼하겠다던 마음이 진짜가 아니었다고 생각했다. 만약 그것이 진짜라면 파인애플 재배를 왜 계획하고 있었단 말인가? 영애는 생각했다. 자기가 도시로 시집가려고 했던 것은 오직 일할 보람을 찾지 못했기 때문이라고. 이때까지는 어머니를 위해 또 집안을 위해 일하는 보람을 느꼈던 것이다. 그러나 오빠가 제대하고 돌아와서 결혼한 뒤부터는 오빠가 집안 살림의 유일한 책임자처럼 군림했다. 자기는 시집갈 사람으로 취급하고 집안 식구에서 제외하려는 눈치가 보였던 것이다.

경태와 결혼을 해야지. 그래서 내 일이라는 마음으로 일의 보람을 느끼며 열심히 일해야지.

며칠 뒤 서울에 있는 채소 위탁 상인들로부터 서울로 초청을 받았다. 오이가 한참 출하하는 때라 그것을 딴 상인들에게 뺏기지 않으려는 상술이었다. 마을 지도자와 이장 그리고 영애가 초대를 받았는데 오빠도 이런 기회에 서울 구경을 하라고 했다. 영애는 경태에게도 승낙을 받았다. 경태는,

"촌놈 서울 갔다가 교통사고를 내지 마!"

하고 웃었다.

처음 타 보는 고속버스에 오를 때부터 영애의 가슴은 부풀었다. 밀림처럼 서 있는 고층 건물에 둘러싸인 서울을 볼 때 더욱 그러했다. 밀생하고 있는 지렁이들처럼 꿈틀거리는 자동차를 볼 때 머리가 어지러웠다. 정말 찬란했다. 그러나 거리에 차 넘을 듯한 사람들을 볼 때 그들 전부가 할 일이 없어서 거리를 배회하는 것처럼 보였다. 한 사람도 나무랄 데 없는 옷차림의 남자요 여자였다. 특히 망칙스럽게 옷차림을 하고 잡은 지 오래된 생선 눈처럼 화장한 여자들을 보자 경태의 말을 생각했다. 소비생활에서 허영에 떠 있는 여자들.

내가 저 속에 끼여 살다니? 어림없는 생각이었다.

영애는 하루만 거리를 돌아다니고 다음 날엔 창경원과 경복궁 그리고 덕수궁을 구경한 다음 예정보다 하루 앞당겨 서울을 떠났다. 지도자와 이장은 하루 더 유했지만——.

영애는 돌아오는 고속버스 안에서 초등학교 선생도 그만두고 자기와 함

께 농사짓겠다는 경태의 그 듬직한 품에 안기는 생각에 잠겨 있었다. 그 생
각을 하노라고 숫제 눈을 감은 채였다.

(원)《새마을》 1974. 5.

밀림의 여인

　내가 만주국 길림성 교하현 흥농합작사(興農合作社) 이사(理事)로 있을 때였으니까 1940년 봄이었다. 하루는 같은 시내에 있는 일본 헌병대의 조선인 통역관이 찾아와 명함을 내놓았다.

　당시 교하현에는 조선 사람이 약 이만 명이나 살고 있었다. 시내에만도 근 천 명이 살았으며 중요한 기관에 조선 사람이 끼여 있지 않은 곳이 없었다. 그러나 관직에서 나만큼한 지위에 있는 사람이 별로 없었다. 흥농합작사는 국가의 기관이다. 그러면서도 관청은 아니었다. 관청과 협력하여 농민에게 농사를 지도 육성하며 농자금을 융자해 주는 기관으로 준관청이라고나 할까? 그런 기관의 이사인 만큼 현 내 조선인 가운데서는 으뜸가는 지도자였다. 그래서 조선인 소학교의 후원회장과 조선인 유치원의 원장직까지 맡고 있었다.

　권력 기관인 헌병대 통역이기는 했지만 그런 사람을 대수롭게 생각할 지위가 아니었다. 그러나 같은 동족이고 또 그가 근무하는 기관을 보아 나도 명함을 내주며 무슨 일로 찾아왔느냐고 물었다. 그랬더니 그 통역관은 머리를 긁으며 힘든 일을 부탁하러 왔노라 말했다. 나는 그가 그와 잘 아는 농부에게 특별히 농자금 대부를 해 달라고 청탁하러 온 줄 알았다. 당시 만주에 사는 조선인 농부에게는 미곡 증산이란 명목으로 영농자금 대출이 쉬웠다. 그러나 다액의 농자금을 대출받을 경우에는 나에게 직접 또는 제삼자를 통해 내게 청탁해 오는 경우가 많았기 때문이었다.

그러나 통역관의 이야기는 농부에 대한 것이 아니었다. 비적 토벌에 대한 이야기였다.

"아시다시피 요즘 전국적으로 비적 토벌을 하구 있지 않습니까? 우리 부대에서는 통화성 산 속에 있는 조선독립군을 토벌했는데 남자들은 전부 사살하고 여자 하나만 생포해 왔습니다. 다리에 관통상을 입은 여잔데 여기에 데려다가 완전 치료를 해 놓았습니다."

이야기를 듣는 도중 나는 몸에 소름이 끼쳤다. 태평양전쟁을 일으킨 일본이 우선 국내에 평정을 도모하여 일본에 항거 투쟁하고 있는 만주 안의 수많은 빨치산을 비적이라고 일컬으며 토벌 작전을 벌이고 있는 사실을 나도 알고 있었다. 그러나 조선인 독립군이 무참히 토벌당하고 있다는 말에 독립군과 거리가 먼 생활을 하고 있으면서도 나로서 민족적인 자극을 받지 않을 수 없었던 것이다. 피라고 하는 것을 무시할 수 없는 하나의 증거였다고나 할까? 그러나 그 피를 투쟁적인 일에 바치지 못하고 있는 만큼 피의 존재를 표현할 수가 없었다. 더구나 일본 헌병대에서 일하고 있다는 사람 앞에서랴.

나는 무표정을 가장하며 그의 이야기를 듣기만 했다.

"그 여자두 죽여 버리면 그만이지만 제가 우겨서 대수롭지 않은 여자까지 죽일 것이 뭐냐구 했습니다. 같은 조선 사람의 입장에서 죽이는 것을 볼 수가 없더군요. 더구나 그 여자는 귀순을 했습니다. 여자구 또 귀순까지 했으니까 대단치 않다구 생각했는지 헌병대장두 총알을 아껴야 한다면서 죽이지를 않구 그 대신 그 여자를 저더러 마음대루 하라구 했습니다. 그렇지만 십여 년 전에 집을 나왔다니 갑자기 집을 찾아 줄 수두 없구 해서 당분간이라두 유력한 조선인 가정에 맡겼으면 하는 것입니다. 아무에게나 맡길 수두 없는 일이니까 이사님께서 맡아 주시면 같은 동족을 하나 살릴 수 있다구 생각해서 찾아왔습니다."

일본 헌병의 앞잡이 노릇을 하면서도 동족 관념만은 가지고 있는 모양이었다. 통역관이야 어쨌든 나는 생명이 살아 있는 조선 사람을 살려야 한다는 의무감을 느꼈다. 그 여자를 맡을 사람이 없어서 처치 곤란일 경우 일본 헌병대에서는 그 여자를 귀찮은 존재로 생각한 나머지 죽여 버릴지도 모른다. 죽여 버린다고 해서 일본 사람이나 중국 사람이 그 여자를 맡겠다고 나설 사람은 없을 것이다. 맡는다면 조선 사람이 맡아야 한다. 조선 사람 가운데서도 그런 여자를 맡았다고 해서 독립군의 동정이라고 의심을 받거나 할 사람이면 안 된다. 일본 사람들에게 신용을 받고 있는 사람이어야 한다. 그렇다면 그 여자를 맡을 가장 적임자는 나일 수밖에 없다.

그러나 나는 신중을 기했다.

"좀 생각해 보지요."

나라고 의심받지 않으리라는 법이 없을 것이다. 나이 사십에 이사직에 오른, 말하자면 비교적 빠른 출세를 하루아침에 바람에 날려 보낼지도 모른다.

"이사님을 다른 눈으루 볼 사람이 어디 있겠습니까? 좌우간 생각하셔서 전화를 걸어 주십시오."

통역관은 내가 일본 사람들 사이에서도 신임을 받고 있다는 뜻의 말을 하고는 돌아갔다.

사실 나는 일본 사람들에게 신임을 받고 있다. 그것은 내가 일본 사람들에게 적극 협력하고 있기 때문이다. 흥농합작사라는 것은 일본인들의 만주 통치 정책의 농업 부문을 담당하고 있는 기관이다. 더구나 최근의 농산물 증산 정책은 태평양전쟁을 수행하기 위한 하나의 정책이다. 그런 만큼 이사로서 합작사의 사업을 수행한다는 것은 일본 정신에 투철하다는 증거가 된다. 그런 만큼 사상적으로 신임을 받고 있는 것이 사실이지만 그렇다고 잠시나마 방심할 수는 없는 일이었다. 한 번 의심만 하면 가차없이 좌천을 시키거나 파면을 시키는 것이 일본인들의 정책이다.

비록 여자라고 해도 일본인들이 가장 싫어하는 독립군의 군인이었다. 그런 여자를 당분간이나마 부양한다는 것은 내가 의심받을 소인(素因)을 품에 안는 일이 된다.

나는 우선 이사장인 나의 직속 상관에게 헌병대 통역관이 찾아왔던 일을 보고하고 어떻게 했으면 좋겠느냐고 물었다. 일본인인 이사장은 빙그레 웃

으며,

"여자라니까 맡아 보시지. 어떨려구."

마치 흥미 있는 일이라는 듯이 말했다.

"좀 입장이 곤란하니까 하는 말입니다."

나는 이사장이 조금이라도 달가워하지 않는다면 그 여자를 절대 맡지 않으리라 생각했다. 그런데 이사장은,

"곤란할 게 뭐요? 불쌍한 여자를 도와 주는 것이."

하고 주저할 것이 없는 일이란 듯 말했다. 나는 일단 안심을 했지만 아내의 의사도 알아봐야겠다는 마음에 퇴근하자 아내에게도 그 이야기를 했다. 그랬더니 아내는 대번에 거부했다.

"그런 여자를 우리가 왜 맡아요. 사고라두 나면 누가 책임지게⋯⋯."

"사고는 무슨 사고가 날 거야? 이사장두 맡으라구 그러던데."

나는 아내를 설득시키려 했으나 아내는 일보도 양보하지 않았다.

그런데 다음 날 사무실로 헌병대장이 찾아왔다. 와서는 그 여자를 맡아 주겠다니 고맙다고 하며 인사를 하는 것이었다. 그때 내 방으로 왔던 이사장도,

"좋은 일을 하게 됐소. 잘 지도해서 훌륭한 황국신민이 되게 하시오."

나를 추켜올렸다. 어리둥절하지 않을 수 없었다. 그래서,

"아내가 반대를 하는데 참 곤란합니다."

하고 망설이는 태도를 보였다.

"곤란할 거 하나두 없습니다. 다시 독립군으루 돌아갈 수는 절대 없으니까요. 다만 경제적 부담이 좀 되겠지요."

"경제적 부담이야 뭐 대단하겠습니까? 조금두 주저할 것 없습니다."

일본인인 헌병대장이 이렇게까지 말하는데 끝까지 거절할 수는 없었다. 아내도 헌병대장 이야기를 들으면 뭐라고 반대하지는 못할 것이다.

나는 그 여자를 맡기로 했다. 그리고 헌병대에서는 그 날로 그 여자를 나에게 보냈다. 사무실로 보냈기 때문에 나는 조퇴를 하고 그 여자를 집으로 데리고 갔다.

그 여자를 데리고 집으로 가는 도중 나는 생각했다. 과연 나는 그 여자를 황국신민으로 만들기 위해 맡은 것일까? 물론 그 여자가 일본에 반항하는 태도를 계속 취한다면 그 여자도 불리하고 동시에 나에게도 불리하다. 그래서는 안 될 것이다. 그렇다고 해서 그 여자를 충실한 황국신민으로 만든다는 것은 불가능에 속하는 일이다. 그렇다면…… 그렇다면 나는 앞으로 그 여자를 어떻게 해야 할 것인가? 막연했다. 막연했지만 맡지 않을 수 없는 일이다. 얼마 동안 맡고 있으면서 그 여자의 부모를 찾아 주자. 부모를 찾아 주는 동안만 내 집에서 밥을 먹여 주는 것이다.

이런 생각을 하며 집에 이르렀을 때 그 여자를 본 아내가 얼굴이 빨갛게 질려 가지고 어떻게 할지를 몰라했다. 나는 아내를 데리고 딴 방으로 가서 헌병대장이 와서 부탁하더란 말을 하고 할 수 없는 일이니 얼마 동안 밥을 먹이자고 했다. 아내도 할 수 없었을 것이다. 겨자를 먹은 얼굴로 그 여자와 마주 앉았다.

스물너댓 나 보이는 젊은 여자였다. 얼굴 윤곽은 못생긴 편이 아니었지만 여자처럼 부드러운 살결이 아니었다. 아니 농사짓는 남자의 얼굴보다도 더 거칠은 피부였다. 머리는 길렀지만 아무렇게나 둘둘 말아 올린 것이 여자라는 느낌을 조금도 주지 않았고 옷도 그랬다. 중국옷인지 한복인지, 그리고 남자옷인지 여자옷인지 알 수 없는 거무틱틱한 옷을 입고 있었다. 오랜 동안 산 속에서 숨어 살며 독립 투쟁을 했으니 용모도 달라졌으리란 생각을 했지만 여자로서 남자와 꼭같이 총을 메고 밤낮 산 속만 헤매었으리란 생각을 하니 약간 두려운 마음도 들었다. 절대로 여성다운 보통 여자는 아닐 것이다. 성격이 거칠고 기운도 셀 것이다.

그러나 얼마 동안 가족처럼 친근하게 지낼 수밖에 없었다. 우선 그미가 친밀감을 느낄 수 있도록 나와 아내, 그리고 애들을 소개하며 이름과 나이를 설명했다. 고향은 어디고 만주에는 언제쯤 왔다는 말까지 했다. 그리고 난 다음 그미의 이름을 물었다.

"김순이에요."

간단하게 대답했지만 목소리도 남자 비슷했다.

다음에는 산생활을 얼마나 했으며 어떻게 하다가 부상을 당해 붙잡혔느냐, 또 치료는 얼마나 했느냐 하고 물었지만 그녀는 한 마디의 대답도 안 했다. 얼굴 표정으로 보아 절대 대화를 허락지 않겠다는 태도였다. 그렇지만 고향이 어디냐, 부모는 어디서 사느냐고 다시 물었다. 그래야 부모를 찾아볼 수 있을 것 같았기 때문이었다. 그미는 그 물음에도 대답을 하지 않았다. 나는 그미가 알지도 못하는 생소한 사람과 나긋나긋 이야기를 할 심경이 아님을 짐작하고 우선 내가 쓰던 건넌방으로 그미를 안내하고 마음 편히 먹은 뒤 좀 쉬라고 했다. 그리고는 아내에게 아내의 옷을 한 벌 갖다 주라고 했다.

그러나 순이는 옷을 갈아 입지 않았다. 며칠 동안이나 산 속에서 입던 옷을 입은 그대로였다. 그리고 해다 주는 밥만을 먹고 변소에 가는 일 외에 방 밖을 나오는 일이 없었다. 안방으로 건너와 아내와 이야기를 하는 일도 없었다. 나는 인생 전체의 변화를 가져온 종잡을 수 없는 현실에서 자기를 정리하지 못한 복잡한 심경 때문이리라 생각하고 아내와 애들에게 그미를 절대 건드리지 못하게 주의시켰다. 자진해서 이쪽과 접촉하려 할 때까지 내버려 두자, 하는 생각이었다.

그런데 일 주일이 지나도 그 모양 그대로였다. 너무 심하다고 생각했다. 한편 그러다가 병이나 나지 않을까 걱정이 되기도 했다. 그래서 하루는 그미의 방으로 들어가,

"몸이 불편한 것은 아니오? 그러다가 정말 병이 날 것 같은데……."
하고 걱정의 말을 했다. 그래도 대답이 없어서,

"바깥 바람두 좀 쐬야지. 그리구 혹시 먹구 싶은 게 없소? 무엇이라두 사다 줄 테니 말해 봐요."
하고 진심으로 걱정하는 태도를 보였다.

그래도 그미는 대답을 안 했다.

"산 속에서 먹을 것두 못 먹으며 지냈을 텐데 맛있는 걸 좀 먹어야 할 게 아니우?"

먹는 이야기나 하며 대화의 문을 열려고 했지만 그미는 여전 함구였다.

정말 병이 들지 않을까 걱정이 되었다. 나는 다시 대화를 단념하는 수밖에 없다고 생각하며 그 방을 나오려고 할 때였다. 그때야 그미는 입을 열고 나의 집에 온 지 일 주일이나 지나는 동안의 첫말을 했다.

"난 아무래두 죽어야 할까 봐요."

나는 우선 놀랐다. 그러나 그 동안의 행동으로 보아 능히 나올 수 있는 말이라고 생각했다. 무엇보다도 말문이 열린 것만을 다행으로 생각하며,

"죽기는 왜요?"

의외라는 듯이 물었다.

"살아서는 뭣해요? 동지들은 다 죽구. 그러니 산 속에는 다시 갈 수가 없구. 그렇다구 일본놈들을 보면서 그놈들과 같이 살 수두 없구요."

이해가 가는 말이었다. 이해가 갈 뿐 아니라 그 마음을 살려 줘야 할 일이다. 신념과 의지로 살아 온 투사로서 신념과 의지가 꺾여 버렸을 때 살고 싶은 마음이 없어질 것은 사실이다. 독립투사는 목숨을 아끼지 않는다.

그러나 나는 그미의 죽음을 권장할 수는 없었다. 나의 임무는 그미가 내 집에 있는 동안 정신적 안정감을 갖게 하는 것이다. 그리고 그미의 부모를 찾아 그리로 보내는 일이다.

"그런 생각 마시오. 꼭 살구 싶어서 사는 사람이 있습니까? 할 수 없어서 사는 거죠."

나는 그미가 외곬으로 심각하게 생각하는 태도를 버리게 해야 한다고 생각했다. 그리고 체념과 현실 적응의 습성을 길러 줘야 할 것이다.

"살구 싶지 않은 걸 뭣 때문에 살아요? 아무래두 한 번은 죽는 건데……."

"그렇기는 하지만 죽기가 쉬운 일인가요?"

"죽기가 힘들어서 산다는 게 말이 됩니까?"

"실제루 그런 걸 어떡헙니까? 일본 사람에게 땅두 자유두 모든 걸 뺏긴 조선 사람들이 그래두 살겠다구 만주까지 온 것은 무엇 때문입니까? 죽을 수가 없어서 살려는 거지요. 순이 씨는 나를 경멸하구 있겠지? 그렇지만 누군 좋아서 일본인에게 아첨하며 사는 줄 알우? 어쩔 수 없으니까 그러며 사

는 거 아니겠소?"

순이는 아무 대답도 안 했다. 자기 나름대로의 생각을 하고 있는 모양이었다. 처음에 왔을 때처럼 완강하게 함구하던 것과는 달랐다. 그래서,

"헌병대에서 귀순을 했다면서?"

귀순을 했다면 현실과 적응할 생각이 아니었는가 하는 식으로 물었다. 그랬더니 그미가 발칵 화를 내며,

"하구 싶어서 했나요? 강제루 시켜서 했지."

나는 공연한 말을 했다고 후회했다. 그래서 얼른,

"그랬을 거야. 우리 조선 사람 전부가 그들의 강제에 못 이겨 살구 있으니까……."

하고 그미의 자존심을 상하지 않도록 했다. 그래서 그랬는지 그미는 그리 험한 표정을 짓지 않았다. 나도 할 말은 없었다. 말에 극도의 조심을 해야 한다고 생각했기 때문이었다.

그렇다고 해서 무언으로 있을 수도 없어서,

"옷을 갈아 입으라구. 이런 옷을 입은 여자는 천하에 없어."

그미의 옷을 가리키며 말했다. 그미가 또 대답을 안 하기에,

"사람이란 남들이 입는 옷을 입구 남들이 먹는 것을 먹으며 사는 거야. 남들이 다 머리를 깎았는데 혼자만 상투를 틀구 살 수 있어?"

그래도 대답이 없기에 나는 그 이상 더 강요를 하지 않았다. 그러면서도 별 탈이 없는 이야기라면 그미가 응해 줄 것 같은 마음이 들어,

"산 속에는 얼마나 있었지?"

아주 부드럽게 물었다. 그랬더니,

"열네 살 때부터예요. 꼭 십 년이죠."

하고 자기의 과거 이야기를 조심스럽게 꺼내기 시작했다.

아버지가 첩을 얻어 살았다. 그 첩이 도리어 어머니와 자기를 못 살게 굴었다. 꼬집히고 두들겨 맞는 학대 속에서 그녀는 무작정 집을 뛰쳐나갔다. 갈 곳도 없으며 무작정 걸었다. 그때 총을 멘 사람 대여섯 명이 나타나 어디를 혼자 가느냐고 물었다. 그미는 조선말 하는 사람들이라 아버지의 첩 이

야기를 했다. 자기를 어떻게 해 줄 수 있을 것 같은 마음에서였다. 그러자 그들은 같이 가자고 하며 그미의 손을 끌고 산 속으로 들어갔다.

이런 이야기를 해 줄 때 나는 그미와 대화의 문이 아주 열린 것이라 생각했다.

"거기엔 다른 여자두 있었나?"

"나 혼자뿐이었어요."

"여자 혼자서 참 힘들었겠군?"

"사상적으루 훈련을 받으니까 아무렇지두 않았어요. 남자와 여자가 다를 것이 뭐예요?"

나는 그미가 남자들의 공유물이 되지나 않았었을까 걱정했다. 그러나 그런 말을 물을 수는 없었다. 사상적으로 뭉친 사람들이니 그런 일을 했을 리 만무하리라는 생각을 하고 있을 때,

"나는 그새 월경두 없었어요. 남자와 다를 것이 하나두 없었죠. 덜되게 집적거리는 남자가 있으면 후려갈겼구요."

듣는 내 얼굴이 후끈해지는 말을 아무렇지도 않게 말했다. 부끄럼을 모르는 남자 같은 여자란 생각이 새삼 들었다. 좌우간 그런 이야기를 더 꺼낼 수가 없어서 화제를 돌렸다.

"부모님은 어디서 사시지?"

"간도에 있는 얼로고〔二道溝〕에요. 지금두 살구 있는지 모르지만."

"형제는 없나?"

"아들이 낳구 싶어서 아버지가 첩을 얻었는데요 뭐."

그 뒤 산 속 생활에 대해 물었지만 그 물음에 대해서는 입을 열지 않았다. 말 않는 이유를 앎직도 하고 모름직도 했으나 이야기하기 싫어하는 것을 구태여 들으려고 할 필요도 없어서 그냥 내 방으로 돌아왔다.

그런데 다음 날 아침 조반을 먹으려 하는데 순이가 안방으로 들어왔다. 이때까지 밥을 자기 방에서만 먹던 그미였다. 더구나 입지 않고 있던 아내의 한복을 입고 있었다. 그리고는 밥을 같이 먹겠다면서 상머리에 앉았다. 상당한 변화였다.

나는 그미가 이제는 죽어 버리겠다는 말을 안 할 것이라고 생각했다. 나는 빨리 그미의 부모를 찾아 줘야 한다고 속으로 다짐했다.

그 뒤부터 순이는 부엌일을 거들어 주기도 했고 마을을 나다니기도 했다. 누구와 사귀어 시간을 보내는지 집을 나가 몇 시간이고 있다가야 돌아오는 일도 있었다. 그러나 한 번도 누구를 만나 무슨 이야기를 했다는 말은 하지 않았다. 우리는 그런 것을 물으려 하지 않았다. 일체 무관심 상태였다. 필요 이상의 것을 알려고 하다가 그미의 감정을 건드릴까 걱정했기 때문이었다.

그런데 한 일 주일쯤 뒤 순이가 흥분한 얼굴로 내 앞에 와 앉았다.

"조선 사람 가운데두 그렇게 나쁜 놈이 있어요?"

무슨 일이 있는 모양이었다. 그러나 그 일의 내용을 묻기 전에,

"조선 사람이라구 전부 좋기만 하나? 나쁜 사람이 더 많을지두 모르지."

하고 말했더니,

"그놈 붙잡기만 하면 대껴 줘야지."

순이는 산 속에서 쓰던 말을 써 가며 주먹을 흔들었다. 산 속에서는 사람 죽이는 것을 대낀다고 하는 모양이었다.

"무슨 일인데?"

"저 윗동네에 김××란 놈 있잖아요? 그놈이 내 금반지를 가지구 도망쳤거든요. 달라구 하면 그냥 줄 건데 도망은 왜 하느냔 말예요. 비겁한 자식."

"금반지는 웬건데?"

"산에 있을 때 어떤 부락을 털다가 금반지 네 개를 주웠어요. 그걸 그 작자에게 보였더니 자기가 맡아서 보관했다가 준다나요? 그까짓 거 마음대로 하라구 주었더니 어젯밤 도망을 쳤대요."

김××란 나도 아는 사람이다. 직업도 없이 혼자 떠돌아다니는 애매한 친구로서 그런 일을 능히 할 수 있는 사람이다.

"금반지 네 개면 상당한 돈이 될 텐데……."

"그까짓 거 무슨 소용 있어요. 가져두 좋지만 그놈 소행이 더러워서……."

그미는 또 한 번 자기 오른 주먹으로 왼쪽 손바닥을 탁 쳤다. 그렇게 으

스러뜨리고 싶다는 것이리라. 그리고는 독백하듯이 말했다.

"산에는 그런 사람이 하나두 없어요. 있으면 당장에 대겨 주니까."

그미는 또 산생활이 그리워지는 모양이었다. 당연한 일이라고 생각했다. 사상적으로 뭉쳐 불의와 싸우는 민족주의자들 가운데 부정한 생각을 하고 불량한 행동을 할 사람이 어디 있겠는가? 그런 세계에서 살던 사람이 그런 세계를 그리워함은 당연 이상의 당연사다. 그러나 나는 그미의 말이 옳다고 긍정할 수는 없었다.

"순이! 실현성 없는 일은 생각할 필요두 없어. 이제 다시 갈 수두 없구 간대야 그 사람들이 그대루 있는 것두 아니잖소. 잊어버리시오. 잊어버리지 않구는 살아갈 수가 없을 거요. 나쁜 사람이 사는 곳에서라두 자기만 나쁜 사람이 되지 않구 살면 그뿐 아니겠소? 세상에는 나쁜 사람이 득실거리구 있소. 그래서 양심이 있는 사람들은 나쁜 사람에게 물들지 않으려구 노력을 하는 거죠. 도덕이니 종교니 하는 것도 다 나쁜 사람이 안 되기 위해 만들어 낸 것이 아니겠소. 세상이 악해두 우리는 악하지 않은 사람이 됩시다. 내가 살면서 노력하는 것두 바루 그거요."

나는 그미에게 간청을 하는 태도로 말했다. 그미는 내 말에 아무런 반응도 보여 주지 않았다. 그렇다고 해서 내 생각을 강요할 수도 없었다. 나는 내가 하고 싶은 말을 할 뿐 그것을 취사 선택하는 것은 그미의 자유니까. 그러나 자꾸 이야기를 하고 또 친근하게 접촉해야겠다. 그러는 가운데 그미가 현실적으로 돌아오게 될 것이다.

나는 이야기만 오래 하는 것보다 그미를 우리 생활 속에 끌어들이는 것이 좋을 것 같아 조금 전 아내의 말을 생각하며,

"참! 소금이 떨어졌다는데 거리에나 나갔다 오구려!"

하고 처음으로 그미에게 심부름을 시키려 했다. 그런 심부름쯤 응해 줄 것 같았기 때문이기도 했다. 그래서 일 원짜리 지폐 한 장을 내놓았는데 그미는 그 돈을 받으려 하지 않았다. 내 말이 귀에 들어오지 않는다는 표정이었다.

나는 말을 잘못했다고 생각했다. 순이는 자진해서 하는 일 이외에 시키는

일은 절대로 안 하는 여자다. 물이 마시고 싶다면 떠다 주지만 물 한 그릇 떠 오라고 하면 들은 척도 안 한다. 그것을 미처 생각지 못하고 심부름을 시키려 했던 것이다. 나는 무안한 마음에 산보나 갔다 오자고 했다. 무슨 생각에서 그런 말을 했는지 나도 몰랐다. 어쨌든 그미는 귀가 번쩍 뜨이는지,

"가요."

하며 앞장을 섰다. 공원도 없는 조그마한 도시다. 들로 나가기엔 감정이 서로 소원하다. 우리는 시가지로 나가는 수밖에 없었다. 볼 것도 없는 거리를 그냥 걷는 것이었다. 걸으면서도 말이 없으면 남들이 싸운 사람들처럼 볼 것 같아 나는,

"부모가 보구 싶지 않나?"

그새 헌병대를 통해 순이 부모를 찾도록 의뢰한 것을 생각하며 말했다. 그랬더니 순이가 펄쩍 뛰며,

"보구 싶지 않아요."

딱 잘라 말했다.

"생모두?"

"어머닌 보구 싶지만 살아 계실 것 같지 않아요."

"왜 그렇게 생각하지?"

"살아서는 뭣해요?"

나는 순이가 자기의 생모를 그리워하고 있다고 생각했다. 그래서,

"나는 살아 계실 거라구 생각해. 순이가 보구 싶어서두 살아 계실 거야."

하고 생모에 대한 희망을 갖게 했다.

"그랬으면 좋겠어요."

이 말을 하며 순이는 발걸음을 잠깐 멈추고 서 있었다. 그러다가 다시 내게 가까이 와서,

"날씨가 좋네요?"

하며 하늘을 쳐다봤다. 나는 순이가 감정적으로 눈이 트이기 시작한다고 생각하며,

"순이는 우리 나라 하늘을 못 봤지? 세계에서 제일 아름답다는 조선의 하

늘을……."

하고 정서적인 이야기를 꺼냈다.

"조선에서 살아 보질 못했는 걸요. 한 번 가 보구 싶어요."

"하늘뿐 아냐. 경치가 세계에서 제일 아름다울 거야. 평양의 부벽루, 경주의 불국사. 참 뭐라구 말할 수 없지."

"선생님은 가끔 나가시겠네요?"

"그럼, 순이두 결혼을 하구 남편과 같이 조선엘 한 번 가 봐."

"결혼은 안 해요."

뒷말을 잇지 못하게 순이는 단정적으로 말했다. 그러나 나는 그미를 교화시켜야 한다.

"뭣 땜에 결혼을 안 해?"

"남자의 노예가 되기 싫어요."

"우리 할머니들은 전부 결혼하구 살았어. 우리 할머니뿐 아니야. 세계 어떤 나라 여자두 전부 결혼하구 사는 거야. 남자나 여자나 다 결혼하게 마련이라구. 결혼한다구 노예가 된다는 것은 지나친 생각이야. 남자는 남자의 일을 하구 여자는 여자의 일을 하며 서루 도와 가며 사는 거지. 왜 노예야."

"노예 아니구 뭐예요? 남자 시중만 드는 게 여잔데."

"살림을 하구 애를 기르는 것이 여자의 일인데 자기 일 하는 사람이 왜 노예야?"

"여자두 남자와 꼭같이 할 수 있거든요. 그 일을 안 하구 집안에서 남자 시중만 드는 것이 노예 아니구 뭐예요?"

"결혼을 하구두 일을 할 수 있어. 그런 여자가 얼마나 많은지 알아?"

"좌우간 결혼은 안 해요."

나는 당장에 그미의 마음을 돌릴 순 없다고 생각했다. 그래서 때마침 식료품 상점 앞을 지나가고 있었기 때문에,

"소금 좀 사 가지구 가."

하고 상점 안으로 들어갔다. 상점에 들어가 소금을 사 가지고 나와서 집으로 돌아오고 있을 때 웬일인지 순이가 소금을 자기가 가지고 가겠다고 했다.

만약 내가 좀 들고 가라고 말했다면 그미가 절대로 들고 가지 않을 것이라 생각하며 소금 봉지를 내주었다. 그리고 순이가 조금씩 달라지고 있다는 것을 알았다.

집에까지 가자 그미는 소금 봉지를 헤치고 속을 들여다보면서,

"이게 소금이에요?"

하고 물었다.

"소금 아니구?"

"이렇게 하얀 소금두 있나……."

그미는 소금을 손가락으로 집어 입에 넣었다. 그리고는 또 감탄했다.

"소금은 소금인데……."

산에서 쓰던 소금은 제렴하지 않은 그야말로 호염(胡鹽)뿐이었을 것이다. 하얀 부드러운 소금을 처음 보았을 것이니 놀랐을 것이 당연했다. 그런데다가 소금을 마음대로 살 수 있느냐는 질문에 얼마든지 마음대로 살 수 있다는 대답을 하자,

"그럼 마음대루 먹을 수 있겠네요?"

하고 물었다.

"소금두 마음대루 못 먹어?"

당연한 일이라는 듯 대답하자,

"산에서는 소금이 제일 귀해요. 소를 잡구두 소금이 없어서 못 먹은 때가 다 있는데……."

순이는 감회어린 눈으로 소금을 들여다보았다. 그때 나는 선심이라도 쓰듯

"참, 내일 아침부터 소금으루 양치질을 해!"

하고 말했다.

"소금으루 양치질을요?"

순이는 또 놀랐다.

"그거 전부가 오십 전어치야. 아낄 것 없어."

"그럼 쌀보다 싼 건가요?"

물건 시세를 전혀 모를 것이 당연한 일이다. 그 중에서도 자기네가 가장

귀한 것으로 여기던 소금값이 쌀값보다 싸리라고는 상상도 못했을 것이다.

"세상에서 제일 싼 것이 소금이오. 채소보다두 싸지."

나는 소금을 딴 종이에다 한 옹큼 싸 주며 가지고 가서 필요한 때 쓰라고 말했다. 그미는 참으로 좋아했다. 정말 보물을 얻은 듯 기뻐하며 그것을 가지고 자기 방으로 갔다.

순이가 자기 방으로 가자 나는 명랑한 태도로 아내에게 말했다.

"차츰 돼 가지?"

아내도 변해 가고 있는 순이에게 즐거움을 느끼리라 생각했다. 그러나 아내는 그렇지가 않았다. 한심하다는 듯이 나를 물끄러미 바라보며,

"당신은 그 앨 어떻게 할 작정이시오?"

새삼스러운 일인 듯 물었다.

"어떻게 하기는?"

"독립군이에요. 그런 여자에게 지나친 친절을 베풀다가 당신이 다치실까 해서 하는 말예요. 오늘 옆집 여자에게 했다는 말을 들으니 소름이 끼칩디다. 무슨 재미루들 사느냐며 자기는 산 속으루 간다나요. 한 번 죽지 두 번 죽느냐면서 해 보구 싶은 일은 해야 한다구 그러더래요. 또 어제라던가요? 길을 가는데 어떤 남자가 저게, 하며 손가락질을 했다나요. 그걸 보자 이 애가 그 남자에게루 가서 뺨을 쳤대요. 그런 애니까 언제 무슨 일을 할지 누가 알아요? 그러니까 당신두 조심하세요."

"걱정 마. 지금두 독립군인가? 지금은 되래두 될 수 없어. 현재 그 애는 불쌍한 여자에 불과해. 불쌍한 조선 여자에게 조금 친절한 게 뭐가 나빠? 더구나 헌병대에서 맡긴 애 아냐? 내가 다치기는 왜 다쳐? 쓸데없는 걱정은 하지두 마."

나는 자신 있게 아내를 눌렀다. 그리고는 아내가 말을 더 못하게 불을 끄고 자리 속에 들었다. 그리고 아무 생각 없이 잠이나 자려 했다. 그런데 잠이 잘 오지 않았다. 아내의 말이 별 자극을 주지 않았는데도 그 말이 신경에 걸렸던 것이다.

'독립군!'

그들을 원조하거나 그들에게 협력하면 비국민이 된다. 비국민이란 말을 듣게 되면 일본 사람들이 통치하는 곳에서는 살 수가 없다. 만약 순이가 생포되지 않고 제 발로 걸어와 숨겨 달라고 했다면 그때 나는 어떻게 했을 것인가? 비국민이 되지 않기 위해 순이를 경찰이나 헌병대에 고발했을까? 고발하지 않을 수 없을 것이다. 그러면 그때 나는 민족에 대한 배신자로서 고민해야 할 것이다. 독립군을 고발한 자를 어찌 민족에 대한 배신자가 아니라 할 수 있을 것인가?

다행히 순이는 현역 독립군이 아니다. 독립군이 아니기 때문에 원조를 해도 무방하다. 그러나 독립군이 아니기 때문에 원조한다는 것은 순이를 독립군에서 멀리 떠나게 하는 일이다. 다시 독립군이 되지 말기를 바라는 마음이다. 현실을 내세우고 현실과 타협하지 않을 수 없다는 말들을 한다. 그러지 않고 어찌 살아갈 수가 있느냐고 말한다. 그러나 민족의 잔광(殘光) 같은 독립군을 독립군이 되지 말도록 한다는 것은 민족에게 용서받을 수 없는 일이다.

하필 순이 같은 여자가 왜 내 집으로 왔을까? 이런 것을 운명이라 할까?

'도루 헌병대루 돌려 보낼까?'

도로 보낼 만한 구실이 없었다. 어떻게 되든 난 모르겠으니 내 집을 나가 달라고 말하기에는 인정이 허락지 않는다.

나는 잠을 못 자며 생각했지만 순이를 어떻게 하겠다는 결론이 나오지 않았다.

다음 날 아침까지도 단안을 내리지 못한 채 조반을 먹으려 했다. 그런데 순이가 보이지 않아 아내에게 물었더니,

"김성환 씨 집에 갔겠지요!"

아주 무관심한 태도로 대답했다.

"이른 아침에 거긴 뭘 하러?"

"남자가 혼자서 자취하구 있으니까 밥해 주려 갔겠죠. 어제 저녁두 갔다 왔는데……."

김성환이란 내가 데리고 있는 직원이다. 어떻게 그 사람을 알았을까? 적

이 놀랐으나 그것보다도 그미가 남의 일을, 특히 여자만이 할 수 있는 취사를 해 주고 있다는 사실에 놀랐다. 나는 그미가 부엌일을 즐겨하리라고는 생각지 못했던 것이다. 그런데 또 한 가지 이상스런 일은 남의 밥을 해 주러 갔던 그미가 우리 식사가 끝나기 전에 돌아와 밥상 앞에 앉는 것이다.

"왜 밥을 같이 먹구 오지 않구……."

그러는 것이 순서일 것 같아 말했더니,

"가난한 사람의 밥을 왜 먹어요?"

그러니까 월급을 많이 받는 우리 집 밥을 먹어야 하지 않느냐는 대답이었다.

그럴 듯한 말이다. 그미로서 할 수 있는 말이기도 하다. 그러나 너무나 솔직한 그미에게 입을 벌리지 않을 수 없었다.

아내는 속으로 순이를 미워하고 있을 것이다. 그러나 내가 미워하지 않는데 자기가 미워하는 태도를 보일 수는 없을 것이다.

나는 그미의 솔직성에 입을 벌렸지만 속으로는 웃고 있었다. 그미의 변해 가는 과정이 재미있었기 때문이었다. 더구나 내가 출근을 할 때, 행길까지 나와 잘 다녀오라는 인사를 할 때 나는 정말 마음이 흐뭇했다. 일찍이 아내에게서도 보지 못했던 그런 배웅에 순이가 다정한 여자라는 느낌을 주었던 것이다.

나는 출근을 하자 김성환 군을 불렀다. 순이가 그의 집에 가서 밥을 해 주었다니 그로서 순이에 대한 감상이 있을 것이다. 그것을 묻고 싶었던 것이다. 그러나 그를 불러 놓고 보니 순이에 대한 이야기를 물어 보기가 쑥스러웠다. 순이에 대해 관심을 너무 기울이는 것같이 보일까 두려웠기 때문이었다.

"왕자고(汪子溝)의 저수지를 한 번 보구 와요. 어느 정도 진척되구 있나 말이오."

나는 사무적인 일을 지시하고 그를 돌려 보냈다.

나는 일을 하면서 가끔씩 혼자 웃었다. 재미있다고밖에 말할 수 없는 순이가 자꾸만 머리에 떠올랐기 때문이었다. 그런데 오후 두어 시쯤 되었을까

할 때 느닷없이 아내가 찾아왔다. 창백한 얼굴로 찾아온 아내가,

"그 앨 내보내요. 그 앨 내보내지 않으면 내가 나갈 테예요."

생뚱같은 말을 했다.

"왜 그래? 무슨 일이 있었어?"

나는 냉정하게 물었다.

"자진해서 남의 밥을 지어 주기에 전에부터 식모를 구하구 있는 현공서 (縣公署) 황 선생네 이야기를 했더니 다짜고짜 내 따귀를 후려치지 않아요? 그런 년을 집에 두구 어떻게 같이 살아요?"

말을 듣고 보아서 그런지 아내의 양쪽에 얻어맞은 혼적이 뻘겋게 남아 있는 것 같았다.

일은 큰일이었다. 함부로 순이 편만을 들 수도 없고 그렇다고 해서 아내의 편을 들 수도 없는 형편이었다. 만약 순이와 아내 둘 중 하나를 택해야 한다면 무조건 아내쪽을 택해야 하는 것이 나다. 그렇다고 해서 당장에 순이를 내보내자고 말할 수도 없는 처지다.

나는 우선 아내의 흥분을 가라앉히려고 했다. 아내가 흥분한 상태에서는 아무런 이야기를 할 수 없기 때문이었다. 그러나 아내는 좀체 흥분을 가라앉히지 않았다. 일부러라도 가라앉히지 않으려는 것 같았다. 그러나 아내란 남편에게 약하기 마련이다. 진심으로 달래는데 제가 어떻게 하겠는가? 결국 집으로 돌아가고 말았다.

그러나 나는 고민했다. 결국은 두 여자를 화해시켜야 하겠는데 그 방법이 생각나지 않았다. 진심으로 화해를 시키려 하면 내 진심이 통하겠지 하는 막연한 마음으로 퇴근을 했다.

집에 도착하자 나는 우선 순이를 만나려 했다. 아내는 한 번 만났기 때문에 그녀의 심정을 알고 싶기 때문이었다. 그래서 순이의 방문을 두드렸다. 세 번까지 두드렸지만 대답이 없었다. 그래서 문고리를 잡아 혼들었다. 문이 안으로 잠기어 열어지지가 않았다. 순이가 문을 잠그고 있는 것이 분명했다.

"순이, 나야."

몇 번을 소리쳤으나 통 대답을 안 했다. 또 마음의 변화를 일으키고 있는

것이 분명했다. 그런 만큼 그미를 만나야겠다는 마음이 간절했지만 그미는 끝까지 아무 반응도 없이 문을 열어 주지 않았다.

저러다가 죽는 것이나 아닐까 하고 생각하니 가슴이 답답하고 클클했다. 그러나 어쩔 수 없는 일이었다. 얼마 뒤 저녁 먹을 시간이 되어 또 한 번 가서 그미의 이름을 부르며 나와 밥을 먹으라고 했지만 역시 아무 대답이 없었다. 아내만 없다면 나는 창문의 유리를 깨고라도 방 안에 들어갔을 것이다. 그러나 아내의 신경을 더 곤두세울 것 같아 차마 그러지를 못하고 밤을 보냈다.

다음 날 아침 나는 또 순이를 부르며 문을 열라고 호소했다. 목마른 사람의 호소 같은 것이었다. 나중에 나는 순이가 너무 하다고 생각했다. 내가 이렇게 자기를 걱정하고 있는데 대답 한 마디가 없다니……. 그 날 저녁 또 문을 흔들었으나 역시 반응이 없을 때 나는 기진맥진한 것처럼 하고 싶은 대로 하라고 생각하며 그만 내 방으로 돌아왔다.

그러나 다음 날 아침 나는 순이가 굶어 죽을 것 같은 생각에 다시 안타까운 마음으로 순이 방문을 두들겼다.

"순이! 내 맘을 알아 줘. 순이 때문에 내가 숨이 막혀 죽을 것 같아. 제발 문 좀 열어 줘."

애원이었다. 애원을 해도 소용이 없었다. 그래서 아내에게 걱정을 했다.

"순이가 굶어 죽으면 어떻게 하지?"

그랬더니 아내는 내가 알 게 뭐냐는 듯이 몸을 돌리고 대답을 안 했다. 괴로운 사람은 둘 사이에 낀 나뿐이었다.

그 날 저녁 나는 순이의 방 유리창을 깨고 안으로 들어가고야 말았다. 아무 일이 없었다 해도 나는 그렇게 하고야 말았을 것이다. 그런데 그 날 낮에 헌병대 통역관이 지나가던 길에 들렀다고 하며 나를 찾아와 순이의 동정을 물었다. 그때 나는 순이가 잘 있다고 대답했지만 속으로는 순이가 잘못되면 그때 책임은 내게 있다는 것을 절감했다. 만약 순이가 굶어 죽었다면 내 체면은 무엇이 될 것인가?

유리창을 깨고 들어가 보니 순이는 꼭 죽은 사람처럼 누워 있었다. 나는 그미가 그새 이미 죽어 버린 것이나 아닌가 하고 가슴이 덜컥 내려앉았다. 그래서 코에다 손을 대 보았고 이마를 짚어 보았다. 그런데 숨도 쉬고 있었고 체온도 있었다. 일단 안심을 하고 몸을 흔들었다.

"순이! 나야. 눈을 떠 봐."

그러나 그미는 눈을 뜨지 않았다. 나를 상대하지 않겠다는 태도 같았다. 그래도 나는 애걸을 했다. 말을 과장해 가며…….

"순이! 나 좀 보라니까. 나는 순이 때문에 밥두 못 먹구 잠두 못 자구 있어. 나하구야 말 못할 것이 뭐야?"

그런데도 그미는 눈도 뜨지 않았다. 나는 할 수 없다고 생각한 뒤 부엌으로 갔다. 아내에게 쌀이 어디 있느냐고 물어 가지고 쌀을 꺼내 그것을 씻기 시작했다. 아내를 시키기가 미안해서 내가 손수 죽을 쑤려고 한 것이다. 억지로라도 죽을 먹여야겠다는 마음에서였다. 쌀을 씻고 있는데 아내가 정성이 하늘로 뻗쳤다고 비꼬면서 부엌으로 나왔다. 비꼬거나 주먹으로 때리거나 아무래도 좋다는 생각을 하며 아내에게 죽 쑤는 일을 맡겼다. 아내는 그야말로 겨자 먹는 표정을 하며 죽 쑤기를 시작했지만 나는 모른 척하고 부엌을 나왔다. 그리고는 유리가게로 가서 사람을 데려다가 깨진 창문의 유리를 끼웠다. 그때 아내가 입에 무엇을 가득 물고 있는 듯한 통명한 목소리로,

"죽 다 됐어요."

하고 말했다. 가져다가 먹이든가 말든가 하라는 투였다. 나는 모른 척하고 죽그릇을 상에 놓아가지고 순이 방으로 갔다. 그리고는 순이를 흔들며,

"죽을 가져왔어. 한 술 떠."

하고 말했다. 그러나 여전했다. 그미는 눈도 뜨지 않았다.

"먹어야 살아. 조금만 먹어, 응?"

그래도 꼼짝을 안 하기에 나는 조금 화가 나서,

"매맞은 내 처두 아무렇지 않게 생각하구 있는데 때린 사람이 왜 이러는 거지? 정 이러려거든 마음대루 해."

마지막이라는 느낌이 들도록 말했다.

그래도 말이 없을 때 나는 될 대로 되라고 뛰쳐나올 생각이었다. 그러나

그럴 수는 없었다. 내가 그러면 순이와의 관계는 마지막이 된다. 이런 식으로 순이와 헤어져서는 안 된다. 결국 져야 할 사람은 나인 것이다. 그렇다고 태도를 돌변시켜 죽을 먹으라고 할 수는 없었다.

"의사를 데려와야겠군. 영양주사라두 봐야지……."

나는 내 태도를 변환시키는 계기를 만들었다. 그러면 순이가 나를 붙들 줄 알았던 것이다. 그러나 순이는 그래도 못 들은 척했다. 그렇다고 해서 의사를 데려오겠다고 한 내가 그냥 주저앉을 수 없어,

"데려온다."

다짐하듯 말하고는 일어섰다. 일어선 이상 안 갈 수도 없었다. 조선인 의사라고 하나밖에 없는 백병원으로 갔다. 가서는 순이 이야기를 하고 사흘째 밥 한 술도 안 먹고 누워 있다는 말을 한 뒤 가서 영양주사라도 한 대 놓아 달라고 부탁했다. 내 말만 듣고 의사는,

"대단치 않을 겁니다. 걱정 마십시오."

나를 안심시키려 했다.

"내가 맡구 있는 사람인데 혹시 조금이라두 잘못되면 되겠어요?"

나는 사정을 하며 그를 데리고 집으로 왔다. 오는 도중 백 의사가 이런 말을 했다.

"좀 별난 여자더군요. 그새 몇 번이나 와서 약을 가져갔습니다. 별일 없다구 해두 꼭 약을 지어 달라지 않아요? 그렇게 해서 가져간 약이 한 십 원 어치 되지요."

이 말을 듣자 나는 돈을 내고 약을 가져갔느냐고 물었다.

"정 이사님 집에서 왔다면서 그냥 가지구 가던데요."

어처구니없는 일이었다. 산에서는 병원이라고 구경도 못하는 생활을 했을 테니 병원이라든가 약에 대한 호기심이 크겠지. 그리고 돈에 대한 관념이 없으니 십 원 아니라 백 원이라도 미안하게 생각할 줄을 모를 것이다. 그렇다고 해서 백 의사에게 다음부터는 약을 주지 말라고 말할 처지도 못 되어 그냥 웃어넘기고 말았다. 그런데 집에 이르러 의사가 어디 아프냐고 물었지만 순이는 의사에게도 대답을 안 했다. 의사가 머리를 짚어 보고 맥박

을 살핀 뒤 체온계를 입 안에 넣으려 할 때야,

"아프지 않아요."

반항적으로 입을 열었다.

"아프지두 않은데 왜 누워 있죠? 밥두 안 먹는다면서. 온 김에 포도당 주사라두 놓읍시다."

의사가 주사기를 꺼내자,

"밥 먹을게요. 주산 싫어요."

순이가 놀란 것처럼 소리를 질렀다.

의사가 한편 옆에 있는 죽그릇을 보며 그럼 빨리 먹으라고 하자 이제 먹을 테니 걱정 말라고 했다. 의사가 웃으면서 돌아간 뒤 내가 죽그릇을 당겨다 놓고 숟가락으로 떠다 입에 넣으려 할 때였다. 순이가 일어서서 자리를 개려 했다. 보기에 조금은 위태로웠으나 그냥 보기만 하고 있으려니 아니나 다를까 힘없이 쓰러지며 내 무릎에 머리를 박았다.

"어지러울 텐데 일어서기는……."

나무라듯이 말하며 그녀의 어깨를 쓸어 주었다. 그때 순이가,

"선생님, 미안해요."

하며 어깨를 들먹였다. 처음 보는 일이었다. 정말 상상도 못할 일이었다. 나는 기특하다는 마음이 들어 그미의 어깨를 쓸어 주며 말했다.

"미안하긴…… 순이두 그런 말을 다 하나……."

"아주머니한테두 미안해요. 잘 말씀해 주세요."

"알았어. 집사람두 기뻐할 거야."

나는 무엇보다도 죽을 먹여야 했기 때문에 그미의 몸을 잡아 일으켜 앉혔다. 눈에 눈물이 고여 있었다.

"울었구만……."

나는 손수건을 꺼내 눈물을 닦아 주었다.

"처음이에요. 정말 한 번두 울어 본 일이 없어요……."

나는 기뻤다. 눈물을 흘릴 줄 아는 여자가 되었다는 것이 기뻤던 것이다. 그래도 눈물에 대한 이야기를 하면 그미가 부끄러워할 것 같아,

"어서 죽을 좀 먹어."

하고 죽을 권했다. 그미는 순순히 죽을 먹기 시작했다. 죽을 먹으면서

"왜 눈물이 나는지 모르겠어요, 참……."

눈물 흘린 자기가 어처구니없다는 듯 웃었다.

"그냥 울구 싶어서 우는 때두 있지. 사람이란 그런 거야."

내가 너그럽게 이야기를 하자 순이는 묻지도 않은 말을 했다.

"식모루 가지 않겠느냐는 말을 듣자 몸이 와들와들 떨렸어요. 그래서 아주머니를 쳤지만 난 죽을려구 했어요. 아무것두 안 먹구 죽을 때까지 누워 있을려구 했어요."

이야기를 듣고 나자 내 가슴이 찌릿해 옴을 느꼈다. 그것은 그미의 감정이 내게 전염되어 오기 때문이 아니었다. 눈물 모르고 살아 온 순이에게 울음을 가르쳐 준 일종의 죄책감을 느꼈기 때문이었다. 순이 말대로 그미는 산 속에서 살며 눈물을 몰랐을 것이다. 눈물이 나올 만큼 괴로운 일이 있다 해도 의지로써 그것을 누르며 살았을 것이다. 오직 조국의 독립 그것 하나만을 생각하며 어떤 고통도 고통으로 생각지 않으며 살았을 것이다. 몸과 마음이 고달팠을 것이지만 불행이라는 것을 느끼지 못했을 것이다.

그렇게 살아 온 순이에게 눈물을 가르쳐 주다니……. 나는 인간의 모든 섭리를 창조한 신(神)의 영역 가운데서 눈물과 불행의 부분을 침범한 느낌이었다.

순이를 정상적인 감정의 소유자로 만들려고 한 내 노력이 결국 순이를 눈물 흘리는 인간으로 만들었다. 정상적인 인간이란 눈물을 흘릴 줄 알아야 한다는 것인가?

나는 죽을 떠 먹고 있는 순이를 바라보며 앉아 있을 수가 없었다. 많이 먹으란 말을 하고 안방으로 돌아갔다.

그 뒤 얼마 동안 순이는 의기가 초췌해 있었다. 별로 말도 없었고 행동하는 데 활기가 없었다. 아내와는 화해를 했지만 피차가 경계하는 듯했다. 나는 그미가 며칠 동안 먹지 않고 누워 있었기 때문이라고도 생각했지만 한편 눈물을 알며 살게 된 인생 행로의 입구에 선 마음의 변화라고 생각했다. 그

렇게 생각해서 그런지 그미가 무척 측은하게 보였다. 솜에 싼 갓난 병아리처럼 다루기가 힘들었다.

그런데 하루는 순이가 내 사무실로 찾아왔다. 사무실로 찾아온 것이 처음이기 때문에 무슨 큰일이 생겼나 하고 가슴이 뜨끔하기도 했지만 어떻게 나왔느냐는 내 물음에 그저 심심해서 왔노라고 대답할 때 나는 반가움을 느꼈다. 나는 그미를 데리고 나가 중국요리라도 사 먹이고 싶은 생각이 들었다.

"중국요리 한 번 먹어 볼래?"

"전부터 먹구 싶었어요. 사 주세요."

중국 사람들이 사는 땅에서 이십여 년을 살면서도 중국 음식을 먹어 보지 못했을 순이다. 정말 먹고 싶을 것이다. 그러나 나는 요리 자체보다도 나에게 중국요리를 사 달라는 순이의 마음이 더 중요했다. 사양 없이 중국요리를 사 달라는 순이에게 더 친밀감을 느꼈던 것이다. 난 값이 비싸다 해도 맛있는 요리를 사 주리라 생각했다. 그런데 시계를 보니 아직 점심시간이 멀었다. 한 시간이나 앉아 기다려야 할 순이가 무료해할 것 같아 나는 조금 전 받은 면포 배급표를 주머니에서 꺼내 순이에게 주고 상점에 가서 면포를 타 오라고 했다. 순이는 순순히 심부름을 했다. 이십 분도 안 되어 배급을 타 왔다. 무슨 일이나 하기 시작하면 남자보다도 빨리 해치우는 그미였다. 배급을 타 가지고 와서는 면포와 거스름받은 돈을 내놓았다. 그런데 돈이 조금 부족한 것 같았다. 십 원짜리를 주었으니까 면포값 오 원 오십 전을 제하면 사 원 오십 전을 가져왔어야 할 것인데 이 원 오십 전밖에 없었다. 이 원이 모자랐던 것이다. 나는 그미가 돈 회계를 잘할 줄 모르기 때문에 모자라게 주는 돈을 주는 대로만 받아 온 것이리라 생각하며 돈이 부족하다는 말을 했다. 그랬더니 대답이 걸작이었다.

"두 장은 찢어 버렸어요."

"찢어 버리다니?"

이해가 가지 않아 물었더니,

"걸레처럼 다 낡아 빠진 걸 뭣 해요?"

순이는 태연하게 대답했다.

"헐었어두 돈은 돈인데……."

나로선 버렸다는 돈이 아깝지 않을 수 없었다. 그러나 순이는 그렇지 않았다.

"그까짓 거 뭣해요?"

헌 돈은 돈이 아니라고 생각하는 모양이었다. 그미는 산 속에서 살 때 부락을 터는 기회에 돈을 만져 볼 수 있었다. 그러나 쓸 데가 없어서 그냥 가지고 다니다가 나중에 그 돈이 해지면 내버리고 말았다는 것이다. 돈쓸 데가 없으니 돈의 가치를 모르기 때문이었다. 그래서 그미는 아직 그런 습관을 가진 모양이었지만

"돈은 헐었어두 쓸 수 있는 거야. 다음부터는 버리지 말어."

나는 교육을 시키지 않을 수 없었다. 그러나 그미는 내 말을 받아들이려 하지 않았다.

"더러운 걸 가지구 다녀선 뭣해요?"

앞으로 자연히 알게 될 것 같아 나는 더 이야기를 안 했다. 그 대신 시간이 조금 이르기는 했지만 점심을 먹으러 가자고 했다. 그곳서 제일 크다는 중국요리집으로 갔다. 그리고 그 중 맛있다고 생각되는 요리 두세 가지를 주문했다.

요리가 들어오자 순이는 참으로 좋아했다. 꼭 어린애 같았다. 무엇으로 어떻게 만든 것이냐고 물어 보기도 했고 한 입 물고는 맛을 감상하느라 한참 동안 눈을 껌벅이다가 맛이 좋네요, 하고 경탄하기도 했다. 그러는 모습이 귀여울 정도였다. 그렇게 만족해하는 것을 보자 나는 그미가 만족해할 일을 더 해 주고 싶은 마음이 들었다.

"순이! 양복 한 벌 사 입을래?"

나는 큰 마음을 먹고 한 말이다. 그런데 순이는 첫마디에 거절했다.

"싫어요."

"신식 여자가 되구 싶지 않아?"

"내가 왜 일본옷을 입어요? 일본년들이 입구 다니는 그 소매 넓은 옷 말이죠? 난 한복두 소매가 너덜거려 싫은데……."

그미는 양복을 일본 여자들의 일본옷으로 생각하고 있는 모양이었다.

"일본 여자들이 입는 옷은 일본옷이야. 양복은 치맛자락두 짧구 소매두 찰싹 붙는 거야."

"그래요? 그럼 한 벌 사 주세요."

그래서 요리집을 나오는 길로 상점엘 가서 양복을 구경시켰다. 순이는 대만족이었다. 그 자리에서 한 벌을 골라 몸에 대 보며,

"예뻐요?"

하고 물었다.

"예쁜데, 딴 사람 같아."

이렇게 원피스 한 벌을 사고는 구두도 한 켤레 사 주었다. 평생 신어 본 일이 없는 구두가 발에 서툴 것이지만 그래도 순이는 좋아했다. 어린애처럼 좋아했다.

순이를 돌려 보내고 사무실에서 일을 하는 동안 나는 즐거워하는 순이의 얼굴을 줄곧 떠올렸다. 변모해 가는 순이가 새 사람이 되어 간다는 느낌이었다. 그 새 사람이란 것이 순이에게는 비극일지 모른다. 통속적 인간으로 타락하는 것일지도 모른다. 그런데도 변해 가는 순이에게 만족감을 느끼는 것은 내가 통속적 인간이기 때문일 것이다.

그 날 오후 퇴근을 하고 집에 돌아가자 새로 사 온 원피스를 입은 순이가 뛰어나와 나를 맞이해 주었다. 몸을 빙빙 돌리며 옷의 앞뒤를 보여 주고는,

"좋지요?"

만족스런 웃음을 웃었다.

"좋은데! 신식 여자가 다 됐어. 얼굴두 더 예뻐 보이구."

"학교 공부 많이 한 여자 같나요?"

"그래 혼자 보내기가 아깝구만. 빨리 결혼을 해야겠어."

"결혼은 안 한다니까요."

결혼에 대한 생각만은 변함이 없었다. 그러나 나는 결혼에 대한 생각도 머지않아 달라지리라 생각했다. 걱정할 필요가 없는 일이었다. 그리고 지금도 그미가 밥해 주고 있는 김성환 군을 생각했다. 오래 사귀면 서로 좋아질

지 모른다. 그러면 결혼도 할 수 있을 것이다. 나는 그래지기를 속으로 바랐다.

　며칠 뒤 나는 신경(新京)으로 출장을 가게 되었다. 그런데 전에 없이 아내가 따라가겠다고 나섰다. 이때까지는 집이 비어서 떠날 수 없었지만 지금은 순이가 있어서 떠날 수가 있다는 것이었다. 만주에 와서 산 지 오륙 년이 되도록 신경 구경을 못한 아내이기 때문에 나도 이런 때 한 번 구경시켜 주는 것이 좋을 것 같아 승낙을 했다.

　순이에게 집을 맡기고 이박 삼일의 여행을 다녀왔다. 그런데 여행을 하고 돌아오자 나는 순이의 태도가 아주 달라진 것을 발견했다. 명랑한 기색이 조금도 보이지 않았던 것이다. 무엇인가 걱정이 있는 사람 같았다. 왜 그러냐고 물어도 시원한 대답을 안 했다. 옛날 기질이 되살아나려는 현상 같지는 않았다.

　나는 옆집 사람들에게 알아도 보았고 집의 어린애들에게 물어 보기도 했지만 그 이유를 통 알 수 없었다. 그래서 다음 날 밤 순이의 방으로 가서 직접 그 이유를 물었다. 그러나 그미는 별다른 일이 없다면서 대답을 회피했다. 그러다가 내가 끈기 있게 추궁할 때야,

　"기분 나쁜 일이 있었어요."

하고 입을 열었다. 그것은 자기가 밥해 주고 있는 김성환이 하루는 일본 사람들을 집에 초청한다면서 자기더러 음식 준비를 하라고 하기에 죽어도 그 일만은 못한다고 거절했더니 그가 순이에게 아직 사상이 나쁘다고 욕을 했다는 것이었다. 말하자면 자기더러 사상이 나쁘다고 한 말과 조선 사람이 일본 사람을 집에 데려다가 밥을 먹인다는 일이 기분 나빠 죽겠다는 것이었다. 작지 않은 일이었다. 입 밖에 꺼내기도 힘든 이야기였다. 산에서 일본에 저항하며 독립운동만 해 온 사람으로 일본 사람과 가깝게 지내는 조선 사람을 못마땅하게 생각할 것은 틀림없는 일이다. 그렇다고 해서 그런 생각을 옳다고 칭찬할 수가 없는 현실이다. 그리고 그런 현실을 순이가 납득하도록 이야기한다는 것도 쉬운 일이 아니다. 나는 그래, 그래, 하면서 얼버무려 넘겼으나 속으로는 걱정이 대단했다. 만약 그 사실이 헌병대에 알려진다면 순

이가 어떻게 될지 모른다. 순이뿐 아니라 나도 문책을 받을지 모른다.

나는 당장에 김성환 군의 집으로 가려고 일어섰다. 그런 이야기를 순이에게 할 수 없는 만큼 내 방으로 가는 척 슬그머니 일어섰던 것이다.

그런데 나를 따라 일어선 순이가 내 팔을 붙잡으며,

"출장가신 동안 외로웠어요."

죽어 가는 듯 가느다란 목소리로 말했다. 그 말을 듣자 내 가슴이 소리를 내며 뛰기 시작했다. 그러면서도 나는 벙어리가 되었다. 고맙다는 말도 할 수가 없었으며 그렇다고 그러면 못쓴다고 타이를 수도 없었다. 나는 슬그머니 빠져나오는 수밖에 없었다.

김성환 군의 집에 가는 동안 나는 생각했다. 내가 순이에게 정상적인 감정을 회복하도록 노력한 것은 결국 순이가 나에게 그런 말을 하도록 하기 위함이 아니었던가 하고. 나는 그미가 침울해하고 있는 이유를 안 듯했다. 김성환에게 당한 것은 외면적 이유밖에 못 될 것이다. 어떻게 할까? 침울의 이유를 안 이상 내 태도를 분명히 해야 할 것이다.

우선 김성환 군을 만나 순이에 대한 이야기를 좋지 않게 퍼뜨리지 말도록 당부했다. 만약 그 이야기가 좋지 않게 전파된다면 순이는 물론 나에게까지 좋지 않은 결과가 생길 것이란 말을 했다.

"저를 철없는 애루 보시나요? 그래두 동족인데 순이를 일본 사람에게 팔 수가 있습니까? 조금두 걱정 마십시오."

나를 안심시켰다.

"고맙네."

"이사님두."

김군은 자기를 의심치 말아 달라는 태도로,

"저두 조선 사람입니다."

목소리를 가다듬어 말했다. 나는 또 한 번 고맙다는 말을 했다. 그리고 일본 사람 밑에서 그들에게 협력하며 살고 있는 것이 사실이지만 조선 사람의 민족의식을 아주 잊지 않고 있다는 데 적이 안심도 되었다.

순이 문제가 확대되지 않을 것이란 안도감에 별 걱정 않고 밤을 지냈다.

그런데 다음 날 아침 조반을 먹으려 할 때 순이가,

"꿈을 꿨는데 어머니가 돌아가신 것 같아요."

하며 침울한 얼굴로 말했다.

"꿈을 믿을 수 있나? 무슨 꿈이었는데?"

나는 순이가 정신적으로 침체하지 않게 해 줘야만 했다.

"집엘 갔는데 어머니만이 안 보이잖아요!"

"꿈이라 반대루 맞는 거야."

"살아 계셨으면 좋겠는데……."

"꼭 살아 계실 거야."

그미를 위로해 주면서 나는 그미가 부모들을 그리워하고 있음을 알았다. 그리고 그미가 부모에게로 갔을 때 그미를 슬프게 하지 않도록 그미의 어머니가 살아 있어 주기를 마음 속으로 빌었다. 동시에 그미의 부모에게서 빨리 소식이 있어 주기를 바랐다.

그러나 그 소식은 좀체로 찾아오지 않았다. 그새 어디로 이사를 가서 경찰에서도 그들을 찾아 내지 못하는 것인지? 저쪽에서 회신이 없는 것으로 보아 속단을 내릴 수 없는 일이었지만 너무나 오래 소식이 없어 나는 단념해야 하지 않을까 생각했다.

만약 부모들을 찾지 못할 경우에는 어떻게 할까? 암담했다. 아무 계획도 없이 무작정 언제까지나 순이를 데리고 있을 수는 없다. 나의 부담감은 둘째로 순이가 얼마나 답답할 것인가?

이런 걱정을 하며 며칠을 보냈을 때 사무실로 편지 한 장이 왔다. 순이에게 그미 아버지가 보낸 편지였다. 그 편지를 보자 나는 긴 한숨을 내쉬었다. 무거운 짐을 풀어 놓은 것 같았기 때문이었다. 내 짐이 없어짐과 동시에 순이의 인생문이 열렸다는 안도감.

나는 지체없이 편지를 갖고 집으로 갔다.

"편지 왔어, 아버지한테서."

"뭐요?"

순이가 달려나오며 편지를 받았다.

그렇게도 미워하던 아버지였지만 그미는 아버지에게서 왔다는 편지를 조금도 꺼리지 않고 받아 그 자리에서 봉투를 찢었다.

편지를 읽어 가는 순이의 표정이 조금씩 달라지더니 나중에는 눈물을 떨어뜨리기 시작했다. 나는 그미의 어머니가 죽었다는 사연이 들어 있는 것이라 짐작했다. 그러나 사실은 그렇지가 않았다. 편지를 다 읽고 난 순이가 계속해서 울지를 않고 도리어 약간 웃는 얼굴로 그 편지를 내게 건네 주는 것만으로도 불길한 내용이 들어 있지 않다는 것을 알 수 있었다. 더구나 편지를 읽었을 때 나는 순이의 장래가 밝아 옴을 느꼈다.

너에게는 잘못한 것이 너무나 많다. 너그럽게 용서해 주기를 바란다. 그새 나는 너의 어머니와 같이 잘 지내고 있다. 빨리 돌아오너라. 학수고대하고 있다.

이상과 같은 것이 편지의 골자였다.

내가 편지를 다 읽자 순이가,

"기차가 있을까요?"

하고 물었다. 오늘 안으로라도 떠나고 싶은 모양이었다. 나는 기차 시간표를 찾아 간도 쪽으로 가는 기차 시간을 보았다.

"여섯 시 반 기차가 있군."

"그럼 언제쯤 도착할까요?"

"내일 아침 일찍 도착할 거야."

이런 말을 하면서 나는 미리 차표 한 장을 사 두었다가 떠날 때 주리라 생각했다. 그런데,

"저 데려다 주시겠어요?"

순이가 어려운 듯이 고개를 숙이고 말했다. 그 말을 듣자 혼자 보내려고 했던 내가 너무나 냉정했음을 느꼈다. 기차에서 무슨 일이 있어도 안 된다. 뿐 아니라 나는 순이가 그미 부모와 만나는 장면까지 봐야만 내 책임을 완수하는 셈이 될 것이다. 그래서 잘못을 용서받기라도 하는 태도로 말했다.

"물론이지. 내가 나가서 차표를 사 놓을 테니 준비를 하구 있어."

그리고는 사무실로 나가 이사장에게 내일 순이 일로 하루 결근하겠다는

말을 했다. 헌병대에는 전화로 오늘 순이를 데리고 그미 부모에게로 떠난다는 것을 보고했다. 그새 수고했다면서 잘 되었다는 말을 모두가 했다.

정거장에는 아내 혼자만이 배웅을 나왔다. 아내에게 약간 미안했다. 의리상 정거장까지 나오기는 했으나 아내는 확실히 내심 질투하고 있을 것이 분명했기 때문이었다. 별다른 일은 없었다 해도 순이의 나에 대한 감정을 모르고 지냈을 리가 없다.

그래서 미안을 느끼면서 작은 목소리로 아내에게 말했다.

"나를 믿어 줘. 아무 일 없이 순이를 보내구 올 테니."

기차가 허허벌판을 달릴 때 순이가 동쪽을 가리키며 자기가 살던 산이라고 말했다. 그곳이 그리운 모양이었다. 기차에서 뛰어내리고 싶은 충동을 억지로 참고 있는 듯했다.

그러나 아무 일도 없이 나는 목적지까지 가서 순이에게 부모를 찾아 주었다. 감격적인 상면을 보고 나는 삶의 보람 같은 것을 느꼈다. 그 보람이 순이를 행복하게 할 것인지 불행하게 할 것인지는 모르지만 내 일생 동안 가장 큰일을 해 놓았다는 마음이었다.

순이에게서 내 이야기를 들은 그 부모들이 하룻밤이라도 자고 가라 했지만 나는 내일의 출근을 구실로 굳이 떠나야 한다고 했다.

나는 떠나기에 앞서 순이를 데리고 경찰분소를 찾아가 명함을 내놓고 앞으로 순이를 잘 부탁한다는 말을 했다. 그리고 난 뒤 정거장으로 나와 기차를 기다렸다. 조그맣고 어설픈 정거장이었다. 단 둘이서 나무벤치에 앉아 기차를 기다리는 동안 순이가 말했다.

"꿈만 같아요. 그새 몇백 년을 산 것 같기두 하구요. 앞으루 선생님을 어떻게 잊을까요? 그게 제일 힘드는 일일 것 같아요."

그미는 눈물을 떨어뜨렸다. 내가 알기에 세 번째 눈물이다.

"그런 말 하지 마. 그럼 내 맘이 언짢아지지 않아!"

나도 그미의 감정에 말려들어가려 했다. 그러나 곧

"다 잊게 마련이야. 잊으면서 사는 것이 인생이니까."

하고 그런 이야기를 더 하지 못하게 했다.

"알았어요."

"그래. 그래."

멀리서 기적소리를 울리며 내가 탈 기차가 달려오고 있었다. 마지막 헤어짐이 눈앞에 다가왔다.

우리는 벤치에서 일어섰다. 그리고는 그렇게 가깝지 않은 사람들처럼 허리를 사십오 도쯤 굽혀 정중한 절을 하며 가장 평범한 작별의 인사를 나누었다.

"잘 있어."

"안녕히 가세요."

(원) 《현대문학 234》 1974. 6.

그런 여자

마을에는 초가가 한 채밖에 없었다. 팔십여 호의 농가 전부가 슬레이트가 아니면 양기와집이었다. 고등 채소를 비닐하우스에서 속성 재배하는 이 동네 사람들은 그만큼 모두가 잘 살았던 것이다. 그런 만큼 빨간 고추가 깔려 있는 지붕도 하나뿐이었다. 안채 지붕에는 빨간 고추가 널려 있고 대문 양옆에 창고와 외양간이 있는 앞채 지붕에는 하얀 박이 댕그라니 앉아 있었다. 얼핏 보아 가난한 농가 같았다.

외양간에는 보송보송한 흙이 깔려 있고 소를 묶어 두었던 흔적이 없었다. 가을철이 되었는데도 창고에는 보리섬이라든가 감자 한 톨 보이지 않았다. 대문 안에 들어서면 뜰이랑 툇마루가 정갈하게 보이는 것부터 농사짓는 집이 아니라는 것을 알 수 있었다.

식구도 없는지 정갈하다는 인상만 주는 집안이 적막하게만 보였다.

이 집 식구는 어제까지 두 사람이었던 것이 오늘부터 그나마 한 사람으로 되어 버렸다. 그 한 사람뿐인 윤서네는 종일 나다니다가 저녁때쯤 동네로 돌아와 안방에 앉아 자기가 혼자뿐이라는 슬픔을 슬퍼할 줄조차 모르는 비통 속에 젖어 있었다. 감정이 경련을 일으키고 있다고나 할까? 어떤 것이 자기의 감정인지조차 분간할 수 없는 상태였다.

화석이라고나 할까? 눈 하나 깜짝이지 않고 앉은 채 움직이질 않았다. 태풍이 바다를 미치게 해도 그 밑바닥의 고기는 졸고 있듯 그미의 얼굴은 가느다란 졸음에 취해 있는 것 같기도 했다.

그러다가도 경련 속의 감정이 어떤 구체적인 영상에 부딪칠 때 그미는 긴 한숨을 내쉬었다. 그 구체적인 영상이란 모두 윤서의 얼굴이거나 사랑하던 형치의 얼굴이었다. 그 어떤 얼굴이든 하나가 마음 속에 비치면 그미는 긴 한숨을 내쉬었고 뒤따라 육체의 경련을 일으켰다. 두 얼굴이 합쳐서 마음에 비치면 감은 눈을 더욱 굳게 감고 감정의 경련을 일으켰다. 감정의 경련을 일으킬 때면 마음이 칠야처럼 새까매지고 몸은 화석처럼 굳어진다.

얼마를 그러고 있었는지 모른다. 태수 엄마가 찾아왔다. 그러나 윤서네는 누가 왔는지도 몰랐다. 알고 싶은 마음도 없었다.

"제가 왔어요."

태수 엄마가 그미의 팔을 흔들었다. 윤서네는 눈도 뜨지 않았다.

"제가 왔다니까요."

태수 엄마가 다시 팔을 흔들었다. 그때야 윤서네는 눈을 뜨고 안 척을 했다. 그러나 왔으니 어쩌자는 거냐는 듯 다시 눈을 감았다.

"이 일을 어떡허지요?"

태수 엄마는 자기도 안타깝다는 듯 그러나 윤서네를 위로하기 위한 말을 꺼내기 시작했다.

아무도 어떻게 할 수 없는 일이었다. 아무도 어떻게 할 수 없는 일을 가지고 어떻게 하느냐고 비탄한들 무슨 소용이 있는가? 윤서네가 미동도 않고 있을 때 태수 엄마가 또 말을 꺼냈다.

"윤서가 잡혀갔다지요?"

그 말에 윤서의 얼굴이 가슴 속에 선명히 떠올랐다. 그 얼굴이 오장육부를 떠받는지 윤서네는 온몸에 통증을 느꼈다. 그리고는 눈물이 쏟아지기 시작했다. 복합되어 경련을 일으키던 감정들이 하나씩 분리되었고 분리된 그 중 하나의 감정이 감정 전체를 주도하는 모양이었다.

"난들 보았수?"

윤서네는 복받치는 슬픔을 억제할 힘이 없는지 눈물을 그냥 쏟으며 말했다.

"다들 봤다지 뭐예요? 전 들에 나갔다가 못 봤지만!"

"그런 말을 듣구 이장집에까지 가 봤지만 그 집에서두 그러더군요."

눈물 속에서도 말은 제대로 했다. 조금씩 냉정해지는 태도였다.

"그러니 어떡허지요?"

태수 엄마는 맨 처음 꺼냈던 걱정의 말을 다시 꺼냈다. 문제의 핵심은 아무래도 붙잡혀간 윤서의 살인사건에 있기 때문이었다.

"난들 알겠수?"

윤서네는 여기서 말문이 막혔다. 잠시 동안 윤서만을 생각하던 그미가 살인하고 붙잡혀간 아들을 어떻게 하느냐고 묻는 태수 엄마 말에 살인이라는 사실이 머리에 떠올랐던 것이다. 동시에 살인당한 오형치의 얼굴이 떠올랐다. 그러나 오형치의 이야기를 누구에게도 말할 수 없는 그미였다. 죽인 윤서나 죽임을 당한 오형치의 잘잘못을 가릴 수도 없는 그미였다. 그러니 윤서네는 다시 복합된 감정 속에서 자기 혼란을 일으키고 말을 중단하는 수밖에 없었다.

태수 엄마도 윤서 이야기를 하자면 자연 죽임을 받은 형치 이야기를 해야겠는데 윤서네의 비밀이요 건드릴 수 없는 형치 이야기를 어떻게 꺼낼 것인가?

"정말 걱정이군요."

살인한 윤서가 사형당할 것이란 엄연한 사실을 가지고 탄식하는 수밖에 없었다.

윤서네가 들은 척도 않고 다시 화석처럼 부동의 자세를 취할 때 태수 엄마는 자기로서 더 이야기할 능력이 없음을 알았는지,

"참, 제가 저녁을 짓지요. 그래두 잡쉬야지 않아요? 쌀이 어디 있지요?"

하고 말했다. 윤서네가 대답할 생각조차 안 하고 있을 때 태수 엄마는 부엌으로 나가 쌀독을 찾기 시작했다. 쌀독을 찾아 쌀을 씻기 시작할 때였다.

대문 안에 들어서서 뚜벅뚜벅 발소리만 내며 헛기침을 한 번 한 어떤 남자가 아무 말도 없이 방 안으로 들어왔다. 윤서네 시동생 조동배였다. 동배는 방 안에 들어서 자리를 잡고 앉자 인삿말도 없이,

"어떻게 된 일입니까?"

공박하는 어조로 말했다. 윤서네는 동배가 사건 전부를 알고 온 줄 알면서도 그에게 관심도 보이지 않고 자기 감정에 사로잡힌 채였다. 대답할 까닭이 없었다.

"어떻게 된 일이냐구요?"

꼭 같은 말을 되풀이해 물을 때야,

"난들 알겠어요?"

윤서네는 마치 자기와 아무 관계도 없는 일이라는 듯 대답했다.

"모르다니요. 자기가 만들어 놓은 일을 몰라요?"

시동생은 경찰관과 같은 태도였다.

"모르는 걸 모른다지 뭐래요?"

모른다는 것은 자기가 없는 사이에 벌어진 일이란 뜻이다. 그리고 어리둥절해서 아무것도 모르겠다는 도피의 대답이기도 했다.

"윤서가 형치를 왜 죽였는지 모른단 말입니까?"

동배가 따지고 물을 때 윤서네는 대답을 못했다. 그것도 모르겠다는 말은 차마 할 수가 없었던 것이다. 그렇다고 해서 솔직하게 모두가 자기 때문이라는 말도 할 수가 없었다. 잘했다던가 잘못했다던가 그런 말을 할 만큼 마음이 정돈되지 않았기 때문이었다.

윤서네가 대답을 못하자 동배는 말하는 태도를 달리했다.

"그때 내가 하라는 대루 했다면 이런 일이 생기지 않았을 거 아닙니까?"

말하자면 가벼운 책망을 하는 투였다. 그렇다. 남편이 죽은 지 이삼 년이 넘은 그때 동배가 권한 대로 재혼을 했다면 이런 일이 생길 리 없다. 그러나 지나간 과거를 탓하는 것은 부질없는 일에 불과하다.

"그래요. 그렇지만……."

윤서네는 동배의 말을 가볍게 긍정하면서도, 긍정하니 이제 어떻게 하겠느냐는 태도로 말했다.

"나는 형수님이 그럴 줄은 정말 몰랐습니다."

동배도 윤서네가 자기 말에 따르지 않은 지난 일을 탓하려는 것이 아니란 듯 이야기의 방향을 바꾸었다.

"윤서가 살아 있는 한 절대 재혼을 안 할 것이라던 형수님의 말을 믿구 있었는데 이게 뭡니까? 언제부터 그 사람과 통정을 했지요?"

윤서네가 그래도 묵묵부답이자

"뭘 보구 그런 사람을 좋아했지요? 더구나 나이도 아래인 남자를……."

동배가 못마땅해 죽겠다는 듯 투덜거렸다. 그러나 윤서네 귀에는 그런 말이 하나도 들어오지 않았다. 어떤 말도 그미에게는 자극이 되지 않았기 때문이었다. 형치가 죽었다는 사실 그리고 윤서가 살인죄로 붙들려 갔다는 사실만이 문제였다. 그 사실보다 더 자극적인 말이 어디 있겠는가?

"집안 망신을 시켜두 유분수지 뭡니까?"

동배의 목에는 핏대가 오르고 있었다. 얼굴은 붉으락푸르락했다. 자기가 하고 싶은 최후의 말이었을 테니 감정이 최고로 격화되었을 것이 사실이다.

동배는 그 말 한 마디를 한 뒤 자기의 격분을 더 참을 수 없다는 듯이,

"난 모르겠소!"

하고는 돌아갔다.

윤서는 시동생에게 미안함을 느꼈다. 자기가 시집 망신을 시켜 시집 식구들에게 걱정을 끼친 것이 사실이니까 미안하지 않을 수 없었다. 미안하기는 했지만 그들의 격분이 다만 집안 체면을 손상시켰다는 점에 있다는 것을 생각할 때 미안하다는 마음을 오랜 동안 가지고 있을 수 없었다.

체면이라는 것은 생활의 한 부속품에 지나지 않는다. 사회질서의 유지를 위해 만들어진 하나의 윤리라고 해도 그것은 절박한 상태에 놓여 있지 않은 사람들의 구두선이다. 마음의 여유가 있는 사람들의 푸념이다.

윤서네는 지금 자기의 친자식이 자기가 사랑하던 사람을 죽인 살인사건에 직면하고 있다. 한 생명이 죽었고 한 생명이 죽음을 직면하고 있다. 그것이 모두 자기 때문이다. 이런 절박한 상황 속에서 체면을 어찌 생각할 여유가 있을 것인가? 체면 때문에 격분한 시동생과 자기는 차원이 다른 인간 같았다.

물건이 다 팔려 조금 일찌감치 집으로 돌아올 때 동네 어귀에서 동네 사

람으로부터 윤서가 형치를 죽이고 경찰에 잡혀갔다는 말을 들었을 때 윤서
네는 그 말을 곧이듣지 않았다. 그렇기 때문에 실신을 하지 않았다. 얼마를
걸어 동네로 들어섰을 때 또 어떤 사람이 꼭 같은 말을 했다. 너무나 무서운
그런 말을 어찌 믿을 수 있겠는가? 정말 너무나 무서운 말이었다. 그러나 그
런 무서운 말을 함부로 할 수는 없을 것이라고 생각할 때 어쩐지 거짓말 같
지가 않았다. 거짓말이 아닌 것 같은 생각이 들었지만 속으로는 거짓말이기
를 바랐다. 거짓말이기를 바라면서 이장에게 갔던 것이지만 거기서는 윤서
가 몇 시쯤 무엇으로 형치를 죽였다는 구체적 사실을 알려 주었다. 윤서가
살인을 한 뒤 집으로 돌아와 있다가 경찰에 잡혀갔다는 말까지 들려 줄 때
윤서네는 그것이 거짓말 아님을 알았다. 처음 그 말을 들은 뒤부터 얼마 동
안의 시간이 지났기 때문에 실신을 안 한 것이지만 실신을 안 했다고 해도
제 정신일 수는 없었다. 살아 있으되 살아 있는 것 같지도 않았다. 꿈 속에
있는 것 같기도 했고 첫술을 마신 뒤 취한 것 같기도 했다.

그러니 시동생이 체면 이야기를 하며 격분해 가지고 돌아갔지만 그것이
자기와 관계 있는 일이라 생각이 될 것인가?

시동생이 돌아가자 부엌에서 밥을 짓던 태수 엄마가 방으로 들어왔다.

"마음 든든히 잡으세요. 어려울 땔수록 마음 든든히 잡아야 할 것 같아
요."

시동생 동배가 하고 간 말 때문에 윤서네가 더욱 마음 괴로워하리라 생각
한 모양이었다. 윤서네를 동정하는 사람이라면 윤서네가 마음 약해질 것을
무엇보다도 걱정할 것이 사실이다. 마음이 약해지면 괴로움을 이기지 못해
무슨 일을 저지를지 모를 것이다. 윤서네를 걱정하고 있는 태수 엄마로서는
그것이 가장 큰 관심사가 아닐 수 없었다.

그러나 윤서네는 태수 엄마의 말도 귀담아듣지 않았다. 들을 수가 없었
다. 마음이 약하고 든든하고를 생각할 수 있는 때겠는가? 그런 것도 마음에
여유가 있을 때나 생각할 수 있는 일이었다.

"태수 엄마, 돌아가요. 애들이 기다리구 있을 텐데……."

윤서네는 혼자 있고 싶을 뿐이었다. 세상에 자기 편이 돼 줄 사람이 하나

도 없다. 있다면 태수 엄마 정도일 것이다. 태수 엄마는 평소에 가까이 지내기도 했지만 재혼의 경험을 가진 이로 윤서네와 마음이 통하고 있었다. 그러나 태수 엄마도 이런 때 없어서 안 될 존재 같은 생각이 들지 않았다. 태수 엄만들 이런 때 자기를 도와 줄 수가 있는가? 도와 줄 무엇이 있겠는가?

윤서네는 아무의 도움도 있을 수 없다고 생각하고 있다. 죽은 사람을 살려 줄 수도 없을 것이고 붙잡혀간 아들을 꺼내 줄 수도 없다. 도와 주고 싶은 사람이 있다면 그들은 고작해서 태수 엄마처럼 마음을 든든히 먹으라고 말할 정도일 것이다. 옳은 말이다. 호랑이 앞에서도 정신을 똑똑히 차려야 한다고 말한다. 그러나 이 자리에서 어찌 정신을 똑똑히 차릴 수 있겠는가? 또 정신을 똑똑히 차린다고 해서 나갈 구멍이 생길 까닭도 없다.

"형님이 직접 살인을 한 것두 아니잖아요? 그리구 일은 다 끝나 버린 거구요. 그러니까 맘을 든든히 먹어야지요."

태수 엄마는 어떻게 해서든 윤서네의 마음을 분산시켜 체념하는 방향으로 끌고 가고 싶었을 것이다. 그것은 태수 엄마의 진심일 것이다. 그리고 그 진심은 윤서네의 고마움으로 받아져야 할 것이다. 그러나 윤서네는 형치의 장례식도 끝나지 않았을 것이고 윤서는 이제부터 형무소 생활을 시작하게 되었는데 무엇이 끝이냐고 마음 속으로 반발했다. 어떻게 마음을 든든히 먹으라는 것인가?

"밥상을 들여올 테니 밥두 좀 먹구요."

태수 엄마가 부엌으로 나가려 했다. 윤서네는 그것만은 막아야 한다고 생각했다. 먹지도 못할 밥을 무엇 때문에 들여왔다 내갔다 할 것인가?

"내가 밥을 어떻게 먹겠수? 들여오지두 말아요."

"그래두 한 술 먹어야지요. 산 사람은 살아야지 않우?"

태수 엄마는 말을 듣지 않고 부엌으로 가서 밥상을 들여오고야 말았다.

'산 사람이라구 살아야 할 건 뭐요?'

윤서네는 이 말이 하고 싶었으나 해야 소용없는 말이라 생각하고 입을 다물어 버렸다.

"자! 어서 한 술 뜨세요."

태수 엄마가 억지로 숟가락을 쥐어 주며 먹기를 강권했다.

"어떻게 밥을 먹어? 글쎄!"

한 사람을 죽이고 한 사람을 경찰서로 보내고 어떻게 나만 살겠다고 밥을 먹을 수가 있겠는가? 그건 죽어도 못할 것 같았다.

"그러다가 병이 들면 어떡해요?"

"병이 들면 죽지……."

윤서네의 눈에서는 눈물이 주루룩 흘러내렸다. 처음으로 나오는 눈물이었다.

"그걸 말씀이라구 하세요?"

"죽어야 해. 살아서 뭘 하겠는가?"

윤서네는 혼돈되었던 감정이 갈피를 잡으며 자기의 앞일을 내다보기 시작하는 모양이었다.

"산 사람이 어떻게 죽습니까?"

"죽으면 죽는 거지. 누구는 죽구 싶어서 죽는가?"

형치도 죽을 생각을 전혀 하지 않다가 죽어 버리지 않았는가. 살아 있다고 해서 죽지 못할 까닭이 없을 것 같았다.

"그래두 산 사람은 살아야지요. 어서 한 술 드세요."

태수 엄마는 기어코 밥을 먹이고야 말 모양이었다. 밥 먹는 것을 보기 전에는 돌아갈 것 같지도 않았다. 밤이 깊어가는데도 밥 먹으란 말만을 했다.

윤서네는 할 수 없이 일어섰다. 가 볼 데가 있다면서 방을 나섰다. 태수 엄마는 어디를 가느냐고 물었다. 혹시 죽으러 가는 것이나 아닌가 해서 나가지를 못하게 했다.

"나 상록(형치의 아들)이네한테 좀 갔다 와야겠어!"

이것은 태수 엄마를 돌려 보내기 위해서 한 말만은 아니었다. 형치의 죽은 시체라도 한 번 보고 싶었고 또 형치의 장례식에 대해 의논도 하고 싶었다. 형치에게는 어머니와 형이 있다. 그러나 그들은 형치의 장례식을 치를 돈의 여유가 없는 사람들이다.

"형님이 거길 어떻게 갑니까?"

간대야 결국 곤욕이나 당할 것이 뻔했기 때문에 태수 엄마가 말했다.

"안 가면 어떡해?"

자기가 가면 죽일 년이라고 야단들일 것이다. 폭행을 가할지도 모른다. 그러나 안 갈 수는 없다고 생각했다.

"건 안 돼요. 발을 들여 놓게나 할 것 같아요?"

태수 엄마의 말이 옳기도 했다. 자기의 아우를 죽였다고 야단을 치며 발을 들여 놓지도 못하게 한다면 형치의 시체를 보기는커녕 말 한 마디 못하고 쫓겨 올 것이 분명했다.

윤서네는 잠시 망설였다. 그러나 안 갈 수는 없다고 생각했다. 어차피 한 번은 당해야 할 일이다. 당해야 할 일이라면 형치의 얼굴을 볼 수 있을 때 가서 당해야 할 것 같았다. 그리고 장례비도 없을 그들에게 돈을 줘야만 할 것 같았다. 그미는 다시 방 안으로 들어가 잠가 두었던 의장문을 열고 그 속 깊숙이 두었던 돈을 꺼내 가지고 나왔다.

"장례비라두 갖다 줘야겠어!"

그녀는 태수 엄마가 묻기 전에 용건을 말했다. 그래야 태수 엄마가 붙잡지를 못할 것 같았던 것이다.

"그거라면 내가 전해두 되지 않아요?"

"안 돼. 내가 직접 줘야 해!"

그미는 고집을 부리고 혼자 떠났다. 태수 엄마는 할 수 없는지 그럼 잘 다녀오라고 한 뒤 뒤떨어지고 말았다.

칠흑처럼 어두운 밤이었지만 윤서네의 발길은 서툴지가 않았다. 어둡다는 데 신경이 써지지 않았기 때문이기도 했지만 이렇게 어두운 밤중에 가끔 걷던 낯익은 길이기도 했던 것이다.

그 사람이 못견디게 보고 싶을 때 그미는 어두운 밤이 되기를 기다려 이 길을 걷곤 했다. 삼 마장도 안 되는 가까운 길이었지만 그미는 치마에서 바람이 나도록 바삐 걸었다. 어떤 때는 도랑에 빠져 신발이 온통 흙투성이가 되기도 했다. 그런 때면 인기척을 하고 대문 안에 들어서는 그미를 방문을 열고 애들이 잠을 깰까 손만을 흔들며 맞이해 주던 그였다. 신발이 흙투성인 것을 본 뒤에는 고무신을 벗겨 윗목에 감추듯 놓고 버선을 벗겨 주었다.

"내일쯤 내가 갈려구 했는데……."

"나두 가끔 와야지요."

이 년 좀 남짓하게 그들은 아름다운 밤을 남들 알게 모르게 이어 왔다.

그러나 지금 그미는 아름답던 과거를 추억할 여유가 없었다. 그 사람이 죽었다는 슬픈 사실과 지금 가서 당할 일들에 대한 공포가 가슴 빽빽하게 채워져 있었다.

형치네 집이 가까울수록 그미의 가슴은 두근거렸다. 봉변당할 장면이 눈에 떠올랐기 때문이었다. 얻어맞아 죽지나 않을까 하는 겁도 들었다. 그러나 그미는 발걸음을 늦추지 않았다.

과연 그미는 형치네 집 안에 들어서기가 무섭게 봉변을 당하기 시작했다. 형치 어머니가 그미의 머리채를 잡아끌었던 것이다. 폭력에 몸을 내맡긴 그미는 힘없이 땅바닥에 쓰러졌다.

"이년! 무슨 낯짝으루 이 집엘 왔냐? 응!"

몇몇 동네 사람이 둘러앉은 자리에서 윤서네는 주먹으로 맞고 발길로 차였다.

"귀신 같은 년. 남의 아들 잡아먹어 시원하겠다."

형치의 형이나 동네 사람들은 가만 있는데 유독 형치의 어머니만이 치고 밟고 했다. 그러나 윤서네로서 무슨 할 말이 있을 것인가? 고스란히 당하는 수밖에 없었다.

"이년아, 썩썩 나가지 못해?"

형치의 어머니는 기진했는지 윤서네를 쫓으려 했다.

윤서네는 옷매무새도 고치지 못하고 일어나 앉았다. 그리고는 욧잇으로 덮여 있는 형치의 시신 옆으로 가 욧잇을 들췄다. 어디를 어떻게 찔렸는지 모르지만 얼굴만은 별로 험하지가 않았다. 그냥 잠들어 있는 모습이었다. 그 얼굴을 보자 윤서네는 갑자기 슬픔이 복받쳐 왔다. 어제까지만 해도 만나기만 하면 웃으며 다정하게 이야기해 주던 사람이다. 그 웃음은 다시 볼 수가 없고 다정한 이야기는 다시 들을 수가 없게 되었다. 이제 그 옆을 떠나면 영원히 볼 수 없는 얼굴!

소리가 나오려는 것을 겨우 참으며 눈물만 흘렸다.

"그만큼 봤으면 어서 가!"

형치의 어머니가 소리를 질렀다. 윤서네는 깜짝 놀라며 홑이불을 덮었다. 그리고는 조금 뒤로 물러앉아 눈물을 닦았다. 그러면서 빨리 돌아가야 한다고 생각했다. 어물거리다가는 다시 봉변을 당할 것 같았기 때문이었다. 다시 봉변당할 것이란 생각을 하면서도 사실은 그리 무섭지가 않았다. 그새 매를 맞고 발길로 차였다 해도 늙은 여자의 약한 주먹이며 약한 발길질이었다. 상처도 나지 않았고 피 한 방울 흘리지 않았다. 더구나 형치 어머니는 자기가 형치의 얼굴을 보는 동안 자기를 용서해 주었다. 마지막으로 대하는 형치의 얼굴을 보게 해 주었던 것이다. 그미는 자기를 때리고 욕한 형치의 어머니가 야속하게 그리고 밉게 생각되지가 않았다. 그래서 준비해 가지고 온 돈 삼만 원을 꺼내서 방바닥에 놓고,

"장례비용에 쓰세요."

형치 어머니를 보며 말했다. 돈을 놓자 금방 일어섰다. 아무래도 자기가 있을 곳이 못 되었기 때문이었다.

일어서려니 온몸이 쑤시는 것 같았다. 양 무릎을 짚고 겨우 일어났으나 형치 어머니는 아무 말도 안 했다. 물론 돈에 대해서도 한 마디의 말이 없었다. 방문을 열고 나서서 고무신을 신고 댓돌을 내려설 때야 누군가가,

"과부가 홀애비를 좋아한 것이 무슨 죄가 됩니까?"

아마 어떤 남자가 너무 심하게 한 형치 어머니를 나무라는 뜻으로 말하는 모양 같았다.

"좋아한 걸 나쁘댔나? 사람을 죽였으니까 그랬지."

형치 어머니가 변명하는 말까지 들으며 그미는 대문을 나섰다.

하늘에는 별이 총총했다. 별빛에 하늘이 푸르게 보였다. 한없이 넓은 하늘에 빼곡히 박힌 별들이 너무 슬퍼하지 말라고 하며 자기를 내려다보고 있는 것 같았다. 그래서 그랬는지 그미는 자기가 형치를 좋아한 것이 하나도 잘못이 아니란 생각을 했다.

자기가 돈놀이하는 것을 안 형치가 돈을 빌리러 찾아오곤 했다. 빌려 달라는 돈도 이천 원 아니면 삼천 원이었다. 몇 번 대하는 동안 그가 착한 사람이라는 것과 정말 살기가 힘든 사람이라는 것을 알았다. 그래서 나중에는 이자를 탕감해 주었다. 그것이 인연이 되어 좋아하게 되었을 때 윤서네는 그래도 마음의 자책을 느꼈다. 남편이 죽은 지 십오 년 동안, 그러니까 형치를 알게 될 때까지 그미는 남자를 생각지 않았다. 생각해서도 안 된다고 생각했다. 한 마음으로 윤서를 기르고 교육시키는 것만이 죽은 남편을 위해 자기가 해야 할 일이라고 생각했다. 그래서 새벽에 일어나 동네 사람들이 농사지은 채소를 사 가지고 읍으로 가 팔고는 그 돈으로 시골 여자들과 애들이 많이 쓰는 물건을 사 가지고 종일 이 동네 저 동네로 돌아다니며 장사를 했다. 그렇게 해서 윤서를 고등학교까지 보냈다. 윤서는 다 컸다. 이 년쯤 뒤 고등학교만 졸업하면 자기 밥벌이를 할 수 있다고 생각되었다. 말하자면 자기로서 윤서에게 할 일을 다했다고 생각했다. 게다가 그 동안 돈놀이를 하며 저축한 돈도 이삼십만 원이 된다. 이렇게 마음의 여유가 생기기 시작했을 때 남자들에게 보내는 그미의 눈길이 달라졌다. 전에는 남자들을 눈여겨보지도 않았지만 시선이 마주칠 때라도 금시 눈길을 돌려 버렸었다. 아예 생각해서도 안 되는 것으로 여겼던 것이다. 그러던 그미가 남자에 대한 눈길이 달라지고 있을 때 만난 사람이 바로 형치였다.

형치를 만나기 시작할 때도 그미는 그래선 안 된다는 생각을 했다. 죽은 남편의 얼굴이 눈앞에 떠올랐으며 윤서가 매달려 우는 모습이 눈앞에 보이곤 했다. 그러나 형치와의 사이가 점점 가까워질 때 그미는 전 남편을 위해 십오 년 동안 수절한 것으로 자기의 할 일을 다한 것이라 생각했다. 더욱이 윤서는 젖 먹는 애가 아니다. 일일이 뒷바라지를 해 주지 않아도 될 나이다. 혼자서 살아갈 수 있도록 공부도 시켰다. 그만하면 자기로서 할 일을 다한 것이 아닌가?

윤서네는 형치를 사랑했다. 사십대 여인의 불타는 정열을 아낌없이 쏟았다. 형치도 그랬다. 자기보다는 한두 살 아래였지만 상처한 지 이삼 년이 지나도록 돈이 없어서 재취를 못하고 있던 터라 그미를 하늘이 보내 준 선물로 생각하며 사랑했다. 그래서 내년쯤 윤서를 일찌감치 결혼시킨 뒤 자기들도 결혼을 하자고 하며 이때까지 사랑을 계속해 왔던 것이다.

"과부가 홀아비를 좋아한 것이 무슨 죄가 됩니까?"

절대로 죄가 될 리 없다.

그미는 반짝이는 별들을 바라보며 자기가 형치를 좋아하는 것이 절대로 죄가 아니라 생각했다. 뉘우치고 부끄러워할 것도 아니라고 생각했다.

다만 문제는 윤서가 형치를 죽인 일이다. 참으로 아둔한 놈이다. 나이가 열아홉이면 에미의 심정을 알아 줄 만하지 않은가? 내가 형치를 좋아한다고 해서 자기가 마음 아파할 것이 무엇인가? 머지않아 저도 장가를 들 놈이 고독한 에미의 마음을 알아 주려고 하지 않다니…… 동네 사람이나 친구들에게서 에미의 불미한 이야기를 들을 때마다 속이 뒤틀렸겠지. 그러나 내게는 고언이나 불평을 직접 말한 적이 한 번도 없었다. 가끔 혼자 침울하게 앉아 있곤 하기는 했다. 밥을 먹지 않을 때도 있었다. 혼자 울고 있을 때도 있기는 했다. 그런 것을 볼 때 나는 시간이 지남에 따라 그놈의 마음도 달라지리라고 생각했다.

잘못이 있다면 그 애가 어렸을 때부터 나는 절대 시집을 안 가고 그 애와 함께 살겠다고 말해 온 것이리라. 그것은 그때의 진실이었다. 그러나 진실이라는 것도 환경에 따라 변할 수가 있지 않은가?

마음 속에 깊이 간직했던 이 에미에 대한 실망이 크다고 해서 형치를 죽이다니…… 죽이려거든 차라리 이 에미를 죽일 것이지 죄 없는 형치를 죽일 것이 뭐람?

논두렁을 걷고 있던 그미의 발이 미끄러졌다. 논바닥에 쓰러질 뻔했다. 윤서네는 조심해서 걸어야 한다고 생각했다. 개구리 소리는 물론 풀벌레 소리마저 온데간데없는 가을의 호젓한 들길이 어둡기만 했다. 그렇다고 무서워할 것은 없었다.

윤서네는 다시 윤서를 생각하는 것이었다. 난폭한 데가 조금도 없던 윤서. 그래서 얌전하다고 남들이 늘 칭찬해 왔다. 공부도 남에게 떨어지지 않고 잘했다. 그러던 애가 사람을 죽이다니…… 윤서네로서 도저히 상상할 수 없는 일이었다. 아버지가 없다는 고독, 에미가 외간 남자와 정교하고 있다는 불만 이외에 다른 불만이 있을 수 없다. 불가항력의 일이라고 체념할 수 있는 일을 가지고 그렇게까지 무서운 일을 저지르다니…….

그미는 뜬눈으로 밤을 새웠다. 그러면서 윤서를 찾아 경찰서엘 가 봐야 한다고 생각했다.

그런데 다음 날 일찌감치 경찰서에서 사람이 왔다. 증인으로 출두하라는 명령이었다.

그미는 윤서에게 줄 돈까지 준비해 가지고 경찰서로 떠났다. 매일 새벽 채소를 리어카에 그뜩 싣고 힘겹게 걷던 시오 리 길이었다. 짐이라고 하나도 없는 간출한 몸으로 걷는 것이었지만 그미의 발걸음은 자꾸 휘청거렸다.

'윤서가 평생 형무소에서 고생을 하다가 죽는다면…….'

눈물이 자꾸 나오려 했다. 명절이 되어도 떡 한 개를 먹지 못하겠지. 장가갈 생각은 해 보지도 못할 것이고.

'엄마! 일요일 하루쯤 쉬어요. 몸두 생각해야지 않아.'

에미를 진심으로 걱정해 주던 기특한 놈이었지.

'엄마, 등록금을 낼 때가 또 지났는데 어떡허지?'

돈이 필요한 때도 돈을 달라고 직접 말하지 못하던 애였다.

경찰서에 갔을 때 담당관이 그미를 보자 첫마디로 하는 말이 그미를 울리고 말했다.

"무슨 어머니가 그렇소? 세상에 그런 어머니두 있나?"

정말 자기가 세상에 제일 나쁜 어머니 같았다. 자식을 구박하는 어머니는 많을지 모르나 자식을 살인자로 만든 어머니는 없을 것이다. 눈물이 계속해서 흘러내렸다.

"그렇게 울 걸 왜 눈이 그렇게 어두웠었소?"

경찰관은 계속 힐책이었다. 그런 힐책을 받아 마땅한 자기라고 생각했다. 그러나 대답할 말은 없었다.

"언제부터 오형치와 관계를 맺었소?"

경찰관은 종이에 글을 쓰면서 심문을 시작했다. 윤서네는 사죄하는 태도로 공손하게 대답을 했다.

"그게 그렇게 좋습디까?"

그미는 대답을 안 했다. 야유조의 질문이었지만 갑자가 부끄럼을 느꼈기 때문이었다. 당연한 일로 생각하려 했던 일들이 모두 부끄럽게 생각되었다. 십오 년이나 참았던 일을 왜 끝까지 참지 못했을까? 계속해서 참았다면 윤서가 살인을 했을 까닭이 없다. 또 지금처럼 경관에게 냉소에 찬 멸시의 말도 듣지 않을 것이다.

"이 년 동안이나 좋아하면서 왜 결혼을 안 했소?"

"윤서를 장가나 보낸 뒤 하려구 했어요."

"윤서를 그렇게 생각하면서 윤서가 싫어하는 일을 왜 계속했소?"

"윤서는 그러지 말라는 말을 직접 말한 일이 한 번두 없었습니다."

"눈치두 못 챘단 말이오?"

"눈치는 챘지만 나중에는 이해할 줄 알았지요."

"그런 걸 이해할 자식이 세상 어디에 있단 말이오?"

그미는 자기가 그것을 채 몰랐다고 생각했다. 자식도 장성을 하면 고독한 에미를 이해해 줄 것이라고만 생각했던 것이다.

"안 그렇소? 자식이란 엄마가 자기와 함께 끝까지 살아 주기를 바라는 거요. 아버지와는 다르니까……."

그미는 솔직하게 대답했다.

"알았습니다."

왜 자기는 그것을 몰랐을까? 윤서는 필연 자기와 죽을 때까지 같이 살고 싶었을 게다. 왜 그것을 몰랐던가?

"오형치에게는 돈두 줬다면서요?"

"네."

"얼마씩, 몇 번이나 줬지요?"

그미는 윤서가 그런 것까지 알고 있었구나 생각했다. 윤서에게 더욱 미안한 생각이 들어 기억을 더듬어 가며 돈 이야기를 정확하게 설명했다. 전체가 이삼만 원 되었다. 그런데도 경찰관은,

"부지런히 돈을 벌었다는데 결국 그 사람에 줄려구 번 거로군?"

하고 물을 때 그 말만은 펄쩍 뛰었다.

"아닙니다. 절대루 아닙니다. 제가 결혼을 한대두 돈은 윤서에게 줄려구 했습니다."

그런 누명만은 쓰고 싶지 않았던 것이다. 그 남자를 위해 돈을 벌었다니? 그것은 정말 누명이다.

경찰관은 윤서의 일상생활이며 소행에 대한 것도 물었다. 그미는 모든 것을 거짓 없이 말했다. 그리고 심문이 끝났을 때,

"그 애는 어떻게 될까요?"

하고 물었다.

"살인범이니까 죄는 뻔하지요."

"제 잘못으루 그런 일을 했는데두요?"

"살인범은 살인범 아닙니까?"

경찰관은 겁을 주기 위해서 그렇게 말했을 것이다. 윤서는 아직 미성년이니까 일반 살인범과 다를 것이 뻔한 일이 아닌가? 그러나 그미는 겁주는 경찰관의 말을 그냥 그대로 받아들였다. 가슴이 떨렸다. 살인범은 사형을 받는 것이 아닌가?

"제 죄가 반을 넘을 겁니다. 저하구 죄를 반반 나눌 수는 없을까요?"

"법으루는 그런 일은 못합니다."

경찰관은 서류를 정리하며 윤서네보고 돌아가라고 했다.

"그 애는 정말 마음이 나쁜 애가 아닙니다. 나쁜 것은 저지요."

"알았으니까 빨리 가시오."

그러나 그미는 일어서지를 않았다.

"윤서를 한 번 만나게 해 주십시오. 돈이라두 좀 주게요."

"안 됩니다. 아직 취조가 다 끝나지 않았으니까요."

"잠깐만 얼굴이라두 보게 해 주십시오."

"안 된다니까요."

"정말 부탁입니다. 한 번만 사정 봐 주십시오."

간절하게 부탁했다. 눈물은 흘리지 않았지만 정말 눈물어린 애원이었다. 경찰관이 동정을 했는지 앉아 있으라고 한 뒤 자리를 떴다. 그 동안 그미는 윤서에게 할 말을 생각했다. 긴말은 못할 것이다. 짧은 말 가운데서 어떤 말을 해야 할까?

그러나 돌아온 경찰관은 윤서가 만나지 않겠다고 하니 할 수 없다고 말했다.

"그럴 리가 없어요. 왜 에미를 안 만납니까?"

"안 만나겠다는 걸 어떡해요."

"아닙니다. 정말 잠깐만 만나게 해 주십시오."

"참, 모를 여자로군. 그런 어머니를 무엇 때문에 만납니까?"

"네?"

그미는 윤서가 그런 여자를 무엇 때문에 만나느냐고 했다는 말에 머리가 아찔했다.

'그런 여자!'

그미는 경찰관에게 돈을 내주며,

"그럼 이 돈이라두 전해 주십시오."

하고 부탁했다.

"그러지요."

경찰관은 그미를 빨리 돌려 보내기 위해선지 돈을 받았다.

갈수록 태산이란 느낌이었다. 윤서에게서까지 '그런 여자'라는 낙인이 찍혀 면회도 못하고 말았으니 이제 살아갈 꼬투리를 전부 잃은 셈이 되고 말았다. 살아야 할 꼬투리도 없이 어떻게 살아갈 것인가?

돌아오는 시오 리 길에서 그미는 윤서만을 생각했다.

남편이 죽은 지 몇 달이 지나서였다. 세 살난 윤서에게 젖을 물리고도 죽은 남편을 생각하고 있을 때 윤서가 젖꼭지를 꽉 물었다. 이가 나려고 잇몸이 근지러운 모양이었다. 젖꼭지가 따끔한 순간 그미는 아기의 볼기를 찰싹 때렸다. 그때 윤서는 '엄마아' 하고 울면서도 젖꼭지를 놓지 않았다. 젖꼭지를 물고 우는 애기가 불쌍해서 힘주어 안고 자기도 울었다. 임종할 임시에 '여보오'의 '오'를 길게 빼며 자기를 마지막으로 부르던 남편이 생각나서였다.

윤서가 다섯 살 때, 윤서를 동네집에 맡기고 장사를 떠나려면 '엄마아, 나두 가' 하며 매일 따라나서곤 했다. 저녁때 집에 돌아오면 마당 한복판에 앉아서 '엄마아, 배고파' 하며 뜰에 앉은 채 그미를 뻔히 쳐다보았다. 어디가 아파도 절대로 높은 목소리로 빠르게 엄마를 부르지 않았다.

송아지가 엄마를 부를 때의 그 음메보다도 느리고 낮은 목소리였다. '엄마아'의 '아'에 꼬리를 붙여 길게 부르는 목소리가 그렇게 그윽하고 은근하고 애처로울 수가 없었다. 그미는 윤서를 끌어안고 그 얼굴에 뺨을 부빌 때마다 장사를 그만둬야겠다고 생각했다. 그러나 그럴 수가 없어서 어린것을 옆집에 맡긴 채 매일 집을 나가야만 했다.

"엄마야!"

그 목소리가 결국 십오 년 동안 딴 생각을 못하게 했다.

"엄마야!"

다섯 살 때의 그 음성이 길을 걷고 있는 그미 등 뒤에서 들려 왔다. 그런 여자라고 자기를 면회도 하지 않은 윤서지만 자기를 자꾸만 부르는 것 같았다.

집에 돌아와서도 윤서의 '엄마야'가 귀에서 떠나지 않았다. 그 목소리 때문에 잠을 못 이루고 밤을 샜다. 그러나 그 목소리도 마지막 목소리로만 생각되었다. 그 목소리가 귀에 들리지 않을 때 자기는 세상을 다 살게 되는 것이리라는 생각도 했다. 다음 날 아침 태수 엄마가 찾아왔다. 태수 엄마는 윤서네에게 어제는 어딜 갔었느냐고 물었다. 경찰서에 불려 갔었다는 말을 하자 태수 엄마는 그런 말은 들은 척 만 척하고 걱정어린 얼굴로 말했다.

"형님. 모르시죠?"

"뭘요?"

"동네 사람들 이야기요."

"동네 사람들 이야기라니?"

"글쎄 동네 사람들이 어제 모여서……."

"모여서 어떻게 했다는 말야?"

"글쎄, 그럴 수가 있어요?"

"말해 봐."

"세상에 참, 남의 일에 참견이 무슨 참견입니까?"

"나를 어떻게 하겠다는 건가?"

"글쎄, 형님을 동네서 내쫓기루 했다지 뭐예요? 요즘 세상에 그게 뭐가 죄가 된다구. 그게 죄라면 도시 사람들은 죄 자기 집에서 살 수 없을 거 아녜요?"

"그래?"

윤서네는 눈을 감았다. 살 꼬투리를 완전히 잃어버린 자기의 최후가 온 것이라고 생각했다. 올 것이 왔다는 생각이었다.

"어떡허지요?"

태수 엄마가 또 걱정을 했다.

"어떡허긴 뭘 어떡해?"

"가만 있을 순 없잖아요?"

"가만 안 있으면 어떻게 해? 될 대루 되라지. 어차피 난 '그런 여자'니까!"

"그런 여자라니요?"

윤서네는 '그런 여자'의 의미를 구태여 설명하고 싶지가 않아 그냥 넘겨 버렸다.

"이장을 찾아가세요 가서 항의를 하세요 무슨 권리루 내쫓느냐구……."

"찾아가선 뭣해? 나가라면 나가는 거지."

"왜 나가요? 형님이 동네서 쫓겨날 일을 뭣 했어요. 요즘 세상에는 얼마든지 있는 일인데……."

"내버려 둬. 내 일은 내가 할 테니까……."

그래도 태수 엄마는 억울하게 당하고만 있을 수 있느냐고 윤서네에게 항거를 종용했다. 그러나 태수 엄마는 자기가 대신 이장을 찾아가겠다는 말을 하며 나서지 않았다.

"내가 이장을 찾아갈게!"

윤서네는 태수 엄마를 빨리 돌려 보내고 싶었다.

"정말 가지요?"

태수 엄마는 윤서네의 말을 믿는다는 듯이 돌아갔다.

태수 엄마가 돌아가자 윤서네는 귀를 기울였다. 윤서의 '엄마아'를 듣기 위해서였다. 그러나 아무리 마음을 가다듬고 귀를 기울여도 그 목소리는 들리지 않았다. 얼마를 기다려도 헛수고였다. 그미는 앞으로도 정말 그 목소리가 들리지 않을 것인가 생각했다.

윤서네는 깊이 간직해 두었던 돈뭉치를 꺼내 가지고 이장집으로 갔다.

그렇지 않아도 찾아가려고 하던 참인데 어떻게 왔느냐고 이장이 물었다.

"다 들었어요. 오실 것 없이 제 부탁만 들어 주십시오."

윤서네는 돈뭉치를 내놓고,

"곧 떠나겠어요. 언제 돌아올지 모를 데루 떠날 거예요. 그러니까 그새라두 윤서가 나오면 이걸 전해 주세요. 그리구 장가갈 때 쓰라구 말씀해 주세요."

하고 부탁했다.

이장은 도리어 당황하면서 그렇게 빨리 떠나느냐고 물었다. 그리고 돈을 맡기가 조심스럽다는 말도 했다. 윤서네는 귀찮은 일인 줄 알지만 누구에게 맡기겠냐고 말했다. 그리고는,

"그것두 못 맡아 주시겠다는 말씀은 안 하시겠지요?"

이장을 쳐다보며 말했다.

이장은 씁쓸한지 말을 못하고 돈을 맡으며 얼마냐고 물었다.

윤서네는 자세히는 모르나 한 삼십만 원이 될 거라고 대답한 뒤 집으로 돌아왔다. 집에 와서는 우선 세수를 했다. 세수를 하자 옷을 깨끗하게 갈아입었다. 그리고는 윤서가 공부할 때 쓰던 책상을 말끔히 치우고 그 위에 맑은 물 두 그릇을 떠다 놓았다. 그것뿐이었다. 그 밖에는 아무것도 차린 것이 없었다. 물도 우물에서 떠 온 냉수였다. 그래도 그미는 그것을 정한수라 생각했고 오른편 것은 남편의 것, 왼쪽 것은 형치의 것으로 정했다.

물그릇을 바르게 손질해 놓고는 그 앞에 올바른 자세로 섰다. 서서는 물그릇 뒤에 사진이라도 있는 듯 그쪽을 한참 동안 정시한 뒤 두 손을 모았다. 두 손을 모은 뒤 한참 동안 눈을 감고 묵상을 한 뒤 다시 물그릇 있는 데로 눈을 주었다. 잠시 그러고 서 있다가 큰절을 하기 시작했다. 오른편을 보며 두 번, 왼편을 보며 두 번, 도합 네 번을 했다. 큰절을 다 하고는 방바닥에 정좌를 하고 앉아 머리를 방바닥에 대며 작은절을 또 네 번 했다. 작은절을 다 하고는 한참 동안 눈을 감고 묵상을 했다. 묵상을 그치자 그미는 밖으로 나가 대문을 잠그고 부엌으로 가서 성냥을 가지고 나와 집 사면에 불을 놓았다. 그리고는 다시 방 안으로 들어가 책상을 마주하고 정좌했다. 기도하는 자세였다.

불길이 타올라 불똥튀는 소리가 사방에서 들려 왔다. 그 소리는 점점 요란했고 연기가 방 안으로 스며들기 시작했다. 불길은 지붕에서 천장 쪽으로 내려오고 있었다. 사면 벽에 불길이 번져 가며 연기를 뿜었다. 서까래가 타서 내려앉기 시작했다.

물그릇이 놓여 있는 책상에까지 불이 번져 왔다. 방 안은 연기로 눈을 뜰 수 없을 지경이었다. 금시 지붕이 무너져 내려앉을 것이다. 그러나 윤서네는 두 손을 모으고 눈을 감은 채 몸을 움직이지 않았다.

(원) 《현대문학 240》 1974. 12.

그런 여자 — 만우 박영준전집 6/ 단편

2002년 1월 10일 초판 인쇄
2002년 1월 15일 초판 발행

지은이 · 박영준
펴낸이 · 백규서
펴낸곳 · 도서출판 동연
출판등록 · 1992년 6월 12일 제2-1383호
주소 · 서울시 종로구 와룡동 116-1 4층 (우)110-360
전화 · 3675-2122 / 팩스 · 3675-2124

값 15,000원

ISBN 89-85467-37-9 04810
ISBN 89-85467-31-X (세트)